KB273566

근대 지식과 인간과학

글쓴이 (게재순)

엘렌 바 오스트로비엑키 Bah Ostrowiecki, Hélène 파리-동 대학 프랑스문학과 교수
송은주 宋銀珠, Song, EunJu 이화여자대학교 이화인문과학원 HK연구교수
김선희 金宣姬, Kim, SeonHee 이화여자대학교 이화인문과학원 HK연구교수
김태연 金泰姸, Kim, TaeYeon 이화여자대학교 이화인문과학원 HK연구교수
로맹 메니니 Menini, Romain 파리-동 대학 프랑스문학과 교수
지젤 세쟁제르 Séginger, Gisèle 파리-동 대학의 문학·지식·예술연구소 소장
졸리엣 아줄레 Azoulai, Juliette 파리-동 대학 프랑스문학과 교수
카롤린 트로토 Trotot, Caroline 파리-동 대학 프랑스문학과 교수
박인원 朴仁元, Park, InWon 이화여자대학교 독어독문학과 조교수
김연수 金娟秀, Kim, YeonSoo 이화여자대학교 이화인문과학원 HK교수
이선주 李善珠, Lee, SeonJu 이화여자대학교 이화인문과학원 HK연구교수
카르멘 위스티 Husti, Carmen 파리-동 대학 문화·지식·예술연구소 책임연구원
오윤호 吳潤鎬, Oh, YounHo 이화여자대학교 이화인문과학원 HK교수
최진석 崔眞碩, Choi, JinSeok 이화여자대학교 이화인문과학원 HK연구교수
전혜숙 全惠淑, Jeon, HyeSook 이화여자대학교 이화인문과학원 HK교수

옮긴이

최윤경 崔允卿, Choi, YoonKyung 중앙대학교 교양학부대학 조교수
길경선 吉京宣, Kil, KyungSun 서울대학교 불어불문학과 대학원 졸업

근대 지식과 인간과학

초판 인쇄 2016년 6월 1일 **초판 발행** 2016년 6월 10일
엮은이 이화인문과학원 **펴낸이** 박성모 **펴낸곳** 소명출판
출판등록 제13-522호 **주소** 서울시 서초구 서초중앙로6길 15, 1층
전화 02-585-7840 **팩스** 02-585-7848 **전자우편** somyungbooks@daum.net **홈페이지** www.somyong.co.kr

값 30,000원
ISBN 979-11-5905-086-2 93800
ⓒ 이화인문과학원, 2016

이 저서는 2007년 정부(교육과학기술부)의 재원으로 한국연구재단의 지원을 받아 수행된 연구임
(NRF 2007-361-AL0015).

이화인문과학원 인문지식총서 02

근대 지식과 인간과학

MODERN KNOWLEDGE AND HUMAN SCIENCE

이화인문과학원 엮음

　지식계의 분과영역들 사이에 운행의 엇박자 리듬과 지각변동을 수반할 때는 유럽이든, 아시아이든, 각 지리적 역사적 맥락 안에서 수행되었던 '근대화' 시기일 것이다. 탈신화화 시대로의 변모를 꿈꾸며 '이성의 복음'이 다른 지식의 경계들을 넘어 확산되었을 뿐만 아니라 전문 이론가 중심의 학계 이외에 일상의 삶으로도 파급되던 시기이다. 세상, 자연, 인간을 바라보는 눈, 이해하고 설명하는 방식이 변하고 지식담론과 학문영역의 재편이 이루어지던 시기이기도 하다. 무엇보다도 과학혁명기와 기술발달, 그리고 자본주의 시스템의 구축과 유럽의 제국주의적 팽창주의 등 역사적 현실과 맞물려 지식계의 지각변동이 눈에 띄는 시기이기도 하다. 이 시기 '정신과학', '인문학'의 새로운 자극과 쟁점의 불씨는 자연과학의 도발적인 세계관에서 비롯되었다고 해도 과언이 아니다. 본 공동연구서에서는 자연과학과 인문학의 소통 및 통합 가능성과 불가능성의 논의가 활발한 오늘날의 문제의식을 염두에 두고 자연과학의 발흥과 인문학의 변동이 두드러진 유럽과 아시아의 근대시기로 시선을 돌려 오늘날의 쟁점을 되돌아보고자 한다. 과학지식과 인문학 사이의 상호작용, 경쟁적 논쟁구도, 새로운 관점과 인식 지평의 확대에 따른 '인간' 인식의 패러다임 변화, 자연에 대한 새로운 이해 및 자연과 인간의 관계에 대한 재고 등 과학과 인문학 사이의 논쟁적 대화에 주목해보고자 한다.

제1장 '자연과 인간의 재인식'에서는 인간이 만든 '인간'에 대한, '인간과 자연에 대한' 지식 체계의 허구성과 진실성을 저울에 달아보는 사유들 및 분과영역들을 통합적으로 재사유하는 시도들을 소개한다. 이러한 사유의 시도들은 중세의 신 중심의 세계관이나 인간 중심의 자연관을 새로운 관점에서 도발적으로 해체하거나 새로운 접근가능성을 모색하는 가운데 생성된다. 종교적 가치와 세속적인 가치의 대립을 적나라하게 노출시키고 자연 본연의 자연에 대한 지식에 눈을 돌리거나 과학지식의 관점에서 인간이 압축적으로 재구성해내는 자연의 질서를 찾기도 한다.

엘렌 바 오스트로비엑키의 「문학, 지식 그리고 과학－17세기 반종교 논증에 나타난 인간이 만든 허구들」에서는 1659년 라틴어로 쓰인 작자 미상의 『부활한 테오프라스투스(*Theophrastus redivivus*)』라는 글에 담긴 반종교 비평을 통한 인간 해방 사상을 소개하고 있다. 미지의 이 작가는 반종교를 논증하는 과정에서 종교도 문학이나 예술과 마찬가지로 인간이 만들어낸 '지식'이요, 자연과 대립되는 것으로서 몰아내야할 '허구적 제작품'이라는 것이다. 그러면서 인간이 만든 지식의 허구성에 바로 "자연의 지식(savoir naturel)"을 대립시킨다. 이 작가가 말하는 '자연의 지식', '자연적인 삶'이란, 인간이 만든 자연에 대한 지식이 아니라, 자연이 인간에게 만들어 놓은 지식이다. 바로 인간이 만든 지식의 발전이 인간 스스로를 자연 속에서 예외적인 존재로 인식하는 기독교적 인간중심주의와 같은 담론을 발전시켰고, 인간세계를 자연의 법칙에서 벗어나게 만들었다고 본다. 이러한 비판적 인식을 토대로 인간이 스스로를 노예로 만드는 사슬, 허구의 덫에서 벗어나기 위해 "자연으로의 회귀"를 제안한다. 이러한 자연이 주는 자연의 지식, 자연적인 삶과 생명의 추구는 오늘날 생태적인 논의맥락에서도 의미 있는 반향을 불러일으킨다.

송은주의 「에머슨의 '시인―과학자'의 통합적 자연인식」에서는 19세기 미국의 대표적인 사상가 랄프 왈도 에머슨의 자연과학과 인문학의 통합적인 자연인식을 분석하고 있다. 에머슨의 자연인식은 엘렌 바가 소개한 17세기 유럽의 미지의 작가가 피력한 자연관과는 다르다. 에머슨은 박물관의 전시물처럼 인간의 관점에 따라 자연의 질서를 드러내 보여줄 수 있도록 압축적으로 재배열된 인공적 자연물에 관심을 가졌고, 르네의 '분류학'과 같은 새로운 과학적인 방법을 연구했다. 그러나 에머슨은 자연을 관찰하고 분류하여 체계적인 질서에 따라 배열하는 과학의 방식을 수용하면서도 단순한 분류를 넘어 개별 사실들을 하나의 체계 안으로 통합하고 자연 속에 존재하는 질서를 발견하기 위해서는 시인의 상상력이 반드시 필요하다고 보았다. 상상력으로 대상의 본질을 꿰뚫어 보고 은유로 이를 표현할 수 있는 시인의 능력이 과학자에게 요구되는 것과 마찬가지로, 시인의 상상력 또한 과학자의 관찰 능력으로 보충되어야한다고 본다. 에머슨은 과학과 인문학의 상호 접촉을 통하여 서로의 지평을 확장할 수 있는 길을 고민했다.

김선희의 「19세기 조선 학자의 자연 철학에 관하여―최한기의 기륜설을 중심으로」에서는 19세기 중반에서야 뒤늦게 '과학자(scientist)'라는 개념이 등장한 동아시아에서의 자연학 특성을 고찰한다. 서구나 동아시아나 현대처럼 대학 분과나 학제에서 철학과 과학이 분리되기 이전에 자연학과 철학은 중층적 구조를 유지하며 혼종적으로 작동하고 있었다. 그러나 소위 근대화를 통해 서구의 스펙트럼에 따라 학문과 지적 제도가 재편성되어야했던 동양에는 '과학'이 존재하지 않았다고 보았다. 이러한 인식에는 동아시아 자연학과 자연철학은 물론 서양의 과학 역시 일종에 신화화라고 할 수 있다. 이 글에서는 하나의 시론적 시도로서, 현재의 시선에는 혼종적이지만 당대에는 매우 정합적이었던 기학적 자연철학의 관점에서 최한기라는 19세기 조선 유학자의 자연철학적 기획을 살펴보고자 한다. 최한기가 유학의 이념과 서양 과학의 지식들을 결합해 구축한 일종의 중력 이론 '기륜설(氣輪說)'을 살펴봄으로써 과학과 비과학을 결정하는 현대 과학의 지적 권위가 작동하기 전, 마지막 비결정의 시대에 조선의 지식인이 꿈꿀 수 있었던 자연철학의 가능성과 확장성을 보여주고 있다.

김태연의 「마음의 종교와 마음의 과학―칼 구스타프 융의 통합적 인식론을 중심으로」에서는 종교와 과학의 대립을 '마음'의 관점에서 통합적으로 바라보고 극복하고자 한 칼 구스타프 융의 사유와 그 인식론을 검토한다. 종교와 과학 사이에 가교를 놓고자 한 융은 물질과 정신이 근원적으로는 같은 세계에 속해 있으며 양측은 서로 끊임없이 접촉하고 있다고 보았다. 융의 인식론은 그의 플레로마와 크레아투라의 논의에 잘 반영되어 있듯이, 외적인 측면을 조명하는 과학과 내적인 측면을 조명하는 종교는 인간 경험이 수렴되는 심혼 속에서 합일될 수 있다는 것이다. 영국의 생물학자이자 인류학자인 그레고리 베이트슨은 융의 인식론을 데카르트의 심신이원론을 극복할 수 있는 대안적 인식론으로 수용하여 정신과 자연의 이분법을 극복하고자 하였다. 정신과 물질의 접촉, 종교와 과학의 대화라는 과제가 융의 통합적 인식론에서는 인간의 개성화 및 성숙과 긴밀히 연결된 중요한 인격의 문제가 되고 있다.

제2장 '근대과학의 은유'에서는 르네상스 이후 서구의 자연과학, 의학 등의 발달로 기존의 자연과 인간에 대한 이미지와 은유적 표현의 변화를 통한 상상계의 혁신을 추적해본다. 특히 프랑스 연구들에서 읽을 수 있듯이, 르네상스 시기만 해도 의학을 공부하려면 히포크라테스와 갈레노스의 저서들을 읽어야하는데, 이는 곧 고문헌학 연구와도 맞물려 있는 작업이었다. 근대과

학의 발달은 문헌학, 인문학의 전통과 분리되어 생각하기 어렵다는 반증이
기도 하다. 또한 새로운 어법과 표현들도 기존 사유체계나 삶의 조건에 대한
해체적 저항 내지 정치적 의식이 짙게 배어있기 마련이다. 과학지식이 발달
하고 자연에 대한 새로운 눈을 뜨게 되면서 지배이데올로기의 억압적 폭력
에 저항하는 새로운 상상계의 생성을 읽을 수 있다. 미슐레의 저서들이 바로
진보적 생명론을 기반으로 루이-나폴레옹 보나파르트나 예수회교도들 및
유대-그리스교도 들의 독단적인 횡포에 맞서는 새로운 정치적 희망을 담고
있다. 반면 해양 생물학의 발달 역시 유럽인들이 바다의 제국을 욕망하던 역
사적 맥락과 무관할 수 없는데, 동시에 바다 속으로 시선을 돌려 바다에 대한
새로운 과학적 이해와 함께 옛 비너스 신화의 미를 둘러싼 상상계가 새로이
재구성되기도 한다.

또한 과학의 발달이 문학적 상상력과 새로운 글쓰기를 추동한 역사적 사
례들을 마르그리트 드 발루아나 게오르그 크리스토프 리히텐베르크의 경우
에서도 읽을 수 있다. 마르그리트 드 발루아의 경우에는 정치역사적 맥락 속
에서 철학과 문학, 수사적 글쓰기의 다중적 담화방식으로 '회상록'이라는 새
로운 글쓰기 형태를 보여준다. 이런 회상록에서는 은폐된 개인, 여성들의 목
소리가 은유적으로 함께 울리는 새로운 역사를 읽을 수 있다. 리히텐베르크
의 '잡록'이라는 새로운 형태의 글쓰기 역시 학문의 분화가 아직 초기단계에
머물렀던 18세기 후반에 철학, 문학, 과학의 다양한 실험이 상호작용하면서
문화전반을 관통하는 실험적 태도로서의 글쓰기 사례이다.

로맹 메니니의 「가르가멜의 해산―거꾸로 뒤집힌 히포크라테스와 갈레
노스」에서는 프랑수아 라블레(1494/1483~1553) 의『가르강튀아 팡타그뤼엘』
중 "가르강튀아는 어떻게 기이하게 태어났는가?"라는 제목이 달린 6장에서

가르가멜의 해산장면 묘사를 분석의 대상으로 삼고 있다. 의학지식이 라블레의 문학적 상상력과 어떻게 연동하여 희극적인 효과를 불러일으키고 있는지를 연구한 글이다. 작가 자신이 의학박사이기 이전에 고문헌학자였다. 라블레는 민중적인 웃음과 풍자 시학의 대표적인 작가로서 이 해산장면에서 왼쪽 귀로 아이를 낳게 되는 황당한 이야기를 서술한다. 로맹 메니니는 이 장면을 당시 의학지식의 맥락에서 면밀히 분석하여, 외설적인 농담과 의학적인 전문용어들의 희극적인 배치를 통해 웃음을 자아내고 있음을 밝히고 있다. 이 작품은 히포크라테스와 갈레노스의 전문적인 의학지식을 뒤집어 놓은 듯한 문학적 상상력으로 고대인들과 함께 웃어대는 문헌학적 축제의 장과 다름없다.

지젤 세젱제르의 「미슐레, 과학과 문학 사이」에서는 프랑스 혁명기의 역사가이자 교회권력에 맞서 정교분리 정신을 구현한 공화주의자 쥘 미슐레의 저서들 중에서 자연에 대한 새로운 복음서라고 할 만한 작품들을 토대로 그의 사상을 보여준다. 미슐레는 특히 공포정치로 둔갑한 프랑스 대혁명의 실패와 기독교의 억압적인 문화에 대한 대안으로 민주적 공화주의 사상을 개진하였으며 이를 기반으로 한 상상계의 혁명을 추구한다. 미슐레는 평판이 악화된 기독교 신화를 대체해야 할 근대적 민주주의 신화를 창조하고 정치적 가치를 재생시키기 위해 「산」, 「새」, 「바다」 등의 작품들에서처럼 과학에 기반을 두고 시적인 몽상과 더불어 지금까지는 볼 수 없던 비정형의 글들을 써낸다. 미슐레는 정치적인 산에서 출발하여 영적인 산에 이르기까지 정치에서 과학으로, 종교에서 문학으로 경계를 넘나들며 새로운 복음서, 즉 민중들이 모두 이해할 수 있는 자연에 대한 새로운 신화를 통해 정치적 차원의 혁명을 넘어 상상계의 혁명을 꾀하였음을 이 글에서 읽을 수 있다.

줄리엣 아줄레의 「해양 부인학―19세기 여성의 상상계와 해양학」에서는 18세기 후반 유럽인들의 바다에 대한 시각전환을 읽을 수 있다. 그들에게 바다는 이제 더 이상 불안의 근원이 아니라 욕망의 대상이 되어 탐험과 탐사의 작업들도 이어져 해양학, 해양생물학의 발달을 가져왔다. 찰스 다윈이나 에른스트 헤켈의 영향으로 해양에 대한 유럽인들의 과학적 접근이 가속화되었을 뿐만 아니라 문학의 영역에서도 바다의 세계, 해저 세계에 관심을 돌리면서 해양에 대한 신화적 은유가 변하게 되었다. 쥘 베른, 미슐레, 위고, 로덴바흐, 위스망스 등 문학의 모든 장르에서 바다에 대한 상상계가 새로이 만들어지게 된다. 이글에서는 19세기 후반의 작가들이 어떻게 해양학과 환상을 엮어가면서 소위 해양 부인학이라 부를 만한 영역을 만들어 냈는지, 옛 비너스 신화를 어떻게 새로이 재창조하면서 소위 일종의 근대과학적 신화를 만들어 내고 있는지를 보여준다.

카롤린 트로토의 「마르그리트 드 발루아의 「회상록」과 당대 철학의 울림」에서는 앙리 2세의 딸이자 앙리 4세의 첫 번째 부인이었던 마르그리트 드 발루아가 쓴 『회상록』 분석을 통하여 당대 다양한 지식, 학문, 철학 및 문학적 모델을 활용하여 개인, 여성의 목소리가 울리는 회상록 형식의 새로운 역사 서술을 보여준다. 마르그리트는 왕가와 궁정의 역사적인 사건들로 채워진 일상의 삶을 연대기적 서술 구조로 이야기한다. 기본적으로 마르그리트의 글은 역사적, 정치적, 철학적인 동시에 고전적이며 현대적인 문학텍스트의 울림과 반향을 불러일으키는 암시의 유희를 활용하면서 윤리학적인 질문을 제기한다. 정치적, 이념적, 종교적 체제와의 긴장 속에서 신플라톤주의와 같은 철학적, 학문적 지식체계에 포착되지 못한 현세시간 속에서 획득한 개개인 존재의 직관, 인류학의 관점을 문학적 반향과 울림의 효과로 담아내그 있다. 이와 같이 궁정 중심의 집단 신화의 기원을 자신의 어린 시절 회상으로 대체함으로써 신중한 궁정의 폭정이나 가식을 고발하지 않으면서도 견유철학적 비유로 역사 속에서 울리는 여성들의 목소리와 메아리를 전달하고 있다.

박인원의 「실험과 허구―리히텐베르크의 『잡록』을 중심으로 본 문학과 과학의 교차」에서는 독일 아포리즘의 창시자인 게오르크 크리스토프 리히텐베르크의 『잡록』을 분석하고 있다. 리히텐베르크는 천문학, 기상학, 지질학, 광학, 열역학, 전기학 등 후기 계몽주의 시대의 모든 자연과학 분야를 두루 연구한 독일 최초의 실험물리학 교수였다. 그는 후기 계몽주의의 패러다임 경계에서 다양한 방식으로 지식에 대해 성찰하며 일종의 사유실험적 글쓰기를 시도하고 있다. 무려 30여 년에 걸쳐 쓴 그의 사유실험적 글쓰기는 지와 무지의 경계에 대한 탐색이요, 당대의 소위 '정상과학' 문헌보다 18세기 말 문턱의 지식질서에 대한 보다 깊은 통찰을 가능하게 하는 공간으로 볼 수 있다. 최근에 지식의 불확실성에 대한 관심이 증가하면서 리히텐베르크가 자연과학자로 재발견되고 있기도 하다. 이와 더불어 그동안 아포리즘으로만 수용되어왔던 『잡록』도 사유실험으로서의 글쓰기로 새롭게 주목받고 있다.

제3장 '실험실 속의 인간'에서는 근대자연과학의 성과가 문학의 허구영역에서 어떻게 재성찰되는지를 주목하는 글들을 영국문학, 독일문학, 프랑스문학, 그리고 한국문학에서 선별하여 모아보았다. 무엇보다도 창조론에 도전하는 프로메테우스적 과학기술자들의 인간창조 욕망을 문학의 범주에서 성찰하면서 과학기술이 수반한 근대화와 문학의 근대화 현상을 유럽뿐만 아니라 한국의 문화맥락에서도 확인할 수 있다. 창조론에 도전적인 인간의 욕망은 사실 다윈의 진화론 이후 영국작가 '지킬박사'의 이야기와 같은 여러 문학작품의 사례에서 접할 수 있지만, 다윈의 진화론 이전에 이미 메리 셸리의

‘프랑켄슈타인’이나 괴테의 인조인간 ‘호문쿨루스’의 형상화에서도 읽을 수 있다. 괴테는 무기화학자의 창시자인 뷜러의 화학실험 보고를 경험한 뒤 중세의 연금술사들의 욕망을 유럽의 근대화 맥락에 옮겨 놓으면서 근대자연과학적 ‘인간’과 ‘자연’의 인식방식을 비판적으로 문학화하고 있다. 프랑스 작가 쥘 베른의 과학소설들에서도 유럽의 제국주의적 팽창 역사의 맥락에서 진화론적인 사유를 비판적으로 성찰해본다. 또한 서구의 과학기술 및 사상들, 특히 다윈의 진화론이 한국문학과 문화맥락에 미친 영향 역시 이광수의 문학세계에서도 읽어볼 수 있다.

김연수의 「유럽의 근대계몽주의 맥락에서 읽는 괴테의 ‘호문쿨루스’와 뷜러의 ‘요소합성 실험’」에서는 괴테의 『파우스트』 II부에 등장하는 ‘인조인간’ 혹은 ‘인공지능’인 호문쿨루스 형상화의 과정과 그 문화사적 맥락을 추적하면서 창조론에 프로메테우스적으로 도전하는 과학기술자들의 욕망과 괴테의 근대기획에 대한 문학적 사유실험을 유럽의 근대계몽주의 맥락에서 비판적으로 고찰한다. 무기적인 것에서 유기적인 것을 합성해내는 뷜러의 ‘요소합성실험’을 유비적으로 호문쿨루스 형상화에 도입하여 근대의 기계론적이고 유물론적인 세계관 및 과학혁명기의 세계, 인간, 자연에 대한 추상적이고 수학적인 설명방식에 대해 괴테는 비판적 성찰을 제기한다. 괴테는 데카르트식의 영과 육의 이원론 및 기계론적인 세계관에 대비되는 신학적 관점, 즉 육체를 단순히 물질로 격하시킬 수 없고 몸도 정신화한 육체로서 인간의 정신은 육체와 밀접하게 결합되어 하나의 인격체를 이룬다는 관점도 병치시킴으로써 사물문명으로서의 근대 문명을 비판적으로 보고 있다. 호문쿨루스 분석을 통해 유럽의 근대기획이 지닌 명암을 읽어내고 있다.

이선주의 「진화론의 발생—『프랑켄 슈타인』과 『지킬박사와 하이디』 사이」는 1859년 다윈의 『종의 기원』 출판을 분기점으로 하여 생물과 인간에 대한 이해에 거의 혁명적인 변화가 일어났음을 메리 셸리의 소설 『프랑켄슈타인』(1818, 1831)과 로버트 스티븐슨의 소설 『지킬박사와 하이드』(1886) 사이에서 읽어내면서 과학과 문학의 상호연관성을 분석하고 있다. 이 두 작품 사이의 긴 시간 축에서 중세의 '존재의 대연쇄(The Great Chain of Being)', 근대의 진화론, 심리적 진화론까지 사상의 변화를 일별하고 있다. 『프랑켄슈타인』 장에서는 중세적 자연관과 근대적 자연관 사이의 갈등과 재현을 중심으로 하여 근대 프로메테우스의 타협을 살피고 『지킬박사와 하이드』 장에서는 인간이 무엇에서 유래되었는가와 역사는 발전하고 있는가라는 의문을 중심으로 한 근대 과학자의 진실 대면을 고찰하고 있다.

카르멘 위스티의 「진화의 잃어버린 고리를 찾아 떠난 여행―쥘 베른의 『공중에 떠있는 마을』」에서는 전 생명계 속에서 '인간'이 차지하는 위치를 밝히고자 하는 당시 최신의 과학적 쟁점들을 탐험여행의 소설에서 다루고 있다. 쥘 베른은 과학지식의 발달과 유럽인들의 타대륙 탐사가 늘어나던 19세기에 작품활동을 하기 시작하면서 당시 과학지식 및 비약적으로 발전하고 있던 자연사적 방법을 토대로 상상의 탐험소설들을 발표한다. 이글에서 다루는 『공중에 떠있는 마을』(1901)에서도 카메룬과 프랑스령 콩고의 동쪽 지역을 탐험하는 탐험대 이야기이다. 유럽제국주의 절정기를 배경으로 인종문제, 백인과 흑인의 관계, 진화론적 관점에서 백인과 흑인을 고리로 파악할 것인지 사다리로 파악할 것인지에 대한 문제 등 당시 생물학 이론의 핵심을 다루고 있다. 물론 쥘 베른은 이런 과학적인 지식을 대중화하면서도 동시에 이런 이론적인 인식을 소설의 허구를 통해 넘어서고 있다.

오윤호의 「근대과학 지식의 재현과 다중 진화의 플롯―이광수의 『무정』을 중심으로」에서는 이광수의 작품에 담긴 근대 과학지식과 진화론적 상상력 및 서로 다른 진화의 궤적을 그리는 인물들이 만들어내는 다중 플롯을 논하고 있다. 이광수의 작품은 동아시아 전통적인 지식과의 교섭 속에서 서구 근대과학 지식을 능동적으로 전유함으로써 새로운 문학론 및 우주론으로 종합하고 있다. 또한 이광수는 개체 생명의 반복적 진화가 모여 민족적 진화로 발전하는 다중 플롯 구조를 구체화 하고 있다. 『무정』의 진화론적 상상력을 분석함으로써 서구의 진화론이 식민지 조선의 소설 양식이 되어가는 과정을 고찰하고 있다. 헤켈과 스펜서뿐만 아니라 에머슨 및 베르그송의 시각까지 도입함으로써 이 작품의 진화론적 이해의 스펙트럼을 확장한다. 이와 같이 서구의 근대과학 지식의 영향 관계에 있는 한국 근대소설을 제국-식민지 지식담론의 장 속에서 재맥락화하고자 하는 글이다.

제4장 '인간 이후의 인간학'에서는 르네상스 이래로 인간, 인간과 휴머니즘, 인간과 자연 및 세계에 대한 지식의 변화, 생명공학 기술의 발달 상황에서 인간, 자연, 세계에 대한 인식의 변화를 짚어가면서 앞으로 다가올 미래의 인간(종), 인간에 대한 지식과 인간학의 변형을 그려본다. 근대 휴머니즘의 기원에 대한 비판적인 성찰과 탈근대적 인간 이해의 차원에서 기계주의, 비인간, 포스트 휴먼 등과 같은 새로운 생명 개념의 단초를 살펴보는 글과 유전공학 기술을 이용한 바이오 아트 영역에서 탐색해보는 기술과 생명과 자연의 관계 문제를 다루는 글로 이 총서를 마무리 하고자 한다.

최진석의 「인간 이후에는 무엇이 오는가?-휴머니즘의 종언과 인간의 변형」에서는 근대적 지식의 중심범주로서 인간과 휴머니즘(인간주의)에 대해 문화철학적 관점에서 비판적 반성을 시도하고 있다. 일반적으로 휴머니즘은 인류의 자연적이고 영원한 이상을 대표하는 개념으로 상정되어 있으나, 푸코에 따르면 이는 최근 수백 년간 성립된 근대적 지식의 산물일 뿐이다. 지식은 객관적이고 불변적인 실체로서 영구적으로 존재해 왔던 게 아니라, 인간이 무엇을 '지식'으로서 인식하는가에 따라 그 외연과 내용이 변화해 왔으며, 16세기 이래 수차례의 범주적 변동을 겪어왔다. 이 과정에서 지식 범주의 '바깥'에 있던 인간은 점차 그 중심부로 이동하였고, 19세기에 이르면 모든 지식의 구성적 중심을 차지하게 된다. 이러한 인간학 혹은 인간주의(휴머니즘)의 역사화는 거꾸로 인간이 다시 지식범주의 바깥으로 밀려날 가능성을 열어둔다. 지식 지평의 확장과 새로운 관점의 전환은 근대적 의미에서의 인간학을 대신하여 다른 인식의 구조를 열게 될 잠재성을 발견하는 것이다. 최근 논의가 활발히 진행되는 '기계주의', '비인간'이나 '포스트휴먼' 등은 이러한 인간(학)의 변형에 대해 흥미로운 시사점을 제공하고 있고, 이에 대한 단초를 살펴보는 일은 현대 인문학의 당면과제이지 않을 수 없다.

전혜숙의 「유전공학기술과 바이오아트」에서는 식물을 매체로 유전공학기술을 통해 식물의 속성과 혼성 가능성을 탐구한 미술작품들을 중심으로 바이오아트의 미학적 문제, 매체의 관점, 사회·환경·기술과 자연의 관계 문제 등을 다루고 있다. 그리고 더 나아가 종(種)간 혼성작품의 의미를 살펴봄으로써 자연 속에 과연 자연의 고유한 '자연스러움'이 존재해왔는가도 묻는다. 이 글에서는 특히 조지 게서트(Geroge Gessert)의 혼성 아이리스, 히더 애크로이드(Heather Ackroyd)와 댄 하비(Dan Harvey)의 엽록소 캔버스, 그리고 에두아르도 카츠(Eduardo Kac)가 〈수수께끼 자연사(Natural History of the Enigma)〉라는 제목으로 만든 혼성식물 '에듀니아' 등을 통해 미학적 수단으로 유전공학기술을 이용하는 바이오아트의 특징을 살펴보며, 그와 반대로 유전공학 기술에 대한 비판적인 시선을 담은 폴 버나우즈(Paul Vanouse), 나탈리 제레미젠코

(Natalie Jeremijenko), 에이미 영스(Amy Youngs) 등의 바이오아트를 분석하고 있다. 이로써 이 글은 바이오아트의 존재방식에 대한 일례를 정리하고 있을 뿐 아니라, 생물학적 효과를 극대화시킬 수 있는 식물로서의 매체적 특징을 드러내고, 동시에 바이오아트가 발생시키고 있는 여러 논쟁점을 부각시키고 있다.

이 총서에 함께 묶어 소개하는 한국인 저자들의 글들은 2014년부터 '문학과 과학 사이의 탈경계적 지식형성'이라는 탈경계 인문학 연구단의 공동연구 일환으로 연구, 발표된 논문들이다. 그리고 프랑스 저자를 포함한 대부분의 글들은 2015년 10월 이화여대 이화인문과학원과 프랑스 파리 동대학의 '문학, 지식, 예술 연구소(Centre de recherche Litterature Savoir et Arts)'가 함께 주최한 제4회 국제공동학술대회(테마 : "문학, 지식 그리고 과학")에서 발표한 논문들이다. 파리 동대학의 '문학, 지식, 예술연구소'는 자연과학과 인문과학의 상호관계, 기술변화가 창작에 미치는 영향, 과학적 변화와 미학혁명 혹은 글쓰기 관계에 대한 연구를 목적으로 2004년에 창립되었고 이화인문과학원과는 2012년부터 학술교류를 해오고 있다. 두 연구기관은 한국과 프랑스에서 번갈아 가며 공동학술대회를 개최해왔고, 1, 2차 공동 학술대회의 결과물로 『역사의 글쓰기. 문학과 영화가 역사를 만날 때』(이화여대 출판부)가 2013년에 출판되었다.

이번에 발행되는 총서 『근대 지식과 인간과학』은 이화인문과학원과 파리 동 대학의 학술교류 결과이자 동시에 탈경계 지식형성 연구부의 성과를 총서시리즈로 발간하고 있는 『인문지식총서』의 두 번째 결과물이기도 하다. 이화인문과학원의 HK 연구과제 핵심인 '탈경계 인문학'은 근대 인문지식에 대한 비판과 성찰을 토대로 한국인문지식의 새로운 패러다임을 제시해보자는 취지에서 동아시아근대 지식형성과 지형도를 그려보며 서구와의 관계 속에서 번역의 문제를 논제화한 『동아시아 근대 지식과 번역의 지형』(소명출판, 2015)을 출판한 바 있다. 한국인문학의 지형을 총제적으로 접근하기 위한 일환으로 이번에는 서구나 동아시아의 지정학적 경계를 넘어 근대과학지식과 문학의 (탈)경계적 현상을 조명하며 미래 인문학을 향하는 길목에서 두 번째 총서를 내놓는다.

총서기획팀 김연수, 오윤호, 최진석 씀

2016.5

제
1
장

자연과 인간의 재인식

엘렌 바 오스트로비엑키
문학, 지식, 그리고 과학
17세기 반종교 논증에 나타난 인간이 만든 허구들

송은주
에머슨의 '시인-과학자'의 통합적 자연 인식

김선희
19세기 조선 학자의 자연 철학에 관하여
최한기의 기륜설을 중심으로

김태연
마음의 종교와 마음의 과학
칼 구스타프 융의 통합적 인식론을 중심으로

문학, 지식, 그리고 과학

17세기 반종교 논증에 나타난 인간이 만든 허구들

엘렌 바 오스트로비엑키(Bah Ostrowiecki, Hélène)

1.

    반종교 비평의 분야에서 매우 급진적인 텍스트인,『부활한 테오프라스투스(*Theophrastus redivivus*)』는 17세기 중반 프랑스에서 종교를 완벽한 허구로 여기고 이것을 철저히 배제하는 사상의 정당성을 입증하기 위하여 체계적으로 무신론의 주장을 펼친다. 당시 기독교 신앙은 가톨릭 군주제였던 프랑스의 제도적 기둥의 하나였으며 또한 교리에 대한 비판은 공개적으로 표현될 수 없었기 때문에 이것은 아주 주목할 만한 특수성이다. 이러한 이유로 1659년 라틴어로 쓰여진 이 책은 당시 간행되지 않은 채 오직 작자미상의 수사본 형태로 암암리에 유포된 것이다.

    작가의 목적은, 종교가 신앙과 이 신앙을 유지시키는 제도들의 체계를 수단으로 삼아 작용하는 것으로 보고 이로부터 초래된 억압으로부터 인간을 해방시키는 것이다. 종교에 대한 이 비판의 주요 논증 과정은 종교가 자연에 반대되는 것으로서 몰아내야 할 허구이자 인간이 만든 작품이라는 것을 보여주는 데 있다.

그런데 종교를 공격하기 위하여 선택한 이 원리는 다음과 같은 문제를 제기한다. 반자연적 허구인 종교로부터 사회를 해방시켜야 한다. 그러나 사회 그 자체도 반자연적인 인간의 산물이다. 그러므로 이 해방은, 동물의 삶을 본보기로 삼고 생명을 보존하는 활동에 근거하여 정의되는 '자연에 따르는 삶(la vie selon la nature)'을 위하여, 인간을 종교로부터 뿐만 아니라 또한 사회 조직 자체로부터도 벗어나게 해야 하는 것이다.

따라서 우리는 아래와 같은 두 가지 질문과 마주하게 된다.

첫째, 『테오프라스투스』가 특히 스토이시즘에서 끌어온, 고대 철학에서 매우 진부하고 반복되는 양식인 이 "자연에 따르는 삶"은 자연과 허구 사이의 대립에서 정확히 어떻게 설정되는가?

둘째, 그리고 이 반종교 논증에서 결국 허구의 실제 위치는 무엇인가?

우리는 이 질문들에 대하여, 한나 아렌트(Hannah Arendt)가 인간의 활동을 설명하고자 『인간의 조건』에서 제시한 범주들을 이용해 접근해보고자 한다. 그녀는 인간의 활동을 세 가지로 구분한다. 먼저, 일하는 동물(animal laborans, 마르크스에게 빌려온 표현)의 행동인 '노동(travail)'으로, 이 활동을 통하여 인간은 생명 유지에 필요한 힘을 복구하고 그의 생명을 보존한다. 다음은, 만드는 사람(homo faber)의 행동인 '작업(œuvre)'으로, 물질적 혹은 상징적인 대상을 만드는 활동이며 이 대상의 영속성이 만들어 내는 세계 속에서 인간은 스스로를 인간으로서 인식하게 된다. 마지막으로 다수성이라는 인간의 조건과 연관되는 활동인 '행위(action)'는, 정치적 차원을 토대로 하는 활동으로, 이를 통하여 인간은 생물학적 생존이 강요하는 속박에서 벗어나 새로운 것을 만들고, 타인과 관련된 일들을 주도하면서 온전히 자유롭게 자신의 존재를 드러낸다.

이 범주들은 『테오프라스투스』가 "자연에 따르는 삶"이라는 아주 오래된 이 윤리를 장려함으로써, 여러 관점에서 오늘날에도 여전히 유효한, 인간의 활동에 대한 견해의 중요한 윤곽들을 어떻게 제시할 수 있는지 보여줄 것이다. 자연에 따르는 삶의 윤리적 대안은 비인간의 공동체 이름으로 정치에 맞서는 생물학적 개인주의를 장려하는 데 있으며, 생존을 위한 과정을 유지하면서 여기에서 노동의 수고와 고통을 제거하는 선한 자연에 대한 발상에 그 기반을 두고 있다. 이렇게 1659년의 『테오프라스투스』에서 제시되는 반종교 논증은 정치적 행위에 대한 거부이기도 하다. 즉 압제로서의 종교에 대한 거부일 뿐만 아니라 경제적, 기술적 혹은 예술적인 생산에 대한 거부이자, 자기상실로서의 인간의 창조에 대한 거부를 함의하고 있다. 그리고 이 이중의 거부는, 아주 오래된 것이기는 하지만 오늘날의 논의에서도 분명한 반향을 찾을 수 있으며 또한 우리가 생태적이라 규정할 수 있는 자연주의를 위해 행해진다.

2.

　작가가 『부활한 테오프라스투스』를 집필한 이유는 바로 무신론 사상의 체계를 구축하는 데 기여할 수 있는 모든 철학적 사고들에 대한 전경을 제시하기 위한 것이다. 당시 사회의 공인된 견해에 정면으로 반박하는 이러한 철학적 입장의 정합성을 드러내면서, 작가는 당시 사회의 이데올로기적 유대의 구실을 하는 종교가 실은 어떠한 기반도 갖고 있지 않으며 인간에 대한 정치적 노예화의 의도에 종사할 뿐이라는 사실을 입중하고자 한다.

　그의 사유의 주된 논거는 종교가 인간의 순수한 창작물이라는 사실에 있으며, 이것은 두 가지 측면에서 살펴볼 수 있다. 첫째로, 종교라는 신앙의 체계는 실재하지 않는 '신'이라는 존재의 말들로 만들어진 것에 기반을 두고 있다는 점이다. 영원하며, 세상의 창조자이자, 세상을 지배하는 전능한 신은, 인간이 죽음에 대한 공포 때문에 그리고 이 공포심을 은폐하고자 하는 인간의 욕망 때문에 지어낸 이야기일 뿐이다. 둘째로, 종교란 이 신앙의 체계에 기반을 둔 제도로서, 이 제도는 인간 사회의 삶을 가공한다는 점이다. 종교는 신들이 만들어지면서 포고된 진리들에 따라 명령하고 금지하는 법이며, 인간의 마땅한 자유를 가두고 인간이 자유로이 자신을 표현하는 것을 가로막는다.

　따라서 인간이 만들어낸 종교는 이론적이고 실제적인 측면을 동시에 갖는다. 작품에서 사용된 용어로 설명하자면, 종교는 이야기(fabula)로서, 즉 현실과는 관계가 없는 전설, 신화, 또는 비유적인 이야기이다. 종교는 또한 제작품(figmentum)으로서, 즉 인간들의 기교로 만들어지고 유지되는 인공적인 작품이다. 우리가 말의 폭 혹은 그것이 세상에 미치는 실제적인 효과의 폭을 떠올려 본다면, 이것은 바로 우리가 '허구(fiction)'라는 용어로 특징지을 수 있는 유형의 대상에 대한 것이다. 이 용어는 세 가지의 장점을 갖고 있다. 첫째로, 이 용어는 우리의 작가가 직접 사용한 용어(라틴어로 fictio)이다. 둘째로, 이 용어는 이야기(fabula)로 지시된 대상에 대하여 분석적이고 인식 체계적 측면을 설명해준다(특히 오늘날 프랑스어에서 쓰이는 'fiction'은 이러한 의미를 갖는다). 셋째로, 어원적인 측면에서 이 용어는 라틴어로 이 뜻을 갖는 'fig-'라는 어근으로 인해 제작품(figmentum)으로 지시된 제작의 측면을 참조하게 한다. 종교는 허구로서 이런 의미에서 거짓이며(그것은 지어낸 이야기 'fabula'이다), 또한 만들어진 것이기 때문에 거짓이다(그것은 제작품 'figmentum'이다). 즉 종교는 그 자체로 유죄이다.

따라서 종교에 대한 유죄판결은 인간이 만든 모든 허구에 보다 넓게 적용될 수 있는 원리를 기반으로 삼아 선고되며, 작품 속에서 이 원리는 문학, 과학, 기술, 법 등 "지식(scientia)"이라고 규정될 수 있는 총체에 대한 유죄판결을 이끌어 낸다. 바로 이렇게 작가는 매우 넓은 의미에서 "인간이 그의 기교로 만들어 낸 지식"을 "자연의 지식(savoir naturel)"에 대립시키는데, 여기서 자연의 지식이란 자연에 대하여 인간이 만든 지식이 아닌 자연이 인간에게 만들어 놓은 지식을 말한다.

그러므로 작가의 주요 표적인 종교를 비판하는 원리는 허구로서 규탄 받는, 즉 자연과의 분리를 의미하는 인간의 모든 창조물을 타파한다. 아렌트의 용어로 말하자면, '작업'과 '행위'에 속하는 모든 것이 규탄의 대상이다. 사실 '행위'란 새로운 것을 만들어 내고 원래 존재하던 것과 단절하는 일을 개시하는 인간의 활동이다. 이러한 시작이라는 특성은 제한된 삶을 사는 인간의 죽음을 피할 수 없는 조건과, 순환적 의미의 생물학적(biologique) 방식이 아닌 선(線)적인 의미의 전기적(biographique) 방식에 대한 사고와 관련된다. 이 선적인 시간은 태어나면서 시작을 만들고, 한 역사를 여는데, 인간은 그 안에서 시작들을 만들어 내면서, 즉 행위들을 시도하면서 스스로 발전한다.『테오프라스투스』에 의해 포착된 이 과정은 인간의 행위에 대한 유죄판결의 근거가 되며, 바로 인간의 행위가 새로운 것을 창시한다는 점, 즉 자연의 질서와, 보다 정확히 말하면 동물의 공동체와 단절하기를 주장한다는 점에서 그러하다.

그가 제시하는 분석에서 인간 세계와 자연 공동체 사이의 대립의 출발점이 되는 것은 바로 소유, 즉 제 것으로 삼고자 하는 행동이다. 사물들의 물질성 안에 차이를 통해 존재의 근심을 새겨 넣는 네 것과 내 것의 구분은 인간 사회를 그것이 원래 속해있던 자연 공동체와 근본적으로 다른 작용을 하게 만든다. 이 최초의 소유는 인간 활동의 결실들에 대한 소유로 이어지는데, 이 결실들은 이제 더 이상 생존을 위해 사용되는 자원들만이 아니라 영속을 위해 만들어지는 생산물들이다. 더 이상 인간이 유지하는 생물학적 과정에 따라 소비되는 노동의 산물이 아닌, 영속성을 지니며 인간으로 하여금 그들 스스로를 주인이자 소유자로 인식하게 만드는 작업의 산물들을 소유하게 되는 것이다.

이렇듯『테오프라스투스』에는 자연의 순환과 단절을 야기하는 활동인 '행위'를 주도하고자 하는 특성과, 자연을 인간이 만든 인공적 세계로 대체하는 활동인 '작업'을 보존하고자 하는 특성이 유기적으로 결합되어 있다. 그리고 그가 인간의 활동을 허구로 규정하면서 규탄하고자 했던 것이 정확히 바로 이러한 이유들 때문이다. 자기보존이라는 생물학적이고 자연적인 목적에서 인간의 존재를 빠져나오게 한 최초의 소유는, 우리의 작가가 자신이 살고 있다고 주장하는 부당하고 억압적인 사회의 형성을 이끌어내면서, 인간을 축적이라는 전기(傳記)의 논리 속으로 데려간다.

종교에 맞선 그의 투쟁은 이 괴물(작가는 이렇게 인간 사회를 규정한다)의 성장을 완성시키는 궁극의 허구에 맞선 투쟁이다. 생물학적 논리에 대하여 전기적 논리가 거둔 승리인 종교는 인간에게 불멸성을 비춰주면서 인간의 존재를 가공하는 체제이다. 그것은 최상의 허구, 즉 그 스스로가 창조자이기도 한 인간을 창조하면서 인간 고유의 창작물들(문학적, 과학적, 기술적, 입법적 분야 등)을 통하여 정의되는 조물주인 신의 최상의 작품인 것이다. 이것이 바로 인간이 이제 그를 섬기게 된 자연 가운데서 스스로를 예외적인 존재로 인식하게 만드는 기독교의 인간 중심주의로서, 이것은 거짓 담론을 통하여 완벽히 규제된 사회의 부당함을 정당화시킨다. 거짓 담론이란 모순적인 의견을 확산시키는 문학 및 철학이라는 허구들, 결국은 잘못된 필요성에 부응하기 때문에 무용한 기술이라는 허구들, 일관성 없고 자의적인 법이라는 허구들, 그리고 이 모든 것 위에 있는, 자연이 공동체와 평등을 놓아 둔 사회적 위계라는 허구를 말한다.

『테오프라스투스』의 작가에 따르면 바로 여기가 인간 세계의 발전이 자연의 법칙을 벗어나 이르게 된 지점이다. 그리고 그에게 있어 인간 활동의 이 모든 표현들을 연결시키고 또 비판하게 하는 공통적인 근원은 바로 자연의 질서와 단절시키는 주도성으로부터 생겨난 '제작(fabrication)'이라는 특성이다.

3.

이러한 이유로 작가는 이 상황에 맞서 대단히 논리적으로 '근절(éradication)'을 주장하게 된다. 즉 우리를 노예로 만드는 사슬을 벗어버리듯 이 허구의 덫에서 빠져나와야 한다. 바로 이것이 그가 현자에게 "자연으로의 회귀"라는 표현으로 제안하는 강령이다.

이 제안의 모든 의미는 인간이 만든 허구와 자연 사이의 대립으로부터 나온다. 그런데 이 대립은 본질적인 차원에서 문제를 안고 있다. 사실, 인간에 의해 야기된 단절의 지위는 무엇인가? 섭리에 따라 공동의 것이었던 것을 인간이 제 것으로 삼게 된 최초의 행위는 그 자체로 자연스럽고 또, 시간이 되면 그 정도를 벗어나게 되는 욕구로부터 나온 것이다. 작가가 규탄하는 이 괴물과 같은 사회는 자연과 조화를 이루며 발전해온 사회의 퇴화한 버전이다(그는 먼 나라에 존재하는 이러한 사회들에 대한 민족학 자료들을 통해 그 확신을 얻는다). 그리고 가장 전형적인 허구인 종교는 숭배의 대상인 초자연적인 존재들로 만들어지기 때문에, 그는 우리에게 이것 또한 별과 같이 자연의 기본 요소를 대상으로 삼는 덜 부조리한 신앙의 퇴화한 버전이라고 설명한다.

그러므로 이제 자연으로의 회귀는 이전 상태로의, 자연적인 사회로의, 그리고 자연적인 종교로의 회귀가 될 수 있다. 요컨대, 그리스-라틴 신화의 황금시대로의 회귀이며, 작가는 자유로운 인간 사회의 실재를 구현하는 먼 사회로부터 나온 이야기들로 증명된 이 시대를 역사적 현실로 여긴다. 그러나 이것은 작가가 한 선택이 아니다. 왜냐하면 작가는 그들의 원리 자체로 규탄받아 마땅한 모든 사회와 모든 종교를 몰아내야 한다고 더욱 극단적으로 주장하기 때문이다. 그러므로 괴물과 같은 정치 조직과 그것을 공고히 하면서 인간을 극도로 억압하는 종교의 특성을 확실히 확인한 그가 제안하는 것이 바로 '근절'이다. 그것은 인간의 허구적 창조성이자 창의력 속에 있는 악의 근원을 뿌리 뽑는 일이다.

이러한 원칙에 따른 대안적 해결책은 무엇인가?『테오프라스투스』의 작가는 소유하려는 인간의 주도성으로부터 점차적으로 발전된 정치적이고 종교적인 압제에 맞서는 자연적 자유의 변호사를 자처한다. 그의 말에 따르면, 자연적 자유란 각각의 존재에게 스스로의 보존에 전념할 것을 명령하는 자연의 근본적인 법칙을 따르는 것이며 무엇보다 이 목적을 넘어서지 않는 것이다. 아렌트가 제시한 범주를 통해 이해해보자면, 인간의 활동은 생명 유지에 필요한 과정을 이어가는 일에 속하는 '노동'에 만족하고, 자연의 질서와 분리되어 자율적인 세계를 창조하는 인간의 활동 방식인 '작업'과 '행위'를 삼가야 한다.

『부활한 테오프라스투스』의 "자연에 따르는 삶"은 인간이 동물 공동체와 구별되기 위하여 시행하려고 하는 단절을 거부하고 그 공동체로 인간을 돌려보내는 것이다. 이 삶은 생물학적 현실(자연 안에서 자연적인 존재로서의, 다른 동물들 사이에서 동물로서의 인간)을 상징적 허구(창조물 안에서 창조자로서의, 월등한 존재로서의 인간)보다 앞세우는 서열에 기초를 둔다. 부당하다고 여겨지는 정치적 질서에 복종하는 것에 반대하면서 그는 정당한 것으로 여겨지는 자연의 법칙에 복종할 것을 주장한다. 그런데 이 서열은 그 논리가 오직 선한 자연에 대한 사상 위에 기초하기 때문에 유지될 뿐이다. 만약 우리가 자연의 법칙 아래서 자유롭다면 그것은 이 법칙이 선하기 때문이며, 우리가 자신의 생명을 보존하기 위한 최소한의 활동에 만족할 때 행복을 느낀다면 그것은 그 활동이 어떠한 고통도 없기 때문이다.

달리 말해 『테오프라스투스』의 자연에 따르는 삶은, 아렌트의 용어에 따르면 '작업'과 '행위'에 반대하고 '노동'에 기반 하는 것인데, 이 노동은 고생과 고통에 대한 모든 개념, 폭력과 투쟁에 대한 모든 생각이 배제된 노동이다. 요컨대, 인간이 그것을 초월하고자 하는 것을 정당화 시킬 수 있는 모든 것이 제거된 노동 사상이다. 이러한 목적의 중심에 있는 삶, 즉 무엇보다 생명을 보존하고자 하는 삶은 고통스런 조건에서 해방되고자 하는 존재의 전기적 삶이 아니라 그 안에서 선한 힘이 원활하게 발휘되며 지탱되는 존재의 생물학적 삶이다. 이것이 바로 자기보존의 목적은 엄밀히 말해 삶에 대한 사랑이 아닌 이유이다. 왜냐하면 삶에 대한 사랑, 그것은 자기애이고 개인을 있는 그대로 영속시키고자 하는 욕망이기 때문이다. 그리고 이것은 자연에 대한 소유, 그리고 모든 인간의 허구의 근원이 되는 불멸성에 대한 욕망으로 이어진다. 반대로 자기보존의 관심은 있는 그대로의 삶을 유지하는 일이며 또한 그로부터 다음과 같은 결론이 도출된다. 만약 삶이 주변 환경에 의해 심각하게 구속을 받는다면 자살이라는 방법을 통하여 삶을 포기하는 일은 완벽히 정당하다는 것이다.

『테오프라스투스』의 논증은 전기적이 아닌 생물학적 의미에서의 삶을 장려하는 데 있으며, 작품 속에서 이 삶은 동물의 삶을 모델로 장려함으로써 논리적으로 보강된다. 특히 본능을 합리성으로 이해함으로써 표현되는 사상으로, 인간이 자연을 도구로 간주하고 통제하는데 사용하는 능력과는 거리가 먼 이 현자의 합리성은 자연이 부과하고 또한 명백히 자연에 의하여 끝이 나는 과정을 뜻한다. 이성, 그것은 자연이 자기보존을 명령하는 목소리이다.

4.

하지만 작가뿐 아니라 그가 호소하고 있는 대상인 독자의 환경을 구성하는 정치의 차원에서 어떻게 이 절대적 필요성을 실현시킬 수 있을 것인가? 인간을 자연의 생물학적 차원으로 돌아오게 하는 일은 현자의 상(像), 즉 작품의 마지막 장 제목이기도 한 "icon sapientis"로 구현할 수 있다. "Icon"은 그리스어 "eikon"에서 온 라틴어 파생어로, 이미지, 표현을 의미하는데, 허구를 거부하는 것에 기반을 둔 윤리적 담론에서 틀림없이 우리의 주의를 끌만한 용어이다. 이 용어를 사용함으로써, 모든 것은 마치 이 익명의 작가가 그의 허구에 대한 거부가 결국 하나의 허구를 만들어 내는 데 이르렀다는 사실을 스스로 인정하는 것과 같아지게 된다. 그렇다면 어떤 점에서 이 현자는 허구인가? 먼저 현자는 어떠한 모델로서 제시되는, '되어야만 하는 것'이라는 점에서 그러하다. 그는 또한 작가에게 있어 허구의 근본적인 특성, 즉 '분리'라는 견지에서도 그렇다. 이 익명의 작가에 의해 거부된 허구가 인간을 자연으로부터 분리하는 것이라면, 그가 자신의 논증 과정의 마지막에 이르러 선택한 허구는 인간에 의해 창조된 사회와 분리하는 데 있는 것으로, 다시 말해, 분리와의 분리를 의미한다.

그러나 이 두 번째 분리는 첫 번째 분리를 무효화하는 것이 아니다. 두 번째 분리는 첫 번째 분리를 안으로부터 제한할 수밖에 없다. 『테오프라스투스』의 작가가 인간의 허구를 매우 강력하게 거부하는 것은 그가 이 허구의 편재성과 그것의 능력을 인정하기 때문이다. 그렇기 때문에, 삶이 자연의 이성에 의해 다스려지는 현자의 허구는 마치 성채처럼 작용하면서 제한을 적극 권장한다. 이상을 향한 초과, 첨가, 팽창(권력과 불멸성, 나아가 기술적 제어에 대한 욕망)에 의한 허구에 맞서, 작가는 부족, 결핍, 제한에 의한 허구를 내세운다. 이것이 바로 이 글에서 생물학적 과정을 장려하는 작용으로서, 그것은 바로 인간이 만들고 또 인간을 예속시키는 모든 허구의 근원인 불멸성에 대한 욕망으로부터 인간을 떼어놓아야 하는 데 있다.

바로 이런 점에서 『테오프라스투스』가 제시하는 자연에 따르는 삶은 현자들이 정치적 행위에 의해 발생되는 혼란들을 피해 누릴 수 있었던 학구적 여가, 즉 고대의 "otium"의 이상과 구분된다. 사실 작가가 모델로서 제시하는 삶, 즉 그가 인간의 역사에서 찾아내고 그의 주변에서 확인하는 일탈과는 대조를 이루며 진정으로 인간적이라고 그가 규정하는 삶은 다름 아닌 동물의 삶, 다시 말해 본능의 지배를 받으면서 오직 그 자신의 보존만을 목적으로 하는 삶에 최대한 접근하는 데 있는 것이다. 『테오프라스투스』는 현자에게 학문은 물론이고 자연 가운데서 인간을 특별하게 만드는 능력의 개발도 권하지 않는다. 그에게 인간은 이미 충분히 유별난 존재이며, 그것은 가장 나쁜 것이었다. 고대인들의 학구적인 여가는 생존의 구속으로부터 벗어난 삶을 영위하는 데 있다. 그러나 『테오프라스투스』의 자연에 따르는 삶은 자기보존이라는 이 생존에 한정되는 데 있으며, 이 생존은 그것이 선한 자연의 법칙에 전적으로 부합하기 때문에 행복을 약속한다.

이 선한 자연이 만드는 윤리는 기술의 발전뿐만 아니라 정치의 지배와 대립되는 생물학적 개인주의로 환원된다. 1659년에 나온 『부활한 테오프라스투스』의 제안은 오늘날 생태학이라는 용어 아래 구상되고자 하는 입장들과의 기이한 반향을 마주한다. 각각은 모두 제한이라는 방식, 그리고 유한성을 인정해야 한다고 호소하는 방식으로 인간의 발전에 대해 논하며, 이에 대해

전자는 인간이라는 동물의 죽음을 피할 수 없는 조건을 내세우고 후자는 한 정적인 지구의 자원을 내세운다. 양쪽 모두에게 있어, 이와 같은 유한성에 대한 인식은 비인간의 세계와 함께 자연 공동체의 범위 안에 위치시켜야 한 다. 전기적 불멸성의 추구에 반대되는 생물학적 자기보존에 대한 관심이 활 성화 되도록 만드는 것이다.

『테오프라스투스』에서 그려지는 이 선한 자연은 분리, 폭력, 그리고 종속 으로 규정된 인간 세계와 대립하여 공동체, 조화, 그리고 자유를 구현하는 기 능을 한다. 그리고 이 대립의 작용 가운데, 자연은 그 스스로 허구가 된 것, 새로운 분리를 행하며 존재를 드러낸 것, 그리고 그런 이유로 자연 그 스스로 가 구현하기를 바라는 자연성과 단절을 이룬 것에 대해 스스로를 규탄한다. 이것이 바로 우리가 아직도 널리 봉착되어 있는 난관이다. 불멸성에 대한 인 간의 욕망에 부응하는 인간의 큰 두 가지 작품 ─ 우리가 조절능력을 지닌 자 연이라는 논거로 계속 맞서고 있는 기술의 난립, 그리고 우리가 자연 이성의 보편성으로 계속 맞서고 있는 정치 폭력에서 더 나아간 종교의 열광적 선전 ─ 에 맞선 우리에게 논거의 구실을 하는 것은『테오프라스투스』에서처럼, 대개는 여전히 이 선한 자연이라는 허구이다. 우리는 허구의 이름으로, 허구 에 대한 거부와 아직 끝을 내지 못한 것이다.

참고문헌

Theophrastus redivivus, 1659.

Hannah Arendt, *Condition de l'homme moderne*(1958), Pocket / Paris, 2002.

에머슨의 '시인-과학자'의 통합적 자연 인식

송은주

1. 들어가며

랄프 왈도 에머슨(Ralph Waldo Emerson)은 미국 초절주의(Transcendentalism) 의 대표적 사상가이면서 미국이 유럽의 문화와 정신적 자산에 크게 의존할 수밖에 없었던 19세기에 누구보다도 강력하게 정신적 자립(self-reliance)을 이룰 것을 촉구한 인물이다. 그가 1837년 발표한 「미국의 학자(American Scholar)」는 미국의 지적 독립선언문이라고 일컬어질 만큼 미국문학사에서 중요한 의미를 지닌 글이다. 한기욱은 미국의 초절주의가 인간 개체의 도덕적, 종교적 자기갱신을 강조하는 보편적 사상이나 담론에 그치지 않고 새로운 국가와 문명을 건설해야 할 미국인의 자기정체성과 관련되었다는 점에서 유럽 낭만주의의 한 변종이 아니라 미국 고유의 사상체계이자 수사체계라고 평가한다.[1] 소위 초절주의자로 불린 인물들 간에 일관성이나 통일성이 결여되었기에 초절주의를 일관된 철학사조라고 하기는 애매하지만, 신생 국가인 미국의 국가 정체성을 문화적으로 구성하려는 시도라고 해도 무방할 것이다. 그중에서도 에머슨은 미국의 지식인으로서 떠맡아야 할 사회적 책임을 강하게 의식하면서 당대 미국 사회의 구도를 형성한 거의 모든 지적, 사회적 논쟁에 적극 개입했다. 조엘 포트(Joel Porte)는 에머슨을 일종의 '창시자(founding figure)', 미국 자체의 의미와 국가들 속에서 미국의 전망에 대해 질문한 인물이라고 말한다.[2]

이 글은 빈약하고 척박한 미국의 지적 토양에서 유럽으로부터 독립할 수 있는 독자적인 문화와 사상을 일구려 했던 에머슨의 시도를 그의 과학 연구를 중심으로 살펴보고자 한다. 에머슨은 평생에 걸쳐 당대 과학의 발전과 성과에 깊은 관심을 갖고 이를 자신의 사상 안에 수용하려 하였는데, 이는 19세기 유럽에서 제2차 과학혁명과 함께 과학이 지식인 사회 전반과 일반 대중에게까지 보급되면서 영향을 미치기 시작했던 분위기와 관련이 있다. 19세기에는 과학의 급격한 발전과 이로 인한 세계관의 대전환이 과학자들의 세계에만 한정되지 않고 철학자와 문인들에게도 관심과 연구의 대상이 되었다. 리처드 홈스(Richard Holmes)는 일반적인 통념상 낭만주의는 하나의 문화 세력으로서 과학에 매우 적대적이며 낭만주의의 이상인 주관성은 과학의 이상인 객관성과 맞섰다고 생각되었지만, 실제로는 낭만주의와 과학, 주관성과 객관성이 서로를 배제하지 않았다고 말한다. 새로운 발견에 대한 '경이감'이 그들을 하나로 묶어 주었고 19세기 낭만주의 과학의 도래를 가져왔다는 것

---

1   한기욱, 「에머슨과 소로우」, 『영미문학의 길잡이』 2, 창비, 2007, 115면.
2   Porte, Joel, "Introduction : Representing America-the Emerson Legacy", *The Cambridge Companion to Ralph Waldo Emerson*, Eds. Joel Porte and Saundra Morris, Cambridge UP, 1999, p.2.

이다.[3] 지금의 상황과 비교하여 차이가 있다면, 당시는 아직 과학이 대학의 학과로 분과 학문화되거나 관련 전문 학회와 연구기관 등으로 제도화가 완전히 확립되기 이전의 시기였으며, 과학이 고도로 훈련된 전문가들만이 종사할 수 있는 배타적 영역으로 특화되지 않았다는 점이다. '과학자'라는 용어가 등장한 것이 1863년 윌리엄 휴얼(William Whewell)에 의해서이다. 19세기에는 과학이 독자적인 영역이라기보다는 철학의 한 분야인 자연철학에 가까웠다. 그러므로 철학자와 문인 등 과학에 종사하지 않는 비전문가들도 과학에 관심을 갖고 연구하거나 발언하는 것이 자연스러웠다. 그들에게는 과학이 다른 학문들로부터 분리된 별개의 영역이 아니라 철학 속에 존재하는 한 분파로 생각되었으며, 따라서 과학과 도덕, 종교, 철학은 서로 같은 언어로 소통하고 호환될 수 있었다. 로라 월스(Laura Walls)는 당대의 많은 지식인들이 과학적 진실을 도덕적 진실 속으로 풀어내는 데 익숙했으며 문학과 과학을 공통된 지적 문화의 일부로 읽었다고 말한다.[4]

에머슨은 당시의 과학의 발전과 그 영향에 큰 관심을 갖고 이에 적극적으로 대응했다. 그는 물질에 대한 정신의 우위를 주장한 관념론자이지만, 구체적인 물질세계의 존재를 부정하거나 경시하지 않았으며 오히려 물질과 정신, 양극적 세계의 궁극적인 통합을 위하여 적극적으로 당대 최신 과학의 성과를 흡수하고 활용하고자 했다. 에머슨의 세계는 부분과 전체, 개인과 사회, 개별적 경험과 역사, 과학과 문학, 정신과 물질, 인간과 자연 등 어느 차원에서 보더라도 양극성이 존재한다. 이러한 양극성은 세계를 구성하는 기본 요소이자 원리이지만 상호 대립적인 것만은 아니다. 에머슨에게 중요한 것은

3　리처드 홈스, 전대호 역, 『경이의 시대』, 문학동네, 2008, 12면.
4　Walls, Laura, *Emerson's Life in Science*, Cornell UP, 2003, p.2.

양극이 상호 영향을 주고받으며 만들어내는 무수히 많은 관계들과 변형들이다. 양극 간의 상호 작용과 상호 관계는 고정되어 있지 않고 끊임없이 변화한다는 점에서 역동적이며 유동적이다. 그러나 이 양극의 관계에서 균형을 잡고 그 상호 작용에서 파생되는 무수한 변이들을 수렴하는 궁극적인 통합의 원리가 존재하며, 에머슨은 이를 발견하기 위해 양극에 동등한 비중을 두고 연구할 필요가 있다고 주장한다. 에머슨은 당대 과학으로부터 세계에 대한 객관적이고 실증적인 지식과 함께 사실들을 축적하고 분류하는 과학적 원칙을 빌어 오려 했다. 이는 에머슨이 궁극적으로 목표하는 세계의 통합적 이해를 위하여 필요한 작업이었다. 전일론자인 에머슨은 과학의 진리와 도덕적 진리, 종교적 진리는 모두 동일한 대상의 다른 얼굴들일 뿐 근본적인 차이는 없다고 보았으므로, 세계를 구성하는 기본 원리를 탐구하는 학문으로서 과학을 수용하여 이를 철학에도 적용할 수 있다고 생각했다. 에머슨에게 과학은 철학이나 문학처럼 세계를 관찰하고 해석하고 진리를 발견하는 또 하나의 방식이었던 것이다.

에머슨이 과학에 깊은 관심을 가지고 있었고 당대의 과학적 성과들을 연구했으며 과학자들과도 폭넓은 교분을 쌓았다 해도 그는 과학자는 아니었고 사상가이자 시인이었다. 따라서 그에게 과학적 사실과 법칙들은 세계를 이해하는 유일한 근본 원리가 될 수 없었다. 그는 시인이자 철학자의 입장에서 당대의 과학을 이해하려 했다. 에머슨은 비전문가로서 이러한 시도가 가질 수밖에 없는 한계를 의식하고 좌절감을 느끼기보다는, 오히려 거꾸로 과학자들을 그들이 갇혀 있는 인식의 한계에서 더 넓은 지평으로 끌어내고 통합적인 비전을 제시할 수 있다고 보았다. 에머슨이 과학을 연구한 것은 전문 과학자가 되기 위해서가 아니었으며 바로 이 과학과 문학을 통합한 비전을 제시하겠다는 궁극적인 목적을 위해서였다. 따라서 에머슨이 그의 글 속에서 과학적 사실들을 자주 인용하고 있으나, 그에게 중요한 것은 사실들을 진리로 구성하기 위하여 '생각하는 방법'으로서의 과학이었다.

과학에 대한 에머슨의 전향적 자세는 유럽의 낭만주의 과학으로부터의 영향 외에도, 미국인들 특유의 기술친화적 실용주의의 영향이기도 하다. 미국인들에게 있어 과학과 기술은 유서 깊은 문화유산이나 유적도 없고 문화나 예술 면에서도 유럽보다 한참 뒤처진 그들에게 유일하게 자신을 가질 수 있는 분야였다. 과학과 기술의 발전이 약속하는 밝은 미래는 젊은 공화국인 미국이 지향하는 물질적으로 풍요롭고 도덕적으로 진보한 사회의 이상과 잘 맞았으므로, 에머슨을 비롯한 많은 미국인들이 과학과 기술을 새로운 공화국의 상징으로 자연스럽게 받아들였다. 따라서 에머슨은 '미국의 학자'가 갖추어야 할 기본적이고 필수적인 조건으로 물질세계에 대한 관심과 과학적 사유를 내세운다. 에머슨이 이상적인 지식인의 전형으로 제시하는 '시인-과학자(Poet-Scientist)'는 19세기 식물학과 박물학의 붐을 타고 유행했던 대표적인 과학자인 '자연연구가(naturalist)'의 유형이 가진 한계를 시인의 상상력으로 넘어선 인물이라 할 수 있다. 따라서 본론에서는 에머슨이 과학으로부터 취한 인식론적 도구로서 분류(classification)의 개념과 의의를 살펴보고, 과학적 사실들에 대한 일차적인 분류를 토대로 상상력과 이성의 힘을 이용하여 어떻게 '시인-과학자'의 통합적 사유로 전개해 나가는가를 보겠다. 에머슨은 당대의 과학적 성과를 인정하고 수용하면서 문학자이자 철학자로서 그 한계를 비판적으로 사유하고 통합의 길을 제시하고자 했으며, 나아가 전체성과 통합을 향한 낭만주의의 꿈을 미국의 사회적, 역사적 문맥 속에서 전유하고자 하였다.

2. 자연 연구가–분류(Classification)

에머슨이 자연 연구와 과학에 관심을 갖게 된 계기는 1832년 유니테리언 교파 목사직을 사퇴한 후 나섰던 유럽 여행의 경험이다. 종교 자체에 회의를 느낀 것은 아니지만 제도화된 기성 종교 안에서 한계를 느끼고 그곳을 박차고 나와 강연자이자 집필가로 재출발하면서 그의 관심이 쏠린 주제가 과학이었다는 사실은 의미심장하다. 로라 월스는 에머슨이 목사직을 버릴 때 진실에 도전하여 달아난다기보다는 더 높은 진실에 순응하여 떠난다는 식이 되어야 그의 사퇴가 설득력을 지닐 수 있었으므로 새로운 지적 경험을 위해 유럽으로 떠났고, 과학에 대한 새로운 이해가 그에게 일종의 돌파구 역할을 해 주었다고 본다.[5] 그는 1833년까지 유럽을 여행하면서 미국보다 훨씬 앞선 유럽 선진 문명의 정수를 체험했고, 새뮤얼 테일러 콜리지(Samuel Tayler Coleridge), 윌리엄 워즈워스(William Wordsworth), 토마스 칼라일(Thomas Carlye) 등 당대 유럽 최고 지성들과 만나 교류하는 기회도 얻었다. 그는 유럽과의 첫 접촉이었던 이 여행에서 미국의 과학 수준이 유럽에 훨씬 뒤처져 있다는 것을 절감했으며, 이 여행의 경험을 토대로 과학을 통해 미국의 근대화에 이바지하기로 결심하게 된다.

이 여행은 그의 정신세계를 뒤흔들고 깊은 영향을 미친 경험이었으나 그 중에서도 그가 인상적으로 기술한 경험은 파리 자연사 박물관(Museum d'Histoire Naturelle)의 식물원에서 앙투안 로랑 드 쥐시외(Antoine-Laurent de Jussieu)의 수

---

5   Walls, Laura, "Science and Technology", *The Oxford Handbook of Transcendentalism*, Eds. Joel Myerson, Sandra Harbert Perrulionis, Laura Dassow Walls, Oxford UP, 2010, p.577.

집품을 보았던 것이었다. 온갖 종류의 자연물의 표본이 진화된 순서대로 배열되어 있었는데, 이것은 그에게 인간과 자연의 관계, 자연 속에서 인간의 위치에 대하여 에피파니에 가까운 깨달음을 주었다. 그가 귀국한 후 잇달아 한 네 차례의 강연, 「자연사의 효용(The Uses of Natural History)」, 「물(Water)」, 「인간과 지구의 관계(The Relation of Man to the Globe)」, 「자연연구가(The Naturalist)」는 모두 과학을 주제로 한 것으로 이러한 충격을 생생하게 반영하고 있다. 그 중에서도 귀국 직후인 1833년 4월 자연사 협회(Natural History Society)에서 한 강연 「자연사의 효용」에서 박물관에서의 경험을 상세히 설명하고 있다.

여러분은 자연의 지칠 줄 모르는 거대한 풍요로움에 깊은 인상을 받게 됩니다. 가능한 것의 한계가 확장되고 실제가 허구보다 더 기이합니다. 흐릿한 나비, 무늬가 아로새겨진 조개껍질, 새, 짐승, 곤충, 뱀, 물고기 등 이 혼을 쏙 빼 놓는 생명을 지닌 형태들을 둘러보다보면 우주는 그 어느 때보다도 더 놀라운 수수께끼입니다. 도처에서 솟구치는 삶의 원칙이 있고, 바위조차 조직된 형태들을 흉내 내고 있습니다. 거기 서서 그토록 그로테스크하거나 아름다운 것이 형태가 아니라 관찰자인 인간에게 있는 무언가의 표현이라는 확신에 깊은 인상을 받습니다. 우리는 벌레, 기어 다니는 전갈, 인간 사이에서 신비스러운 관계가 있음을 느낍니다. 나는 기이한 공감에 감동합니다. 이 초대에 귀를 기울이겠노라고 말하겠습니다. 나는 자연연구가가 되겠습니다.[6]

6　"You are impressed with the inexhaustible gigantic riches of nature. The limits of the possible are enlarged, and the real is stranger than the imaginary. The universe is a more amazing puzzle than ever, as you look along this bewildering series of animated forms, the hazy butterflies, the carved shells, the birds, beasts, insects, snakes, fish, and the upheaving principle of life every where incipient, in the very rock aping organized forms. Whilst I stand there I am impressed with a singular conviction that not a form so grotesque, or so beautiful, but is an expression of some-

에머슨이 자신의 선언대로 자연연구가가 되지는 않았지만 그에게 이런 결심을 하게까지 할 만큼 충격적이었던 것이 박물관의 전시물이었다는 사실은 자연에 대한 그의 사유에 있어서 많은 것을 시사한다. 에머슨은 소로우처럼 자연 속에서 살아있는 동식물을 관찰함으로써 자연의 숨은 비밀을 발견하려는 자세를 취하지는 않았던 셈이다. 오히려 그의 관심의 초점은 인간의 관점에 따라 자연의 질서를 드러내 보여줄 수 있도록 압축적으로 재배열된 인공적 자연물이었다. 그는 전시물을 보고 자연의 질서를 깨달았기보다는 이미 머릿속에 넣고 있던 질서의 개념을 전시물을 통해 재확인한 것이다. 에머슨과 소로우의 결정적 차이가 여기에서 비롯되는데, 에머슨은 개개의 사물들 자체보다 이를 아우르는 보편적 법칙을 중시하는 연역적 사유를 하는 반면, 소로우는 개별적 사물들에 대한 관찰에 기반한 귀납적 사유의 방식으로 자연에 대한 사유를 전개한다. 그에게 박물관에 전시된 새 한 마리, 돌 한 개는 모두 자연 속에 숨겨진 신의 섭리를 표상하는 '자연의 알파벳(this natural alphabet)'들이며, 박물관 전체는 '총천연색의 사전(this green and yellow and crimson dictionary)'이다.[7] 모든 전시물은 강, 목, 속 등 식물학의 문법에 따라 구획되어 쥐시외의 손으로 배열되어 자라고 있다. 데이비드 로빈슨(David Robinson)은 쥐시외의 분류 시스템이 자연의 질서, 즉 가장 낮은 것에서부터 가장 높은 것까지 미리 예정된 자연의 조화를 발견하고 반영하기 위한 도구였다고 본다.[8] 그러나 이 알

---

thing in man the observer. We feel that there is an occult relation between the very worm, the crawling scorpions, and man. I am moved by strange sympathies. I say I will listen to this invitation. I will be a naturalist." Emerson, Ralph Waldon, *The Early Lectures of Ralph Waldo Emerson* Vol. 1, Eds. Stephen E. Whicher and Robert E. Spiller, Belknap Press, 1964, p.10. 이후 *The Early Lectures of Ralph Waldo Emerson*에서 인용한 내용은 EL로 표기한다.

7 EL, p.8.

8 Robinson, David, "Emerson's Natural Theology and the Paris Naturalists : Toward a Theory of Animated Nature", *Journal of the History of Ideas* Vol. 41, No. 1, 1980, p.77.

파벳을 해독하고 자연의 문법에 따라 씌어진 언어를 이해하려면 특수한 지식
이 필요한데, 과학은 관찰과 실험을 통해 그러한 지식을 탐구함으로써 자연의
비밀을 풀어 숨겨진 신의 뜻을 우리에게 보여줄 수 있다. 에머슨은 아직은 인
간이 자연의 비밀을 해독할 모든 지식을 다 갖고 있지는 못하나 언젠가는 그
목표를 달성할 수 있을 것이며 풀 수 없는 비밀은 없다고 믿는다. 그때 비로소
세계는 우리 앞에 '열린 책'이 될 것이다.

에머슨이 파리 박물관에서 경험한 인식의 에피파니는 세계의 현상과 자연
의 만물이 끝없는 다양성과 개별성을 갖고 있는 듯 보이지만 그 모든 것을 아
우르는 질서와 궁극적인 통합성이 내재해 있다는 사실이었다. 겉보기에 아
무리 복잡하고 변화무쌍해 보일지라도 그 저변에 깔린 법칙을 발견한다면
삼라만상을 조화롭고 질서정연하게 재배열할 수 있다.

기념비적인 박물관 건물 밖에서 에머슨은 동물원과 식물원에 더 큰 규모로 전
시된 이 분류품들을 발견했다. 거기에는 종들의 살아있는 대표들이 강, 목, 속의
체계적인 등급을 보여줄 수 있도록 배치되어 있었다. 모든 전시물이 신의 책으로
서 자연의 보편성을 문자 그대로 보여주었다. 그것은 보는 이에게 아담이 이름 짓
고 이해했던 문자의 원본, 왁자지껄한 자연의 다양성으로 추락한 이래 완전성을
지켜 온 텍스트의 개요를 제공했다. 에머슨이 자연을 경험하면서 종종 한탄하곤
했던 덧없음과 불완전성과는 대조적으로, 박물관은 재구성된 완전함의 스펙터클
이었다.[9]

---

9   "Outside the monumental Cabinet building, Emerson found these classifications demonstrated
    again on a larger scale in the menagerie and the bonatical gardens, where living representatives
    of species were laid out to illustrate the systematic ranks of genus, family, order, and class. The
    entire display literalized the commonplace of nature as God's book : it offered the viewer a syn-

리 러스트 브라운(Lee Rust Brown)은 파리 자연사 박물관 설립과 전시에 숨은 동기를 당시의 시대상과 연관지어 설명한다. 당시 제국주의의 발전으로 나라 밖으로 새로운 식민지들을 개척하여 영토를 확장해 나가면서 본국에는 없었던 새로운 식물과 동물종들에 대한 지식이 폭발적으로 증가하게 되었고, 이를 체계적으로 연구하고 분류하고 정리해야 할 필요가 생겼다는 것이다(68). 이와 같은 변화가 식물학에서 분류체계의 연구와 발전을 자극하게 되었다. 즉, 파리 자연사 박물관에서 에머슨을 사로잡은 진기한 동식물 표본들의 질서 정연한 배열은 자연세계는 물론이고 그를 넘어서 인간 사회까지 모든 현상에 대한 지식을 축적하고 분류하고 배열함으로써 질서를 부여하고 인간이 인식 가능한 틀 안으로 포섭하려는 통합과 통제의 욕망을 반영한다. 에머슨을 가장 강하게 자극한 것은 새롭고 신기한 동식물들 자체에 대한 지적 호기심보다는 전시물들이 약속하는 질서와 조화를 성취할 가능성이었다. 제국주의적 팽창과 18세기 유럽을 휩쓴 정치와 산업 혁명의 급격한 변화 속에서 점점 인간의 인식 범위와 통제의 한계를 벗어나고 있는 세계를 통제할 권한을 인간이 과학적 지성의 힘으로 새롭게 취할 수 있으리라는 믿음이었다. 이는 에머슨으로 하여금 '자연연구가가 되겠다'고 결심하게 만든 동기이면서 역설적으로 그가 결국 순수한 자연연구가가 될 수 없었던 이유를 설명해준다.

에머슨이 보는 '자연사의 효용'은 어디까지나 인간을 위한 것이다. 에머슨은 자연사를 공부해야 할 이유를 건강을 위해 식물을 이용할 수 있는 지식을 쌓기 위해서, 유용한 지식을 쌓는 데서 얻는 기쁨을 위해서, 정신과 인격의

---

opsis of the original text whose characters Adam named and understood, a text whose integrity had since fallen into the apparent babble of natural diversity. In contrast to the evanescent and partiality that Emerson often lamented in his experience of nature, the Museum was a spectacle of reconstituted fullness." Brown, Lee Rust, *The Emerson Museum*, Harvard UP, 1997, pp.59~60.

향상을 위해서로 꼽는다. 그러나 가장 중요한 효용은 자연물에 대한 지식을 얻음으로써 인간은 자신을 스스로에게 해명할 수 있게 된다는 것이다. "모든 자연 법칙의 모든 사실들에 대한 지식은 인간에게 존재의 체계 안에서 진정한 자리를 줄 것이다."[10] 이는 린네의 분류학이 바탕을 두고 있는 '존재의 대연쇄(The Great Chain of Being)'의 개념을 반영한다. 린네의 식물 분류 체계는 이 세상의 만물이 모두 신의 질서에 따라 세계 안에 배당받은 자기 자리에 위치해 있다는 이 중세적 세계관을 밑바탕에 깔고 있으며, 쥐시에의 전시물 배열 또한 이러한 법칙을 시각적으로 보여주는 것이 목적이다. 그러므로 에머슨에게 그토록 인상적이었던 것이 과학적 분류라는 아이디어 자체가 아니라 진실, 자연의 통일성과 활력이라는 그 진실을 반영하는 분류의 힘에 대한 물질적 증거였다는 데이비드 로빈슨의 지적은 적절하다.[11] 에머슨이 박물관 전시에서 얻은 질서와 통일성에 대한 영감은 자연세계를 관통하는 근본 원리를 넘어서 인간사회에까지 적용될 수 있는 보편적 진리로 확장된다. 이는 신의 질서를 보여줄 수 있도록 구상된 식물 전시를 통해 프랑스 혁명 이후 와해된 사회 질서의 재통합을 상징적으로 보여주고자 했던 박물관의 본래 설립 의도와도 통한다. 그런 이유로 프랑스 혁명 이후 기존 학술단체나 학회들은 활동이 중단되는 와중에서도 혁명 위원회가 박물관 건립만은 계속해서 지원했던 것이다.[12] 에머슨에게 이는 철학, 문학, 과학의 통합을 넘어서 멜팅팟(melting pot)으로서의 미국이라는 단일한 국가주의의 꿈으로 확대된다. 에머슨이 파리 박물관에서 얻은 통합과 전체성에 대한 영감은 미국의 문화, 철

---

10 EL, p.23.
11 Brown, Lee Rust, p.79.
12 Ibid., p.131.

학, 정치 전반에서 요구되었던 통합의 원리를 제시할 희망을 주었다.

현대 과학은 통합적 전망에 대한 낭만적 요구를 잘 알았고, 과학의 방법은 에머슨에게 문학, 정치, 철학, 심리, 그 어떤 것의 통합에 대한 제시건 역동적 요소들의 팽창하고 분열하는 분야와 보조를 맞추어야 했던 미국적 현실을 알리는 한 방법을 제공했다.[13]

박물관에서 얻은 외부 세계에 대한 통찰은 궁극적으로 인간의 내면세계를 향한다. 에머슨은 "철학자에게 있어 모든 사실들 중에서 가장 놀라운 것은 바로 자기 자신의 존재"라고 말한다.[14] 그러므로 "인간 정신의 영원한 생각 속에 자연의 모든 의미가 이해되고 각인된다면 그때 모든 외부 세계는 사라질 것이다."[15] "외부 세계가 사라진다"는 생각은『자연』에서 주체와 그를 둘러싼 외부 간의 경계가 사라지며 하나로 통합되는 상태를 묘사한 "투명한 눈알(transparent eyeball)"의 비유로 다시 한 번 제시된다. 「자연사의 효용」은 에머슨이 유럽여행에서 돌아와 과학에 관하여 처음으로 발표한 글이지만 이후 1836년 첫 번째 대표작『자연』에서 집대성되는 자연과 인간과의 관계에 대한 그의 기본적인 생각들이 잘 드러나 있다. 『자연』을 비롯한 이후 에머슨의 글에서는 이 '통합에의 욕망'을 구체적으로 어떤 방식을 통해 실현할 것인가가 본격적인 주제로 다루어진다. 다음 장에서는『자연』외에도 「미국의 학

---

13 "Contemporary science was itself informed by romantic demands for wholeness of prospect, and its methods offered Emerson a way to address an American reality in which any demonstration of unity — literary, political, philosophical, psychological — had to be brought into line with an expanding and fragmenting field of dynamic elements." Ibid., p.19.
14 EL, p.24.
15 Ibid., p.26.

자(The American Scholar)」, 「자연의 방법(The Method of Nature)」, 「시와 상상력
(Poetry and Imagination)」 등 이 문제를 집중적으로 다룬 글들을 살펴보겠다.

3. 시인－상상력과 은유

다윈의 『종의 기원』이 발표된 것이 1859년이었으므로 에머슨을 비롯한
초절주의자들의 자연관에 영향을 미치기에는 늦은 시기였다. 에머슨의 자연
에 대한 관점은 기본적으로 다윈보다는 린네의 영향 하에 있으나, 그는 린네
식의 실증주의적 과학이 갖는 한계를 인식하고 이에 수정을 가하고자 했다.
에머슨이 초기 강연에서 강조했듯이, 과학 활동의 핵심은 과학적 사실의 발
견과 분류 자체가 아니었다. 그러나 에머슨은 과학자들이 개별적 사실의 축
적에만 매달린다고 불만을 품었다.

자연사에 있어서 그 모든 사실들은 그 자체로는 어떤 가치도 없으며, 암수 중
의 어느 한쪽만 있는 것처럼 열매를 맺지 못한다. 하지만 인간의 역사에 결부시키
면 그것은 생명으로 가득 찬다. 모든 식물도감, 린네와 뷔퐁의 저서들은 사실들을
나열한 무미건조한 목록들에 지나지 않는다. 그러나 이런 사실들 중 가장 사소한
것, 이를테면 식물의 습성, 또는 어떤 곤충의 기관이나 활동이나 소리가 지적 철
학의 어떤 사실을 설명하는 데 적용되거나 인간의 본성과 결부되는 경우, 그것은
가장 생동적이고 기분 좋은 방식으로 우리에게 감동을 준다.[16]

따라서 이 사실들이 인간과 맺는 '신비스러운 관계(occult relation)'를 발견함으로써 자연의 사실들과 인간을 잇는 의미의 관계망을 구축해야 한다. 그는 저널에서 "내 조개껍질이 수정고둥인지, 내 나방이 큰멋쟁이나비인지 알고 싶은 게 아니라 조개껍질과 나방을 나의 존재 속으로 통합하고 싶다"라고 적었다.[17] 19세기의 경험주의적 과학은 근본적으로 사실의 수집, 증명, 분류와 관련되었으나 에머슨은 이러한 과학을 사실에 의미를 부여하는 구성의 원칙이 없는 활동으로 보고 과학자가 더 큰, 더 의미 있는 진실을 보지 못하게 될 수도 있다고 우려했다.[18] 그는 과학자들에 대해 "분류가 과학인 줄 아는 현학자들"이라고 불평했다.

그들은 모든 분류가 자의적이거나 자연의 구분에 근사치일 뿐이라는 것을 잊고 있다. 모든 분류는 도입부이고 일시적일 뿐이며, 사실을 수집하는 데 편의를 도모하고 그것을 대신할 이론의 발견을 기다리는 것뿐이라는 사실을 잊는다.[19]

오부초우스키는 린네 분류학에 대한 에머슨의 불만이 괴테로부터 영향을

---

16 "All the facts in natural history taken by themselves have no value, but are barren like a single sex. But marry it to human history, and it is full of life. Whole floras, all Linnaeus's and Buffon's volumes, are dry catalogues of facts; but the most trivial of these facts, the habit of a plant, the organs, or work, or noise of an insect, applied to the illustration of a fact in intellectual philosophy, or, in any way, associated to human nature, affects us in the most lively and agreeable manner." Emerson, Ralph Waldo, *Selected Writings of Ralph Waldo Emerson*, Penguin, 2011, p.195. 이후 *Selected Writings of Ralph Waldo Emerson*에서 인용한 글은 SW로 표기한다.

17 Emerson, Ralph Waldo, *Journals and Miscellaneous Notebooks of Ralph Waldo Emerson* Vol. 4, Harvard University Press, 1960, p.201.

18 Obuchowski, Peter, *Emerson and Science*, Lindisfarne Press, 2005, p.87.

19 "(They) forget that all Classification is arbitrary or only approximate to natural divisions; that all Classification is only introductory, — only temporary, — convenient for collection of facts, & awaiting the discovery of the Theory which is to supersede it." EL, p.417.

받았다고 지적한다. 린네 학파가 가능한 한 많은 다른 종과 변이를 확립하여
아주 미세한 구분까지 가능케 함으로써 전체성을 확립하려 했다면, 괴테는 반
대로 식물 성장의 무한한 다양함을 통일성의 체계로 축소하기 위하여 식물들
이 공통적으로 갖는 특성을 발견하려 했다. 에머슨 역시 이와 비슷한 관점에
서 린네의 종의 불변성 개념이 자연을 구획짓고 분할하여 경계를 고정함으로
써 통합을 불가능하게 만든다고 보았다.[20] 린네가 진화를 인정하지 않는 정적
인 체계를 확립한 반면, 에머슨은 다윈이 제시한 바와 같은 무목적적인 진화
는 아닐지라도 「인간과 지구의 관계」에서 진화의 개념을 설파하고 있다. 그
런 점에서 볼 때 에머슨은 린네보다 자연에서 변화와 역동성을 인정한다.

에머슨이 과학자들이 행하는 사실의 발견과 수집, 분류 활동 자체의 의미
를 부정한 것은 아니다. 에머슨은 분류야말로 과학 연구의 가장 기본적이고
일차적인 활동이며 외부 대상을 객관적으로 파악하고 이해하려 할 때 정신
이 제일 먼저 취하는 작용이라고 의미를 부여했다. 그는 「미국의 학자」에서
정신이 자연을 접할 때 분류가 시작된다고 말한다. 처음에는 모든 것이 개별
적으로, 홀로 존재하는 듯 보이지만 점차 별개의 것들을 두셋씩 묶어 나가면
서 겉보기에는 상반되고 공통점이 전혀 없어 보이는 대상들 사이에도 깊이
감추어진 일관성이 있음을 발견하게 된다. 과학이 해야 하는 역할이 이것이
며 이를 통해서만 의미 있는 학문이 될 수 있다.

천문학자는 인간 정신의 순수한 추상화인 기하학이 천체의 움직임을 재는 척
도임을 발견하게 된다. 화학자는 물질을 통해 비율과 이해할 수 있는 방법을 발견

---

20 Obuchowski, p. 26.

한다. 과학은 가장 멀리 떨어진 부분들에서도 유사성과 동일성을 찾아내는 작업에 다름 아니다.[21]

그가 물질세계와 이를 탐구하는 학문으로서 과학에 깊은 관심을 가졌듯이 사실의 수집과 분류를 위한 연구 활동 또한 필요하다는 것은 인정했으나, 그것만으로는 만족할 수가 없었다. 그가 볼 때 과학 연구가들은 지나치게 사소한 사실의 수집과 분류에만 매몰되어 과학의 궁극적인 목표는 개별적인 현상과 사실들 속에 내재한 본질의 공통성을 발견하는 것임을 놓치고 있었다. 어차피 겉으로 드러나는 현상이 아무리 무한한 다양성을 갖는다 해도 그 밑에는 하나의 보편적 법칙이 숨어있다. 그러므로 개개의 모든 자연 현상과 대상을 모두 관찰하고 조사하는 것은 의미 없고 소모적인 반복 행위에 지나지 않는다. 어느 정도 축적된 과학적 사실을 통해 궁극적인 보편 법칙을 끌어내고 나면 더 이상 나머지 것들에 집착할 필요가 없다. 자연은 어차피 "극소수의 법칙의 끝없는 조합과 반복(an endless combination and repetition of a very few laws)"이기 때문이다.[22]

각각의 창조물은 단지 다른 창조물의 변용에 불과하다 그것들 속의 유사함은 차이보다 크며, 그 근본 법칙은 동일하다. 한 예술 분야의 법칙, 혹은 한 조직의 규칙은 모든 자연을 통해 유효하다.[23]

---

21 "The astronomer discovers that geometry, a pure abstraction of the human mind, is the measure of planetary motion. The chemist finds proportions and intelligible method throughout matter; and science is nothing but the finding of analogy, identity in the most remote parts." SW, p. 228.
22 Ibid,. p. 118.
23 "Each creature is only a modification of the other; the likeness in them is more than the difference, and their radical law is one and the same. A rule of one art, or a law of one organization,

그는 과학의 단 한 가지 역할은 '자연의 이론을 발견하는 것'이라고 주장한다.[24] 그러나 자연이 숨은 진리를 보여준다 해도, 감각을 통한 인식만으로는 이에 도달할 수 없다. 이런 관능적이고 본능적인 인지의 단계에서는 인간과 자연이 분리불가능하게 결합되어 있다. 에머슨은 이러한 일차원적이고 감각적인 인식을 가능케 해 주는 '오성(Understanding)'과, 사물의 겉표면을 뚫고 그 안의 본질을 파악할 수 있게 해 주는 보다 고차원적인 정신적 기능인 '이성(Reason)'을 구분한다. 오성은 주로 사물의 차이와 유사성을 인식하고 측정하는 역할을 맡는다. 이성의 작용이 이를 깨고 '감각의 독재'로부터 우리를 자연의 일부에서 벗어나게 해주어야 한다. 자연으로부터 떨어져서 거리를 두고 초연하게 보아야 한다. 이런 고차원적인 작인이 개입하기 전에는 동물적 눈으로 사물의 윤곽과 표면만을 볼 뿐이다. 에머슨은 '누구나 이른바 과학의 덫에 한번 걸리면 물리적 필연성이라는 사슬의 고리로부터 벗어날 수가 없다'고 비판한다.[25] 이성의 작용으로 대상의 개별적 차이가 완화되고, 윤곽과 표면이 투명해져 보이지 않게 되면서 비로소 숨겨져 있던 원인과 영적 차원이 드러나게 된다. 그럼으로써 린네와 같은 실증주의적 과학자들이 사물을 분류하고 정의하기 위해 촘촘히 쳐 놓은 격자망을 벗어나 상이한 겉모습과 관계없이 모든 사물을 관통하는 일관된 진리에 접근할 수 있게 되는 것이다.

에머슨은 자연물과 과학적 사실들 속의 숨겨진 의미를 읽어내는 과정에서 은유의 역할을 중요하게 제시한다. 그는 자연 전체가 숨겨진 진리의 은유적 표현이라고 주장한다. "자연은 상징적이다. 자연 전체가 인간 정신의 은유이

---

holds true throughout nature." Ibid., pp. 204~205.

24　Ibid., p. 182.

25　Ibid., p. 84.

므로 언어의 부분들도 은유이다."[26] 은유의 중요한 기능은 서로 관련성이 없
어 보이는 사물들 속에 숨겨진 관계성을 발견하는 것이다. 에머슨에게 은유
는 개별적 사실들 또는 대상들 속에 숨겨진 유사성을 발견하여 겉보기에는
아무런 연관성 없이 떨어져 있는 듯 보이는 것들을 하나의 질서 안으로 연결
시켜 줄 수 있다는 점에서 중요하다. 즉 은유는 사물과 사물, 사물과 인간 간
의 상호관계성을 새롭게 발견하는 데 초점이 있다. 은유의 역할은 개별적인
단편적 지식들을 무질서하게 축적하는 데에서 이것들을 총합하는 법칙을 발
견하고 체계를 구성하는 것이다. 이것은 죽은 사실들에 생명을 불어넣어 통
일된 유기체로 바꾸어 놓는 것과 같은 작업이다. 에머슨이 인식이 발전해가
는 과정을 설명할 때 생장하는 식물이나 팽창하는 원 등의 비유를 즐겨 쓰는
것도 자연스러운 일이다. 감각을 통해 외부 세계로부터 수용한 정보는 이성
과 상상력의 힘으로 상징적이고 추상적인 수준으로 상승해간다.

자연물을 은유로 읽어내기 위해서는 상상력의 도움이 필요하다. 에머슨
은 자연의 삼라만상은 모두 표피적이고 일시적인 것이라고 말한다. 그것은
시간의 흐름에 따라 끊임없이 변화하므로, 그 순간순간의 현상적인 외면을
얼마나 정확하게 포착하느냐가 근본적인 핵심 문제는 아니다.

자연의 변형은 자연을 강조해 줌으로써 우리에게 자연의 전형이 될 수 없는 단
어는 우리의 언어에 하나도 없다는 것을 보여줄 뿐이다. 세계는 무희다. 묵주다.
폭우이고 배이며 안개이고 거미의 덫이다. 세계는 당신이 앞으로 될 것이다. 은
유가 그것을 포착하여 상상력과 깊은 즐거움을 줄 것이다. 세계는 빛보다도 빨리

---

26 Ibid., p.201.

당신이 이름붙인 대상으로 바뀌며 이 새롭고 변덕스러운 분류에 따라 만물이 제 자리를 찾을 것이다.[27]

은유가 중요한 까닭은 만물이 끝없는 유전(metamorphosis) 속에 있기 때문이다. 물이 얼음이 되고 다시 물이 되면서 겉모습은 바뀌어도 본질은 그대로이듯 자연의 모든 것은 끊임없는 변화 속에 있으나 본질은 변하지 않으며, 언어의 은유는 사물들 속에 내재된 본질적인 유사성을 드러내주는 역할을 한다. 한 가지 요소가 끝없이 새로운 형태로 바뀌는 속에서 상상력이 이 형태들을 읽는 기능을 하는 것이다. 이처럼 상상력은 세계의 통합적 인식을 위하여 반드시 필요한 요소이다.

이처럼 세상의 모든 현상을 일관성 있게 설명할 수 있는 하나의 절대적인 원칙을 찾고 정신의 힘으로 물질세계를 통합해 내려는 시도, 나아가 서로 다른 분야의 학문들을 통합하여 세계를 보는 전일적 관점을 확립하려 하는 에머슨의 시도는 에드워드 윌슨(Edward Wilson)의 통섭 개념과도 닮은 데가 있다. 차이가 있다면 윌슨은 자연과학의 경험주의와 실증가능성을 인간과 사회 등 인문적 영역에도 적용함으로써 객관적이고 보편적인 진리를 도출해내고자 하는 반면, 에머슨에게는 도덕적, 신학적 원칙이 우선된다. 자연 속에 존재하는 이러한 원칙을 찾아냄으로써 신의 숨겨진 뜻을 가시화하고 현실세계에 실현하는 것이 과학 연구의 목표이다. 그렇게 할 수 있어야만 과학은 신

---

27 "The metamorphosis of nature shows itself in nothing more than this that there is no word in our language that cannot become typical to us of nature by giving it emphasis. The world is a Dancer; it is a Rosary; it is a Torrent; it is a Boat; a Mist; a Spider's Snare; it is what you will; and the metaphor will hold, & it will give the imagination keen pleasure. Swifter than light the World converts itself into that thing you name & all things find their right place under this new & capricious classification." JMN, p. 26.

에게 봉사하는 도구로서 의미를 가질 수 있으며, 죽은 화석들을 모으듯 개별적인 사실들을 수집하여 축적해 나갈 따름인 무미건조한 활동에서 인간과 우주의 관계를 밝히는 보편적 법칙을 발견하는 활력 넘치는 지적 활동이 된다. 또한 과학은 독립된 배타적 학문이 아니라 신학, 철학, 윤리학 등 인문학과 교섭하고 소통하며 상호 영향을 주고받는 속에서 발전해 나가는 유기적 관계를 맺게 된다.

그러므로 에머슨이 보기에는 문학이 과학을 필요로 하는 이상으로 과학은 문학이 지닌 능력이 필요하다. 그는 "과학은 시적이지 않으면 거짓"이라고까지 말한다.[28] 과학은 파충류 등을 설명하려 하면서 각각의 대상을 고립시키는 오류를 흔히 범하는데, 이는 무덤에서 생명을 찾는 짓이나 다름없다. 모든 대상은 체계 속에, 관계 속에 존재한다. 인디언, 사냥꾼, 소년이야말로 생명에 대한 본질적인 지식을 가진 자들로, 그들은 대상들 간의 "사라진 고리(missing link)"를 안다.[29] 에머슨의 이러한 주장에서 그가 지식의 유기성을 중시하고 있음이 드러난다. 고립된 개개의 사실들 간에 내재한 연관관계를 찾아 시스템으로 만드는 능력으로서 상상력이 필요하므로, 과학은 상상력에 빚을 지고 있다. 상상력 없이는 위대한 자연연구가가 될 수 없다.[30] 에머슨이 자연 만물을 언어로 읽어내는 데 중요한 은유의 역할을 강조할 때, 은유는 비단 문학적인 차원에서만 작용하는 데 머물지 않는다. 에머슨은 비유적 표현의 중요성을 강조하면서 학자들도 "~과 같은(like)"이라는 표현을 끊임없이 사용한다고 지적한다. 즉 과학적 사실에 대해 진술할 때도 상상력을 동원한

---

28 Emerson, Ralph Waldo, *The Works of Ralph Waldo Emerson* Vol. 8, Letters and Social Aims. p.9. 이후 *The Works of Ralph Waldo Emerson*에서 인용한 내용은 W로 표기한다.
29 Ibid., p.9.
30 Ibid., p.10.

표현이 중요하다. 비유적 진술이 독자의 관심을 끌어 기억되고 반복되기 때문이다. 제임스 보노(James J. Bono)는 흔히 문학의 비유는 의미가 불확정적이며 주관적이고 과학의 비유는 확정적, 안정적, 객관적이라고 구분짓는 경향이 있지만, 푸코를 비롯한 포스트모더니스트들은 그러한 구분을 해체했다고 말한다. 과학 은유도 텍스트성을 가지고 있으며, 문학의 은유가 가진 확산의 성질을 갖는다는 것이다. 그것 또한 문화적, 사회적 함의로 확산되고 연관되어 생태적 네트워크를 형성하는 것을 피할 수 없다. 따라서 과학이 문학과 분리된 담론으로 존재할 수 있다거나, 혹은 메타포와 유비를 완전히 통제할 수 있다고 생각할 수 없다. 과학 또한 나름대로 은유의 규칙으로 제한받으며, 이로써 문학과의 변증법적 관계를 보여준다.[31]

4. 시인-과학자의 이상 –통합적 사유를 향하여

은유를 자유자재로 사용할 수 있는 능력을 가진 인물이 바로 시인이다. 시인은 상상력으로 대상의 본질을 꿰뚫어보는 작업을 수행할 수 있다.

감각적인 사람은 사상을 물질에 순응시키지만, 시인은 물질을 그의 사상에 순응시킨다. 전자는 자연을 뿌리박혀 고정된 것으로 보지만, 후자는 유동적인 것으

---

[31] Bono, J. James, "Science, Discourse, and Literature : The Role / Rule of Metaphor in Science", *Literature and Science,* Ed. Stuart Peterfreund, Northeastern UP, 1990, p.67.

로 생각하여 그의 존재를 자연에 새긴다. 그에게는 완고한 세계도 유순하고 유연하다. 그는 먼지와 돌에 인간성을 부여하여 그것들을 이성의 언어로 만든다. 상상력은 이성이 물질세계를 이용하는 것이라고 정의될 수 있다.[32]

그러므로 시인은 "사건들 사이의 진정한 유사성(에머슨은 이를 관념적인 유사성이라 칭한다)을 지각함으로써 세계의 가장 인상적인 형상과 현상들을 자유롭게 다루고 영혼의 우월성을 주장할 수 있는" 존재이다.[33] 상상력의 기능은 기계론적으로 분할된 세계의 전체성과 통일성을 회복하는 것뿐만 아니라, 자연물과 인간 사이의 유사성을 발견함으로써 서로 연결되어 있다는 공감(sympathy)의 능력을 획득하게 해 준다. 로라 월스는 에머슨의 언어에서 은유가 한 종류의 대상을 다른 종류와의 관계 속에서 볼 수 있게 해 준다는 점에서 "상상적인 합리성(imaginative rationality)"이라 부른다.[34]

"그러나 과학자에게 시인의 상상력이 필요하듯, 시인 또한 정확성을 추구하는 과학자의 기질이 필요하다."[35] 구스타프 밴 크롬포우트(Gustaav Van Cromphout)는 에머슨이 단순히 시인이 되는 것만으로는 만족하지 못했으며, 과학적인 접근법을 포기하지 않으려 한 것은 근대적 사상가 혹은 시인이라면 과학자의 통찰력을 이용할 줄 알아야 한다는 인식에서 나왔다고 본다.[36] 과학이 비전문가들에게

---

32 "The sensual man conforms thoughts to things; the poet conforms things to his thoughts. The one esteems nature as rooted and fast; the other, as fluid, and impresses his being thereon. To him, the refractory world is ductile and flexible; he invests dust and stones with humanity, and makes them the words of the Reason. The Imagination may be defined to be, the use which the Reason makes of the material world." SW, p.209.

33 Ibid., p.212.

34 Walls, Laura, 2003, p.14.

35 W, p.79.

36 Cromphourt, Gustav, Van, *Emerson's Modernity and the Example of Goethe*, Missouri UP, 1990, p.25.

도 세계를 인식하는 새로운 방법을 알려줌으로써 문화 전체에 기여하리라는 에머슨의 긍정적 전망은 「문화의 진보(The Progress of Culture)」에 잘 드러난다.

우리 세기의 특징 중 하나는 교양인들의 자연과학에 대한 헌신이다. 그로부터 예술과 문명에 끼친 이득은 귀중하며 막대하다. (…중략…) 주된 가치는 그가 얻은 유용한 힘이 아니라, 학자가 거친 시험이다. (…중략…) 그것은 그에게 인간 정신에 대해 새로운 가르침을 주었고, 그것이야말로 우주의 시민이다.[37]

시인의 통찰력과 과학자의 객관성을 모두 갖춘 이상적인 학자가 시인-과학자(Poet-Scientist)이다. 에머슨은 자신의 과학 연구에서 괴테를 모범으로 삼고 괴테야말로 이상적인 시인-과학자의 전범이라고 보았다. 특히 프리즘을 통하여 빛이 다른 종류의 균질한 단색광들의 혼합이라고 밝힌 뉴턴의 광학을 반박한 괴테의 색채론을 높이 평가했다. 이는 에머슨의 과학에 대한 관점과도 연관되는데, 관찰자의 주관적 시점을 배제하고 객관적인 실험을 통하여 결론에 도달한 뉴턴과는 달리 관찰 주체와 대상과의 유기적 연관성을 중시한 괴테의 관점을 에머슨 역시 적극적으로 동의하고 받아들였던 것이다. 괴테의 색채론은 과학적인 체계를 갖추지 못했다는 이유로 과학자들로부터 철저히 배격당하고 무시당했으나, 20세기에 와서 불확정성 이론을 발표한 하이젠베르그는 이것이 뉴턴 과학의 기계주의와 환원주의적 세계관에 대한

---

37 "one of the distinctions of our century has been the devotion of cultivated men to natural science. The benefits thence derived to the arts and to civilization are signal and immense. (…중략…) The chief value is not the useful powers he obtained, but the test it has been of the scholar. (…중략…) It taught him anew the reach or the human mind, and that it was citizen of the universe." W. pp.220~221.

비판에서 나왔다는 점에 주목하여 재평가를 시도하였다.

에머슨의 '과학'을 말할 때, 그 과학은 오늘날 흔히 생각하는 것과 같이 실험과 관찰을 통한 구체적인 자연과학의 방법론보다는 세계를 인식하고 이해하며 진리를 발견하는 또 하나의 사고방식을 의미한다. 즉 '생각하는 방법', '지식을 창조하고 구성하는 방법'으로서의 과학에 관심을 두었던 것이다. 이는 다시 말해서 새로운 사유의 방식으로서의 과학이자 진리를 발견하는 도구로서의 과학이다. 레너드 뉴펠트(Leonard Neufeldt)는 19세기 서유럽과 미국에서는 화이트헤드의 말대로 가장 중요한 발명이 '발명의 방법'이었다고 말한다. 이는 필요한 과학적, 기술적 지식과, 통찰과 가정을 실용적인 현실로 번역하기 위하여 체계적, 경험적, 실험적으로 일할 수 있는 능력을 습득하게 되었음을 의미한다.[38] 문학, 철학자들에게는 과학적 지식 자체가 아니라 과학적인 사유 방식이 습득해야 할 목표였다. 오부초우스키는 에머슨을 20세기에도 여전히 불편하게 남아있는 과학적 진실과 시적 진실이 불일치할 때 이러한 괴리를 어떻게 해결할 것인가의 문제와 맞서서, 과학에 대한 관심을 통하여 두 관점을 화해시키려 적극적으로 노력한 인물로 평가한다. 에머슨은 진리에 대한 시적 주장을 위하여 유효하며 보편적으로 수용가능한 기반이 마련되지 않는다면 현실을 설명하려는 시도에서 시 자체가 의미 없는 역할밖에 맡지 못하게 되리라는 것을 일찍이 깨달았다는 것이다.[39] 에머슨에게 중요한 것은 주체와 객체, 인간과 자연 간 영향을 주고받으며 진화하고 발전하는 과정의 동역학이다. 에머슨에게 앎의 근원은 개인과 그의 세계 사이의 상호작용, "둘 사이의 조화" 속에 있다.[40] 그러므로 에머슨의 궁극적인 지향점은 정신일지라도, 두

---

38 Neufeldt, Leonard, *The House of Emerson*, Nebraska UP, 1982. p.76.
39 Obouchoski, p.112.

세계의 중도에 통합적 진리가 존재한다고 주장하기 위해서는 물리적 환경의 중요성을 폄하할 수 없다. 에머슨에게 앎은 완결된 지식이 아니고 유동적인 세계 속에서 끝이 보이지 않는 외줄타기와도 같이 끊임없이 양극 사이에서 균형을 잡으려는 행위에 가깝다. 여기에 19세기 미국의 시대적 요구에 부응하려 한 에머슨의 '미국의 학자'로서의 자의식이 부각된다. 에머슨은 「미국의 학자」에서 미국의 학자를 "생각하는 사람(Thinking Man)"으로 정의한다. 그가 말하는 "생각하는 사람"으로서의 학자는 어느 한 분야의 학문에 정통한 지식을 가진 전문가라기보다는 일종의 '시인-과학자'이다. 에머슨은 학자가 단순한 지식 생산자가 아니라, "보는 자(seer)", "비전을 제시하는 자"가 되어야 한다고 말하며 학자의 통합적 역할을 강조한다. 이러한 주장은 유럽에 비해 대단히 빈약한 문화적, 지적 토양을 갖고 정신적 결핍에 시달리던 미국의 상황을 타개해야 할 시대적 요구를 반영하고 있다. 에머슨은 「미국의 학자」에서 유럽의 문화를 모방하는 행위를 남의 나라에 종속되어 도제 노릇을 하는 것으로, 『자연』에서는 "과거의 생기없는 유골을 더듬는 짓"으로 여러 차례 강력하게 비난한다. 그는 무분별한 모방 탓에 미국의 정신이 비겁하고 나약하고 굴종적인 상태로 타락하고 있다는 우려를 표한다. 모방은 "과도하게 문명화된 공동체의 악"이며, "우리 시대의 가장 뚜렷한 악덕"이다.[41]

그는 정치적 독립뿐만 아니라 유럽으로부터 정신적 독립도 성취하여 미국의 문화를 새롭게 창조할 것을 「미국의 학자」에서도 주장하나 현실적으로 쉽지 않은 문제이다. 현실적으로 모든 것을 기초부터 다 자력으로 만들어내기에

---

40 "Yet is certain that the power to produce this delight does not reside in nature, but in man, or in a harmony of both" SW, p.190.

41 Ibid., p.73.

는 너무 오랜 시간이 걸릴 것이고, 이미 너무 많은 유럽의 문물이 들어와 있으므로 그 영향으로부터 완전히 자유로워진다는 것은 불가능하다. 에머슨 본인부터 독립된 미국의 미래를 찬양하면서도 바다 건너 유럽에서 문학적, 철학적 모델을 찾았으며, 미국인들 자신의 창조성을 강조하고 더 이상 낡은 책에 의존하지 말자고 주장하면서도 자신을 대서양 연안 국가 간 운동(transatlantic movement)의 일부로 보았다.[42] 오성과 이성의 기능을 구분하는 에머슨의 논리 또한 그의 독창적인 창안이라기보다는 칸트 철학에서 가져온 것이다. 그러나 에머슨은 칸트의 원서를 직접 공부한 적이 없고 콜리지의 저작을 통해 주로 칸트를 접했다. 그러나 콜리지는 칸트를 자기 식대로 바꾸어 이해했고, 에머슨은 또 이를 자기가 이해한 대로 바꾸었으므로 에머슨이 주로 영향을 받은 것은 칸트 철학이라기보다는 칸트를 자기 식대로 소화한 콜리지의 상상력 이론이라고 해야 할 것이다. 콜리지는 전체성과 통합을 추구하는 낭만주의 과학 이론을 제시한 대표적 시인으로, 에머슨은 콜리지의『사색의 조력자(*Aides to Reflection*)』에서 자신의 상상력 이론을 구성하는 데 가장 큰 영향을 받았다. 콜리지의 전체성에 대한 추구는 통일된 국가 정체성을 구성하는 것이 남북전쟁 직전의 혼란스러운 시대에 시급한 과제였던 에머슨의 목표의식과 공명하는 부분이 있었을 것이다. 그러나 에머슨이『자연』이나「시와 상상력」처럼 상상력에 대한 이론을 펼치는 글에서 콜리지나 칸트 등 유럽의 영향을 받았다고 언급한 부분은 거의 없다. 즉 에머슨은 미국의 독자적인 문화 창조를 논하는 글에서조차 유럽의 철학을 가져와서 흔적을 지워내고 그 내용을 미국적인 용어와 언어로 다시쓰기한다. 이미 받아들인 것을 새롭게 미국적인 것으로 전유

---

42 Keane, Patrick, *Emerson, Romanticism, and Intuitive Reason*, Missouri UP, 2005, pp.202~203.

하려면 기존에 수용한 요소들을 재배열함으로써 재구성하는 길을 모색할 수밖에 없다. 그러므로 개별적인 사실들을 유기적으로 재구성하는 상상력의 역할을 창조에 필수적인 것으로 자꾸 강조하게 된다. 박물관의 전시물들을 하나의 구도 안에 재배치함으로써 의도한 질서에 따라 축소된 세계를 재구성하는 것과 유사한 원리이다. 이처럼 전체성과 통합을 향한 낭만주의의 꿈은 에머슨에게서 미국적 표현으로 다시 씌어진다.

5. 나가며

에머슨은 세계를 이해하고 인식하는 데에는 과학을 통하여 물질세계에 대한 지식을 얻는 것도 반드시 필요하며, 한편으로 과학에 시인의 상상력을 더하여 자연세계에 대한 통찰의 폭과 깊이를 확장하는 것도 꼭 필요하다고 보았다. 그런 점에서 에머슨의 '시인-과학자'는 그가 주창한 '미국의 학자'이자 '생각하는 사람(Thinking Man)'이면서 통합적 지식인이었다. 에머슨은 사상가이자 문학자의 입장에서 당대 과학의 한계를 비판하며 두 문화가 상호 접촉하면서 이를 통해 서로의 지평을 확장할 수 있는 길을 고민했다. 에머슨은 해리 헤이든 클라크(Harry Hayden Clark)의 말처럼 "귀납적인 과학자라기보다는 플라톤, 셸링, 괴테, 칸트, 콜리지처럼 본질적으로 선험적인, 윤리적이고 연역적인 방식으로 자연사에 접근"한 인물이라는 점에서 과학에 대한 인식에 많은 한계를 가지고 있다.[43] 데이비드 스미스(David Smith)는 에머슨에 대한 비평의 변천사를 개괄하면서 모더니즘 시대에 에머슨에 대한 비판은 그가 대학에 적을 두지 않는 등 전문적인 지식인으로서 권위있는 위치를 점하지 않고 아마추어 수준의 대중적인 강연자이자 집필가에 머물렀다는 데 초점이 맞추어졌다고 했는데, 그의 과학 연구 역시 그러한 아마추어리즘에 머물고 있다. 그러나 한편으로는 에머슨이 어떤 공적 제도 안에서 자신의 권위를 보장받을 수 있는 자리를 찾지 않고 자유로운 학자로서 자신의 위치를 자리매김했기 때문에 여러 학문 간, 또 학문과 현실 간의 경계를 넘나들며 학문이 분과화되기 이전 시기의 미분화, 미확정된 지식을 유연성을 가지고 폭넓게 탐구했다고도 볼 수 있다. 스미스는 에머슨이 당대의 문화적 상황과 핵심 난제에 즉각 반응했으며, 확고한 토대나 위계질서, 초월적인 확실성을 기꺼이 포기하고 그 결과로 초래되는 역설을 탐구하는 데 헌신한 인물이었다고 평가한다.[44] 존 마이클은 에머슨에게서 정말로 중요한 것은 갈등의 해소가 아니라 갈등을 낳는 상반되는 관점들의 상호작용이었다고 말한다.[45] 이 말은 에머슨의 과학 연구에도 역시 적용될 수 있을 것이다. 에머슨의 진정한 관심사는 과학 자체가 아니라 당대의 최신 과학이 철학과 문학 등 다른 학문 분야와 일으키는 상호작용이었으며 그 상호작용을 통해 정신과 물질의 상호관계를 고찰하는 것이었다. 그런 점에서 에머슨의 시선은 과학과 인문학 어느 쪽에도 확정적으로 고정되지 않고 양극을 향해 동시에 열려 있다. 학문 간 소위 '통섭'의 필요성이 제기되면서도 이러한 시도가 종종 두 문화 간의 소통가능성이 아니라 불가능성만을 재확인하는 결과로 끝나곤 하는 작

43　Clark, Harry Hayden, "Emerson and Science", *Philological Quarterly* 10, 1931.7, p.228.

44　Smith, David L., "Representative Emersons : Versions of American Identity", *Religion and American Culture : A Journal of Interpretation* Vol.2, No.2, 1992, p.169.

45　Michael, John, *Emerson and Skepticism*, Johns Hopkins UP, 1988, p.154.

금의 상황에서 에머슨의 과학 연구를 다시 보아야 할 이유를 여기에서 발견할 수 있을 것이다.

참고문헌

에드워드 윌슨, 『통섭』, 민음사, 2005.
한기욱, 「에머슨과 소로우」, 영미문학연구회 편, 『영미문학의 길잡이』 2, 창비, 2007.
리처드 홈스, 『경이의 시대』, 문학동네, 2008.

Bono, J. James, "Science, Discourse, and Literature : The Role / Rule of Metaphor in Science.", *Literature and Science*, Ed. Stuart Peterfreund, Boston : Northeastern UP, 1990.

Brown, Lee Rust, *The Emerson Museum*, Cambridge : Harvard UP, 1997.

Clark, Harry Hayden, "Emerson and Science", *Philological Quarterly* 10, July 1931.

Cromphourt, Gustav, Van, *Emerson's Modernity and the Example of Goethe*. Columbia : Missouri UP, 1990.

Emerson, Ralph Waldo, *Journals and Miscellaneous Notebooks of Ralph Waldo Emerson* Vol. 4, Cambridge : Harvard University Press, 1960.

______, *The Early Lectures of Ralph Waldo Emerson* Vol. 1, Eds. Stephen E. Whicher and Robert E. Spiller. New York : Belknap Press, 1964.

______, *Selected Writings of Ralph Waldo Emerson*, New York : Penguin, 2011.

______, *The Works of Ralph Waldo Emerson Vol. 8, Letters and Social Aims*.

Keane, Patrick, *Emerson, Romanticism, and Intuitive Reason*, Columbia : Missouri UP, 2005.

Michael, John, *Emerson and Skepticism*, New York : Johns Hopkins UP, 1988.

Neufeldt, Leonard. *The House of Emerson*, Lincoln : Nebraska UP, 1982.

Porte, Joel, "Introduction : Representing America — the Emerson Legacy", *The Cambridge Companion to Ralph Waldo Emerson*, Eds. Joel Porte and Saundra Morris, Cambridge : Cambridge UP, 1999.

Obuchowski, Peter, *Emerson and Science*, New York : Lindisfarne Press, 2005.

Robinson, David, "Emerson's Natural Theology and the Paris Naturalists : Toward a Theory of Animated Nature." *Journal of the History of Ideas*, 41 : 1, 1980.

Smith, David L, "Representative Emersons : Versions of American Identity." *Religion and American Culture : A Journal of Interpretation*, 2 : 2, 1992.

Walls, Laura, *Emerson's Life in Science*. Ithaca and London : Cornell UP, 2003.

______, "Science and Technology", *The Oxford Handbook of Transcendentalism*, Eds. Joel Myerson, Sandra Harbert Perrulionis, Laura Dassow Walls, Oxford : Oxford UP, 2010.

19세기 조선 학자의 자연 철학에 관하어

최한기의 기륜설을 중심으로

김선희

1. 들어가며 : 자연철학을 소환하기

엄밀한 의미에서 19세기 중반에 이르기 전에 과학이 시작되지 않았다는 것은 하나의 상식[1]이지만, 이 상식은 실질적인 힘을 발휘하지 못한다. 많은 이들에게 17세기의 뉴턴(Isaac Newton, 1643~1727)이 중세의 수비적이고 신비적인 마술적 세계를 종언하고 근대 과학 다시 말해 '진정한' 의미의 과학을 시작한 '과학 혁명'의 상징으로 인정되며, 뉴턴을 가능하게 했고 또 뉴턴으로부터 발전된 (서구) 과학이 이미 탈맥락적이며 초역사적 보편성을 가진 정합

---

1   다음과 같은 문장이 그러한 상식을 잘 보여준다. "오늘날 우리가 과학이라고 부르는 것은 계몽주의 시대에는 자연철학으로 불리는 편이 더 자연스러웠다. 자연철학은 여전히 철학의 한 부분이고, 영혼의 존재, 물질의 능동성과 수동성, 자유의지, 신의 존재와 같은 문제들을 고민하였다." 토머스 핸킨스, 양유성 역, 『과학과 계몽주의』, 글항아리, 2011, 30~31면.

적인 세계 해석의 방식으로 공인되었기 때문이다.

그러나 사실 갈릴레이(Galileo Galilei, 1564~1642)도 뉴턴도 그들이 활동할 당시에는 '과학자(scientist)'가 아니라 '자연철학자(natural philosopher)'였다는 것은 주지의 사실이다. 1834년에 영국 학자 휴얼(W. Whewell, 1794~1866)이 '일괄적으로 물질세계의 지식을 추구하는 연구자(the students of the knowledge of the material world collectively)'의 명칭으로 '철학자(philosopher)'라는 개념은 지나치게 고원하고(lofty) 광범위(wide)하다며 '과학자(scientist)'라는 새로운 명칭을 제안[2]하기 전까지, 오늘날 관점에서 자연 과학 연구자들(man of science)이 모두 '자연철학자'였다는 점은 의심의 여지가 없다.

오늘날 대학의 제도나 학문 분과 안에 '자연철학'이라는 영역은 남아있지 않다. 아리스토텔레스의 '『자연학(*Physica*)』' 이래, 서양 지성사에서 자연 철학(philosophia naturalis)은 자연에 대한 추상적이고 통일적인 지식을 추구해 온 철학의 중요한 학문 분과였다. 전통적으로 자연 철학은 자연의 본질을 탐구하여 객관적으로 서술하고자 하는 분과 학문으로 기능해왔지만, 현재는 분과 과학의 비약적 발전에 따라 분해되거나 해체되었으며 자연 과학 혹은 물리학, 천문학 등 개별 과학의 연구의 전제 혹은 토대의 자리에 제한적으로 재배치되었다.

적어도 19세기 중반까지, 자연에 대한 체계적인 지식을 추구하던 자연철학자들은 연구자마다 정도와 비중은 다르지만 단순히 자연계의 물질이나 자연 현상들의 작용 과정을 기술하려는 합리적 관찰자에 한정되지 않았다. 다시 말해 그들은 나름의 세계관 위에서 현상의 원인과 작용 메커니즘을 탐구

---

2   Richard Yeo, *Defining Science : William Whewell, natural knowledge, and public debate in early Victorian Britain*, Cambridge University Press, 2003, p.110.

하고자 했던 '철학자'들이기도 했던 것이다. 그런 의미에서 자연철학의 목표는 오늘날 현대 과학의 목표와 다르다. 그러나 동시에 칸트가 지식에 있어서 이성의 한계를 확정하고자 했다는 점에서 알 수 있듯, 전통적인 철학이 추구하던 학문적 목표와도 꼭 들어맞지 않는다. 당연한 말이지만 현대처럼 대학 분과나 학문 제도에서 철학과 과학이 분리되기 이전에 자연학과 철학은 분리될 수 없는 중층적 구조를 유지하며 혼종적으로 작동하고 있었다.

이 글은 이러한 배경에서 최한기라는 한 19세기 조선 지식인의 자연 철학을 모종의 중층성과 혼종성의 관점에서, 그리고 그의 독자적 세계관의 차원에서 파악해보고자 하는 시도이다. 흥미롭게도 최한기는 단연코 19세기 조선에서 유럽인들이 자신들의 사상과 세계관을 전하기 위해 한역한 '서학서'를 가장 많이 본 조선인이었다. 그는 자신이 구축하고 구성한 일종의 보편학을 '기학(氣學)'이라고 명명한 뒤 그 내부에 분과 학문들을 정렬하고자 했다. 그는 전통적인 성리학의 이론과 개념들과 다른 자신만의 독특한 개념을 만들어 쓰기도 하고 서양 과학 서적에서 얻은 지식을 변용해 용어를 고쳐 자신의 체계 안에 흡수시키기도 한다. 무엇보다 흥미로운 것은 그가 서학서에 담긴 다양한 자연학적 이론과 실험들을 자기 방식으로 이해한 뒤 기학(氣學)의 중요한 '증거'로 활용했다는 점이다. 그의 이 독특한 시도는 자발적이고 능동적인 근대 과학의 수용이라는 점에서 상찬받기도 하지만 서양 과학을 온전히 이해하지 못한 상태에서 자기 체계에 억지로 끼워 넣은 자의적 독해에 따른 절충주의에 불과하다는 평가를 받기도 한다.[3]

현재까지 그가 어떤 책을 참고 했는지, 어떻게 이해했는지에 대한 연구 성

---

3   최한기의 서양 과학 수용에 대한 일반적 평가에 대한 반성은 다음을 참조. 김선희, 「최한기를 읽기 위한 제언」, 『철학사상』 52집, 2014.

과가 상당히 축적되어 있다. 그러나 어떤 연구도 그가 받아들인 서양 과학 자체를 문제 삼지 않는다. 그가 수용한 과학을 현대 과학이 상상하는 과학의 개념 즉 탈역사적인 완전한 정합적 체계로 전제한 뒤, 온전하고 체계화된 당대의 과학 지식을 최한기가 자의적 혹은 창의적으로 변용했다는 평가가 반복된다. 그토록 완벽한 체계로 인정받던 뉴턴의 역학이 아인슈타인의 등장 이후 더 이상 완전하지 않다는 사실이 드러났듯 사실 19세기 유럽의 과학은 아직 미확정적이거나 완전히 닫히지 않은 체계였다. 이를 보고하는 수많은 과학사적, 지식사회학적 연구들이 있음에도 우리는 여전히 같은 시기 동아시아 지식장을 주변부에 서 있던 수용자의 위치에 고정시켜 판단할 뿐이다.

이 글은 하나의 시론적 시도로서, 현재의 시선에는 혼종적이지만 당대에는 매우 정합적이었던 기학적 자연철학의 관점에서 최한기라는 19세기 조선 유학자의 지적 도전을 살펴보고자 한다. 이때 최한기가 구상한 일종의 중력 이론 '기륜설(氣輪說)'이 그의 사유 실험을 살펴볼 창이 되어 줄 것이다. 그러나 '최한기'라는 독특한 지식인은 문제를 드러내도록 도와주는 환기의 창일 뿐, 그가 도입한 서양 과학의 내용과 특징을 분석하거나 서양 과학에 대한 그의 이해 수준이 어떠했는지를 평가하는 것은 이 글의 목표가 아니다. 이는 주로 최한기가 어떤 책을 참고 했고 서양 과학을 어떻게 또 얼마나 이해했는지를 분석하고 평가하려는 기존 연구들과 다른 점이다.

최한기는 당시 조선인이 오직 인적 교류나 체계적 학습 없이 오직 중국에서 들어온 서적만으로 얼마나 높은 수준의 서양 지식 수용자가 될 수 있는가를 보여주는 지표가 아니라, 아직 '과학자'가 등장하기 이전인 19세기 중반에 동서양의 자연 지식이 철학의 차원에서 어떻게 혼종되고 변용될 수 있는지를 보여줄 수 있는 전근대 자연철학의 상징적 지표다. 최한기가 유학의 이념과 서양 과학의 지식들을 결합해 구축한 '기학(氣學)'의 독창적 기획으로부터 비결정의 시대 즉 과학과 비과학을 결정하는 권력을 독점한 현대 과학의 지적 권위가 작동하기 직전에 시대에 조선의 지식인이 꿈꿀 수 있었던 마지막 자연철학의 가능성과 확장성을 살펴볼 수 있을 것이다.

2. 최한기와 보편학의 기획

프랑스의 과학철학자 가스통 바슐라르(Gaston Bachelard)는 '우리의 자손은 우리 증조부들의 과학에 대해 관심을 갖지 않을 것이다. 그들은 거기에서 비활동적인 사고 또는 교육 개혁의 구실로서만 가치를 지니는 사상들의 박물관을 보게 될 것'[4]이라고 말한 바 있다. 어떤 시대에 진리였던, 무엇보다 '과학적' 지식이었던 것들은 어느 순간 진리의 자리에서 내려와야 하며, '과학적' 지식이라는 이름표를 떼어주어야 한다.

새로운 과학 이론 혹은 체계의 등장은 이전까지 과학 질서에 편재되어 있던 항목들을 풀어헤쳐 검증을 받도록 추동한다. 이 검증을 통과하지 못한 지식은 '과학'의 범주 밖으로 몰려 폐기되거나 역사적 서술의 대상으로 제한된다. 이는 자연스러운 역사적 현상이지만 주목할 것은 19세기, 서양 과학의 유입이 본격화되던 시기의 동아시아 지식인들이 증조부의 과학이 아니라 당

4　가스통 바슐라르, 정계섭 역, 『현대물리학의 합리주의적 활동』, 민음사, 1998, 36면.

대 자신들의 사유에 대한 폐기와 제한을 경험했다는 것이다. 서구 '과학'의 세례 대상이었던 동양이 시간으로뿐 아니라 공간적으로도 유일한 합리성과 체계성의 외부 즉 '비'과학으로 내몰렸기 때문이다. 특히 19세기 조선 학자 최한기(崔漢綺, 1803~1877)의 학문은 두 가지 처분을 모두 받았다.

1803년에 개성에서 태어난 최한기는 한국철학사에서 '탈성리학적 유학자', '개화사상의 가교', '근대적 과학사상가' 등으로 평가받는다. 그는 잠깐 동안의 관직 생활을 제외하고 공식적인 활동을 하지 않았으며 특별한 스승 없이 평생 혼자 공부한 재야의 학자다. 이 독특한 유학자는 평생 엄청난 양의 책을 읽었고 또 엄청난 양의 책을 썼다. 양보다 더 중요한 것은 그가 읽은 책의 종류와 이를 바탕으로 한 저술의 스펙트럼이다. 그는 전통적인 유학(儒學)의 학문적 지향과 가치를 공유했지만, 그 내부는 다른 방식으로 채워나갔다.

현재까지 밝혀진 바에 따르면 그의 연구 주제는 유학의 기본적인 학문 체계인 정치철학과 형이상학, 윤리학과 인성론 등은 물론 천문학, 수학, 의학, 화학, 광학, 물리학, 농업정책과 기술, 기계 일반 등 과학—기술 분야를 포괄한다. 특이한 것은 이 각 분야 연구에 수많은 서학서들을 자원으로 활용했다는 것이다. 최한기 이전의 유학자들도 예수회가 중국에서 간행한 서학서를 읽고 연구했지만 최한기는 당시 개신교 선교사들이 번역한 최신의 과학 서적들까지 읽을 수 있었다.[5] 그는 전통적인 유학(儒學)의 학문적 지향과 가치를 공유했지만, 동서양의 사상을 회통하려는 포부로 모든 재산을 털어 중국에서 간행된 서학서를 활용해 기학을 구성해나갈 수 있었던 것이다.

5　예수회의 우주론 뿐 아니라 19세기 중국 상해에 거점을 두고 당대의 최신 서양 과학 정보를 중국어로 한역하던 개신교 선교사들의 번역 작업이 조선에도 전해짐에 따라 최한기는 예수회가 전달한 프롤레마이오스적 우주관을 뛰어넘어 뉴턴의 중력 이론을 바탕으로 저술된 허셜의 천문학 이론이나 영국 선교의 홉슨의 의학 이론 같은 최신 정보들을 흡수할 수 있었다.

그가 저술한 책의 제목이자 그가 표방한 학문의 이름인 '기학(氣學)'은 단순히 기의 이론이 아니라 유학(儒學), 도학(道學), 성리학(性理學) 등과 마찬가지로 이념과 세부, 형식과 내용을 갖춘 거대한 학문적 체계를 의미한다. 특히 기학은 자연학을 토대로 다른 분과이론들을 결합하고자 하는 독특한 학문적 체계로 이 안에는 우주론부터 인체 이론, 각종 천문 우주론과 기계학 등 오늘날의 과학에 해당하는 분과와 정치학, 행정학, 교육학 등 사회 과학에 해당하는 분과 그리고 형이상학과 윤리학, 인식론 등 인문 과학에 해당하는 분과까지 총망라되어 있다. 그런 맥락에서 최한기의 기학은 수사적인 의미가 아니라 실질적 의미에서 '보편학'의 성격을 갖는다.[6] 라이프니츠가 꿈꾸었고 헤겔이 구상한 보편학처럼 최한기 역시 이념과 체계, 그리고 세부 분과와 방법론을 갖춘 철학적 보편학을 구상했다고 보는 것이다. 보편학으로서의 기학은 다음의 세 차원으로 구성되어 있다.

대기운화(大氣運化)는 지구와 달, 해와 별[地月日星]의 회전에 따라 연월일시(年月日時)의 항상된 법도[常度]가 있고, 통민운화(統民運化)에는 예율(禮律)과 강기(綱紀)가 있어 치란과 성쇠의 변천이 있고, 일신운화(一身運化)에는 소장(少壯)과 쇠노(衰老)가 있어 이둔(利鈍)과 성패(成敗)가 몇 배씩 늘거나 준다. 작은 것에서 중간에 이르고 큰 것에 이르는 것에는 위로 거슬러 올라가는 맥락(脈絡)이 있고, 큰 것에서 중간에 이르고 작은 것에 이르는 것에도 순서대로 펼쳐지는 조리(條理)가 있다.[7]

6　최한기의 기학을 보편학으로 평가하는 관점에 대해서는 김선희, 앞의 글 참조.

7　大氣運化, 隨地月日星之轉, 而年月日時有常度. 統民運化有禮律綱紀, 而治亂盛衰有遷移. 一身運化有少壯衰老, 而利鈍成敗有乘除. 自小至中至大, 有溯考之脈絡, 自大至中至小, 有順布之條理. 『人政』「四性三等」.

　최한기의 기학은 형이상학에서 기원한 자연학(大氣運化)의 바탕 위에서 인간학(一身運化)과 사회 공학(統民運化)이 연결되어 있는 종합적인 체계로 구성되어 있다. 이때 대기운화의 영역은 기의 세계관을 토대로 한 형이상학이면서 동시에 실질적 기의 형질과 운동을 확인할 수 있는 자연학의 영역이기도 하다. 최한기의 독특한 개념인 운화는 자생적 활력과 그로 인한 능동적 변화의 능력을 강조하는 표현으로, 이때 운동하고 변화하는 내재적 힘을 신기(神氣)라고도 부른다. 운화의 맥락에서 최한기 기학의 특징은 자발적 활성을 가진 기가 만들어내는 자연, 인간. 사회의 접촉과 변용을 유가의 도덕적 이상 세계에 대한 지향으로 연결하려는 체계성과 종합성 그리고 도덕적 지향성에 있다고 할 수 있다.

　이름에서 알 수 있듯 이 보편학의 토대에는 '기(氣)'의 형이상학이 자리한다. 최한기에게 우주의 모든 현상과 운동의 원인은 기(氣)다. 이대 기는 형질을 가지고 있으며 늘 활동하는 존재다. 결과적으로 기학이라는 보편학의 토대에 자리하는 것은 기를 바탕으로 한 우주론 혹은 형이상학이라고 할 수 있지만 사실상 최한기의 지적 탐구는 우주론적, 형이상학적 기 이론보다는 그 다음 층위인 개별 분과 연구에서 더욱 활발하게 전개된다. 특히 이 개별 분과의 구성을 위해 최한기는 당시 중국에서 출판된 다양한 서학서를 적극적으로 활용했고 이를 바탕으로 19세기 조선에서 유학과 서양 과학을 결합한 새롭고 독창적인 학술 체계를 완성할 수 있었다.

　그의 경계적, 혼종적 지식의 성격이 잘 드러나는 분야가 서학서들을 통해 확장한 자연철학적 영역이다. 물론 조선에서 서학서를 학술의 자원으로 활용한 것은 최한기가 처음은 아니었다.[8] 최한기가 그들과 달랐다건 그 누구보다도 광범위한 문헌을 섭렵했다는 점이며, 그들과 달리 개별 과학의 한 분야를 깊이 이해하기 위해 서학서를 본 것[9]이 아니라는 점이다.

최한기가 그토록 많은 분야의 책을 읽고자 했고 또 자기 저술의 일부로 정리하고자 했던 것은 그가 추구한 학문의 범위와 구조에 연결된 문제다. 최한기는 사실 서양 과학을 이해하기 위해 연구한 것이 아니다. 최한기가 서양 과학을 그토록 열심히 연구한 것은 자신이 구축한 기학의 실질적인 내용을 증거할 자료가 필요했기 때문이다. 그는 한 분야에 대한 전문적인 지식을 쌓고자 한 것이 아니라 물질적 세계의 구성과 운동에 관한 이론이기도 한 기학의 실질적인 증거들을 확보하기 위해서였다.

이런 맥락에서 최한기를 서양 '과학'을 수용한 과학자나 과학사상가라고 평가하는 태도에는 일정한 주의가 필요할 것이다. 서양의 '과학'과 최한기의 '기학'을 대조해서 비교하는 것은 일종의 범주적 오류다. 강조하지만 최한기는 '과학'을 연구하지 않았으며 자신이 수용하고 있는 실험과 관측의 결과들을 '과학적 지식'으로 여기지도 않았다. 그는 보편학으로서의 기학의 관점에서 서양의 지식들을 통해 증험가능한 자료를 확보한다고 생각했을 뿐이다. 더욱 중요한 것은 그가 활동하고 사유했던 19세기까지, 서양 과학 역시 여전히 '생성'중이었으며 21세기의 테스트들을 모두 통과할 수 있을 정도로 충분히 정밀하거나 충분히 엄격하지 않았다는 점이다.

우리는 하나의 이론이 과학 이론으로 인정받으려면 역사적 흐름 속에서

8　17세기 유학자 성호 이익은 대단히 개방적인 태도로 서학서들을 읽었고 제자들에게 읽기를 권하기도 했다는 점은 잘 알려져 있다. 서양 서학서에 담긴 자연 지식이나 수학을 연구한 학자들도 적지 않았다. 특정 분야에 한정되어 있기는 하지만 최한기보다 더욱 정교하게 서양 지식을 이해한 조선 유학자들도 있었다. 지구설을 인정하고 무한우주설을 주장한 홍대용이나 우주론을 연구한 김석문, 수학을 연구한 남병철 등의 서양 천문학과 수학 이해는 상당한 수준에 올랐다는 평가를 받는다.

9　최한기와 동시대에 서학의 수학 이론을 깊이 연구하여 『추보속해(推步續解)』 등의 수학서를 저술한 규재 남병철(南秉哲, 1817~1863)을 예로 들 수 있을 것이다.

객관화되어야 한다고 생각한다. 당대의 정상과학이 제시하고 있는 테스트들을 통과해야 한다는 것이다. 형이상학을 자연학과 통합하려 한 데카르트(René Descartes, 1596~1650)의 시대에 운동의 원인으로서 신을 배제한 이론이 진정한 학문으로 인정받지 못했듯, 실험 철학을 완성한 아이작 뉴턴의 시대에 실험과 수학이 배제된 이론 역시 진정한 과학으로 인정받지 못했다. 나아가 아인슈타인의 상대성 이론과 양자 역학이 정상 과학으로 인정받게 된 다음 시대에 데카르트도 뉴턴도 결점 없는 과학으로 평가받을 수 없었다.

그렇다면 최한기와 같은 전근대 학자들의 '과학적 사유'는 어느 시대, 어떤 이론의 맥락에서 평가받아야 하는가? 아인슈타인의 이론에서 뉴턴 이론의 정오표를 판단하고 비판하는 것은 뉴턴의 과학적 업적을 평가하는 '하나'의 입장일 수 있지만 그것이 뉴턴 체계와 과학사적 위상 전체를 무화시킬 수는 없을 것이다. 뉴턴이 논쟁 끝에 폐기시킨 데카르트의 소용돌이 이론 역시 뉴턴주의자들이 공격용으로 만들어 낸 '과학적 상상'에 불과하다는 평가 안에 한정될 수 없는 고유한 의미와 역할이 있다. 특정 세계관이 작동하던 시대에는 전대의 문제를 해결하고자 했던 그들 각자의 노력이 평가받고 설득력을 얻었기 때문이다. 이와 마찬가지로 최한기의 기학 역시 일차적으로는 그가 토대로 삼고 있는 세계관 내에서, 그가 기대고 있는 개념과 사유 구조 안에서 평가받아야 한다.

이 글에서는 최한기의 자연학적 기획을 살펴보기 위해 뉴턴의 중력 이론이 절충되어 있는 최한기의 기륜설(氣輪說)[10]을 하나의 창으로 삼고자 한다.

---

10 기륜설에 관하여 지금까지 여러 연구자가 토대 차원의 연구를 진행해왔다. 대표적인 선행 연구들은 다음과 같다. 김용헌, 『崔漢綺의 西洋科學 受容과 哲學 形成』, 고려대 박사논문, 1995; 문중양, 「최한기의 기론적 서양과학 읽기와 기륜설」, 『대동문화연구』 43집, 2003; 박권수, 「최한기의 천문학 저술과 기륜설」, 『과학사상』 30호, 1999; 전용훈, 「19세기 조선인의 서양과학

기륜설은 동서양의 자연 철학이 절충되어 있는 최한기의 독특한 이론이다. 그러나 기륜설의 분석 자체는 이 글이 목표하는 바가 아니다. 최한기가 서양 과학을 어떻게 어떤 정도로 이해했는지는 물론, 당대의 서양 과학과 조선의 과학적 수준을 비교하는 데에도 관심을 두지 않는다. 비교되어야 할 것은 중력 이론과 그에 대한 최한기의 이해가 아니라 동양과 서양의 자연철학이라고 생각하기 때문이다. 최한기의 사상적 지향과 논리 그리고 그가 참조했던 19세기 중반까지의 서양 과학을 중립적으로 평가하기 위해 이 글은 '과학'이 아니라 '자연철학'의 관점에서 양자를 비교하고자 한다.[11] 이 맥락에서 자연 철학이란 단순히 과학의 이전 이름이 아니고 철학의 한 분과도 아니다. 이는

읽기」, 『역사비평』 81호, 2007; 김인규, 「조선후기 實學派의 自然觀형성에 끼친 漢譯西學書의 영향―『空際格致』와 『談天』을 중심으로」, 『韓國思想과 文化』, Vol. 24, 2004; 권오영, 「최한기의 기설과 우주관」, 『韓國學報』, Vol. 17 No. 4, 1991; 김숙경, 「최한기의 기륜설과 서양의 중력 이론」, 『東洋哲學研究』, Vol. 71, 2012; 김숙경, 『惠岡 崔漢綺의 氣學에 나타난 西學 受容과 變容에 관한 研究』, 성균관대 박사논문 등. 선행 연구는 최한기의 전작들을 통해 기륜설의 성립 과정을 밝히거나 『담천』과 비교하는 등 기륜설을 이해하고 해석하는 데 초점을 두는 경우가 많다. 선행 연구 중에서 김숙경은 '다양한 중력 이론의 지평에서 기륜설의 위상을 진단'하고 '기륜설에 대한 평가를 재조명'하려는 목적(『惠岡 崔漢綺의 氣學에 나타난 西學 受容과 變容에 관한 研究』, 17면)에서 데카르트의 소용돌이설과 아인슈타인의 일반상대성 이론의 원리를 기륜설과 비교하고 있다는 점에서 다른 연구와 다른 경향을 보인다. 이와 달리 이 글은 기륜설이나 중력 이론의 해명 혹은 비교 자체에는 관심을 두지 않으며 중력 이론을 매개로 자연철학으로서의 최한기의 사상적 특성과 의의를 검토해하고자 하는 것이다.

11 한 선행 연구는 최한기의 특성은 '엄밀학으로서의 자연과학이 아니라 철학과 세계관을 동반하는 자연학의 시선을 유지할 때 분명해진다'고 제안하고 자연학을 자연에 대한 지식과 자연에 대한 관점 두 측면으로 나누어 검토한 뒤 그 특성을 유기체론과 충돌하지 않는 선에서의 기계론적 관점의 대두와 강화로 평가한다. 김문용, 「최한기 자연학의 성격과 지향」, 『민족문화연구』 59집, 2013. 이 글은 김문용의 문제 설정에 공감하지만 기계론 대 유기체론, 자연과 도덕의 관계 등은 최한기의 자연학 ― 이 글의 관점에서는 자연철학 ― 을 검토하는 데 크게 유효하지 않은 틀이라고 생각한다. 기계론과 유기체론을 긴장 관계에 두고 최한기 내에서의 이론적 지향을 평가하는 것은 사실 최한기의 문제의식이 아니라 서구적 시선을 최한기에게 투영한 결과이며, 자연과 도덕의 결합은 유기체론의 특성이 아니라 최한기가 기반하고 있는 유학의 기본적 전제이기 때문이다. 이와 달리 이 글은 자연학보다는 자연에 대한 형이상학적 시선과 그에 따른 세부적 지식의 체계화를 묶는 틀로 당대 유럽에서 사용했던 '자연철학'을 내세우고, 외부의 시선을 최한기를 평가하고자 하는 것이 아니라 최한기의 시선에서 서양 자연철학을 평가하고자 한다는 점에서 선행 연구와 구별된다.

자연 현상 자체에 대한 지식을 추구하는 자연학 차원을 넘어서서 세계관 차원에서 원인과 기제에 대한 근원적 앎을 추구하는 종합적인 철학이다.

최한기에게 특징적인 것은 전통적인 유학자들과는 달리 자연학을 토대로 다른 분과 이론들을 결합하고, 기(氣)의 일반론이 아니라 서구에서 유래한 자연 지식과 이론, 실험의 결과를 학문 체계 전체에 활용했다는 것이다. 자연학이 형이상학이라는 뿌리에서 나온 줄기라는 발상은 당시 유럽 학자들이 공유하던 바였다. 데카르트는 『철학의 원리(*Principia philosophiae*)』의 프랑스판 서문에서 철학의 나무가 뿌리인 형이상학, 줄기인 자연학, 가지인 기타 학문들로 구성되어 있다고 말한 바 있다.[12] 데카르트뿐 아니라 스피노자[13]도, 뉴턴을 영웅으로 추앙했던 계몽주의 사상가 볼테르와 디드로도 당대의 우주와 자연에 대한 자신의 입장을 정리하고 이를 철학의 기본 원리로 삼고자 했다.

최한기 역시 기학의 토대를 자연학에 두고자 했고 이를 독특한 자연철학으로 완성하고자 했다. 이때 자연철학은 철학, 과학, 유럽의 중세와 근대의

---

12 "철학의 첫 번째 부분은 형이상학인데 인식의 원리들을 담고 있다. 신의 주된 속성들과 우리 영혼의 불멸성과 우리가 타고난 모든 명석하고 단순한 개념들에 대한 설명이 이에 속한다. 두 번째 부분은 자연학인데, 물질 대상들의 참된 원리들을 발견한 다음에, 일반적으로 전 우주가 어떻게 구성되었는지를 특히 지구와, 물, 마그넷, 그리고 여타 광물들의 본성이 무엇인지를 탐구하는 것이다. 개별적으로는 식물과 동물, 특히 인간의 본성을 탐구하는 것이 필요한데, 이는 그가 나중에 그에게 유용한 다른 학문들을 찾는 데 도움이 되도록 하기 위함이다. 따라서 철학 전체는 한 그루의 나무와 같은 것이다. 그 뿌리는 형이상학이며, 그 줄기는 자연학이며 그 가지들은 다른 모든 나머지 학문들인데, 이것들은 크게 의학, 기계학, 윤리학으로 귀결된다. 윤리학이란 다른 모든 학문들의 지식을 전제로 하면서 지혜의 최고이자 마지막 단계를 이루는 최상의 완전한 도덕 이론이다." 데카르트, 원석영 역, 『철학의 원리』, 아카넷, 2002, 536~537면. 번역서는 '물리학'으로 되어 있으나 문맥에 따라 '자연학'으로 수정하였다.
13 자연학에 관한 개별적 저술이 없지만 스피노자 역시 자연학의 토대 위에 윤리학을 정초하고자 했다. 그는 데카르트가 자신의 자연 철학의 형이상학적 근거로 내세운 관성(inertia)의 원리와, 홉스가 유물론적 입장에서 물질의 제1원리로 정립한 코나투스(conatus) 이론을 비판적으로 검토함으로서 관성 및 운동과 정지에 관한 이론을 전개한다. 홉스의 운동학적 개념으로서의 코나투스에 대해서는 다음을 참고할 수 있다. 김성환, 『17세기 자연철학』 그린비, 2008, 163~194면.

자연지식, 동아시아 전통적 우주관 등이 복합적으로 혼종적으로 뒤섞여 있는 최한기의 사상적 특징을 포괄하기에 더 효과적인 개념이라고 할 수 있다. 자연 철학에 자연에 대한 지식이면서 동시에 지식의 토대이자 원리로서의 세계관적 성격이 담겨 있기 때문이다. 이런 가설적 전제가 필요한 것은 '과학'의 시선으로 최한기를 검사할 때 최한기는 언제나 실패한 수용자에 가까우며, 최한기가 구상한 '기학'의 관점에서 서양 과학을 평가한다면 일방적 평가에 지나지 않게 될 것이기 때문이다. 서양 '과학'으로 보면 최한기의 비과학성이 두드러지고 기학의 차원에서 보자면 자연에 관한 그의 '과학적' 통찰이 잘 드러나지 않는 것이다.

3. 중력을 향하여

1) 기계론 세계의 운동과 힘

동서양 모두에서 학자들은 오랫동안 멀리 떨어진 사물이 어떻게 상호 영향을 주고받는지에 대해 연구했다. 중세 유럽인들은 독자적으로 움직이는 천상계와는 달리, 지상계의 사물들이 4원소로 이루어져 있으며 각각의 원소는 본래 자기 자리로 돌아가려는 성질이 있기 때문에 흙의 성분을 가진 지상계의 사물들이 땅에 붙어 있거나 땅으로 떨어진다고 생각해왔다. 중세 사상가들은 자연 물체들 사이에 공감과 반감의 관계가 존재한다는 발상으로 물체의 낙하나 조수의 차이를 설명해 왔다.[14] 이러한 마술적인 신비주의적 주장들을 벗어나는 데 공헌한 것은 갈릴레이 같은 학자가 시도했던 기계론이었다.

갈릴레이는 자연 세계에 존재하는 새로운 인과 관계를 발견하고 이를 탐구하는 유용한 수단들인 실험의 역할을 개발하는 데 기여했다고 평가받으며 다음 세기의 학자로부터 '실험과 계산 외에는 그 어떤 다른 방법도 철학적으로 엄격하게 거부되어야 한다는 학풍을 처음으로 세운 사람'으로 인정받기도 한다.[15] 잘 알려져 있듯 갈릴레이는 실험을 통해 무거운 물체가 가벼운 물체보다 빨리 떨어진다는 통념을 거슬러 자유 낙하하는 물체들의 속도가 질량에 무관하다는 점을 밝혀냄으로써 뉴턴, 아인슈타인과 함께 중력 이해 역사에 한 장을 배정받게 되었다. 그런데 갈릴레이가 '과학적'으로 연구했다고 인정받는 것은 '물체는 어떻게 떨어지는가'이지 '왜 떨어지는가'의 문제가 아니었다.[16] 갈릴레이가 당면한 문제는 '시간에 따라 속도가 어떻게 변하는가에 대한 법칙을 발견하는 것'[17]이었다.

이런 평가는 과학에 대한 현재 우리들의 일반적 인식에 부합한다. 지금 우리는 자연계의 운동에 대한 과학적 탐구는 엄밀한 수학적 계산과 실험을 바탕으로 한 작업이라고 생각한다. 그러나 16~17세기 운동에 관한 과학은 운동의 '원인'들에 관한 연구였고, 경험적 지식이 아니라 유클리드 기하학의 방법을 따라 연역을 통해 성취되어야 하는 '철학'의 작업이었다. 개별 실험은 보편성을 결여하고 있었고 확실한 지식을 얻기 위해서는 경험 토다 이성에

14　야마모토 요시타카, 이영기 역, 『과학의 탄생』, 동아시아, 2005, 688면.

15　배리 가우어, 박영태 역, 『과학의 방법』, 이학사, 2013, 46~48면.

16　G. 가모브의 『중력－고전적 및 현대적 관점』에서 중력에 관한 갈릴레이의 이론에 대한 소개를 담고 있는 제1장의 제목은 '물건이 어떻게 떨어지는가'이다. G. 가모브, 박승재 역, 『중력－고전적 및 현대적 관점』, 전파과학사, 1973, 17면.

17　G. 가모브, 앞의 책, 22면.

의존해야 했다. 갈릴레이의 시대에는 실험보다는 제1원리로부터의 증명이나 논증이 더 가치 있게 여겨졌다. 자연 철학은 '사물들의 작용과 특성의 원인을 탐구'하려는 학문이었고 갈릴레이 역시 기하학에 따라 논증되어야 한다고 믿었다.[18] 본래 수학은 가장 추상적인 차원에서 현상 세계를 다룰 수 있는 형이상학의 도구였다.

그러나 갈릴레이는 자연적 실체의 참된 내적 본질로 뚫고 들어가기 보다는 현상들의 몇 가지 징표들을 인식하는데 만족해야 한다고 주장한다. 갈릴레이가 추구했던 것은 사물들이 보여주는 현상들 사이에서 성립하는 수학적 법칙을 발견하는 일이었다. 이 때문에 그는 근대적 의미에서 세계 최초의 '과학자'로 불린다. 그는 당시까지 전제되어 있던 자연 철학의 토대로서의 스콜라적 우주관이나 아리스토텔레스적 우주관을 넘어서서 '원인'이 배제된 현상들의 수학적 질서 쪽으로 진행해나갔던 것이다.

이에 비해 갈릴레이와 동시대 인물이자 역시 기계론적 세계관을 토대로 자연학을 전개해나갔던 데카르트(1596~1650)는 '신은 운동의 제1원인이며, 항상 우주 속에 동일한 양의 운동을 보존한다'[19]는 것을 자연철학의 가장 기본적인 원칙으로 내세웠다. 이성적 추론에 따른 연역 외에 실험적 검증을 고려하지 않았던 데카르트가 추구했던 것은 모든 것의 제1원리인 제1원인을 찾는 것이었다. 기계론자로서 그는 모든 물질은 불활성이며 수동적이라고 여겼기 때문에 운동이 자발적으로 시작된다고 보지 않았고, 원거리에 있는

---

18 배리 가우어, 앞의 책, 50~53면. 그러나 배리 가우어에 의하면 갈릴레이가 설계한 실험들은 오늘날의 현대적 의미에서 보면 실험으로 간주되기 어려운 것들이며, 자신의 실험 결과에 크게 중요성을 부여하지도 않았다고 한다. 차라리 그는 자신의 제안을 수용하도록 설득하기 위해 사고 실험으로부터의 증거를 활용했다. 이때 필요한 것은 더 정교한 실험 장치가 아니라 이성과 상상을 통해 모든 사람들에게 제공될 수 있는 결과를 산출하는 것이었다. 같은 책, 64~65면.
19 데카르트, 앞의 책, 97면.

사물들 간의 작용을 인정하지 않았다. 데카르트에 따르면 우주는 미세입자로 가득 차 있기 때문에 진공은 존재하지 않는다. 천체가 움직이는 것은 천체를 둘러싸고 있는 미세 입자들이 소용돌이 운동을 하며 별들을 운반하기 때문이다. 이런 구조 속에서는 접촉과 충돌 없이는 힘이 전파될 수 없었다. 결과적으로 중력은 불활성의 수동적 입자들이 가득한 공간에서 미세 입자들 간의 충돌로 인해 발생하는 소용돌이 운동이 행성의 운동을 일으킨 결과로 해석된다. 데카르트는 이 소용돌이 운동을 통해 조수 간만의 차, 행성의 운동 등 중력에 관련된 현상을 설명할 수 있다고 생각했다.[20]

이처럼 데카르트는 개체 내부에서 운동을 일으키는 힘을 찾지 않고 모든 운동의 원인을 신에게로 돌린다. 오직 신만이 '운동의 진정한 제1원인'[21]이다. 개체들의 충돌과 분리는 개체들의 내적 힘이 아니라 신의 권능을 통한 통상적인 협력을 통해서 가능한 것이다. 데카르트의 기계적 세계에서 운동의 모든 능동성은 신에게 돌려지고 개체들은 전적인 수동의 상태에 놓인다. 물체는 결코 스스로 운동할 수 없으며 모든 운동의 궁극적 원인은 신이다.

뉴턴은 데카르트의 소용돌이설의 한계를 지적하기 위해『프린키피아』를 저술할 만큼 데카르트와 다른 입장에 서 있었다.[22] 데카르트와 달리 뉴턴은 물체에 내부적으로 힘이 작용한다고 생각했다.[23] 그러나 뉴턴이 말하는 힘은 라이프니츠처럼 운동하는 물체 내부의 힘을 살아있는 힘[24]이 아니라 물체

---

20 데카르트의 중력 이론인 소용돌이 이론은『철학의 원리』3부에서 다루어지고 있다.

21 데카르트, 앞의 책, 97면.

22 아이작 뉴턴, 조경철 역,『프린시피아』3, 서해문집, 1999, 1067면.

23 라이프니츠는 1686년에 발표된「데카르트의 알려진 오류에 대한 짧은 예시」라는 글에서 '살아있는 힘(vis viva, living force)'라는 개념을 도입했다. 토머스 핸킨스, 앞의 책, 58면.

24 라이프니츠는 운동하는 물체 내부에 '힘'이 존재한다고 믿었다. 그는 이 힘을 '살아있는 힘(living force, *vis viva*)'이라고 불렀다. '살아있는 힘'은 신이 자신의 피조물을 보존하려는 욕망의 척도였기 때문에 이 힘의 작동은 이 세계는 붕괴되지 않을 것임을 보증한다. 토머스 핸킨스,

사이에 작용하는 힘이었다.[25] 뉴턴적 체계(Newtonian System)의 핵심은 지상계와 천상계를 구분하지 않고 온 우주의 다양한 현상들을 수학적 법칙에 따르는 하나의 통일된 역동적 기계 체계로 설명했다는 점이다. 행성과 항성들, 달과 바다는 모두 수학적으로 증명 가능한 기계적 원리에 따라 움직이는 것이었다. 이러한 맥락에서 '뉴턴의 방법론이란 어떤 의미에선 그 당시 형이상학이던 자연철학의 수학화를 통해 자연철학과 과학적 방법론을 통일하는 것이다.'[26]

역사적으로 힘이 아니라 상호적 충돌에 의해서만 물체의 운동을 설명하던 데카르트의 소용돌이론은 이후의 계몽주의자들에게 조소의 대상이 되었다. 뉴턴을 계몽주의의 우상으로 추앙했던 볼테르는 『철학편지』에서 뉴턴을 데카르트 체계의 파괴자로 부르면서 데카르트의 철학이 시도라면 뉴턴의 철학은 완성품이라고 평한다.[27] 그리고 뉴턴의 입장을 대변하며 "사람들이 신비한 성질이라고 부를 수 있는 것은 소용돌이다. 그 존재를 한 번도 증명하지 못했기 때문이다. 반대로 (만유)인력이란 실재하는 것이다. 그 결과를 증명했고, 비율을 계산했기 때문이다. 이 원인의 원인은 신의 소관이다"[28]라고 말한다.

이로써 계몽주의자들은 17세기에 근대 과학을 혁명적으로 발전시킬 고전역학의 완성을 경험하게 된다. 그러나 뉴턴의 역학이 모든 문제를 해결한 것은 아니었다.[29] 실험과 관찰을 통해 자연법칙을 발견하는 한, 자연법칙들은

앞의 책, 30면.

25 토머스 핸킨스, 앞의 책, 61면.

26 이상하, 「세계관의 변화로서 진보—뉴턴역학과 특수 상대성이론의 비교연구」, 『과학철학』, Vol.4 No.2, 2001, 35면.

27 볼테르, 이병애 역, 『철학편지』, 동문선, 2014, 75~80면.

28 위의 책, 91~92면.

29 "뉴턴의 운동법칙들은 계몽주의 시대에 연구된 모든 역학현상들을 설명하기에 부적절했다. 그의 법칙들은 중력과 같은 힘에 종속된 개별 물체의 운동을 기술했다. 이 법칙들은 행성의 움

순전히 기술적(descriptive)이었다. 이 법칙들은 현상들의 질서 잡힌 관계를 밝혀내고 그것들을 하나의 규칙 아래 설명할 수 있게 해주었다. 이때 세부적 이론의 성패와 관계없이 이 시대의 중력 이론에는 적어도 두 가지 해결되지 않는 근본적인 문제가 담겨 있었다. 자연계에 존재하는 생명 혹은 생기를 어떻게 이해할 것인가의 문제와, 자연철학이 추구했던 바로 그 목적 즉 각 현상들의 원인은 무엇인가 하는 점이다.

2) 원인들의 원인

중력의 탐구에서 기계론은 근대 자연철학의 지향이었지만 동시에 극복해야 할 과제이기도 했다. 데카르트나 뉴턴은 자연 세계와 천체의 운동을 설명하기 위한 이론적 도전을 이어나갔고 뉴턴은 이를 '힘'의 문제로 정식화시켰다. 그러나 여전히 18세기에도 물질의 불활성은 제거되지 않았고 생명 현상이나 생리적 작용들을 설명할 수 없는 한계에도 불구하고 기계론 역시 영향력을 유지하고 있었다.

데카르트나 뉴턴이 기반하고 있는 기계론에 따르면 물질은 그 자체로 철저히 수동적이며 그 내부에는 어떤 생기적 힘도 없다. 데카르트에 따르면 중력의 원인은 우주에 퍼져 있는 섬세한 물질들의 운동과 압력이다. 물질은 잘게 쪼개면 모든 질적 감각을 상실하고 형태 크기 운동만으로 관찰되는 미립

직임을 기술하는 데는 정교했으나 고정된 형태로 있는 여러 가지 물질로 구성된 단단한 물체에서 발생하는 현상을 설명하지 못했고 유체의 움직임과 고정된 현의 파동도 설명할 수 없었다." 토머스 핸킨스, 앞의 책, 55면.

자가 된다. 자연계는 이 양적 물질로 가득 찬, 진공이 없는 공간이다. 사실 이 기계적 세계 어디에도 생명은 없다. 기계론이 상정하는 자연계는 인식의 대상으로 상대화된 비활성의 죽은 세계다.

뉴턴은 데카르트와 달리 물체에 힘을 연계시키지만 이는 오직 물체 사이에 작용하는 것일 뿐이다. '뉴턴 당시 자연철학자들의 관성 개념이란 수동성(passivity)를 의미한다. 다시 말해 물질은 단순히 운동의 운반체로서, 그 자체는 활동성과 "자기조직 하는 힘(self-organizing force)"를 갖지 못한다.'[30] 행성의 운동을 입자들의 접촉과 충돌로 설명하는 데카르트의 소용돌이 이론 역시 근본적으로는 물질의 불활성을 전제로 한 것이다. 물질의 불활성이라는 개념을 극복하지 못했기 때문에 데카르트의 체계에서는 운동의 원인의 자리에 반드시 신이 올 수밖에 없는 것이다. 이 점은 뉴턴에게도 마찬가지였다.

뉴턴은 『광학(Opticks)』(1730, 405)에서 "실험과 관찰을 통해 자연철학이 완성된다면 도덕 철학의 경계 역시 확장될 것(And if natural Philosophy in all its Parts, by pursuing this Method, shall at length be perfected, the Bounds of Moral Philosophy will be also enlarged)"이라고 말한다. 이러한 인식은 계몽주의 시대 자연철학자들에게 보편적인 것이었다. 뉴턴 같은 17세기 자연철학자들은 자연과 이성의 법칙에 도덕적 명령이 담겨 있다고 생각했고 두 체계를 통합하는 궁극적인 힘은 신에게 귀속된다고 믿었다. 그러므로 자연 철학을 탐구하는 일은 도덕적인 일이며, 신에 대해 인간의 의무를 다하는 일이었다. 그들의 목표와 기대에도 불구하고 데카르트와 뉴턴의 이론이 실험과 관찰을 통해 무질서한 현상 세계의 관계를 정렬하고 단순한 규칙을 추출할 수 있다 해

---

30 이상하, 앞의 글, 40면.

도 그들의 이론은 왜 그런 일이 생기는지, 그것이 어떤 의미인지, 좋은 것인지 나쁜 것인지 등 수학을 넘어서는 질문에 답해줄 수는 없었다.

뉴턴은 자기의 작업이 중력 법칙의 발견을 위한 것이었다고 말한다. '이렇게 하여 물체의 불가입성, 가동성 및 충격의 힘, 그리고 운동의 법칙과 중력의 법칙이 발견된 것이다. 그리고 우리들에게는 중력이 실제로 존재하며, 또한 우리들이 여기까지 설명해 온 법칙들에 따라 작용하고, 천체와 우리(지구상)의 바다의 모든 운동을 설명하는데 크게 도움이 된다면 그것으로 충분할 것이다.'[31]

이에 덧붙여 뉴턴은 자신이 의도적으로 중력의 원인을 지정하지 않았다고 밝힌다. '여기까지 우리는 우주와 지구상의 바다의 여러 현상을 중력에 의하여 설명해 왔던 것인데 이 힘의 원인을 아직도 지정하지는 않았다. (…중략…) 나는 지금까지 중력의 이러한 성질들의 원인을 실제의 현상들로부터 발견할 수 없었다. 그리고 나는 가설을 만들지 않는다. 그 이유는 실제로 현상으로부터 꺼낼 수 없는 것들은 모두가 가설이라고 불려야하기 때문이다. 그리고 가설은 그것이 형이상학적이거나 형이하학적이거나 또한 신비한 성격인 것이거나 역학적인 것이거나 실험철학에 있어서는 아무런 위치를 차지하지 못하는 것이기 때문이다. 이 철학에서는 특수한 명제가 실제의 현상들로부터 추론되고 후에 귀납에 의하여 일반화되는 것이다.'[32]

이런 의미에서 뉴턴의 역학은 현대 아인슈타인의 관점에서는 물론, 당대 자연철학의 관점에서도 불완전한 이론이었다. 특히 기계론적 세계관에 서서 자연철학이 형이상학을 포함해야 한다고 믿었던 데카르트주의자들은 원인과 미시적 기제를 설명하지 않았던 뉴턴의 이론에 불만을 가질 수밖에 없었

---

31 아이작 뉴턴, 앞의 책, 1073면.
32 위의 책, 1072면.

다. 사실은 이미 뉴턴은 원인을 설명했었다. '여러 항성들의 체계들이 그것들의 인력에 의하여 서로 낙하하지 않게끔, 신은 그 체계들을 서로 광막하게 끝도 없는 먼 거리로 떼어놓았다'[33]고 말할 때, '우리들이 수시로 어떤 곳에서 보는 자연의 사물의 여러 가지 양상은 모두 이 필연적으로 존재하는 신의 개념과 의지로부터 생긴 것'[34]이라고 말할 때, 뉴턴은 이미 일종의 지성적 설계자로서의 신을, 천체들이 서로 충돌하지 않도록 간격을 두고 배열되어 있으면서도 서로 상호작용하도록 만드는 진정한 원인으로 내세운 것이다.

뉴턴과 그 계승자들의 시대까지 수학적으로 증명된 중력은 생명 현상이나 생리학에 이르기까지 우주의 모든 것을 설명할 수 있는 이론으로 여겨졌다. 그러나 중력의 세계에는 생명과 생성력이 들어올 자리가 없으며 중력 현상의 원인 역시 신으로밖에 설명할 수 없었다. 여전히 중력은 형이상학에 기대어 있는 자연학 즉 자연철학의 테두리 안에서 전개되고 있었던 것이다. 정도의 차이에도 불구하고 17세기 인물이었던 데카르트(1596~1650)이나 뉴턴(1642~1727)도, 최한기가 참조한 19세기 영국의 천문학자 존 허셜(1792~1871)도 현대적 의미의 '과학'이 아니라 자연철학의 관점에서 운동과 변화의 최종적인 원인을 신(神)에서 찾았다. 이들은 모두 자연철학의 발전이 신에 대한 도전이 아니라 신의 위대성을 보여주는 새로운 증거일 뿐이며, 인간은 자연철학의 발전을 통해 신을 더욱 잘 이해할 수 있다고 믿었다.

최한기의 기륜설은 바로 이 자리, 서양 자연 철학자들이 공전하던 자리에서 절충적으로 종합된다.

---

33 위의 책, 1068면.
34 위의 책, 1071면.

4. 최한기의 자연철학적 기획과 기륜설

1)『담천』과『성기운화』

동아시아에도 고유한 중력 개념이 있었다. 전통적으로 동아시아에서 물체의 낙하 현상은 위는 높고 아래는 낮다는 상하(上下)관념과 무거운 것은 아래로 올라가고 가벼운 것은 위로 올라간다는 경중(輕重)관념의 결합으로 이해되었다. 높은 곳에 무거운 것이 있으면 아래로 떨어진다. 이는 이론의 증명을 필요로 하지 않는 자명한 사실이었다. 동아시아인들은 전통적으로 기의 세계관 안에서 이 자명한 사실을 받아들였다.

최한기 역시 우주의 모든 현상과 운동의 원인을 기(氣)로 돌린다. 기학의 체계 내에서 만물을 이루는 근원적인 바탕인 기는 형질을 가지고 있으며 늘 활동하는 존재다. '기의 성질은 본래 활동적이며 늘 운행하고 변화하며 온 세상에 충만하여 조금의 틈도 없다.'[35] 사실 이런 주장은 조선 성리학자들이 공유하고 있던 성리학의 일반적 기 이론과 크게 다르지 않다. 최한기가 다른 조선 학자들과 갈라지는 부분은 그가 서학서가 제시하는 이론 및 실험, 관측, 수학적 증명이 기의 실재성과 활동성을 증명해줄 수 있다고 생각했다는 점이다. 이러한 신념으로 그는 수십 년에 걸쳐 서양의 자연 지식과 이론을 연구하고 나름의 방식으로 발전시켜 나간다. 기륜설 역시 오랜 연구를 통해 점진적으로 발전시켜나간 이론이었다.

최한기는 조선에서 최초로 뉴턴의 중력이론을 접하고 이를 자신의 기학 체계에 적용한다. 최한기가 뉴턴의 중력 이론을 접한 것은 영국의 천문학자이자

35　氣之性, 元是活動運化之物, 充滿宇內, 無絲毫之空隙. 『氣學』「氣學序」.

철학자 존 허셜(John Fredrick William Herschel, 1792~1871)[36]의 『천문학개요
(*Outlines of Astronomy*)』(제4판, London, 1851)를 영국 선교사 와일리(Alexander Wylie,
1815~1887)와 중국인 이선란(李善蘭, 1811~1882)이 공동으로 번역해서 간행한
『담천(談天)』(上海, 1859)을 통해서였다.

『천문학개요』는 뉴턴 역학에 기초해서 천체의 운행을 설명한 책으로 여
기에는 19세기 중반까지 서구 근대 천문학에 관련된 대부분의 지식이 망라
되어 있었다. 서학서를 통해 지구설과 지전설을 수용하고 이로부터 기학이
더욱 진보할 것이라고 믿었던 최한기는 이 책에서 뉴턴의 중력 이론을 접하
고 자신이 발전시켜 오던 기륜설을 완성하는 데 활용한다.

그는 자신이 이미 구축해놓은 기학(氣學)의 패러다임 안에서 『담천』의 다
양한 서양 천문학 지식을 활용해 새로운 저서 『성기운화(星氣運化)』(1867)를
저술한다. 65세인 1867년에 쓰여진 『성기운화』는 담천을 나름의 원칙과 이
론에 따라 발췌하여 요약[37]하는 한편 자신의 의견을 덧붙여 만든 책이다.[38]

---

36 존 허셜은 집광력이 큰 망원경을 개발함으로서 천체의 물리적 구조를 관찰할 수 있게 한 독일
   출신의 음악가이자 천문학자 프레드릭 윌리엄 허셜(Fredrick William Herschel, 1738~1822)의
   아들이었다. 19세기 자연철학자의 이름은 서양에서도 지워져있다. 오늘날 허셜의 자연철학
   을 다룬 허셜의 저서들은 거의 읽히지 않으며 허셜의 철학을 비중 있게 소개하는 철학서는 거
   의 없다. 그러나 활동할 당시 존 허셜은 천왕성을 발견한 유명한 천문학자인 아버지 윌리엄 허
   셜보다 훨씬 명망이 높았다. 그는 윌리엄 휴얼이나 찰스 배버지, 찰스 다윈 등과 교류하며 당대
   학계의 중심인물로 활동했다. 1871년에 그가 사망했을 때 온 나라가 그를 추모했고 그는 웨스
   트민스터 사원의 뉴턴 옆자리에 묻혔다.
37 이런 맥락에서 본다면 '허셜의 천문학 개요는 중국에서 『담천』으로 번역되었고 최한기는 이
   를 『성기운화』로 수정했다'고 할 수 있을 것이다. 그러나 이는 사실이 아니다. 웨일리는 비교
   적 충실하게 『천문학개요』를 번역했지만 이미 전통적인 고유한 천문학 체계가 존재하던 중국
   의 지적 문맥을 떠난 완전한 번역은 불가능한 일이었으며 서양 천문학을 학습할 목표가 없었
   던 최한기의 입장에서 원래의 의미로 이해해야 할 당위성은 더더욱 없었다. 그러므로 위의 문
   장은 '허셜의 천문학 개요는 중국의 『담천』으로 재구성되었으며 조선에서 『성기운화』의 지적
   자원이 되었다'로 고쳐져야 한다. 최한기는 허셜의 천문학 개요를 이해하거나 학습하려는 목
   표에서 『담천』을 읽었던 것이 아니며 오직 전통적인 개념을 차용하거나 전통적인 의미 맥락
   에서 분리될 수 없는 한문으로 저술된 『담천』을 이해했다.

『성기운화』는 그의 마지막 저서로 알려져 있다. 마지막이라는 것은 이 책이 그의 사유실험의 최종판이라는 것을 의미한다. 특히 이 속에 담긴 독특한 중력 이론으로서의 기륜설은 절충적이며 독창적인 그의 자연철학의 구도와 목표를 보여주는 이론으로 평가받는다.

뉴턴의 만유인력은 『담천』 권8 「動理」에 소개되어 있다.[39] 당시 유럽 최신의 천문학적 지식이 담긴 이 책에 섭력(攝力)이라는 명칭으로 소개된 뉴턴의 만유인력을 처음으로 접한다. 『담천』의 권8 「동리(動理)」는 '물체가 허공에 있으면 반드시 수직으로 낙하하는데 그 낙하에는 반드시 힘에 있으며 이를 '섭력'[40]이라고 말하며 뉴턴[柰端]의 만유인력을 수학적 해설과 함께 소개한다. 『담천』을 통해 뉴턴의 중력 이론이 처음으로 중국과 조선에 소개된 것이다. 최한기는 아마도 이 책을 가장 먼저 읽은, 다시 말해 뉴턴의 중력 이론을 가장 먼저 접한 조선인이었을 것이다.

『담천』 이전에 중국에서 간행된 서양 천문학 관련 서학서들은 코페르니쿠스나 티코 브라헤, 케플러 등 17세기 초반까지의 천문학적 지식을 담고 있었지만 『담천』은 19세기 중반까지의 최신 서양 천문학적 지식을 다룬 거의 동시대적 저술이었다. 『지구전요』(1857)와 『성기운화』 사이에 최한기가 지나온 시간은 10여 년이었지만 1859년에 한역된 『담천』을 읽음으로써 최한기의 지식은 200여 년 가까운 시간을 뛰어넘은 것이다.

---

38 최한기는 18권으로 구성된 『담천』을 13권으로 바꾸었고 각 권의 이름도 자기 나름으로 변용한다. 예를 들어 권3의 地理와 권5의 天圓은 각각 地氣數와 天氣數로, 권12의 攝動은 氣輪攝動으로 변용하는 식이다. 두 책의 목차는 다음의 글에 비교되어 있다. 문중양, 「최한기의 천문학 분야 미공개 자료 분석―『儀象理數』와 새 발굴자료 『준박』을 중심으로」, 『한국과학사학회지』, Vol. 23 No. 2, 2001, 136면.

39 『담천』에서 만유인력이 거론되거나 적용되는 부분은 전체 18권 중에서 권8과 권12~14에 걸친 3~4권에 불과하다고 한다. 문중양, 2003, 305면.

40 凡物在空中, 必依他面之垂線下落 其下落必有力, 使之名曰攝力. 『담천』, 「動理」 권8.

2) 기륜설의 발전과 확장

최한기의 기륜설은 누적적인 학습과 동서양 절충의 산물이다. 최한기는
상하의 위상차로 물체의 낙하를 설명하고 천체의 회전력으로 별의 궤도 운
행을 설명해왔던 동아시아 전통의 중력 이해로부터 서학서 들로부터 얻은
사원소설과 아리스토텔레스의 정지된 세계 이해, 티코 브라헤나 코페르니쿠
스 같은 중세 천문학에서 나온 지식은 물론,『담천』을 통해 얻은 뉴턴의 중
력 이론에 이르기까지 다양한 서양 천문학과 역학의 정보를 활용해 오랜 시
간동안 자신만의 이론을 구성해나갔다.

기륜(氣輪)이란 말 그대로 기의 수레바퀴를 뜻한다. 최한기는 천체의 둘레
를 감싸는 기가 회전하면서 수레바퀴 모양이 된다고 보았다. 기륜설의 핵심
은 천체들 내부에서 비롯된 기가 천체를 수레바퀴 형태로 겹겹이 둘러쌈으
로써 여러 층위의 '기륜'을 이루며, 이 기륜들이 서로 상호 작용하여 멀리 떨
어진 천체들 사이에 힘이 작용한다는 것이다.[41] 선행 연구에 따르면 최한기
는『담천』에서 뉴턴의 중력 이론을 접하기 훨씬 전부터 기륜설을 발전시켜
왔다고 한다. 기륜설은 1836년에 저술된『추측록』에서 등장하며 이후 1857
년에 저술된『지구전요』나 1860년에 저술된『운화측험』에도 등장한다.[42]
『추측록』에서 기륜설은 다음과 같이 설명된다.

---

41 이때 기륜설은 그 자체로 중력을 가리키는 중력이론이 아니라 그의 우주론을 구성하는 하나
    의 구조적 이론 체계라고 할 수 있다. 기륜을 통해 서로 떨어진 질량을 가진 물체들 사이에 작
    동하는 힘으로서의 중력이 해명되는 것이다.
42 1836년에 저술된 것으로 알려진『추측록』에는 기륜이 아니라 피륜으로 되어 있다. 기륜이라
    는 단어가 처음으로 등장한 것은 1857년에 저술한 것으로 알려진『지구전요』이다. 이후 최한
    기는 1860년에 저술한『운화측험』에서도 기륜을 다룬다. 권오영, 앞의 글, 126면. 이십여 년
    사이에 최한기는 기륜의 이론을 보다 정교하게 발전시켰던 것으로 보인다. 박성래,「한국 근
    세의 서양과학 수용」,『동방학지』20집, 1978 참조.

사물이 회전하여 그치지 않는 것은 반드시 곁을 감싸고 있는 기를 따라 돌기 때문이다. (사물을 회전하게 하는 기는) 층층이 포개져 회전하는데, 가까운 것은 빠르고 먼 것은 느리다. 또 지구의 사면에서 발산되는 습열기(濕熱氣)가 있어 곧바로 위로 올라가서 지구를 감싸고 회전하는 기(氣) 속으로 들어가 회전을 따라 함께 도는데 이것이 지구가 회전하는 까닭이다.[43]

본래 기륜설의 토대가 된 것은 『역상고성』에 소개된 티코 브라헤의 대기 굴절 이론인 청몽기차(淸蒙氣差) 즉 빛이 대기권을 통과할 때 밀도 차에 의해 굴절되는 현상인 대기굴절(atmosphere refraction) 현상이었다.[44] 기륜은 지체의 내부에서 발산되는 신열(身熱)이 몽기(蒙氣, 청몽기), 차탁기[次濁之氣], 차청기[次淸之氣], 극청기[極淸之氣] 등 여러 층으로 누적된 것을 말한다.[45] 최한기가 '청몽기란 땅 속에서 돌아다니는 기가 때때로 상승(淸蒙氣者, 地中遊氣, 時時上)' 한다는 『역상고성』의 구절을 단서로 삼아 기륜이 발생하는 메커니즘을 고안했다는 것이다.[46] 최한기는 지구절과 지전설에 이어 청몽 즉 기륜을 통해 대기의 활동 운화를 모두 파악할 수 있었다고 말한다.

활동운화의 기는 그것을 사람들이 처음에 땅이 둥근 데서 보았고 다음에는 땅이 도는 데서 밝혔고 마침내는 청몽에서 다 드러냈다. 이것이 실어서 운화하는 힘을 미루어 해 달 별들의 실어 운행하는 것을 헤아려보면 우주 내의 모든 작용은

---

43 物之旋轉不息, 必有傍氣之隨轉. 層疊輪回, 近緊而遠緩. 又有地體四面衝發之濕熱氣, 直上入于傍轉氣之內, 而隨轉同旋, 此乃地轉之所以也.『운화측험』권1「地體自轉」,『增補明南樓叢書』권5 78a.
44 권오영, 앞의 글; 박권수, 앞의 글 등.
45 이는 현대 과학의 관점에서 대류권, 성층권, 중간권, 열권 등 대기의 층에 해당한다고 할 수 있다. 김숙경, 앞의 책, 2013, 19면.
46 박권수, 앞의 글, 104면.

이 활동운화의 기가 하는 일이다.[47]

최한기는 조수의 차이 역시 기륜으로 설명한다. 최한기는 1836년에 저술된 『기측체의』에서 피륜이라는 표현으로 기륜설을 전개한다.

> 모든 별들의 움직임이 어찌 제 마음대로 움직이는 것이겠는가? 별들은 서로 연관하여 천체를 이루고 큰 것과 작은 것이 서로 의지하며, 느리고 빠른 속도가 서로 관련되어 운행이 쉬지 않는다. 조석(潮汐)이 생기는 것은 달과 지구가 서로 마찰하는 기(氣)에서 생기고, 조석의 가감(加減)과 영축(盈縮) 같은 것도 달의 높낮이와 남북의 방향에 따라 생긴다. 별들이 움직이면 그 주위의 기도 따라 움직여 피륜(被輪, 기륜)을 이루는데, 달이 지구에 가장 가까우므로 지구의 피륜과 달의 피륜이 서로 마찰하면서 돈다. 마찰하는 데 들어가면 기가 수렴하여 당기므로 물이 그 당기는 데 따라 움직이니 이것이 밀물이다. 두 피륜이 마찰하는 데를 지나가면 기가 놓여나오므로 물이 그에 따라 움직이니, 이것이 썰물이다.[48]

이후 최한기는 1850년대에 티코 브라헤나 코페르니쿠스의 천문학 이론을 접한다. 이처럼 최한기는 시간을 두고 다양한 서양 천문학의 정보를 활용하는 한편 동시에 이를 비판하면서 독자적인 기륜설의 체계를 잡아나갔던 것이다. 그리고 최후의 저서인 『성기운화』에서 뉴턴의 역학까지 수용함으로

---

47 活動運化之氣, 人始見於地圓, 次明於地轉, 畢露於淸蒙, 推此載運化之力, 以測日月星之載運, 宇內用事, 皆是氣之所爲也. 최한기, 손병욱 역, 『기학』, 통나무, 2008, 321면.

48 諸曜之動, 豈是各自亂動, 聯綴成體, 大小相藉, 遲速相須, 運斡不息, 潮汐之生, 在於月與地相切之氣, 至若加減盈縮, 在於月之高低南北. 夫諸曜之運轉, 其傍之氣, 亦隨而轉, 以成被輪, 而月最近於地. 故地之被輪, 與月之被輪, 相切而旋入切處, 氣斂而吸, 水應其吸而動, 是謂潮也. 兩被輪出切處, 氣放而噓, 水亦應其噓而動, 是謂汐也. 『氣測體義』「潮汐生於地月相切」.

써 그는 자신의 기륜설을 최종단계까지 끌고 올라간다. 특히 아리스토텔레스적이며 프롤레마이오스적인 우주론에 입각해서 물 불 흙 공기의 4원소의 성질로 중력과 조석간만, 천체의 운행을 설명하던 이전의 서학서[49]와는 달리, 19세기 중반에 저술된『담천』은 최한기에게 뉴턴 역학을 바탕으로 한 당시의 최신 천문학 이론을 제공했다. 전자의 우주가 고정된 물질의 성질에 기반 하는 정지된 세계라면 뉴턴의 체계는 운동을 수학적으로 설명하고자 한 새로운 체계였다. 최한기는 이를 바탕으로 기륜에 대한 최한기의 최종적인 입장을 정리한다.

최한기는『담천』의「섭동」을『성기운화』에서 '「기륜섭동(氣輪攝動)」'으로 고치고 이를 천체를 감싸고 있는 기륜들이 접촉을 통해 상호 작용을 한다는 것으로 이해한다. '섭동이라는 것은 끌어당겨서 움직이는 것이다. 뭇 별들의 거리는 비록 멀고 가까우며 높고 낮은 차이가 있지만 각자 기륜을 가지고 있어서 서로 마찰하고 간섭하며 밀고 당기는 추세를 이룬다.'[50]

『성기운화』에서 자신이 오랫동안 발전시켜온 기륜설을 최종적으로 정리하며 최한기는 기륜이 자연학 분야 연구의 새로운 토대가 될 것을 의심하지 않았다. 그는 '뭇 별들의 기륜은 실제로 이 책이 천명하는 종지가 되니 후니 역(曆)을 연구하는 사람들은 이 기륜을 가지고 측험을 쌓아 가면 반드시 많이 계합함이 있어 이 책이 미처 밝히지 못한 바를 밝힐 수 있을 것'[51] 이라고 말한다.

이처럼 최한기는 기륜을 통해 자연계의 다양한 운동과 천체의 운동을 체

---

49 예수회의 바뇨니가 저술한 중세적 우주론을 담고 있는『공제격치』가 대표적이다. 최한기는
    『공제격치』를 바탕으로『운화측험』을 저술하기도 한다.
50 諸行星相距, 雖遠近高低, 各自有氣輪, 相切相攝『星氣運化』「星氣運化序」『增補明南樓叢書』권
    5 103c.
51 衆星氣輪 實爲此書之闡明宗旨 以後究曆諸人 擧氣輪而積累測驗 必多契合 可發此書所未及『星
    氣運化』凡例『增補明南樓叢書』권5 105a.

계적으로 정리할 수 있다고 자신했다. 그가 이렇게 확신할 수 있었던 것은 단지 뉴턴의 이론을 접했기 때문만은 아닐 것이다. 『성기운화』에 등장하는 기륜설이 이전의 다른 기륜설과 다른 점이 있다면 뉴턴 체계와 마찬가지로 수학을 강조했다는 것이다. 최한기는 다른 책에서도 수학의 중요성을 강조한 바 있지만 『성기운화』에서는 특히 수학이 아니면 기륜섭동을 이해할 수 없다고 말한다. '초학자들은 먼저 수학을 따라 입문하여 기의 형질이 뭇 별들의 기륜섭동을 이룬다는 것을 궁구하여 이해한 연후에야 가히 그 수에 변통할 수 있을 것이다.'[52] 최한기는 일종의 기학의 세계관에서 '수학'과 '실험'이라는 서양의 '방법론'을 절충적으로 받아들이고 있는 셈이다.

3) 실험의 검증과 수학의 증명

선행 연구들은 최한기가 일정한 체계 없이 서양 정보를 수용하는 과정에서 이미 폐기된 중세적 지식을 활용하는 등 자의적인 해석과 절충을 시도했고 그 가운데서 수많은 오류와 오해가 만들어졌다고 생각하지만[53] 최한기는 누구보다 분명하게 서양의 자연학이, 천문학이 전시대의 이론을 넘어서며 발전해나가고 있다는 사실을 실감했다.[54]

---

52 初學諸人 不可不先從數學而入門 究見氣之形質 成諸星之氣輪攝動然後 乃可變通其數『星氣運化』凡例『增補明南樓叢書』권5 105a.

53 기륜설을 다룬 대부분의 연구가 이러한 관점을 공유하고 있다. 문중양, 앞의 글; 박권수, 앞의 글; 전용훈, 앞의 글 등.

54 그는 서양의 자연학이 발전 도상에 있다는 사실을 분명하게 인식했고 현재에 구축된 지적 체계 역시 다음 세대에는 폐기될 것임을 분명하게 자각했다. "단지 전에 얻은 서적만 보면 비록 부족한 데가 없더라도, 뒤에 얻은 서적을 보게 되면 전에 본 서적에 미진한 데가 있음을 알게 된다. 이것은 대개 한 사람의 의사로 첨입해 넣은 탓에 있으니 후세 사람의 경험을 고려하지

예로부터 지금까지 4~5천 년의 대기운화(大氣運化)는 조금도 차이가 없으나 사람의 소견은 크게 같지 않았다. 상고시대에는 단지 천도의 변화만을 알아 귀신에 의혹되었다. 중고시대에는 마침내 땅의 도리가 하늘에 응하여 받들어 따른다는 것을 알았으나, 견강부회하는 데 매몰되었다. 근고시대에는 인간의 경험이 조금 넓어져 기가 천지운화의 형질이 된다는 것을 비로소 알게 되었으나, 여전히 기를 처리하고 이용하는 데는 미치지 못하였다. 현재[方今]에 이르러 마침내 기계(器械)를 갖추어 형질의 기를 증험하고 시험하며, 상수(象數)로 인하여 (기가) 활동하는 변화를 밝힐 수 있었다.[55]

최한기는 자연 현상은 언제나 그대로지만 인간의 이해 능력이 변화하고 발전해왔다는 전제에서 근고시대에야 기가 천지운화의 형질이 된다는 것을 비로소 알게 되었고 현재에 이르러서야 (실험)기계와 수학을 통해 기의 형질을 증험하고 증명할 수 있게 되었다고 생각한다.

최한기는 어떤 유학자도 이르지 못했던 수준에서 자연을 이해하기 위해 실험을 통한 검증과 수학을 통한 증명이 중요하다는 사실을 강조한다.[56] 최한기는 기에 대한 막연한 추측을 경계하고 천문 역산을 위한 산학이 아니라 실질적인 측정을 강조한다. 최한기는 서양 학자들이 '기'의 실제와 작용의 기

않았기 때문이다. 이 때문에 오래지 않아 그 글이 버려지게 되니, 이것은 실로 저술하는 사람이 깊이 경계할 일이고 또한 후세 사람이 한탄하는 바이다(但見前所得之書, 雖若無欠, 及見後所得之書, 乃知前書有未盡. 多在於一己意思添入, 不顧慮於後世人之經驗, 以致未久廢棄, 是實著書者深戒, 亦爲後人之恨歎. 『氣測體義』, 『明南樓隨錄』)."

55 　自古及今, 四五千年大氣運化, 無小差異, 人之所見, 倍徙不等. 上古只知有天道變化, 而疑惑乎鬼神. 中古乃知地道應天承順, 而埋沒乎傅會. 近古人經驗稍廣, 始知氣爲天地運化之形質, 猶未及乎裁制須用. 至于方今, 果能設器械, 而驗試形質之氣, 因象數而闡明活運之化. 『運化測驗』「古今人言氣」.

56 　그러나 최한기의 수학 수준은 그다지 높지 않았던 것으로 보인다. 수학에 관련된 유일한 저서인 『습산진벌』에는 초보적인 연산 외에 천문학적 계산을 할 수 있는 고차원적 수학이 보이지 않기 때문이다. 김용운, 「최한기의 수학과 수리사상」, 『과학사상』 30호, 1999, 213~224면.

제를 밝히기 위해 실험하고 이를 수학화하는 과정을 높이 평가했고 기학에
서 역시 그러한 작업이 이루어져야 한다고 믿었다.[57]

　　기(氣)의 운동에는 모두 일정한 법칙이 있으므로, 그 빠르고 느린 것이 자연히
차이가 있다. 크게는 금·목·수·화·토의 궤도, 작게는 일상적인 일까지 모든
것이 실로 범연한 추측이나 억측으로는 다할 수 없는 것이다. 이로부터 기의 운동
을 측량하는 수학[算數]의 학문이 있게 되며, 그 가운데 리(理)가 있어 한번 더하고
한번 빼는 것이 리(理) 아닌 것이 없다. (…중략…) 기의 취산(聚散)은 수(數)가 아
니면 그 상하를 소급해 알 수 없고 리(理)의 가감(加減)도 수가 아니면 승제(乘除)
까지 미루어 나갈 수 없다. 더 나아가 여러 사물을 비교하고 헤아리는 데 있어서
도 모두 수에서 시작하게 된다. 또 그것을 정밀하게 증험하는 데는 일정한 법식이
있어, 만약 잘못이 생기면 조금이라도 속이기 어렵고 그것에 추솔하다는 것이 다
드러난다.[58]

57　한 선행 연구는 "최한기는 실험, 검증, 수학과 같은 과학적 실천을 결여한 채 서양 과학을 서적
　　에 표기된 문자적 지식으로만 학습했다. 과학적 실천의 부재는 자유로운 사유와 상상을 통해
　　서양 과학 지식을 자신의 기학적 체계 속으로 변용해 들여오도록 했지만 반면에 서양 과학 자
　　체의 본질적 이해로부터는 더욱 멀어지게 했다. 그리하여 최한기가 서양과학을 통하여 혹은
　　서양과학을 토대로 구성한 사유의 결과는 한 번도 실천적으로 확인되거나 검증되지 못한 채
　　문자적 언설로만 남게 되었다"(전용훈, 앞의 글, 270면)고 평가한다. 그러나 위 구절 등을 고려
　　하면 이런 평가에 대해 더욱 신중할 필요가 있다. 최한기의 세계는 실험과 수학적 증명을 필수
　　적으로 요구하는 지적 풍토가 아니었다. 그렇다면 그는 지적 실천을 '결여'한 것이 아니라 그러
　　한 실천을 시도할 필요가 없었다는 것이 더 맞을 것이다. 그러나 무엇보다 중요한 것은 그러한
　　학문적 토대 위에서도 최한기는 실험, 검증, 수학의 과학적 실천을 직접 수행하지 않았지만 그
　　것이 중요하다는 사실을 반복해서 강조했고 서양인들이 그러한 작업에 성공하고 있다는 사실
　　에 인정했다는 점이다.

58　氣之運動迭興, 皆有攸軌, 疾速徐遲, 自有其差, 大而五緯之躔, 小而日用之事, 實非凡計臆度所能
　　盡也. 於是有算數之學, 以齊氣之運動, 而理在其中, 一加一減, 無非理也 (…중략…) 氣之積分, 非
　　數, 無以沂流上下, 理之加減, 非數, 無以推移乘除. 至於比例諸事料度諸物, 皆從數起, 而查驗之精
　　密, 尤有定法, 如有過差, 毫釐難欺, 纇率畢露.『推測錄』권2「數理」.

근대에 이르러 실험을 통한 검증과 수학을 통한 증명이 체계화됨으로써 과학혁명이 가능했다는 사실은 최한기가 살았던 동시대의 유럽인들 역시 인정했던 바였다. 차이가 있다면 최한기가 서양 과학의 발달이 궁극적으로 '기가 천지운화의 형질이 된다는 것'을 밝히는 과정이었다고 생각한 점이다. 이 때 간과해서는 안 되는 대단히 중요한 사실이 있다. 최한기가 이렇게 믿을 수 있었던 가장 큰 이유는 중세 자연학은 물론, 뉴턴의 근대 역학 체계조차 중국에 들어와 번역될 때 '기'라는 동아시아 전통의 용어를 가차했기 때문이라는 점이다. 전교 초기의 예수회원들의 과학 관련 저술은 물론, 19세기 중반에 번역된 『담천』에서 조차 동아시아의 고유한 개념인 '기'가 다양한 맥락에서 사용되고 있다.[59]

중국 전교 초기부터 예수회원들은 '기(氣)'의 전통적인 의미망을 끊고, 4원소의 공기로 한정해서 사용하는 등 서구적 맥락으로 재전유를 시도해왔지만 여러 맥락에서 이 개념을 사용함으로써 다양한 혼종적 인식을 발생시켜 왔다. 서양인들이 '기'를 통해 무엇을 전달하고자 했건 관계없이, 중국인과 조선인들은 전통적인 자기 관념인 '기'의 의미망을 폐기하거나 적극적으로 조정할 필요 없이 자기 방식대로 이해할 권리가 있었다는 점이 중요하다. 최한기 역시 사원소 즉 사원행설을 인정하지 않았고 기를 土, 水, 火와 동일한 차원의 물질로 한정하는 입장을 반대했다.[60]

59　예를 들어 『담천』에는 우주 공간에 성간물질(sidereal matter)이 퍼져 있다가 중력에 의해 물질이 모임으로써 별을 이루고 나아가 성단을 형성한다는 이론이 소개되어 있다. 『담천』에서 이 성간물질은 '성기(星氣)'라고 번역되어 있는데 'matter' 즉 질료의 의미로 '기'를 사용했던 번역자들의 의도와 달리 최한기는 이를 물질이 아닌 '기'로 파악했던 것이다.

60　최한기는 바뇨니의 『공제격치』를 저본으로 『운화측험』을 저술했지만 『공제격치』의 가장 중요한 전제인 사원행설을 받아들이지 않고 전통적 차원에서 토, 수, 화의 근본이 되는 만물의 토대로 인식했다. 문중양, 앞의 글, 297면.

최한기는 전통적인 기의 의미망에서 연장해서 형질화된 기[形質之氣]와 그 기의 토대이자 비형질적인 근원적 기[運化之氣]로 구분한다. 물론 전통적으로 유학자들은 정이천이 만물이 형질화 되기 이전의 근원적인 상태로서의 기화와 개체로 형질화 된 상태로서의 형화를 구분한 이래[61] 세계에 이치[理] 이외에는 아무 것도 없던 때에 시작된 기화로부터 만물이 형성된다는 관점을 유지해왔다.[62] 그러나 최한기의 관심사는 전통적인 성리학자들과 달랐다. 최한기가 관심을 둔 것은 태극이나 태허에 비견되는 기화가 아니라 구체적인 형질을 가진 형화의 기에 가깝다. 최한기는 동쪽 창을 급히 닫으면 서쪽 창이 열린다거나, 온도계의 눈금이 오르내리는 현상 등을 통해 기의 형질을 증험할 수 있음을 강조했다.[63] 서양의 기계들은 형질화된 기의 실재를 증명해줄 수 있는 중요한 도구였다. 여기서 중요한 것은 최한기가 '측정'을 통해 형질

61　萬物之始皆氣化, 旣形然後以形相禪, 有形化, 形化長, 則氣化漸消.『二程遺書』권5.

62　『성호사설』의 다음 문장이 이를 잘 보여준다. "태고(太古)의 때에 반드시 먼저 천지가 있은 이후에 사람이 있게 되었으니 천지 사이에는 본래 사람이 생겨나는 이치가 있었다. 태초에 아무것도 없었을 때 기화(氣化)로 인해 생겨나는 것이 이치상 마땅하니 사람이 이미 생겨난 후에는 형화(形化)가 계속된 것이다(太古之時 必先有天地而後有人 天地間元有人生之理 而其始無有則 氣化而生 其理宜然 人旣生矣形化継継)."『星湖僿說』「氣化」.

63　대표적인 것이『인정』의「氣之形質」이다. 충만(充滿)한 기의 형질을 안 다음에야 운화(運化)의 도리를 알 수가 있다. 주발을 물동이의 물위에 엎었을 때 물이 주발 속으로 들어가지 않는 것은, 그 주발 속에 기(氣)가 가득 차 있어 물이 들어가지 못하는 것이니, 이것이 기에 형질이 있다는 첫 번째 증거이다. 하나의 방에 동서(東西)로 창이 있을 때 동쪽 창을 급히 닫으면 서쪽의 창이 저절로 열리는 것은, 기운이 방안에 충만되어 있다가 풀무처럼 충동(衝動)하기 때문이니, 이것이 기에 형질이 있다는 두 번째 증거이다. (…중략…) 이미 운화의 형질(形質)에서 터득함이 없으면 사세가 장차 무극(無極)의 이(理)나 무형(無形)의 귀(鬼)에서 찾게 되어 유(有)와 무(無)의 사이에서 헤매게 되고 변환(變幻)의 사이에서 미혹될 것이다. 그러나 만일 이와 귀를 모두 운화의 기에 나아가 실지의 자취를 증험한다면, 교(敎)와 학(學)이 다 명백한 일통(一統)으로 되돌아갈 수 있을 것이다(見得充滿氣之形質, 然後可以見運化之道, 以鉢覆於盆水之中, 而水不入鉢中, 以其鉢中氣滿而水不入, 是氣有形質之一證也. 一室有東西牖, 而急閉東牖, 則西牖自開, 以其氣滿室中, 而橐鑰衝動, 是氣有形質之二證也 (…중략…) 旣無見於運化形質, 勢將求之于無極之理無形之鬼, 浮沈於有無之間, 疑惑於變幻之際, 若以理與鬼, 皆向運化氣而驗諸實跡, 敎與學, 可歸一統之明白).『人政』「氣之形質」.

의 기를 실증할 수 있음을 강조했다는 점이다.

이 기가 배포하는 범위를 정하고 이 기의 원근과 지속을 비교 증험하고 이 기의 장단과 대소를 헤아리고 이 기의 경중을 저울질하고 이 기의 차가움과 뜨거움, 건조함과 습함을 증험하며, 이 기의 시분초를 정하는 것과 수화(水火)의 기를 변통하며 무겁고 커다란 기를 돌려 움직이는 것은 역수학(曆數學)과 기계학(器械學)이 능히 할 수 있는 것들이다.[64]

최한기는 '운화를 들어서 아는 것은 운화를 보아서 깨닫는 것만 못하고 운화를 언어로 밝히는 것은 운화를 행하여 체험하는 것만 못하다'[65]고 말하며 실험과 실측을 강조한다. 최한기는 서양 학술로 진보한 역수학이나 기계학, 기용학을 통해 이 실증과 실측이 가능하다고 믿었다. 이 과정에서 최한기는 자신이 어떤 체계적 방법이나 구체적 수단을 갖지 못했다는 사실을 개의치 않았다.[66] 개별 자연 현상들의 정확한 측량이 운화의 기가 존재한다는 사실

---

64 範圍次期之排布, 較驗此氣之遠近遲速, 度此氣之長短, 量此氣之大小, 權此氣之輕重, 驗此氣之冷熱燥濕, 定此氣之時刻分秒, 變通水火之氣, 運動重大之氣, 乃是曆數學器械學之所能也. 『기학』, 53면.
65 聞運化而知之不如見運化而覺之, 言運化而明之不如行運化而驗之. 『기학』, 263면.
66 최한기에게 기학은 자기 학문의 종합이 아니라 후세의 학자들이 참여해서 넓혀가고 세부를 채워갈 새로운 학문이었다. 최한기는 절충과 종합을 통해 더 나은 학문 체계를 구성할 수 있다고 믿었을 뿐 아니라 이렇게 제시된 학문적 체계를 바탕으로 수많은 사람들이 이 '기학'을 연구하고 수행하고 확장해나가기를 기대했다. 그러니 그 자신에 실험이나 검증, 수학적 정당화를 할 필요가 없었던 것이다. 기학의 기획을 그가 제안한 미래학으로 평가할 수 있다면 그 자신이 실험이나 검증 수학을 하지 않았다는 사실은 조금도 문제가 되지 않는다. 앨빈 토플러나 프란시스 후쿠야마에게 실험이나 수학적 증명 없이 어떻게 미래를 검증하냐고 묻는 것이 의미가 없는 것과 마찬가지다. 최한기는 그 자신이 수학적 증명이나 실험을 직접 수행할 수 없지만 이를 수행한 서양인들의 지적 실천에서 기학의 희망을 보았던 것이다. 또 한 가지 문제가 되는 것은 최한기가 '서양 과학 자체의 본질적 이해'를 추구한 적이 없다는 사실이다. 최한기는 자신의 세계관에서 자신이 세운 학문적 체계 안에 서양의 자연 지식과 이론, 실험과 수학적 증명의 실천들을 활용하고자 했지 이를 표준적 수준의 서양 과학을 학습하고자 한 것이 아니고 그의

을 증명할 수 있다고 낙관했던 최한기는 실증과 실측의 세부 원리와 이론화에 대해서는 관심이 없었던 것이다.[67]

대신 그는 당대에 서양 과학을 통해 자연 세계의 변화를 기계를 통해 측정하고 실험할 수 있게 되었다는 사실에 고무되었다.[68] 그는 경험적 관측 외에 이에 대한 수학적 정당화와 도구를 통한 실험으로 기의 운행과 변화가 실질적으로 증명될 수 있다고 믿었다. 서구에서 자연철학을 자연과학 쪽으로 진행시키는데 결정적인 역할을 한 실험과 수학의 역할을 모두 인정하는 것이다. 그는 전통적인 기의 의미망을 확장하고 변용함으로써 서양의 방법론을 기학의 중요한 축으로 들여오는 모종의 절충을 시도한다.

그는 경험적이고 귀납적인 방법으로 기의 운동성과 활동성을 확인할 수 있다고 믿었고 그를 수학적으로 정당화할 수 있다는 점도 긍정했지만 수학의 한계 역시 분명히 알고 있었다. 최한기는 뉴턴역학에 대해 "이미 그렇게 된 자취(已然之跡)", 즉 이미 일어난 현상의 수학적 기술에만 집중한다고 비판했다.[69] 이는 중력의 원인에 대한 탐구보다는 현상에 대한 수학적 기술에 만

본질적 차원을 이해하고자 했던 것도 아니었다. 이러한 맥락에서 최한기의 학문은 서양 과학에 얼마나 가까운가로 평가되어서는 안 되며 언제나 그가 속했던 형이상학적, 사회적 구조 안에서 평가받아야 한다.

67 최한기는 천체물리학에 수학이 요구된다는 사실을 잘 알았고 그 역시 『습산진벌』과 같은 수학책을 저술하기도 했지만 엄밀히 말해 그는 수학의 필요성을 강조하고 기초 수학 이론을 소개한 것이지 그 자신이 수학을 통해 천체 현상을 증명하려는 의도가 없었던 것으로 보인다. 『人政』「數學」 등 여러 곳에서 최한기는 수학 학습의 중요성을 강조하지만 자신이 이를 활용해 고도의 계산을 하고자 했던 것으로 보이지 않는다.

68 서양에서도 고대 세계에 실험은 낯선 것이었다. 실험이 하나의 전통으로 자리 잡힌 것은 알려져 있듯 르네상스 시기 서유럽이었지만, 이때의 실험은 지금 우리가 상상하는 '과학'의 영역이 아니라 '자연의 마술'이라는 신비적인 영역의 표현 도구였다. 서양에서도 '실험'이 자연에 대한 이성적 접근 방법의 일부가 된 것은 17세기 이후의 일이었다. 토머스 핸킨스, 앞의 책, 17면.

69 氣輪未著之前, 所論順行逆行, 但依已已然之跡, 而排撰點線, 行數多未得其安帖." 『星氣運化』 권 5 「諸行星氣數」 『增補明南樓叢書』 5, 146c.

족하는 뉴턴 역학의 특징을 비판한 것이다. 최한기의 입장에서 뉴턴의 한계
는 여기에 한정되지 않는다.

4) 운동의 주인과 운동하는 주인

최한기의 관점에서 기는 우주 공간에 가득 차 있고, 끝없이 활동하고 있
다. 최한기는 이 기의 자발적 활동력의 관점에서 지구를 정지한 것으로 보는
서구 중세의 관점을 비판하며 자전, 공전, 조습과 한열 등 기의 유동성에 정
합적인 정보들만 수용한다. 천체가 움직이는 것은 내부에서 발산되는 열이
만들어낸 기가 천체를 감싸고 이 천체를 감싼 기들이 다른 천체의 기들과 접
촉하여 마찰하거나 간섭하기 때문이다. 이 기의 운동성이 회전하는 힘[運轉之
力]을 일으키고 이 회전 운동에 따라 천체가 둥글게 된다.

이런 맥락에서 최한기의 자연 철학의 관점에서 물질을 수동적인 것으로
파악하는 서양의 이론은 근본적으로 잘못되었다. 최한기는 「성기운화서」에
서 자신이 『지구전요』에서 지구의 공전과 자전을 다루었는데 홉슨의 『박물
신편』이나 허셜의 『담천』 역시 이 이론을 미루어 넓혀 나갔지만 우주에 충
만한 신기가 활동운화한다는 사실에 대해서는 깊은 이치를 밝혀내지 못했다
고 말한다.[70] 신기(神氣)의 활동운화(活動運化)를 밝히지 못한다는 것을 서양
중력 이론의 한계로 지적하는 것이다. 기학에서 기는 물리적으로 실재하며
생기적으로 활동하는 존재다. 그는 이 유형의 기의 생기적 활동성을 바탕으

70 　地之自轉輪轉, 既載於地球典要, 而挽近諸曆家, 多宗此法, 博物新編, 及談天, 諸書皆推演此說, 惟
　　於充滿神氣, 活動運化, 未克探源據委. 『성기운화』 「성기운화서」.

로 천문 현상을 이해한 것이다.

최한기의 입장에서 서양의 중력 이론에는 불활성의 수동적인 물질의 문제 외에도 더욱 근본적인 문제가 내포되어 있었다. 그들이 자연 현상의 궁극적 원인으로 '신'을 상정한다는 것이다. 데카르트는 갈릴레이의 『두 새로운 과학』이 자연의 제1원인들(the first causes of nature)을 고찰하지 않았기 때문에 아무것도 설명하지 못한다고 불만을 표출했다. 경사면을 따라 공이 굴러갈 때 갈릴레이는 무슨 일이 발생하고 있는지 말하고 있지만 왜 그러한 일이 발생하는가에 대해서는 설명하지 않았다는 것이다.[71]

뉴턴에게 중력의 원인이나 미시적인 전달의 메커니즘은 관심사가 아니었다. 물론 뉴턴 역시 중력의 원인에 대해 언급한다. 여전히 그것은 '비물질적이며 생명 혹은 지성을 가진 존재자' 즉 신이었다. 뉴턴 역시 『광학』에서 "자연철학의 핵심 임무는 결코 기계론적이지 않은 제1원인에 도달할 때까지, 가설을 설정하지 않고 현상으로부터 논증해나가고 결과로부터 원인을 추론하는 것(Whereas the main Business of natural Philosophy is to argue from Phænomena without feigning Hypotheses, and to deduce Causes from Effects, till we come to the very first Cause, which certainly is not mechanical)"이라고 말한다. 그러나 원인의 규명은 그가 생각한 자연철학의 목표지 그 자신이 중력의 규명에서 추구했던 목표가 아니었던 것이다. 이들은 자연철학의 관점에서 운동과 변화의 원인을 찾고자 했지만 그들이 추구한 '원인'이 신인 한 사실상 현대적 관점에서 만물의 운동에 대해 아무 말도 하지 않은 것이 된다.

이런 맥락에서 최한기는 서양 이론의 한계를 비판한다. 뉴턴의 이론은 수

---

71 배리 가우어, 앞의 책, 128면.

학적 계산을 통해 중력의 양상을 설명하고 있지만 왜 그런 일이 발생하는지 원인과 미시적인 메커니즘을 설명하지 않는다. 이에 비해 최한기는 자신의 기학이 원인부터 작용의 메커니즘까지 설명할 수 있는 통합적이면서도 정합적인 이론 체계라고 생각했다. 적어도 그는 만물을 작동시켜줄 궁극적 원인으로서의 신적 존재를 도입하지 않기 때문이다. 이런 맥락에서 최한기는 온갖 수학적 정교화와 이론을 갖추고도, 최종적으로 신을 만물과 운동의 최종적인 원인으로 상정하는 서양 학문의 모순을 비판한다. 이런 맥락에서 최한기는 『성기운화』에서 우주의 연계와 원리적 일치를 '조물주의 위대한 지혜와 힘[大智大力]'로 풀이한 『담천』의 대목을 '대기(大氣)의 활동운화'로 대체해 놓는다.[72] 이들이 신을 상정하는 자리에 최한기는 활동운화 즉 운화의 기를 대체하고 있는 것이다. 이런 대체가 가능한 것은 데카르트와 뉴턴에게 신이 자연학의 진정한 주인으로서 형이상학적 전제였다면 최한기에게는 운화의 기가 형이상학적 구조였기 때문이다.

기학의 자연철학에서 뉴턴의 중력 이론은 불완전하거나 불합리한 것이었다. 수학적 계산을 통해 서로 멀리 떨어진 물체 사이에 미치는 중력의 양상을 증명했지만 왜 그런 인력이 작용하는지의 원인과 미시적인 메커니즘을 설명하지 않은 채 신에게 돌리기 때문이다. 이에 최한기에게 기학의 자연 철학은 원인부터 작용의 메커니즘까지 설명할 수 있는 통합적이면서도 정합적인 이론 체계였다. 뉴턴의 입장에서 최한기의 이해는 오해이거나 불완전하다. 기계론적 우주를 상상하는 데카르트의 입장에서도 최한기의 주장은 허용될 수 없다.

최한기의 발상은 지금의 관점에서 '오류'로 분류되겠지만 뉴턴의 중력 이

---

72 권오영, 앞의 글, 131면.

론의 관점에서 데카르트의 소용돌이 이론이, 아인슈타인의 상대성 이론의 관점에서 뉴턴의 중력 이론 역시 불완전한 이론이었듯 기학의 관점에서 뉴턴의 이론 역시 불완전할 수 있는 것이다. 최한기의 입장에서도 물질을 죽어 있는 수동적 존재로 생각하는 기계론적 우주론도, 수학적 계산으로 천체 운동의 과정을 증명하고 있지만 그 운동의 원인과 실질적인 작용의 메커니즘을 설명할 수 없는 뉴턴의 이론 역시 불완전하다. 이들은 각자 자기의 우주관 안에서 자신들의 사유 실험을 정당화하는 각자의 이론을 구상한 것이다.

뉴턴이 기하학에 기반하는, 외부에서 개입할 수 없는 자명한 공리로 중력을 원리적으로 증명하는데 초점을 맞춤으로써 중력의 원인과 작용 기제에 대해 알고자 했던 당시 유럽 자연철학자들의 기대를 충족시키지 못했던 것과 달리, 최한기에게는 천체들 사이의 중력을 공리적으로 설명할 기하학은 확보되어 있지 않았지만 적어도 서로 멀리 떨어진 물체들 사이에 작동하는 힘의 기제와 원인에 대한 설명은 자명했다. 우주전체를 빈틈없이 충만하게 채우는 운화하는 기가 곧 형질로 나타난 기의 원인이며, 천체 밖에 겹겹이 쌓인 기가 다른 기와 상호 작용하는 것이 중력의 작용 기제이다.

5. 나가며 : '실험철학'으로서의 기학

'과학 이론의 심층부에서 기능하는 형이상학적 대전제들은 단순히 관측과 실험의 데이터에 의해 직접 도움을 받을 수 없다. 과학에서 실험 및 관측 데

이터가 지향하는 존재들은 직접 경험될 수 없기 때문이다. 그러한 존재들을 가정하고 그들 사이의 관계를 설정하는 데 개입하는 형이상학적 전제들은 단순히 일상경험 속에서 맞바로 형성되는 것이 아니기 때문에, 그것들이 생긴 동기를 찾기란 어려운 작업이다. 그 작업은 당연히 그러한 전제들을 바탕으로 하는 세계관을 추적하는 것이고, 그 추적 과정은 실제 과학, 문화, 그리고 종교의 역사적 발달에 대한 분석을 요구하기 때문이다. 정말이지 뉴턴의 관성 개념을 제대로 이해하려는 자는 최소한 그 당시 신의 개념을 알아야 하고, 아인슈타인의 질량과 에너지 등가 원리의 진실 된 의미란 결코 방정식 풀기에 의해 얻어질 수 없다.'[73]

어쩌면 당연한, 선행 연구의 이러한 지적은 최한기에게도 유효할 것이다. '뉴턴 역학의 세계관이 아인슈타인의 그것에 의해 대체된 경우, 그 세계관의 지침서 역할을 했던 형이상학적 대전제들이 그대로 있을 순 없다.'[74] 최한기를 평가하기 위해서는 그 시대의 형이상학을 알아야 하고, 이후 시대에 어떤 형이상학적 전환이 있었는지 평가해야 한다.

『프린키피아』 2판의 편집자인 코테스(Roger Cotes)는 뉴턴의 자연철학적 방법을 '실험철학(experimental philosophy)'이라고 부른다. 실험철학은 '몇 가지 선택적 현상에 대한 분석을 통해 자연의 힘과 보다 단순한 힘의 법칙들을 연역하고, 종합을 통해 나머지의 구조들을 드러낸다. 이것은 비교할 수 없는 최상의 철학하는 방법이다.'[75] 프린키피아 3부 첫머리에 등장하는 '추리의 규칙(Rules of Reasoning in Philosophy)'은 다음 네 가지 규칙들로 구성되어 있다.

---

73 이상하, 앞의 글, 53면.
74 위의 글, 54면.
75 The Mathematical Principles of Natural Philosophy(1729) / Preface ⅹⅴⅰ

- 규칙 1 : 우리는 자연의 사물의 원인으로서 그러한 현상을 설명하는데 진실되고 동시에 충분한 원인만을 인정해야 한다.
- 규칙 2 : 그러므로 우리는 동일한 자연적 결과들에 대해 될 수 있는 한 동일한 원인들을 부여해야 한다.
- 규칙 3 : 물체의 성질들 중에서 증강되거나 감소하지 않고 우리의 실험 범위 안에 있는 모든 물체들에 속한다고 확인되는 성질들은, 우리 경험 밖의 모든 물체들도 공유하는 보편적인 성질들이라고 간주되어야 한다.
- 규칙 4 : 실험 철학에서는 자연 현상들로부터 일반적인 귀납에 의해 추리된 명제들을 그것과 상반되는 어떤 가설이 제시된다 하더라도 이 반대 가설이 다른 현상에 의해 보다 더 정확하다는 것이 판명되거나 혹은 제외시키지 않으면 안 될 다른 현상이 발생하기 전까지는 정확하거나 혹은 진실에 매우 가깝다고 생각해야 한다.

이 규칙을 최한기의 기륜설에 적용할 수는 없는 것인가? 그의 세계관에서 기는 동시대 모든 지식인들이 동의한 사물의 진실된 원인이었고 최한기는 이 기를 일관되게 모든 현상에 적용하고자 했다. 무엇보다도 최한기는 서양 과학의 실험과 수학적 설명들을 수용했으며, 온갖 증거들을 귀납적으로 수렴하고자 했다. 더 나아가 최한기는 그 자신이 실험을 직접 진행하지 않았지만 적어도 관찰과 실험을 통한 귀납적 검증의 사례들을 폭넓게 수용했고 새로운 증거가 나타날 때마다 이론을 수정해갔다. 그렇다면 최한기의 기륜설 역시 뉴턴이 말하는 일종의 실험철학으로서 귀납적으로 증거를 수집해가며 다른 체계에 의해 부정당하기 전까지 진실에 가까운 혹은 정확한 명제들로 인정받았어야 했을 것이다. 최한기의 기획이 그러한 인정을 받지 못한 것은 그 실험을 본인이 진행하지 않았다는 것과, 진실에 가깝게 인정받았어야 할 정당한 평가를 받지 못한 채 너무 일찍 시효가 끝났다는 이유 때문일 것이다.

이런 맥락에서 그의 자연 철학은 기라는 전통적 관념과 이론 체계를 실험 철학의 관점에서 재구성하고 확대하려는 노력이었다고 평가할 수 있다. 그러나 안타깝게도 그의 이런 노력은 진실에 가깝게 인정받았어야 할 정당한 평가를 받지 못한 채 너무 일찍 폐기되어 사상의 박물관에 전시되어 버렸다. 엄밀히 말해 그의 학문이 유통되지 못한 것은 그의 학문이 무기력했거나 불완전해서가 아니라 다른 세계관이 그의 학문적 의의를 무화시켰기 때문이다. 그러므로 최한기가 자연철학의 추구를 통해 보여준 지적 도전을 평가하기 위한 노력은 '과학'이나 '20세기'를 곧바로 그의 학문에 비추어보지 않으려는 신중한 태도에서 시작되어야 할 것이다.

최한기는 지식과 학문이 진보할 것이라고 믿었고 그 자신이 새로운 지식으로 과거를 뛰어넘었듯 당대 자신이 접한 서양 학문들 역시 언젠가는 역사의 뒤안길로 사라질 것이라고 생각했다. 최한기의 절충적 이해는 이러한 진보의 세계관에서 비롯된 것이다. 조선 지식의 맥락 안에서 최한기는 누구보다 진보적이었고 누구보다 정합적인 체계를 구축했다.

그의 기학과 기륜설은 현대적 관점의 '과학'과 거리가 멀지만 적어도 원인과 작용의 기제, 그리고 현상에 대한 기술 능력을 포함하고 있는 19세기 조선의 '자연철학'의 중요한 예라고 할 수 있다. 뉴턴이 수학적 원리를 통해 중력을 자연철학적 관점에서 증명하고자 했듯이, 최한기 역시 운동의 원인과 작용 기제를 구조적으로 설명하는 기륜설을 통해 중력을 자신의 자연철학으로 증명했다고 믿었던 것이다. 그렇게 본다면 최한기가 뉴턴과 달랐던 점은 그가 바꾸고자 한 패러다임이 실험될 실질적 학술장이 아예 사라졌다는 점일지 모른다.

참고문헌

자료

• 원문류

최한기, 『증보명남루총서』.

______, 손병욱 역, 『기학』, 통나무, 2008.

데카르트, 원석영 역, 『철학의 원리』, 아카넷, 2002.

볼테르, 이병애 역, 『철학편지』, 동문선, 2014.

아이작 뉴턴, 조경철 역, 『프린시피아』 3, 서해문집, 1999.

• 연구서

가스통 바슐라르, 정계섭 역, 『현대물리학의 합리주의적 활동』, 민음사, 1998.

김성환, 『17세기 자연철학』 그린비, 2008.

배리 가우어, 박영태 역, 『과학의 방법』, 이학사, 2013.

야마모토 요시타카, 이영기 역, 『과학의 탄생』, 동아시아, 2005.

G. 가모브, 박승재 역, 『중력－고전적 및 현대적 관점』, 전파과학사, 1973.

토머스 핸킨스, 양유성 역, 『과학과 계몽주의』, 글항아리, 2011.

논저

권오영, 「최한기의 기설과 우주관」, 『韓國學報』, Vol.17 No.4, 1991.

김문용, 「최한기 자연학의 성격과 지향」, 『민족문화연구』 59집, 2013.

김선희, 「최한기를 읽기 위한 제언」, 『철학사상』 52집, 2014.

김숙경, 「최한기의 기륜설과 서양의 중력 이론」, 『東洋哲學研究』, Vol.71, 2012.

______, 『惠岡 崔漢綺의 氣學에 나타난 西學 受容과 變容에 관한 硏究』, 성균관대 박사
    논문.

김용운, 「최한기의 수학과 수리사상」, 『과학사상』 30호, 1999.

김용헌, 『崔漢綺의 西洋科學 受容과 哲學 形成』, 고려대 박사논문, 1995.

김인규, 「조선후기 實學派의 自然觀형성에 끼친 漢譯西學書의 영향－『空際格致』와 『談
    天』을 중심으로」, 『韓國思想과 文化』, Vol.24, 2004.

문중양, 「최한기의 기론적 서양과학 읽기와 기륜설」, 『대동문화연구』 43집, 2003.

______, 「최한기의 천문학 분야 미공개 자료분석―『儀象理數』와 새 발굴자료『준박』을 중심으로」, 『한국과학사학회지』 Vol. 23 No. 2, 2001.

박권수, 「최한기의 천문학 저술과 기륜설」, 『과학사상』 30호, 1999.

박성래, 「한국 근세의 서양과학 수용」, 『동방학지』 20집, 1978.

이상하, 「세계관의 변화로서 진보―뉴턴역학과 특수 상대성이론의 비교연구」, 『과학철학』 Vol. 4 No. 2, 2001.

전용훈, 「19세기 조선인의 서양과학 읽기」, 『역사비평』 81호, 2007.

마음의 종교와 마음의 과학

칼 구스타프 융의 통합적 인식론을 중심으로

김태연

1. 들어가며

칼 구스타프 융(Carl Gustav Jung, 1875~1961)은 의학자이자 과학자였다. 그러나 그는 동시에 인간의 문화와 문명, 종교와 예술의 본성을 전방위로 탐색하여 분석심리학(Analytische Psychologie)의 새로운 영역을 개척한 심리학자였다. 특히 융은 다양한 학문의 지평을 섭렵하여 자기 방식으로 고유한 사상을 체화하고 구축한 당대의 사상가이기도 하다.

융에 대한 연구가들의 평가 가운데 하나는 그 사상이 매우 난해하고 방대하다는 점이다. 사실 융 사상의 난해함과 방대함의 이유는 몇 가지가 있는데 첫째 물리학, 생물학, 심리학, 종교학의 다양한 분야를 자신만의 방식으로 직조하고 섭렵하여 그만의 고유한 사유를 우리에게 제공하였기 때문이다. 이러한 이유로 융의 사유는 21세기 학문분야에서 중요하게 논의되는 간학문적 연구, 더 나아가 초학제적인 연구 양식을 전위적으로 품고 있다고 말할 수 있다.

두 번째로 이러한 간학문적 특징을 지닌 융 심리학의 배경에는 자연과학적 방법론만으로는 인간에 대한 심리학적 연구결과가 충분히 설명될 수 없다는 융의 신념이 있었다. 이러한 신념의 토양은 융이 과학적 훈련만을 받은 초기 실험심리학자나 임상심리학자들과는 달리 헬라어나 라틴어와 같은 고전어 훈련을 철저히 받았으며 고전 문학과 철학교육을 충분히 받았다는 점에서 기인한 것으로 보인다.[1] 고도로 발달된 기술문명 시대라 할지라도, 우리에게 여전히 인간의 정신, 심리의 문제는 과학적으로 명확히 규명되지 않는 광활한 우주와 같은 영역이다. 융은 인간 스스로도 가늠하기 어려운 무한한 인간 심리에 대한 성찰이 있었기에, 자신의 심리학적 연구를 "과학의 언어" 뿐만 아니라 "수사학적 언어"를 빌어서라도 자신의 청중들에게 심층적으로 전달하고자 노력했다.

마지막으로 융 사상이 난해하고 방대하다고 평가받는 이유는 그가 자신의 개념을 단지 이론적 관심에서가 아니라 인간의 치유를 위한 관심과 그로 인한 환자에 대한 수많은 임상경험의 사례를 기반으로 연구하고 구축해 왔기 때문이다. 융은 철저한 과학적 경험론자였으나 수많은 체험과 임상 사례들 속에서 개별자들의 경험은 매우 다양할 뿐만 아니라 개별 심리의 표현 양식 또한 다각적임을 충분히 인식하고 있었다. 융은 학문적 체계나 이론화를 추

---

1   로빈 로버트슨, 이광자 역, 『융과 괴델』, 몸과마음, 2005, 168면. 프로이트와 융이 사상적으로 대립하게 된 데에는 의사로서 받는 교육 이전에, 인문학적 훈련 배경의 유무 또한 중요한 요인으로 작용했다. 융은 프로이트에게 기본적인 철학적 소양이 결여되었음을 지적했다. C. G. Jung, "Sigmund Freud," *Über das Phänomen des Geistes in Kunst und Wissenschaft* (Gesammelte Werke 15), Walter, 1995, pp. 53~62.

구하려 노력하기 보다는 조심스러운 접근, 개별 사례를 존중하는 접근을 중
요하게 생각하였기에[2] 이는 겉으로 충분히 매우 난해해 보이기도 하다.

융의 사유가 난해하고 복잡한 만큼 우리가 융의 사유에 접근하는 길은 다양
할 수 있다. 20세기 말과 21세기 초반에 들어서면서부터 융을 단지 심리학적
성과와 유산으로만 조명하였던 관점과는 달리 정신과 자연의 '통합'과 '전체
성'의 유산으로 융을 조명하는 것은 융 해석의 중요한 변화이기도 하다. 사실
융은 하나의 세계(unus mundus)에 대한 근본적인 조망을 자신의 사상 전체 속
에서 중요한 동력으로 품고 있었다. 이러한 융의 '통합성'과 '전체성'의 전망은
자연과학의 탐구, 기독교 문화, 계몽주의, 그리고 근대의 사유에서 노정되고
있는 '전체성'의 결핍을 어느 누구보다 강렬하게 폭로하고 경고하는 지점이기
도 하다.[3] 그가 평생 전개하고 구상하였던 '원형(Archetyp)', '자기(Selbst)', '그림
자(Schatten)', '아니마(Anima)', '아니무스(Animus)', '페르소나(Persona)', '집단 무
의식(kollektives Unbewusst)'과 같은 개념들의 뿌리 깊은 곳에서는 이 모든 개별
적인 것을 품는 전체성을 전제하고 동시에 목적으로 하고 있다. 그가 당대의
문명에게 말하고자 하는 것은 바로 물리적인 것과 정신적인 것, 과학적인 것
과 종교적인 것, 개별적인 것과 보편적인 것의 조화로운 균형에 대한 강조이
다. 융은 물리적이며 동시에 정신적인 경험과 현실의 긴밀한 관계를 포괄적으
로 조명하고 자신의 고유한 '분석심리학(Analytische Psychologie)'의 세계로 구

---

2   Franz Alt, *Das C. G. Jung Lesebuch*, Walter, 1983, p.340.

3   그의 이러한 전체성에 대한 자각은 대학시절의 여정에 대한 기록을 통해서도 분명하게 드러
난다. 그의 전체성에 대한 갈망과 자각은 결국 "심혼 / 마음"(Seele)의 문제를 탐구하게 한 중요
한 출발점이기도 하다. "나는 대학시절 첫해 동안 자연과학이 무한히 많은 지식의 가능성을 제
공하지만, 매우 부족한 통찰일 뿐이며 이는 본질적으로 전문화된 성질임을 발견하게 되었다.
철학책을 읽어나가면서 모든 것에도 불구하고 나는 심리라는 실상이 그 토대가 된다는 것을
알았다. 심혼 없이는 지식도, 통찰도 없었다. 심혼에 대해서 우리는 전혀 들은바가 없었다."
C. G. Jung; Aniela Jaffé, *Erinnerungen, Träume, Gedanken von C. G. Jung*, Walter, 1997, p.105.

축하려 하였다.

사실 그는 과학과 종교에 대한 지식과 전승에 매우 정통하였지만, 동시에 과학과 종교를 비판하였다. 과학과 종교의 화려한 바벨탑을 대면하는 융은 언제나 양가적 태도를 가지고 있었다. 우선 융은 19세기 말에서 20세기 초의 서양 과학문명으로 표상되는 자연과학의 성과와 진보의 시선에서 인간이라는 대상은 단순히 기계적으로 정량화–법칙화 될 수 없다는 것에 대해 깊이 통찰하고 있었다. 이에 그는 물질주의와 과학주의적 사고를 매개로 실험심리학을 통하여 인간을 정량화하여 재단하는 과학적 환원주의의 시선을 비판적으로 바라보았다. 바로 이 지점에서 융의 사유가 종교의 영역에서도 매우 다양하게 주목받는 이유가 존재한다. 즉 인간의 가장 깊은 중심에 대한 해명은 결코 과학적인 조명에서 온전히 접근될 수 없다는 점에 대한 융의 분명한 자각은 인간에 대한 종교적 해명과 궤를 같이 한다. 그러나 이것은 과학적 지식에 대한 종교적 비판에 융이 동조만 하는 것을 뜻하지는 않는다. 오히려 융은 종교의 한계에 대하여도 매우 적극적으로 지적하고 비판한다. 오히려 융은 아직까지도 긴장 가운데 존재하는 과학적 세계상과 종교적 세계상의 대립항을 극복하려는 것에 큰 노력을 기울였다.

이에 이 글은 종교와 과학의 대립을 '마음'의 관점에서 통합적으로 바라보고자 시도한 칼 구스타프 융의 사유와 그 인식론을 검토한다. 특히 융의 사유와 인식론이 종교와 과학의 깊은 간극을 어떻게 새롭게 극복하는지를 주요하게 검토한다. 융의 이러한 통전적 관점은 분명히 19세기 후반부터 시작되어 현재까지 진행되고 있는 "과학과 종교" 담론의 새로운 조명과도 긴밀하게 닿아 있다. 왜냐하면 융은 자연과 정신의 문제, 즉 과학과 종교라는 매우 공고하게 구축된 학제의 틀을 인간 경험을 매개로 매우 과감하게 흔들어버렸으며, 이 양자를 통전적으로 바라보기 위하여 학제간의 경계를 넘어서는 과감한 작업을 매우 적극적으로 수행하였기 때문이다.

지난 20세기 과학과 종교의 대화 논의 담론은 두 영역간의 연속성 / 불연속성에 대한 담론 속에서 기능적으로 수행되었다. 그에 비하여 융은 "인격적 경험(personal experience)의 관점에서 과학과 종교가 어떻게 상호 연결될 수 있는지에 관심을 가졌다. 이 글은 바로 이러한 융의 관점을 조명해보고자 한다. 이에 이 글은 첫째, 융의 통합적인 마음의 인식론의 내용을 그의 저작과, 이후 융의 통찰을 주목하였던 그레고리 베이트슨(Gregory Bateson, 1904~1980)의 해석을 중심으로 검토할 것이다(II). 베이트슨은 영국의 생물학자, 인류학자이자 시스템이론가로서 융의 인식론의 그 가치와 큰 의미를 깨달은 학자였다.[4] 그는 융이 제시한 개념들을 다시 지성의 현장에서 부활시키고 재해석하여 정신과 자연, 물질과 마음의 문제에 대한 유기적 통합적 인식론을 제시하고자 했다. 둘째, 융은 과학적 방법론을 어떻게 바라보는지를 검토할 것이다(III). 셋째, 종교담론과 심리학의 관계를 검토할 것이다(IV). 그리고 융의 종교이해가 함의하고 있는 간학문적인 측면을 검토할 것이다(V). 마지막으로 이 연구의 결론을 제시할 것이다(VI). 이를 통하여 이 글은 과학과 종교가 상호 교차하며 새로운 의미가 생성되는 그 영역이 어떻게 심리학이라는 학제 형식

---

4   베이트슨은 영국의 명망 있는 학자집안 출신으로서 그의 조부와 아버지 모두 유명한 생물학자였다. 그는 가계의 전통을 계승하여 캠브리지 대학에서 생물학을 수학하였으나, 자연과학적 연구에 대한 회의를 경험한 후 인류학으로 전향하여 캠브리지 대학에서 인류학 석사 과정을 밟았다. 인류학자이자 자신의 아내이기도 했던 마거릿 미드(Margaret Mead, 1901~1978)와의 공동 연구로 인류학 연구를 활발히 수행했다. 그러나 2차 대전 이후 베이트슨은 사이버네틱스와 정신의학, 동물학연구에 심혈을 기울였다. 사실 그의 연구는 "동물학, 정신의학, 인류학, 미학, 언어학, 진화론, 사이버네틱스, 인식론 등 다양한 분야에 걸쳐 광범위"했기에, "베이트슨의 말년 연구는 평범한 인류학자의 능력으로는 도저히 이해할 수 없는" 것으로 평가받고 있다. 김주희, 「해제」, 그레고리 베이트슨, 김주희 역, 『네이븐－뉴기니아 부족문화의 복합적 모습이 제시하는 여러 문제에 대한 세 가지 관점에서의 조사』, 아카넷, 2002, 386~390면.

으로 구축되고 있는지, 그리고 더 나아가 '마음의 심리학'의 관점에서 과학과 종교의 관계를 어떻게 새롭게 조명할 수 있는지에 대해 검토하고자 한다.

2. 융의 통합적인 마음의 인식론

1) 플레로마와 크레아투라

융의 통합적 인식론에 대한 검토는 융의 심리학적 세계관을 규명하기 위한 매우 중요한 출발점이기도 하다. 이에 대한 융의 기본적인 개요는 다음과 같다. 우선 융은 정신과 물질이 하나의 세계, 그리고 같은 세계에 포괄되어 있다고 생각한다. 그리고 이 양자는 서로 끊임없이 접촉하고 있으며, 이 양자 모두 비가시적인 초월적 요소들에 근거하고 있다. 이러한 관점에서 물질과 정신은 하나의, 그리고 동일한 것의 서로 다른 두 가지 측면이라고 융은 이해한다.[5] 융의 이러한 대극의 일치의 관점에서 물질과 정신, 그리고 물질적인 측면을 조명하는 과학과 정신적인 측면을 조명하는 종교는 '마음'에 대한 성찰에서 서로 만난다.[6] 그에 의하면 정신과 물질은 그 자체로서 독자적인 실체가 아니기에 기존의 정신과 물질의 이원론적 요소를 융은 허용하지 않는다.

---

5 C. G. Jung, "Theoretische Überlegungen zum Wesen des Psychischen," *Die Dynamik des Unbewussten* (Gesammelte Werke 8), §418.
6 이 '마음'을 융은 자신의 '심혼론'을 통하여 심도깊게 조명하고 진행한다. 융에 있어서 '심혼'은 물질적인 것과 관념적인 것을 포괄하며 넘어서는 근원적이며 총체적인 역동성이다.

　그렇다면 전통적인 정신과 물질, 종교와 과학의 구분을 새롭게 연결하는 융의 마음의 인식론은 무엇인가. 이에 대한 융의 관점을 접근하기 위한 기본적이며 유용한 단서로 우리는 융이 구상한 개념인 '플레로마'와 '크레아투라'의 인식론을 주목한다. 융은 이 흥미로운 두 개념을 그의 저서인 『죽은 자를 향한 일곱 가지 설법(Septem Sermones ad Mortuos)』(1916)이라는 책에서 담아내고 기록하였다.[7] 이 저작의 내용은 다음과 같이 요약 될 수 있다 : 죽은 사람들은 예루살렘에서 구원과 마음의 평화를 찾지 못하고 돌아와 글을 쓴 자에게 가르침을 달라고 요청한다. 그는 무(無)의 개념에서부터 시작하여 '플레로마'에 관한 논의로 그 이야기를 확대한다. 플레로마는 지고의 존재에게서 발견되는 모든 특질의 총합을 뜻하며 플레로마와 대립되는 '크레아투라' 개념이 뒤 이어 등장한다.[8]

　유감스럽게도 이 저작은 매우 짧으면서도 매우 난해하다. 그러나 여기에 등장하는 융의 기본적인 개요를 자신의 방식으로 심도 깊게 분석하고 적용한 학자가 있었으니 그가 바로 그레고리 베이트슨이다. 사실 융의 종교, 과학, 문화의 이해를 기반으로 하는 융의 심리학적 담론은 특히 21세기 탈근대의 흐름과 합류하는 현대과학의 지평에서 전반적으로 새롭게 재수용되며 다각도로 논의되고 있다. 베이트슨은 '과학'의 물질주의적 기계론에 경도된 과학적 사고에 대한 비판과, 극단적 자연과학을 경계한 학자로서, 학문 분과의 장벽을 과감하게 부순 20세기의 사상가로 자주 거론되는 인물이다. 그는 자

7　화자는 영지주의자, 바실리데스(Basilides)로서, 융은 그의 입을 빌어 짤막한 일곱 개의 설법을 전한다. 공식적으로 출판된 적이 없던 이 소책자는 그의 비서 야페(Aniela Jaffé, 1903~1991)가 융을 인터뷰하여 얻은 자료를 연대기 순으로 편집하여 출판한 『C. G. 융의 기억, 꿈, 사상(Erinnerungen Träume Gedanke von C. G. Jung)』에 처음으로 수록되었다. Aniela Jaffé, *Erinnerungen, Träume, Gedanken von C. G. Jung*, pp.389~398.

8　Deirdre Bair, *C. G. Jung. Eine Biographie, Alberche Knaus*, 2005, p.422.

연과학의 영역에서 활동했으나 그 지식의 한계를 지적하고, 정신과 자연에 대한 새로운 인식론적 패러다임을 구축해내고자 융의 인식론을 적극적으로 주목하고 수용하였다.

베이트슨은 근대의 뿌리깊은 사유의 전제였던 데카르트의 심신이원론을 넘어설 수 있는 대안으로 바로 칼 구스타프 융의 '크레아투라(creatura)'와 '플레로마(pleroma)'의 인식론을 제시하였다. 베이트슨은 융의 '크레아투라'와 '플레로마' 개념에서 영감을 받아, 근대 서구 사상의 주요한 기반이 되는 정신과 자연의 이분법을 극복하려는 시도를 하였다. 베이트슨은 다음과 같이 설명한다 : "나는 데카르트의 인식론적 첫걸음은 물질로부터 정신의 분리, 그리고 생각한다(cogito)라는 나쁜 전제에 기초했다고 생각한다. 궁극적으로는 인식론에 치명적인 전제라고 해도 좋을 것이다. 나는 플레로마와 크레아투라를 연결시킨 융의 전제가 훨씬 건전한 첫걸음이라 믿는다. 융의 인식론은 물질이 아니라 차이의 비교에서 출발한다."[9]

그렇다면 그레고리 베이트슨이 데카르트의 이원론적 사유를 극복하는 단초로서 채택한 융의 플레로마와 크레아투라의 내용은 무엇일까. 『죽은 자를 위한 일곱 가지 설법』에서 융이 전개하고 있는 플레로마와 크레아투라는 일면 그 문자적 의미로는 이원론적 체계로 보인다. 플레로마는 영지주의적 천상을 가리키고 크레아투라는 생멸의 피조물을 가리키기 때문이다.[10] 그러나 둘의 관계는 대립적이지도 않으며 위계적이지도 않다. 플레로마는 영원하고 무한한 충만이자 동시에 공허 / 무(無)이기에 "충만한 공허"이다. 흔히 상상

---

9 그레고리 베이트슨, 홍동선 역, 『마음과 물질의 대화』, 1993, 35면.
10 독일어본에서는 Creatur로 나오고, 영어본에서는 creatura로 나온다. 여기서는 일반적으로 통용되는 creatura를 취한다.

할 수 있는 크레아투라가 플레로마에 속하는 종속관계나 플레로마에 대한 열등성은 성립하지 않는다. 왜냐하면 크레아투라는 플레로마의 일부이자 그 자체이기도 하니 플레로마 또한 크레아투라에 내재해 있기 때문이다.

크레아투라와 플레로마는 본질적으로 상이하다. 크레아투라는 시공간에 제약되지만, 플레로마는 영원과 무한, 그리고 완전함이다. 사실 플레로마는 아무런 속성도 지니지 않는다. 플레로마의 속성은 대극의 쌍(Gegensatzpaare)으로 이루어져 있는데 속성은 그 스스로를 지양하므로 존재하지 않는 것과 다름없다. 크레아투라는 플레로마의 속성을 생각을 통해 만들어낸다. 이렇게 융은 자연과 정신의 요소를 구성하는 내용으로 플레로마와 크레아투라를 제시한다. 플레로마라는 자연적 요소와 크레아투라 라는 정신적 요소가 어떻게 긴밀하게 유기적으로 하나의 현실에서 상호 교차하고 연결되어 있는지를 융은 이 저작에서 선보인다.

2) 베이트슨의 융에 대한 해석

베이트슨은 새로이 도달하게 될 궁극적 인식은 일원론적이며, 개념적으로 정신과 물질을 분리한 것은 어떤 불완전한 전일론의 부산물 또는 파생물이라고 이해한다. 이러한 현실을 온전히 조명하지 못하고 편협하게 부분에만 집중하게 되면, 전체의 궁극적이며 필연적인 성격을 보지 못하고, 전일성과 통전성에서 비롯되는 현상을 어떤 초자연적 실체에 돌리려는 유혹을 받게 된다고 그는 보았다.[11] 이러한 점에서 베이트슨은 우주의 두 본성인 플레로마와 크레아투라를 조화롭게 조명하는 것을 우리 시대가 당면한 과제로 이해하였으며, 융은 적어도 이러한 생각 속에서 자신의 사상을 구축하였다고 고백한다.

플레로마는 물리적 우주의 영역이다. 과학은 플레로마에 적합한 기술방식이다. 자연과학적 기술방식은 플레로마의 영역에 대한 주요한 조명이다. 그리고 크레아투라는 커뮤니케이션과 차이의 영역이다. 그 커뮤니케이션은 언어의 형태, 종교, 예술, 국제관계, 그리고 꿈, 환상, 상상 등으로 드러난다.[12]

융은 플레로마와 크레아투라의 만남의 자리를 '인격'으로 이해하였다. 크레아투라는 차이와 분별의 세계이며 이 성격이 인격적으로 온전히 구현되는 과정을 융은 '개성화(Individuation)'의 과정으로 이해한 것이다. 융에게 있어서 개성화는 개인의 인격이 통합된 전체가 되는 과정이며 이것은 피조물의 본질이다.[13] 또한 개성화는 플레로마와 크레아투라의 유기적 직조의 과정이며, 플레로마의 영역에서 크레아투라의 영역으로의 성숙한 심화를 뜻하는 과정이다. 베이트슨 또한 시스템이론의 관점에서 인간이 활용할 수 있는 모든 은유 가운데 가장 핵심적이고 두드러진 것을 '자아'로 바라보았다. 특히 베이트슨은 정신과 신체라는 전체적인 존재, 크레아투라와 플레로마가 만나는 만남의 존재의 자리로서 '자아'의 위치를 주목하였다.[14]

자연의 인과성과 물리적 세계의 법칙이자 관계적 구조인, 힘, 양, 빛, 속도와 같은 은유는 플레로마의 세계에 대한 분석 속에서 개념화 된다. 그것은 자연과학의 성과를 통하여 우리에게 전달된다. 그러나 크레아투라 이해에 적합한 인간의 커뮤니케이션은 문화와 종교적 지평 속에서 더 심화되거나 보호된

---

11 그레고리 베이트슨, 홍동선 역, 앞의 책, 239면.
12 위의 책, 254면.
13 Deirdre Bair, *C. G. Jung. Eine Biographie*, 2005, p.422.
14 그레고리 베이트슨, 홍동선 역, 앞의 책, 259면.

다.[15] 그렇다면 플레로마와 크레아투라는 어떠한 대극적, 상관적 관계를 지니는 것인가. 이 지점이 바로 정신과 자연에 대한, 그리고 종교적 담론과 과학적 담론 관계의 새로운 조명의 핵심이다 : "크레아투라를 제외하면 아무것도 알려질 수 없다. 플레로마를 제외하면 알려질 대상이 전혀 없다."[16]

이러한 플레로마와 크레아투라의 새로운 인식론은 적어도 사유와 연장, 정신과 물질이라는 극단적 도식에 의하여 구현된 세계상보다 훨씬 더욱 더 양자를 긴밀하게 묶을 수 있는 가능성을 제공한다. 그렇다면 융은 자신의 사유에서 플레로마와 크레아투라, 과학과 종교의 체제를 어떠한 방식으로 묶어내고 연결시키는지를 그의 통합적인 마음의 인식론의 관점 속에서 검토하고자 한다.

3. 과학적 방법론과 심리학

프로이트와 칼 융은 기존의 학문심리학의 전통 속에서 새로운 심리학적 계보를 창출한 학자들이다. 프로이트는 그 자신이 우선적으로 신경의(Nervenarzt)였음에도 불구하고 정신의학에 심리학적 문제를 도입한 사람이었다. 특히 이 둘은 임상의사였으며 동시에 실험심리학자로 출발했다. 실험심리학의 특징은 신비적, 심지어 철학적이라고 불리는 그 어떤 것도 피하는 태도이다. 프로이트

---

15 위의 책, 264면.
16 위의 책, 268면.

와 융의 실험심리학적 경향성은 자연과학적 방법론과 물리학적 태도를 견지하려는 점에 핵심 목적이 있다.[17]

　분명 칼 융은 마음이 신체보다도 훨씬 접근하기 어려운 대상임을 간파하고 있었다. 그리고 그는 아직 조명되지 않은 어두컴컴한 영역에 머물러 있는 마음의 영역을 헤아리기 위하여 평생을 연구하고 매진했다 : "심혼은 육체보다 훨씬 더 복잡하고 도달하기 어려운 것이다. 그것은 말하자면 인간에게 의식될 때에 한해서만 존재하는 세계의 반쪽이다. 따라서 심혼은 단순히 개인적인 문제가 아닌 세계의 문제이며, 정신과의사는 전 세계의 문제를 다루는 것이다"[18] 실로 인간 정신의 문제는 단지 개별적 정신의 문제가 아니라 자연과 문화 그 모든 것이 중층적으로 결합되어 발현하는 복합적 산물이다.

　그렇다면 융에게 있어 이러한 인간의 마음에 대한 심리학적 탐구는 과학적 조명과 어떠한 관련성을 맺고 있는 것인가. 이에 대한 흥미로운 단서는 다음과 같다. 칼 융은 그의 나이 50이 넘은 1928년 그가 심리학과 과학의 관계를 어떻게 이해하였는지를 헤아릴 수 있는 저술 『정신적 에너지에 대하여(*Über die Energetik der Seele*)』(1928)를 출간했다. 이 저서의 근간이 되는 융의 착상은 1913년 프로이트와의 결별의 원인이 된 저술 『리비도의 변환과 상징(*Wandlungen und Symbolen der Libido*)』(1912)이다. 리비도를 굶주림, 공격, 성욕으로 풀어나가는 프로이트와 달리 융은 리비도를 질적인 개념이 아닌 "양적인 물리적 에너지"로서 중성적으로 재정의했다. 자연과학과 물리학의 일반적인 에너지론이 성립되듯, 심리학에서도 에너지의 통일성과 형태에 대한 분석을 이 책에서 수행한다. 융은 인간의 충동을 자연적인 에너지 과정과 결코 다르지 않은 과정으로

17　로빈 로버트슨, 앞의 책, 85~86면.
18　Aniela Jaffé, *Erinnerungen, Träume, Gedanke von C. G. Jung*, p.138.

이해한다. 그만큼 융은 인간 심리에 대한 해석을 소위 자연과학적으로 시도한다. 그의 관점은 다음과 같다. "내가 심리학을 위해서 하고자 한 것은 자연과학 영역에서 일반적인 에너지론이 성립되듯 그러한 통일성을 심리학에서도 형성하는 것이었다. (…중략…) 예컨대 나는 인간의 충동을 에너지 과정의 여러 가지 표현으로 보며, 열, 빛 등과 동류의 힘으로 본다."[19] 우리는 여기에서 융이 자연과학적 진술과 심리학적 진술의 방법론적 연속성을 시도하고 견지하려한 점을 발견할 수 있다.

융은 과학적 사고와 심리학적 사고의 긴밀한 관계에 대하여 분명한 근거와 관점을 가지고 있었다. 자연과학적 사유와 방법론을 주요하게 채택한 융의 사유가 드러난 견해는 그의 저술, 『욥에의 응답(*Antwort auf Hiob*)』(1952)에 대한 독자들의 태도와 그에 대한 융의 반응 속에서 발견할 수 있다. 융은 많은 대중과 환자를 대면하면서 현대인의 종교적인 문제에 대한 생각을 제시해야 할 과제를 오래전부터 마음에 품고 있었다. 많은 시간을 보낸 끝에 그는 종교에 대한 해답을 자신의 저술인 『욥에의 응답』을 통해 대중들에게 제시하고자 했다.

그러나 당대의 많은 독자들, 특히 신학자들은 융이 그 저서를 통하여 형이상학적 진리를 선포하였다고 비난하였다. 하지만 사실상 융의 관심은 "영원한 진리"에 있었던 것이 아니었다. 오히려 융은 자신의 관점을 오해한 신학자들을 다음과 같이 비판하였다. "신학적 사고는 영원한 진리에 매진하는 것에 익숙하기 때문이다. 만약 물리학자가 원자는 어떠한 특성 가지고 있다거나 그에 대한 한 모델을 제시한다고 하여 그가 의도적으로 영원한 진리를 표

---

19 Ibid., p.212.

현하고자 한 것은 아니다. 그러나 신학자들은 자연과학적 사고, 특히 심리학적 사고를 알지 못한다. 분석 심리학의 자료는 본질적 사실, 즉 자주 여러 장소와 시대 속에서 일치되게 나타나는 인간의 진술이다."[20]

여기에서 융 심리학의 특징이 잘 드러나고 있다. 그는 물리적 자연을 넘어서는 듯한 인간 심리의 흐름과 표현 또한 일종의 "과학적 탐구의 대상"으로 바라보았다. 또한 종교적 진리의 여부와 상관없이 종교적 진술과 그 속에서 드러나는 상징체계를 인간 심리 이해를 위한 과학적 탐구대상으로 삼았다. 융은 분명 자신의 심리학적 접근의 과정에서 자연과학적 사유와 방법론을 최대한 안배하고 반영하였다. 융은 자연과학적 사유가 가지고 있는 체계성과 단일성을 바탕으로 마음의 문제를 접근하였기에 근본적으로 초월론적이거나 이원론적 공간으로의 퇴각을 의식하지 않고 철저하게 자연과학적 특성을 바탕으로 자신의 심리학적 공간을 창출하였다.

그렇다면 심리학은 자연과학의 방법론과의 대면 가운데 독자적인 심리학으로서의 학문적 지위를 확보하는가. 심리학의 고유한 지위에 대한 융의 견해는 다음과 같다. 심리학은 외적 관계(external relation)에 대한 분석과 해명의 방법론 보다는 내적 관계(internal relation)와 그 시선 속에서 자신의 학문적 토대를 마련한다. 이에 심리학이라는 학문의 특성상 그것은 자체 내에서 직접 관점을 옮기거나 자체 내에서 직접 묘사를 할 수밖에 없다고 융은 바라본다. 더 나아가서 그 복잡성이 심화될수록 심리학은 어쩔 수 없이 정신 과정 자체로 귀결되어 버린다. 그러나 이 지점이야말로 심리학의 고유한 지위이기도 하다. 즉 심리학의 대상은 "모든 학문의 주체"가 되는 것이다.[21]

---

20 Ibid., p.247.
21 C. G. Jung, "Theoretische Überlegungen zum Wesen des Psychischen," §429.

바로 이러한 마음과 심리현상의 대상적 분석의 관점에서 심리학은 자연과학적 방법론과의 연속성을 담지하고 있다. 그러나 자연과학이 플레로마의 세계에 대한 대상적 분석을 시도하는 것과는 달리 심리학은 플레로마와 크레아투라의 관계 자체를 내적으로 성찰하는 학문이기 때문에 이 관점에서 분명하게 자연과학과 심리학은 방법론적으로 결별된다.

4. 종교담론과 심리학

융은 인격과 자연의 통전성과 전체성을 그의 주요한 사상적 기초로 설정한다. 그러나 이는 결코 개인의 개인성과 독자성을 훼손하는 통전성과 전체성의 문제가 아니다. 이러한 딜레마를 융은 인격의 '개성화'라는 개념을 통하여 최대한 극복하려고 노력하였다. 그렇다면 융은 '개별성'과 '통전성'의 대립항을 어떻게 바라보고 있는가.

사실상 문명사적 관점에서 보면 개인화 되고 단자화 된 의식이 과학주의와 계몽주의의 산물이라는 점은 별 무리 없이 이해될 수 있다. 이러한 관점을 오늘의 문명과 지식공동체는 매우 상식적으로 알고 있다. 이러한 진단에 대하여 융 또한 동의한다. 그러나 그는 동시에 과학주의와 계몽주의의 그늘이 당대 개인과 인간과 인류의 신경증적 증상을 야기한 장본인이었음을 지적하고 있다. 개인의 역사적 의식을 넘어서는 심혼의 차원의 초개인적 의식에 대한 성찰과 학문적 조명이 이루어지지 않기에, 많은 신경증에 대한 학문적 대답을 제출하지 못하는 현 상황을 우려하고 있다.

이러한 심혼의 차원과 초개인적 의식에 대한 성찰의 강조는 융의 분석심리학과 심리학 내의 타 분과와의 날카로운 분기점이기도 하다. 융의 세계관에서 드러나는 통전성과, 개별적 인격을 넘어서는 전체성은 그의 사유의 독특한 성격이기도 하다. 이러한 인격과 심리의 통전성과 전체성을 모색한다는 점에서 융의 분석심리학은 곧 '심혼의 심리학(Psychologie mit Seele)'으로 명명된다.[22] 융은 이 심혼의 탐구를 위한 자료를 동서양의 종교적 지식이 담겨 있는 텍스트 속에서 찾아내고자 했다. 그는 인간 근거가 바로 무의식이며, 이 무의식의 내용을 이루는 근간을 원형을 품고 있는 집단 무의식으로 보았기 때문이다.

서구인의 신경증의 발원과 요인을 과학주의와 계몽주의, 개인주의로 직시하는 융의 관점은 통합적인 관점을 갈망하는 학제간의 교섭과 다학제간 작업에 주목하는 본 연구에 있어서 매우 흥미로운 대안을 제시한다. 즉 학제간 연구(interdisciplinary Studies)는 단순히 미래 학문과 문명에 대한 해명의 차원을 넘어서서 인간 지성과 문화의 신경증과 그 시대적 증상을 극복하는 중요한 '치유의 과정'으로 이해될 수 있기 때문이다.

융의 관점에서 간학문적 연구의 성과를 정의한다면, 이는 고유한 학제가 구축해놓은 방법론에 대한 성찰적 회의를 통하여 열리는 새로운 결실과 지평을 뜻한다. 각 학제의 방법론에 대한 옹호와 강조는 오히려 학제간의 교섭과 대화를 촉발하기 보다는 갈등과 독단을 야기할 수 있기 때문이다. 진정한

22　이부영, 『분석심리학의 탐구―아니마와 아니무스』, 한길사, 2001, 23면; 융은 인간 심혼의 어떤 객관적인 것을 경험했다고 술회한다. 인간의 심혼의 객관성에 대한 경험과 주목은 그의 평생을 사로잡았던 화두였다. Aniela Jaffé, *Erinnerungen, Träume, Gedanke von C. G. Jung*, p.114.

대화는 방법에의 강조가 아니라 방법을 품는 개방적 대화에 있다.[23]

이러한 개별화된 개인과 단자화된 의식에 대한 집중과 구축된 방법론만을 고집하는 사유방식은 단순히 근대 이후의 문명과 과학주의의 패턴에 제한되지 않는다. 특별히 종교적 담론에서도 개인은 여전히 절대자와의 관계에서 하나의 개별자적인 지위를 넘어서지 못하는 단독자로 처리된다는 점을 융은 매우 심각하게 조명한다. 융은 이러한 점에서 개인의 경험적 감각을 매개로 세계를 파악하는 것의 한계를 지적하며 초개인적 관계, 즉 통전적이고 전체적인 감각에 대한 새로운 패러다임을 제시하고 있다. "우리는 개인적인 현재 의식뿐만 아니라 역사적 연속성을 느끼는 초개인적 의식도 가질 필요가 있다. 비록 추상적으로 들릴지 모르지만, 예를 들자면 많은 신경증이 일차적으로 유치한 계몽주의의 망상 때문에 심혼의 종교적 요구를 더 이상 지각하지 못하고 있는데서 기인한다는 것은 실질적 사실이다. 이미 오래 전부터 더 이상 교의와 신앙 고백의 문제가 아니라, 매우 중요한 정신 기능인 종교적 태도가 문제라는 것을 오늘날의 심리학자들이 마침내 알아야만 할 때이다."[24]

융의 이러한 종교에 대한 견해와 관점은 그의 사상의 후기로 진입할수록 매우 구체적으로 심화된다. 특히 근대적 정신의 창출과 연동된 프로테스탄트가 보여주는 보편적 원형과 상징에 대한 비판적 태도에 대하여 융은 많은 비평을 할애한다. 즉 "말씀"의 개신교가 인간의 개별성과 자유의 지평을 그리스도교 역사에서 활짝 열었지만 동시에 "상징"을 통한 인간 정신의 원형과의 접촉 가능성이 약해졌다는 점에서 융은 프로테스탄트의 빛과 그림자를

---

23 칼 융은 환자를 다룸에 있어서도 방법론에 대한 확신보다는 의도적으로 체계적인 것을 무시하고 개별적인 이해에 큰 주안점을 두었다. Aniela Jaffé, 위의 책, 137면.

24 C. G. Jung, "Allgemeine Probleme der Psychotherapie," *Praxis der Psychotheraphie. Beiträge zum Problem der Psychotherapie und zur Psychologie der Übertragung* (Gesammelte Werke 16), §10.

동시에 본다.[25]

　더 나아가서 기존 종교담론과 서구신학의 근본적인 공리인 전체로서의 신과 개별자로서의 피조물에 관한 단순표상의 한계를 융은 지적한다. 즉 계몽주의, 개인주의가 당대 문명의 신경증을 유발한 것처럼 인간의 심혼에 대한 종교와 신학의 단편적인 조명 또한 문명의 신경증을 유발한 동인이라고 융은 지적한다. 그러므로 융이 계몽주의, 개인주의의 망상에 대한 새로운 조명을 가할 수 있는 심혼 담론을 제공하였으며, 동시에 이러한 담론이 우회적으로 종교와 신학의 표상들에 대한 해체와 재조정을 촉발로 확대된 점은 매우 주목할 만한 부분이다.

　융은 심혼이 본성적으로 종교적이며, 인간의 본성이 종교적이라는 점을 강조했으나, 그는 제도종교에 대해서는 매우 비판적이었다. 특히 그의 심혼 담론은 당시 보수적인 기독교계에서 강한 반감을 불러일으켰던 것으로 보인다. 융은 「연금술의 종교심리학적 문제에 대한 서문(Einleitung in die religions-psychologische Problematik der Alchemie)」(1944)에서 자신에게 가해진 신학계의 비판에 대한 반론을 표명했다. 융의 주장에 대한 비판과 공격은 다음과 같이 요약된다. 우선 융의 심혼론은 당대의 관점에서는 매우 '심리주의적'이라고 정죄 받았으며 융이 심혼을 신격화시키는 것은 아닌지에 대한 의혹이 제기되었다. 그리고 융의 심리학은 이단적인 새로운 교리를 세우려한다는 비판까지 제기되었다. 특히 융이 가톨릭이던 프로테스탄트이건 확실한 기독교의 영역에 머무르기를 거부하고 모든 종교적 지식을 차별 없이 다루는 태도에

25　C. G. 융, 이은봉 역, 『심리학과 종교』, 창, 1996, 93면. 특히 프로테스탄티즘과 여성성에 관한 융의 비판과 논의에 대하여 다음을 참조. Gerhard Wehr, *Tiefenpsychologie und Christentum : C. G. Jung*, Pattloch Verlag, 1995, pp.126~127.

대해서, 그리고 심혼이 신의 형상을 담지하고 있다는 주장에 대해 신성 모독적이라고 비판받았다.[26] 예를 들어 그리스도상은 융에게 있어 수많은 심리적 유형 중의 하나일 뿐이었다.

융은 이러한 신학계의 비판에 대해 심리학은 다만 학문으로서 심혼의 탐구를 통해 파악될 수 있는 유형에 대해 관심을 갖는 것일 뿐이라고 반박했다.[27] 융은 신학자들이 자신의 주장을 오해하고 있다고 주장하는데, 융의 이러한 반박은 설득력이 있어 보인다. 왜냐하면 융이 종교 관련 지식을 다룰 때 그가 강조한 것은, 의학심리학자의 입장에서 환자를 치료하기 위한 목적을 최우선으로 삼는다는 점이었다. 그는 "초월적 목표를 갖고 있는 모든 종교는 심혼 위생(seelische Hygiene)의 관점에서 볼 때 극도로 이성적"이라고 본다. 그래서 "죽음이 다만 이행이며 미지의 크고 긴 삶의 과정의 일부라고 생각할 수 있다면 정신과 의사(seelenärztlich)의 관점에서 그것은 좋을 것"이라고 말한다.[28] 여기에서 우리는 다시 한 번 융의 개별적 인격성과 초개인적 측면간의 통합적 태도를 확인할 수 있다. 또한 과학으로는 결코 해결되지 않으나 죽음과 같은 피할 수 없는 실존적 문제에 대해 인류가 오랫동안 고민한 흔적으로서 종교적 유산의 가치에 대한 숙려를 발견할 수 있다. 융은 종교를 비이성의 영역으로 소외시키거나 아니면 과학주의에 대한 전면적인 거부라는 극단을 택하지 않는다. 또한 종교와 과학의 화해를 지향하는 점에서 정치적 중립을 지키려하지도 않는다. 그는 인간심리의 치유 가능성에 기여하는 측면에서 인류의 정신적 문화적 물질적 축적으로서의 종교를 바라보고 있다.

---

26 C. G. Jung, "Einleitung in die religionspsychologische Problematik der Alchemie", *Psychologie und Alchemie* (Gesammelte Werke 12), § 9.
27 Ibid., § 11.
28 C. G. Jung, "Die Lebenswende", *Die Dynamik des Unbewussten* (Gesammelte Werke 8), § 792.

따라서 그는 종교를 환자들이 탈피해야만 하는 망상을 보지 않고 "심리 치료체계"로 보았다. 다만 이 때 융은 철학을 포함하여 제도 종교권에서 대중의 삶과 괴리되어 인간심리를 치료하는 역할을 제대로 못하고 있음을 강력하게 비판하고 있다. "오늘날 사제나 철학자들은 더 이상 이 역할[신경증, 심리적 갈등의 치료새]을 담당하지 않고, 또 대중이 그들의 능력을 더 이상 믿지 않는 만큼 정신치료가 어떠한 틈새를 메꿔야했는데, 여기서 사제직과 철학이 실제의 삶에서 어느 정도 멀어졌는가를 알 수 있다."[29]

융은 심리학적 관점에서 종교를 인간 심혼의 산물로 이해한다. 융은 계몽주의와 과학주의의 그늘로 인하여 인간 정신의 통전성이 급격히 상실되었다고 평가하며, 제도종교 또한 제 기능을 수행하지 못한다고 바라본다. 그렇다고 하여 융은 종교의 기능을 폄하하지는 않는다. 그리고 심리학자나 정신과 의사 또한 각 종교의 경전자료나 종교적 유산이 담긴 전승을 심리학적 방법론과 비평을 통하여 접근하고 분석함으로서 그를 통하여 인간의 마음을 치유할 수 있다는 견해를 가지고 있다. 바로 이 지점에서 종교와 심리학의 공동의 과제의 가능성이 열릴 수 있다.

29　C. G. Jung, "Allgemeine Probleme der Psychotherapie," §10.

5. 융의 종교이해의 간학문적 측면

융의 심리학의 공간이 한 편으로는 과학적 방법론의 수용과 비판과 연관 되어 있다면, 종교와의 관계에서는 당대의 종교적 표상에 대한 다양한 심리 학적 쟁점과 긴밀하게 연결되어 있다. 종교적 패러다임과 심리적 패러다임 은 각각 독립된 공간을 확보하고 있는 독자적인 두 실체가 아니다. 오히려 근 원적인 실재와 접속된 심리학과 종교의 연계된 공간의 해명을 융은 매우 깊 이 관심을 가지고 있다. 예를 들어 융은 인간의 자아에 영향을 주고 있는 원 형 과정들을 심리학적인 관점에서 연구해보면, 그것은 바로 종교가 관여하 고 있는 그 일이라는 점을 매우 주의 깊게 주목하였다.[30] 이러한 실재에 접근 하는 다차원적 해명의 위상학 속에서 종교와 심리학은 상호 긴밀한 관련성 을 맺고 있으며, 이 취지에서 그는 종교와 심리학이라는 본격적인 간학문적 인 연구 관심과 성과를 제시하고 있다. 융의 심리학에 대한 종교적 대화의 상 황은 점점 더 개방적으로 변해가고 있다.[31]

이러한 이유로 종교와 심리학, 신학과 심리학의 간학문적 교차연구는 근 래에도 적극적으로 수행되고 있다. 예를 들어 심리학에서는 양심을 대극적 인 힘들을 화해시키는 '집단무의식'과 조명하며, 신학의 성서적 전승에서는 양심을 '신의 소리'로 보고 있다.[32] 이러한 문제제기를 기반으로 하여 집단 무 의식과 신의 표상에 대한 다층적 연구가 수행되고 있다. 이렇게 자연과학과

---

30 윌리스 B. 클리프트, 이기춘·김성민 역, 『융의 심리학과 기독교』, 대한기독교서회, 1984, 156면.
31 위의 책, 189면.
32 위의 책, 148면.

정신과학의 관련성 속에서 심리적 경험의 내용을 조명하는 심리학은 기존의 학제 시스템에 정착된 하부 관념들에 대한 재조정과 통전적 재해석을 요구한다. 각각의 학문체계와 학제 시스템이 추구하는 방법론적 관점과 출발점이 다르더라도 어떠한 지점에서는 실재에 대한 진술과 의미가 심층적 차원에서는 유사할 수 있는 가능성을 간학문적 연구에서는 확보하기 때문이다.

융은 새로운 학문의 공간을 창출한 사상가로서 선명하게 종교적 지평과 과학적 지평의 두 학제 간 영역을 매우 유기적으로 통합적으로 구성하고자 시도하였다. 그것은 "대극의 통합"이라는 융의 방법론과, 통전성을 향해 나아가는 인간 심혼과 인격의 궁극적 지향점과도 연결이 된다. 이러한 융의 새로운 학문 공간 창출에 대한 거시적인 차원의 흐름은 다음과 같이 정리할 수 있을 것이다. 하나는 새롭게 창출된 분석심리학(Analytische Psychologie)의 공간을 전문적으로 확보해 나아가고 심화하는 작업이다. 이러한 흐름을 계승하는 분석심리학파의 역사성과 학문적 작업은 주요하게 이루어지고 있다.

과학의 미래를 고민하고 인간경험과 과학적 패러다임의 긴밀한 함수를 고민하는 학제간 연구에 개방적인 과학의 흐름에서도 융의 전위적이며 경험주의적 방법론에 대한 신뢰를 가지고 대화를 수행하였다. 융은 이미 노벨 물리학상 수상자인 볼프강 파울리(Wolfgang Pauli, 1900~1958)와 함께 자연(Natur)과 정신(Geist)에 대한 심층적 공동연구를 수행하였다. 칼 융과 볼프강 파울리는 물리와 정신을 하나의 실재에서 드러나는 두 보완적 국면으로 이해하였다.[33] 이는 적어도 정상과학의 경계를 고민하고 실재의 심층을 더 확장하려 하는 과학정신에 상당히 큰 통찰을 제시하고 있다. 이러한 이유로 자연과

---

33 Wlodziskaw Duch, "Synchronicity, Mind, and Matter", *The International Journal of Transpersonal Studies* Vol. 21, 2002, p.153.

정신을 품는 심리와 인간경험에 대한 간학문적인 대화를 추구하려 할 때 칼 융의 통전적 사유는 오늘날 매우 주요하게 채택되어진다.

볼프강 파울리는 융이 주장하는 간학문적 대화와 접근을 자기 자신의 궁극적 관심으로 표명하기도 하였다. 융은 현존하는 학문의 형식에 대한 완고성에 머무르는 것이 아니라 과학과 종교적 지식의 경계와 한계에 대한 인식과 간학문적 교감의 가능성을 보고 있었다. 이렇게 정상과학 안에서도 과학의 한계를 바라보는 이들에게 융은 새로운 지평을 열어주었던 것이다. 더 나아가서 19세기 간학문적 연구가 어떻게 점진적으로 진행되었으며 그 성과와 틀의 변화가 어떻게 역사적으로 이루어져 있는지를 오늘 우리는 융의 심리학적 성찰과 타학문과의 개방적인 대화에서 확인할 수 있을 것이다.

6. 결론

칼 융은 과학적인 경험적 방법론을 통해 자신의 분석심리학의 기초를 놓았으며, 이를 기반으로 하여 당대까지 전승되어 온 정신적이며 종교적인 통찰과의 긴밀한 대화와 비평을 시도하였다. 특히 18세기에 강렬하게 표출되었던 자연과 정신의 대립항을 20세기 초의 인물인 융은 자신의 심리학적 공간의 창출을 통하여 새롭게 재구성하였으며 재편하였다. 자연의 경험과 정신의 경험이 작동하는 무대를 과감하게 상대화 하고 그 무대에 '플레로마'와 '크레아투라'의 두 대립적 세계상을 모두 경험하고 품고 새롭게 엮는 인간의

'인격(Persönlichkeit)'과 '심리(Psyche)'를 인간 정신사의 무대로 인도한 점은 칼 융의 간학문적인 작업의 중요한 성과로 보여진다. 이러한 점에서 칼 융의 심리학은 과학담론과 종교담론의 협소한 지평의 경계에서 출발하였지만, 동시에 이 둘이 만나는 접점에 대한 재해석 속에서 심리적 탐구의 대상과 성과를 풍부하게 확대하였다. 그리하여 융은 두 지평의 협소함을 넘어 새로운 학문의 공간을 창출하였다.

여전히 현대의 과학담론과 종교담론의 지평에서 융심리학의 비과학성과 비종교성에 대한 논란이 존재한다. 그의 분석심리학은 심리학의 영역과 정신 분석학에서 적용, 응용되고 있으며 종교에서도 교리학, 실천신학, 목회상담의 영역에서 적극적으로 논의되고 활용되고 있다. 그리고 정상과학 패러다임의 한계를 고민하는 많은 과학적 사유에 큰 통찰을 던져주고 있다. 이는 융의 사유 안에서 과학지식과 종교지식의 상호 교차적 결합과 창출이 매우 강렬하고 효과적으로 진행되었음을 반증한다.

심리학의 재료는 문명을 잉태하는 '정신'과 '자연'이지만 심리학의 공간의 탄생은 철저하게 근대적이다. 그것은 과거의 정신과 영혼과 자연에 대한 과학적 철학적 이해를 넘어서는 간학문적 대화의 성격을 지닌다. 자연에 대한 지식과, 신에 대한 지식의 긴장과 대립은 자연과 신을 바라보는 인간 마음에 대한 해명 속에서 융합될 수 있다고 보는 것이 칼 구스타프 융의 해법이기도 하다. 이는 21세기 간학문적인 연구와 더 나아가 종교와 과학의 담론을 모색하는 작업에 있어서 적지 않은 통찰을 제공한다. 자연과 신이, 과학과 종교가 무엇 속에서 만날 수 있으며 무엇을 위하여 존재하는 지를 심리학은 질문하고 있다. 그는 과학과 종교의 간학문적인 대화가 반드시 심혼의 심리학, 그리고 정신과 마음에 대한 고려 속에서 수행될 때 성공적일 수 있음을 하나의 해법으로 제시하고 있다.

융은 아직 온전히 실현되지 않았던 학문의 교차 영역에서 심리학의 공간을 새롭게 창출하였으며, 지난 백년간 학문의 체계의 흐름 속에서 새롭게 재편된 심리학은 기존 학문과의 경합과 긴장과 대화 속에서 지금도 계속 그 학문의 경계를 확정 / 변경해 나아가고 있다. 그리고 자연과 정신의 관계에 대한 합리적 해명을 갈망하는 이들에게 융의 사유는 매우 큰 통찰을 던져주고 있다. 그렇다면 왜 학문의 경계의 변동에 대한 탐구와 간학문적인 대화가 중요한 것인가를 융에게 질문할 수 있다. 또한 왜 학문은 학문의 고유한 경계를 고수하고 왜 그 정통성을 공고하게 확보해 나아가는 이유가 무엇인가를 질문할 수 있다. 이에 대하여 융은 학문을 다루고 구축하며 창출하는 인간의 심혼이 많은 요인의 기묘한 혼합이며, 바로 이러한 중층화된 심혼 속에서 학문이 등장하여 그것은 끊임없이 요동칠 것이며, 더 나아가서 인간 자신이 학문의 대상이 아니라 바로 학문이 인간 심혼의 증상이기 때문이라고 대답하고 있다.

심리학은 학문의 한 분과이지만, 동시에 융은 학문이 오히려 심혼의 산물임을 말하고 있다. 이러한 관점과 시선의 전환 속에서 플레로마와 크레아투라, 정신과 물질의 접촉, 종교와 과학의 대화의 과제는 오히려 인간의 개성화와 성숙과 연결된 매우 중요한 인격적 학문적 과제가 될 것이라 말할 수 있을 것이다.

참고문헌

그레고리 베이트슨·메리 캐서린 베이트슨, 홍동선 역, 『마음과 물질의 대화』, 고려원미
    디어, 1993.
그레고리 베이트슨, 김주희 역, 『네이븐—뉴기니아 부족문화의 복합적 모습이 제시하는
    여러 문제에 대한 세 가지 관점에서의 조사』, 아카넷, 2002.
로빈 로버트슨, 이광자 역, 『융과 괴델』, 몸과마음, 2005.
이부영, 『분석심리학의 탐구—아니마와 아니무스』, 한길사, 2001.
C. G. 융, 이은봉 역, 『심리학과 종교』, 창, 1996.
W. B. 클리프트, 이기춘·김성민 역 『융의 심리학과 기독교』, 대한기독교서회, 1984.
칼 융·볼프강 파울리, 이창일·이승일 역, 『자연의 해석과 정신』, 청계, 2002.

Alt, Franz, *Das C. G. Jung Lesebuch*, Olten und Freiburg : Walter, 1983.

Bair, Deirdre, *C. G. Jung. Eine Biographie*, München : Alberche Knaus, 2005.

Duch, Wlodziskaw, "Synchronicity, Mind, and Matter," *The International Journal of Trans-
personal Studies* 21, 2002.

Jaffé, Aniela, *Erinnerungen Träume Gedanke von C. G. Jung.* Rascher & Cie, 1962.

Jung, C. G., "Allgemeine Probleme der Psychotherapie," *Praxis der Psychotheraphie. Beiträge
zum Problem der Psychotherapie und zur Psychologie der Übertragung* (Gesammelte Werke
16), Walter, 1995.

________, "Die Lebenswende," *Die Dynamik des Unbewussten* (Gesammelte Werke 8), Zürich
und Düsseldorf : Walter, 1995.

________, "Einleitung in die religionspsychologische Problematik der Alchemie," *Psychologie
und Alchemie* (Gesammelte Werke 12), Walter, 1995.

________, "Sigmund Freud," *Über das Phänomen des Geistes in Kunst und Wissenschaft.* (Gesam-
melte Werke 15), Walter, 1995.

________, "Theoretische Überlegungen zum Wesen des Psychischen," *Die Dynamik des
Unbewussten* (Gesammelte Werke 8.), Walter, 1995.

Wehr, Gerhard, *Tiefenpsychologie und Christentum : C. G. Jung*, Pattloch Verlag, 1995.

제2장

/

근대과학의 은유

/

가르가멜의 해산

거꾸로 뒤집힌 히포크라테스와 갈레노스

로맹 메니니(Menini, Romain)

　라블레(Rabelais)와 의학에 관한 연구는, 몇몇 측면에서 여전히 이 분야의 참고 서적인 롤랑 안토니올리(Roland Antonioli)의 책[1]이 출간된 1976년 이후로 거의 정체되어 있었다. 그러나 몇 년 전부터 이 연구 영역은 새로이 조명되며 재평가의 대상이 되고 있다. 때때로 부당하게 의심을 받긴 했어도 라블레는 뛰어난 문헌학자였고, 비할 바 없는 라틴어 및 그리스어 문헌 전문가였다. 그가 좋아하는 여러 분야들 중에서도 유독 좋아하는 분야인 의학에서도 전문가였다. 그는 진정으로 “모든 분야에 능통한 학자(panepistemon)”이지만 단 하나만 선택해야 한다고 하면, 아마도 그는 바로 의학을 선택할 것이다. 왜냐하면 르네상스 시대에 의사가 된다는 것은, 무엇보다도 고대 저자들의 원전, 특히 히포크라테스와 갈레노스라는 그리스 양대 산맥의 원전을 끊임

1　Roland Antonioli, "Rabelais et la médecine", *Études rabelaisiennes* xii, Genève, Droz, 1976.

없이 되풀이하여 읽는다는 것을 의미하기 때문이다.

라블레가 1530년대에 몽펠리에 의과 대학에서 수학하고 뒤이어 강의를 하면서, 1532년에 두 명의 그리스 의사들에 대해 여러 편의 기본 개론서들을 간행했다는 것은 오래 전부터 알려진 사실이다. 그 저서는 바로 리옹의 출판사 세바스티앵 그리프(Sébastien Gryphe)에서 발간된 『히포크라테스와 갈레노스 선집(Hippocratis ac Galeni libri aliquot)』[2]이다. 라블레는 이 출판사의 인쇄 교정자이기도 했다. 그런데 의학과 관련된 문헌학 연구는 최근 두 가지 중요한 재발견으로부터 전환점을 맞이하였다. 우선 1537년에 같은 출판사인 그리프에서 라블레가 출판하기 위해 노력했던 히포크라테스의 저작 『예후(Pronostic)』의 그리스어 텍스트 판본이 재발견되었다.[3] 다른 한편 라블레가 소유하고 있던, 그리스어로 된 갈레노스 사본도 재발견되었다. 바로 오늘날 셰필드 대학 도서관에 보존되어 있는 『전집(Opera omnia)』 중 알두스 판본(1525)이 그것이다. 1530년대에 이 작가가 이 판본에 많은 주석을 달았는데, 여기서 '거장의 필적'을 알아볼 수 없었던 전문가들은 이 판본을 등한시했다.[4]

이 두 가지 문서는 우리가 알고 있다고 믿었던 의사 라블레에 대해, 통상 "학술서"라고 부르는 저서뿐만 아니라 그의 프랑스어 소설에도 새로운 빛을

---

2   *Hippocratis ac Galeni libri aliquot*, ex recognitione Francisci Rabelæsi, Lyon, S. Gryphe, 1532.

3   Ἱπποκράτους Προγνωστικὸν. Hippocratis Prognosticon, Lyon, S. Gryphe, 1537. 윌리엄 켐프 (William Kemp)와 클로드 라 샤리테(Claude La Charité)가 재발견한 것이다. Claude La Charité, Rabelais éditeur du Pronostic, *La voix véritable d'Hippocrate*, Paris, Classiques Garnier, 근간 참조.

4   이 사본에 대해서는 Seymour de Ricci, *Les autographes de Rabelais*, Paris, Le Divan, 1925, pp.19~ 20, no 5; Jean Plattard, "Le Galien de Rabelais à la bibliothèque de Sheffield, *Revue du seizième siècle* XIII, 1926, pp.303~304; Vivian Nutton, "Rabelais's copy of Galen", *Études rabelaisiennes* xxii, Genève, Droz, 1988, pp.181~187 참조. 이 문헌과 라블레의 자필 주석의 가치와 관련한 재평가에 대해서는 Claude La Charité, Romain Menini et Olivier Pédeflous, "Galien restauré : Rabelais philologue entre fractures et fistules", *La Réception de Galien à l'époque de Rabelais*, Montréal, Université McGill, 1er-2 avril 2014, Claude La Charité et Romain Menini (dir.), 근간 참조.

던져 주었다. 그의 저서들 중 "학술서"라고 평가될 저서의 수도 늘어날 것이다. 라블레의 소설에서 의학 지식은 섬세하게 변환되어 있으므로 다시 한번 주의를 기울여 읽고 분석해 볼 필요가 있다. 일반적으로 갈레노스(129~216)의 영향이 과소평가되어 왔다. 그 이유는 무엇보다도 기념비적인 전서인 페르가몬 출신 의사 갈레노스의 전집[5]이 히포크라테스 전집보다 접근하기가 훨씬 더 어렵고, 훨씬 더 방대하고 빼곡하며, 특히 아주 많은 부분이 아직 프랑스어로 번역되지 않았기 때문이다.

팡타그뤼엘의 세계에서 나타나는 행위에는 지시대상, 암묵적 표시, 의학적 암시가 풍부하므로 다시금 그것들을 알아볼 수 있어야 한다. 여기에서 "가르강튀아는 어떻게 기이하게 태어났는가"라는 제목이 달린 『가르강튀아(Gargantua)』 6장에서 가르가멜(Gargamelle)의 해산을 이야기하는 유명한 에피소드 중 한 페이지, 정확히 말해 반 페이지를 다시 꼼꼼히 읽으면서 이 보물찾기 놀이에 전념하고자 한다. 이 보물찾기 놀이를 위해서는 많은 지식이 필요하다. 때로는 넌지시 말을 건네는 "의사" 라블레가 사실 무엇을 말하고자 하는지 읽어내게 된다면, 그렇지 않아도 아주 재미있는 구절이 한층 더 흥미로울 것임을 이 글에서 보여 주고자 한다. 여기서 대두되는 것은 익살스러운 일종의 '산과(産科) 픽션(obstétrique-fiction)'이다. 가련한 가르가멜의 해산은 문자 그대로 있을 법하지 않은 일이지만, 놀랍도록 정확한 의학적 지식에 근거하고 있다. 라블레의 상상력이 물론 "기이(estrange)"하기는 해도, 그가 아무것이나 마구잡이로 이야기하는 경우는 결코 아니다. 오히려 이 웃는 사람

5　그는 히포크라테스 전집의 매 페이지마다 주석을 달았다. 이 방대한 전집의 개요 설명에 대해서는 Véronique Boudon-Millot, *Galien de Pergame : Un médecin grec à Rome*, Paris, Les Belles Lettres, 2012 참조.

은 여기서 히포크라테스와 갈레노스의 중요한 특권은 계속 유지시켜 주면서도, 파뉘르주(Panurge)가 "거꾸로(au rebours)"라고 말하게 되듯, 그들의 해부학과 생리학을 역으로 해석한다. 이러한 점 때문에 이 글의 제목이 "거꾸로 뒤집힌 히포크라테스와 갈레노스"가 되었다. 여기서는 고대인들의 최우등생이면서도 일부러 그들을 '반대로(à contre-sens)' 이해하는 라블레를 상상해야 한다.

아름다운 바드벡(Badebec)의 목숨을 앗아가며 태어난 첫 번째 주인공 팡타그뤼엘(Pantagruel)의 힘겨운 탄생을 이야기한 지 약 3년이 지난 후인 1535년, 라블레는 팡타그뤼엘의 아버지인 가르강튀아의 탄생을 이야기하기 위해 이 문제로 되돌아온다. 이번에는 어머니 가르가멜이 출산 중에 죽지 않는다. 그러나 가르가멜의 해산 조건들은 최소한 신기하다. 이 대목이 몹시도 유명하다는 것은 알고 있지만, 전적으로 의학과 관련된 짧은 해설을 제시하기 위해 이 대목을 다시 읽어볼 필요가 있다. 대부분 더 잘 알려진 이 대목의 다른 논점들은 여기서 거론하지 않겠다.

얼마 지나지 않아 가르가멜은 한숨을 내쉬고 괴로워하며 비명을 지르기 시작했다. 즉시 사방에서 많은 산파들이 달려왔다. 산파들은 아래를 만져 보고, 꽤나 고약한 냄새가 나는 덩어리를 발견하고는 그것이 아이인 줄 알았다. 그러나 그것은 우리가 앞서 밝힌 바와 같이 내장 요리를 너무 많이 먹은 탓에, 여러분이 항문에 붙은 창자라고 부르는 직장이 늘어나며 가르가멜에게서 빠져 버린 항문이었다.

그때 일행 중에 생 주누 근처의 브리즈파유 마을에서 온, 육십 년 전부터 의술이 뛰어나다고 소문이 자자했던 더러운 차림새의 노파가 아주 강력한 수축제를 투여했다. 그러자 모든 피부가 수축해서 막혀 버려 이로 물어 벌리기도 몹시 힘이 드는, 생각하기도 끔찍한 상황이 벌어졌다. 이런 식으로 악마는 생 마르탱의 미사에서 골 족 여인 두 명의 수다를 기록하려고 양피지를 이로 물어 늘렸던 것이다.

이 사고로 자궁의 태반엽이 이완되자 아이는 위쪽으로 솟아올라 대정맥으로 들어가서는 횡격막을 지나 (그 정맥이 둘로 나뉘는) 어깨 위까지 기어올라간 다음, 왼쪽 길을 따라 왼쪽 귀로 나왔다.

아이는 태어나자마자 다른 아이들처럼 "응애, 응애" 하고 울지 않았다. 외려 모든 사람에게 술 한 잔 마시자고 권하는 듯 "마실 것, 마실 것, 마실 것" 하고 목청껏 외쳐대서, 그 소리가 뵈스와 비바레 전역에 들렸다.

나는 여러분이 이 괴이한 탄생을 분명 믿지 않으리라 생각한다. 만일 믿지 않는다 해도 나는 개의치 않겠다. 그러나 선량한 사람, 양식 있는 사람은 누가 말해주거나 글로 쓴 것을 보면 언제나 믿는 법이다.[6]

기술적으로 더 "의학과 관련하여" 분석하기에 앞서 몇 가지 사실을 짚어 보자. 우선 "산파(sages-femmes)" ─ 이 명칭에 대해서는 라블레의 『제3서(*Le Tiers livre*)』[7]에서 웃음을 터뜨릴 것이다 ─ 에 대한 화자의 불신을 강조할 것이다. 소위 "현명(sage)"하다는 여성으로부터 그려지는 초상과 가르가멜 곁으로 온 추하고 "더러운(horde)", 즉 지저분하고 불쾌한 이 노파(『사가(*saga*)』!)의 초상은 별로 들어맞지 않는다. 능력이 부족한 노파는 죽은 피부 형태의 인분인 "덩어리(pellauderies)"의 이야기와 함께 놀림을 당한다. 이른바 "현명(sage)"하다고 하는 이 산파는 떨지도 않고, 서로 다른 두 개의 구멍에서 나오는 응축된 체액을 혼동한다. 주석자들은 이 보잘것없는 산파의 출발지, "생 주누 근처의 브리즈파유"

---

6 Rabelais, *Œuvres complètes*, éd. Mireille Huchon, Paris, Gallimard, 'Bibliothèque de la Pléiade', 1994, pp. 21~22.
7 Ibid., *Tiers livre*, xvi, p. 401 참조.

의 의미에 대해 검토를 했다. 세부사항은 사실이었다. 생 주누(Saint-Genou)는 오늘날에도 여전히 앤드르 에 루아르(Indre-et-Loire)의 도시 이름이고, 뷔장세 (Buzançais) — 라블레가 뷔장세의 백파이프를 언급한 바 있다 — 근처에 있으 며 샤토루(Châteauroux)와 로슈(Loches) 사이에 위치한다. 그리고 "브리즈파유 (Brisepaille)"라고 부르는 곳은 실제로 존재하며, 행정 명칭인 생 주누에 있다. 그러므로 우선 일종의 "향토 효과"가 있을 수 있겠고, 라블레는 이런 효과를 쓰 는 경향이 있는 것으로 드러난다. 이것은 때때로 그의 "사실주의"라고 명명했 던 측면들 중 하나일 터인데, 이 명칭은 이론의 여지가 있으며 많은 논쟁을 불러 일으키기도 했다. 그러나 텍스트의 최초 고증본 편찬자인 자콥 르 뒤샤(Jacob Le Duchat) 이래로,[8] 여기에는 비유적인 의미가 있을 수 있다고 생각하는 데 의견 이 모아진다. 라블레와 동시대 사람들은 어떤 방탕한 노파를 포착하기 위해 이 표현을 사용했던 듯하다. '생 주누에서 왔다'는 것은 사실 그다지 듣기 좋은 말 은 아닐 것이다. 적어도 이런 부분에서 논의될 여지가 있다.

자연에 반하는 이 출산의 신학적인 영향에 대해서는 논외로 하겠다. 또한 귀를 통한 출산과 관련해 제기될 수 있는 신비주의의 문제 역시 논외로 할 것 인데, 이 문제는 그 자체로 또 다른 연구가 필요할 것이다. 『생 마르탱 성사 극(*Mystère de saint Martin*)』에 대한 아주 어렴풋한, 터무니없기까지 한 암시에 관해서 말하자면, 고증본의 주석이 도움이 될 것인데, 여기서 문제되는 것은 아낙네들의 말을 기록하고 양피지를 다 채우면 기둥에 부딪치기 전에 이빨 로 양피지를 늘리려 노력하는 악마일 것이다. 즉 막연하고 아주 불쾌한 암시 인데, 대체로 "강력한 수축제" 때문에 꽉 죄인 가련한 가르가멜의 구멍들을

8　　Theodore P. Fraser, *Le Duchat, First Editor of Rabelais*, Genève, Droz, 1971 참조.

열려고 노력하고, 게다가 치아로 그렇게 하려고 노력하는 것이 문제일 것이기 때문이다.

롤랑 안토니올리는 자연에 어긋나는 이 출산의 문제에 대한 서술은 단 두 가지 이유에서만 있음직하지 않다고 지적했다. 바로 갓난아이의 키와 출산 과정의 반전이다. 정맥망을 거슬러 올라가는 것은 순진한 독자의 눈에는 완전히 가능한 것으로 인정될 수 있었다고 그는 설명했다. 게다가 대정맥을 거슬러 올라가는 것에 대해서 저자는 불분명한 태도를 취하고 있다. 어떻게 아이가 자궁에서 대정맥까지 거슬러 올라가는가? 갈레노스 이래로 대정맥이 시작되는 곳이라고 추정되는 간을 거쳐 가는가? 아니면 위 대정맥 혹은 아래 대정맥과 자궁을 직접 잇는 정맥의 연결을 통해서인가?

라블레는 우선 1532년에 자신이 출간했던 저작이며 임신 시 발생할 수 있는 사고를 다룬 히포크라테스의 저작 『격언집(*Aphorismes*)』의 몇몇 내용을 활용한다. 특히 5장 34절의 격언은 사실이다.

> 임신부가 설사를 많이 하면 유산할 위험이 있다.[9]

대목 전체가 이 문장을 무대화한 것이다. 그러나 라블레는 그 내용을 왜곡한다. 유산이 아니라 해산이 불가능한 상황을 다루고 있는 것이다. 또한 3장 12절의 격언을 인용할 수 있을 것이다. 이 격언을 두고 이탈리아인 레오니체노와 마나르도가 논쟁을 벌였고, 라블레는 이들의 책을 출간한 바 있다.

---

9 Aph., v, 34, trad. dans Hippocrate, *L'Art de la médecine*, présentation, traductions, chronologie, bibliographie et notes par Jacques Jouanna et Caroline Magdelaine, Paris, GF Flammarion, 1999, p. 232.

그러나 겨울에 남풍이 빈번하고 비가 많이 오며 기후가 온화하다면, 또 봄에는 건조하고 북풍이 자주 분다면, 봄에 출산 예정인 여성은 아주 사소한 경우에도 유산을 한다. 해산을 해도 허약하거나 병에 걸리기 쉬운 아이들을 낳기 때문에, 그 아이들은 곧 숨을 거두거나 살아도 발육이 나쁘고 병약하다. 이질, 건조 안염 등이 나타나며, 노인들의 경우 급사하게 하는 카타르성 염증이 나타난다.[10]

그런데 가르가멜은 2월 3일에 "무성한 풀밭 위에서"[11] 춤을 춘다. 히포크라테스가 『격언집』 여러 군데에서 반복하고 있는 명제에 따르면, 기후가 계절에 적합하지 않은 경우 임신부들에게 사고가 생긴다고 한다. 그래서 훌륭한 의사의 말을 믿는다면, 『가르강튀아』의 서두에는 아이의 탄생에 매우 불리한 여러 상황들이 겹쳐지게 될 것이다. 그러나 유산 혹은 낙태를 발생시켰을 수도 있었을 이런 상황에도 불구하고 라블레는 어쨌든 어린 가르강튀아를 기어이 태어나게 만들었다. 레오니체노의 『격언집』 라틴어 번역판에서 특히 임신에 할애된 3장과 5장이 가장 많은 방주(傍註)가 달린 부분들이라는 점은 놀랍다. 그런데 최근 연구들이 바로 주목한 바와 같이,[12] 방주들, 즉 그리스어 단어, 텍스트 가필, 동의어 등 '여백에 쓴 글(marginalia)'이 인쇄된 형태인 방주들을 보면 특히 라블레의 문헌학적 가치가 두드러진다.

이 대목의 희극적인 근거들 중 하나는 외설적인 농담들과 같은 일상적이고 저속한 어휘와 표현들이, 강조된 전문용어들과 짝을 이루어 동시에 사용

10　*Aph.*, iii, 12, ibid., p.220.

11　Rabelais, *Gargantua* iiii, éd. citée, p.17.

12　예를 들어 Claude La Charité, "Rabelais traducteur d'Hippocrate. La restitution 'ex Græco codice' de passages du Pronostic et du Régime dans les maladies aiguës omis par Guillaume Cop", dans *Paroles dégelées. Propos de l'Atelier XVIe siècle*, Paris, Classiques Garnier, 근간 참조.

되는 것에서 비롯된다. 이 전문용어는 1530년대 당시에 통용되던 의학 용어가 초보 단계에 있는 만큼 더욱 더 놀랍게 보인다. 예컨대 라블레가 간행한 레오니체노의 『격언집』 번역판에는 rectum[intestinum]으로 되어 있는 "직장 droict intestine(直腸)", 그리스어 직역어인 "횡격막(diaphragme)"과 "자궁의 태반엽(cotyledons de la matrice)", "대정맥(vene creuse)"(veine-cave)이 얼마나 특수한 것인지 그 진가를 가늠하게 된다. 물론, 이 모든 용어 중 어느 것도 작자 미상의 『가르강튀아 연대기(Chroniques gargantuines)』에는 나타나지 않는다. 리옹의 상류 부르주아가 라블레의 『가르강튀아』를 읽는다면 누군가 그에게 중국어로 말하는 듯한 인상을 받았을 것이라고 생각해 볼 수 있다. 물론 아직 "의학박사"는 아니었지만, ─ 공식적으로는 1537년에 이르러서야 의학 박사가 되었다 ─ 의사 라블레가 바로 이 지점에서 개입한다. '횡격막'의 경우 오늘날에는 꽤나 평범한 단어처럼 보이지만, 이 시대에 쓰인 허구의 텍스트, 더구나 프랑스어 텍스트 에서는 아주 놀라운 용어이다. 갈레노스의 『환부(De locis affectis)』를 빌헬름 콥(Wilhelm Cop(Copus))이 라틴어로 번역한 판본에서 '횡격막(diaphragma)'은 아직도 '가로중격(septum transversum)'으로 번역되어 있었다. 라틴어에서도 그리스어 직역어는 인문주의자들 사이에서 아직 의견의 일치를 이루지 못했다는 증거이다. "대정맥"의 경우도 마찬가지이다. 라블레는 『제5서(Cinquiesme livre)』의 자료들에서 한 번 "대정맥(vene cave)"이라고 쓸 것이다. 장 세아르(Jean Séard)가 밝혔듯이, 특히 1550년 이전에는 당시 통용되던 의학 어휘의 고안이 시행착오를 겪는다.[13] 반면 "eslargis"와 재미있는

---

13 Jean Céard, "Remarques sur le vocabulaire médical de Rabelais, *Études rabelaisiennes —La Langue de Rabelais. La langue de Montaigne* xlviii, Franco Giacone (dir.), Genève, Droz, 2008, pp.61~71 참조.

유음중첩법을 이루는 "larrys"의 경우 고어로서 중세에는 "황폐한 언덕" 혹은 "광야"를 의미했다. 극도로 전문적인 용어와 다채로운 옛 어휘. 이것이 확실히 이 대목이 지닌 부조화의 희극적 근거들 중 하나이다.

이제 우리의 '아랫배(venter inferior)', 즉 정확히 횡격막 아래 위치한 배의 일부분(고대인들은 배가 세 부분으로 이루어져 있다고 생각했다)으로 되돌아가자. 매우 전문적인 표현인 "자궁의 태반엽"의 활용에 대해 질문을 던지는 사람에게 라블레의 아뜰리에로의 접근이 가능하게 된다. 라블레는 자신의 차후 소설에서 더 이상 이 표현을 사용하지 않을 것이다. 이 "태반엽"은 히포크라테스의 『격언집』에서는 5장 45절의 격언에서 단 한 번만 등장할 뿐이다.

> 뚜렷한 이유 없이 두 번째 혹은 세 번째 달에 유산을 한 보통 체격의 여성들의 경우, 태반엽이 점액으로 가득 차서 배아의 무게 때문에 배아를 지탱하지 못하고 유리된 것이다.[14]

이것이 바로 가르가멜의 우스꽝스러운 해산과 관련하여 거칠게나마 서술된 것이다. 가르가멜은 두 번째나 세 번째 달이 아니라 이미 알려진 바와 같이 열한 번째 달이라는 차이는 있지만 말이다. 5장 45절의 이 격언은 라블레가 집필한 대목의 근본적인 원천으로서, 이로부터 다른 하위 텍스트들이 뻗어 나간다. 만약 라블레가 자신이 간행한 『격언집』 판본에서 레오니체노의 라틴어 텍스트에 쓴 그리스어 방주 "κοτυληδόνες"[15](kotyledones, 태반엽)를 달지 않았더라면, "태반엽"에 관해서는 거의 우연의 일치에 불과할 것이기

---

14 *Aph.*, v, 34, éd. citée, p.233.
15 *Hippocratis ac Galeni libri aliquot*, éd. citée, p.57.

때문이다. 의사 라블레가 용어의 '적확한 표현(proprietas)'을 고집하고자 했던 것이 그 증거이다. 그러나 무엇 때문에 이 해부학적 디테일에 신경을 썼는가? 정확히 그 이유는 여성의 자궁에서 존재하든 아니든 이 유명한 "태반엽"의 식별에 대하여(그리고 사실대로 말하면 그 존재 자체에 대하여) 고대에 의견이 일치하지 않았기 때문이다. 라블레는 ― 감히 이렇게 말할 수 있다면 ― 의학적 논쟁을 꿰뚫어보고 있다.

데모크리토스, 에피쿠로스, 혹은 아폴로니아의 디오게네스에게, 태반엽은 배아가 영양분을 얻기 위해 "빠는", 자궁 양쪽에 있는 살의 돌출부이다. 아리스토텔레스에게도 마찬가지로 태아의 자양분이지만, 그는 영양을 섭취할 수 있는 이 살 부위를 몇몇 동물의 경우에만 언급하고 있다.[16]

문제는 갈레노스가 이 '태반엽'에 대해 의견의 일치를 보이지 않는다는 것이다. 갈레노스에 따르면 태반엽은 여성에게 존재하며, 태아를 자궁에 연결할 수 있게 하는 혈관들의 집합체, 보다 정확히는 이 혈관들의 "접합(stomata)"을 이룬다. 라블레는 히포크라테스 텍스트의 내용을 자기의 것으로 삼기 위해 당연히 갈레노스 전집에까지 거슬러 올라갔다. 그는 우선적으로 『격언집』(여기서는 5장 45절)에 대한 갈레노스의 『주해(Commentaires)』에 접근하는데, 이 텍스트의 최초 프랑스어 번역본, 즉 라블레가 아마 알고 있었을 것으로 추정되는 투르 사람 장 브레슈(Jean Brèche)의 번역본에는 다음과 같은 내용이 들어 있다.

너무 마르지도, 또한 너무 살이 찌지도 않은 '보통 체격의 여성'이 두 번째와 세

---

16 『동물의 생성(Génération des animaux)』, 746a~746b와 『동물의 역사(Histoire des animaux)』, 587 참조.

번째 달에 고열, 설사, 출혈 혹은 자궁의 단독(丹毒)과 같은 명백하고 눈에 띄는 원인 없이 유산을 한다. 또는 이 여성이 너무 힘차게 뛰거나, 권태나 분노 혹은 근심이나 공포 혹은 굶주림과 영양실조 때문에 소리를 지른다. 이것은 정맥과 동맥의 작은 출입구이자 자궁 내 작은 종기이며 여성의 태아가 연결되어 있고 이를 통해 태아에게 영양분이 공급되는 '자궁의 태반엽'이 '점액과 완만하고 차가운 체액으로 가득 찼기 때문이다.' '이 점액이 태반엽을 무르고 약하게 만들기 때문에' 태아의 무게를 지탱할 수 없어서 유리되고 '낙태된다'.[17]

장 브레슈의 방주가 지적하듯이, 갈레노스 전집의 다른 부분도 태반엽을 언급하고 있다. 우선 *De usu partium*(『인체 부위의 효용에 대하여』)[18]에 나오는데, 이 저서는 해부생리학에 관한 방대한 참고 서적으로서 르네상스 시대의 의사들은 모두 알고 있는 것이다. 라블레가 참조했을 것이 틀림없던 니콜로 다 레지오(Niccolò de Reggio)의 라틴어 번역본에서 이 단어는 그리스어로 유지되었다.[19] 이 저서에서 갈레노스는 히포크라테스의 격언 5장 45절을 정식

17　*Les Aphorismes d'ippocrates [⋯] Traduictz du Grec mesme en François, par M. Jehan Breche de Tours [⋯]*, Paris, J. Kerver, 1552, f. 175r-v.

18　Galien, *De usu partium* XV 5, trad. Charles Daremberg(1854~1856) 참조. "양수는 아주 중요한 효용성을 보인다. 실제로, 말하자면 이 양수 안에서 뜨는 태아는 자신의 무게를 잃고 올라가기 때문에, 태아를 자궁에 연결하는 인대로서는 태아가 더 가볍게 된다. 이 생각 때문에 히포크라테스는 이렇게 말했다(『격언집』 V, 45). '임신부가 두 번째 혹은 세 번째 달 후에 눈에 띄는 원인 없이 유산을 하는 것은, 태반엽이 점액으로 가득 찼기 때문이다. 더 이상 태아의 무게를 지탱할 수가 없어 태반엽이 유리된다.' 그는 자궁 속으로 들어가는 혈관들의 출입구를 '태반엽'이라 불렀고, 이것은 다른 저서들에도 논증이 되었다(『격언집에 대한 주해』 V, 45; 『정자에 대하여』 1, vii). 그리고 그는 태반엽이 점액으로 가득 차면 배아를 떠받치고 지탱할 수 없으므로, 그 무게를 못 이겨 유리된다고 말한다. 이 사고는 양수를 헤엄치는 태아가 더 이상 가벼워지지 않고 그 결과 자궁의 혈관을 잇는 혈관들이 조금이라도 연결되지 않는다면, 모든 임신부에게 빈번히 일어날 것이다."

19　*Claudii Galeni Pergameni, secundum Hippocratem medicorum facile principis opus de usu partium corporis humani [⋯], Nicolao Regio Calabrio interprete*, Paris, S. de Colines, 1528, p. 436 참조. "레지오" 번역의

으로 인용하고 있다.

이것이 전부가 아니다. *De semine*(『정자에 대하여』, 혹은 『정액에 대하여』)에서 갈레노스는, 몇몇 동물 종에서 혈관들의 출입구 주위에 돋는 살의 돌기를 '태반엽'이라 불렀다고 히포크라테스를 비난하는 사람들의 무지를 입증한다. 그런데 갈레노스가 우리에게 말하길, 히포크라테스에게 태반엽은 사실 혈관의 말단이고 이를 통해 매달 신체 전체에서 나온 혈액의 잔류물이 자궁 내로 흘러 들어간다. 라블레가 분명 1532년 이전부터 — 여기서 증명은 하지 않겠다.[20] — 이 구절을 읽고 여백에 "태반엽(Cotyledones)"[21]이라고 주석을 달았다는 것을 찾아낸다 해도 놀랍지 않을 것이다. 이와 유사한 다른 자필 주석, "자궁의 태반엽(Cotyledones uteri)"[22]이 프락사고라스 이후 여성에서의 태반엽의 존재를 다시 주장하는 *De uteri dissectione*(『자궁 해부학에 대하여』)라는 개론서의 다른 구절(§10, Kühn, II, 905)에도 보인다. 자궁에 관한 바로 이 개론서의 여백에서, 마침내 라블레의 손으로 적은 다음과 같은 단어를 발견하게 된다. "자궁의 정맥과 동맥(Uteri venę et arterię)."[23] 그러므로 주석이 달린 이 귀중한 갈레노스 사본에 비추어 볼 때, 장차 "의학 박사"가 될 라블레는 이미 태반엽의 문제에 대하여 갈레노스가 언급한 부분을 모두 알고 있던 듯하다.

어쨌든 우리는 히포크라테스의 『격언집』에 대한 그의 판본이 어떻게 라

중요성에 대해서는 Stéphane Berlier, "Niccolo da Reggio traducteur du 'De usu partium' de Galien. Place de la traduction latine dans l'histoire du texte", *Medicina nei secoli. Arte e Scienza*, 25/3, 2013, pp.957~978 참조.

20 Romain Menini, *Le "gentil falot Galen" dans la fiction rabelaisienne*, 근간, 앞서 인용한 학회논문집 *La Réception de Galien à l'époque de Rabelais* 참조.

21 *ΓαΛηvoῦ ἅ. Galeni librorum pars prima […]*, Venise, héritiers d'Alde Manuce, [1526] (exemplaire de Sheffield, University Library, cote f 882*), 1ère partie, f. 107 r.

22 Ibid., f. 97 v.

23 Ibid., f. 97 r.

블레에게 연구의 장을 열어 주었는지 파악하게 된다. 라블레는 『가르강튀아』에서 이 의학적 탐구에 익살스러운 버전을 부여할 수 있었다. 그리고 이것은 단 하나의 단어인 '태반엽'에서 비롯된 것이다. 주석자 라블레에게서 빈번한 것처럼 고대 분류학의 문제는 참고 영역을 열어 준다. 게다가 의사와 식물학자의 관심사가 이 어휘 연구 사례의 주위에서 서로 일치했다는 것은 불가능한 일이 아니다. 예를 들어 디오스코리데스(IV, 91)에게서, 라블레는 다른 태반엽에 대한 언급을 찾을 수 있었다. 그것은 오늘날 우리가 "비너스의 배꼽(Cotyledon umbilicus L.)"이라는 이름으로 알고 있는 식물이다. 이미 갈레노스도 『자궁 해부학에 대하여』에서 비교하고 있었다.

오늘날 우리는 갈레노스가 부여한 의미에서의 태반엽은 여성에게 존재하지 않으며, 태아의 혈관 분포는 혈관접합이 일어나지 않는 세동맥과 세정맥으로 이루어진다는 것을 알고 있다. 그러나 의사들은 출산 이후 태반의 모체 면에서 보이는 어떤 덩어리들을 지칭하기 위해 '태반엽'이라는 용어를 유지했다.

어쨌든 라블레가 관심을 가진 것은 바로 태아의 혈관 분포에서 태반엽의 역할이다. 실제로 태반엽이 "이완되어 relaschez", 즉 '늘어지기'보다는 아마도 '늘어나서', 아이 가르강튀아는 이 혈관들을 '통해' 솟아오른다. "이를 통해 아이가 솟아올랐다." 이후 가르강튀아는 대정맥으로 들어간다. 분명히, 태반엽은 아리스토텔레스가 말한 바와 같은 태아의 자양분이 아니라, 갈레노스가 말한 바대로 혈관접합이다.

그러므로 어떤 것도 가르강튀아가 혈관을 반대 방향으로 이용하는 것을 막을 수 없다. 갈레노스와 그의 『태아의 형성에 대하여(De fœtuum formatione)』(§5, Kühn, II, 894~895)를 다시 한번 펼치는 것으로 충분하다. 라블레는 이 저서에 주석을 달았으며, 갈레노스가 중심축, 특히 대정맥(여백에 쓴 "Vena cava"[24])으로부터 바로 이어진다고 했던 자궁의 정맥망과 동맥망에 관심을 가졌다. 자궁과 정맥 "본간"의 혈관 결합은 아마도 『가르강튀아』를 집필한 저자의 펜을 붙든 문제일 것이다. 이 "중심축"에 대한 의사의 이와 같은 관심을 『정자에 대하여』의 여백에서 또한 찾아낼 수 있다("Arteria ἀορτή, a corde. / Vena κοίλη, ab epate"[25] : "대동맥은 심장으로부터. 대정맥은 간으로부터").

가르가멜의 해산과 함께, 히포크라테스와 갈레노스의 모든 정맥망이 정반대에 놓이게 되었다. 이를 납득하기 위해 갈레노스의 『정맥과 동맥의 해부에 대하여』라는 저작을 다시 한 번 참조할 수 있을 것이다. 가르강튀아는 물론 잘못된 방향이지만 갈림길, 정맥 줄기와 그리스인들에게서 나타난 바와 같은 그 가지들을 충실히 준수하면서 잘 거슬러 오른다.

자, (하행) 뿌리와 (상행) 지류가 비롯되는 인체 정맥 줄기의 본간인 대정맥 안에 우리의 태아가 있다. 그리고 나서 이 줄기를 기어오른 아이는 귀를 통해 나오는 길을 찾아낸다. 해부학자들이 대정맥은 그 아래쪽에서 나뉜다는 것을 잘 알고 있음에도(아마도 "위치"는 막연하게 어깨 부위를 지칭하는 것이지, "위"에 있다고 지칭하는 건 아닌 것일까?), 어째서 라블레가 "어깨 '위'"에서 대정맥이 둘로 나뉘게 했는지는 해명할 수 없음을 고백해야겠다. 의학에 심취한 독자에 대한 눈에 띄지 않는 어떤 시험이 아닌 한,[26] 라블레가 주저하지 않고 동의한 일종의 자발적인 불확실성 때문인가? 라블레가 귀의 혈관 분포에도 면밀히

---

24 Ibid., f. 99 r.

25 Ibid., f. 107 r.

26 특히 Galien, *De la dissection des veines et des artères*, §7, trad. I. Garofalo et A. Debru 참조. "그러므로 우리에게는 이제 바깥목정맥과 속목정맥의 분포를 설명하는 일이 남아 있다. 어떤 이들은 대정맥의 분리 직후 형성되는 목정맥을 '속목정맥'이라고 부른다. 다른 이들은 이 정맥들 전체에 이 이름을 부여하지 않고, 단지 쇄골 위의 목에 위치한 부분에만 이 이름을 부여한다. **또 다른 이들은 정맥이 쇄골 아래에서 나뉘는 것조차 알지 못한다. 우리가 모두 알아본 바로는, 대정맥은 언제나 쇄골 이하에서 분리된다.**" 강조는 인용자.

관심을 기울였다 ─ 그는 『가르강튀아』에서 전문 용어를 써 가며 "목의 목정 맥과 목동맥을 목젖과 함께 편도선 있는 데까지"[27]라고 언급한다 ─ 는 의미에서 전적으로 엉뚱한 이야기는 아닐 것이다. 어찌 됐든, 아이는 귀를 통해 나온다. 왜 왼쪽 귀인가? 정말로 불길한 징조이다! 고대의 해부학은 최소한 아이에 관한 히포크라테스의 저서 이래로 매우 편측화되어 있었고 오른쪽이 언제나 더 높은 가치를 부여받았다는 점은 잘 알려져 있다. 오른쪽은 확실히 더 견고하고 더 강하며 더 바람직한 남성성의 쪽이다. 그런데 작은 사내아이가 왼쪽 출구를 통해 나온다. 즉 라블레가 체계적으로 고대의 구조를 "거꾸로" 놓는다는 점을 우리에게 납득시켜 주는 마지막 세부 사항인 것이다.

자연에 반하는 가르가멜의 해산에 대해 마무리하기 위해, '횡격막'이라는 단어를 마지막으로 언급하겠다. 내 생각에 이것은 자신의 서술에 낙태 혹은 유산의 특징들을 뒤섞은 것 이외에도, 절대적인 의학의 'adynaton'[과장법의 일종]을 창출하면서, 르네상스 시대에 아주 잘 알고 있다고 믿고 있는 "자궁의 질식", "히스테리"에서 비롯되는 고통의 특징들을 라블레가 덧붙였다는 점을 우리에게 알려 주는 라블레적 징후이다. 갈레노스를 읽은 사람들이라면 그가 자궁의 "방랑"(플라톤의 저작 『티마이오스』의 유명한 '방랑(planè)')이 이 여성 기관을 신체 전체로 옮길 수 있고 특히 횡격막에 이르게 할 수 있다는 생각에 반대했음을 모를 리 없다. 열쇠가 되는 텍스트는 르네상스 시대의 의사들이라면 모두 알고 있는 갈레노스의 『환부』(VI, 5)[28]라는 텍스트이다. 이 저서에

---

27 *Gargantua* xliv, éd. citée, p.119. 자세한 점에 관해서는 Claude La Charité, "Venes jugulares, et arteres sphagitides : Rabelais annotateur de Nature de l'homme d'Hippocrate dans la traduction d'Andrea Brenta", *L'Année rabelaisienne* I, à paraître en 2016 참조.

28 Galien, *De la dissection des veines et des artères*, trad. C. Daremberg, pp.691~693 참조. "사람들은 생식을 갈망하는 짐승과 자궁을 비교했고, 그 짐승이 열렬히 바라는 것을 얻지 못하면 육체 전체에 손상을 야기한다고 말했다. 플라톤『티마이오스』, 91b]은 이 점에 대해 자신의 생각을 다음

서 횡격막의 압박에 대한 언급, 대정맥의 역할과 자궁에 이르는 "관(管)"에 대한 언급에 주목해 보자. 태반엽이라는 단어는 없지만 라블레는 틀림없이 거기에서 그 단어를 복원했을 것이다. 게다가 너무도 어린 가르강튀아가 자기 어머니의 귀를 통해 막 나왔음에도 "마실 것"을 요구한다! 자궁이 느끼는 "습

과 같이 표현했다. '여성에서 모태와 자궁(mètrai kai hysterai)이라고 부르는 기관은 이와 같은 이유 때문에('사랑과 정액에 의한 흥분') 생식을 갈망하는 짐승이 되어, 만약 시기가 도래했는데도 오랫동안 결실을 맺지 못하면 심각하게 고통을 받고 신체 전체를 방랑하면서, 호흡관을 막고 숨 쉬는 것을 방해하며 가장 극심한 불안 상태에 빠져 온갖 종류의 다른 질환들을 초래한다.' 플라톤의 발언에, 어떤 이들은 자궁이 온몸을 돌아다니다 횡격막에 닿게 되면 호흡을 방해한다고 덧붙였다. 다른 이들은 자궁이 짐승처럼 떠돌아다닌다고 말하지는 않지만, 월경이 없어 메마르게 된 자궁이 축축해지려는 욕망에 따라 장기 쪽으로 올라가고, 거슬러 올라가다 때때로 횡격막을 만나게 되면 호흡이 막힌다고 주장한다. / 해부가 드러내는 것을 모르는 사람들, 자연적인 혹은 자발적인 기능을 결코 고려하지 않았던 사람들은 내가 방금 말한 것에 대해 어떤 논증도 들어 본 적이 없음에도 불구하고 이 의견이 사실이라고 생각한다. 반대로 해부학을 실행에 옮기고 기능을 열심히 연구한 사람들은 나 없이도 이 추론의 약점을 인정할 것이다. 실제로 자궁의 어떤 부분에 경련이 있는 것 같다 해도 이 부분은 별로 중요하지 않고, 이 장기를 넘어 언젠가 횡격막에 닿게 된다는 것을 입증하는 데 충분하지 않다. 자궁이 횡격막에 이를지라도, 이 접촉이 어떤 영향을 끼쳐서 호흡의 결핍, 쇠약, 사지의 긴장, 혹은 아주 심한 혼수를 일으키게 될 것인가? 음식을 과도하게 먹은 사람들의 경우 위의 부피는 분명 횡격막을 압박하는 것 같고, 그 때문에 바로 호흡이 가쁘게 되는 결과를 낳는다. 짐승은 다른 어떤 증후를 겪지 않는다. 마찬가지로 임신에 의해 발생하는 자궁의 확장은 호흡을 더 빠르게 만들고, 어떠한 손상도 야기하지 않는다. 메말라서 습기를 갈구하는 자궁이 장기 쪽으로 향한다고 추정하는 것은 너무나도 터무니없다. 자궁이 단지 습기를 필요로 하게 된다면 방광과 대장 이하 모든 부위와 같은 인접 부위를 통해 찾을 것이기 때문이다. 자궁이 단순히 습기가 아니라 혈액의 습기가 필요하다면, 자궁이 향해야 할 곳은 횡격막이 아니라 간이다. 게다가 두터운 외피로서 자궁을 둘러싼 막이 있는데 다른 부위로 가는 것이 무슨 소용인가? 실제로 내부에서 창자의 체액을 끌어당기는 모든 부위들은 관(管)의 도움을 받는다. 많은 정맥 혈관들이 자궁에 이르고, 이를 통해 자궁은 간에서 온 혈류가 향하는 대정맥 속에 들어 있는 혈액을 끌어당길 수 있다. 당신은 이것보다 더 중요한, 자궁에 이르는 다른 혈관을 찾을 수 있겠는가? 한마디로, 대정맥이 이루는 아주 커다란 혈관이 존재하지 않는다면, 다른 어떤 혈관을 통해 자궁이 간에서 무언가를 끌어낼 수 있을 것인가? 물론 다른 것은 전혀 없다. 이 정맥만이 간의 혈액을 횡격막 아래 위치한 부위들로 운반하기 때문이다. 따라서 이 추론에 의해 자궁을 짐승으로 만드는 사람들의 의견은 완전히 터무니없는 것으로 간주하여야 한다. 이에 동의한다 할지라도, 자궁이 자기 자신의 욕망을 충족시킬 수 없다면 고통을 받을 것이다. (…중략…) 그러나 이 때문에 자궁이 횡격막이나 다른 어떤 부위로 이동하지는 않을 것이다. 실제로 다른 논증을 이야기할 것 없이, 횡격막은 본래 매우 건조하다. 그런데 자궁이 메마르다고 말하는 사람들의 생각으로는, 자궁은 습한 부위 근처에 있고자 한다."

기에 대한 욕망"의 문제를 잘 알고 있는 의사 라블레의 마지막 암시가 보이는 듯하다. 자궁은 습한 부위 근처에 있고자 하는데 횡격막은 본래 건조하기 때문에 자궁과 횡격막의 만남은 불가능하다고 갈레노스는 말한다. 라블레에게서 매우 빈번하듯이, 이 지점에서 건조와 '변질'[29]이라는 새로운 문제가 존재할 것이다. 그리고 우리의 작가는 일어날 법하지 않은 "히스테리의" 역할을 부여하기 위해 자궁을 아이로 대체했을 것이다.

이 모든 결과는 설사, 유산, 낙태, 히스테리 등 불가능한 생식의 진정한 카니발로서, 오직 픽션만이 이를 가능하게 만든다. 여기에서 모든 것이 발생하지만 갓난아이는 모든 예후, 특히 가장 훌륭한 예후를 넘어선다. 바로 히포크라테스와 그의 주석자인 갈레노스의 예후를 말이다. 신생아는 죽지도 않고 허약하거나 병약하지도 않으며, 이것이 적어도 우리가 말할 수 있는 바이다. 텍스트는 거꾸로 되어 있지만, 상상력이 뒤죽박죽인 망상인 것은 아니다. (예를 들어 태반엽의 본질에 대해서) 전통적으로 의견이 분분했던 것을 이용하는 한이 있더라도, 특히 갈레노스의 텍스트에 몰두하면서 라블레가 심혈을 기울여 실행한 것은 바로 의학 자료들을 현학적으로 비트는 것이다. 이 희극적인 에피소드에서 때때로 프랑수아 선생의 미학이 되는 이 '반대 방향의 미학'의 비할 데 없는 예를 읽어야 한다.

이것은 본래 르네상스에서 "jocoseria"(그리스어 "spoud(ai)ogeloion"[진지한 것과 익살스러운 것의 혼합]의 번역), "진지한 농담(ludus seriosus)", 혹은 에라스무스도 이야기하게 되듯, "교양 있는 객설(nugæ litteratæ)"이라고 명명되는 것이다. 확실히 겉으로 보기에는 제멋대로인 사소한 것, 시시한 것, 하찮은 것

---

29 Romain Menini, *Rabelais altérateur —Græciser en François*, Paris, Classiques Garnier, 2014 참조.

들… 그러나 아주 고상한 의미로("더 고상한 의미 plus hault sens"!) 보자면 진지하고 대단히 교양 있는 것들인데 그 까닭은 지식과 학식이 자궁 태반엽처럼 그것들에 신경을 분포시키고 물을 주기 때문이다.

'거꾸로 뒤집힌 히포크라테스와 갈레노스.' 매우 익살스러운 가르가멜의 해산과 함께 문헌학은 축제를 만끽한다. 이것은 훌륭한 웃음의 방식이다. 고대인들을 '비웃는' 방식도 아니며, 고대인들과 '함께' 웃는 방식이다. 그리고 이 중고등학생 같은 웃음, 의과생의 웃음, 라블레의 몇몇 장서들로부터 의학 연구에 매진하는 "아주 열성적인 의사(medicus σπουδαιότατος)"의 웃음은 괴물의 출산과 같은 거대한 차원을 지닐 것이다. 같은 기회를 통해 언어도 태어난다. 라틴 사람들, 더 나아가 그리스 사람들의 샘에서 새로운 가치를 얻은, 놀랍고 탁월하며 "유례없는" 고유어인 이 "저명한 통속어"[30]가 말이다.

---

30 중요 논문 Mireille Huchon, "Rabelais et le vulgaire illustre", *La Langue de Rabelais —La langue de Montaigne*, op. cit. pp.19~39 참조.

참고문헌

Antonioli, Roland, "Rabelais et la médecine", *Études rabelaisiennes* XII, Genève, Droz, 1976.

Hippocrate, *L'Art de la médecine*, présentation, traductions, chronologie, bibliographie et note par Jacques Jouanna et Caroline Magdelaine, Paris, GF Flammarion, 1999.

Hippocratis ac Galeni libri aliquot, ex recognitione Francisci Rabelæsi, Lyon, S. Gryphe, 1532.

Les Aphorismes d'Hippocrates [···], Traduictz du Grec mesme en François, par M. Jehan Breche de Tours [···], Paris, J. Kerver, 1552.

Rabelais, *Œuvres complètes*, éd. Mireille Huchon, Paris, Gallimard, *Bibliothèque de la Pléiade*, 1994.

Céard, Jean, "Remarques sur le vocabulaire médical de Rabelais", *Études rabelaisiennes —La Langue de Rabelais. La langue de Montaigne* XLVIII, Franco Giacone (dir.), Genève, Droz, 2008.

Γαληνοῦ α', *Galeni librorum pars prima [···]*, Venise, héritiers d'Alde Manuce, [1526] exemplaire de Sheffield, University Library, cote f 882*), 1ère partie.

미슐레, 과학과 문학 사이

지젤 세쟁제르(Séginger, Gisèle)

미슐레(Jules Michelet, 1798~1874)는 특히 프랑스와 1789년 대혁명의 위대한 역사가이자, 교회의 권력에 맞선 공화주의자로 알려져 있다. 따라서 그에 대한 기억은 그가 교회 권력에 저항하며 정교분리 정신을 구현한 인물인 만큼, 제3공화정과 연결된다. 그러나 그를 매우 기쁘게 했을 국가와 교회의 분리에 대한 투표(1905)가 있기 한참 전인 1874년에 세상을 떠났기 때문에, 그가 그토록 염원하던 이 공화정 체제 하에서 오직 몇 년만을 살게 될 뿐이었다. 그리하여 사실 미슐레 저서의 상당 부분은 제2제정 시기에 루이-나폴레옹 보나파르트에 반대하여 콜레주 드 프랑스에서 지위를 박탈당한 채 국내에서 유배자로 머물던 상황에서 집필된 것이다. 그는 다른 이들(키네, 위고 등)과 달리 프랑스를 떠나지 않았으며 오히려 그 어느 때보다 더욱 임무에 몰두했다. 그는 대혁명과 프랑스에 대한 역사가로서의 작업을 계속할 뿐만 아니라, 때로는 공개적으로 교회와 예수회교도들의 횡포, 그리고 보다 넓게는 유대-그리스교 일신론의 제한적이고 독단적인 정신을 공격하는 여러 저서들을 출간했다. 그는 『북방의 민주주의 전설들(*Les légendes démocratiques du Nord*)』(1854), 『마녀(*La Sorcière*)』(1862), 『인류의 성경(*La Bible de l'humanité*)』(1864)과 같은 작품처럼 문학 형식을 취하여 검열을 피했고, 특히 『새(*L'Oiseau*)』(1856), 『곤충 (*L'Insecte*)』(1857), 『바다(*La Mer*)』(1861), 『산(*La Montagne*)』(1868)과 같은, 과학 지식과 자연에 대한 시적 몽상을 결합한 비정형의 글들의 시리즈를 펴냈다. 과학과 문학 사이의 경계선에서, 미슐레는 진보적 생명론을 기반으로 한 정치적 희망을 재건하고자 하였다.

라마르크(Lamarck)의 생물변이설과, 다윈(Darwin)이 『종의 기원(*L'Origine des espèces*)』(1859)에 앞서 1842년에 펴낸 산호초에 대한 책에서 영감을 받은 그는 『바다』라는 저서를 통해 가장 미미한 생명체들로부터 거대한 암초들이 생겨나고, 섬이 되고, 대륙이 된 것이라고 주장한다. 이 책은 또한 프랑스 민중의 경우도 마찬가지로 그와 같은 방법으로 오랜 기간에 걸쳐 형성된 것이라는 사실을 시사한다. 미슐레에게 있어 역사 집필에서의 인식론적 전환 ― 연대기 학파의 역사가들이 중대한 혁신으로 환영하기까지 오랜 세월을 요구하는 ― 은 이데올로기적 필요성이었다. 그리고 그것은 제정에 맞서 공화주의 사상을 지켜내고, 바리케이드에서의 역할과는 다른 방식으로 민중들의 긍정적인 역할을 재고하는 것이다.

70년간 세 번의 혁명이 ― 1789년, 1830년, 1848년 ― 실패로 돌아가자, 미슐레는 혁명에 대해 다시 생각하면서 변화에 대한 다른 견해로 기울게 된다. 미슐레가 엄청난 찬사를 바친 "변신의 귀재"(『바다』, 141)[1] 라마르크는 자연 상태에서는 혁명이 아니라 변화(transformation)가 일어난다고 밝혔다. 라마르크는 모든 자연에 생기를 불어 넣는, 더 나은 것을 향한 삶의 "노력"에 대하여 이야기한다. 그러나 라마르크에게 있어 노력이란, 신의 사상을 떨쳐내고 삶에 자율성을 부여하기 위하여 그가 사용한 은유적인 용어이다. 노력이란 일종의 본능이며 경향인 것이다. 미슐레는 이 자연주의적 낙관주의에 열광하여 "노력"이라는 라마르크의 사상을 취하는데, 하지만 그는 과감하게 이 사상을 정신적인 의미로 향하게 하였고, 그리하여 노력은 진보를 향한 의지, 열망이 되었으며 심지어 동물의 경우도 마찬가지이다. 미슐레는 『새』에서 "[새는] 맹목적인 본능만 가졌다고 말하지 마시오. 우리는 이 통찰력 있는 본능이 상황에 따라 얼마나 변화하는지, 달리 말해, 새의 이 시작된 이성이 그 본성에 있어 인간의 고귀한 이성과 거의 다르지 않다는 것을 알게 될 것이오"[2]라고 말한다. 그리하여 미슐레는 예를 들어 펭귄을 "야심에 찬 물고기로부터 해방되어, 새의 역할을 할 수 있을만한 최초의 자손"(『새』, 55)으로 규정한다. 새는 그 자체로, 그가 어떤 새이든 간에 그를 높이 올려주는 날개 덕분에, 인간 또한 그 일부인 모든 자연을 고무시킬 수 있는 열망의 상징이 된다.

그러므로 자연주의적 낙관주의는 역사적 진보 사상을 만들어낼 수 있다. 자연에 대한 미슐레의 모든 텍스트들은 역사에 적용 가능한 관점에서 늘 다소 거침없이 쓰였다. 게다가 동물 종(種)을 연구하는 미슐레의 어휘는 민중, 공화국, 폭정처럼 인간 사회와 정치 분야에서 자주 차용되었다. 발자크(Balzac)가 사회의 종(種)을 동물의 종처럼 연구하고 싶어 했다면, 미슐레는 그 반대로 언제나 동물의 종을 사회의 종처럼 연구했다. 그의 경우, 발자크와는 반대로 "처

---

1   이 글에서는 『바다(*La Mer*)』(Jean Borie 편), Gallimard, 'Folio classique' 총서, 1983판을 참조하였다. 이후 본문 인용 시 괄호 안에 제목과 페이지수를 넣어 표기한다.
2   Hachette, *L'Oisseant*[1856], 1858, p. 49. 이후 본문 인용 시 괄호 안에 제목과 페이지수를 넣어 표기한다.

림(comme)"이라는 말은 단순한 은유적 유사성의 표시가 아니라 오히려 당시의 과학적 지식에 기대면서 자연과 역사를 결합시키고자 한 단일 사상의 표지이다.

여기서 라마르크의 생물변이설에 힘입은 미슐레의 역사적 시간에 대한 견해의 변화에 대해서는 더 이상 접근하지 않겠다. 그러나 이와 같은 고찰은 자연에 대한 미슐레 텍스트의 과학적이고 동시에 이데올로기적인 맥락을 명확히 밝히기 위하여 꼭 필요한 작업이며, 이제 이와 관련하여 과학이라는 수단을 동원해야 하는 것을 전제로 하는 또 다른 측면에 접근해보고자 한다. 그것은 바로, 갖은 횡포를 휘두른 나머지 그 평판이 너무나 악화된 기독교 신화를 대체해야 할 공화주의 신화를 창조하는 일이다. 1850년 이후로 미슐레는 반란이라는 수단으로는 영속적으로 압제를 무너뜨릴 수 없다는 사실을 확신하였다. 제정 체제 하에서 그는 『프랑스 혁명사(*Histoire de la Révolution française*)』 중 공포정치에 대한 부분을 집필한다(그는 나중에 『새』에서 "우리 자신의 폐허[1848 혁명의 실패] 위에, 나는 93이라고 썼다"라고 말한다). 그는 1789년 혁명의 실패를 인정한다. 귀족들과 사제들을 단두대에서 처형해봤자 아무 소용이 없다. 사상, 특히 전설에 뿌리박힌 사상들은 죽지 않는다. 대혁명을 좌초시킨 공포정치는, 공안위원회의 혁명가들에게 있어 기독교에서 억압되었던 것의 역설적인 회귀를 보여준다. 그들은 상상계의 구조를 손대지 않고 그대로 두었던 것이다. 즉 공포정치의 독재는 미슐레가 정의와 평등의 공화주의 사상으로 반박했던 기독교적 은총의 화신이었다. 그러므로 그로서는 과학에 기초한 근대적 민주주의 신화를 창조하고 정치적 가치를 재생시키기 위하여 상상계의 진정한 혁명에 전념해야 했다.

제2제정 하에서 수많은 공화주의자들은 신속히 종교와 분리된 신화를 구축해야함을 인지한다. 왜냐하면 신화는 "한 사회에 내재된 권력의 모델들"[3]
을 발현시키기 때문이다. 외젠 쉬(Eugène Sue), 듀마(Dumas), 그리고 에르크만
-샤트리앙(Erckmann-Chatrian)과 같은 소설가들은 기독교와 왕실의 전설들에
혁명의 순교자들을 대립시키고 기적들에 혁명의 대재앙들과 새로운 세상의
기원으로 반박하는, 1789년 대혁명에 대한 소설들을 출판하면서 자신들의
임무에 열중했다. 미슐레의 『프랑스 혁명사』(1847~1853)에도 몇몇 주역들이
등장한다. 그러나 그는 특히 민중의 공동 작업뿐만 아니라, 어떻게 위대한 혁
명가들이 차례로 역사의 흐름에 뒤처지게 되었는지를 보여주고 싶어 했다.
그리하여 그가 기념하고 싶어 한 것은, 예를 들어 프랑스 대혁명 당시 모든 시
민연맹의 단결에 대한 기억을 간직하고 있는 샹-드-마르스(Champs-de-Mars)
와 같은, 더 많은 기억의 장소와 순간들이었다. 게다가 1847년에서 1848년
사이 콜레주 드 프랑스에서 한 강연에서 미슐레는 "대혁명은 단결의 전설을
만든다"고 선언하고, 프랑스라는 국가의 단결에 대한 의지를 보여주는 "공화
국의 아름다운 전설들"[4]을 옹호한다. 『북방의 민주주의 전설들』에서 전설적
인 두 영웅은 바로 두 국가, 프랑스와 폴란드이다. 그러므로 미슐레의 정치적
전설집에서 개별적 인물들, 예컨대 잔 다르크와 같은 개별 인물들은 오직 그
들이 국가 혹은 국가의 한 부분의 정신을 구현할 때에만 등장한다. 자연과학
을 통한 우회적 수단을 사용한 미슐레는 그것이 자연의 역사이든 혹은 인류
의 역사이든, 역사에서 집단과 하층민들의 역할을 보다 더욱 강력하게 주장
할 수 있게 되었다.

과학에 힘입어 1850~1860년대 미슐레는 겉보기에 역사집필의 분야에서

---

3 Raoul Girardet, *Mythes et mythologies politiques*, Seuil, 1986, p.84.
4 Paris, Chamerot, 1848, p.294.

벗어나 신화의 재발견이라는 거대한 작업에 착수하게 된다. 자연에 대한 이 작업은, ① 위에서 언급한 정치적 이유들 — 그는 역사 속에서 이성을 다른 방법으로 되찾기 위하여 살아있는 존재의 논리[5]를 모색한다 — 과, ② 그의 행로 초기부터 이끌어 온, 철학적이고 동시에 정치적인 관점에서의 상징과 신화에 대한 성찰로 인하여 고취된 것이다. 1837년으로, 그리고 『보편법의 상징과 표현에서 연구한 프랑스법의 기원(*Origines du droit français cherchées dans les symboles et formules du droit universel*)』의 출판으로 거슬러 올라가야 한다. 미슐레는 이 저서에서 우리가 오늘날 탈상징화(désymbolisation)[6]라고 부르는 것을 이론화시킨다. 즉 그는 대개 시간과 함께 모호해지는 상징들의 정치적이고 종교적인 의미들을 해독한다. 종교적이고 정치적인 압제는, 그 형태 자체로 인간의 자주성을 위협하는 상징들의 신비를 이용한다. 자유를 열망하는 것, 그것은 이성의 명확함 속에서 의미를 다시 제 것으로 만들고 상징들로부터 해방되는 일이다. 미슐레는 상징주의 역사의 세 단계를 되짚어본 헤겔의 저서 『미학』에서 상징들에 대한 그의 비평에 영감을 받는다. 그 세 단계란, 불명료한 사상이 모호한 형태 속에 갇혀있던 이집트 시대, 신인동형 신화 덕분에 사상과 표현 사이에서 균형을 이루던 그리스 시대, 그리고 이성적이 되어버린 사상이 더 이상 상징을 필요로 하지 않게 된 철학의 시대이다. 미슐레의 관점은 철학적이라기보다 정치적인 측면에 더 가깝기는 하지만, 그는 헤겔의 용어로 탈상징화의 변증법을 거론한다.

---

5   나는 이 표현을 프랑수와 자콥(François Jacob)의 저서 『살아있는 존재의 논리(*La logique du vivant*)』에서 빌려왔다.

6   다음의 글을 참조할 것. Frank Paul Bowman, "Symbole et désymbolisation", *Romantisme*, SEDES, 1985, pp.53~60.

모든 상징이 가둬 둔 사유는, 거기서 벗어나고자, 표출되고자, 다시 무한해지고자 안절부절 애를 태운다. 날개를 단 생각들은 그들을 땅으로 끌고 가는 무게를 진 채 비상하고자 애쓴다. 생각들은 마치 잠시 숨을 쉬기 위해서인 듯 고개를 든다. 바로 이것이 보편적인 불안이자, 세계의 숭고한 슬픔이다. 인간, 자연, 모든 존재는 발생을 통해, 행위를 통해, 그리고 예술을 통해 자신을 드러내고 싶어 하고, 창조하고 또 뒤이어 소멸하는 데 번민하면서 그의 상징들을 만들고 또 파괴하는, 계류된 무한으로 고통 받는다. (p.LXVI)[7]

보다 명백한 상징들을 갖고 있는 로마 시대가 이성에 의한 명확성의 시대이자 법의 도래의 시대라면, 상징의 시대는 인류의 유년기이다. 그런데 헤겔의 변증법이 뒤로 되돌아가지 않았다면, 미슐레는 기독교를 부정적인 단계로 여긴다(p.CXVI). 기독교와 특권 세력은 그들의 통치를 확고히 하기 위하여 새로운 상징을 만들고, 정치적 차원에서 해로운 이성에 신앙으로 맞선다.

그러나 1837년의 작품부터 미슐레는 프랑스를, 야만적인 프랑크족에 의해 도입된 봉건제도에도 불구하고, "논리적이고 산문적이며 반-상징주의적 해석의 작업을 추구한"(『법의 기원』, CXX) 로마의 후예로 보았다. 1861년 『마녀』에서 그는 악마와의 계약은 봉건제도와 기독교에 맞선 저항의 행위였다고 말한다. 마녀는 자연으로 향해 있는 이교 문명인 고대의 정신을 지켜낸 것이다. 마녀는 치료법을 재확립했다. 그런데 중세의 주술이 불가사의한 방식이긴 했어도 암흑의 시대에도 진보가 계속되었다는 사실을 보여준다면, 미슐레는 마녀들의 시도는 기독교 상징들의 횡포에 대한, 부적절하고 인간의

7　　Paris, Hachette, 1837.

자주성을 박탈하는 대응이었다는 사실을 숨기지 않는다. 마녀들 스스로 반대 방향으로 새로운 미신을 만들었으며 — 악마가 그들의 신이 된다 — , 그녀들이 결국 그 희생양이 될 것이기 때문이다. 그리하여 사제들은, 중대한 진보와 교회의 가장 위대한 영광을 위한 구마식이라는 강력한 주장을 통해 손쉽게 고대의 주술을 악과 악마에 대항한 일종의 위대한 서사시를 만드는 데 이용할 수 있었다.

정치적 압제와 교회의 통치 사이의 동맹이 와해된 1850~1860년대에 미슐레는 최대한으로 탈상징화된, 진정한 공화주의 신화를 신속하게 세워야 할 필요성을 인식한다. 그리고 그것은 시대의 살아있는 존재에 대한 지식에 기초한 새로운 전설을 만들어 낼 과학적 신화이다. 먼저『바다』의 출판에 이르기까지 드러난 생물변이설에, 1868년『산』에 나타난 다윈의 진화론이 덧붙여진다. 그런데 여기서 미슐레가 꽤 논란의 소지가 있고, 20세기에도 여전히 문제가 제기된 클레망스 루아이에(Clémence Royer)의 번역으로『종의 기원』을 읽었다는 사실을 꼭 짚고 넘어가야 한다. 1862년에 출간된 이 첫 번째 프랑스어 번역은 19세기에 수많은 오해를 불러일으켰다. 왜냐하면 자연 선택(sélection naturelle)과 생존 투쟁(la lutte pour la vie)에 대해 다윈이 내세운 주장을 완화하면서, 그의 이론을 진보주의적 이데올로기의 방향으로 왜곡시켰기 때문이다. 클레망스 루아이에는 "자연 선택(sélection naturelle)"을 "자연 선발(élection naturelle)"로 번역하였으며, 다윈이 생존 투쟁을 통해 전제한 불가피한 적응은 그의 번역에서 종들의 "선택(choix)"이 된다. 그렇게 이 번역은 다윈이 맹목적으로 갖고 있던 결정론의 입장을 왜곡시킨다. 이것은 말하자면 다윈을 라마르크식 의미로 재해석한 것이며, 이는 이후 다윈의 반발을 불러오게 된다. 그러나 이 사실은 중요하지 않다. 왜냐하면 미슐레가 읽은 것은 바로 클레망스 루아이에의 다윈이기 때문이다.

삼중의 독서 이후, 즉 ① 라마르크, ② 다윈—오랜 세월에 걸친 산호초의 형성에 대한, 1859년 이전의 글들과 『종의 기원』을 쓴 진화론자 다윈의 글 (하지만 왜곡된 번역으로), ③ 조프루아 생틸레르(Geoffroy Saint-Hilaire, 체계 동일성과 자연 구성의 이론가)를 읽고 난 뒤, 미슐레는 진보 사상을 재건하는 자연주의 신화를 세우는 일에 착수한다. 그는 생명을 구성의 일반 원칙이자, 동물, 식물, 그리고 인간의 본성에서 모두 동일하게 능동적인 것으로 보았다. 그러므로 그가 『바다』에서 물고기가 되길 원하는 갑각류에 대해 이야기한 것은 또한 인간이나 국가에도 유효한 것이다. 즉 모든 존재와 정치적 개체를 진보를 향해 앞으로 떠미는 것은 바로 욕망이자 열망인 것이다. 미슐레가 『산』에서 다윈의 주장을 원용하기는 하지만, 그는 여전히 진보란 의지적인 과정이라 믿는 라마르크식 생물변이론자로 남아 있게 되며, 프랑스에 "스스로에 대한 스스로의 노동"[8]을 호소한다. 그러므로 정치적 혁명을 하는 것은 무용한 일이며, 오히려 변화되기 위하여 일해야 한다. 1850∼1860년대 미슐레의 핵심어는 바로 "노동"이다.

유일하게 유효한 "혁명"은 행동양식을 변화시키는 집단적 상상계의 혁명이다. 즉 기독교는 진보적 생명론으로 대체시키고, 신은 생명으로, 속죄는 진화로, 구원은 노력으로, 종교적 이상화와 금욕은 사랑과 번식으로 대체시키는 것이다. 10여 년에 걸쳐 쓴, 『새』에서 『산』에 이르는 자연주의 텍스트들에서 미슐레는 사랑에 빠진 동물들과 식물들이 등장하는 이야기들을 짓는다. 이들은 자연의 선을 위하여 일하며, 그들의 환경을 지키기 위한 것일 때

---

8   *Histoire de France*(1869)의 서문, Paule Petitier(편), choix de textes, Flammarion, 2008, p.13.

에만 싸운다. 이 세계에 폭력이 배제된 것은 아니지만, 그것은 긍정적으로 재해석된다. 예를 들어 바다의 포식자인 상어는 너무나 번식력이 강한 어류들로 몹시 붐비게 될 위험이 있는 바다에 약간의 공간을 만들어 주는 생명체이다. 필연적인 죽음은 그것이 폭력 없이 작용하기 때문에 완화된다. 예를 들어 이빨이 없는 고래는, 고통을 주지 않으면서 "자연이 명령한 파괴의 작업"을 실행하고, 갑자기 삼켜진 존재들은 "순식간에 엄청난 화학적 변화를 겪는다."(『새』, 54)

세기 초 이래로 살아있는 것에 대한 연구에서 환경의 역할을 중시하는 지식들이 확대되었고 이에 의거하여 미슐레는 우리가 오늘날 생태적(écologique)이라 생각할 수 있는 사고들을 발전시키게 된다. 그는 『바다』에서 과도한 어업을, 그리고 『새』에서 카카오 경작으로 인한 산림 파괴가 가져올 수 있는 부정적인 영향들에 대해 경계한다. 그는 또한 『산』에서는, 생물다양성을 염려하면서, 높은 고도에 사는 꽃들이 추위를 피하고 또 죽지 않기 위해 빨리 번식하려 얼마나 애쓰는지를 알려준다. 그는 토종 식물군에 피해를 입히면서 환경을 휩쓸어버리는 외래 식물종이 유럽에 유입되는 것을 걱정했다. 『새』에서 그는 인간과 환경 사이의 조화로운 관계를 다음과 같이 격찬한다. "우리가 마음속에 품고 있고 또 여기서 우리가 가르치는 종교적 믿음, 그것은 바로 인간이 모든 대지를 평화롭게 한 데 모으게 되는 일이다."(『새』, 7).

미슐레는 생태학이 고안되던 시기의 사람이다. 독일의 다윈주의자 에른스트 헤켈은 "oekologie" — 그리스어로 oikos는 주거지, logo는 학문이라는 뜻 — 라는 용어를 사용하였으며, 1866년 출판한 『생물 일반 형태학(*Morphologie générale des organismes*)』이라는 독일어 저서에서 "생물들과 주변 세계와의 관계에 대한 학문으로, 다시 말해, 넓은 의미에서 존재의 조건에 대한 학문"이라고 정의 내린다. 미슐레는 이 용어를 직접 사용하지는 않았지만, 생명으로 새로운 종교를 옹호하고, 생명론적 의미로 재정의 된 "영혼"이라는 단어를 짧고 단순한 이야기들 속에 자주 등장시킨다. 예를 들어 이 이야기들 속에는 꽃들이 주인공으로 등장한다. 그리고 모든 번식 행위, 나아가 인간의 섹슈얼리티에도 높은 가치가 부여되는데, 이 내용은 『산』에 은밀히 드러나 있으며, 보다 명확하게는, 그가 마치 생명의 신성한 부분에 참여하는 것처럼 감격에 겨워하며 자신의 아내인 아테나이스와의 성생활에 대해 상세히 적어둔 그의 『일기』에 나타난다. 클레망스 루아이에의 번역에 따른 "자연 선발(élection naturelle)"과 "선택(choix)"은 『산』에서 자연 선택(다윈의 첫 프랑스어 번역본에는 전혀 존재하지 않았던 표현)이 아니라, 살아있는 존재의 확장이라는 사상을 위한 것이다. 미슐레에게 있어 생존을 위한 투쟁은 아름다운 것이며, 그것은 사랑을 위한, 그리고 번식을 위한 비폭력적인 투쟁이다.

미슐레의 자연주의 신화는 정치적 폭력에 대하여, 다소 관념적인 교훈을 통해 이데올로기적으로 대응한다. 미슐레의 전설에는 착하고 진지하며 섬세한 까마귀가 등장하는데, 그 까마귀는 "학교 선생님 같은 분위기"로, 파리에 있는 식물원의 새장 안에 "포로상태로 있는 그의 거친 동료", 즉 독수리를 "문명화시키는 데" 성공한다(『새』, 119). 즉 가장 미약한 존재도 그들의 존엄성을 되찾는 것으로서, 미슐레는 10년 뒤 그의 저서 『곤충』에 대해 다음과 같이 평한다.

이 모호하고 혼란스런 영혼들[곤충들]을 정착시키고 회복시키며, 지금껏 멸시당하고 거부당했던 그들에게 영혼의 존엄성을 되찾아주고, 형제의 권리와 거대한 단지[모든 살아있는 존재, 즉 동물, 식물, 혹은 인간들이 공유하는 자연에 대한

은위 안에 그들을 다시 돌려놓은 시도는 대담한 것이었다. (『산』, 1867년의 서문)

우리는 이 새로운 신화가 — 특히 『산』에 나오는 식물과 나무들의 사랑이 야기들 — 조금은 장난스럽다고 생각할 수 있다. 그러나 미슐레는 매우 넓은 층의 독자를 겨냥한 것이며, 그의 자연주의 저서들은 그가 『산』에서, "한 문학이 이 시대에서 나왔다는 것을 알기 위해서는 1856년 이후 서점의 간행물집을 펼쳐 쭉 읽어보는 것으로 충분하다"(『산』의 서문, II)고 언급한 것처럼, 대중적인 성공을 거두었고 또한 아류들을 만들어냈다. 그는 모두가 인간의 형제인 자연의 존재들에게, 그의 말처럼 "영혼의 존엄성을 되돌려주고자"(『산』의 서문) 시도하는 그의 책들의 정신적인 관점에서 이 성공의 원인을 찾는다. 에티엔느 조프루아 생틸레르에 의해 옹호된 체계 및 자연 구성의 동일성 이론은 미슐레의 일원론적 사상을 공고히 하는데, 이것은 어떤 면에서 보자면 인간에게 자연의 나머지 존재들에 대한 의무들을 부과하는 것이다. 『민중(*Le Peuple*)』에서 미슐레는 동물들의 편에 서면서, 그가 이후 『인류의 성경』에서 동일하게 다시 취하는 생각에 이미 주목한다. "모든 자연은, 자신의 열등한 형제를 무시하고, 가치를 떨어뜨리고, 괴롭히는 인간의 잔인함에 반박한다"[9]는 것이다. 그것은 "굶주림과 중력에"(『새』, 61) 굴복하는 — 종(種)과 계(界)를 막론한 — 살아있는 것의 연합이다! 다른 한편으로, 인간이 잃어버린 위엄, 인간은 그것을 힘을 다해 되찾는다. 왜냐하면 자연이라는 동일한 체계에의 소속이 인간으로 하여금 이 교훈들 속에서 — 예를 들어 생존을 위한 식물들의 투쟁 — 역사적인 재앙을 극복하기 위해 필요한 용기를 찾을 수 있도록 해주기 때문이다.

---

9   *Le Peuple*[1845], 1877년 판, Calmann Lévy, p.179.

『인류의 성경』에서 미슐레는 인류사의 초기에 자연과 조화를 이루었으나 그 이후, 특히 신성이 초월적이고 폭군적이 되었을 때, 자연과 멀어지며 천천히 쇠퇴의 과정으로 이어진 인도의 베다 종교를 소개한다. 그리하여 미슐레는 그가 거기서 "선(善)의 성경"[10]이라고 명명한 것을 확립하고자 자연과학 쪽으로 기울게 된다. 그는 보다 효율적인 혁명, 정치적이고 사회적인 상황을 지속적으로 변화시킬 수 있는 혁명은 종교적이고 문화적이어야 하며, 오직 자연과학의 확산만이 그러한 근대적 종교의 도래에 기여할 수 있을 것이라 생각하게 된다. 『새』에서 미슐레는 우리가 기독교 시대에 대해 이야기하듯 "라마르크와 조프루아 생틸레르의 시대"에 대해 이야기하고, 같은 구절에서 그는 "자연 과학에서의 프랑스 대혁명"(『새』, 5)을 찬양한다.

자연주의 저서 시리즈 중 마지막 작품의 제목인 "산"은 1789년의 혁명가 집단을 환기시키고, 어쩌면, 『인류의 성경』에서의 자연과 연결되는 종교적 감정의 기원인, 아시아의 눈부신 고귀함 또한 떠오르게 한다. 같은 시기에, 그가 자연을 대상으로 쓴 글들은 기원으로, 즉 자연으로 회귀하는 것 같다. 그런데 이것은 그 인식의 방법이라는 측면에 해당하는 것으로, 왜냐하면 이 관계는 이제 자연에 대한 지식, 즉 자연 과학을 토대로 세워지게 되기 때문이다. 기독교의 속죄는 자연적 진화에 대한 믿음으로 대체될 것이고, 천국은 인류의 더 나은 미래에 대한 시간성 속에서 다시 세워질 것이다. 미슐레는 기독교의 종교적 어휘를 취하여 그것을 우회적으로 사용한다. 그는 『산』의 한 챕터에 "자연의 속죄"란 제목을 붙이고, 또한 매우 종교적인 단어인 "구원"을 쉽게 사용하는데, 그러나 그는 이 단어를 살아있는 존재들의 행동에 새롭게

---

10 Paris, Chamerot, 1864, p.3.

부여한다. 예를 들어 곤충을 잡아먹으면서 대지를 살 만한 곳으로 만드는 새는 "구원의 위대한 작업"(『새』, 84)에 참여하며, 이 자연의 전쟁에서 새는 "날개를 단 헤라클레스"(84)이다! 자연사 박물관은 마치 근대의 사원처럼 되어 버리고, 종교적인 투쟁은 과학적 논쟁과 맞닥뜨리게 된다. 미슐레는 그 중 가장 유명한 논쟁인 1830년 퀴비에(Cuvier, 천재지변과 종의 불변성 이론의 옹호자)와 조프루아 생틸레르(라마르크의 생물 변이설의 후계자) 사이의 논쟁을 『새』에서 언급한다. 새로운 종교 전쟁이라 볼 수 있는 이 논쟁은 자연사 박물관에 대한 "세계 모든 나라의 열광적 관심"(69)을 불러일으키게 된다.

『산』에서 미슐레는 『인류의 성경』의 집필로 되돌아온다. "인류의 성경. 작은 책이자 마음과 의지의 높은 비상. 나는, 마치 지구의처럼, 나 또한 나의 산을, 모든 대지를 한 눈에 굽어보기에 충분히 높은 정상, 꼭대기를 세웠다." 자, 이렇게 미슐레는 상징적인 산에 서서 대지 전체에 새 석판을 들어 보이는 신(新) 모세가 된다. 정치적인 산에서 출발하여 영적인 산에 이르기까지, 미슐레는 정치에서 과학으로, 뿐만 아니라 종교에서 문학으로 정당성을 이동시킨다. 왜냐하면, 자연주의 시리즈의 모든 저서에서와 마찬가지로, 『인류의 성경』에서 지식이 신화로 재구성되는 것은 바로 이야기, 은유, 우의, 공상을 통해서이기 때문이다. 근대의 모세는 그 스스로, 십계명의 석판이 아닌, 모두가 이해할 수 있는 자연의 복음서를 쓴다.

참고문헌

François Jacob, *La Logique du vivant*, Gallimard / Paris, 1976.

Frank Paul Bowman, "Symbole et désymbolisation", *Romantisme*, SEDES / Paris, 1985.

Jules Michelet, *Cours au Collège de France par Jules Michelet : 1847 ~1848*, Chamerot / Paris, 1848.

______, *Histoire de France*(1869), édition établie par Paule Petitier, Flammarion / Paris, 2008.

______, *La Bible de l'humanité*, Chamerot / Paris, 1864.

______, *La Mer*(1861), édition établie par Jean Borie, Gallimard / Paris, 1983.

______, *La Montagne*, Librairie internationale / Paris, 1868.

______, *La Sorcière*, E. Dentu / Paris, 1862.

______, *Le Peuple*(1845), Calmann Lévy / Paris, 1877.

______, *Les légendes démocratiques du Nord*, Garnier / Paris, 1854.

______, *L'Insecte*, Hachette / Paris, 1857.

______, *L'Oiseau*, Hachette / Paris, 1856.

______, *Origines du droit français*, Hachette / Paris, 1837.

Raoul Girardet, *Mythes et mythologies politiques*, Seuil / Paris, 1986..

해양 부인학

19세기 여성의 상상계와 해양학

줄리엣 아줄레(Azoulai, Juliette)

알랭 코르뱅(Alain Corbin)은 『공허의 대지(*Le Territoire du vide*)』[1]에서, 18세기 후반기에 어떻게 바다에 대한 서구의 시각이 변화되었는지 보여준다. 수많은 해수욕장이 생겨나면서, 본디 불안의 근원이었던 해안가는 특히 19세기 프랑스에서 욕망의 대상이 된다. 바닷가를 둘러싼 이 시각의 변화에는 같은 시기에 생겨난 "바다의 안"[2]에 대한 새로운 과학적 접근이 동반된다.

프랑스에서 행해진 연구는 해양 탐사에 있어 주도적인 역할을 하였다. 페롱(Péron)과 르쥐외르(Lesueur)는 1800년부터 탐험에 착수하여 수많은 해파리 표본들을 가져왔고 그 관찰결과와 그림들[3]을 남겼는데, 이것은 여전히 거의 알려지지 않은 이 생물에 대한 근대적 분류학의 기초로 쓰이게 되었다. 같은

---

1 A. Cobin, *Le Territoire du vide*, Flammarion, 'Champs Histoire', 1990.
2 V. Hugo, *Les Travailleurs de la mer*, éd. D. Charles, Le Livre de Poche, coll. 'Classiques', p.304.
3 J. Goy, *Les Méduses de François Péron et Charles Lesueur. Un nouveau regard sur l'expédition Baudin*, Cths, coll. 'Mémoires de la Section d'histoire des sciences et des techniques', 1995를 참고할 것.

시대에, 퀴비에(Cuvier)와 라마르크(Lamarck)는 특히 해양 무척추 생물들에 관심을 가졌고, 이것이 바로 생물불변설 사상과 생물변이설 사상이 맞서게 된 주요 쟁점이었다. 게다가 프랑스의 연안은 최고의 해양 실험장이었다. 프랑스뿐만 아니라, 유럽 전체가 19세기 해양 생물학의 비약적 발전어 함께했다. 찰스 다윈(Charles Darwin)은 『종의 기원(*L'Origine des espèces*)』을 펴내기 전에 산호초의 형성에 관한 책을 출판했었다. 이후 다윈의 사상을 널리 퍼뜨린 에른스트 헤켈(Ernst Haeckel) 또한 해양 생물학에 관한 다수의 논문을 발표한다.

과학과 마찬가지로 문학도 해저의 세계로 눈을 돌린다. 쥘 베른(Jules Verne)의 모험적인 바다를 거쳐, 미슐레(Michelet)와 위고(Hugo)의 낭만주의적 대양에서 로덴바흐(Rodenbach) 혹은 위스망스(Huysmans)의 세기 말 수족관에 이르기까지, 해양 상상계는 에세이, 시, 소설 등 모든 장르의 문학을 단들어 낸다.

나는 19세기 후반기의 작가들이 어떻게 해양학과 환상을 엮으면서 '해양 부인학'이라 부를 만한 학문 분야를 만들어 냈는지 밝혀 보고자 한다. 이것은 근대 과학적 신화의 일종으로, 우리에게 "바다의 안"을 드러내면서 옛 비너스 신화를 재창조하고 변모시킨다.

미슐레의 에세이에는 "지치지 않는 욕망을 지닌, 지구의 거대한 여성"[4]으로서의 바다에 대한 이미지가 스며들어 있다. 바다는 해양 생물들이 그 한 가운데서 마치 태아처럼 헤엄치는 거대한 자궁과 같으며, 바닷물은 그 자체로 양수, 혹은 모유와 동화된다.[5] 미슐레가 그의 에세이를 집필하는 동안 남긴 『일기(*Journal*)』를 읽으면 이 강박관념은 심화된다. 우리는 다음과 같이 그의 일기에서 그가 두 번째 부인 아테나이스(Athénaïs)와 아침에 나누는 성적 유

---

4   J. Michelet, *La Mer*, éd. J. Borie, Paris, Gallimard, Folio classiques, p.113.
5   Ibid., p.122.

회에 대한 이야기, 그리고 바닷물의 구성에 대한 과학적 사고들을 나란히 찾아볼 수 있다. "선하고 부드러운, 아직 고리를 지나지 않고 매력적인 외음부에 막 머물러 있는 (…중략…) 질의 점액과 닮은, 바닷물의 모든 질서."[6] 부부 간의 성교는, 여성의 성기와 바다 사이의 자연스런 유사성에 근거하여, 에세이의 주제에 더 잘 잠기는 방법으로서 제시된다.

사실은, 나오면서, 그곳에 머문다. 마키아벨리가 말한 것처럼, 나의 영혼은 그녀의 드레스 속에, 치마 아래에 매여 있다. 나의 영혼은 너무도 감미로운 이 작은 굴레의 무한 속에서, 따뜻한 젖의 바다 속에서 헤엄치고 또 꿈꾼다. 내 영혼이 이보다 더 편할 수는 없다. (…중략…) 거대한 무한의 진정한 바다여.[7]

생물학과 해저 지질학 사이의 관계에 대한 그의 독서들을 요약하면서, 미슐레는 두 가지 핵심적 요소로 구성된 성적 은유를 만들어낸다. 그것은 점액과 고리(즉, 질의 입구)이다.

일반 생리학과 자연사에 있어 번식을 가능하게 하는 두 현상 : 1. 일반적으로 응고 상태이나 때에 따라 활성화하는, 발광성의 살아있는 두꺼운 점액; 2. 이 점액을 활성화하는 수축작용. 석회질의 생명이 만들어지는 화산섬의 균열 혹은 축적된 석회질의 죽음이 보다 고귀한 생명의 발생을 가능하게 한 장소인 평온한 내포(內浦)의 외음부에 있는 숭고한 고리의 수축.[8]

---

6 J. Michelet, *Journal*, éd. P. Viallaneix, Paris, Gallimard, 1962, 15 juin 1860, t. II, pp.529~530.
7 Ibid., 26 juin 1860, p.535.
8 Ibid., 30 juin 1860, p.537.

해저 생명의 출현과 여성 성기의 다산성 사이의 유사성을 세우는 일이 오직 쥘 미슐레만의 상상의 산물인 것은 아니다. 우리는 19세기 자연발생설의 대표적 옹호자이자, 여성의 자연 배란과 부패된 유기 물질이 풍부한 분해 작용에서 보이는 미생물의 자발적 형성 사이의 연관성을 수립한 펠릭스 푸쉐(Félix Pouchet)의 작업에서도 이와 같은 흔적을 찾아볼 수 있다.[9] 미슐레는 은유를 통하여 유사성을 연장하고 그것을 "**명백하게**(explicite)" 만든다. 그가 이것을 모든 측면에서 펼쳐냈다는 점에서 이 형용사의 프랑스어 의미를 가지고, 그가 이에 대한 외설적 측면을 드러냈다는 점에서 (영어차용이 허용된다면) 영어의 의미를 가진다. 에세이의 최종 텍스트는 훨씬 더 완화되어, 원형의 군도와 내포(內浦)의 비교대상이던 질의 고리는 요람의 원형(圓形)과 여성의 가슴이 지닌 둥근 형체에 자리를 양보한다.[10]

여성과 해양 세계 사이의 유사성은 에세이 『사랑(*L'Amour*)』(1858)과 『바다(*La Mer*)』(1861)를 잇는 공통적인 태도를 통해서도 드러난다. 두 텍스트에서 미슐레는 여성 혹은 바다의 피조물이 지닌, 상처받기 쉬운 특성을 강조한다. 그가 "바다의 딸"[11]이라 부르는, "튼튼한 외피를 두르지" 못해 "모든 것을 생살로 받아내는"[12] 여린 해파리와, "사랑의 상처"[13]로 끊임없이 다치며 늘 고

---

9 M. Coquidé-Cantor, *Pouchet, savant et vulgarisateur. Musée et fécondité*, 2°édition, Nice, 1994와 같은 작가의 "Félix-Archimède Pouchet, professeur de sciences naturelles de Flaubert", *Flaubert : revue critique et génétique*[en ligne], n. 13, dir. G. Séginger, 2015를 참고할 것.

10 화산섬으로 이루어진 군도는 "파도가 은밀하게 침투할 수밖에 없는, 최초로 태어난 것들에게 따뜻한 요람이 되는, 이 평온한 미로"로 묘사하고(*La Mer*, op. cit., p.123), 작은 만과 내포에 대해서는, "끊임없이 어루만지며 해안가를 둥글게 만들면서, (…중략…) 그에게 어머니의 곡선을 준 것은" 바로 바다이며, "나는 그것이 여성의 가슴이 지닌 가시적인 다정함이라 말하려고 했다"라고 쓴다(Ibid., p.123).

11 J. Michelet, *La Mer*, op. cit., p.150.

12 Ibid., p.151.

13 J. Michelet, *L'Amour*[1858], Paris, Hachette, 3e édition, 1859, p.9.

통에 시달리는 연약한 성기에 대한 동일한 애정이 표현된다. 촉수가 "머리카락"인 바다의 연약한 생물은, 여성에 대한 미슐레의 시각이 드러나는, 가학적이고 연민을 불러일으키는 한 이야기 속에 등장한다. 이예르(Hyères)의 해변에서 마주친 떠밀려온 해파리는 마치 말하자면 우주의 강간으로부터 스스로를 지키지 못한 벌거벗은 희생자처럼 묘사된다.

가엾은 몸은 매우 구겨진 채로, 해파리는 숨을 쉬고 흡수하고 심지어 사랑도 나누는 기관인 가냘픈 머리카락이 찢기고 상처 입었다. 고꾸라진 채, 막 깨어나, 따갑게 내리쬐는 프로방스 지방의 태양과 그보다 더 매서운 메마른 북풍을 온 몸으로 받는다. (…중략…) 그것은 투명한 피조물을 꿰뚫는 이중의 공격이다.[14]

『사랑』에서는, 출산 후 자궁의 상태를 그린 도판을 보면서 일어난 동일한 연민의 감정이 표현된다. 그는, "눈물이 날 정도로 마음을 뒤흔드는" 기관이다. "자주빛 머리카락처럼 보이는 붉은 섬유의 무한한 조직으로 인해, 자궁이 피눈물을 흘리는 것을 본다"[15]라고 쓴다. 두 경우, 미슐레는 이 대상들의 "비극적인 우아함"[16]을 포착하기 위하여 반감이라는 첫 느낌을 떨쳐버려야 할 필요성을 설명한다. 그가 말하길, 상처 입은 자궁은 그에게 처음엔 "진실로 끔찍"하고 "무시무시한"[17] 광경으로 다가왔다. 게다가 그는 이예르 해안가에서 해파리를 물에 다시 돌려보내기 위해 그것을 만졌을 때 "약간의 혐오감"[18]을 느꼈었다.

---

14 J. Michelet, *La Mer*, op.cit., p.151.
15 J. Michelet, *L'Amour*, op.cit., p.178.
16 Ibid., p.179.
17 Ibid., p.178.

미슐레의 목적은 해파리라는 이름에 매여 있는 소름끼치는 신화를 파괴하면서, 그의 독자들의 시각을 바꾸는 것이다("왜 이토록 매력적인 생물에 이런 끔찍한 이름이 붙은 것인가?"[19]). 고르고노스에 대한 환상은 "그들의 유쾌하고 부드러운 색깔을 입고 초록색 수면 위에서 떠다니는" "미녀들"[20]에 대한 환상으로 대체되어야 하며, 마찬가지로 (또 다른 그의 책[21] 제목이기도 한)『마녀』의 신화는 요정의 신화를 허용해야 한다. 독일의 자연주의자 에른스트 헤켈 역시 해파리를 마치 예술 작품처럼 애정과 존경을 담아 바라볼 것을 권하였으며, 그는 자신의 별장 이름을 "메두사"로 짓고 해파리의 한 품종에 세상을 떠난 그의 첫 번째 부인의 이름을 붙이기까지 했는데, 그것은 해파리의 촉수와 자신이 사랑했던 여인의 머릿결 사이의 유사성을 발견하였기 때문이었다.[22]

해양 생물들은 미슐레의 상상계에서 여성의 신체 일부로 생각되기도 하고 또는, 태아 혹은 배아로 여겨지기도 한다. 이런 맥락에서, 폴립에서 출발한 해파리는 "공동의 어머니 태내로부터 너무 일찍 내보내진 배아"[23]이다. 이 물고기는 바닷물의 지방질 미세물에 둘러싸여 "나태하게 입을 벌려 들이키며 마치 배아처럼 영양을 공급 받는다."[24] 이러한 이미지는 동물계의 사슬을 배아 형성의 사슬과 비교하는 당시의 생물학적 사상 속에서 그 기반을 찾을 수 있을 것이다. 특히, 미슐레가 극찬했던[25] 에티엔 세르(Etienne Serres)는 19

18　J. Michelet, *La Mer*, op.cit., p.152.
19　Ibid., p.151.
20　Ibid., p.156.
21　J. Michelet, *La Sorcière*, Paris, Hachette, 1862.
22　E. Heckel, *Das System der Medusen*[1879], Weinheim, Florida, 1986, p.189.
23　J. Michelet, *La Mer*, op.cit., p.153.
24　Ibid., p.112.
25　"발생학에 대한 그의 책은 나에게 이시스의 돛을 올려 주었으며, 우리가 물질적이라 믿는 것의 거대한 정신적 영향력을 어렴풋이 볼 수 있게 해주었다."(J. Michelet, document inédit cité dans P. Viallaneix, *La Voix royale, Essai sur l'idée de peuple dans l'oeuvre de Michelet*, Flammarion, 1991,

세기 초반부터 발생학적 발달과 종들의 진화 사이의 유사구조를 만들어낸다.[26] "동물의 유기체는 인간의 배아가 대개 매우 빠르게 거치는 다양한 상태들을 큰 층위에서 그리고 영속적으로 우리에게 재현해낸다."[27] 하등 동물인 해양 생물들은 "고등 (동물)의 영속적인 배아 상태"와 같은 모습으로 나타날 수 있다. 배아 발달의 "유충형 시기"에, 동물 부류에서는 "유충형 동물들, 식충류, 폴립, 해파리류"가 상응하고, 배아 발달의 "번데기형 시기"에는 "연체동물, 그리고 아마도 갑각류"[28]와 같은 "번데기형" 동물들이 상응한다. 이 이론은 19세기 후반에 들어 포스트-다윈주의 맥락에서 에른스트 헤켈에 의하여 확대되고 심화되는데, 그는 이로부터 그의 반복설 이론을 통해 다음과 같은 공식을 만들어 내게 된다. "개체발생은 계통발생을 반복한다."

미슐레는 그의 발생학적 공상 속에서, 유순한 배아인 해파리를(그의 주장에 따르면 심지어 그것에 물려도 통증이 없다!), 메두사의 고대 형상에 전통적으로 따라 붙는 잔인성이 전이된 문어(poulpe)가 만들어내는 "잔인한 태아"와 분리시킨다. 문어는 미슐레에게 조롱이 뒤섞인 공포심을 불러일으킨다.

끔찍하진 않다 하더라도 그것은 출전하는 배아, 잔인하고 난폭하고 무르고 투명하면서도 빳빳한, 치명적인 숨결을 내뱉는 태아의 기이하고, 우습고, 풍자적인 모습을 하고 있다.[29]

---

p.434)

26 에티엔 세르의 사상에 대해서는, G. Laurent, *Paléontologie et évolution en France 1800~1860 : une histoire des idées de Cuvier et Lamarck à Darwin*, Paris, Edition du CTHS, 1987, pp.353~362를 참고할 것.

27 E. Serre, "Principes d'embryogénie, de zoogénie et de tératogénie", *Mémoire de l'Académie des Sciences*, t.25, 1860, p.370.

28 Ibid., pp.426~428.

29 J. Michelet, *La Mer*, op.cit., pp.177~178.

그리하여 아름답고 연약한 해파리는, 남근을 연상시키며 공격적인 촉수를 가진 괴물처럼 무시무시한 문어와 대조를 이루게 된다. 해파리가 지닌 것이 "머리카락"이라면, 문어가 지닌 것은 "무시무시한 뱀들"[30]을 연상시키는 촉수들이다. 미슐레는 남성적인 측면의 잔혹성을 거부하면서 여성적인 것으로부터 잔혹성을 배제시키고자 한다.

미슐레의 문어(poulpe)로부터 부분적으로 영감을 받은 모습을 하고 있다고 할지라도, 완전히 다른 것은 바로 『바다의 노동자들』에 등장하는 위고의 문어(pieuvre)이다. "poulpe"라는 전통적인 명칭을, 당시까지는 방언이었던 "pieuvre"라는 이름으로 바꿔 쓰면서, 위고는 새로운 신화를 만들고 이 동물을 "반-환상 동물학"[31]에 편입시킨다. 그 결과 그때부터 프랑스어에서 "보통 시장에서 파는 식용 생물을 지칭하는" "문어poulpe" 라는 단어와 "괴물 같고, 혐오감을 주며 위험한 생물"[32]을 연상시키는 "문어pieuvre" 라는 단어의 의미가 서로 달라지게 되었다. 위고는 클로드 밀레(Claude Millet)가 보여준 것처럼 "끔찍스런 생식기가 달린" 낡고 공포스런 여성성의 구현을 통해 옛 "문어 le poulpe"를 여성화시켜 새 "문어 la pieuvre"를 창조한다. "여성 성기 모양의 입, 남근과 자궁, 이빨이 달린 질, 그리고 성의 구분에 대한 지표가 없는 상상계의 또 다른 형상들"[33]을 지닌 이 괴물은 질리아트(Gilliatt, 역주-위고의 『바다의 노동자들』에 등장하는 인물)를 "교미와 전투의"[34] 장으로 끌어들인다. 그러나 문어 또한 일종의 태아이다. 왜냐하면 모든 실제 괴물들처럼, 그것은

---

30 Ibid., p.178.

31 R. Caillois, *La Pieuvre : essai sur la logique de l'imaginaire*, Paris, La Table ronde, 1973, p.87.

32 Ibid., p.81.

33 Cl. Millet, "Les Travailleurs de la mer, un roman d'amour", *Romantisme*, n. 115, 2002, pp.12~13, p.20.

34 V. Hugo, *Les Travailleurs de la mer*, op.cit., p.457.

'대문자 가능성'의 "무시무시한 자궁"[35]으로부터 나왔기 때문이다. 위고가 만들어낸 신화는 즉각적인 성공을 거두게 되며, 은어 어휘집에 매춘부를 지칭하는 "pieuvre"라는 단어가 등장하게 될 정도로 즉시 성적인 측면으로 인식되었다. 1866년의 책『파리의 문어(*La Pieuvre parisienne*)』는 이렇듯 물에서 나온 비너스의 전통을 재해석하는 재치 있는 말을 감히 내건다. "비너스? 성공한 문어(pieuvre)."[36]

모파상은『어느 저녁(*Un Soir*)』[37]이라는 제목이 붙은 1889년도의 한 소설에서 문어에 대한 성적인 암시를 다시 활성화시킨다. 카빌리(Kabylie)를 여행하던 차에, 화자는 부지(Bougie) 해안에서 옛 기숙사 동무인 트레물랭(Trémoulin)을 만나게 된다. 횃불을 밝히고 낚시를 하던 어느 밤중에 화자는 그의 유년 시절 친구가, 잡힌 문어를 작살 끝으로 난도질하고, 두 눈 사이에 칼을 박아 넣고, 그리고 나서는 아직 문어가 살아있는데도 화염의 불꽃을 갖다 대서 촉수를 불태우는, 극도의 잔인성을 목격하게 된다. "돌출되고, 탁하고, 끔찍한 눈이 마치 종양을 닮은 덩어리처럼 드러난", "붉은 육체의 커다란 넝마"[38]를 쓰고 있는 이 혐오스런 동물은, 친구의 잔인성에 질겁한 화자의 연민을 불러일으킨다.

그런데 이 고문의 장면은 트레물랭이 여성들에 대하여 키워온 사디즘적 환상의 왜곡된 실현이었다는 사실이 드러난다. 그는 시간이 지나자, 그를 동방에 숨어 살게 만든 부부생활의 실패에 대해 털어놓게 된다. 그의 부인은 불

---

35 V. Hugo, *Les Travailleurs de la mer*, op. cit., p.536.

36 Françoise Chenet, "Pourquoi et comment Victor Hugo a inventé la pieuvre?" Communication en ligne sur le site du Groupe Hugo, Paris Ⅶ에서 재인용.

37 G. de Maupassant, "Un Soir", *Contes et nouvelles*, éd. L. Forestier, Paris, Gallimard, Pléiade, t. Ⅱ, 1979, pp.1069~1085.

38 Ibid., p.1075.

륜을 저질렀는데, 그녀를 의심하기 시작하자 그의 마음속에 폭력에 대한 욕망이 일어났다. 그런데 그 폭력의 형태가 기이하게도 문어에게 가한 것을 연상시킨다. 예를 들어 그는, "나는 바늘을 (그녀의 눈에) 꽂아버리고 싶었어" 혹은 "나는 불에 그녀의 손가락을 태워 버렸을 거야 (…중략…) 내가 손가락들을 숯 위에 매어두면 그것들은 끝에서부터 타들어 갔을 거야…"[39]라고 말한다. 그의 부인이 돈 많고 배 나온 늙은이와 바람이 났다는 것을 알게 되자 그는 "그런 짓을 저지를 수 있는 모든 여자들" 즉, 이 "분별없으며 태연자약한 영원한 매춘부들"[40]을 죽이고 싶다는 욕망을 느꼈다. 그래서 그는 외국으로 달아난 것이었다. 이렇게 문어와 여성 사이의 동일성은, 화자가 드러내놓고 표현하지는 않은 채 소설의 끝에서 확인된다. 트레물랭에게 있어 문어는, 매춘의 피가 흐르는 그의 부인을 비롯한 모든 여성들과 마찬가지로 신체적 고통을 줘야하는 "창녀"[41]였던 것이다. 소설의 전개는 독자가 수수께끼 같은 장면(문어의 고문)을 억압된 욕망의 은유로서 해석하도록 이끈다. 작살 낚시는 집단 무의식의 심층에 숨어 있는 환상이 의식의 표면에 올라온 것을 의미한다. 그래서 이 해양 생물은 여성의 성기의 위협적인 표현 매체가 된다. "이 근육질의 유연한 몸통에서, 이 활기 넘치고 불그스름하며 무른 빨판에서, 우리는 어떤 저항할 수 없는 힘을 느꼈다."[42]

섹슈얼리티와 여성성의 신화적 전형인, 물에서 태어난 비너스는 물속으로 돌아갔다. 인간의 모습을 잃은 그녀의 몸은 조각이 났고, 여신의 흩어진 조각(membra disjecta)에 매료된 작가들은, 끈적거리는 바닷물, 고리모양의 군

---

39   Ibid., p.1082.
40   Ibid., p.1084.
41   "Ah… la gueuse!" (Ibid., p.1075.)
42   Ibid.

도, 해파리, 문어 등 물에 사는 다양한 화신들의 영향 아래 해양학에 비추어 공상하는 신화적 부인학을 고안해낸다. "바다의 안"에 대해 사유하는 것은 여성의 몸의 에로티시즘적 요소들에 대한 상상의 작업을 이끌어낸다.

역으로, 에밀 졸라(Émile Zola)의 『삶의 기쁨(*La Joie de vivre*)』(1884)에서는 여성의 몸을 통해 바다에 대한 사유가 이뤄진다. 사실 여주인공인 폴린 크뉘(Pauline Quenu)는 이 작품에서 바다를 접하며 그녀의 여성성에 입문한다. 그러므로 여기서 앞서는 것은 부인학적 담론이며, 바다는 여주인공과 환유를 통한 근접성의 관계를 유지하면서 동시에 그로부터 반영 혹은 은유를 만들어낸다. 고아인 이 어린 소녀는 조신스런 체 하는 이모에게 길러지는데, 그녀는 조카에게 성교육이나 여성 생리학에 대한 최소한의 기초도 제공하지 않고, "아가씨들을 위한 신화"[43]를 가르치는데 전념한다. 이런 이유로, 초경이 찾아오자 여주인공은 즉시 공포에 사로잡히게 되고, 그녀는 해부학 개론서를 뒤적이며 몰래 배워나가게 된다. 신화를 제쳐둔 이 젊은 독학자는 그녀에게 사춘기의 신비를 이해시켜 줄 "피가 흐르는 현실에 대한 경이로운 도판들" 앞에서 넋을 잃는다. 이 "피의 물결"과, "그녀가 그녀 안에서 치밀어 오르는 것을 느낀 삶의 파도",[44] 이 은유들은 사춘기에 접어든 젊은 소녀의 몸이 바다와 갖는 유사성을 의미한다. 이 둘은 모두 모호하고 생명을 주며 또 파괴하는 힘, 즉 조수(潮水)와 욕망에 의해 활기를 띤다. 이 쇼펜하우어식 소설에서 바다는, 모든 형태의 존재에 생명력을 불어넣는, 살고자 하는 의지에 대한 이유도 없고 목적도 없는 힘의 이미지를 구성한다. 그런데 쇼펜하우어에게

---

43   É. Zola, *La Joie de vivre*[1884], éd. Ph. Hamon et C. Becker, Paris, Le Livre de Poche, coll. "Classiques", 2005, p.94.
44   Ibid., pp.98~99.

있어 "성적 본능"은 졸라가 그의 원고에 옮겨놓은 바와 같이 "살고자 하는 의지의 마음 그 자체"[45]이다. 성적 욕망은 여주인공의 몸에서 사춘기 이후 나타나는 내면의 본능적 움직임이고, 그녀는 결국 스스로 완전히 떨어져 나와 타인들에게 자신의 삶을 희생함으로써 이 본능을 무시하기에 이르는데, 이것은 그녀를 의지의 지배에서 벗어날 수 있는 쇼펜하우어식 현인의 전형으로 만드는 성스러움의 표현이다. 폴린이 욕망에 젖은 여성으로서의 그녀의 몸을 발견하게 된 것은 그러므로 이 소설에서 바다의 존재와 밀접하게 연결되어 있는데, 바다는 거기서 쇼펜하우어의 물에 대한 은유들의 순수한 논리를 통해 그려진다.

우리의 의식을 꽤 깊은 물과 비교해 보자. 맑은 생각들은 물의 표면이자 질량이며, 깊이는 감춰진 생각들, 감정들, 감각들로 이루어져 있고, 전체는 존재의 뿌리 그 자체인 우리 의지의 재량권과 함께 뒤섞여 있다.[46]

『삶의 기쁨』의 화자는 분명하게 의지가 노출되는, 다시 말해 특히 섹슈얼리티가 드러나는 젊은 소녀의 삶의 몇몇 순간들을 그려내는데, 이 순간들은 명백하게 바다와 연결되어 있다. 폴린의 사촌이자, 그녀가 사랑에 빠지게 되는 라자르(Lazare)는 처음에는 그들 사이의 모든 성적인 차이를 부정한다. 그러나 얼마 지나지 않아, 해수욕을 하던 중 이 젊은이는 그가 이제 더 이상 어린 소녀가 아닌 한 여인을 상대하고 있다는 사실을 인정할 수밖에 없게 된다.

---

45 É. Zola, *La Peur, Schopenhauer, sur la vie*, BNF, Ms, Naf 10311, f.277.

46 L. A. Foucher de Careil, *Hegel et Schopenhauer : étude sur la philosophie allemande moderne depuis Kant jus-qu'à nos jours*, Paris, Hachette, 1862, p.252에서 재인용.

폴린은 수영복으로 갈아입기 위해 멀리 자리를 뜨는데, 이것은 그녀가 전에
는 하지 않던 행동이었다. 그리고 나서 그들이 늘 다니던 경로로 함께 먼 바
다에 나가 수영을 하고 있을 때 폴린은 그녀의 수영복 어깨끈이 찢어지는 것
을 느낀다. 이 사고로 공교롭게도 그녀의 가슴이 드러나게 되고 그녀는 곤경
에 처한다. 그들이 숨을 고르기 위해 늘 머무는 바위에 도착하자, 폴린은 아
무것도 걸치지 않은 가슴이 드러나는 것이 두려워 올라오기를 거부한다. 돌
아가는 길에 그녀가 숨을 헐떡거리는 소리를 듣게 된 라자르가 그녀에게 배
영으로 헤엄치라고 했지만 그녀는 역시 같은 이유로 거부하고, 결국 이 젊은
이는 실신한 그녀를 해안까지 데려오기 위해 그녀를 구조한다. 졸라는 사고
로 노출된 이 성숙한 가슴을 바다와의 비교를 통해 묘사한다. 폴린은 "조개
가 품은 진주처럼 희미하고 젖빛인, 새하얗게 드러난 그녀의 어깨를 [물속에]
집어넣는다." 그리고 그녀가 배영을 하기 위해 돌아눕는 것을 두려워한 것은
바로 "그녀의 가슴이 마치 깊은 곳의 해초가 꽃을 피우는 것처럼 수면에 닿을
듯 솟아오를 것"[47]이기 때문이었다. 우리는 여기서, 보티첼리를 거쳐 고대로
거슬러 올라가는 상투적인 그림에서처럼, 어떤 때는 해초로, 또 어떤 때는 조
개로 그려지는 바다의 비너스의 근대적 형상을 다시 발견한다. 우리는 마찬
가지로 『조개껍데기(*La Coquille*)』라는 제목이 붙은 오딜롱 르동(Odilon Redon)
의 파스텔화를 떠올리는데, 1912년의 이 작품은, 여성의 외음부를 떠오르게
하는 모양을 한 단순한 분홍색 조개껍데기의 형태로 조개에서 나온 비너스
의 탄생의 회화적 표현을 재해석한다.

　이렇게 졸라의 소설은 어린 소녀들을 그저 무지 속에 두기만 하는 완화된

47　É. Zola, *La Joie de vivre*, op, cit., p. 123.

신화를 비꼬고, 고대의 원천에서 끌어온 새로운 신화적 세계를 창조하는데, 이 신화 속에서 여성성을 지닌 젊은 소녀의 탄생은 부인학과 해양학을 뒤섞으며 비너스 탄생의 토포스를 답습한다.

1880년에 펴낸 『나나(*Nana*)』에서 졸라는 비너스 신화에 대한 패러디 장면을 연출한다. 첫 연극 무대에서 "금발의 비너스"로 분장한 나나는 여신의 우스꽝스런 형상을 하고 있다. "올림푸스를 진창으로 끌고 가는",[48] 황제의 연회 차원으로 격하된 오페레타의 비너스는 제2막에서 "생선장수"로 우스꽝스럽게 변신한다. 여러 가지 관점에서 19세기 후반기는, 『나나』에 등장하는 졸라의 표현처럼, "비너스를 [바다가 아니라] 개울에 앉히면서"[49] 비너스 신화를 파괴하는 시대로 보인다. 우리는 또한 랭보(Rimbaud)의 "물에서 태어나는 비너스(Vénus anadyomène)"라는 시도 떠올릴 수 있는데, 이 시에는 물에서 나오는 비너스 대신에, 욕조에서 나오는 노쇠한 매춘부가 등장한다. 우리는 살펴본 예들을 통하여 19세기는 또한 생명의 근원, 혹은 쿠르베(Courbet)의 표현처럼 "세계의 근원"으로서의 장소인 바다에 대한 새로운 과학적 이해와 함께, 비너스적인 미(美)를 둘러싼 상상계가 재구성되는 시기라는 사실을 알 수 있다.

---

48 É. Zola, *Nana*[1880], éd. A. Dezalay, Paris, Librairie générale française, coll. "Classiques de poche", 2003, pp.45~46.
49 Ibid., p.48.

참고문헌

A. Cobin, *Le Territoire du vide*, Flammarion, 'Champs Histoire', 1990.

Cl. Millet, "Les Travailleurs de la mer, un roman d'amour", *Romantisme*, n. 115, 2002.

E. Heckel, *Das System der Medusen*[1879], Weinheim, Florida, 1986.

E. Serre, "Principes d'embryogénie, de zoogénie et de tératogénie", *Mémoire de l'Académie des Sciences,* t. 25, 1860.

É. Zola, *La Joie de vivre*[1884], éd. Ph. Hamon et C. Becker, Paris, Le Livre de Poche, coll. 'Classiques', 2005.

______, *La Peur, Schopenhauer, sur la vie*, BNF, Ms, Naf 10311.

______, *Nana*[1880], éd. A. Dezalay, Paris, Librairie générale française, coll. 'Classiques de poche', 2003.

Françoise Chenet, "Pourquoi et comment Victor Hugo a inventé la pieuvre?", Communication en ligne sur le site du Groupe Hugo, Paris VII.

G. de Maupassant, "Un Soir", *Contes et nouvelles*, éd. L. Forestier, Paris, Gallimard, Pléiade, t. II, 1979.

G. Laurent, *Paléontologie et évolution en France 1800~1860 : une histoire des idées de Cuvier et Lamarck à Darwin*, Paris, Edition du CTHS, 1987.

J. Goy, *Les Méduses de François Péron et Charles Lesueur. Un nouveau regard sur l'expédition Baudin.* Cths, coll. 'Mémoires de la Section d'histoire des sciences et des techniques', 1995.

J. Michelet, *Journal,* éd. P. Viallaneix, Paris, Gallimard, 1962.

______, *La Mer*, éd. J. Borie, Paris, Gallimard, Folio classiques.

______, *L'Amour*[1858], Paris, Hachette, 3e édition, 1859.

______, *La Sorcière*, Paris, Hachette, 1862.

L. A. Foucher de Careil, *Hegel et Schopenhauer : étude sur la philosophie allemande moderne depuis Kant jusqu'à nos jours*, Paris, Hachette, 1862.

M. Coquidé-Cantor, *Pouchet, savant et vulgarisateur. Musée et fécondité*, Nice, Z'édition, 1994.

______, "Félix-Archimède Pouchet, professeur de sciences naturelles de Flaubert", *Flaubert : revue critique et génétique*[en ligne], n. 13, dir. G. Séginger, 2015.

P. Viallaneix, *La Voix royale, Essai sur l'idée de peuple dans l'oeuvre de Michelet*, Flammarion, 1991.

R. Caillois, *La Pieuvre : essai sur la logique de l'imaginaire*, Paris, La Table ronde, 1973.

V. Hugo, *Les Travailleurs de la mer*(1866), éd. D. Charles, Le Livre de Poche, coll. 'Classiques', 2002.

마르그리트 드 발루아의 『회상록』과
당대의 지식

카롤린 트로토(Trotot, Caroline)

1. 들어가며

마르그리트 드 발루아(Marguerite de Valois, 1553~1615)의 『회상록(*Les Mémoires*)』(1628)은 자신을 찬양한 브랑톰(Brantôme, 1540~1614)의 글에 대한 화답이다. 마르그리트 드 발루아는 앙리 2세와 카트린느 드 메디시스의 딸이자, 후에 앙리 4세에 오른 앙리 드 나바르의 첫 번째 부인이었다. 마르그리트의 친구였던 브랑톰은 14세기 유럽을 풍미했던 신플라톤학파의 전범에 따라 지상에서 "이데아"를 구현한, 미와 지성의 완벽한 표본으로 그녀를 묘사하고 있다. 『회상록』은 이에 더하여 그 당시를 잘 보여주는 보다 충실한 이미지를 제시한다. 이 책은 귀부인의 모습을 생생하게 묘사하고 있으며, 왕가를 둘러싸고 끝없이 벌어지는 역사적 사건들로 채워진 일상의 삶을 그려내고 있다. 『회상록』은 이야기체의 서술구조를 띠고 연대기적으로 구성되어 있다. 저자인 마르그리트 드 발루아가 자신의 역사 속 행위들을 변호하는 것이 주요 내용이다. 이 글은 또한 지나간 사건들을 새롭게 문제 삼으면서 거기 얽힌 주요 인물들이 어째서 그런 선택을 했는지를 이해시키려 하고 있다. 이러한 화법은 자신의 신분과 정체성을 큰 범주로 삼고 그 안에서 시간의 측면을 고려했다는 점에서 인류학의 관점을 따르고 있다고 볼 수 있다. 겉모습이 늘 존재와 일치하는 것은 아니라는, 존재에 대한 유동적이고 복합적인 묘사는 신플라톤주의자의 영원불변의 본질주의 관점으로 대체되어, 이제 존재는 영원한 이데아의 반영이자 구현으로 표방된다. 르네상스가 저물어가고 발루아 왕조의 마지막 세대가 통치하던 불안정한 상황에서, 지식은 격변으로 요동치는 현실 세계를 설명해야 하는 난관에 봉착하였다. 몽테뉴(Montaigne, 1533~1592)의 『수상록(*Les Essais*)』(1580)은 이러한 현상을 대변하는 기념비적 저작이다. 그의 글은 르네상스 시대의 위마니슴 양식에 관한 모든 문제들을 고찰하고 있으며, 그 문제들을 사고하는 주체에 대해 성찰하는 거울의 역할을 하고 있다. 여기에서 지식은 간접적으로 슬며시 드러난다. 세속적인 화제를 단단한 가르침의 모양새로 만들어주는 요인으로서 말이다. 『수상록』의 문체와 거기에 드러나는 암시는 글의 바탕에 깔려 있는 지식들을 널리 전파시킨다. 『수상록』은 또한, 하나의 주체가 포착하는 실제의 여러 목소리들의 다음성(多音性)을 있는 그대로 재현하면서도 회상록 저자의 음성을 조직적으로 구성하는 방법을 제시한다. 『수상록』은 마르그리트 드 발루아에 대한 정보 역시 변화시킨다. 브랑톰은 마르그리트가 프랑스 왕가의 남자들보다도 '꽤나 재치 있고 사려 깊기 그지없으며, 지배자의 지위를 누리기에 합당한'[1] 후계자로 인식되도록 그려내려 했었고, 마르그리트는 그러한 자신의 이미지가 구축되도록 내버려 두었기에, 브랑톰의 글과 그 밖의 여러 문학 작품[2]에서 마르그리트에 대한 정보는 명확히 노출되지도, 설명되지도 않은 채 은밀한 방식으로 이용되어 왔는데, 그것이 바뀌게 된 것이다.

2. 신플라톤주의와 그 한계

브랑톰은 "그토록 아름다운 육체에 깃들어 있는 그녀의 아름다운 영혼"(130)이라는 표현으로 마르그리트의 정신과 학식을 강조한다. 그녀 또한 회상록의 저자로서 루브르궁에 감금되어 있던 지난 시절을 언급하면서 신플라톤주의적 세계관과 인식을 표현하고 있다.

창조주의 경이로움이 가득한 **자연**에 대한 이 아름답고 포괄적인 책을 읽으며, 모든 영혼이 이치에 맞게 태어났음을, 사다리의 가장 높은 정점의 자리에 신이 계신다는 앎을 깨우친다. 초자연적인 빛에 대한 경외심에 매혹되어 몸을 일으킨다,

---

1   Brantôme, *Recueil des Dames*, bibliothèque de la Pléiade, édition établie par Étienne Vaucheret, Paris, Gallimard, 1991, p.139. 이후 본문텍스트에서의 인용은 괄호 안에 페이지숫자만 표기한다.

2   마르그리트에 관한 책들의 목록은 다음과 같다. Jean-Hippolyte Mariéjol, *La Vie de Marguerite de Valois reine de Navarre et de France(1553 ~1615)*, Genève, Slatkine reprints, 1950, réimpression de Paris, 1928, pp.317~335; Marie-Noëlle Baudoin-Matuszek, "La bibliothèque de Marguerite de Valois", *Henri III Mécène*, éd. Isabelle de Conihout, Jean-François Maillard et Guy Poirier, Paris, Presses Universitaires de Paris Sorbonne, 2006, pp.273~292; Jean Balsamo, "Marguerite de Valois et la philosophie de son temps", *Marguerite de France Reine de Navarre et son temps*, Agen, Centre Mateo Bandello, 1994, pp.269~281; ou encore François Rouget, "Les orateurs de La Pléiade à l'Académie du Palais(1576) : étude d'un album ayant appartenu à Marguerite de Valois", *Renaissance et Réforme* 31-4, automne 2008, pp.19~42.

불가해한 이 본질의 광채, 그렇게 완벽한 원을 이룬다는 것은 만물의 원리이자 목적인 신에서 출발하여 신으로 되돌아가는 매력적인 백과사전인 호메로스의 사슬을 좇는 것에 다름 아니다.[3]

이 같은 관념은 마르그리트의 다른 편지들에서도 발견되고 있는 바, 1570년, 마르그리트의 오빠인 샤를 9세의 비호 아래 바이프가 창립한 시와 음악 아카데미의 주조가 신플라톤주의라는 지적이 지배적이다. 그런데 마르그리트의 사상에는 신플라톤주의 외의 다른 철학도 공존하고 있다. "자연에 대한 이 아름답고 포괄적인 책"은 레이몽 세봉의 책을 가리키는 것이며, 몽테뉴가 자신의 저작 『레이몽 세봉 예찬(*Apologie de Raymond Sebond*)』[4]을 신원을 밝히지 않은 누군가에게 헌정했는데 그것이 마르그리트라는 추측이 있다. 르네상스 정신의 관점에서 보자면, 이러한 다양한 접근은 서로 상충되는 것이 아니다. 장 발사모는 마르그리트 드 발루아가 학자 서클에서 영향을 받으면서 각기 다른 철학과 학문에 관심을 표명했음을 알려준다.[5] 16세기 프랑스문학 교수인 비올렌 지아코모토-샤라(Violaine Giacomotto-Charra) 역시 프랑수아 드 푸아-캉달(François de Foix-Candale, 1512~1594)이 『피망드르(*Pimandre*)』의 주석 — 그는 1574년 에르메스 문서를 『피망드르』라는 제목으로 프랑스어로 번역하고 이 책을 마르그리트 여왕에게 헌정하였다 — 에서 이 연금술 책을 설명하고 아리스토텔레스의 물리학[6]을 소개했다고 밝히고 있다. 비올렌은 다른 저서들

---

3 『회상록』 부분은 Marguerite de Valois, *Mémoires et Discours*, éd. éliane Viennot, Saint-étienne, Publication de l'Université de Saint-étienne, 2004를 참조하였고 본문 인용시 괄호로 면수를 표기함.

4 Jean Balsamo, "Marguerite de Valois et Montaigne, L'apologie de Raymond Sebond", *La cour de Nérac au temps de Henri de Navarre et de Marguerite de Valois*, Albineana 24, 2012, pp. 224~242.

5 Cf. Balsamo, "Marquerite".

6 Violaine Giacomotto-Charra, "Le commentaire au *Pimandre* de François de Foix-Candale : l'im-

에서도 여왕이 학자와 문인들의 후원자로서 또 독자로서 아리스토텔레스 철학에 깊은 관심을 가졌다고 강조한다. 『회상록』의 첫 번째 구절은 작품을 새끼 곰들과, 또 '브랑톰이 이미 설명해 내었으나' 닷새는 더 걸리는 일이 남아 있는 '카오스'와 동일시하여 비유하고 있는데, 이는 인간에게 시간의 필요성을 역설한 기욤 뒤 바르타스(I, v.407~422)의 『천지창조 일주일(*Semaine*)』(1578)이야기에 빗댄 것이다.[7] 시피옹 뒤플렉스(Scipion Dupleix, 1569~1661)의 『물리학(*La Physique*)』(1603)은 아리스토텔레스 철학을 쇄신한 저서로 몇 년 뒤 마르그리트의 후원을 받게 되는데, 이 책에서 뒤 바르타스가 수차례 인용된다. 앙리 3세의 궁전 아카데미는 도덕에 관한 아리스토텔레스주의를 주요하게 취급하였는데, 마르그리트는 이곳에서 몇 회기를 수강하기도 하였다.[8] 여기에서도 우리는 양립하기 어려운 체계들이 공존하는 것을 목격할 수 있다. 그런데『회상록』이 이 책들보다 더 흥미로운 점이 있는데, 바로 존재와 외양의 일치에 근거를 둔 본질주의를 이상화하는 신플라톤주의 체계와 현세의 시간을 살며 존재가 얻은 직관 사이의 팽팽한 긴장이 존재한다는 점이다. 변화하고 동요하는 시기는 이상에 합치되도록 순응하는 것에 의문을 품게 하고, 상황에 따른 다양한 길로 존재를 인도한다. 아름다운 영혼이란 지독히도 드문 것이어서, 어떤 하나의 영혼이 완벽한, 그러나 서로 다른 두 영혼에 환생했을 거라고 믿게 되는 경우가 있다. 바로 뷔시와 브랑톰의 형제인 아르들레의 경우이다. 그러나 이 같은 윤회설을 언급하는 것은 그것을 믿기 때문이기 보다는 과장된 수

---

age d'une reine-philosophe en question", *La cour de Nérac*, op. cit., pp.207~224.

7 Rachel Darmon, Adrienne Petit, Alice Vintenon, Adeline Desbois-Ientile, "L'écriture des Mémoires de Marguerite de Valois, métaphore et fiction de soi dans l'histoire", *L'histoire à la Renaissance, à la croisée des genres et des pratiques*, Paris, Garnier, sous presse 2016, p.369~387.

8 Cf. François Rouget, "Les orateurs".

사법의 차원으로 보인다.

이 작품은 마치 브랑톰의 텍스트 뿐 아니라 그것이 기반을 두고 있는 체계, 더 나아가서는 발루아 왕조가 의지하고 있는 체계에 문제제기를 하는 듯이, 외양에 대해 끊임없이 질문을 던진다. 아울러, 지상에 신플라톤주의의 이상이 도래했음을 확신시키고자 한다.[9] 실제로, 마르그리트가 소개한 어린 시절 일화들은 외양에 대한 인식의 전복을 잘 보여준다. 금발의 미소년과 그보다 못생긴 갈색머리 소년 중 하나를 선택하라는 명령을 받고 그녀는 후자를 택한다. 덜 아름다운 이가 더 현명하다는 것은 시간이 알려주리라.[10] 궁정은 외양이 존재와 합치하지 않는, 은폐와 위선, 중상모략의 장소이다. 거기에서 신중하게 행동하는 것은 왕-철학자의 몫이 아니다. 마르그리트의 글은 역사적, 정치적, 철학적인 동시에 고전적이며 현대적인 문학 텍스트의 울림을 전달한다. 그러면서 윤리학에 대한 질문을 던진다. 기욤 드 라 페리에르(Guillaume de la Perrière, 1499(1503?)~1565)의 『정치의 거울(*Le Miroir politique*)』(1567)[11]처럼 개론의 형태를 띠는 자기시대의 정치적 '거울들'을 계승하면서, 이 새로운 작품은 역사의 부침 속에서 존재의 진실을 드러내기 위해 연극적 수사와 암시로 이루어진 거울이 되는 것을 목표로 삼고 있다. 달 아래의 세계[12]는 이상과 분리되어 있다. 『회상록』에 수록되어 있는 투르농 양의 이야기는 신플라톤주의적 사랑의 이상이 죽음으로 끝나는 것을 보여준다. 궁정은 역사의 장소이자 정치의 장소이다.

---

9 Denis Crouzet, *La Nuit de la Saint-Barthélemy*, Paris, 1994, p. 225 et sq., Nicolas Le Roux, *Le Roi, la cour, l'état*, *De la Renaissance à* l'absolutisme, Seyssel, Champ vallon, 2013, p. 95 et 110.

10 Mémoires, op. cit., pp. 48~49, 여기 언급된 두 아이 중 금발은 기즈 공작, 갈색머리는 보프레오 남작이다.

11 La Perrière, Guillaume de. *Le miroir politique : contenant diverses manières de gouverner et policer les républiques, q000ui sont et ont esté par cy devant*[...], Vincent Normen et Jeanne Bruneau, Paris, 1567.

12 아리스토텔레스의 철학 용어로, 달 아래에 있는 세계, 즉 지상 세계를 가리킨다.

3. 플루타르코스와 마키아벨리의 역사적, 정치적 지식

마르그리트는 『영웅전(*Vies des hommes illustres*)』(1559) 또는 『모랄리아(*OEuvres Morales*)』(1572)를 차용하면서 여러 차례 플루타르코스를 암시하고 있다. 이 작품들은 마르그리트 형제들의 스승인 자끄 앙요에 의해 1559년과 1572년, 『영웅전』과 『모랄리아』가 각각 번역되었다.[13] 그녀는 궁전 아카데미를 주관하면서 거기서 나온 담론 모음집에 주석을 달곤 했는데, 이를 통해 플루타르코스의 작품들과 그녀의 작품 간의 친근함이 입증되고 있다. 그녀는 영웅들이 보여주는 두 가지 삶[14] 중에서 활동적인 삶보다는 명상적인 삶에 관한 담론을 선호하며 그 여백에 주석을 남기고 있다. 그녀는 테미스토클레스(45, 48), 알렉산드로스(48), 브루투스의 혼령(83), 피뤼스(119), 카토와 카이사르(163)와 같은 인물들을 특별히 언급하기도 하였고, 플라미니누스를 암시하기도 하였다. 타키투스(Tacite, 55?~117?)의 『연대기(*Annales*)』(62)에서 끌어와 부루스와 네로를 빗대기도 하였다. 이러한 언급으로 발루아 가문과 역사적 인물들 간에는 간단명료한 대비 관계가 수립되었다. 그래서 이를 통해 때로는 네로와 앙리 3세가 위선적 행위라는 면에서 일치한다거나, 알랑송과 피뤼스가 전쟁에서 승리하고도 그 성과를 제대로 얻어내지 못한다는 종류의 도덕적이고 경멸적이기까지 한 성격 규정까지 이루어질 수 있었다. 마르그리트를 규정하는 여러 면모들을 지칭하기 위해 언급된 짝이 잘못 연결된 경우도 때로 있었다. 그녀는 "자

---

13 *Les vies des hommes illustres, grecs et romains, comparées l'une avec l'autre par Plutarque de Chaeronee*, trad. Jacques Amyot, Lausanne, Jean Le Preux, 1578. 왕의 고문이자 사제였던 M. 자끄 앙요가 그리스어 원전을 프랑스어로 번역하였다.

14 François Rouget, "Les orateurs", art. cité, p.25.

신을 가장 찬양하는 자보다 최선을 말하는 자를 더 존중하는"(45) 테미스토클레스도, "왕과 겨루는 것이 아니라면 경주에서 우승하는 것도 우습게 알았던" 어린 알렉산드로스(48)도 아니었다. 그럼에도 그녀는 이 위대한 인물들에 필적할 만 하였고, 훗날 왕이 된 형제들 — 그 중에서도 특히 1564년까지는 세례명 에두아르 알렉상드르라는 이름으로 불렸던 앙리 — 과 왕권 경쟁을 하였다. 플루타르코스는 인물들만 제공한 것이 아니라, 시간의 괴리를 넘어선 인물들 간에 대비 관계가 이루어질 수 있다는 토대 역시 제공하였다. 그는 도덕적 해석을 구축하기 위하여 유사함과 차이를 드러내어 자신의 판단이 설득력을 가질 수 있도록 유도한다. 마르그리트는 역사와 철학을 사유하도록 하는 이러한 문학적 모델을 활용함으로써 자신이 처한 상황을 성찰한다. 첫 구절 바로 뒤부터 그녀는 플루타르코스의 첫 번째 영웅인 테세우스의 삶의 첫 번째 표현 방식을 그대로 취한다. 그것은 책 속에도, 카드에도 나타나 있지 않은 비교에 근거한 것이다. 플루타르코스는 아테네와 로마의 기원인 테세우스와 로물로스의 비교로 책을 시작함으로써 이러한 선택을 정당화한다. 마르그리트는 이 같은 비교의 방식을 자유롭게 활용하여 자신의 삶의 영역으로 옮겨오고, 집단 신화의 기원을 자신의 어린 시절로 대체한다.

지리학자들이 앎의 마지막 단계에 도달하게 되면 "저쪽에는 모래가 펼쳐진 사막밖엔 없소. 그 땅에는 사람은 살지 않고, 바다에 항해하는 배도 없소"라며 우리에게 대지를 묘사해주는 것과 마찬가지로, 나는 저편에는 물결 쳐오는 최초의 어린 시절 외의 것은 없었노라고 말하리라 (48)

평행 관계는 전이되고 내재화되어 글쓰기에서부터 고유한 자기 역사까지 이르는 관계를 설명한다. 플루타르코스의 배경은 마르그리트를 '영웅'화 하도록 유도하는 동시에 14세기 후반이라는 시대가 플루타르코스와 어떻게 연결되는지 그 관계에 대해서도 질문함으로써 『회상록』에 고대의 가치를 부여하고 문학작품의 지평으로 인도한다. 앙리 3세가 달랑송이 손에 쥐고 있던 편지가 둘의 공동의 정부였던 마담 드 소브에게 보내는 정치적 내용을 담은 것이라 생각하고 빼앗았던 경우가 특히 그러하다.

> 카토는 카이사르에게 원로원 회의 중 전달받은 쪽지가 공화국에 매우 중요한 일이라고 말하면서 이를 공개하라고 요구하여 그들을 당황시켰다. 그런데 그 쪽지는 카토의 누이가 카이사르에게 보낸 연애 편지였다. (163)

플루타르코스의 카토는 카이사르를 부패한 인물이라 경멸하며 자신의 입장을 확고히 유지한다. 마르그리트는 이 에피소드의 골자와 줄거리의 도식을 유지하고 있다. 두 형제는 악의 형상으로 그려지고, '기만으로 인한 수치심' 때문에 그들은 혼란에 빠지게 된다. 결국 두 형제와 마르그리트 모두 그 기만적 행위에 책임이 있는 것이다. 이 모방은 고대의 위대함과는 거리가 먼, 타락한 현실을 드러내고 있다. 이때 우리는 타키투스가 묘사한 대비 관계보다 더 세속적인, '폭군' 네로(62)에 비견되는 것으로 묘사되는 앙리 당주와 대립하는 마르그리트와 뷔뤼스 간의 대비를 목도하게 된다.

다른 시대, 다른 풍속, 다른 텍스트임에도, 근대 정치는 마키아벨리가 제공한 묘사에서 자유롭지 못하다. 『회상록』에는 앙리 3세를 마키아벨리즘 — 더 정확히는 마키아벨리를 프랑스식으로 받아들여, 프랑수아 달랑송이 이끌던 제4차 종교전쟁 당시의 불평파의 모의와 플랑드르 전쟁을 포함한 1559년

~1581년에 벌어진 정치적 혼란과 갈등에 이용하면서 구축된 마키아벨리즘
—과 동일시한 흔적이 보인다.[15] 이 시기에는 왕조가 '폭정'을 행한다고 비
난하면서 마키아벨리의 훈수에 따르는 대리자들이 행하는 절대왕정을 인정
하지 않는 정치적인 작품들이 성행하였다.[16] 개신교도들이 먼저 동참하였고
과격한 가톨릭교도인 신성동맹 참가자들이 뒤따랐다. 그런 중에, 마르그리
트는 앙리 당주에게 영향을 미치는 르 가스트를 언급하며 '마키아벨리주의
자'라는 표현을 사용한다.

> [앙리]는 르 가스트를 측근에 두었다. 그에게 너무 현혹된 나머지, 르 가스트의
> 눈을 통해서만 보고 그의 입을 통해서만 말할 지경이었다. 그는 악행을 저지르기
> 위해 태어났다고 해도 무방하리만큼 나쁜 놈으로, 느닷없이 앙리의 영혼을 사로
> 잡고선 수천 가지 폭군의 좌우명들로 그의 머릿속을 채워버렸다. "자기 자신만을
> 자랑스럽게 여기고 사랑해라, 행운은 누구와도 나누지 말라, 형제나 자매라 해도"
> 와 같은 그 밖의 마키아벨리주의적인 여러 교훈들로. (59)

국립문헌어휘자료원(Centre national de ressources textuelles et lexicales)[17]에 따

---

15 Jean Balsamo, "un livre écrit du doigt de Satan", la découverte de Machiavel et l'invention du ma-
  chiavélisme en France au XVIe siècle", *Le pouvoir des livres à la Renaissance*, D. Courcelles éd., Paris,
  école nationale des Chartes, 1998; Blandine Kriegel, *La République et le Prince moderne*, Paris, P.U.F.,
  2011; Quentin Skinner, *Les fondements de la pensée politique moderne*, trad. Par Jérôme Grossman et
  Jean-Yves Pouilloux, bibliothèque de l'évolution de l'humanité, Paris, Albin Michel, 2009, p.768,
  Nicolas Le Roux, *Le Roi*, op. cit., p.107.
16 다음과 같은 작품들이 그 예이다. *De la puissance legitime du prince sur le peuple, et du peuple sur le prince.*
  Traité tres-utile et digne de lecture en ce temps, escrit en latin par Estienne Junius Brutus; et nouvellement trad.
  en français […], Stephanus Junius Brutus [Mornay, Philippe de, dit Du Plessis-Mornay?] Estienne,
  François Superantius, C. [Genève?], 1581 ou *Le Réveille-matin des français et de leurs voisins*, composé
  par Eusebe Philadelphe, Jacques James, Edimbourgh, 1574.
17 http://www.cnrtl.fr/definition/

르면 마키아벨리가 쓴 법칙을 차용한 이 표현은 1581년에 쓴 것으로 되어 있지만, 그보다 이전으로 거슬러 올라가야 할 것이다.[18] '폭군의 좌우명'에 대한 언급을 면밀히 볼 필요가 있다. 프랑스인 위그노 이노쌍 장티에(Innocent Gentillet, 1535~1588)는 1576년 마키아벨리를 반박하며 「왕국 또는 공국을 평화롭게 다스리고 통치하는 선하고 어진 방법―니콜로 마키아벨리에 반대하며」이라는 글을 발표한다. 이 저작은 마르그리트와 연대한 프랑수아 달랑송에게 헌정되었다. 그는 이탈리아 출신 저자, 즉 마키아벨리의 책에서 발췌하여 좌우명들의 목록을 만들고 이를 통해 그의 사상을 소개하였다. 이에 따르면 마키아벨리의 사상은 전통적인 정치 윤리와는 상반된 것이었다. 예를 들어 장티에는 "왕자가 얻는 어진 충고는 그의 신중함 그 자체에서 나와야 한다. 제대로 충고를 달리 얻을 수 없을 터이니"[19]라고 표명한다. 이 좌우명에 대한 반박은 '사람들로 하여금 15여 년 전부터 우리의 조국 프랑스에서 벌어지는 폭정의 근원과 주인공들이 누구인지 분별하도록 밝히는'[20] 역할을 하였다. "폭군의 좌우명"이라는 표현은 폭정에 어울리는 원칙들을 공식화한 것을 가리킨다. 마르그리트는 까트린 드 메디치의 출신지인 피렌체를 무시하는 장티에의 이 저작을 직접 언급하지는 않았지만, 폭정이라는 용어 사용과 인용된 좌우명들을 통해 그러한 울림을 전달하고 있다. 그녀는 형제와 어머니의 처신에 들어맞는 좌우명들을 인용하여, 자신의 처지와 정치적 상황 사이에서 참조하는 유희를 벌인다. 마르그리트를 어머니로부터 떼어놓기 위해서 앙리는 "신중함은 언제 어느 때에나

---

18 1576년의 책에서도 이 표현을 찾아볼 수 있기 때문이다. Innocent Gentillet, *Discours sur les moyens de bien gouverner et maintenir en bonne paix un royaume ou autre principauté*, [...] *Contre Nicolas Machiavel Florentin*, s. l. , s. éd. , 1576.

19 Ibid. , p.17.

20 Ibid. , epistre, n. p.

동일한 수단을 이용할 수 있다는 점을 용인하지 않으며, 어떤 시기에는 필요 불가결했던 것도 다른 시기에는 해롭게 작용할 수 있다"고 말한다(60). 까트린은 또 그녀대로 1576년 앙리 드 나바르가 궁정을 떠난 휘 앙리의 화를 누그러뜨리기 위해 다음과 같이 발언하면서 형제자매 간을 화해시키려 한다.

세상의 모든 일은 두 가지 측면을 가지고 있다. 그 첫 번째는 슬프고 끔찍하지만, 뒤바꿔서 우리가 두 번째 측면을 보고자 한다면 훨씬 유쾌하고 안정된 새로운 국면이 있어서 또 다른 조언을 얻을 수 있다고 그녀는 그에게 말한다. 그러한 때에 아마도 사람들은 나를 필요로 할 것이다. 친구들도 언젠가는 적이 될 수도 있으므로 그들을 지나치게 믿지 말아야 한다고 신중함을 충고한다. 마찬가지로 우정 또한 깨지고 해를 미칠 수 있는 것이어서, 적들이 언젠가는 친구가 될 수 있다고 여기며 그들을 이용하기로 결정할 수 있다.

한쪽에는 우정이, 다른 쪽에는 폭정이 존재하는 가족 간의 대립은 정치의 주제에 속한다. 그 시대를 풍미하던 아리스토텔레스의 철학에 따르면 폭정은 자연의 본성에 어긋나는 "일탈"[21]인 반면, 가족과 우정은 덕성으로 유지되고 계발되는 본성의 관계들이다.

플랑드르인들과 달랑송에 관한 텍스트에 "폭정"이라는 용어가 등장한다. 플랑드르의 가톨릭교도인 랄랭 백작 부인은 마르그리트에게 스페인군으로부터 자신들을 지지해달라고 부탁하였고, 마르그리트는 백작 부인에게 이 단어를 빌어 와 스페인의 군주제와 관련하여 사용한다(130~131). 이 텍스트는 거주민들의 기질과 달랑송의 '오만한 군주적 기질' 차로 어긋나게 된 대립을 자극한다(127). 달랑송은 앙리와 관련해서 '폭정'이라는 단어를 입에 올린다(140). 그

21　Aristote, *Politiques* III, 1287b

것은 플랑드르 여행 중 어머니의 '폭정(횡포)'으로 인해 죽은 드 투르농 양의 비극적인 사랑 이야기를 하던 중에 등장하게 되었다(140). 이처럼 비유적으로 사용됨으로 해서, 이 단어는 여러 다른 상황들을 연결하는 데에 일조한다. 마르그리트는 정치 이론을 전개하지도, 까트린과 앙리 3세의 통치 방법이나 체제를 조직적으로 규탄하지도 않았다. 그녀는 도리어 마키아벨리의 분석에 합치하는 것으로 보이는 실용주의와 까트린이 발전시킨 신중함의 미덕을 예찬하기까지 하였다. 그러는 한편, 마르그리트는 자기 시대의 텍스트들에 나타나는 요소들을 활용하면서, 자신이 이를 알고 있음을 표시하고 정치에 능한 여성이라는 자신만의 고유한 이미지를 구축하는 수단으로 사용한다. 그렇게 하여 마르그리트는 강력한 권력 체제들 사이에서 자신만의 노선을 갈 수 있는 능력 있고 정통한 인물로 스스로를 드러낸다. 또한, 플랑드르에서 까트린과 자신의 형제들, 남편 사이에 주요한 역할을 할 수 있는 인물이라는 점을 부각시킨다. 오늘날의 표현대로라면 이것이야말로 언어적 요소들 또는 담화 양식에 해당하는 것인데, 이를 활용하여 그녀는 자신의 방식대로 텍스트를 창조하고 있다.

4. 신중함의 글쓰기?

마르그리트는 자기 고유의 원칙들을 표명하는 방식으로 '마키아벨리의' 좌우명들에 반대 입장을 취한다. "사랑하는 사람이 누군가에 대해 하는 말은 쉽게 믿게 되는 법이다"(90), "(부모 자식 사이에 혹은 친구 사이라 해도) 불신은 친밀감을 훼손하는 증오의 근원이다"(90), "시련은 혼자, 영화는 함께 누리는 곳이 궁정이다. 진정한 친구가 건네는 잔이 박해가 된다."(107) "투르농 양의 비극에서 볼 수 있듯 이탈리아어는 여기에서 사랑의 언어가 된다."(142) 그러면서 마르그리트는 격분한다. "뭐라고! 질투와 증오가 눈을 멀게 하여, 있는 그대로의 사실들을 보지 못하게 하는구나."(195) 그러면서도 앙리 드 나바르가 그녀를 무시하면서 비롱에게 맞서라고 요구할 때에는 자기 어머니가 중시하는 신중함에 대한 좌우명을 실천에 옮긴다. 마르그리트는 이렇게 선언한다.

나는 내 형제의 조언과 그에 필요한 신중함을 바탕으로 이 과격한 명령을 행사하였다. 언젠가 그가 후회할 것이라 믿고, 그런 상대에게 많은 도움을 얻을 수 있기를 기대하면서. (195)

『회상록』 집필은 신중함의 미덕이 정치 행위로 실천될 수 있도록 해 주었다.[22] 신중함은 아리스토텔레스가 지혜(phronèsis)의 덕성으로 꼽은 것으로, 까트린 드 메디치의 신조 "신중함은 운명보다 위대하다(Fato prudentia maior)"[23]에 따르면 운명을 지배하도록 해주는 것이었다. 르네상스 시대의 프랑스어에서 신중함은 '입이 무거움'을 뜻하기도 했다. 내재성을 예견하고 또 비밀을 간직할 수 있어야 했다. 글쓰기는 감춰졌던 생각을 드러내고, 궁정이라는 상징적이고 실제적인 울타리 내에서 발언된 말은 그 생각들을 표현한다. 글쓰기는 다양한 방법으로 자신을 위협하는 소환장을 무력하게 만들고 아이러니를 지탱하

---

22 Cf. Francis Goyet, *Les Audaces de la prudence*, Paris, Garnier, 2009; Nicolas Le Roux, *Le Roi*[…], op. cit, pp.95~111; Marie-Christine Granjon, "La prudence d'Aristote : histoire et pérégrinations d'un concept", *Revue française de science politique*, 49e année, n° 1, 1999, pp.137~146.
23 Nicolas Le Roux, op. cit., p.106.

게 해 주는 메아리의 유희를 조직함으로써 마르그리트로 하여금 보고 듣게끔
해준다. 글쓰기는 텍스트를 가공하여 이중의 의미를 띠는 담화로 구성한다.
그리하여 이념 대립이 첨예하던 시기에 역사를 이루는 여러 목소리들을 들을
수 있도록 해준다. 글쓰기는 이념의 탈을 쓰고 있음에도 불구하고, 마르그리트
의 모호한 정체성의 윤곽을 잡아주고[24] 그 밖의 다른 인물들의 정체성도 드러
내어준다. 지식의 광채로 빛나는 이 텍스트를 통해 그녀는 인간들이 자신의 행
동과 정체성을 함양해나가기 위해 취하는 여러 사고 체계들과 화법의 총체들
의 맥락을 제대로 보여준다. 그것이 바로 에라스무스(Erasmus, 1466~1536)의
『우신 예찬(Eloge de la Folie)』이나 라 보에티(La Boétie, 1530~1563)의 『자발적 복
종에 관한 담론(Discours de la servitude volontaire)』에서처럼, 때로는 위장된 채로 진
리를 확보하는 주관성이라는 여과 장치를 거친 과거 지식들의 총체인 르네상
스 시대 위마니슴의 면모이다. 이러한 담화 양식은 『회상록』에 등장하는 인물
들의 그것과 흡사하다.

쇠르 기사(내 어머니인 여왕은 그를 내 형제에게 주어 방에서 재우게 했다. 그
리고 구속받지 않는 자유로운 기질을 지닌 그가 냉소적인 철학적 유머를 구사하
며 내키는 대로 수다를 떠는 것을 때때로 들으며 즐거워하였다) (173)

까트린의 심문에 쇠르는 앙리 3세의 애인인 카일뤼스와 달랑송의 충복인
드 뷔시가 화해한 사실을 털어놓는다.

24　Éliane Viennot, "Les ambiguïtés identitaires du *Je* dans les *Mémoires* de Marguerite de Valois", *Le
Genre des Mémoires, essai de définition*, Paris, Klincksieck, 1995, pp.69~79; A.-M. Cocula, "Marguerite
de Valois, de France et de Navarre : l'impossible identité de la reine Margot", *Marguerite de France*,
pp.17~27.

"분별 있게 이루어지기엔 아무래도 부족한데 (…중략…) 그렇다고 무시하기엔 또 지나칩니다"라고 그는 말한다. 그러면서 어머니가 듣지 못하게 내 쪽으로 몸을 돌려서는 "제 생각엔 그게 이 연극의 마지막 막이 아닙니다. 우리의 주인공(내 형제를 지칭하려는 듯)은 자기가 거기 남을 거라고 저를 잘도 속였는걸요."

궁정 한 가운데에서 견유학자는 가면들을 벗겨내고 정치의 세계가 은폐의 세계임을 드러내 보인다. 마르그리트는 사건 당사자들이 보이는 내재성의 징후들을 분리하여 고찰하는 철학 학교에서 교육을 받았다. 『회상록』이 역사의 움직임 안에 개인들의 자리를 마련했다는 것은 진실이다. 이 작품은 반향의 장치를 훌륭히 사용하고 있으며, 그 체계 속에서 철학적 의미에서의 견유적 아이러니는 역사의 흐름 안에서 개인들의 위치는 어디인지 질문하고 있다. 이 부분에서 마르그리트는 그 시대의 중요한 변화에 다시 한 번 흔적을 남기는데, 미셸 클레망이 연구한 견유철학의 재등장[25]이 바로 그것이다. 견유학자는 세론(世論)을 전복시켜 진실을 드러낸다. 견유적 비유[26]에서 담론의 수사(修辭)는 곧 사상의 수사이다. 견유학자는 겉모습을 전복시킴으로써 공격하는 격언들 또한 일반적으로 사용한다. 마르그리트에 대한 해석들 중 하나인 이탈리아의 역사가 기샤르디니의 『휴식 시간과 저녁식사 후의 시간(*Heures de récréation et apres-disnees*)』가 프랑수아 벨포레스트에 의해 1571년 번역되었는데, 여기에 격언들과 관계된 여러 일화들이 소개되고 있다.[27] 책의 첫 구절의 관례적 문

---

25 Michèle Clément, *Le cynisme à la renaissance*, Genève, Droz, 2005.

26 Ibid., p.194.

27 Guichardin, *Les Heures de récréation et apres-disnees*, trad. François de Belleforest, Paris, 1571. 특히 다음 구절을 보라. "친구를 질책하는 것은 이익이 되고 이롭다. 철학자 디오게네스는 말하는 것이 매우 신랄하여, 견유학자라는 이름을 얻었다. 그 이름은 개를 가리키는 '키온'에서 나온 것이다. 디오게네스 자신도 웃으며 이렇게 말했다. 다른 개들은 적수들을 해치기 위해 물어뜯

구에 따르면 "저녁 식사 후에 읽는 작품"인 『회상록』에는 조화롭지 못한 대비 관계를 이루는 이러한 담론들의 울림과 반향이 뚜렷이 나타나 있다. 이 책은 폭정이나 가식, 가장을 고발하지 않는다. 또한 정치이론을 구축하려하기 보다 신중하고 안전하게 거리를 유지하는 해석의 태도를 보이고 있다.

까트린 드 메디치로 대표되는 발루아 왕가의 제1서열의 다른 인물들과 마찬가지로 마르그리트에게도 모호성이 존재한다. 이러한 모호성은 마키아벨리가 이론화한 역사 속 행위가 갖는 실용적인 실제와 신플라톤주의의 이데아 사이에 끼어 있는 존재들에게서 흔히 발견되는 것이다. 『회상록』의 문학적 글쓰기는 앞에서 간략하게 살펴본 바에 따르면 그 문체적 양식을 통해 행위로 연결되는 지식의 세계, 맹렬한 근대성의 물결에 맞서는 르네상스 시대 위마니슴의 세계를 보여준다. 마르그리트는 암시의 유희를 부린다. 그리고 그것은 풍자문 같은 글들이 추구하는 일의적인 진실을 표출하기 위해서가 아니라, 가톨릭교도와 신교도들 사이에서 살아남기 위하여 시치미를 떼고 은폐하는 방식으로 변화한다. 다채로운 텍스트들을 접하고 받아들이면서, 그녀는 역사를 쓰는 새로운 방식으로 창조해 간다. 마르그리트의 힘을 입어, 이 역사 속에서 울리는 여성들의 목소리와 그 메아리는 이에 귀 기울이는 이에게 전달될 것이다.

지만, 나는 내 친구들을 이롭게 하고 찬양하기 위해 괴롭히는 것이라고." p.9.

참고문헌

Balsamo, Jean, "Marguerite de Valois et Montaigne, L'apologie de Raymond Sebond", *La cour de Nérac au temps de Henri de Navarre et de Marguerite de Valois*, Albineana 24, 2012.

Brantôme, *Recueil des Dames*, bibliothèque de la Pléiade, édition établie par Étienne Vaucheret, Paris, Gallimard, 1991.

Clément, Michèle, *Le cynisme à la renaissance*, Genève, Droz, 2005.

Cocula, A.-M., "Marguerite de Valois, de France et de Navarre : l'impossib.e identité de la reine Margot", *Marguerite de France*.

Crouzet, Denis, *La Nuit de la Saint-Barthélemy*, Paris, 1994.

Darmon, Rachel, Adrienne Petit, Alice Vintenon, Adeline Desbois-Ientile, "L'écriture des Mémoires de Marguerite de Valois, métaphore et fiction de soi dans l'histoire", *L'histoire à la Renaissance, à la croisée des genres et des pratiques*, Paris, Garnier, sous presse 2016.

Giacomotto-Charra, Violaine, "Le commentaire au *Pimandre* de François de Foix-Candale : l'image d'une reine-philosophe en question", *La cour de Nérac*.

Granjon, Marie-Christine, "La prudence d'Aristote : histoire et pérégrinations d'un concept", *Revue française de science politique*, 49e année, n° 1, 1999.

Guichardin, *Les Heures de récréation et apres-disnees*, trad. François de Belleforest, Paris, 1571.

Kriegel, Blandine *La République et le Prince moderne*, Paris, P.U.F., 2011.

Le Roux, Nicolas, *Le Roi, la cour, l'état, De la Renaissance à* l'absolutisme, Seyssel, Champ vallon, 2013.

Marguerite de Valois, *Mémoires et Discours*, éd. éliane Viennot, Saint-étienne, Publication de l'Université de Saint-étienne, 2004.

Skinner, Quentin, *Les fondements de la pensée politique moderne*, trad. Par Jérome Grossman et Jean-Yves Pouilloux, bibliothèque de l'évolution de l'humanité, Paris, Albin Michel, 2009.

Viennot, Éliane "Les ambiguïtés identitaires du *Je* dans les *Mémoires* de Marguerite de Valois", *Le Genre des Mémoires, essai de définition*, Paris, Klincksieck, 1995.

실험과 허구

리히텐베르크의 『잡록』을 중심으로 본 문학과 과학의 교차

박인원

1. 문학과 과학의 교차지대로서의 실험

그동안 'science in fiction', 'fiction in science'와 같은 구호를 내걸고 문학과 과학의 관계에 천착해 온 연구들을 살펴보면, 두 문화의 분리를 의식적으로 전제하거나 무의식적으로 재생산하는 경우가 적지 않다. 여기에서 벗어나 둘의 관계를 '지식의 역사'라는 보다 넓은 맥락에서 재구성하는 시도들이 최근에 눈에 띤다. 기존의 학문사에서 배제되어 온 다양한 분야의 지식까지 아우르는 관점에서 문학과 과학의 다양한 교차가 주목받기 시작했는데, 그런 가운데 독일어권에서는 '실험적 전환(experimental turn)'이라고 해도 과언이 아닐 정도로 실험이 문학과 과학을 잇는 중요한 탈경계 연구범주로 떠올랐다. 이는 문학에서의 실험이 단순히 어떤 혁신적인 글쓰기를 지칭하는 은

유로서 기능하지 않고 문학과 근본적으로 유사하다는 이해를 전제로 한다. 허구가 일반적으로 문학과 동일시되고 과학적 사실과는 반대되는 개념으로 굳혀진 것은 허구 그리고 이와 함께 언어라는 매체까지 실험실에서 추방당한 근대과학사의 산물이라 할 수 있다.[1]

이에 대한 비판적 성찰로 과학학에서는 실험이란 결코 명료하지도 객관적이지도 않다는 점이 강조되고 있다. '사실(fact)'의 어원 'factum / facere'가 '만들어진 것 / 만들다'를 의미한다는 점은 이를 잘 뒷받침해준다. 이러한 인식을 토대로 'poiesis'와 'fictio'는 문학과 실험이 공유하는 요소로 다시 관심을 받게 되었다. 과학학에서의 연구 초점은 연구자에서 실험실로, 다시 말해 '인식 사물'과 '기술 사물'이 끊임없이 서로 영향을 주고받으면서 지식을 생산하는 '실험장치'로 옮겨졌다. 여기서 "실험장치(Experimentalsystem)", "인식 사물(epistemische Dinge)", "기술 사물(technische Dinge)"은 분자생물학자이자 철학자인 한스요르크 라인베르거(Hans-Jörg Rheinberger)가 지식의 주체와 대상의 이분법을 넘어서 포커스를 새로운 지식이 만들어지는 제반 환경으로 돌리기 위해 고안한 용어들이다.[2] 라인베르거는 실험이 명확한 경험패턴 안에서 가설을 입증 또는 반증하기 위한 시험절차라고 보는 카를 포퍼의 입장과 달리 실험의 '모호성'을 부각시킨 루드빅 플랙(Ludwik Fleck)의 관점을 지지한다.

---

1 『철학과 과학에 대한 유럽백과사전』(1990)은 '실험'을 일차적으로 과학 용어로 규정하고, 그 외의 부차적인 의미로 혁신적인 행위 또는 규칙을 따르지 않는 글쓰기를 일컫는 구어체로서의 '실험'이 있다고 정의하고 있다 : "실험은 과학적 인식의 산출 혹은 검증을 위한 방법이다. (…중략…) 구어체에서는 결과가 매우 불확실한 행위도 다양하게 실험이라 불린다. 그런 경우에 실험의 개념은 불확실한 '시도' (…중략…) 혹은 다소 규칙 없는 '시험삼아 해보기'를 나타낸다. 그 외에 몇몇 예술사조도 실험적이라고 특징지어진다." Röseberg, Ulrich : "Experiment". *Europäische Enzyklopädie zu Philosophie und Wissenschaften*, Bd. 1, hrsg. von Hans Jörg Sandkühler, Hamburg 1990, pp.977~980, 여기서는 p.977.

2 Vgl. Rheinberger, Hans-Jörg, *Experimentalsysteme und epistemische Dinge. Eine Geschichte der Proteinsynthese im Reagenzglas*, Göttingen, 2001, p.22.

포퍼에 비해 뒤늦게 수용되기 시작한 플랙은 생의학 실험 경험을 바탕으로 쓴 그의 대표저서 『과학적 사실의 형성과 발전』(1935)에서 우리가 소위 사실이라고 믿는 것은 "모호한 생각(unklare Ideen)"인 경우가 많다는 점을 강조한다. 그는 더 나아가 이렇게까지 주장한다 : "어떤 연구실험이 명확하다면 그건 불필요한 실험이다. 실험을 명확하게 구상하려면 그 결과를 처음부터 알고 있어야 하기 때문이다."[3] 이러한 플랙의 입장과 맥을 같이 하여 라인베르거는 어느 인터뷰에서 "과학은 기투(企投 / Entwurf)입니다. 하지만 던진 것이 어디로 가고 있는지는 정확하게 안 보이는 그런 기투이지요"[4]라고 과학의 성격을 묘사했다. 라인베르거가 말하는 실험장치란 어떤 가설을 검증하거나 확실한 답을 주기 위해 있는 것이 아니라 연구자 스스로도 아직 모르고 있는 질문을 구체화하기 위해 있는 것이다.[5] 이런 실험장치는 서로 역동적인 관계를 이루는 인식 사물과 기술 사물로 구성된다. 지식의 대상이라고 할 수 있는 인식 사물 혹은 '흔적'은 아직 개념화되지 않은 표상과 대상 중간의 모호한 위치에 머물다가, 실험도구나 구체적인 실험조건 등을 포괄하는 기술 사물의 영향 하에서 개념화되고, 그러다가 충분히 안정화되면 기술 사물로 실험장치에 통합될 수 있다.

실험과 허구의 관계를 이렇게 재구성하는 맥락에서 게오르그 크리스토프 리히텐베르크(Georg Christoph Lichtenberg, 1742~1799)가 재발견된 것은 어쩌면 당연한 일이다. 오늘날 '독일 아포리즘의 창시자'로 더 널리 알려져 있지만 리

---

3 Fleck, Ludwik, *Entstehung und Entwicklung einer wissenschaftlichen Tatsache*, Frankfurt am Main 2015, 10. Auflage, p.114.
4 "Interview mit Hans-Jörg Rheinberger. Papierpraktiken im Labor", *Krauthausen, Karin / Nasim, Omar W.(Hg.) : Notieren, Skizzieren. Schreiben und Zeichnen als Verfahren des Entwurfs*, Zürich 2010. pp.139~158, hier p.143.
5 Rheinberger, Hans-Jörg a.a.O., p.22.

히텐베르크는 독일 최초의 실험물리학 교수였다. 그는 1770년부터 괴팅엔 대학에서 강의하기 시작하여, 1775년 전임 교수로 임명되었다. 처음에는 수학과 천문학을, 나중에는 실험물리학을 강의했다. 그런데 사후에 발견된 리히텐베르크의 『잡록(Sudelbücher)』이 오늘날 그의 대표작으로 기억되고 있는 반면, 그의 자연과학 저술은 오랫동안 묻혀 있다가 최근에 와서야 다시 주목받고 있다. 이와 함께 그동안 아포리즘으로만 수용되어 왔던 『잡록』의 의미도 새롭게 발견되고 있다. 리히텐베르크는 비록 후기 계몽주의 패러다임에서 크게 벗어나지는 않았지만 패러다임의 경계에서 다양한 방식으로 지식에 대해 성찰했다. 무엇보다 30여 년에 걸쳐 쓴 『잡록』은 그에게 중요한 사고실험의 공간이었다. 여기서 그가 시도한 지와 무지의 경계에 대한 탐색은 어쩌면 당대의 '정상과학' 문헌보다 18세기 말 문턱의 지식질서에 대한 보다 깊은 통찰을 가능하게 해준다. 리히텐베르크는 학문의 분화가 아직 초기단계였던 18세기 후반에 어떻게 과학, 철학 및 문학에서의 다양한 실험이 상호작용하면서 문화 전반을 관통하는 실험적 태도를 낳았는가를 잘 보여주는 예이다.[6] 이런 시대의 특징은 리히텐베르크가 1792년 프랑스 혁명에 대해 쓴 기록에서 잘 드러난다.

국민이 자기 마음대로 헌법을 바꿔도 되는가? 이 질문에 대해서는 그간 좋고 나쁜 얘기가 많이 나왔다. 내 생각에 가장 좋은 대답은 이거다 : 국민이 그렇게 결심했다는데 누가 막겠는가? 일반화된 원칙에 따라 행동하는 것은 자연스러운 일

---

[6] 18세기 중반까지만 해도 실험은 아직 여러 근원을 가진 문화적 산물로 이해되고 있다 : "**실험** 또는 **시도**란 우리의 노력으로 만들어지는 것에 대한 경험을 말한다." Zedler, Johann Heinrich : *Grosses vollständiges Universal Lexicon Aller Wissenschaften und Künste*, 64 Bände und 4 Supplement-bände, Halle / Leipzig 1732~1754, Bd. VIII, p.2344.

이다. 실험이 훗날 오류로 밝혀진다 할지라도, 어쨌거나 실험은 실시되었다.[7]

프랑스 혁명을 이처럼 "실험정치(Experimental-Politik)"(I, L322)로 보는 관점은 현실을 어떤 특정한 전제와 기대에서 출발한 실험, 즉 그 의미와 결과는 가봐야 알 수 있는 열려있는 과정으로 이해하고 있음을 의미한다.[8] 이는 1600년경에 몽테뉴와 베이컨의 영향으로 주목을 받기 시작한 '실험' 내지 '시도'가 사물을 대하는 태도를 넘어서 사회정치의 발달까지 여러 가능성 중의 하나로 볼 정도로 중요한 패러다임으로 부상했음을 시사한다.

"모든 사물에서 그 이전까지 아무도 보지 못했던, 아무도 생각하지 못했던 것을 보려고 노력하기"(II, J 1363) – 리히텐베르크는 이와 같은 실험적 태도를 학문 간의 경계를 넘어서, 더 나아가 삶의 모든 영역에서 활용할 수 있는 가능성을 탐색했다. 리히텐베르크의 탐색은 가설에 입각한, 지와 무지의 경계에 대한 끊임없는 성찰로 이루어졌다. 그는 특히 무지의 생산적 기능에 주목했는데, 본 글에서는 이와 관련하여 먼저 리히텐베르크의 교육과 연구에서 실험이 어떤 의미를 지녔는지 개관하고자 한다. 이어서 리히텐베르크가『잡록』에서 두 문화 사이의 경계를 넘나들면서 시도한 사고실험으로서의 글쓰기를 살펴보고자 한다.

7　Lichtenberg, Georg Christoph, *Sudelbücher*, Gesamtausgabe in 3 Bänden, hrsg. von Wolfgang Promies, München 2005, I, J 972. 이후부터『잡록』에서 인용할 경우 인용문 끝 괄호에 권(I/II), 공책(A-L), 텍스트번호 순으로 표기함.

8　Vgl. Gamper, Michael / Wernli, Martina / Zimmer, Jörg(Hg.), "Es ist nun einmal zum Versuch gekommen", *Experiment und Literatur I 1580~1790*, Göttingen, 2009, p.22.

2. 교육과 연구에서의 실험

1) 실험물리학 강의

리히텐베르크는 처음에 수학과 천문학을 가르치다가, 그의 친구이자 동료였던 에르크스레벤(J. Ch. P. Erxleben)이 일찍 세상을 떠나자 1778년부터는 실험물리학 강의도 담당했다. 그의 실험물리학 강의는 전국적으로 유명했다. 그의 수업을 들은 학생들 중에는 훔볼트형제와 가우스)도 있었으며, 괴테 또한 1873년 몇몇 귀족들을 위해 마련된 리히텐베르크의 강연을 들으러 괴팅엔을 찾아왔다.

리히텐베르크의 실험물리학 강의가 큰 인기를 누렸던 이유는 무엇보다 수업 시간의 대부분을 차지한 다양한 형태의 실험에 있었다. 리히텐베르크는 1783년 한 학기에 800차례의 실험을 했다고 말하는가 하면, 그의 강의를 들었던 제자 가마우프(Gottlieb Gamauf)에 따르면 1791년에 600여 개의 실험이 있었고 그 뒤로는 더 증가했다고 기억한다.[9] 리히텐베르크가 교재 중심으로 강의하지 않고 실험에 큰 비중을 두었던 이유 중에는 학문적 열정 외에도 수강료를 지불하는 수강생들을 다수 확보해야 했던 경제적 이유도 적지 않게 작용했다.[10] 대학교수의 봉급만으로는 가족을 부양할 수 없었으며, 비싼 실험 장비도 직접 장만해야 했기 때문에 리히텐베르크는 학생들의 수강료에

---

9   Vgl. Gamper, Michael, *Elektropoetologie. Fiktionen der Elektrizität 1740~1870*, Göttingen, 2009, p.78.

10   Gamper, Michael a.a.O., p.80.

크게 의존해야 했다. "폭음을 내는 물리학실험은 조용한 실험보다 훨씬 값지다"(I, F 1147)라는 기록은 실험물리학 교수가 사업가이자 엔터테이너기도 해야 했던 현실을 단적으로 보여준다.

경제적인 이유 외에도 리히텐베르크가 실험에 중점을 두었던 것은 학생들에게 결과 보다는 지식이 만들어지는 과정을 보여주어야 한다는 신념에 기인하다. 이런 수업방식에 대해 알렉산더 폰 훔볼트는 1790년 10월 3일 리히텐베르크에게 보낸 편지에서 존경을 표했다.

> 제가 중요하게 여기는 것은 선생님의 강연에서 얻은 실증적 지식의 합계만이 아닙니다. 제가 더욱 중요하다고 여기는 것은 교수님의 지도를 받으면서 저의 사고가 전반적으로 틀게 된 방향입니다. 진리 자체도 귀중하지만 그 진리를 발견하는 능력은 더욱 더 귀중하지요.[11]

'책으로 씌어진 자연사(Litterärgeschichte)'는 리히텐베르크가 보기에 이미 낡은 백과사전적 학문의 패러다임이었으며, 그에게 교재와 기타 참고문헌은 복습과 시간 절약을 위한 수단에 지나지 않았다. 자신의 수업 방식과 관련하여 리히텐베르크는 1775년 영국을 두 번째로 방문했을 때 만난 물리학자이자 천문학자인 제임스 퍼거슨(James Ferguson)의 강연 방식을 본보기로 삼았다고 밝혔다. 왕립학회 회원이었던 퍼거슨은 교재도 판서도 없이 오직 인상적인 실험만으로 진행한 장기 순회강연을 한 것으로 알려져 있다.

---

11 재인용 : Lichtenberg, Georg Christoph, *Physikvorlesung*, Nach J. Chr. P. Erxlebens "Anfangsgründen der Naturlehre", Aus den Erinnerungen von Gottlieb Gamauf. Bearbeitet und mit einer Einleitung versehen von Fritz Krafft, Wiesbaden, 2007, p. 49.

2) 전기(電氣)의 시각화 : 리히텐베르크 도형

1600년경에 전기학이 태동한 뒤로도, 우리 눈에 보이지 않는다는 특성 때문에 전기는 오랫동안 모호하고 불확실한 연구대상이었다. 전기는 어떤 장치를 통해 발생시켜야지만 비로소 지식의 대상이 되었다. 다시 말해 실험의 출발점은 어떤 선행되는 관찰이 아니라 이미 알려져 있던 자연현상과의 연관성에 대한 추측이었다. 이처럼 전기연구는 다른 자연과학 분야들에 비해 훨씬 더 무엇을 '만들어내는' 상상력에 의존해야 했다.

18세기 중반까지만 해도 과학과 철학에서 '허구'는 사고실험의 근간을 이루는 '창조하는 능력(facultas fingendi)'의 산물로 인정받았다.[12] 그런 허구가 점점 학문의 영역에서 밀려나자, 다른 자연과학 분야보다 훨씬 더 허구에 의존해야 했던 초기 전기학은 이런 거시적 차원에서의 변화에 크게 세 가지 방식으로 대응했다 : 첫째, 쿨롱의 법칙으로 대표되는 전기학의 정량화 및 수학화를 통해 허구적 요소를 배제하려는 경향이다. 둘째, 전기 스스로가 모습을 드러낼 수 있는 방법을 모색하는 것이었다. 리히텐베르크 도형(Lichtenbergische Figuren)이 바로 그 대표적인 예라 할 수 있는데, 고전압이 일어날 때 방전의 경로나 발생 이온의 분포를 나타내는 이 도형은 리히텐베르크를 비롯한 당대의 지식인들에 의해 전기의 자기표상으로 간주되었다. 셋째, 허구를 오히려 긍정적으로 보고 이를 통해 새로운 지식을 도출하려는 시도였다. 리히텐베르크는 이 세 가지 방식 모두에 관여하고 있다는 점에서 주목된다. 그는 실험물리학 지식의 수학화 가능성에 대해 고민했으며, 전기 도형의 발견을 통해 다른

12　바움가르텐(Alexander Baumgarten)은 이미 『형이상학(*Metaphysica*)』(1739)에서 'facultas fingendi'를 표상들을 새롭게 결합시키는 창조적 인식능력으로 보았다.

자연 현상들의 본질을 밝혀낼 수 있으리라 믿었다. 그리고 무엇보다도 『잡록』에서는 전기 현상의 '시적' 잠재성에 주목했다.

천문학, 기상학, 지질학, 광학, 화학, 열역학, 자기학 등등, 리히텐베르크는 후기 계몽주의 시대의 모든 주요 분야를 연구했지만 그가 특별히 관심을 보였던 것은 전기와 기체다. 리히텐베르크는 직접 공기 펌프를 만들었는가 하면, 돼지 방광에 수소를 채워 공중으로 날리고, 몽골피에 형제와 비슷한 시기에 열기구 실험을 했다. 하지만 무엇보다 볼타가 발명한 기전반(정전기 유도 현상을 이용한 고전압 발생기)의 기능을 향상시키는 작업에서 성과를 보였는데, 그 과정에서 훗날 그의 이름이 붙여진 전기도형을 발견했다.

리히텐베르크 도형의 발견은 그 당시에 전기의 시각화를 가능하게 해준 중요한 업적으로 받아들여졌다. 전기의 비가시성 때문에 연구자들은 번개가 남긴 자국처럼 전기의 '흔적'에 의존해야 했는데 리히텐베르크 도형도 바로 이런 흔적에 해당된다. 리히텐베르크는 1778년 괴팅엔 왕립과학 아카데미에서 발표한 논문에서 자신이 도형을 발견하게 된 경위를 상세히 설명하고 있는데, 이는 실험실 안에서 벌어지는 상황, 즉 연구자의 의지와 무관한 우연성, 실험환경의 저항, '흔적'을 '정보'로 발전시키기 위한 연구자의 노력 등을 잘 드러내준다.

1777년 4월 리히텐베르크는 대형 기전반을 막 완성한 순간, 절연체 원료로 사용한 송진을 대패질할 때 흩날린 먼지가 기전반 뚜껑에도 앉아서 "못마땅했다"고 쓴다. 어느 날 뚜껑이 천장에 걸려 있어서 송진가루가 원판 위에 앉게 되었는데, 뚜껑 위에는 골고루 퍼졌던 가루가 원판에서는 "작은 별들을 이루고, 처음에는 희미해서 잘 안 보였지만, 열심히 가루를 더 뿌렸더니 도형이 아주 선명하고 아름다워졌다"는 것이다.[13] "못마땅했던" 송진가루가 순식간에 "커다란 즐거움"으로 바뀌었다. 리히텐베르크는 모든 도형이 "운이 좋아서 생긴" "우연의 산물"임을 강조하고, 송진가루가 자신의 조작과 무관하게 원판 위로 "떨어지고" "도형을 만들어냈다"는 등의 표현으로 사물세계의 자기생산성을 강조한다. 또한 송진가루를 닦아내도 도형은 파고 되기는커녕 "더 근사한 모습으로" 나타났다면서, 도형을 "무수히 많은 별, 은하수와 태양들", "성에", "구름" 등에 비유함으로써 '자연이 직접 말하는' 대우주와 소우주의 관계로 묘사하고 있다(그림 1).[14]

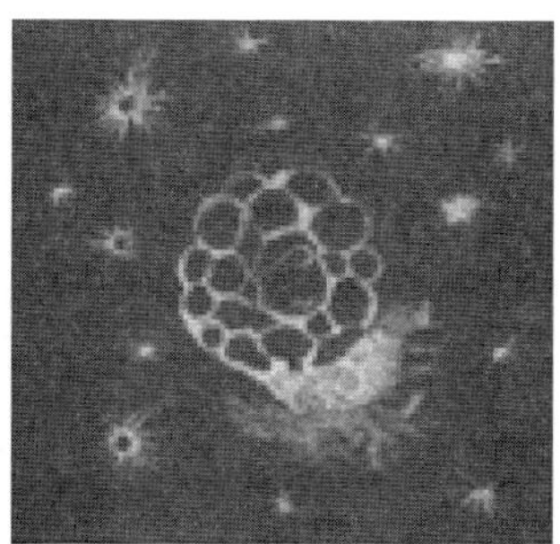
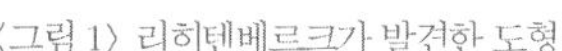
〈그림 1〉 리히텐베르크가 발견한 도형

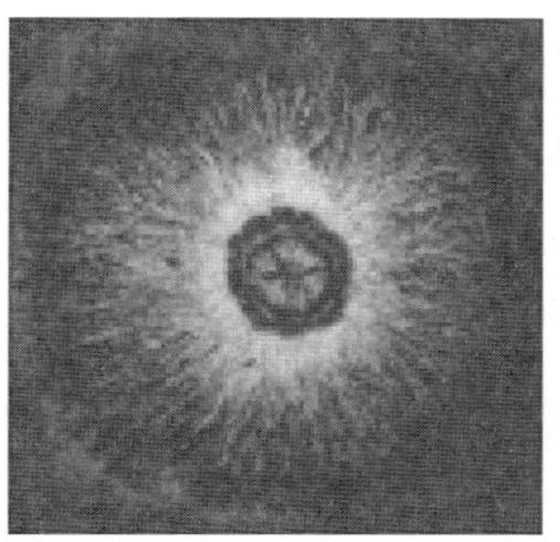
〈그림 2〉 양전하를 띤 도형

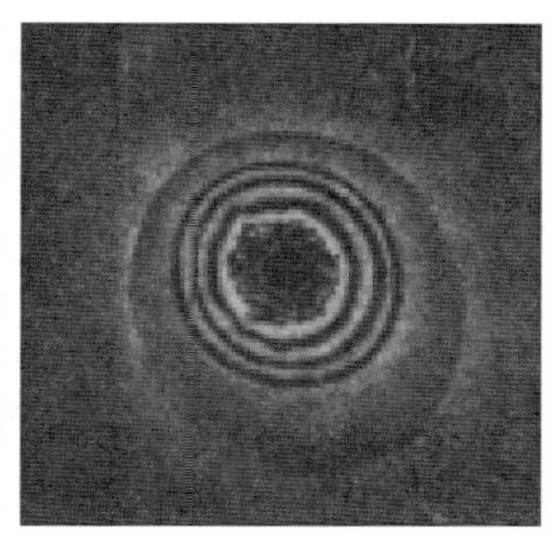
〈그림 3〉 음전하를 띤 도형

송진가루를 열심히 뿌렸더니 도형이 더 선명하고 아름다워졌다는 지적은 여기서 연구자의 개입과 함께 과학과 미학이 교차하는 지식의 공간이 열렸음을 시사한다. 리히텐베르크는 도형이 겸비하는 아름다움과 중요성을 가리키면서 기전반이 요술쟁이들에 의해 악용될지도 모른다는 우려를 나타내며,

---

13　Lichtenberg, Georg Christoph : "Von einer neuen Art die Natur und Bewegung der elektrischen Materie zu erforschen. Erste Abhandlung", Ders. : *Schriften und Briefe*, Band 3. hrsg. von Wolfgang Promies, München, 1967~1992, pp.24~34, 여기 그리고 다음 페이지에서 이 글의 인용은 전부 p.27f. 본문에서 별도로 표시하지 않음.

14　그림 1-3, ebd.

도형을 처음 발견했을 때의 "즐거움"과 "유희"는 이내 도형을 "면밀히 관찰하기 시작"해서 통제를 하려는 "진지한" 태도로 바뀐다. 끈적끈적한 물질을 바른 검정색 종이를 원판에 눌러서 도형의 판화를 남긴 뒤 리히텐베르크는 여러 차례의 전극 실험을 거쳐서 도형의 형태가 양·음전하에 따라서 달라진다는 것을 밝혀냈다(그림 2~3).

리히텐베르크는 어떤 이론을 주장하기에는 아직 시점이 이르다고 말하면서 도형들의 판화를 보여주는 것으로 발표를 맺는데, 이와 같이 그는 '직접 말하는 자연'이라는 패러다임을 아직 유지하려는 모습을 보였다. 그는 도형의 활용가능성, 이를테면 심층암호(Steganographie)로 사용할 수도 있겠다는 가능성을 지적하고, 더 나아가 도형을 통해 조만간 "전기의 신비를 둘러싼 안개"(II, J 1682)를 거두고 이와 함께 다른 자연현상들에 대한 인식까지 도출할 것이라고 전망했지만, 아직은 현상의 원인을 밝혀내지 못했음을 인정했다. 대신 리히텐베르크는 '이렇게 하면 저렇게 된다'와 같은 조건문 형식으로 도형의 산출을 반복할 수 있는 실험과정을 구체적으로 소개함으로써 자신이 발견한 '흔적'을 '정보'로 발전시킬 수 있는 서술방식을 전략적으로 동원했다.

수학을 전공한 리히텐베르크는 당대의 수학지식, 베이컨식의 실험과학 논의에 대해 익히 알고 있었다. 『잡록』에서 리히텐베르크는 수학의 중요성을 강조하면서도 실험과학에서 수학의 의미는 실험을 통해 이미 확보된 인식을 통합시키고 재현해주는 보조학문적인 기능에 있을 뿐, 새로운 인식을 도출하는 데는 도움이 안 된다고 보았다 : "나는 자연론에서 계산을 통해 이루어진 위대한 **발견**은 없다고 본다."(II, L 866) 리히텐베르크는 자신의 발견 및 이를 토대로 실시한 실험들의 결과를 섣부른 이론으로 자리를 굳히지 않고 여러 가능성들을 열어두고자 했다. 그에게 "실험을 잘 이야기"(I, J 764)하는 능력은 불명료한 요소를 제거하는 데 있지 않고, 오히려 아직 '흔적' 내지 '인식 사물'에 지나지 않는 불확실한 지식에 대한 상이한 해석 가능성을 열어두는 서술방식을 의미했다.

리히텐베르크 도형의 발견은 나중에 플라즈마물리학으로 이어졌으며, 도형의 판화를 얻었던 방식은 오늘날의 건식복사 원리와 같다. 또한 리히텐베르크는 20세기 중후반에 비로소 '프랙털'로 개념화된 도형의 자기유사성 구조에 주목했다. 리히텐베르크의 선구자적 역할은 곧잘 언급되곤 하지만, 도형의 특성에 따라 양극 / 음극을 더 확실하게 알아볼 수 있게 되었다는 점을 제외하면 전기학의 정량화 및 수학화에 기여한 바가 없는 것은 사실이다. 이처럼 리히텐베르크는 자신의 발견을 물리학적으로 이론화하지 않았기 때문에 과학기술 발전에 어떤 직접적인 영향을 주지 않았다는 견해가 오늘날 지배적이다. 리히텐베르크 도형의 미적인 측면은 현대 예술에서 여전히 주목받고 있지만, 1800년 전후에 전기학의 경계를 넘어서 지식의 생산과 전파에 미친 다방면의 영향은 최근에 와서야 연구되고 있다. 불확실한 지식에 대한 관심 증가, 과학학에서의 '시각적 전환(visual turn)' 등은 리히텐베르크 도형이 인식적 차원에서도 여러 분야와 매체에 미친 영향을 보다 총체적으로 접근할 수 있는 발판이 되었다. 예컨대 최근에 나온 하마나카(Haru Hamanaka)의 연구는 리히텐베르크 도형이 1800년경에 전기학뿐만 아니라 기상학(특히 구름에 관한 연구), 그래픽, 인쇄기술에 미친 영향, 문자 및 이미지 매체로서의 기능 등을 광범위하게 다룸으로써 리히텐베르크 도형이 당대의 지식질서 및 담론에서 가졌던 인식론적 의미를 재구성하고 있다.[15]

---

15 Vgl. Hamanaka, Haru, *Erkenntnis und Bild. Wissenschaftsgeschichte der Lichtenbergischen Figuren um 1800*, Göttingen, 2015, pp. 11~22.

3. 무지에 대한 성찰

"사람들은 지금 도처에 지혜를 전파하려 애쓰고 있지만 누가 알겠는가, 몇 백 년 후에 다시 옛날의 무지를 만들어 내려는 대학이 생길지."(II, K 236) 이 인용문은 'agnotology'라는 신조어가 생길 정도로 최근 들어 문화적으로 생성되는 다양한 형태의 무지에 주목하고 있는 상황을 예견한 듯하다. 여기서 '무지(Nicht-Wissen / ignorance)'란 특정한 시대의 패러다임 안에서 여러 가지 이유에서 지식으로서는 불충분하다고 규정된, 역사적·인위적으로 만들어진 영역을 나타낸다.[16] 지식과 무지는 대칭관계에 놓여있다기보다는 둘의 관계를 어떻게 설정하느냐에 따라서 무지는 독일어에서 'Ignoranz'라는 단어가 그렇듯이 '알고 싶지 않다'는 주체의 적극적인 의지가 담겨 있을 수도, 아니면 정보 결여로 인한 '알지 못함', 또는 구조적인 무지를 뜻할 수도 있다. 더 나아가 시간적 측면에서 '더 이상 알지 못함'과 '아직 알지 못함'일 수도, 그리고 우리가 '의식하고 있는 무지'와 '의식하지 못하는 무지'의 뜻까지 함축한다. 마지막으로, 새로운 지식의 산출이 낳은 새로운 무지를 가리킬 수도 있다. 위의 인용문에서도 드러나듯이 리히텐베르크는 지식의 분화를 지켜보면서 특히 1790년대의 기록에서 무지의 여러 기능, 특히 메타지식의 산출에 있어서 무지의 역할에 대해 성찰했다.

---

16 Vgl. Proctor, Robert N. / Schiebinger, Londa(Hg.), *Agnotology. The Making and Unmaking of Ignorance*, Stanford, California, 2008, p.27.

1) 『자연론의 기초』

앞서 언급했듯이 리히텐베르크는 책으로 된 자연사에 대해서 대체로 비판적이었으며 강의도 교재 없이 실험 중심으로 진행했다. 그럼에도 불구하고 그는 당대에 중요한 실험물리학 교재였던 『자연론의 기초(Anfangsgründe der Naturlehre)』의 개정작업에 관여했다. 리히텐베르크의 친구이자 동료였던 에르크스레벤의 『자연론의 기초』는 1772년 초판을 시작으로 6판까지 개정판이 나올 정도로 널리 보급된 실험물리학 편람이었다.[17] 2판(1777)까지는 에르크스레벤이 직접 개정했지만, 그가 일찍 세상을 떠나자 출판사 사장의 부탁으로 리히텐베르크가 여러 차례의 개정작업을 담당했다. 에르크스레벤의 교과서는 금방 절판될 정도로 수요가 컸기 때문에 출판사 사장은 『자연론의 기초』의 목차와 단락 구성을 유지하고 최신 연구와 참고문헌 및 보충설명만 추가하기를 요구했다. 이런 방식은 리히텐베르크의 생각과 일치하지 않았지만 출판사 사장의 집에서 임대료를 내지 않고 살고 있었던 리히텐베르크에게 개정작업은 집세와 같았다. 이처럼 계속 원텍스트를 유지하면서 리히텐베르크가 추가한 내용은 글자 크기를 작게 하는 등 별도로 표시되었다. 그러나 기체, 열, 빛, 전기 그리고 자기와 같이 아직 '무게가 없는 유체(imponderable fluid)'로 간주되었던 분야들의 지식은 그 당시에 급속도로 발전하고 있었기 때문에 특히 이에 관한 챕터들은 갈수록 원텍스트(800페이지)와 작은 글씨로 추가된 부분(150페이지)의 관계가 점점 불균형을 이루었으며 편람이라고 보기 힘들어졌다.[18] 에

---

17 3판(1784), 4판(1787), 5판(1791), 6판(1794).
18 2005년 리히텐베르크 자연과학저술 전집의 1권으로 다시 출간된 『자연론의 기초』가 최종판이 아닌 4판인 이유도 이런 지식의 변화를 잘 읽어낼 수 있기 때문이다.

르크스레벤의 텍스트는 리히텐베르크가 "새로운 지식을 선보이고 연출할 수 있는 무대"[19]가 되었다.

리히텐베르크는 새로운 지식을 보태기도 했지만 여러 수사학적 방법을 동원해서 기존 지식에 의문을 제기하거나 상대화시키기도 했으며 가장 극단적인 경우에는 옆에 물음표만 달기도 했다. 이런 식으로 그는 자기 자신도 채울 수 없는 지식의 공백을 표시했으며, 원텍스트와 자신이 보탠 부분의 병렬적 구성을 통해 그 이전까지 잘 보이지 않았던 인식론적 공백을 드러냈다. 1794년 6판 개정작업을 마친 리히텐베르크는 이런 공백을 "얼룩"에 비유하면서, 네 차례의 개정작업에 걸쳐서 얼룩을 제거하려고 했으나, "얼룩 하나를 지우면 그 자리에 다른 색의 얼룩이 앉는 법이다"는 결론을 얻었다.[20]

2) 사고실험으로서의 글쓰기 : 『잡록』

리히텐베르크에게 수업이나 연구에서보다 당대 패러다임의 경계를 보다 자유롭게 탐색할 수 있었던 공간은 『잡록』이다. 리히텐베르크는 1765년부터 1799년까지, 즉 대학을 다닐 때부터 죽기 직전까지 주제와 분야를 가리지 않고 착상과 아포리즘, 그리고 미완성 소설에 이르기까지, 내용적·형식적 통일성을 찾기 힘든 8천여 개의 짧고 긴 텍스트를 썼다. 처음에는 낱장에 쓰

---

19 Kliche, Dieter, "Zellen im fremden Stock", Lichtenbergs Zusätze zu Erxlebens *Anfangsgründen der Naturlehre*, Welsh, Caroline / Willer, Stefan(Hg.) : "Interesse für bedingtes Wissen" : *Wechselbeziehungen zwischen den Wissenskulturen*, Paderborn, 2007, p.297.

20 Lichtenberg, Georg Christoph, *Vorlesungen zur Naturlehre. Lichtenbergs annotiertes Handexemplar der 4. Auflage von Johann Christian Polycarp Erxleben : "Anfangsgründe der Naturlehre"*[1787], hrsg. von der Akademie der Wissenschaften zu Göttingen, Göttingen, 2005, p.19.

다가, 나중에는 제본업자에게 특별히 공책 제작을 맡겼다. 기록방식에서 흥미로운 점은 공책의 앞과 뒤를 동시에 채우기 시작했다는 것이다. 그는 공책의 앞쪽에는 주로 세상사 전반에 관한 생각을 적고, 공책을 뒤집은 반대쪽에는 주로 연구와 관련된 내용으로 채웠다. 앞의 내용은 알파벳으로, 뒤의 내용은 로마 숫자로 쪽수를 매겼으며, 이렇게 해서 두 내용은 공책 중간에 만나는 식이었다.

『잡록』은 원래 출간을 목적으로 씌어지지 않았다. "잡록"이라는 제목이 붙여지고, 지금처럼 하나의 완결된 '작품'으로 보급되기 시작한 것은 1960년대에 와서이다. 제목의 적합성 여부에 대해서도 연구자들 사이에 의견이 분분하다. 리히텐베르크는 'Sudelbuch'라는 단어를 1775년 처음 언급하고 있다.

상인들에게는 waste book(독일어로는 Sudelbuch, Klitterbuch라고 부르는 것 같다)이 있는데, 여기에 이들은 매일 매일의 매상과 매출을 아무 질서 없이 기록했다가 나중에 장부에 좀 더 체계적으로 옮겨 적는다. (…중략…) 학자들도 이를 본받으면 좋을 것이다. (I, E 46)

어떤 대상이 아직 새롭다고 여겨질 때면 너무 상세히 기술하려는 경향에 빠지게 마련인데, 잡록에서는 그런 상세함을 실컷 펼쳐놓을 수 있다. 대상이 좀 더 친숙해지면 불필요한 것이 보일 것이며 줄이면 된다. (…중략…) 나는 잡록에서는 작문처럼 길었던 것을 나중에 어떤 표현에 뉘앙스를 더하는 정도로 줄인 경우가 많다. (I, E 150)

리히텐베르크는 상인들의 회계장부 기록방식을 학자들도 본받으면 좋을 것이라고 하면서 실제로도 1776년 새 공책을 시작할 때부터는 "잡록"이라는 제목을 앞에 달기도 했다. 하지만 그의 글쓰기 방식은 깨끗하게 옮겨 적기 전의 임시적 성격과는 매우 다르다. 공책의 앞과 뒤를 동시에 채워나간 그의 글쓰기 방식은 회계 장부의 복식 부기 형식을 따른 셈이지만, 『잡록』의 필사본을 보면 리히텐베르크가 얼마나 여기에 정성을 들였는가를 알 수 있다. 무질서한 낙서장과 거리가 먼 그의 기록들은 어떤 최종 작품을 목표로 한 초안이었다기보다는 글쓰기 행위 자체에 그 의미가 있다고 보는 것이 더 맞을 것이다.[21] 이런 글쓰기 과정에서 리히텐베르크가 모색했던 것은 나중에 20세기에 가서 무질이 『특성 없는 남자』(1930~1932)에서 "현실감각이 있다면 가능성 감각이라는 것도 있지 않겠는가"[22]라고 했던 것과 유사한 '가능성 감각(Möglichkeitssinn)'이다. 『잡록』은 리히텐베르크에게 모든 것이 지금과 다를 수도 있다는 상상력 내지 가능성 감각을 개발하기 위한 사고실험의 장이었던 것이다.

사고실험은 갈릴레이까지 그 역사를 거슬러 올라갈 수 있지만, 용어로 도입되는 것은 20세기 초 마흐(Ernst Mach)에 의해서였다. 「사고실험에 관하여(Über Gedankenexperimente)」(1897)에서 마흐는 사고실험이 물리적 실험보다 훨씬 더 고도의 지적인 실험이라고 보고 있다.[23] 사고실험은 이처럼 마흐에

---

21 이와 관련 캄페는 『잡록』을 어떤 장르로 보지 말고 "글쓰기 기법(Schreibverfahren)"으로 접근할 것을 제안한다. Vgl. Campe, Rüdiger : "Vorgreifen und Zurückgreifen. Zur Emergenz des Sudelbuchs in Georg Christoph Lichtenbergs *Hefte E*", Krauthausen, Karin / Nasim, Omar W. (Hg.) : *Notieren, Skizzieren. Schreiben und Zeichnen als Verfahren des Entwurfs*, Zürich, 2010, pp.61~87. 반면 리히틴베르크의 글쓰기 방법을 인지과학의 관점과 접목시키는 다음과 같은 연구도 있다 : Vgl. Loescher, Jens : Schreiben. *Literarische und wissenschaftliche Innovation bei Lichtenberg, Jean Paul, Goethe*, Berlin / Boston 2014.

22 Musil, Robert, *Der Mann ohne Eigenschaften*, Reinbek bei Hamburg, 2010, p.16.

23 "프로젝트 기획자, 공중누각을 짓는 자, 소설작가, 사회적 유토피아와 기술적 유토피아를 상상하는 시인은 사고로 실험한다. 하지만 착실한 상인, 진지한 발명가와 연구자도 마찬가지이

의해 하나의 자연과학적 방법으로 도입되고 특히 상대성 이론과 양자물리학과 같은 맥락에서 전략적으로 사용되었지만, 이미 200여 년 전에 리히텐베르크도 『잡록』에서 사고실험의 방법론을 구상했다. 그는 "자연을 탐구하는 과정에서 우리는 너무 한 궤도에 깊숙이 진입한 나머지 항상 다른 이들을 쫓아간다. 거기서 빠져나오려고 노력해야 한다"(II, K 306)고 역설하면서 이성적, 논리적 사고의 한계를 비판한다. 그는 우리가 모든 것을 배운 틀 안에서만 바라보기 때문에 대부분의 발명은 우연을 통해 이루어진다고 지적하면서, "따라서 어떻게 하면 특정한 법칙에 따라 규칙에서 벗어날 수 있는지 지침을 준다면 매우 유용할 것이다"(II, J 1329)라고 한다. 이는 자유연상이 아니라 새로운 지식 생산을 위한 계획적이고 체계적인 상상을 의미한다.

내 머리 속에 얼마나 많은 생각이 흩어져서 떠다니고 있는가. 그 중 어떤 생각들은 서로 만나기만 한다면 최고의 발견을 가져올 수도 있을 텐데 말이다. 하지만 만나면 화약을 만들어낼 고슬라의 유황, 동인도의 질산칼륨, 그리고 아이히스펠트 숯가마의 탄진처럼, 내 머리 속의 생각들은 서로 멀리 떨어져 있다. 화약의 성분은 화약보다 훨씬 오래전부터 존재하지 않았던가. 천연 왕수(王水)란 없다. 생각할 때 이성이 흘러가는 대로 우리를 맡기면 개념은 어떤 개념에 너무 **달라붙어** 있어서 정작 관계를 맺어야 할 다른 개념들과 결합하지 못하는 경우가 많다. (…중략…) 그래서 우리는 사물들을 의도적으로 결합시켜야 한다. 아이디어들을 가지고 **실험을 해야 한다.** (II, K 309)

다. 이들 모두 어떤 상황을 상상하고 어떤 특정한 결과에 대한 기대 및 추측과 연결시킨다. 이들은 사고 경험을 한다." Mach, Ernst, *Erkenntnis und Irrtum*, Berlin, 2012, p.186.

리히텐베르크에 따르면 사고실험에서 가장 중요한 것은 가설이다. 그는 한편으로 "아직 알지 못하고 있는 것을 알고 있다고 믿는 것만큼 과학의 발전을 저지하는 것은 없다. 이런 오류는 주로 무턱대고 가설을 발명하는 자들이 범한다"(II, J1438)면서 근거 없는 가설을 비판했지만, 동시에 새로운 지식을 산출하고 가능성의 수를 늘리는 체계적인 가설의 중요성을 강조했다. 그에게 이런 "가설이란 공인된 지식에 유추하여 추측하는 것이다."(II, J 1520) 리히텐베르크는 무엇을 발명하는 상황에서 우연성을 완전히 배제할 수는 없지만 이를 반복 가능한 실험질서 안에서 길들일 수 있는 방법을 모색했는데, 패러다임이 바로 그런 역할을 할 수 있다고 생각했다.

> 내가 보기에 발견적 방법 가운데 가장 유용한 것은 내가 지금까지 파라디그마 타라고 불러온 것이다. 금속의 하소(煆燒)에 관한 연구를 할 때 왜 뉴턴의 광학을 본보기로 삼으면 안 된다는 건지 나는 이해할 수 없다. (II, K 312)

토마스 쿤이 『과학혁명의 구조』(1962)에서 제시한 패러다임 개념을 선취한 리히텐베르크는 아무리 서로 멀리 떨어져 있는 사물들일지라도 패러다임을 통해 어떤 유사성을 발견할 수 있다고 보았다 : "나는 물리학에서 취한 패러다임을 통해서 칸트 철학에까지 도달할 수 있었을 것이라고 믿는다."(II, K 313)

가설의 진위여부는 리히텐베르크에게 부차적인 문제였다. 나중에 오류로 판정된다 해도 "좋은 가설이었다면 그 가설이 나온 시대 안에서 현상들을 통합적으로 생각하고 간직할 수 있게 해준다." 더 나아가 리히텐베르크는 '틀린 지식'도 인식을 돕는다고 보고 무지의 생산적 기능에 주목했다. 그는 "우리가 자주 범하는 오류들조차 궁극적으로 우리로 하여금 모든 것이 우리의 생각과 다를 수도 있다고 믿게 해준다는 점에서 유용하다"(I, J 942)면서 심지어 "새로운 오류들을 발명할 것"(II, L 886)을 제안했다. 이런 가능성 감각을 키우는 것이 리히텐베르크가 제안하는 사고실험의 핵심이다. 그러기 위한 구체적인 방법으로 『잡록』에서 동원되는 것은 뒤바꾸기 기법과 가정법이다. "콜럼버스를 제일 먼저 발견한 아메리카인은 안 좋은 발견을 했다"(II, G 183)와 같이 관점을 뒤집는다거나, "백 살이 된 사람을 모래시계 돌려놓듯이 다시 돌려놓는다면, 그러고 나서 그가 일반사망확률을 가지고 다시 젊어진다면 : 그렇다면 세상은 어떤 모습일까?"(II, K 277)처럼 '만약에(what if)'에서 출발해서 기존의 인식 틀에서 벗어날 수 있는 방법을 모색했다.

4. 끝맺으며

모래 속에 어떤 "얼굴"이나 "풍경"이 보인다면 "그것은 전부 우리 안에 있는 것이지 사물 안에 있는 것이 아니다. 우리는 자연과 우리 질서를 관찰할 때 늘 우리 자신을 관찰하고 있음을 거듭 상기시켜야 한다."(I, J 392) 이처럼 리히텐베르크는 자연의 문자가 파편적이라서 "자연에서 우리가 읽어내는 것은 단어가 아니라 첫 글자일 뿐"(II, J 2154)이며, 우리가 어렵게 어떤 단어를 해독했다고 생각하면 이 역시 다른 단어의 첫 글자일 뿐이라고 회의를 나타낸다. 그럼에도 불구하고 리히텐베르크는 가설 없이는 "사물들을 지킬 수 없기 때문에"(I, J 392) 우리에게는 가설이 필요하다는 입장을 고수한다. 우리가 읽지 못하는 것 혹은 읽기가 아예 불가능한 것일지라도, "많은 시도와 성찰"을 통해 의미를 부여할 수 있다는 것이다. 『잡록』에서 이와 같은 사고실험은 과학적 글쓰기와 문학적 글쓰기가 교차하는 방식으로 이루어진다.

이 글에서 아쉽게도 다루지 못한 『잡록』의 중요한 측면은 리히텐베르크의 사고실험이 공책이라는 구체적인 공간에서 펼쳐지는 글쓰기 행위라는 점이다. 『잡록』의 보급판은 이런 측면을 쉽게 간과하게 하지만, 창조적 행위로서의 글쓰기와 필기도구라는 물질적 조건을 함께 분석한다면, 『잡록』이 'Sudelbuch'의 일반적 의미처럼 무엇을 깨끗하게 옮겨 적기 전의 '초안' 역할을 하는 것이 아니라, 리히텐베르크가 자신의 경험과 생각을 공책에 기록하고 재배치하는 과정에서 모습이 서서히 드러나는 '글쓰기 기법' 혹은 '인식 기법'이라는 점이 더욱 잘 드러날 수 있을 것이다.

참고문헌

자료

Lichtenberg, Georg Christoph, *Sudelbücher*, Gesamtausgabe in 3 Bänden, hrsg. von Wolfgang Promies, München, 2005.

______, *Schriften und Briefe*, 4 Bände, hrsg. von Wolfgang Promies, München, 1967~1992.

______, *Vorlesungen zur Naturlehre, Lichtenbergs annotiertes Handexemplar der 4. Auflage von Johann Christian Polycarp Erxleben : "Anfangsgründe der Naturlehre"*[1787], hrsg. von der Akademie der Wissenschaften zu Göttingen, Göttingen, 2005.

______, *Physikvorlesung. Nach J. Chr. P. Erxlebens Anfangsgründen der Naturlehre. Aus den Erinnerungen von Gottlieb Gamauf. Bearbeitet und mit einer Einleitung versehen von Fritz Krafft*, Wiesbaden, 2007.

논저

Bies, Michael / Gamper, Michael(Hg.), *Literatur und Nicht-Wissen. Historische Konstellationen 1730~1930*, Zürich, 2012.

Campe, Rüdiger, "Vorgreifen und Zurückgreifen. Zur Emergenz des Sudelbuchs in Georg Christoph Lichtenbergs *Hefte E*", Krauthausen, Karin / Nasim, Omar W.(Hg.) : *Notieren, Skizzieren. Schreiben und Zeichnen als Verfahren des Entwurfs*, Zürich, 2010.

Gamper, Michael, *Elektropoetologie. Fiktionen der Elektrizität 1740~1870*, Göttingen, 2009.

Gamper, Michael / Wernli, Martina / Zimmer, Jörg(Hg.), *"Es ist nun einmal zum Versuch gekommen." Experiment und Literatur I 1580~1790*, Göttingen, 2009.

Hamanaka, Haru, *Erkenntnis und Bild. Wissenschaftsgeschichte der Lichtenbergischen Figuren um 1800*, Göttingen, 2015.

Kliche, Dieter, "Zellen im fremden Stock", Lichtenbergs Zusätze zu Erxlebens *Anfangsgründen der Naturlehre*, "Interesse für bedingtes Wissen" : *Wechselbeziehungen zwischen den Wissenskulturen*, Welsh, Caroline / Willer, Stefan(Hg.), Paderborn, 2007.

Loescher, Jens, *Schreiben. Literarische und wissenschaftliche Innovation bei Lichtenberg, Jean Paul, Goethe*, Berlin / Boston, 2014.

Musil, Robert, *Der Mann ohne Eigenschaften*, Reinbek bei Hamburg, 2010.

Proctor, Robert N. / Schiebinger, Londa(Hg.), *Agnotology. The Making and Unmaking of Ignorance*, Stanford, California, 2008.

Rheinberger, Hans-Jörg, *Experimentalsysteme und epistemische Dinge. Eine Geschichte der Proteinsynthese im Reagenzglas*, Göttingen, 2001.

Röseberg, Ulrich, "Experiment", *Europäische Enzyklopädie zu Philosophie und Wissenschaften*, Bd. 1, hrsg. von Hans Jörg Sandkühler, Hamburg, 1990.

Zedler, Johann Heinrich, *Grosses vollständiges Universal Lexicon Aller Wissenschaften und Künste*, 64 Bände und 4 Supplementbände, Halle, Leipzig 1732~1754 (Reprint Graz : Akademische Druck- und Verlagsanstalt 1961~1964), Bd. VIII.

"Interview mit Hans-Jörg Rheinberger. Papierpraktiken im Labor", *Notieren, Skizzieren. Schreiben und Zeichnen als Verfahren des Entwurfs*, Krauthausen, Karin / Nasim, Omar W.(Hg.), Zürich, 2010.

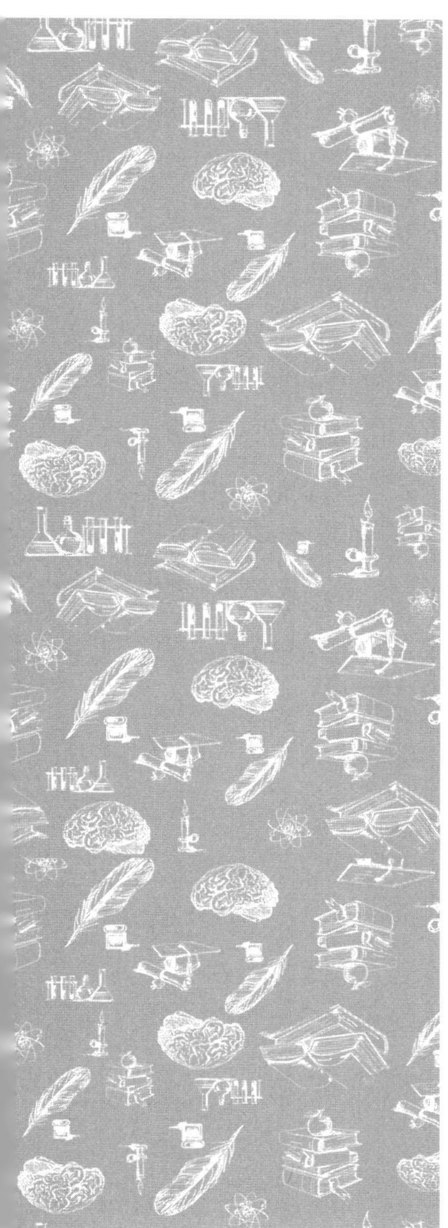

제3장

실험실 속의 인간

괴테의 '호문쿨루스'

근대과학지식과 문학적 사유실험 사이에서 읽는 근대기획의 그늘

김연수

1. 들어가는 말

'인조인간'에 대한 인류의 상상과 욕망은 오래전부터 신화 등을 통해서도 다양하게 표출되어 오고 있었고 17~18세기 유럽의 근대과학혁명기에 본격적인 현상들이 나타난 이래로 오늘날의 생명공학, 유전공학 등의 논의로까지 이어지고 있다. 근대 물리학, 화학, 의학 등 과학영역에서 나타난 놀라운 발전과 더불어 세상, 자연, 인간을 이해하는 방식이 변하고 이에 따라 '기계인간' 제조현상 및 '인조인간'에 대한 문학적 상상도 두드러졌다. 이런 현상을 동반한 결정적인 계기는 생명현상에 대한 설명까지도 무기체를 설명하고 이해하는 것과 동일한 방식을 적용하게 된 근대의 기계론적 세계관이었다. 이 글에서 살펴보고자 하는 괴테의 『파우스트』 II부에 등장하는 '인조인간' 혹은 '인

공지능'인 호문쿨루스 역시 이런 기계론적이고 유물론적인 세계관과 무관하지 않다. 괴테가 호문쿨루스 제조 장면을 기술한 것으로 추정되는 1828년에 유기화학자의 창시자인 독일의 화학자 프리드리히 뵐러(Friedrich Wöhler, 1800~1882)가 성공시킨 '요소합성(Harnstoffsynthese)' 실험의 사회적 파장을 괴테가 함께 경험했고 이를 호문쿨루스 묘사 장면에 적극 도입했다는 사실은 이미 잘 알려졌다.[1] 뵐러의 실험원리는 간단히 말하자면, 무기적인 것에서 유기적인 것을 합성해내는 작업이다. 뵐러의 화학실험 결과는 근대의 기계론적이고 유물론적인 세계관을 뒷받침하기에 충분했던 것으로 보인다. 물론 거친 연결이지만 오늘날 무기적이고 인공적인 소재를 인간 신체 등과 같은 유기체에 이식하여 신체적 장애나 한계를 극복하고자 하는 생명공학적인 기초 원리와도 유비적으로 생각해볼 수 있을 것이다. 다시 말하자면 포스트휴먼, 트랜스휴먼을 논하는 오늘날 학술담론의 장에서 18세기 유럽 근대의 과학혁명과 이에 대한 문학인들의 대응과 논의에 귀를 기울여볼 필요가 있다. 이 글에서는 현대의 포스트휴머니즘 논의 맥락까지 다루지는 않지만, 뵐러의 화학실험을 바탕으로 한 괴테의 인물 호문쿨루스를 분석함으로써, 당시 창조론에 프로메테우스적으로 도전하는 과학기술자들의 욕망과 괴테의 근대기획에 대한 사유실험을 유럽의 근대계몽주의 맥락에서 비판적으로 고찰해보고자 한다.

---

1   인조인간 및 비행도구와 관련한 화학실험이나 과학이론들을 괴테가 어떻게 『파우스트』 II부에 반영하였는지는 국내에도 이미 소개되었다. 참조. 이경희, 「근대 화학이론과 실험의 시학적 형상화—괴테의 『파우스트』 II부를 중심으로」, 『외국문학연구』 제35호, 2009, 191~212면.

2. 괴테의 호문쿨루스와 인조인간의 문화사

괴테의 『파우스트』 II부 중 「실험실」 장면에서 호문쿨루스의 출생이 이야기된다. 파우스트의 제자였던 바그너의 실험실에서 벌어지는 일이다. "중세적"이고, "공상적인 목적에는 복잡하고 도움이 되지 않는 도구들이 있다"(V.6816~6817)[2]는 지문으로 중세적 연금술사의 고딕식 실험실 풍경을 떠올리게 하면서도 동시에 실험실 자체가 이제 더 이상 중세적이지만은 않음을 암시한다. 실험도구들이 공상적인 목적에는 도움을 주지 않는다고 묘사하고 있기 때문이다. 그의 실험실은 중세적인 건축물 안의 근대적인 과학실험실로 연출된 것이다. 바그너 실험실의 근대성은 우선 호문쿨루스 제조방법 묘사에서 읽을 수 있다. 바그너가 실험실의 화덕 앞에서 성공을 목전에 둔 실험 장면을 다음과 같이 묘사하고 있다.

> 빛이 납니다! 보세요! ─ 이제 정말 희망할 수 있어요. / 수백 가지 소재에서 / 혼합을 통해 ─ 혼합이 중요하니까요. / 인간소재를 여유 있게 구성하고 / 막대기병에 넣어서 밀봉하고 / 그것을 여러 차례 증류합니다. / 이렇게 그 작업이 은근히 이루어집니다.[3] (V.6847~6853)

소재들을 '혼합하고', '구성하고', '밀봉하고', '증류하기'라는 단계별 변화

2　괴테의 『파우스트』 독일어버전은 Aufbau 출판사(Goldmann Klassiker) 1984년도 판본을 사용하였다. 이후 작품에서 인용되는 행수는 괄호 안에 표기한다.
3　괴테의 『파우스트』에서 인용된 부분의 번역은 김수용 번역본과 이인웅 번역본을 참조하였다.

양상으로 인조인간 제조 방법을 묘사하면서 근대적 과학의 개념들을 사용함으로써 실험과정 자체의 근대성을 부각시키고 있다.

그러나 바그너의 인조인간 실험에 투영된 보다 본질적인 근대과학 지식은 뷜러의 화학실험에 함축되어 있는, 자연에 대한 이해방식의 변화이다. 뷜러는 유기화학의 선구이자 오늘날 의학계에서도 관심을 갖는 약물과 소변성분 문제를 연구한 화학자였다. 뷜러의 요소합성실험에 의해서 유기화합물이 무기화합물로부터 실험을 통하여 합성될 수 있다는 것이 밝혀졌다. 1828년 뷜러는 암모니아와 사이안산(cyanic acid)으로부터 만든 시안산 암모늄(ammonium cyanate)을 산소가 없는 곳에서 가열하여 간단히 요소(urea)로 변환시켰다. 쉽게 말하자면, 그는 살아있는 유기체에서 생산되는 요소(시안산암모늄)의 성분을 분석했는데, 이 성분이 살아있는 자연, 즉 유기체에서만이 아니라 생명이 없는 무기물에서도 동일한 구조의 성분으로 발견됨을 알았다. 다시 말해 방광이라는 유기적 조직체를 통하지 않고도 오줌을 만들 수 있음을 밝히는 데 성공한 것이다. 이로써 그를 비롯한 그의 동시대인들은 "이성적인 실험"(V.6858)을 통해서 자연 및 유기체의 신비를 밝힌 것으로 여겼고, 나아가 신진대사물을 '인위적으로' 획득할 수 있게 되었으니 이제 인조인간까지 제조할 수 있다고 상상하게 되었다.[4] 유기화학을 통한 '창조신화'가 가능하다고 생각하게 되었던 것이다.

---

4   Drux, Rudolf, "Künstliche Menschen", *Spektrum der Wissenschaft Juni*, 2001, p.74; 뷜러가 자신의 실험결과를 그의 스승 베르첼리우스(Berzelius)에게 편지로 알렸고, 베르첼리우스는 답장으로 '어쩌면 실험실에서 어린아이도 만들어 낼 수도 있는 멋진 신기술'의 가능성에 대해 언급했고, 괴테는 과학계의 최신 동향을 자신에게 알려주는 예나 대학의 화학자 되버라이너(Döbereiner)를 통해서 이 사실을 접했고 심지어 베르첼리우스를 직접 만나기까지 하였다고 한다(참조. 임홍배, 「기술만능주의와 진화론을 넘어서—파우스트』 2부의 호문쿨루스」, 『괴테가 탐사한 근대』, 창비, 2014, 329면).

바그너가 메피스토에게 인조인간 제조의 기본 원리를 "자연이 지금까지 유기적으로 조직해오던 것, / 그것을 우리가 결정체로 만들지요"(V.6859~6860)라고 설명한다. 이는 뵐러의 요소합성 실험의 원리와 정확하게 일치하는 내용이다. 지금까지는 자연 속에서, 자연의 법칙에 따라 조직되고 생성되는 것들을 이제는 인간인 '우리'가 조합하고 분리 혹은 재배치 혹은 합성시키면서 만들어낼 수 있다는 것이다. 그렇게 인위적으로 만들 수 있다고 생각하는 그 대상이 단순히 유기화합물 정도가 아니라 생명체인 '인간'도 그렇게 만들어낼 수 있다는 사고방식이 바로 쟁점이 되고 있다. 괴테는 호문쿨루스가 탄생하는 순간을 아래와 같이 묘사하고 있다.

> 이미 시험관 한 가운데서 / 살아있는 석탄처럼 활활 타오르고, / 그래, 아주 탁월한 석류석이 그렇듯 / 어둠 속에서 번쩍 거리는 군. / 밝고 하얀 빛이 비치네! / 오, 이번에는 실패하지 않기를 — (V.6824~6829)

불빛을 내며 연소하는 것이 석탄 내지 석류석 같은 무기물이다. 이런 무기물의 열처리 과정을 거쳐서 빛을 발하는 어떤 존재가 나타나려는 순간을 포착하여 실험과정을 묘사하고 있다. 뵐러의 요소합성실험의 원리대로 인간을 생명이 있는 유기체에서가 아니라 생명이 없는 무기물에서 제조해내는 실험실 풍경으로 호문쿨루스의 탄생을 그리고 있다.

호문쿨루스와 같은 인조인간을 창조하려는 상상력이 비단 뵐러의 요소합성실험이 성공한 이후에야 가능했던 것은 아니다. 문화사적으로 볼 때, 이런 근대적 화학실험은 중세의 연금술사의 실험에서 유래, 변화, 발전하였다. 괴테가 호문쿨루스를 창조하는 실험실을 "도움이 되지 않는 도구들이" 있는 "중세적"

인 분위기로 설정하고 있는 것도 이런 맥락에서 이해할 수 있다. 괴테가 바그너의 실험실을 묘사하기 위해서 당시 사회적으로도 논란이 되었던 뵐러의 유기화학 실험뿐만 아니라, 그가 한때 의학과 약제에 대해 관심을 갖고 탐독했던 적이 있고 『색채론(*Geschichte der Farbenlehre*)』을 쓸 때 다시 탐독했던 파라셀수스(Paraselsus, 1493~1541)의 저술 『물질의 본성에 대하여(*de natura rerum*)』(Basel, 1572), 호문쿨루스의 출생이 이야기되는 로렌스 스턴(Laurence Sterne, 1713~1768)의 『트리스트램 샌디(*Tristram Shandy*)』(1759) 그리고 플루타르크의 저술 『오라클의 몰락에 대하여(*Über den Verfall der Orakel*)』 등을 참고로 했을 것으로 추정한다. 여성의 몸, 자궁 밖에서 인간이 태어날 수 있다는 상상을 하기 시작한 것도 중세말엽부터 연금술적으로나 신비교적 전통에서 시작되었다. 그중 가장 잘 알려진 묘사가 바로 파라셀수스의 버전이다.

1530년경 파라셀수스는 뵐러와는 달리 유기체, 즉 남자의 정자로 시작한다. 시험관에 한 남자의 정자를 넣고 진흙으로 밀봉한 채 말의 분뇨를 이용하여 부패과정을 거치게 한다. 항상 동일한 온도를 유지하면서 40일이 지나면, 진짜 살아있는 완벽한 인간, 즉 육체뿐만 아니라 정령에 비유될 만큼, 어느 누구로부터 배울 필요가 없을 정도의 능력을 갖춘 존재가 태어난다고 상상을 한 것이다. 사실 중세 연금술사들의 인조인간 제조법은 상상의 실험 그 이상은 아니었다. 그러나 여성의 신체를 거치지 않고 인간을 창조하려는 상상은 당시 사람들의 과학적 지식수준과 관련이 있다. 인간의 유전은 오로지 남자 측 씨의 문제라는 인식이 아리스토텔레스 이후 계속 당연한 사실처럼 이어져 왔고, 19세기 후반에나 와서야 비로소 난세포의 유전학적 의미를 인식하게 되었다. 괴테가 집필하던 시기에는 정자가 여성의 자궁에서 어떤 과정을 거치는지에 대한 과학적인 지식이 밝혀지지 않았다. '정자'는 1677년 안톤 반 레벤후크

(Anton van Leewenhoek, 1632~1723)에 의해 처음으로 밝혀졌고, '난자'에 대한 지식은 없어서 여전히 상상에 머물렀다. 괴테 사후 1875년에야 비로소 빌헬름 아우구스트 오스카르 헤르트비히(Wilhelm August Oscar Hertwig, 1849~1922)가 처음으로 정자와 난자의 결합을 관찰했다.[5] 이러한 과학사적 사실들을 고려할 때 인조인간에 대한 욕망과 상상은 주로 남성들의 상상력의 결과임을 부인하기 힘들다.

남성들의 상상력에 의해 창조 혹은 제조된 인조인간은 괴테의 경우에서처럼 '호문쿨루스(Homunkulus)'로 명명된다. 'Homunkulus'란 본래 라틴어로 인간을 의미하는 '호모(homo)'에 축소형어미가 붙어 생성된 단어로 '작은 인간'이라는 의미를 지닌다. 연금술사나 작가들에 의해 그려진 '호문쿨루스' 혹은 '호문쿨리'는 각 생성 시대의 과학적 지식이나 기술의 수준과 긴밀하게 관련되어 다양한 호문쿨루스들이 상상되고 창조되었다. 예컨대 오스트리아 작가 Robert Hamerling(1830~1889)은 1887년에 호문쿨루스에 관한 현대서사시를 발표했는데, 이 작품은 당시 격렬하게 토론되었던 진화론을 반영하고 있다.[6] 그러나 다양한 외형에도 불구하고 공통되는 점은 어머니와 아버지 사이에서 자연적으로 태어나는 인간보다 훨씬 작게 표상되고, 대부분 지능이 아주 탁월한 존재로 그려진다. 괴테가 참고했을 것으로 추정되는 파라셀수스나 로렌스 스턴이 창조해낸 호문쿨루스도 괴테의 호문쿨루스와 다르다. 파라셀수스의 호문쿨루스는 보통 사람들과 같은 외형을 갖지만 "난장이가 되거나 아니면 아주 놀랄만한 사람"이 되어 새로이 배울 필요도 없을 정도여서

---

5   토마스 핸킨스, 양유성 역, 『과학과 계몽주의. 빛의 18세기, 과학혁명의 완성』, 2012[1985], 글항아리, 218면.

6   Cf. Hameling, Robert, *Homunkulus. Modernes Epos in zehn Gesängen*, Leipzig : Hesse & Becker Verl., 1887.

"힘과 행위로 인간이 아니라 정령과 비교될 수 있을 정도"라고 묘사하고 있다.[7] 로렌스 스턴의 소설에서도 호문쿨루스는 육체도 지니고 일반 사람과 같아서 '우리의 동포'라고 본다.

> 호문쿨루스는 동일한 손에 의해 창조되어, 즉 자연의 방법과 동일하게 생산되어, 우리처럼 그는 장소이동할 수 있는 힘과 능력도 가지고 있고 — 우리처럼 그는 피부, 머리카락, 지방, 살, 정맥, 동맥, 힘줄, 신경, 연골, 뼈, 골수, 두뇌, 분비선, 생식기, 체액과 관절로 이루어져 있다. 또한 영국의 대법관과 마찬가지로 활동성을 지닌 존재이고 역시 마찬가지로 진실한 우리의 동포이다. (Stern 1994[1759], 12)

파라셀수스나 스턴의 호문쿨루스와는 달리 괴테는 육체가 없는 정신적인 존재로 그린다. 괴테는 엑커만과의 대화에서 "바그너가 호문쿨루스의 병을 손에서 놓아서는 안 된다"고 연출 조언을 했듯이,[8] 괴테의 호문쿨루스는 스턴의 경우처럼 장소이동 능력이 있는 존재가 아니다. 바그너의 표현을 빌리자면 그는 "탁월하게 생각할 줄 아는 두뇌"이다(V.6870). 여자의 몸을 빌리지 않고 소위 최고의 학자가 실험을 통해 만들어낸 인공두뇌와 같은 작은 인간 호문쿨루스이다. 그는 태어나자마자 현재를 다 꿰뚫어보고 옆에서 자고 있는 파우스트의 꿈도 다 들여다 볼 수 있는 투시자(Steiner 1914, 16)이자 천재적인 존재로 그려진다. 흥미로운 점은 괴테의 호문쿨루스는 다른 호문쿨루스의 경우들과는 달리 장소이동능력이 없고 순수히 정신적인 존재, 인공두뇌로 그려지는데, 막상 그가 하고자 하는 바는 '행동'이다. 에커만과의 대화에

---

7   Paracelsus 1572, Zit. n. Goethe, *Faust*, HA Bd 3. München : DTV, 1998[1986], p.622.
8   Eckermann 1981[1955], p.354.

서 괴테는 이를 인정한다.

> 호문쿨루스는 병 속에서 빛을 발하는 존재로 모습을 드러내는데 즉각 움직이려고 합니다. 파악할 수 없는 것에 대한 바그너의 질문들을 그는 거절하지요. 골똘히 생각하는 것은 그의 일이 아닙니다. 그는 행동하고자 하죠. 그런 점에서 그에게 가장 가까운 이는 바로 우리의 주인공 파우스트입니다 (Eckermann 1981[1955], 354)

괴테 자신이 분석적으로 설명하고 있듯이, 호문쿨루스는 바그너의 질문, 즉 영혼과 육체의 문제에 대해서 혹은 메피스토식의 표현대로 하면 남녀 간의 문제에 대해서는 반응을 전혀 보이지 않고, 메피스토가 "여기에 바로 이 작은 인간이 행하고자 하는 바가 있네"(V.6904)라는 말에 즉각 반응을 보이며 "할 일이 무엇이지요?"(V.6905)라고 묻는다. 육체 없이 정신적인 존재로 태어난 호문쿨루스는 일반적으로 '정신'이 담당하는 영역이라고 할 수 있는 '사유하기', 혹은 '골똘히 생각하기'보다는 무언가를 '행하고자 한다'는 점이 역설처럼 들린다. 또한 유리 시험관에서 태어나자마자 바그너에게 인사하고는 그 옆에 있는 메피스토를 알아보며 "사촌 아저씨, 당신도 여기 계시는 군요?"(V.6885)라고 인사말을 건넨다. 이때도 호문쿨루스는 "내가 존재하는 한 나도 행동해야합니다"라며 마치 자신의 소명이 '행동', '활동'인 것처럼 말한다. 이 아이러니를 어떻게 설명할 수 있을까? 괴테는 호문쿨루스를 파우스트에 가장 가까운 인물로 그리면서 동시에 메피스토와는 사촌지간으로 설정하고 있다. 이 기이한 호문쿨루스의 형상화를 통해서 괴테가 담아내고자 한 바는 무엇이었을까? 이를 밝히기 위해 호문쿨루스의 행동충동과 그의 사촌인 메피스토와의 관계에 주목할 필요가 있다.

3. 호문쿨루스의 행위 욕망과 악마성

호문쿨루스의 '행위'하고자 하는 욕망, 그리고 메피스토와 사촌지간인 그의 본성적 특성을 작품 전체맥락에서 살펴보려면 파우스트의 성경번역 장면과 「천상의 서곡」 장면을 함께 생각해야봐야 한다. 노학자 파우스트는 성경을 번역하면서 "태초에 말씀이 있었다"(요한 1,1)라는 문장 앞에서 '말씀'을 '의미 Sinn'로, '힘 Kraft'으로 번역을 시도해보지만 결국엔 '행위 die Tat'로 옮기고서 흡족해한다. 이 '행위' 모티브는 「천상의 서곡」에서 악마 메피스토와의 내기에 관한 대화 중 하느님의 마지막 대사로 언급된 "영원히 작용하고 살아가며 생성 되어가는 것"(V.346)의 의미와 더불어 이 작품 전체의 기본 세계관, 인생관, 우주관을 함축하고 있다. "행위"와 "되어감"[9]은 괴테가 그리는 천상의 하느님에게 중요한 지표이고 '자기도야, 교양 Bildung'의 또 다른 표현이다. 이것이 파우스트를 놓고 메피스토와 벌이는 내기에서 하느님이 파우스트를 신뢰할 수 있는 근거 내지 관점인 것이다. 이미 이루어진 것만이 아니라 아직 이루어지지 않았으나 되어가는 것, 즉 과거와 현재뿐만 아니라 미래의 잠재적 가능성까지 포괄하는 시선이다. 이러한 시선의 하느님은 메피스토 자체도 부인하지 않고, "난 너와 같은 이들을 결코 미워한 적이 없노라"(V.337)면서, 그를 "익살꾼"(V.337) 정도로 바라본다. 메피스토 자신도 악마인 자신을 "인간적으로"(V.353) 대해준다고 하느님의 선한 마음을 인정할 정도이다. 하느님이 파우스트와 메피스토를 바라보는 시선에는 미래의 가능성을 생각하고 이성

---

9   김수용, 『괴테 파우스트 휴머니즘』, 책세상, 2004, 134f 참조.

과 정신의 힘에 대한 믿음이 있는데, 이는 기본적으로 계몽의 진보사상과 맞닿아 있다고 볼 수 있다. 계몽시대의 하느님이 "나의 종"(V.299)이라 칭하는 파우스트는 "어두운 충동 속에서도 올바른 길을 찾을 줄 아는" 소위 "선한 인간"이어서(V.328~329), 신의 질서를 거부하지 않을 거라고 파우스트를 믿어 의심하지 않는다. 하느님의 파우스트에 대한 이런 신뢰와 시선에 맞서 메피스토는 만족할 줄 모르고 비참하게 살아가는 불행한 인간들을 관능적 향락과 욕망의 충족으로 유혹하여 자신의 영역인 지하세계로 끌고 갈 수 있노라 확신하며 하느님에게 내기를 제안한다.

메피스토가 파우스트의 영혼을 손에 넣기 위해 그와 피의 계약을 맺는 장면에서도 '행위'에 대한 파우스트의 입장을 읽을 수 있다. 칸트가 '계몽'을 설명하면서 성숙한 인간은 어느 누구의 정신적 후견 없이 스스로 이성적으로 사고하고 판단하며 행동하는 것이라고 했다. 이런 관점에서 볼 때 파우스트는 자신의 삶과 세계를 능동적으로, 자신의 '행동'을 통해 스스로 만들어가는 근대적 자아, 근대적 주체의 표상이라고 할 수 있다. '행동', '행위'에 대한 그의 의식은 보편적인 이념들을 구체적인 역사적 맥락 속에서 실천하고자 하는 데에 있다. 그는 "시간의 소란스러운 여울 속으로, / 사건의 소용돌이 속으로 뛰어들자!"(V.1754~1755)라고 말한다. 즉 당시로서는 학문의 전부였던 철학, 법학, 의학 그리고 신학까지 섭렵하며 우주의 본질과 창조의 원리를 규명하고자 했으나 실패하고 절망하여 자살까지 결심했던 노학자 파우스트가 학문세계에서의 활동이 아니라 이 지상의 구체적인 인간사를 자신의 오감으로 직접 체험하고자 역사적 "시간"과 "사건" 속으로 "뛰어드는" 것이다. 이것이 1부 그레트헨의 비극이 일어날 수 있는 전제였고, 2부에서는 정치가로서, 개척가로서의 근대적 주체 파우스트의 모습이 그려질 수 있는 근거였다. 괴테가 그리는 파우스트의 행위의식에는 그에 대한 하느님의 신뢰를 저변에 깔고 있듯이 창조론에 기반을 두고 있지만, 칸트의 계몽철학과 스피노자의 범신론 이후 절대적 자아실현을 꿈꾸는 근대적 자아 내지 주체 의식이 함축되어 있다.

그러나 파우스트는 영혼을 담보로 메피스토와 피의 계약을 맺으면서 "남자라면 오로지 쉼 없이 행동하는 법이다"(V.1759)라고 말한다. 물론 그의 행동 욕망과 의식을 자연스럽게 표현하는 문장이지만 동시에 근대적 행위의 주체를 당연히 남성으로 제한하고 있는 발언이기도 하다. 신의 창조행위를 모방한 바그너의 행위를 통해 제조된 호문쿨루스가 남성들의 상상력에 기반한 결과였듯이, 파우스트의 행위 충동도 당연히 남성들의 사안으로 보는 발언이다. 근대기획을 문학적 사유실험으로 숙고해보면서 (유럽의) 근대화과정으로 인한 불안감이 이 남성 중심의 판타지와 관련될 수 있음을 예감하게 하는 발언이기도 하다.

이 맥락에서 다시 호문쿨루스를 생각해볼 필요가 있다. 그는 출생 시 자신의 존재 양태를 유지하지 않고, 즉 이성적인 정신, 증류된 정신으로만 존재하지 않고, 구체적인 감각과 육체를 갖고자하는데, 이는 우주의 형이상학적 진리를 추구하던 노학자가 구체적이고 역사적인 시간과 사건 속으로 들어가 삶을 체험해보고자 하는 파우스트의 행위 충동과 상통한다. 근대적 주체로서 삶의 시공간 속으로 뛰어 들어가고자 하는 행위욕망이라는 측면에서 호문쿨루스는 기본적으로 파우스트를 닮았다. 괴테가 에커만에게 말했듯이.

하지만 다른 한편 호문쿨루스는 엄밀하게 말하자면 근대적 과학실험 자체를 통해서 태어났다기 보다는 "그를 만들어낸 자의 사유" 혹은 그런 방식의 실험으로 인조인간이 가능할 거라고 믿었던 "확신자의 사유"[10]에서 생성된

'증류된 정신', '이성적 존재'이자, "체현된 이성, 순전히 정신적이고 비감각적인 계몽의 증류"[11]라고 할 수 있다. 즉 호문쿨루스는 괴테가 거리감 내지 두려움을 갖고 가장 비판적으로 바라보았던 당시 자연과학적 추상화 및 기계론적인 사고 방식과 맞닿아 있다. 엄청나게 풍부한 자연의 현상들과 인간의 경험을 '통일적'으로 요약해주는 수학적 인식능력과 자연과학적 실험방법, 점점 더 멀리, 점점 더 깊게, 점점 더 추상적인 인식을 추구하는 근대과학의 비감각적, 이성 중심적 사유방식은 자연적인 삶에서 벗어나 악마에게서 끝날 수 있음을 괴테는 예감했고, 이러한 추상적 인식의 위험에서 바로 악마적인 힘을 느꼈던 것이다.[12] 괴테는 자신의 자연론을 피력하면서 "개별생명체에서 우리가 부분들이라고 부르는 것들은 전체로부터 분리될 수 없기 때문에 그것들은 전체 속에서 또는 전체와 함께만 이해될 수 있다"고 보았을 뿐만 아니라 "유한한 모든 생명체는 무한한 것에 참여하고 있거나 차라리 그것 자체 안에 무한한 것을 갖고 있다고" 하였다.[13] 다시 말해 괴테는 감각을 매개로 인간의 내부와 자연은 서로 연결되어 있다고 믿었던 것이다. 그래서 그는 대상을 인간의 감각과 별개의 것으로 파악하고, 인간적인 감성이나 관찰자의 개입이 불가능해 보이는 수학 공식으로 자연을 설명하는 방식에 강한 저항감을 가지고 있었다.[14] 이런 맥락에서 엄청난 천재적 두뇌를 지닌 호문쿨루스, 즉 비감각적이고 증류된 정신으로 형상화된 호문쿨루스를 메피스토의 사촌

---

10 Steiner, Rudolf, "Homunkulus. Geisteswissenschaft als Forderung unserer Zeit.", *Eine Schriftreihe* XI, Basel : Zbinden & Hugin Verl, 1914, p.23.

11 Enders, Carl, "Die Deutung des Homunkulus in Goethes Faust", *Zeitschrift für Ästhetik und allgemeine Kunstwissenschaft* Heft 1, 1920, p.60.

12 Cf. Heisenberg, Werner, "Das Naturbild Goethes und die technisch-naturwissenschaftliche Welt 1", *Physikalische Blätter*, 24 Jahrgang, Heft 5, 1968, p.197.

13 볼프강 폰 괴테, 권오상 역, 「자연과학론」, 『색채론』, 민음사, 2003, 310면.

14 참조. 장희창, 「생태적 관점에서 본 괴테 문학」, 『민족미학』 2, 2003, 226면.

으로 설정한 것으로 이해할 수 있다. 괴테 스스로도 호문쿨루스가 메피스토
와 유사하게 악마에 속한다고 말한 바 있다. 근대과학의 혁신적인 산물과도
같은 존재 호문쿨루스와 신의 창조 질서를 부인하는 메피스토의 관계는 사촌
지간이라는 것이다. 이젠 메피스토와 근대과학의 인접성 내지 근친성을 설
명할 필요가 있다.

메피스토적 악의 본성과 근대과학과의 근친성 역시 창조론과 기계론적 사
유방식 사이의 긴장 관계에서 이해할 수 있다. "부정하는 정신"(V.1338)이라
고 자평하는 메피스토는 매사를 부정적으로 본다. 특히 신의 창조세계, 신의
지배질서를 가장 날카롭게 부정의 시선으로 쏘아본다. 매사를, 특히 신의 창
조세계를 부정적으로 보는 메피스토는 「천상의 서곡」에서 하느님이 창조하
신 이 세상과 인간들에 대해 불만족스럽게 표현한다. "비참한 나날을 살아가
는 사람들이 가련하게 느껴져서 / 나조차 이 가련한 이들을 괴롭히고 싶지
않을 정도"(V.294~295)라고 말한다. 한마디로 "하느님께서 보시니 손수 만드
신 모든 것이 참 좋았다"(창세기 1:31)라고 하느님이 자신의 창조행위의 산물
인 '피조물'과 이 세상에 대해 흡족해하는 표현과는 정반대이다. 그는 초월적
이고 이념적인 세계를 부인하고 신적인 세계의 질서를 해체하려 한다. 메피
스토가 인정하는 세계는 물질 차원의 현실세계이다. 특히 인간의 신성과 도
덕적 능력을 삼켜버릴 재물욕과 성욕에 대한 메피스토의 믿음은 확실하다.
인간의 삶에서 '부'와 '쾌락'의 욕망 충족 그 이상은 모두 사기라는 것이다. 이
두 가지 욕망[15]을 중심으로 현실세계에서의 목적을 이루기 위해서는 이성이
목적 추구의 도구가 되어 스스로를 '도구적 이성'으로 전락시키고 인격을 상

---

15 성욕과 황금욕이 이 작품의 전체를 관통하는 주요 모티브 중 하나임을 입증하는 연구는 이미
    나와 있다. 참조. 김수용, 앞의 책, 136면, 주 13번.

실하고 기계화되어도 상관없다는 것이다. 이 도구적 이성에는 비판적 성찰의 능력이 없고 목적 실현의 수단에 대한 도덕적 가치를 논하지 않는다는 점이 문제가 된다.

바로 이런 식으로 인격이 물격화, 기계화될 수 있는 근거를 제공한 담론이 데카르트 식의 영과 육 이원론 및 기계론적인 세계관이다. 신학적 관점에서는 육체를 단순히 물질로 격하시킬 수 없고, 몸도 정신화한 육체로서 인간의 정신은 육체와 밀접하게 결합되어 하나의 인격체를 이룬다고 본다(미하엘 발트슈타인 2012[2010], 77, 83, 179). 근대의 자연과학적 세계이해와 설명방식을 이런 신학적 관점에서 보면, 근대문명은 인격의 문명이 아니라 사물의 문명이요, 사물에 적용되는 것과 동일한 방식으로 인격에 적용하는 문명이다. 데카르트가 인간의 심장운동을 설명하면서 시계의 운동에 비유하는 방식(데카르트 2006, 53)이나, 유기화학자 뷜러의 '요소합성실험'의 방식처럼 말이다. 이러한 사유방식의 계열에 메피스토의 관점과 세계관이 근접해있다. 바그너의 호문쿨루스 제조를 촉진시키고 도와줄 수 있는 이가 바로 메피스토 자신이라고 말하는(V.6654) 것도 우연이 아니다. 또한 그렇게 생성된 호문쿨루스도 태어나자 마자 눈앞에서 만난 메피스토를 "사촌아저씨"로 부르며 인사하는 것 역시 동일한 세계관의 표방으로 들린다. 하느님의 세계와 질서를 부인하는 메피스토는 근대과학적 시각과 세계이해를 부추긴다. 근대학문의 세계 혹은 과학의 세계를 신의 창조행위를 세속화한 세계로, 메피스토적인 세계로 묘사하는 데에 괴테는 적극 성경을 활용하며 패러디한다.

파우스트와 일면 닮은 호문쿨루스를 제조해낸 바그너를 하느님으로부터 천국의 열쇠를 받은 베드로 성인에 비유하고 있다. 바그너가 누구인가? 바로 파우스트의 제자였다. 물론 학문에 회의하며 절망하던 노학자 파우스트는 바그너의 학문에 대한 근시안적 열정, 유행을 따르는 학문, 학문을 위한 학문을 해봤자 "어린아이와 원숭이들의 경탄"이나 받을 것이니 "사람의 마음"을 움직일 수 있도록 "영혼으로부터"(V.535), "마음으로부터"(V.545) 우러나는 학문을 하고 연설을 하라고 충고한 바 있다. 그런 애송이 학자가 2부에서는 "학계에서 일인자"(V.6644)가 되어 호문쿨루스를 자신의 실험실에서 만들어낸 것이다. 메피스토는 바그너를 베드로에 비유하면서 다음과 같이 말한다.

> 아래도 위도 그가 열어줄 것이네
>
> 그가 모두 앞에서 얼마나 광채를 발하며 빛나고 있는가,
>
> 어떠한 명성도, 어떠한 명예도 맞설 수 없지;
>
> 파우스트 박사의 이름조차 희미해지고 있고,
>
> 그야말로 유일하게 발명하고 있는 학자이지. (V.6651~6655)

메피스토의 이 대사는 마태복음 16장 19절에서 예수가 베드로에게 천국의 열쇠를 주면서 "네가 땅에서 무엇이든지 매면 하늘에서도 매일 것이요. 네가 땅에서 무엇이든지 풀면 하늘에서도 풀리리라" 한 대목을 연상시킨다. 그러나 메피스토는 '위'와 '아래', 하늘과 땅, 우주에 대한 인식 가능성의 열쇠를 종교계 성인이 아니라 '신세대 과학자'가 쥐고 있다고 말하는 것이다. 중세의 신 중심적 세계관을 벗어나 이성과 과학 지식으로 우주의 섭리를 밝힐 수 있으리라 믿었던 과학혁명시기의 목소리를 담아내고 있다.

당시 학계의 이러한 분위기는 2부 2막에서 메피스토가 바그너를 만나기 직전에 조교 파물루스나 학사와 나누는 대화에서도 이미 암시된다. 메피스토는 이 파물루스를 반갑게 아는 척하며 "나의 친구여! 그대의 이름이 니코

데무스이지"(V.6632)라고 말을 건다. 그때 파물루스는 "존귀하신 분이시여! 저의 이름이 그렇습니다. ─기도하겠습니다"라고 대답한다. 메피스토는 파물루스의 기도제안을 거부하며 "그런 건 우리 그만두자!"(V.6634)라고 말한다. 메피스토에게는 안티그리스도적인 의식이 자리하고 있을 뿐만 아니라, 학자의 서재, 즉 소위 "학문의 세계"에서는 신의 질서를 거부하자는 선언과도 같이 말하고 있다. 그러한 메피스토에게 파물루스는 그의 정체를 아는지 모르는지 "당신이 나를 알아주니 얼마나 기쁜지 모릅니다"라는 아첨 섞인 반응을 보인다. 이에 메피스토는 "이끼 낀 신사"라는 속어로 아직도 학생신분인 만년학생 파물루스를 우스꽝스럽게 만들면서 "달리 할 수 있는 것이 없어서 계속 공부를 하고 있고, 그렇게 해서 별 볼일 없는 카드조각 집이나 짓고" 있노라 조롱섞인 투로 말한다. 그러면서도 동시에 지식의 세계에 일가를 이루는 것이 얼마나 어려운 일인지 잘 알고 있다는 듯이 "가장 위대한 정신도 완벽하게 이룰 수 없지"라고 말한다. 그러면서 또 다른 한편으로는 그의 스승인 바그너를 추켜세운다. "그래도 당신의 스승, 그는 정말 대단한 분이지. 누가 그를 모르는가, 고귀한 바그너 박사님을 말이네. 지금 그는 학계의 제일인자 아닌가!"(V.6639~6644) 이 장면에서 조교 파물루스와 메피스토의 대화는 요한복음 3장 예수님과 니코데모 대화 장면의 세속화이자 패러디로 읽힐 수 있다. 파물루스의 이름이 니코데모인 것도 우연이 아니다. 성경의 예수님과 니코데모의 대화 장면에서의 메시지는, 사람은 "위로부터 태어나지 않으면", 즉 "누구든지 물과 성령으로 태어나지 않으면," 하느님의 나라를 볼 수 없다는 것이다. 요한복음 8장에서 유다인들에게 예수님이 "너희는 아래에서 왔고 나는 위에서 왔다"라고 그들과의 차이를 표현했듯이, 땅에서의 삶과 영으로 거듭나는 삶의 의미를 말하고 있다. 이러한 성경 구절을 변용시키는 메피스토는 근대의 과학, 과학을 연구하는 학자가 "아래", 즉 '땅' 내지는 '세상'의 원리뿐만 아니라, "물과 성령"의 세례 없이도 하늘의 원리를 꿰뚫어 열어 보여줄 수 있다는 것이다. 설령 그 학자가 하느님으로부터 천국의 열쇠를 허락받은 베드로 성인이 아니더라도 말이다. 조교 파물루스와 메피스토의 대화에서 이 양자 간의 지위가 상당히 위계적인 관계로 메피스토가 자신의 입장대로 신의 질서를 부정하는 발언을 하고 어린 파물루스는 크게 반박하거나 이견을 피력하지 않는다.

그러나 이 대화 장면 이후에 이어지는 학사(Baccalaureus)와 메피스토의 대화에서 학사는 바로 메피스토가 부정한 저 천상위의 신 이외에 메피스토 자신과 같은 악마의 존재도 부인한다. 완전히 탈신화화를 지향하는 소위 계몽된 학계의 분위기를 학사가 전달한다. 학사는 "내가 원하면 악마도 존재할 수 없다"(V.6791)고 단언한다. 이는 상당히 계몽주의 철학, 특히 칸트철학이 발전한 이후의 세계 인식방식을 반영하고 있고, 괴테는 조교, 학사, 바그너를 통해 근대적 학계의 전형적인 풍경을 보여주고 있다. 물론 학사의 이런 근대 철학적 논제에 대해 메피스토는 비웃듯이 이내 악마의 발에 걸려 넘어질 거라는 둥 혹은 인간이 생각하는 것은 우매한 생각이든 영리한 생각이든 하늘 아래 새로울 것이 없다고 냉소한다. 메피스토와 학사가 근본적으로 신의 질서로부터는 멀어져 있지만, 그들 사이에는 세대 차이와 같은 시대사적 맥락의 차이를 보인다. 메피스토는 하느님의 질서를 해체하고자하는 욕망이 강하지만, 결국 하느님의 손바닥 안에, 그의 그늘아래 있다. 반면 학사가 보여주는 근대적 학자의 모습은 이성과 과학의 만능을 믿어 의심하지 않았던 17세기 근대과학자들처럼 의기충천해있다. 태양과 달, 우주만물의 움직임을 주도하는 자가 바로 인간 자신임을 강변하는 데서 더욱 확연하게 드러난다.

내가 태양을 바다에서 떠오르게 하고, / 나와 더불어 달도 변화의 흐름을 시작
한다. / (…중략…) 나 이외에 누가 속물적이고 편협한 사상의 모든 장벽으로부터
/ 그대들을 해방시켜주었는가? / 그러나 난, 자유로이, 나의 정신이 말하는 대로, /
나의 내면의 빛을 기쁘게 따르며 / 아주 고유한 황홀경에 젖어, 재빠르게 변화하
여 / 내 앞에는 밝은 빛이, 어둠은 등 뒤로 하네. (V.6794~6795, 6801~6806)

그는 내적인 내면의 자아를 발견하고 내면의 자아, 즉 이성에 따라 진보하
여 어둠에서는 벗어나고 세상의 모든 것을 밝은 빛 아래 명쾌히 밝힐 수 있노
라 자신한다. 학사의 경우엔 아직 박사는 아니지만 학사과정은 끝낸 단계에
있어서 그런지 조교 파물루스 보다 계몽시기의 학문발전을 확신에 차 강변
하는 듯하다. 학사의 이런 모습은 이제 가르칠 정도로 경험도 풍부해졌노
라고 이로니 섞인 메피스토의 말에 대한 그의 반응에서 거듭 확인된다. 그는
"경험의 본질"은 "거품이자 먼지"에 지나지 않고 "정신에 필적하지 못한다"라
고 단언한다. 지나치게 이성 중심적인 계몽주의, 이성의 타락의 조짐이 보이
는 대목이라고 할 수 있다. 그러면서 메피스토에게 "지금까지 알았던 것, 그
것은 알 만한 가치가 있는 게 아니라고 고백하라"고까지 설득한다. 이에 메
피스토는 "나는 어리석은 바보였고, 이제 난 정말 천박하고 어리석은 것처럼
여겨지네"라고 고백하자 학사는 우쭐해 하듯 "그것 참 기분 좋은 말입니다.
거기에서 바로 이성의 소리를 듣습니다. 내가 이성적이라고 생각하는 노인
장을 만나긴 처음입니다"(V.6758~6763)라고 응대한다. 경험, 체험, 감정, 감
각의 문제가 아니라 오로지 이성적 정신만이 중요하고 이것이 근대과학의
기본 근간을 이루는 지표로 작용한다. 이에 대한 맹신에 가까운 학사의 확언
이 당시의 학계 분위기를 생생하게 전해준다.

이와 같이 메피스토의 입을 통해 성경의 구절들이 세속적으로 변형 혹은 패러디되는 양상으로 하느님의 질서에 거부하는 메피스토의 입장, 종교와 신뿐만 아니라 악마까지도 결국엔 몰아내어 탈신화화의 신화를 추구하던 계몽시기 근대과학자들의 입장이 이런 대화 장면에 함께 녹아 있다. 이런 학계의 풍토 속에서 '비육체적인 정신적 존재'로 실험실에서 제조되었으면서도 '행위'를 추구하며 육체와 감각을 갖고자하는 호문쿨루스는 근대의 양가성을 보여주는 파우스트와 메피스토 모두의 후예라고도 할 수 있을 것이다.

4. 근대 기획의 그늘 : 남성들의 판타지

근대적 행위 주체인 파우스트의 교양과정을 보여주는 경험들 중에서 호문쿨루스 실험과 대칭을 이루는 괴테의 또 다른 사유실험이 눈에 띈다. 바로 헬레나와 오이포리온의 이야기이다. 인조인간 호문쿨루스 제조 실험은, 과학적인 사유방식을 토대로 이승의 물질세계 층위에서의 근대적 기획을 괴테가 문학적으로 성찰하는 것이라면, 헬레나와 오이포리온을 통한 괴테의 사유실험은 물질세계의 층위와 정확하게 대칭축을 이루는 이승과 저승을 넘나드는 영혼세계의 층위에서 이루어지고 있다.

2부 3막은 헬레나의 등장으로 시작해서 그녀의 퇴장으로 막을 내리는 소위 '헬레나 극'이다. 이 극은 『파우스트 2부』 전체의 맥락에서 차지하는 비중이 크고 "중심축"을 이룬다.[16] 괴테는 이 극에 "헬레나, 고전적-낭만적 판타스마고리, 『파우스트』에 붙는 막간극"이라는 부제를 단다. 약 3000년의 시간을 "환영적"으로 오고간 '환영극', '풍자극', '사이극', '극중극'이다. 이 극은 상당히 현실과는 무관한 "예술내부의 사건",[17] 즉 고전적 미와 근대적 미의 이념을 다루고 있고, 그리스 고전예술에 대한 독서가 풍부한 파우스트의 순전한 환상과 상상의 산물이다. 이극에서 파우스트와 헬레나의 합일은 1부 파우스트와 그레트헨의 육체적인 사랑과 대비되는 '영적인 합일', 내면성, 마음, 가슴의 예술적, 미적인 합일을 상징한다(V.9377~9380). 2부 내부에서 이 극의 역할과 기능은 이 '헬레나 극' 바로 직전에 이야기된 바그너 실험실 극과 대칭적 구도를 이루는 데에서 찾을 수 있다. 파우스트의 제자였던 바그너의 실험실에서는 비감각적, 정신적, 이성적인 존재인 호문쿨루스가 태어났다면, 파우스트와 헬레나의 합일을 통해서는 시인의 알레고리인 오이포리온이 태어난다. 이 극에서의 헬레나는 안티케의 다신적 이교도 문화코드에 따라 에로스의 차원에서 육체적 감각적 미인으로서 파우스트를 만나는 것이 아니라 "마음"과 "가슴"을 통한 영적인 내면성 차원에서 파우스트와 합일하는 18세기 유럽의 기독교 문화코드로 파우스트와 합일한다. 다시 말해 괴테는 이 극을 통해 근대철학의 이분법적 구도에 따라 육체가 아닌 영혼, 정신의 차원을 극대화하여 그 차원에서 상상의 사유실험을 한 것이다.

극의 구성 측면에서도 2부 2막의 구도, 즉 '(파우스트)–바그너–호문쿨루스–메피스토'로 대변되는 근대학문 및 과학의 계몽주의 계열축과 2부3막의 구도, 즉 '파우스트–헬레나–오이포리온–그리스 데몬'으로 대변되는 예술의 미적 이념 계열축 사이의 대칭성이 재확인된다. 다시 말해 호문쿨루스는 근대

---

16 Witte, Bernd, *Goethe Handbuch*, Bd. 3, Stuttgart u. Weimar. 1977, p.438.
17 김수용, 앞의 책, 208면.

과학지식을 바탕으로 이성적 정신의 형상화, 그러나 비육체적인 형상화를 가능하게 했다면, 헬네네와 오이포리온은 '예술'에 관한 지식을 바탕으로 다시금 '정신'적인, 그러나 비육체적인 형상화를 시도한 것이다. 호문쿨루스 계열축은 "경험의 본질"은 "거품이자 먼지"에 지나지 않고 "정신에 필적하지 못한다"고 보는 이성중심적 근대과학의 기본근간을 보여주고, 오이포리온 계열축은 경험, 체험, 감정, 마음, 가슴, 영혼의 문제를 기본으로 하는 예술을 보여준다. 이 양축은 사실 상호보완적이어야 했으나 이원화되어 서로의 한계를 드러낼 뿐이다. 지나친 이성 중심은 이미 이성의 타락 조짐이 보이고, 비현실적인 환영극은 현실도피적 환상의 한계를 내포하여 결국 현실성과 조우할 때 여지없이 파괴되고 만다. 이러한 의미에서 호문쿨루스와 오이포리온의 죽음이 이해될 수 있다. 이들의 죽음은 곧 유럽의 근대화 과정을 괴테가 불안스럽게 바라보며 부정적으로 그린 근대 기획의 이면 내지는 그늘의 투영이라고도 할 수 있다.

호문쿨루스의 죽음은 그래도 그 자신이 자연적인 출산을 거치지 않고 인공적으로 생산된 불완전한 존재여서 유기적인 관계의 회복 혹은 유기적인 전체의 획득을 위한 노력으로 볼 수 있기도 하지만, 오이포리온의 몰락은 전형적인 남성중심의 유럽 근대 사회의 일면을 보여준다. 호문쿨루스는 장소의 이동능력이 없는 정신적 존재로서 유리시험관 안에 갇힌 '빛'과 같은 자신의 존재양태를 극복하고자 한다. 즉 구체적인 육체를 갖고자 열망한다. 탁월한 인공두뇌인 그가 '행위' 욕망을 충족시키고 무언가를 실천하기 위해서는 장소이동능력이 있는 육체가 필요했다. 이를 위해 그는 "동남쪽으로"(V.6953), 즉 고전적 발푸르기스 밤 축제가 열리는 그리스로 간다. 호문쿨루스는 바그너에게는 실험실에 계속 머물러 옛 양피지 책이나 넘기며 새로이 조합하고 합성할 방법이나 연구하라고 하고, 메피스토와 파우스트를 데리고 망토를 타고 그리스로 간다. 이때 빛을 발하는 유리시험관 안의 정신적 존재인 호문쿨루스 자신이 여행안내자가 되어 불을 밝히며 그리스로 간다. 메피스토는 "북쪽 출신"(V.6925)의 악마여서 그리스 지역에 대해 잘 모르고 고전적 유령에 대해서도 불확실해하고, 파우스트는 내내 헬레나를 만날 꿈만 꾸느라 다른 것에는 관심이 없다. 호문쿨루스가 바로 어두운 북쪽에서 밝은 남쪽을 향해 떠나는 여행안내자의 역할을 맡는다. "여행안내" 역시 "계몽의 대표적 특성"[18] 중 하나이다. 다른 지역 및 타문화를 경험함으로써 새로운 것을 배우는 여행의 의미뿐만 아니라 여행그룹을 이끈다는 것 역시 계몽 정신의 발로라고 할 수 있다.

그러나 그리스 고전의 세계에 도착하여 발푸르기스 축제에서 결국 각자의 관심에 따라 길을 간다. 파우스트는 헬레나를 만나기 위해 히론에게로, 메피스토는 그리스의 유령으로 변장을 하고, 호문쿨루스는 자신이 육화되기 위해 그리스 고전철학을 추구하며 아낙사고라스, 탈레스 그리고 프로테우스를 만난다. 아낙사고라스는 생물이 불의 작용결과로 생겨난다는 화성설(Vulkanismus)을, 탈레스는 물이 생명과 세계의 근원소재라고 보는 수성설(Neptunismus)을 대표하는 기원전 5세기 경의 고대그리스 자연철학자들이다. 호문쿨루스는 이들을 쫓아다니며 자신이 육화되어 자연속의 유기체가 될 수 있는 방법을 찾는다. 이 둘 사이에서 그는 "나를 여러분들 옆에서 걸을 수 있게 해주세요. 나도 간절하게 생성되기를 원합니다!"(V.7857~7858)라고 자신의 "생성"욕구, 즉 육화에 대한 희망을 표현한다. 결국 그는 탈레스의 인도로 에게해로 가게 된다. 에게해로 그를 직접 데리고 가는 이는 프로테우스이다. 그가 돌고래로 변신하

---

18 Enders, Carl, "Die Deutung des Homunkulus in Goethes Faust", p.61.

여 등에 호문쿨루스를 태우고 데리고 바다로 가서 "대양과 인연을 맺어준 다"(V.8319).

호문쿨루스에게서 흥미로운 것은 근대적 화학의 요소합성실험으로 태어난 정신적 존재인데, 보다 완전한 형태를 갖추기 위해 자연 속의 유기적인 존재가 되고자 한다는 점이다. 근대적인 유물론적 세계관에서 바라보는 '인간'에 대한 시각을 읽어내도 무리가 없을 것이다. 그런데 아이러니하게도 몸을 갖기 위해 그가 찾는 방법은 다시금 진화론 이전의 상상세계, 즉 그리스 고전문화의 세계로 돌아간다는 점이다. 이 지점 역시 당시 과학지식의 발달정도와 밀접한 관련이 있다. 앞서 언급했듯이 정자와 난자의 결합에 대한 과학적 인식은 괴테 사후 50여 년이 지난 뒤에야 밝혀졌기 때문에[19] 이 부분에 대한 묘사는 고대신화로, 고대자연철학을 빌어 이야기할 수밖에 없었던 것으로 보인다. 이렇게 호문쿨루스는 대양과 인연을 맺고 물의 세계로 갔으나 그는 조개, 갈라테아의 발치에서 "마치 사랑의 맥박에 감동이라도 받은 듯이 / 때로는 강렬하게, 때로는 사랑스럽게 / 때로는 달콤하게" 빛을 발하고 죽는다 (V.8467~8468). 어두운 물길 위의 기이하게 타오르는 불길로 그의 죽음을 지켜보던 지레네들이 만물의 시작인 에로스 신을 찬양하며, 물을, 불을, 물과 불의 기이한 위업을, 세상의 모든 사대원소를 축복하며 끝을 맺는다. 일종의 에로스적 축제로서 호문쿨루스가 육체는 없지만, 육체를 갖기 위해 갈레테

---

19 18세기 과학사에서 호문쿨루스를 놓고 생물학의 전성설과 후성설의 논쟁이 있었다. 전성설은 개체의 맹아 속에 이미 온전히 성장한 개체의 모든 요소가 다 들어있다고 보는 입장이고, 후성설은 후천적 환경의 작용에 의해 개체가 성숙해간다는 입장이다. 당시 전성설을 주장한 네덜란드 생물학자 니콜라스 하르추커르(Nicolas Hartsoeker)에 따르면 남성의 정자에 남녀양성을 다 갖춘 인간배아가 들어있다고 하면서 이 인간배아가 바로 호문쿨루스라고 하였다. 괴테는 이런 전성설에 비판적 거리를 취했기 때문에 호문쿨루스를 불완전한 존재로 묘사하고 있다고 한다(임홍배, 앞의 글, 334면).

아의 사랑에 빠져 용해된 것이라고 볼 수 있다. 즉 '바다'로 간 그의 길은 결국 "육체 없는 존재의 유기적인 자기해체"(Doering 2011, 67)의 길이었다. 하지만 결과적으로 어느 철학자의 조언도 호문쿨루스가 자신을 육화하고자 하는 욕망을, 완전한 생명으로 생성되기를 바라는 호문쿨루스의 희망은 이루어지지 않았다. 정신적인 특성들이 어떤 완벽한 존재를 생기게 하지 못한다는 비판적인 의미도 읽어낼 수 있을 것이다.

오이포리온의 죽음은 호문쿨루스의 죽음과는 조금 다르다. 오이포리온은 앞서 언급했듯이, 파우스트가 절대미의 화신인 헬레나와의 영적인 합일로 태어난 시적인 알레고리이다. 파우스트가 헬레나와의 시간을 초월한 사랑을 나누는 이야기가 '환영극'처럼 전개되면서 일종의 '예술의 근대화'에 대한 사유실험을 하는 것이다. 이렇게 볼 수 있는 근거는 바로 헬레나와 파우스트의 사랑의 결실인 시의 알레고리 오이포리온의 몰락에서 확인할 수 있다. 즉 「고전적 발푸르기스 밤」 장면에서 파우스트는 히론(Chrion)에게 도움을 청하여 시간의 굴레를 벗어나 과거 그리스 고전의 절대미를 상징하는 헬레나와의 만남을 추구한다. 히론의 어머니는 대지의 끝을 둘러싸고 흐르는 대하의 신 오케아노스의 딸이고 아버지는 우아노스(하늘)과 가이아(땅)의 막내아들 크로노스이다. 히론의 도움으로 땅의 시간에 매이지 않은 채 운명을 거슬러 헬레나를 만나고 그들의 아들 오이포리온을 얻어 행복한 한 때를 보낸다. 역사적 시간의 맥락을 초월하여 불러낸 헬레나인 만큼 그녀와 파우스트 사이에서 태어난 아들 오이포리온 역시 초시공간적인 존재이다. 그런데 아이러니하게도 호문쿨루스가 행위욕망을 가졌던 것처럼 오이포리온 역시 구체적인 역사의 시공간적 맥락에 참여하여 구체적으로 실천하고 행동하는 삶을 살고자 한다. 그러나 그가 역사의 시공간 맥락에 참여하려고 할 때 죽을 수밖에 없다. 그는 예술의 '환영'으로 불러내진 존재이기 때문이다. 괴테는 오이포리온의 역사적 시공간 맥락에 뛰어 들어가고자 하는 욕망과 죽음을 "뛰어오르고자 하는" 행동과 "추락하는" 행동 사이의 역설적 변화로 표현한다. 즉 그의 부모 파우스트와 헬레나는 고전적인 예술이념을 대변하는 인물들답게 아들의 뛰어오르고자 하는 욕망에 '절제'와 '자제'를 요구하고, 심지어 그의 욕망의 위험성을 경고하기도 한다. 그러나 그의 손을 붙잡는 부모들의 손길과 마음을 뿌리치고 오이포리온 자신은 바로 "독립적인 개인"으로서의 자아를, 자신의 독자적인 삶을 주장하며 마음껏 '행동'할 수 있기를 바란다.

오이포리온 : 이제 저를 뛰어오르게 해주세요. / 이제 뛰어오르게 내버려두세요. / 어디든지 공중으로 / 치솟아오르고 싶은 것이 / 저의 열망이어요, (V.9711~9715)

오이포리온 : 난 더 이상 이 바닥에 / 처박혀 있고 싶지 않아요. / 제 손을 놓아주세요, / 제 머리를 놓아주세요, / 내 옷을 놓아주세요! / 그것들은 모두 제 것입니다. (…중략…)

헬레나와 파우스트 : 자제해라! 자제해 / 부모를 위하여 / 지나치게 활달한 / 격한 충동을! (V.9724~9740)

파우스트와 헬레나의 경고에도 불구하고 오이포리온이 높이높이 뛰어오르면서 꿰뚫어 보게 된 역사는 터어키와 그리스의 전쟁이다. 그는 그리스 독립전쟁에 뛰어든다. "아낌없이 자신의 피를 흘리는 이들의 / 거룩한 뜻"(V.9846)을 축복하며 "끝까지 견디어내기 위한 견고한 성채는 / 곧 강철 같은 사나이의 가슴뿐이다"(V.9857~9858)라고 말하며 멀리서 수수방관할 수는 없는 노릇이니 함께 걱정과 고통에 동참하겠다고 날개를 펴서 뛰어 내린다. 하지만 오이포리온의 결론은 합창단이 노래하듯이 아버지의 경고를 무시하고 밀납의 날개를 달고 태양을 향해 오르고 또 오르다 추락한 이카루스와 같다. 오이포리온이 죽었을 때 다음과 같은 지문이 제시된다.

> 아름다운 젊은이가 그의 부모님 발끝으로 추락한다, 이 죽은 자에게서 잘 알려진 모습이 언뜻 비쳤다고 사람들은 생각한다. 그러나 육체적인 것은 금방 사라지고, 후광이 혜성처럼 하늘로 올라가고, 옷, 외투 그리고 리라가 남아 있다. (V.9899
> ~9902)

1829년 12월 20일자 에커만과의 대화에서 괴테는 "오이포리온은 인간적인 존재가 아니라 그저 알레고리적인 존재"이며, "어떠한 시간과 어떠한 장소와 어떠한 사람에게도 묶이지 않는 시를 의인화"한 것이라고 말한다.[20] 즉 터어키와 그리스의 전쟁에 뛰어든 영국의 시인 바이런의 얼굴이 죽은 오이포리온의 모습에서 언뜻 비쳤다고 하듯이 오이포리온은 시의 알레고리이다. 그러다 보니 그가 죽은 뒤에 시신이 남지 않고 영혼이라고 생각되는 후광(die Aureole)이 하늘로 올라갔을 뿐 지상에 몸이 시체로 남아있지 않고 옷과 그의 상징인 리라만이 남아있다고 지문을 제시함으로써 오이포리온 역시 호문쿨루스와 크게 다르지 않게 '합성된', 즉 예술적 요소 내지 환영들이 '합성된' 인물이라고 볼 수 있다. 즉 헬레나와 오이포리온은 파우스트의 관념과 상상에서 불러내고 '제조'해낸 존재들이다. 과거의 문화유산에서 '신화적인 요소'의

---

20 Eckermann, Johann Peter, *Gespräche mit Goethe*. Frankfurt a. M. : Insel Verl. 1981[1955], pp.355~356.

도움으로 지하세계로부터 절대미의 표상인 헬레나를 불러내어, '순수한 정신적인 것'(시)을 합성하여 '오이포리온'을 낳았다. 다시 말해 죽은 이의 영혼을 불러내어 사랑을 하고 그 결과로 비육체적인 오이포리온을 육체를 지닌 배우를 통해 가시화한 것이다. 여기에서도 바로 프리드리히 뷜러의 '요소합성실험'의 원리를 적용한 경우라고 볼 수 있다. 지하세계에서 신화의 도움으로 불러낸 헬레나 역시 아들이 죽자 이어서 바로 죽는데 그녀의 죽음 이후에도 그녀의 시신은 남지 않는 것으로 묘사한다. 그녀의 존재도 환영의 산물이기 때문이다 : "그녀는 파우스트를 포옹하고, 육체적인 것은 사라지고, 옷과 베일이 그의 팔에 남아있다."(V. 9945~9946)

괴테가 이렇게 '환영'으로 극을 설정한 의미는 헬레나로 상징되는 미의 이상주의, 이를 통해 절대적으로 이상화된 미의 영역으로의 도피, 즉 아름다움의 영역에만 안주하려는 이른바 순수예술로의 파우스트적인 현실도피는 오이포리온의 죽음처럼 현실성을 확보할 수 없는 '환영극'이라는 것을 제시하고자 하는 데 있다. 이로써 헬레나와 오이포리온 에피소드도 역시 예술영역에서의 근대기획을 위한 사유실험에서 그 결과가 미흡한, 실패한 경우로 읽힐 수 있다. 괴테 자신의 예술적 사유실험을 소위 근대적인 과학실험처럼 하기 위해 프리드리히 뷜러의 '요소합성실험'의 원리를 빌어와 '헬레나 극'에도 적용하여 알레고리적 인물들을 형상화한 것이라고 볼 수 있다. 이러한 괴테의 요소합성실험을 모방한 사유실험에는 늘 악마적인 요소가 함께 작동할 수밖에 없다. 바그너의 호문쿨루스 실험을 도와줄 수 있는 이가 메피스토였듯이, 헬레나와 오이포리온에서는 그리스적 데몬(Dämon)의 힘을 반듯이 연결시키고 있다. 그러나 이미 죽어 지하세계에 있는 헬레나를 다시 불러내거나 새로이 태어나는 그들의 아들 오이포리온에게 생명을 불어넣을 때 데몬

의 역할이 분명히 필요한데, 이 데몬의 힘들은 자연 속에서 비유기적인 것,
즉 무기적인 것이 유기적인 것으로 생명을 갖게 하는 힘과 다르다는 것이
다.[21] 다시 말해 창조론에서는 "하느님께서 흙의 먼지로 사람을 빚으시고 그
코에 생명의 숨을 불어넣으시니 사람이 생명체가 되었다"(창세기 2장 7절)라고
봄으로써 무기적인 흙에서 생명체를 창조하는 하느님의 창조행위의 힘과 근
대적 과학의 힘이나 북방의 악마 및 남방의 데몬들의 힘과는 다르다는 것이
다. 그래서 괴테는 이 에피소드를 통한 자신의 근대적 사유실험에서 부정의
결과를 보여주고 있는지도 모르겠다.

시학적으로는 헬레나로 상징되고 그녀의 아들 오이포리온의 현실참여 열
정과 죽음이 말해주듯이 그리스 고전의 보편적인 절대모범으로 근대에는 각
시대적, 역사적 맥락에 설득력 있는 미와 시를 이야기할 수 없음을 확인케 하
는 에피소드이기도 하다. 왜냐하면 특수한 것은 물질적인 육체성 및 현실성
그리고 구체적인 시공간의 맥락과 불가분의 것이기 때문이다. 이미 파우스
트가 근대적 자아, 근대적 주체를 남성으로 제한하고 있던 대목에서 이미 오
이포리온의 몰락이 예견되어 있다. 위에서도 언급되었듯이, 악마와 피의 계
약으로 영혼을 팔아넘길 준비가 되어 있을 때 파우스트는 "시간의 소란스러
운 여울 속으로 / 사건의 소용돌이 속으로 추락합시다! (…중략…) 남자라면
오직 쉼없이 활동해야합니다"라고 말했다. 구체적인 인간의 역사, 지상의 세
속적인 세계 속으로 들어가자고 외치듯 말하는 파우스트의 "추락합시다!" 라
는 표현은 곧 오이포리온이 부모님들의 경고에도 불구하고 터어키와 그리스
의 전쟁에 참여하겠노라 외치며 이카루스처럼 날아오르다 추락하고 죽는 장

---

21 Valentin, Veit, "Homunkulus und Helena, Eine ästhetische Untersuchung.", *Goethe-Jahrbuch* 16,
1895, p.135.

면에서도 다시 사용되고 있다. "아름다운 청년이 부모의 발끝으로 추락한
다"(V.9898)라는 지문이 제시된다. 정신의 세계, 관념의 세계에서 구체적인
현실의 세계, 지상의 역사 속으로 참여하고자 하지만 정신적인 호문쿨루스
나 관념적인 오이포리온 만으로는 불충분함을 의미한다. 즉 정신과 관념만
으로는 근대 기획이 실패의 위험성을 내포하고 있다고 해석될 수 있다.

5. 나가는 말

　근대화의 자식이라고도 할 수 있는 호문쿨루스와 오이포리온의 죽음은 괴
테가 근대과학혁명기의 과학실험 방식을 문학적으로 전유하여 사유실험을
하는 가운데 당시 유럽의 근대화에 대한 괴테 자신의 불안감 내지는 불길함
을 표현한다고 볼 수 있다. 이 작품이 전반적으로 "비극"으로 명명되는 이유
이기도 하다. 그의 불안감이나 불길함에는 이미 근대화 과정에 그 실패의 원
인이 내포되어 있다. 즉 파우스트나 바그너나 당시 남성들의 상상, 판타지는
폭력적 양상을 동반한다. 이미 파우스트가 근대적 주체로서의 '행위' 욕망을
표현할 때 그 주체를 남성으로 제한하고 있었고, 자연적인 남녀의 유기적 관
계를 저버린 남성중심적 상상(여성의 자궁을 빌리지 않겠다는)의 산물로 호문쿨
루스를 제조하였다. 파우스트가 환영적 존재인 헬레나, 즉 비자연적인 여성
과 함께 낳은 오이포리온의 경우도 안티케의 목가적 예술을 노래하는 시인
이지만 현실성을 획득하지 못하였다. 그런 남성적 상상의 결과인 오이포리

온은 한 소녀의 사랑을 원할 때도, 시대 참여의 강한 의지를 보일 때도 늘 자기중심적인 폭력적 양상을 수반한다. 이런 남성 판타지의 폭력성과 과격함은 파우스트가 정치가로서, 개척자로서 개간사업을 수행하면서 보여주는 폭력성으로 점점 더 강화되고 노골적으로 전개된다. 자신의 목적을 실현하기 위해서 전통적인 삶을 대변하는 노부부의 죽음도 아랑곳 하지 않는 파우스트의 폭력성에서 남성들 중심의 근대화와 이를 위한 남성 판타지의 폭력성을 읽을 수 있다.

남성들의 전쟁 선호적이고 폭력적인 성향에 대비적으로 괴테는 그의 유명한 문구 "영원히 여성적인 것이 우리를 이끌어 올린다"라는 말로 이 대작을 마무리한다. 마지막 장인 "심산유곡" 장면에서 괴테는 인생과 우주의 섭리를 구도적으로 마주하는 신부들, 천사들, 승천한 영혼들과 여인들의 목소리와 함께 성모마리아에게 은총과 자비를 구하는 '마리아숭배 박사'도 등장시킨다. 괴테는 '박사' 칭호를 써서 신부나 성직자와는 구분을 하면서 영원한 여성의 본보기로 성모마리아를 제시하고 있고, 승천하여 성모께 자비를 구하는 그레트헨이 지상에 나타난 마리아의 모습으로 마무리하고 있다.

21세기의 『파우스트』 독자는 1938년에 출판된 버지니아 울프의 『3기니(*Three Guines*)』를 떠올린다. 마치 괴테가 유럽의 근대화과정을 지켜보며 불안해했던 남성중심의 유럽문명을 버지니아 울프가 확인해주기라도 하는 듯했다. 버지니아 울프는 전쟁에 임박한, 전쟁선호적인 유럽의 가부장역사와 문화를 여성의 관점에서 비판하고 있다.

참고문헌

김수용, 『괴테 파우스트 휴머니즘. 신이 떠난 자리에 인간이 서다』, 책세상, 2004.

르네 데카르트, 도그마 편집부 역, 『방법서설』, 도그마, 2006.

미하엘 발트슈타인, 이병호 역, 『몸의 신학 입문, '몸의 신학'에 관한 요한 바오로 2세의 가르침에 관하여』, 가톨릭대 출판부, 2012[2010].

볼프강 폰 괴테, 김수용 역, 『파우스트. 한 편의 비극』 2, 책세상, 2006[1831].

______, 이인웅 역, 『파우스트』, 문학동네, 2006[1831].

______, 권오상 역, 「자연과학론」, 『색채론』, 민음사, 2003.

이경희, 「근대 화학이론과 실험의 시학적 형상화-괴테의 『파우스트』 II부를 중심으로」, 『외국문학연구』 제35호, 2009.

임홍배, 「기술만능주의와 진화론을 넘어서-『파우스트』 2부의 호문쿨루스」, 『괴테가 탐사한 근대』, 창비, 2014.

장희창, 「생태적 관점에서 본 괴테 문학」 『민족미학』 2, 2003.

토머스 핸킨스, 양유성 역, 『과학과 계몽주의. 빛의 18세기, 과학혁명의 완성』, 글항아리, 2012[1985].

Doering, Sabine, "Die Monstrosität des Unsichtbaren-Homunkulus in Goethes Faust-Dichtung". *How to Make a Monster : Konstriktion des Monströsen*, Sabine Kyora u. Uwe Schwagmeier (Hg. v.), Würzburg : Königshausen u. Neumann, 2011.

Drux, Rudolf, "Künstliche Menschen". *Spektrum der Wissenschaft* Juni, 2001.

Eckermann, Johann Peter, *Gespräche mit Goethe*, Frankfurt a. M. : Insel Verl. 1981[1955].

Enders, Carl, "Die Deutung des Homunkulus in Goethes Faust." *Zeitschrift für Ästhetik und allgemeine Kunstwissenschaft* Heft 1, 1920.

Goethe, Wolfgang von, *Wahrheit und Dichtung*, HA Bd 9. München : DTV, 1998[1981].

______, *Faust*, HA Bd 3. München : DTV, 1998[1986].

______, *Faust*, Berlin u. Weimar : Aufbau Verl. (Nachwort, München : Goldmann Verl.), 1984[1978].

Hameling, Robert, *Homunkulus. Modernes Epos in zehn Gesängen*, *Hamerlings sämtliche Werke*, Bd. 12, Leipzig : Hesse & Becker Verl., 1887.

Heisenberg, Werner, "Das Naturbild Goethes und die technisch-naturwissenschaftliche

Welt1."

______, *Physikalische Blätter*, 24 Jahrgang, Heft 5, 1968.

Herrmann, Helene, "Faust, der Tragödie zweiter Teil : Studien zur inneren Form des Werkes (2)".

______, *Zeitschrift für Ästhetik und allgemeine Kunstwissenschaft* Heft 2, 1917.

______, "Faust, der Tragödie zweiter Teil : Studien zur inneren Form des Werkes (3)". *Zeitschrift für Ästhetik und allgemeine Kunstwissenschaft* Heft 3, 1917.

Mayer, Georg, "Homunkulus—Der deutsche Humanist, Das humanistische Gymnasium." *Zeitschrift des deutschen Gymnasialvereins,* VI. Heft, 1928.

Steiner, Rudolf, "Homunkulus. Geisteswissenschaft als Forderung unserer Zeit." *Eine Schriftreihe XI*, Basel : Zbinden & Hügin Verl. 1914.

Stern, Laurence, *Tristram Shandy.* Übers. v. Michael Walter, München : DTV Klassik, 1994[1759].

Valentin, Veit, "Homunkulus und Helena, Eine ästhetische Untersuchung." *Goethe-Jahrbuch* 16, 1895.

Witte, Bernd, *Goethe Handbuch*, Bd. 3, Stuttgart u. Weimar, 1977.

진화론의 발생

『프랑켄슈타인』과 『지킬박사와 하이드』 사이

이선주

1. 들어가기

　　과학과 인문학의 통섭이라든가 과학과 소설의 융합이라는 말이 사회 각 분야에서 부각되고 있다. 이러한 통섭 내지 융합의 움직임은 근대 분과학문의 확립 이후 과학과 인문학이 전혀 다른 사고방식의 이질적인 학문인양 각자의 방향으로만 달려옴으로써 나타나는 여러 왜곡상에 대한 비판에서 나오고 있다. 근대 이전에는 학문이 자연철학으로 두리뭉실하게 통합되어 있었던 반면 근대에 지식의 발달, 특히 새롭게 발견되는 자연과학의 발달과 함께 지식이 각각의 지향목표를 가진 영역으로 분화되어 전문지식의 심화에 크게 기여했다. 그러나 인문학과 과학 간에 담을 쌓고 자신의 분야만 파고드는 연구로는 현대사회의 복합적인 문제들에 해결방안을 제시할 수가 없다. 그러므로 작금의 통섭과 융합의 움직임은 일단은 과학과 인문학이 서로 떼어놓고는, 서로의 도움이 없이는 발전할 수 없다는 기본적 진리를 강하게 환기시켜 준다는 점에서 긍정적이다.

근대 과학의 새로운 발명에는 인문학적 상상력이 필수적임은 사실 지극히 자명하다. 근대 과학에서 하나의 새로운 이론이 발견되기까지에는 사실과 사례들의 축적 못지않게 직접 경험하지 못한 먼 과거와 알 수 없는 결과들에 대한 예측이 필수적이다. 경험을 넘어서는 것을 생각하기 위해서는 문학에서와 같은 상상력이 중대하고, 상상의 도움을 받은 가설을 증명해나가기 위해서는 과학적 진술만이 아닌 문학적인 용어와 스토리텔링이 필수적이게 된다. 찰스 다윈(Charles Darwin) 경우에도 『종의 기원(*The Origin of Species*)』을 통해 생물의 진화를 밝혀내기까지에는 수많은 물리적 화석채취와 동식물들의 사례 관찰을 위해 많은 세월을 보내야 했을 뿐만 아니라 이러한 수많은 과학적 관찰들을 통해 생물의 기원과 진화를 말하기 위해서는 '깊은' 시간에 대한 상상이 있어야만 했다. 게다가 자신의 이론을 설명하기 위해서는 질리언 비어(Gillian Beer)가 지적하듯이 그 때까지 없던 용어인 '자연선택' '세대' '변이'등의 단어를 만들어야만 했고 개체들 간의 유사와 변이를 설명해나가는 이야기를 계속 풀어나가야만 했다.[1] 그러한 문학적 도움을 위해 다윈은 존 밀턴과 낭만주의 시인들과 찰스 디킨스의 작품을 탐독하였다고 한다.

현실의 모방을 표방하는 사실주의 소설들이 현실에 있음직한 일들을 사실적으로 묘사하는 데 반해 근대 과학의 이론에 영향을 받은 소설은 그러한 탐구소설을 발생시키는 중대한 요인으로서 허구가 들어온다. 과학 이론이나 과

---

1   질리언 비어, 남경태 역, 『다윈의 플롯』, 휴머니스트, 2008, 120~131면.

학자의 도전적 실험이 소설의 중요한 모티브가 되는 소설에서는 현실에서는 생길 수 없을 듯한 창조물을 만들어낸다. 프랑켄슈타인의 창조물이나 지킬박사가 만들어낸 하이드와 같은 창조물이 그 좋은 예이다. 인간이 인간을 특히 남자가 인간을 만들어낸다는 있을 수 없는 허구가 이 두 소설의 도입부에 등장하고 있다. 아무도 건드리지 않은 영역을 넘음으로써 프랑켄슈타인과 지킬박사가 인간 창조물을 만들어낸다는 허구가 소설의 발생요인으로 들어오고 난 이후에는 그 결과에 따른 과학자로서의 번민과 공포는 지극히 사실적인 궤도 속에서 공감적으로 그려지고 있다. 이러한 까닭에 『프랑켄슈타인 또는 근대 프로메테우스(*Frankenstein or The Modern Prometheus*)』(1818, 1831)[2]와 『지킬박사와 하이드의 이상한 사례(*The Strange Case of Dr Jekyll and Mr Hyde*)』(1886)[3]는 과학과 소설의 상호연관성을 살펴보기에 좋은 소설이다.

이 글은 메리 셸리(Mary Shelley, 1797~1851)의 『프랑켄슈타인』과 로버트 스티븐슨(Robert Stevenson, 1850~1914)의 『지킬박사와 하이드』 사이에 살아 있는 생물과 인간에 대한 이해에 거의 혁명적인 변화가 생겼다고 본다. 두 소설 사이의 중간 지점인 1859년에 다윈의 『종의 기원』의 출판은 애써 덮어두었던 진실을 터트리는 분기점이 된다. 분기점이 되었다는 것보다 더 중요한 것은 다윈의 진화론만큼 세계관을 바꾸는 엄청난 이론도 그것을 학자들이 언쟁을 하며 받아들이기까지, 사람들의 의식에 이 이론이 스며들기까지, 더구나 그 이론이 소설의 창작에 반영되어 나타나기까지에는 시간의 긴 경과와 지체가 있다. 그렇기 때문에 다윈의 책이 나오기도 전인 메리 셸리의 책에서 이미 진화적인 사고가 등장하고 그러면서도 중세의 '존재의 대연쇄(The

---

2   이하 『프랑켄슈타인』이라 지칭한다.
3   이하 『지킬박사와 하이드』라 지칭한다.

Great Chain of Being)'가 흔들리면서도 여전히 엄존하고 있고, 스티븐슨의 경우에는 다윈의 진화론에 영향을 받은 심리적 진화론자들과 함께 저널에 기고하고 진화론의 영향을 받은 소설을 연속해서 쓰게 된다. 이 점을 분석하기 위해 다음 장에서는 중세의 '존재의 대연쇄' 관념과 근대 진화론까지의 사상 변화를 본다. 『프랑켄슈타인』 장에서는 중세적 자연관과 근대적 자연관 사이의 갈등과 재현을 중심으로 하여 근대 프로메테우스의 타협을 살피고 『지킬박사와 하이드』 장에서는 인간이 무엇에서 유래되었는가와 역사는 발전으로 향하는가라는 의문을 중심으로 하여 한 근대 과학자의 진실 대면을 살피고자 한다.

2. 진화론의 발생과 인식의 전환

진화론이 전복시키게 되는 것은 중세의 신과 인간과 자연에 대한 총체적 신념인 '존재의 대연쇄'이다.

중세도시가 담으로 에워싸여 있듯이 중세의 우주도 하늘에서부터 지구까지 위가 넓은 원통모양의 공간을 담으로 에워싸여 있다.[4] 맨 위의 넓은 천상의 세계에는 만물의 창조주인 하느님이 권좌에 앉아 계시고 그 아래에는 하느님을 보필하고 인간사에 관여하는 천사(angel)와 정령(spirit)들이 날아다니

---

4   Brake, Mark L., *Revolution in Science : How Galileo and Darwin Changed Our World*, Palgrave Macmillan, 2009, pp.19~20.

는 영원한 세계가 있다. 기원전 400여 년에 태어난 고대 그리스 철학자 플라톤은 우리가 경험하는 현실계는 영원히 변하지 않는 이데아의 세계의 그림자에 지나지 않는다고 보았다. 플라톤은 현상의 세계는 변하므로 참다운 세계가 아니고 이데아만이 변하지 않는 절대 이성의 참된 세계라고 말하였던 것이다. 플라톤의 실체·본질·이데아가 중세에 오면 엄격하게 천상의 하느님으로 집결된다. 중세의 우주관에 따르면 전능하신 유일신이 우주의 만물을 창조하게 된 것은 비록 이 생물들이 불완전할 수밖에 없는 존재임에도 불구하고 "신의 무한한 선성으로" "완전 무보다는 불완전을 택하"였기 때문이다(Lovejoy 212).[5]

중세의 우주관에 따르면 가장 완벽한 존재인 신은 세상에 자신의 기운을 발현하여 지구상의 모든 생물을 동시에 종별로 창조하셨다. 현재 존재하는 만물의 종들이 존재할 수 있는 모든 것이고 현재의 상태로 충만하다고 하였다. 변함없고 충족하니, 이 '존재의 대연쇄'에는 어떠한 틈이나 빈 곳도 없으며 더구나 어떤 종의 소멸이란 불가능한 것이다. 이 모든 존재들은 연속성있게 위로부터 아래로 빈틈없이 연결되어 있다. 존재의 연속성과 관계성이라는 속성이 물의 흐름과 같은 이미지로 되어 있는 것이 아니라 낱개 낱개가 닫혀져 있는 사슬(chain)로 쭉 연결되어 있는 이미지이다. 그러므로 이 연속성은 모든 개체에는 하늘이 내려준 그에 합당한 자리가 있으므로 그 자리를 벗어나면 안 된다는 고정을 위한 사슬이다. 충만과 연속성을 약속하는 '존재의 사슬'은 제한과 정지를 명령하는 위계적인 '존재의 사다리'에 다름 아니다.

'존재의 대연쇄'는 위계적 사회질서이다. 원통모양을 채우고 있는 위로부

---

5   아서 러브죠이, 차하순 역, 『존재의 대연쇄』, 탐구당, 1984, 212면.

터 아래로까지의 사슬들의 연속은 엘리자베스시대에 막강한 통치질서를 보여준다. 우주를 통치하는 하느님과 그를 보필하는 정령들로부터 지상의 군주는 신권을 부여받아 절대적 통치권한을 갖는다. 인간은 하나의 판이 아닌 두 개의 판을 차지하고서 지배자와 피지배자가 위 아래 판에 따로 서있다. 지배자의 판 안에서 세부적인 엄격한 등급이 다시 구분되어 귀족, 고위성직자, 젠틀맨이 차례차례 선다. 그 다음에 보다 군건한 발판이 놓여 자리를 옮겨가지 못하도록 하고 다시 차례로 상인, 하인, 노동자들이 놓인다. 이 세상에서 운명으로 주어진 자신의 링크와 자리는 고정적이다. 원뿔의 맨 끝 '치욕의 삼각점(the sorry end)'에는 정령이었다가 지옥으로 떨어진 사탄 루시퍼(Lucifer)가 있어 군주의 법률을 위반한다든가, 사회의 사다리에서 자신의 자리를 이탈하는 죄를 지은 자들에게 무엇이 기다리고 있는지를 한눈으로 보여준다.

'존재의 대연쇄'는 진화론 이전의 자연질서이다. 인간을 제외한 그 밖의 모든 생물, 무생물도 철저히 인간위주의 사고방식으로 위계가 결정된다. 일단 원뿔의 맨 밑바닥에는 인간들에게 유용한 점이 없다고 보였던 (무기물) '요소들(Elements)'인 암석들이 그저 굴러다닌다. 생물의 경우에는 가령 야수는 인간의 훈련에 저항하는 용기를 가졌으니 가축보다 위에 놓이고 말이나 개, 양 같은 인간에게 유용한 생물가운데서는 순한 양이 더 하위다. 그런가 하면 식용물고기가 인간이 먹을 수 없는 바다 생물들보다 우월하다 하고, 용이나 무당벌레처럼 '매력적인' 생물은 벼룩 같은 불쾌한 곤충보다 신의 영광을 더 받을 가치가 있는 것으로 여겨졌다 한다.[6] 이쯤 되면 존재의 사다리에 놓일 위계를 결정짓는 인간중심의 사고방식의 자의성을 의심하지 않을 수 없게 된

---

6   Brake, Mark L., *Revolution in Science : How Galileo and Darwin Changed Our World*, Palgrave Macmillan, 2009, p.90.

다. 이렇게 경험이나 논리에 들어맞지 않는 모순들 때문에도, 지정된 자리를 벗어날 때의 위험에 대한 경고가 당대 문서 곳곳에 배치된다. "거기서 한 단계가 무너지면 위대한 저 사다리는 무너진다"(Pope, *An Essay on Man*, 244행).[7]

자연신학자들은 신이 물질세계에 관여한다는 것을 보여주고자 했으므로 설계와 창조를 핵심개념으로 삼는다. 만물은 동시에 그리고 개별적으로 창조되었고 태초의 계획대로 영원히 지속될 것이라는 자연관 속에서 진화가 들어설 자리는 없다. 당시 자연관을 주관하던 왕립협회(the Royal Society)의 입장을 나타낸 글(1667)과 다윈이 『종의 기원』에서 밝힌 그의 자연관을 나란히 아래에 인용해보겠다.

모든 등급의 피조물들 간에는 상호의존이 있다. 생명이 있는 것, 감각이 있는 것, 이성이 있는 것, 자연적인 것, 인위적인 것들을 포함한 모든 피조물들 가운데 하나를 이해하면 그 나머지에 대한 이해로 나아가는 확실한 발걸음이다. 인간이 존재의 대연쇄의 모든 고리들을 따라 가봄으로써 피조물들의 모든 비밀이 인간의 정신 앞에 활짝 열리고 인간의 손이 가해짐으로써 피조물들의 작용이 조절되거나 진척되게 하는 것이 인간 이성의 최고의 경지이다. 진실로 우주를 지배한다는 것은 사물의 모든 종류와 단계를 순서대로 배열하여 그 꼭대기에 올라가서 우리가 밑에 있는 것을 모두 볼 수 있고, 그것들이 인간생활의 고요함과 평화와 풍요에 기여하게 하는 것이다.[8]

우리가 배에서 내다보며 어떤 유기적 존재를 그저 야만적인 것으로 더 이상 치

7　Pope, Alexander, *An Essay on Man, in Four Ethic Epistles*, MDCCLXVII, 1767, Web, p.244.
8　아서 러브죠이, 앞의 책, 232면, 재인용.

부하지 않고 인간의 이해범위를 넘어서는 온전한 어떤 존재로서 바라볼 때, 그리고 자연의 각각의 산물들을 각자의 긴 역사가 있는 존재로서 바라볼 때 자연과학의 연구는 얼마나 더 재미있는 연구가 되겠는가. 우리가 어떤 위대한 기계의 발명을 수많은 관계자들의 노력과 경험과 이성의 심지어는 실수까지도 다 합한 총합으로 보는 것과 마찬가지로, 각각의 복잡한 구조나 본능들은 그 개체에게 유용했을 많은 고안들의 총합이라고 생각하며 바라보게 될 때 자연과학의 연구는 얼마나 더 흥미로운 연구가 되겠는가.[9]

진화이전의 자연관은 인간의 터무니없는 자신감과 사물에 대한 이기적 이해를 드러내는데 반해, 다윈의 이 글은 각각의 유기물 자체의 온전한 객체성에 대한 이해와 인간이 야만적인 방식으로 유기물을 파악하지 말 것을 매우 부드러운 어조로 말하고 있다. 이러한 생각과 어조가 『종의 기원』 전체에 흐르는 특징이다. 근세까지 이어온 중세적 자연관을 결과적으로 완전히 전복시키는 『종의 기원』에서 다윈은 전혀 자신의 생각을 강요하고 있지 않다. 지극히 문학적인 은유와 다의성을 띤 용어와 완곡어법을 통해 자신의 혁신적인 생각이 불러일으킬 여러 있을 수 있는 불신과 이견을 스스로 제기하며 그러한 있을 수 있을 이견에 대해 자신이 해소할 수 있는 것은 해소하고 안 되는 부분은 자신도 알지 못함을 인정하면서 자신의 생각을 많은 사례를 들어가며 상세히 설명하는 방식을 취한다. 내용은 생물학인 과학이되 표현과 상상력은 지극히 문학적인 이 책이 인식의 전환의 획을 긋는다.

획은 다윈이 긋지만, 18세기와 19세기에 걸쳐 내내 진화의 증거는 축적되

---

9   Darwin, Charles, *The Origin of Species*, Collier Books, 1962[1859], p.482.

고 있었다. 다윈의 할아버지인 에라스무스 다윈(Erasmus Darwin, 1731~1802)
은 일찍이 18세기 중엽부터 생명에 대한 진화적인 생각을 여러 저서에서 밝
힌다. 박물학자이며 의사였던 그는 식물과 생체에 대한 선구자적 연구를 하
면서 생명의 기원에 관심을 보였고 최소한 온혈동물은 같은 생명체로부터
유래되었다는 생각을 했다. 그는 각각의 다양한 생물이 실은 동일한 기원을
가진 생명체로부터 유래되었다는 생각을 사상서와 시 속에 표현하였다. 프
랑스의 자연학자 쟝-밥티스트 라마르크(Jean-Baptiste de Lamarck, 1774~1829)
는 개인이 획득한 형질이 자손에게 물려질 수 있다는 진화적 견해를 주장했
다. 그는 더 큰 나무의 더 연한 잎사귀를 먹으려고 목을 길게 빼는 기린은 다
음 세대에 그같이 긴 목의 이점을 물려준다는 용불용설을 주장하기도 했다.
과연 진화가 그렇게 목적적이고 발전지향적인지에 대해서는 그 후 논쟁거리
가 되지만 어쨌든 라마르크는 지구의 만물은 시간과 함께 변화하고 있다는
생각을 널리 퍼지게 한다. 지리학자 찰스 라이엘(Charles Lyell, 1797~1875)은
지구의 역사가 인간이 상상할 수 있는 시간을 넘어서는 깊은 시간을 지나왔
고 퇴적과 융기를 끊임없이 해왔다는 사실을 『지질학 원리(The Principles of
Geology)』(1833)에서 설명한다. 다윈으로 하여금 진화론을 깨닫게 한 5년 동안
의 비글호(Beagle) 항해 내내 다윈은 이 책을 애독했고 이후 두 사람은 서로의
글에 조언을 해주는 학문적 동지가 된다. 일반 사람들도 이즈음에 오면 생명
체들이 예전과 다르다는 것을 실감했다. 당시에는 시골에서 가축과 작물을
재배하던 많은 사람들이 산업화와 함께 도시로 올라와 살게 되면서 주변의
동식물이 달라졌음을 대체적으로 인식하였다.

생명이 진화하고 있다는 생각은 더 이상 신의 계시로도 군주의 법으로도
막을 수가 없게 되었다. 그러므로 다윈의 진짜 혁신은 생명이 진화하고 있다

는 논의를 했다는 것에 있는 것이 아니라 새로운 종들이 나오게 된 진화적 메카니즘을 말해주었다는 것에 있다. 『자연선택에 의한 종의 기원, 혹은 생존경쟁에서 유리한 종족의 보존에 관하여(*On the Origin of Species by Means of Natural Selection, or the Preservation of Favoured Races in the Struggle for Life*)』(1859)라는 책 제목은 진화적 메카니즘을 말해주는 키워드들로 되어 있다.

다윈의 이론은 세 가지로 정리할 수 있다. 첫째, 생물들은 서로 다르고(vary) 이러한 변이(variation)는 (적어도 일부는) 자손에게 유전된다는 것이다. 둘째, 생물들은 살아남을 수 있는 수보다 더 많은 자손을 낳는다. 셋째, 평균적으로 환경이 선호하는 방향으로 강하게 변화한 자손이 살아남아 자손을 퍼뜨린다. 따라서 환경이 선호하는 변이가 자연선택(natural selection)을 통해서 각 개체군(population)에 축적된다.

다윈은 자연선택을 새로운 종들을 창조하는 메카니즘으로 지목한다. 중요한 것은 자연선택은 단순히 부적자를 제거하는 것이 아닌 진화의 창조적 추진력이라는 점에 있다. 자연선택은 세대를 거듭하면서 광범위한 임의적 변이중에서 선호되는 부분만을 선택하여 보전시킴으로써 생물 종으로 하여금 단계적으로 적응 능력을 축적하도록 해준다. 여기에서 변이는 어디에서나 일어나고 그 방향은 임의적이어야 한다. 변이가 어느 한 방향으로 미리 설정되어 있다면, 자연선택은 창조적인 역할을 하기보다는 적절한 방향으로 변화하지 못한 불운한 개체를 제거하는 데 그치기 때문이다.[10]

신이 전혀 개입하지 않고 자연이 스스로 선택하는 자연선택이란 변화하는 환경에 대한 국지적 적응(local adaptation)이론이다. 생존자들은 국지적으로

---

10 스티븐 제이 굴드, 홍욱희·홍동선 역, 『다윈 이후』, 사이언스북스, 2008, 9·57면.

변하는 환경에 우연히 가장 적합한 특성을 가진 개체들이다. 밀림지역의 생명체들이 주변의 나무와 같이 짙고 강한 색을 띠고 눈이 많은 지역의 나방은 흰색이 많은 것이 그러한 예이다. 그런 이유로 더 생존하게 되었어도 그것이 그 생명체의 우수성을 증명해주는 것은 아니다. 왜냐하면 국지적 환경은 끊임없이 변하기 때문이다. 기후는 추워지는가 하면 더워지기도 하고 초원이 번성하는가 하면 삼림이 형성되기도 한다. 이전에 생존하기에 유리했던 변이가 변한 환경에서는 불리해지는 조건이 되는 게 부지기수이다. 지구상에 등장했던 생물종의 99%는 멸종되어 왔다. 이렇게 멸종한 만큼 자신이 속한 환경에 우연히도 맞거나 환경에 적응하게 된 새로운 종자들이 생물의 다양성을 채워왔고 지금도 채워나간다. 만물을 진화하게 하는 원리인 자연선택은 전반적인 진보가 아니라 변화하는 환경에 대한 국지적인 적응만을 생성하는 자연의 메커니즘이다.

다윈의 진화론의 더 충격적인 진리는 지구상의 모든 생명이 하나의 공통된 조상에서 유래되었다는 것이다. 『종의 기원』은 '고등한' 생물조차도 최초의 생명체가 수십 억 년의 심연의 시간을 거치면서 변이와 자연선택을 계속한 결과 생긴 창조물이라는 암시로 가득 차 있다. 다윈은 『종의 기원』에서 자신의 한도 내에서 접할 수 있는 온갖 미세한 생물들을 관찰하고 필요하면 배양하면서 그 개체의 생성과 변이를 추론한다. 여기서는 여러 다양한 생물을 사육한 사육종과 자연에서 자연선택을 통해 자란 자연종 사이의 비교가 이루어지고 있어서 인간은 계속 보이지는 않으나 수많은 다른 생물과 마찬가지로 존재함을 독자는 내내 의식한다. 다윈은 직접 인간을 관찰대상으로 거론하지는 않고 있으나 영겁의 깊은 시간 동안에 등장했었던 수많은 종들과 그 안의 개체들의 변이들이 이루어지는 과정의 어느 한 순간에 인간이 운

좋게 생겨났었던 것은 아닌가 하는 생각을 독자들은 하지 않을 수 없게 된다.

인류를 만물의 영장이라 생각하는 인간위주의 사고가 터무니없음은 후세대에 의해 속속 밝혀지고 있다. 일리노이대학교 교수 칼 우스(Carl R. Woese)는 1994년 진화의 계통수를 아래와 같이 그린다.[11]

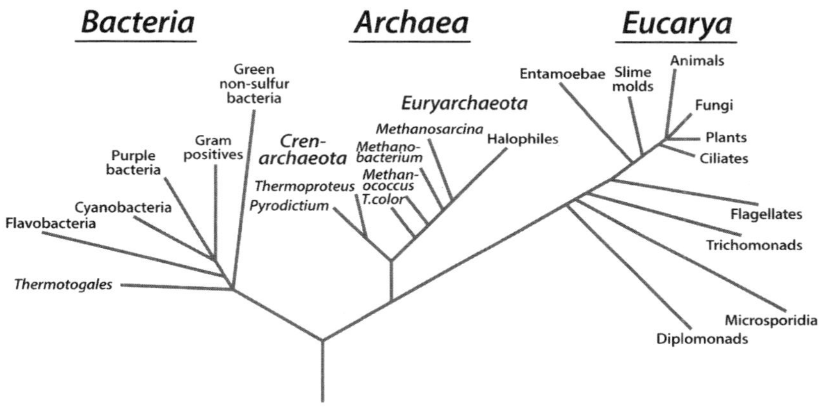

〈그림 1〉 진화의 계통수 (Woese 2)

현대 진화론의 대가로 평가받고 있는 굴드는 우스의 이 그림을 생명의 분류에 관한 이 시대 최고의 개척자의 혁신적인 정확한 계통도라고 평가한다(『풀하우스』 250).[12] 지구가 생성된 것은 40억 년 전으로 추정되고 30억 년 전부터 10억 년 전까지 그 긴 20억 년 동안 원생동물인 박테리아만이 살고 있다. 박테리아(Bacteria)하면 떠오르는 것들(광합성 남조류, 대장균, 병원성 세균)이 그 하나이고 다른 하나는 시원세균(Archaea)이라는 변이되어 나타난 괴짜들

---

11 Woese, C. R. "There must be a prokaryote somewhere : microbiology's search for itself", *Microbiology and Molecular Biology Reviews* Vol.58(1), 1994, p.2.
12 스티븐 제이 굴드, 이명희 역, 『풀하우스』, 사이언스북스, 2002, 250면.

의 영역이 있다. 그리고는 약 6억 년 전 캄브리아기 대번성기에 엄청난 진화
적 폭발과 함께 연체류가 대거 생성되는데 아마도 그 즈음쯤에 진핵생물
(Eucarya) 즉 유성생식을 하는 생물들이 나타나기 시작한다. 우리가 일반적으
로 생물군하면 분류하는 방식인 동물(Animals)·식물(Plants)·균류(Fungi)는
지구의 전 역사로 치면 몇 초에 해당하는 아주 짧은 시간만을 차지하고 있다.
더구나 동물과 균류사이의 거리나 동물과 식물사이의 거리는 그 앞의 어떤
가지들의 사이들보다도 길지 않다. 그만큼 그들 간의 친족성이 강하다는 것
이고 인간종도 하나의 점을 찍고 있을 맨 오른쪽 끝 곁가지는 지금도 자연선
택과 변이를 계속하고 있다. 다윈은 인간 경험과 상상력의 한계 상 이렇게 깊
은 시간을 내다볼 수는 없었지만, 우스가 사용한 것과 같은 나뭇가지 모양의
계통수로 진화를 그려보이던 그는 같은 진리를 가리키고 있었다.

3. 진화의 관점에서 본 『프랑켄슈타인』

—근대 프로메테우스의 타협

공포소설 혹은 과학소설 하면 그 선구적 작품으로 손꼽히며 지금도 판을 거
듭 찍고 있는 『프랑켄슈타인』은 메리 셸리가 스무 살 때 처음 익명으로 발표
한 소설이다. 이 소설이 탄생할 수 있게 된 데는 부모님이 탁월한 문필가였다
는 진화의 유전적 요소가 한 몫 한다. 아버지 윌리엄 고드윈(William Godwin,
1756~1836)은 『정치적 정의(*Political Justice*)』(1793) 등을 쓴 진보적 문필가였고

어머니 메리 울스톤크래프트(Mary Wollstonecraft, 1759~1797)는 최초의 영향력 있는 여성운동가이며 저술가이다. 환경적 영향으로는 십대 후반에 그녀가 결혼한 남편이 곧 낭만주의 시대를 대표하게 될 시인 퍼시 셸리(Percy Shelley, 1792~1822)였고 남편은 타고난 문학적 재능이 있는 메리가 창작을 시작하도록 적극 격려했다. 이 소설을 쓰게 된 것도 남편 셸리와 그의 친구이며 유명한 시인 바이런 경(Lord Byron, 1788~1824)이 제네바에서 이웃에 살 때 공포이야기를 하나씩 쓰자고 하면서 부터였다. 이 책이 탄생하게 된 인간적인 영향들은 이러하고 이에 못지않게 당시의 과학발전의 영향도 중요하다. 1831년 자신의 이름으로 다시 낸 서문에서 메리는 남편 셸리와 바이런 경이 종종 당대 과학발전에 대해서도 토론했는데 특히 당시에 생명원리에 관심을 가지고서 실험하던 에라스무스 다윈이나 전기를 불어넣어 생명이 생길지를 실험한 갈바니즘(Galvanism)에 대해 나누던 그들의 대화가 소설의 발단이 되었음을 밝힌다(Shelley, 1831, x).[13]

메리 셸리는 이 소설에 가능한 또 하나의 제목을 "모던 프로메테우스(The Modern Prometheus)"라고 했다. 필자가 이 장의 부제에서 '한' 근대 프로메테우스라고 하지 않고 전형적이고 대표적 의미를 담게 "근대 프로메테우스"라고 그대로 메리 셸리의 표현을 받아쓴 것은 이 소설은 거의 서사시적 웅장함을 보여주기 때문이다. 북유럽과 서유럽을 넘나들고 알프스산맥의 절경을 배경으로 하는 자연의 웅장함도 그러하지만, 무엇보다도 프랑켄슈타인의 불굴의 탐구정신과 과학자적 야심은 근대 프로메테우스라 할 만하게 제시된다. 프로메테우스는 최고의 신 제우스가 인간에게 불을 주지 말라는 금기를 깨고 인간

---

13 Shelley, Mary, *Frankenstein, or The Modern Promethus*, London : Colburn and Bentley. 1831. Reprinted by Signet Classic, New American Library, 1983. Web, p.x.

에게 불을 가져다주었고 그 죄로 제우스신으로부터 산 절벽에 묶인 채 독수리에게 간을 쪼이는 벌을 받게 되어 파 먹힌 간은 밤새 다시 돋아나 다시 먹이가 되는 식으로 천 년 동안 징벌을 받았으나 결국 헤라클레스에 의해 사슬에서 해방된다. 그리하여 프로메테우스는 억압에 무릎 꿇지 않는 창조적 저항정신의 상징으로 자리 잡는다. 제네바의 상류계급 출신인 프랑켄슈타인은 근대과학을 선도하는 독일 잉골슈타트대학(University of Ingolstadt)으로 유학 오게 된다. 혼자서도 과학에 심취하며 과학지식탐구를 최대의 가치로 생각해오던 프랑켄슈타인은 이곳 대학 교수 왈드만(Waldman)의 다음 강연을 듣고 자신이 연구할 방향을 잡게 된다.

"이 학문을 가르치던 옛날 교사들은 불가능을 장담했고 아무것도 하지 않았습니다. 현대의 거장들은 약속하는 바가 거의 없죠. 그들은 금속을 금은으로 바꿀 수 없다는 것, 생명의 영약은 헛된 꿈이라는 것을 알기 때문입니다. 그러나 이 철학자들, 더러운 오물을 만지작거리고, 현미경과 쇳물 도가니를 뚫어지게 쳐다보는 것밖에 할 줄 아는 게 없어 보이는 이들은 실로 기적을 행해 왔습니다. 이들은 자연의 후미진 곳을 관찰하고 자연이 거기 숨어서 어떻게 일하는지 보여 줍니다. 이들은 신의 영역에도 접근합니다. 혈액이 어떻게 순환하는지, 우리가 숨 쉬는 공기의 성질은 무엇인지 밝혀냈죠. 이들은 새롭고도 거의 무한한 능력을 획득해 왔습니다. 천둥을 명령하고 지진을 흉내 내며 그늘에 가려져 보이지 않는 세계를 모방하기까지 합니다."

바로 교수의 그 말, 차라리 운명의 말이라고 해야 할 그 말이 나를 파멸로 이끌었다. 그의 말이 계속되는 동안 내 영혼이 뚜렷하게 느껴지는 적과 씨름하는 기분이었다. 내 존재의 메카니즘을 이루는 많은 열쇠들이 하나씩 만져지는 것 같았다.

암호들이 차례로 풀리는 소리가 들리더니, 곧 머릿속이 한 가지 생각, 한 가지 구상, 한 가지 목적으로 채워졌다. 프랑켄슈타인의 영혼이 외쳤다. 그렇게 많은 업적이 이루어졌다면, 앞으로 내가 더 많이, 훨씬 더 많은 것을 이루리라. 이미 찍힌 발자국을 따라가 새로운 길을 개척하고, 미지의 힘을 탐사할 것이며, 창조의 가장 은밀한 신비를 세상에 펼쳐 보이리라. (46~47)[14]

그는 왈드만 교수의 근대 과학에 대한 찬사를 들으면서, 지금까지 자신이 혼자 공부해오던 과학은 과학이 아니었음을 깨친다. 자신은 고대 자연철학자들이 해오던 (신의) 불멸성이나 전능함을 탐구하는 연구나 천상의 뜻을 읽는 연금술에 매료되어 왔었고 요즘 하고 있는 근대 과학자들은 "한없이 뻗어나간 원대한 꿈을 거의 가치도 없는 현실과 맞바꾸라고 요구"(45)한다고 생각해왔다. 그는 자연을 여전히 "존재의 대연쇄"적 관점에서 바라보면서 장대한 불멸성 연구만을 높이 평가하며 꽤나 오만했던 자신을 반성하고 있는 것이다. 현 "과학의 시대"(44)를 이끌고 있는 여기 교수들은 수백 년을 내려오던 창조론에 도전장을 내며 현미경을 가지고 오물과 혈액을 실험하여 실제 형상과 생물을 연구하려는 유물론적 과학정신이 힘차게 발현되기 시작했음을 보여준다. 근대 과학이 나아가야 할 방향에 대해 수긍하게 된 프랑켄슈타인이 존재의 메카니즘을 연구해 창조의 비밀을 밝히고자 맹세한다. 프랑켄슈타인은 그 시대를 중세적 미몽에서 벗어나게 해줄 것이며 근대과학의 발전을 위해 꼭 필요한, 존재의 메카니즘에 대한 연구에 투신하게 된다.

그런데 이 소설을 프랑켄슈타인의 참회로 읽는 많은 비평들은 그의 연구

---

14 이하 소설 페이지는 *Frankenstein, or The Modern Prometheus*, Penguin, 2006을 따른다.

를 불경스런 연구로 보고 있고 그의 실패를 처음부터 자명한 것으로 본다. 그의 연구를 불경스럽다고 생각하게 만들 단서는 책 곳곳에 산재해있다. 위의 인용에서도 자신의 연구방향을 발견한 그 귀중한 순간의 황홀감이 나오는가 하면, 그 순간이 "나를 파멸로 이끌었다"고 하고 있고 "납골당"에서 뼈를 수집하고 "불경한 손가락으로" "인간 구조의 엄청난 비밀"을 "뒤적거리고"(55) 등의 표현은 그의 연구에 대해 부정적인 인상을 각인시키기도 한다. 이렇게 자신의 연구를 신성모독이라고 생각하는 극단적 표현이 있는가 하면 그 바로 앞에서는 "생명이 부여된 온갖 동물의 구조에 대한 연구"와 인간 신체를 통해 "죽음의 부패가 어떻게 생명을 돋게 하는 원기"(52)가 되는지에 대한 연구를 자신이 하고 있음을 진지하게 설명한다. 자신의 연구의 성격에 대해 프랑켄슈타인이 상충되는 생각을 동시에 하고 있듯이, 바로 옆 페이지들 사이에서도 이렇게 극단으로 상충되는 생각들이 동시에 계속 등장하는 것이 이 소설의 독특한 특징이다. 이 특징은 모든 파국이 다 벌어지고 난 상태에서 프랑켄슈타인이 북극해에서 만난 선장 왈튼(Walton)에게 들려주는 이야기 형식으로 이루어져 있어서 나타나는 현상이다. 모든 경험과 파국이 다 일어나고 나서 회한과 자책에 휩싸인 프랑켄슈타인이 하는 이야기이기 때문에, 경험하고 있는 당시의 순일한 감정으로 전혀 제시되고 있지 않고 자신의 연구를 결과론적으로 매우 불경스러워하는 그의 생각이 산재해 있기 때문이다.

많은 비평들이 프랑켄슈타인의 연구를 부정적으로 치부하는 또 다른 원인은 시대를 앞서가는 실험을 하는 자는 흔히 '미친' 과학자라고 치부되는 경향을 고려하지 않았기 때문이다. 이는 다윈이 1837년 즈음에는 『종의 기원』의 초안을 다 작성하고서도 내내 발표하고 있지 않다가 결국 알프레드 러셀 월리스(Alfred Russell Wallace)가 자신이 쓰고 있는 원고를 그에게 보내왔을 때 자기 책의 중심내용과 흡사함에 충격 받아 1859년에 출판하지 않을 수 없게 된 것과도 연관된다. 다윈이 그렇게 출판을 미루고 있었던 큰 이유 가운데 하나는, 자신의 과학 속에 함축되어 있는 신의 창조론에 대한 부정이 불러일으킬 파장, 즉 자칫하면 '미친' 과학자로 매장당할 수도 있는 상황을 두려워했기 때문이다. 프랑켄슈타인이 납골당의 시체들에서 신체부위들을 모아 와서 실험한다는 것이 일단 '불경스런' 연구라는 느낌을 확 들게 하지만, 여기에서 의미를 부여해야 할 점은 그의 연구는 생명의 메카니즘에 대한 그때까지 시도하지 못했던 새로운 실험이라는 점이다. 그가 생명이 부여된 모든 동물과 인간의 메카니즘 연구를 한데 놓고서 생각하고 있듯이 그의 연구는 생명의 진화를 시사해 줄 수 있는 혁신적 연구이다.

프랑켄슈타인은 죽은 인간의 신체부위로 큰 덩치의 인간을 만들어 전기를 통해 생명을 부여하는 연구를 성공시킨다. 그런데 이렇게 인간이 인위적으로 인간을 만들어낸 다음부터 소설 방향은 급선회한다. 바로 여전히 끈덕지게 버티는 "존재의 대연쇄"라는 관념으로 후퇴해버리는 것이다. 프랑켄슈타인은 생명이 부여되어 벌떡 일어선 그 "창조물"의 엄청난 크기와 혐오스런 모습에 경악하여 자신의 창조물을 버려두고, 점점 증오하게 되는 것으로 제시되고 있지만, 설령 그 창조물이 '제대로 된' 인간의 모습이었다 해도 그는 그것을 제대로 받아들이지 않았을 것이 분명하다. 프랑켄슈타인은 일단 실험이 성공하여 창조물이 나오자 그것이 인간의 경계를 넘어서 들어오려고 하는 것에 경악하고 있기 때문이다.

그는 자신의 창조물을 전혀 교감도 없이 처음부터 '적(enemy)', '악마(devil)', '괴물(monster)', '놈(wretch)'으로 부른다. 태어나자마자 팽개쳐진 창조물은 홀로 좌충우돌하며 지내고 이년 후 프랑켄슈타인 앞에 나타나서 자신의 입장을 항변한다. 프랑켄슈타인의 창조물은 이렇게 할 거면 "당신은 어떻게 감히 생명 갖고 장난쳤느냐"(117)며 항의하고 내가 당신의 가족을 죽여 고통을 주었지만 여태껏 모든 인간들이 나를 증오하는 바람에 "나도 그만큼 고통받았으며" 그렇지만 "인생이 고뇌의 연속일지라도 인생은 나에게 소중하고 나는 그것을 지켜내련다"(117)고 말한다. 창조물은 "나는 당신의 정의와 관용과 애정을 받을 자격이 있다"(118)고도 외치나 여전히 프랑켄슈타인은 "너와 나 사이에 연대는 있을 수 없고 우리는 적일뿐이다"고 응대한다. 프랑켄슈타인은 전혀 그를 인간으로 생각하고 있지 않으나 이미 이년동안에 인간의 언어와 관습을 익힌 창조물은 동등한 인간임을 말하고 자기 생명에 대한 변호를 하고 있는 것이다(Brooks 210).[15] 프랑켄슈타인은 전혀 그를 인간으로서 생각하지 않는 사고틀을 붙들고 늘어지는데, 그의 창조물이 그의 부당함을 지적하며 자신의 권리를 강하게 요구하는 것은 마치 앞부분의 자기주장이 강한 프로메테우스 같던 그 프랑켄슈타인과 오히려 흡사하다.

그렇다고 해도 프랑켄슈타인의 창조물이 수구적으로 회귀하는 프랑켄슈타인과 대립해서 인간의 '동등함과 권리'를 주장하는 대항마적인 역할을 일관성있게 해주지는 못한다. 여기서는 독자의 감동을 불러일으킬 만큼 창조물이 자신을 인간에 속하는 존재로 인정받아 마땅한 존재라고 주장하고 있지만, 다른 한편으로 자신을 인간과는 다른 종이라고 양보하고서 자신의 종으로 짝을 만들어달라고 요구하기도 한다. 게다가 프랑켄슈타인이 자신을 인간적으로 받아들여주지 않고 괴물로만 대한다고 하여 사람들을 죽임으로써 독자의 공감을 잃어버리고 스스로를 괴물성으로 전락시켜 버리기도 한

---

15 Brooks, Peter, *Body Works : Objects of Desire in Modern Narrative*, Harvard UP, 1992, p.210.

다. 그러므로 프랑켄슈타인의 창조물에게 일관성있는 태도를 요구하며 일관성 있지 않다고 비판하는 것은 어울리지 않다. 작가가 창조물에 그만큼의 비중있는 존재 조건을 부여하고 있지 않기 때문이다. 프랑켄슈타인의 창조물은 이름도 주어지지 않은 '벌거벗은 생명(bare life)'이며 세상에서 어떠한 자리도 없는 '내팽개쳐진(outcast)' 인간을 상징하는 존재이다.[16] 그는 존재자로 인정받지도 못하고 설 자리도 없는 한 울부짖는 인간이다. 창조물은 심리적인 일관성을 살펴보는 비평을 할 만큼 충분히 재현되어 있지 않는 반면에 프랑켄슈타인의 경우는 다르다. 프랑켄슈타인은 시작에서부터 과학자로서 생명의 메카니즘에 대한 발견으로 세상에 기여하겠다는 근대 프로메테우스적인 야망을 가지고서 출발하였고, 그 과정에서 압박감에 시달리고, 흉한 모습의 창조물 창조라는 전기를 맞아 자신의 근대적 자연관을 거의 완전히 접고서 내내 수백 년을 지배해오던 중세적 자연관으로 회귀하고 있기 때문이다. 모호한 존재가 인간의 경계를 넘어서지 못하게 하는 그의 끈질김, 그것과 같은 맥락에서 "선한 정령이 나를 따라와 내 발걸음을 인도한다"(255)는 믿음이 그의 머릿속을 채우게 된다.

프랑켄슈타인의 타협은 그가 자연을 바라보는 방식으로도 드러난다. 처음 과학에만 최고의 가치를 두고 실험에만 편집광적으로 빠져있는 그에게 자연은 보이지 않는다. 그가 보는 자연은 앞에서 거의 전혀 묘사되고 있지 않다. 그런데 창조물을 창조한 뒤에 두려움을 느끼게 되면서, 특히 자기 동생

---

16 조르조 아감벤(Giorgio Agamben)은 『호모 사케르』(*Homo Sacer*)에서 국가 내에서 한 존재로서 정치적으로 인정되지 못하고 배제되는 인간을 '벌거벗은 생명'이라 표현했고 가레스 스테드만 존스(Gareth Stedman Jones)는 빅토리아시대 사회에서 계급간의 문제를 연구한 『아웃캐스트 런던』(*Outcast London*)에서 사회에서 게토화되는 하층계급을 '아웃캐스트'라고 표현했다. 프랑켄슈타인의 창조물은 정치적으로나 계급적으로는 이 부류의 배제된 인간들을 상징한다고 볼 수 있다.

이 죽임을 당한 뒤로 창조물을 추적하면서부터는 자연의 묘사는 수시로 등장한다. 그가 보는 자연은 마치 "존재의 대연쇄"를 숭고한 자연에 이입시켜 신과 인간의 관계를 정서적으로 보는 듯하다. 자연에 대한 장엄한 묘사는 "존재의 대연쇄"라는 우주관을 시로 바꿔서 표현하는 셈이 된다. 소설이 선택한 자연은 먼 거리에서 바라보아야만 시야에 들어오는 장엄한 자연들이다. 서유럽과 북유럽을 넘나드는 여정 내내 그가 보는 것은 빙하로 둘러싸인 거대한 맞은 편 알프스 산을 바라보는 큰 그림이거나 구름이 걸려있는 몽블랑의 정상의 하늘 높이 솟은 모습들이다. 인간들이 그 안에 살고 있는 친근한 자연이 아니라 신의 절대성과 준엄함을 보여주는 숭고한 자연이다. 신의 숭고함을 가시화 한 듯한 자연 앞에서 인간은 왜소해지고 인간의 걱정은 하찮을 뿐이다.

『프랑켄슈타인』은 생명의 메카니즘과 창조의 신비를 밝히고자 하는 담대한 실험을 실행하는 과학자가 "존재의 대연쇄"적 자연관의 압력에 다시 승복하는 과정을 근대 프로메테우스적인 스케일로 그려낸 소설이다. 프랑켄슈타인의 치열한 분투의 의의는 신이 과연 인간을 창조한 것일까, 인간 종의 경계를 그렇게 확고하게 설정하는 것이 과연 맞는가, 기괴함 즉 변이로 인해 인간으로 받아들여지지 못하는 존재는 얼마나 많은가 라는 지극히 진화론적인 질문을 진화론이 일반인에게 알려지기 훨씬 이전에 제기하고 있다는 점이다.

4. 진화의 관점에서 본 『지킬박사와 하이드』
—한 근대 과학자의 진실 대면

앞서 2장에서 중세 이후의 영국의 자연관을 주창하던 왕립협회(Royal Society) 의 시각과 『종의 기원』으로 근대의 과학적 자연관을 보여준 다윈의 시각 사이 의 현격한 차이를 설명했었다. 버나드 라이트만(Bernard Lightman)은 빅토리아 시대에 창조론에 입각한 자연관을 전파하던 왕립협회 학자들이 자신들의 세계관을 뒤흔드는 다윈의 이론에 대해 어떻게 돌파구를 모색하고자 했는지를 설명한다. 보수적인 왕립협회의 자연철학자와 과학자들은 다윈의 『종의 기원』이 함축하는 창조론의 허구성에는 눈을 감고 여전히 "자연과학과 기독교 신학이 상보적"(40)이라는 믿음을 밀고 나가려 하는 경향을 보였다.[17] 그렇게 진화론을 회피할 수 없는 경우에는 하느님이 창조가 아닌 진화를 통해서 역사 하셨다고 주장하면서 전통적인 기독교와 타협할 수 있는 가능성을 모색하였 다. 과학을 종교적인 틀 내에 놓으려는 이러한 세력이 있었음에도, 지식을 갈 구하는 학자들은 자연은 진화를 해왔고 진화는 자연선택에 의해 이루어진다 는 다윈의 이론에 매혹되고 흥분하였다. 이 가운데 다윈의 이론을 적극적으로 받아들이고 설전을 마다않고 지지한 토머스 헉슬리(Thomas Huxley, 1825～ 1895)가 있고 다윈의 이론에서 생존경쟁의 측면을 강조하여 사회진화론을 주 장한 허버트 스펜서(Herbert Spencer, 1820～1903) 등 여러 진화론 연구가들이 나 온다. 『지킬박사와 하이드』(1886)를 쓴 로버트 스티븐슨도 다윈의 이론에 영 향받아 진화적 심리학을 발전시킨 제임스 설리(James Sully) 등과 같은 클럽에

17　Lightman, Bernard, *Victorian Popularizers of Science*, University of Chicago Press, 2007, p.40.

서 활동하며 당시의 유명한 잡지『콘힐 메가진(*Cornhill Magazine*)』에 이들 지식인과 함께 글을 실으며 진화론에 대한 성찰이 담긴 소설들을 연속 발표한다.

인간의 한정된 경험과 제한된 생애 안에서는 진화의 예증을 접하기 어렵다. 마찬가지로 인간의 삶을 모방한다는 사실주의 소설로는 진화에 대한 내용을 그려내기가 더 어렵다. 인간의 경험과 시간을 뛰어넘는 어떤 허구적 발생이 진화를 보여주는 소설에는 필요하다.『프랑켄슈타인』에서 생명의 메카니즘 연구를 위해 인간의 신체부분을 통한 생명의 창조라는 허구적 발생이 필요했듯이『지킬박사와 하이드』에서는 지킬박사가 자기 몸에서 선과 악을 따로 분리해내는 실험으로 악한 생명의 창조라는 허구적 발생이 필요하다.[18] 두 소설 모두에서 소설을 발생시키는 이 허구적 발단은 다른 공포소설처럼 공포를 불러일으키기 위한 귀신이나 환영의 요소가 아니라 지금까지 도전해보지 않는 과학적 실험의 맥락에서 이루어진다. 바로 이러한 점이 두 소설을 진화론의 관점에서 읽도록 유혹한다.

이 소설의 주요 인물은 젠틀맨계급의 전문가들이다(Arata 233). 지킬박사는 "의학박사, 민법박사, 법학박사, 왕립협회회원"(11)이고 소설의 2/3가 그의 시각으로 비춰지는 어터슨(Utterson)은 변호사이고 지킬의 실험에 대한 동료의 반응을 보여주는 래니언(Lanyon) 박사도 의학자이고 그밖에 이들의 저녁식사

---

18 이러한 허구적 발단은 소설의 상상 범위를 크게 확장해주는 만큼이나 비평가들의 시각도 다양하게 해준다.『프랑켄슈타인』에 대한 수많은 비평의 시각들이 사실주의 소설과는 비교할 수 없게 다양하듯이『지킬박사와 하이드』의 비평의 시각들도 참으로 다양하다. 최근에는 한 특정 과학이론의 입장에서만 일관되게 이 소설을 분석하는 비평들이 산출되고 있다. 예를 들면 앨런 맥더피(Allen Macduffie)는 열역학법칙에서 에너지가 일정한 방향으로만 흐르고 불가역(irreversible)한다는 법칙을 통해 지킬과 하이드의 변형을 분석하고 있고 앤 스틸즈(Anne Stiles)는 인간의 좌뇌·우뇌가 갖는 생리의학적 지식을 통해 지킬과 하이드의 행동심리를 분석하고 있다. 크리스 단타(Chris Danta)는 생체해부(vivisection)에 대한 과학적 시각만이 아닌 인식론적인 시각의 필요성을 강조하며 다윈과 스티븐슨의 입장을 잘 비교하고 다니엘 라이트(Daniel Wrignt)는 약물 중독으로 지킬의 편집증적 심리를 분석하기도 한다.

에 자리를 함께 하는 사람들이 모두 전문적인 지식이 있는 젠틀맨들이다. 이러한 지적인 써클에 속한 사람들이 다윈의 『종의 기원』이 나왔을 때 가장 관심을 보이며 다양한 편차의 반응을 보여주는 의견들을 저널 등에 발표하고 자신의 전문분야에서 어떤 식으로든 영향을 받았다. 지킬박사와 거의 학문적 수준이 비슷하고 같이 왕립협회회원일 것으로 생각되는 래니언박사가 지킬과 절친한 친구였다가 최근 수년 동안 관계가 소원해진 이유로 지킬이 "너무 공상적이 되고" 너무 "비과학적인 헛소리"(12)[19]를 해서라고 말한다. 지킬도 래니언이 "편협한 현학자"여서 "내 과학 이론을 이단이라 부른"(20)다고 말한다. 왕립협회와 같은 보수적인 자연관에서는 신학과 자연과학을 할 수 있는 한 융합시키려 하기 때문에 철저히 과학연구로 밀고 나가는 지킬의 방식은 이단으로 의심을 받고 있음이 드러난다.

지킬이 화학성분의 배합으로 자신 안의 이중성을 분리시켜 자신으로부터 악한 성분을 떼어내자 나온 사람이 하이드이다. 하이드에 대한 묘사는 여러 사람들의 입을 통해서 표현되는데 이 소설의 주도면밀한 계획성은 여기에서도 나타나 이들 각각은 자신의 신분과 직업에 어울리게 하이드를 묘사하고 있다. 하이드가 열 살 소녀를 추행하는 것을 본 "도시에 대해 잘 알고 있는 젠틀맨"인 엔필드(Enfield)는 하이드가 어쨌든 젠틀맨인 것 같으니 "뭔가 잘못된 것 같고(There is something wrong)" "어딘가 기형인 듯"하다는 선에서만 말한다 (6). 지킬의 차후 유언집행인이기도 한 어터슨은 하이드가 뭔가 두렵고 불쾌한 느낌을 확 불러일으키며 "뭔가가 더 있는데(There is something more)" "그 남자는 인간인 것 같지 않다! 유인원이라고 해야 할까"(15)라며 논리적으로

---

19 이하 책 페이지는 *The Strange Case of Dr Jekyll and Mr Hyde and Other Tales of Terror*, Penguin, 2003을 따른다.

비밀을 캐고 들어가는 변호사다운 성향을 보인다. 그런가 하면 지킬의 집사는 주인은 사라지고 하이드만 남은 상황에 당혹해서 자기가 보고 느끼는 대로 그를 "쥐새끼" "난장이"(41)로 묘사한다. 이들의 묘사도 하이드에 대한 인상과 그것이 무엇을 의미하는지를 잘 전해주지만 의학박사 래니언의 분석이 가장 객관적이다.

고백하건대, 그런 점들이 불쾌하게 느껴지더군. 그를 뒤따라 진료실의 밝은 불빛 속으로 들어간 후 나는 무기를 사용할 준비를 하고 있었네. 거기에서야 그를 똑똑하게 볼 수 있었어. 전혀 본 적이 없는 사람이었지. 그것만은 분명했어. 그는 앞서 얘기했듯이 체구가 작았어. 나는 그에게서 아주 강한 인상을 받았는데, 그의 얼굴에 나타난 충격적인 표정뿐만 아니라, 대단히 힘찬 근육 활동과 분명히 쇠약해 보이는 골격이 함께 한다는 것에 대한 놀라움 때문이었지. 그리고 또 다른 강렬한 느낌은 그와 가까이 있음으로 인해 야기된 기이하고 주관적인 불쾌감이었어. 그것은 오한의 초기 증세와 유사했으며 곧 뒤따라 맥박이 급격히 떨어졌네. 그때는 내 특유의 개인적 혐오 탓으로 돌렸고, 그저 증상이 심해서 의아했을 뿐이었네. 하지만 그때 이후 나는 그 원인이 인간 속성 저 깊은 곳에 자리 잡고 있으며 증오의 원리보다 더 중대한 어떤 것에 기대고 있음을 믿게 되었다네. (51)

래니언은 곤경에 처했다는 지킬의 부탁을 받고 하이드란 사람을 만나게 된 무섭고 긴장된 순간에도 과학자답게 감정적으로 반응하지 않으려는 태도를 최대한 견지한다. 하이드의 외양을 부분 부분으로 나눠 분석하고 다른 사람은 기형으로 표현했던 것을 힘찬 근육 움직임과 쇠약한 골격 간의 불균형이라고 진단하고 하이드가 불러일으키는 불쾌 감정을 오한과 맥박의 급격한 이상증상으로 표현하며, 자신이 시간을 두고 내린 결론은 하이드에 대한 이렇게 격한 반응은 인간의 속성이 걸려있는 문제기 때문이라는 것이다. 다시 말하면 하이드의 모습의 인간의 유래를 암시하고 있다는 것이다.

이것과 연관지어 살펴볼 것은 왜 이 소설은 독자들이 지킬의 가슴 저미는 고통과 수치심에 그대로 공감을 하게 하는 것일까 이다. 담대한 꿈을 가졌던 근대적 과학자 프랑켄슈타인이 신의 영역을 침범한 자신의 불경을 참회하면서 창조론적 자연관에 복귀하는 그의 거대한 심적 갈등을 독자들은 관전하면서 숭고함을 느끼게 되는 반면에, 지킬의 고통과 두려움에 대해서는 독자들은 마치 그가 틀어박혀 몸부림치고 있는 서재에 같이 있는 듯이 느껴진다. 이렇게 큰 감정이입을 불러일으키는 것은 지킬의 고통에 깊이 공감하는 어터슨이 서술하고 있기 때문이기도 하지만, 더 중요하게는 지킬의 고통의 원인이 래니언 박사가 말하듯이 우리 인간의 속성과 연관되어 있기 때문이다. 이 소설에서 명시적으로 부각되는 인간의 어떤 비밀스런 속성은 이중성이다. 지킬처럼 훌륭한 젠틀맨으로 보였던 사람이 지독한 성적방종과 폭력에 빠져드는 것처럼 인간에게는 무서운 본능과 억압적 이성이라는 이중성이 내재해 있다는 것이다. 이렇게 극단적으로 표리부동한 사람이 저지르는 성적 방종과 폭력이 공포와 두려움을 주는 것은 사실이지만, 사실 인간의 이중성이라는 문제는 이미 오래 전부터 인식해오던 것이다. 가령 중세에도 인간이 이중성으로 인해 크게 타락할 수 있는 존재라고 믿었기 때문에 신에게의 무조건적 의탁을 그토록 강조했다. 소설의 주인공들이 속한 19세기 후반 런던의 전문가 집단의 사람들을 경악하게 한 것은, 그리고 작가가 의도한 공포와 충격에 당시 독자들이 민감하게 감응하게 한 것은 익히 알고 있던 인간의 이중성의 발견 때문만은 아니라는 것이다. 사람들은 하이드에게서 인간의 유래를 읽었기 때문에 그렇게 소름끼쳐하였고 지킬의 재앙에서 인간의 재앙을 읽었기 때문에 지킬의 "마음 깊이 자리잡은 공포"(31)에 그렇게 감응한 것이다.

　사람들 앞에 하이드가 출몰한 것은 생성된 지 어느 정도 시간이 흐른 뒤이다. 그래서 어터슨이 그를 처음 보았을 때에도 그에게는 완전히 '원시적인' 혹은 '본능적' 모습만 있는 것이 아니다. 동물처럼 예상치 못하게 날쌘 동작들이 연이어 지는가 하면 잠시 생각할 틈이 생길 때면 마치 젠틀맨처럼 "능히 냉정하게 대답"하고 다소 권위적인 태도로 "거짓말하는 건 아니시겠지요"(15)라고 말한다. 이는 지킬이 계획했던 것처럼 인간의 선과 악이 확연히 분리되는 것이 아님을 보여주고 더 중요하게는, 지킬과 하이드가 특히 하이드가 상당히 빠르게 변화하고 있다는 것을 보여준다. 즉 지킬과 하이드가 섞여 있는 듯이 매번 의심되는 것은 빅토리아시대 젠틀맨 관습에의 하이드의 빠른 적응을 말해준다. 다윈은 자연선택에 의해 자연이 진화를 해왔고 자연선택이란 국부적인 환경에 대한 적응이 우연적으로 되었거나 점차적으로 되는 경우들이 생존하게 되는 것이라고 했다. 하이드가 처한 국부적인 환경은 19세기 후반 젠틀맨 사회로서 그는 자신이 눈에 띄어 위험에 노출되지 않도록 그 사회의 관습에 자신을 맞추어 나간다. 소녀를 성폭행한 하이드에게 이 소문이 온 런던에 퍼질테니 돈을 주어 사람들의 입을 막아야 한다는 젠틀맨의 말에 하이드는 하라는 대로 하며, 젠틀맨의 체통을 지켜려면 추문을 막아야 하고 돈으로 사람을 매수할 수 있음을 배우게 된다. 다윈은 진화에는 아무런 목적이 없다고 시사한다. 개체들은 장차 태어날 세대들에게 자기 유전자를 좀 더 많이 전달하고자 맹렬히 노력하는데 사실상 그것이 전부라고 할 수 있다.[20] 지킬이 화학

20　스티븐 제이 굴드, 홍욱희·홍동선 역, 앞의 책, 9면.

약품을 쓰지도 않았고 원하지도 않았는데 자기 서재에서 순간 하이드로 변해 버리자, 하인들에게 발각될 것을 두려워하는 하이드가 지킬의 필체를 흉내내어 래니언 박사에게 편지를 쓰고 성공리에 약품을 구한 뒤에는 성급함을 억누르고 마치 지킬이 하듯 침착하게 성분과 용량을 조절하여 화학약품을 조제해 낸다. 하이드가 자신이 처한 환경에 고난도로 적응하여 자기이익에 맞는 행위를 해내는 것이다.

자연은 방심하고 있는 지킬 대신에 이러한 하이드를 선택할 것이고 마지막 장면은 그것이 이루어지고 있는 현장이다.

일주일가량이 지났다. 나는 마지막 남은 약의 기운을 빌려 이 글을 마치고 있다. 아주 짧은 기적처럼 지금이 헨리 지킬이 스스로의 생각을 가지고 생각하고, 자신의 얼굴을 (이제 슬프게 변했지만!) 거울에서 보는 마지막 순간이다. 너무 오래 끌지 말고 이 글을 맺어야 한다. 만약 내 고백이 이후 파괴되지 않고 남는다면, 그것은 대단한 신중함과 행운이 함께 한 덕분일 것이다. 이 글을 쓰고 있는 중에 변신의 고통이 일어난다면, 하이드는 이 글을 발기발기 찢어버릴 것이다. 그러나 내가 편지를 써놓고 나서 어느 정도 시간이 흐른다면, 그는 대단히 자기중심적이고 언제나 순간에만 집중하기 때문에, 이 글을 원숭이가 하는 분풀이로부터 구할 수 있을 것이다. 우리 둘을 죄어오는 재앙을 이미 그를 변하게 했고 짓눌렀다. 지금으로부터 반시간 후면 나는 다시, 그리고 영원히 그 혐오스런 성질을 갖게 될 것이다. 나는 의자에 앉아 몸을 떨며 울거나 아니면 극도로 긴장하고 두려움에 젖은 흥분 상태에서 (지상에서 내 마지막 은신처인) 이 방을 이리 갔다 저리 갔다 하면서 위협적인 소리가 날 때마다 귀를 곤두세울 것이다. (70)

에드 블록(Ed Block)을 비롯한 여러 학자들이 여기쯤 오면 지킬의 광기를 언급하게 되는데("Evolutionist Psychology" 473)[21] 그러나 지킬은 전혀 미치지 않았다. 생각지도 않은 때와 장소에서 자신의 몸이 하이드로 변모되는 것을 여러 번 경험해 본 지킬은 이 순간이 지나면 자신은 도태되어 하이드에게 몸을 뺏길 것임을 안다. 지킬은 미친 것이 아니라, 모든 것을 밝히는 이 자술서(statement)를 쓰고 나서 조금만 더 자기가 몸에서 버틴다면 그 다음에 몸을 차지하게 된 하이드는 순간적인 관심사와 자기이득에만 신경 쓰므로 편지를 찢으려는 생각을 잊어버려 이 편지가 남게 될 것이라며 최후에 남은 이 한 가지 목표에 끝까지 집중하며 버팅기고 있는 것이다. 그리고 앞서 어터슨이 발견한 죽어가는 마지막 모습은 역시 하이드이다. 신체는 소진되고도 마지막 순간까지 남은 지킬의 한 줄기 자의식 덕분에 남은 이 장면에서, 원숭이같은 기원적인 인간과 기운을 다 소진한 듯한 현재 인간이 한 몸 안에서 한데 엉켜 꿈틀거리며 몸부림치고 있는 형국이다. 지킬의 화학성분의 도움을 받아 우연히 생성된 하이드는 인간의 기원을 상기시켰다. 인간의 악한 성향으로 만들어진 하이드는 자신이 놓인 국지적인 환경에 적응하면서 당시 젠틀맨의 수완과 교양도 습득하면서 지킬을 능가하게 된다. 능가라 함이 반드시 우수함을 의미함이 아님은 두 사람의 비교에서 자명하다. 그렇더라도 하이드가 자연선택에 있어서는 지킬을 능가하게 되어 이제는 수시로 지킬을 밀어내고 몸을 차지한다. 이 마지막 장면은 이제 자연의 선택은 하이드로 분명히 정해져서 인간 종이 일종의 "종 분화(speciation)"를 하고 있는 찰나라고까지 느껴질 정도이다. 하이드는 자기 이익을 위하여 국지적인 환경에 적응해오면서

---

21 Block, Ed Jr., "Evolutionist Psychology and Aesthetics : The Cornhill Magazine, 1875~1880", *Journal of the History of Ideas* Vol. 45(3), 1984, p. 473.

현재의 인간 종에서 다시 종 분화를 해낸 셈이다. 굴드는 진화란 조상들의 느리고도 지속적인 완만한 변형을 통해 새로운 종이 나타나는 것이 아니라 종 분화, 즉 하나의 원줄기로부터 곁가지가 순간 갈라져 나가는 변이를 통해서 이루어져 왔다고 한다.[22] 이 소설이 인류가 신의 특별한 피조물이 아니라 원숭이에서 유래되었다고 암시하기 때문에 사람들이 섬뜩해했다면, 인간이 미래에 하이드로 종 분화할 것이라는 마지막의 암시를 읽었다면 사람들은 욕지기를 했을 것이다. 다윈의 생각 중 그 시대나 지금이나 가장 받아들여지기 힘든 부분 즉, 진화가 진보가 아님을 스티븐슨은 받아들이고 있던 것으로 보인다.

5. 나가며

『프랑켄슈타인』과 『지킬박사와 하이드』는 당시에 주류를 형성하던 사실주의 소설과는 달리 현실에서 일어날 수 없을 것 같은 중대한 허구적 상황을 삽입하면서 소설을 발생시킨다. 현실에서는 불가능한 일일지라도 과학자들은 실험해 봄직한 어떤 중대한 발생이 소설 안에 들어옴으로써 사실적 궤도를 따르는 소설을 넘어서는 범주의 상상력이 용인된다. 많은 경우 이러한 소설이 전체적으로 허구적 틀 속에서만 작동하여 환상에 그치기도 한다. 그런

---

22 스티븐 제이 굴드, 홍욱희 · 홍동선 역, 앞의 책, 83면.

데 이 두 소설은 과학실험을 빌린 상상력의 확장을 통해 소설을 발생시킨 뒤 그 나머지의 이야기는 다분히 사실적인 궤도 속에서 그리면서, 기존의 신관이나 자연관에 근본적인 회의를 던진다거나 인간의 특별한 기원이나 역사의 발전 가능성에 의문을 던지는 큰 프레임을 다루고 있다. 이런 연유로 이 두 소설은 과학이 소설에 미치는 영향을 생각하기에 적합한 소설이 되고 특히 진화론적 시각으로 조명하기에 적합한 소설이다.

두 소설을 진화론적 관점에서 보게 되면 일단 기존의 비평과의 차별성이 뚜렷하다. 대부분의 『프랑켄슈타인』 비평가들은 프랑켄슈타인이 과학자적 오만함으로 생명의 탄생을 조작함으로써 재앙을 초래했다는 입장을 갖는다. 그런데 근대 과학의 발달과 그러한 과학과 소설의 상호작용이라는 시각에서 볼 때에 이러한 입장은 넘어서지 말라는 금단을 인정하고 혁기적인 담대한 실험을 하는 과학자에 대한 의미부여에 너무 소극적이라는 점에서, 그리고 무엇보다도 그러한 비평은 이미 충분히 많이 있다는 점에서 본 논문의 시각의 의의가 있다. 『지킬박사와 하이드』의 경우에도 기존의 비평은 고딕소설의 족보 속에서 보거나 소설 자체가 익히 강조하고 있는 인간의 이중성이라는 심리적 비평에 편중되어 있다. 『지킬박사와 하이드』의 비평에서 특이한 점은 현재 외국에서 과학의 한 특정 이론을 통해 이 소설을 비평하는 연구가 쏟아지고 있다는 점이다. 그만큼 이 소설이 과학적 해석을 유혹하는 측면이 많다는 것이고 열역학 법칙이나 두뇌생리학 등 여러 과학담론을 통한 연구들과 더불어 진화론적 시각에서 『지킬박사와 하이드』 읽기는 이 소설의 현대성을 함양한다.

『프랑켄슈타인』과 『지킬박사와 하이드』 사이는 진화론이 생겨났고 번성하는 역사적으로 유례가 없는 시기이다. 다윈 이전에 이미 여러 학자들이 생명의 진화를 알고 말하고 있었고 다윈은 그렇게 쌓여온 '감지와 인식(perception)'을 집대성하고 인간의 유래와 미래에 대해서도 밝히게 된다. 인간이 지구에 최초로 시작된 하나의 생명체로부터 유래되었고 인간은 지구상에 수없이 나타났다 사라져간 다른 생물체들과 마찬가지로 잠시 자연에 의해 선택되어 살다가 사라질 것임을. 신이 생명을 창조한 것이 아니라, 생명체가 자연선택에 의해 우연히 동시에 생명체가 국부적 환경에 적응해서 진화되어 온 것이라는 생각은 과학자들만 뜨거운 논쟁 속에 빠뜨린 것이 아니라 소설가들에게도 새로운 소설적 세계를 열어준 것이다. 두 소설에 대한 진화론적 비평은 진화론이 잠복되어 있던 시기로부터 진화론이 거의 가장 활성화된 과학(대중) 담론이라 할 정도로 왕성했던 시기를 이해하게 하며, 내포되어 있으되 명시되지는 않았던 진화의 모든 '효과와 영향(implication)'에 소설가들은 어떻게 반응하며 형상화하게 되었는지를 보여준다.

참고문헌

스티븐 제이 굴드, 이명희 역, 『풀하우스』, 사이언스북스, 2002.

______, 홍욱희 · 홍동선 역, 『다윈 이후』, 사이언스북스, 2008.

김미숙, 「『프랑켄슈타인』에 나타난 '공포'와 '숭고'」, 『세계문학비교연구』 45호, 세계문학비교학회, 2013.

아서 러브죠이, 차하순 역, 『존재의 대연쇄 – 한 관념의 역사에 대한 연구』, 탐구당, 1984.

질리언 비어, 남경태 역, 『다윈의 플롯』, 휴머니스트, 2008.

Agamben, Giorgio, *Homo Sacer : Sovereign Power and Bare Life*, Stanford UP, 1995.

Arata, Stephen D., "The Sedulous Ape : Atavism, Professionalism, and Stevenson's *Jekyll and Hyde*", *Criticism* Vol.37(2), 1995.

Block, Ed Jr., "James Sully, Evolutionist Psychology, and Late Victorian Gothic Fiction", *Victorian Studies* Vol.25(4), 1982.

______, "Evolutionist Psychology and Aesthetics : The Cornhill Magazine, 1875~1880", *Journal of the History of Ideas* Vol.45(3), 1984.

Brake, Mark L. *Revolution in Science : How Galileo and Darwin Changed Our World*, New York : Palgrave Macmillan, 2009.

Brake, M. and N. Hook, *Different Engines : How Science Drives Fiction and Fiction Drives Science*, Macmillan, 2007.

Brooks, Peter, *Body Works : Objects of Desire in Modern Narrative*, Harvard UP, 1992.

Butler, Marilyn, "Frankenstein and Radical Science", *Making Humans*, Ed. Judith Wilt, Houghton, 2003.

Danta, Chris, "The Metaphysical Cut : Darwin and Stevenson on Vivisection", *Victorian Review* Vol.36(2), 2010.

Darwin, Charles, *The Origin of Species*, Collier Books, 1962[1859].

Haynes, Roslynn, "The Mad Bad Scientist from Faust to Strangelove", *Science Fiction Studies* Vol.22(1), 1995.

Jones, Gareth Stedman, *Outcast London*, Penguin, 1984.

Lightman, Bernard, *Victorian Popularizers of Science*, University of Chicago Press, 2007.

Lyell, Charles James Kay, *Principles of Geology : being and inquity how far the former changes of the earth's surface are referable to causes how in operation*, Jun, & Brother, 1837.

Pope, Alexander, *An Essay on Man, in Four Ethic Epistles*, MDCCLXVII, 1767, Web.

Shelley, Mary, *Frankenstein, or The Modern Promethus*, London : Colburn and Bentley, 1831, Reprinted by Signet Classic, New American Library, 1983, Web.

______, *Frankenstein, or The Modern Prometheus*, Penguin, 2006.

Stiles, Anne, "Literature in "Mind" : H. G. Wells and the Evolution of the Mad Scientist", *Journal of the History of Ideas* Vol.70(2), 2009.

Macduffie, Allen. "Irreversible Transformations : Robert Louis Stevenson's *Dr. Jekyll and Mr. Hyde* and Scottish Energy Science", *Representations* Vol.96(1), 2006.

Stevenson, Robert Louis, *The Strange Case of Dr Jekyll and Mr Hyde and Other Tales of Terror*, Penguin, 2003.

Stiles, Anne, "Robert Louis Stevenson's *Jekyll and Hyde* and the Double Brain", *Studies in English Literature 1500 ～1900*, Vol.46(4), 2006.

Woese, C. R., "There must be a prokaryote somewhere : microbiology's search for itself", *Microbiology and Molecular Biology Reviews*, Vol.58(1), 1994.

Wright, Daniel L. "The Prisonhouse of My Disposition" : A Study of the Psychology of Addiction in *Dr. Jekyll and Mr. Hyde.*" *Studies in the Novel* Vol.26(3), 1994.

진화의 잃어버린 고리를 찾아 떠난 여행

쥘 베른의 『공중에 떠있는 마을』

카르멘 위스티(Husti, Carmen)

1. 들어가며

문학비평계에서 흔히 과학을 대중화한 작가로 간주하는 쥘 베른(Jules Verne, 1828~1905)이 소설을 쓰기 시작한 것은 1863년이다. 이 시기는 대부분의 과학 분과가 연구 대상과 방법론을 확실하게 규정하면서 확립된 시기이자, 유럽 인들이 지구의 곳곳을 찾아 다니며 탐사한 시기이기도 하다. 그들은 그 지역 들에 대해 이야기 형식으로 보고했다. 물론 여전히 탐험되지 않은 지역이 남 아있기도 했다.

쥘 베른의 소설은 바로 19세기의 새로움인 이 두 '현실', 즉 과학분과의 확 립과 유럽인들의 세계탐사가 만나는 지점에 위치하며, 그가 프랑스 문학에 일으킨 혁신은 오로지 이 두 현실이 연동되는 지점에서 드러난다.[1]

인종간의 차이, 인류다원론 대(對) 인류단일론, 생물 계통의 존재, 새로운 학문의 탄생, 생틸레르(Saint Hilaire)로부터 시작하는 기형학 등과 관계된 문제제기가 활발하게 진행되고 있던 와중에, 출판업자로부터 과학 대중화의 임무를 부여 받은 쥘 베른은, 아직 알려지지 않았거나 막 발견된, 지구의 새로운 지역을 향해 상상의 정복을 떠났다. 그는 당시 비약적으로 발전하고 있던 학문이었던 자연사의 방법을 사용해 주시한 사실들을 분석했다. 자연사는 남아있는 미지의 부분을 설명하고 그에 의미를 부여할 수 있고, 그럼으로써 서구 지식의 영역에 아직 기입되지 않은 어떤 현실을 의미화할 수 하는 학문이었던 것이다.

지구의 두 극지방(특히 북극), 지구 혹은 바다의 깊은 곳, 달과 오스트레일리아 대륙이 신비와 허구화의 가능성으로 글쓰기를 투자할 수 있는 '처녀지'로 쥘 베른의 관심을 끌었다면, 아프리카 대륙(특히 내지)은 쥘 베른적 픽션을 위해 더할 나위 없이 좋은 장소였다. 그곳의 현실이 아직 확인되지 않았기에, 아프리카 내륙은 신비를 간직한 장소, 작가의 상상력을 마음껏 펼칠 수 있는 그야말로 '테래 인코그니태(terae incognitae)'였다.

니암–니암(Niam-Niams)족의 역사에 대해 도미니크 페넬이『꼬리 달린 인간』에서 표명한 다음의 생각은 본 연구에도 적용된다.

실제적인 탐험과 과학 발전이 가능성의 장들을 폐쇄시킬 원리를 부과할 수 없는 한, 세계관은 상상적인 것과 확인된 것, 꿈과 현실이 불분명하게 조우하는 지점에 있는 어떤 논리에 의해 형성되고 조직되었다. 왜냐하면 어떤 규범도 이 두

영역을 근본적으로 분리하는 것을 허락하지 않았기 때문이다.[2]

아프리카의 이 지역들에서는 전설적인 존재들이 출현할 수 있었는데, 야만인, 식인종, 원숭이인간, 꼬리 달린 인간, 인간과 원숭이 사이의 영장류들은 흔히 이전의 여행가들 혹은 선교사들이 쓴 센세이션을 불러일으킨 글들을 현실화하거나, 어떤 면에서는 그들의 존재를 대중들에게 알리면서 자연과학 분야의 학문적 갈등을 해결하는 장점을 가지고 있었다.

『5주 간의 풍선 여행(*Cinq semaines en ballon*)』, 『신비의 섬(*L'île mystérieuse*)』, 『그란트 선장의 아이들(*Les enfants du capitaine Grant*)』, 『공중에 떠있는 마을(*Le village aérien*)』, 『바르삭 포교단의 놀라운 모험(*L'étonnante aventure de la mission Barsac*)』[3]는 최소한 그 줄거리의 일부분이 아프리카, 『공중에 떠있는 마을』의 경우처럼 대부분 그 위치를 정확하게 알 수 없는 어떤 섬에서 일어난 일들을 담고 있으며, 인류(Humanité) 가운데에서 그리고 전 생명계 속에서 인간(homme)이 차지하는 위치를 밝히고자 하는, 당시 가장 최신의 과학적 쟁점들이 관통하고 있는 소설들이다.

이 소설들이 즐겨 다룬 테마는 인종, 백인과 흑인의 관계, 진화론적 관점에서 백인과 흑인을 고리로 파악할 것인지 사다리로 파악할 것인지에 대한 문제로, 이는 당시의 생물학 이론의 핵심에 있었던 문제이기도 하다.

원정을 하던 주요인물들은 니암-니암족과 만나게 된다. 『공중에 떠있는 마을』과 특히 『5주 간의 풍선 여행』에서 그렇다. 18세기부터 이야기되었던

2　Jean Dominique Penel, *Homo caudatus. Les hommes à queue en Afrique Centrale : un avatar de l'imaginaire occidental*, Société d'études linguistiques et anthropologiques de France, 1982, p.31.

3　이 소설은 쥘 베른이 원고 상태로 남긴 『연구여행(*Voyage d'étude*)』을 기초로 아들 미셸 베른이 1919년 출판한 것으로, 1부는 쥘 베른이 쓴 것으로 보이며 2부는 1부와는 사뭇 다른 문체로 되어 있다. 이 소설은 식민지 흑인들의 인간성의 정도와 그 문명에 대해 다루고 있다.

이 부족의 존재는 인류의 경계에 대해 질문하게 하고 진화의 연결고리의 존재를 암시했기에 18세기와 19세기의 철학자와 자연사학자 대부분의 관심사이기도 했다.[4] 아프리카 부족들은 야만인으로 간주되고(『공중에 떠있는 마을』, 『5주 간의 풍선 여행』, 『그란트 선장의 아이들』), 모든 소설은 그들의 식인 풍속을 명백한 사실로 언급하고 있으며, 흑인을 아동기에 가까운 발전 단계에 머문 것으로 간주한다.

2. 진화의 사다리와 『공중에 떠있는 마을』

언급한 위의 소설들이 모두 인종 간의 관계를 다루고 있고 또 그 가장 높은 곳에 서구 백인 남성이 자리잡고 있는 진화의 사다리라는 생각을 암시하고 있다면, 『공중에 떠있는 마을』은 이 문제를 소설적 허구의 한 가운데에 위치시킨다. 1901년 헷젤(Hetzel)출판사에서 나온 『공중에 떠있는 마을』은 원정을 거의 끝낸 한 탐험대에 대한 이야기이다. 프랑스인 막스 위버와 미국인 존 코트가 중심이된 [5] 이 탐험대의 목적은 "카메룬과 프랑스령 콩고의 동

---

4 이 부족에 대한 자세한 사항은 주 1의 Dominique Penel의 저서를 참고하라.
5 "뉴잉글랜드 사람이 흔히 그러하듯 존 코트는 진지하고 실용적인 정신의 소유자였다. 보스턴에서 출생한 태생적 양키였지만, 그는 양키의 긍정적인 측면만을 드러내었다. 여러 인종에 대한 연구는 지리학과 인류학에 관심이 많았던 그의 흥미를 극도로 자극했다. 이 외에도, 그는 용감했고 지극정성으로 동료들에게 헌신하는 장점을 가지고 있었다.
인생의 우연에 의해 이 먼 고장에 오게 되었으나 여전히 파리 사람으로 남아있던 막스 위버는 지적으로나 인간적으로 존 코트에 조금도 뒤지지 않았다. 실용적인 관점을 좀 떠나서 말하자면, 존 코트가 "산문적으로 살았다"면 그는 "시적으로 살았다". 그는 특이한 것을 기꺼이 찾

쪽에 있는 지역을 답사"(49)하는 것이었다.[6] 소설의 초입에서 막스 위버의 입을 통해 들을 수 있듯이("이렇게 계속 진행된다면, 결국 유럽국가들이 아프리카를 나누어 갖게 될 겁니다. 약 30억 헥타르 면적을 말이지요."(2)) 유럽 제국주의의 절정기에 행해진 이 여행은 식인 풍속을 지닌 부족 출신인 흑인 소년 르랑가를 노예 매매로부터 구출한 것을 제외하고는 어떠한 중요한 사건도 일어나지 않은 듯이 보인다.

이 고요함은 탐험대가 도저히 헤치고 들어갈 수 없을 것 같은 거대한 숲에 이르러 잠시 멈추었을 때 깨어진다. 이 숲과 귀환 지점인 리브르빌까지는 6주 정도 가야 하는 거리인데, 위험을 무릅쓰고 숲을 통과해 지름길로 갈 것인지, 아니면 시간이 걸리겠지만 안전하게 돌아갈 것인지를 고민하고 있던 바로 그 순간에 몇 가지 돌발 사건이 일어났던 것이다. 밤 동안, 숲 가장자리에서 움직이는 불빛이 나타났다. 이를 본 르랑가가 사람들을 깨웠고, 이들은 모두 숲에 사는 이 미지의 존재들로부터 올 임박한 위험에 대해 걱정한다. 이 미지의 존재들은 탐험대가 야만으로 간주하는 부족들, "수적으로 또 그 잔인한 본능으로 인해 가공할"(19) 흑인들, 그들의 식인풍속과 야만성으로 인해 탐험가들이 "허약함은 죄악이요 힘이 모든 것이 이 적도의 아프리카에 존재하는 짐승의 수준의 존재들, 인간의 얼굴을 한 야수들! 그러므로 성인임에도 불구하고 6세의 아이만큼도 생각할 줄 모르는 이 검둥이들!"(20)인 것이다.

이 첫 사고에 이어 한 무리의 코끼리 떼가 지나가는데, 그 외중에 막스 위

아나서는 성격의 소유자였다. 신중한 그의 동료가 그를 계속해서 붙잡지 않았다면 그는 상상력이 풍부한 자의 본능에 따라 무모한 일을 저지르고 후회했을지도 모른다. 프랑스령 콩고의 수도인 리브르빌을 떠난 이후 동료의 적절한 개입이 여러 번 있었던 참이었다." (Jules Verne, *Le village aérien*, Paris, Hetzel, 1901, p. 48)

6 Jules Verne, *Le village aérien*, Paris, Hetzel, 1901, p. 49. 이하 이 소설에서 가져온 인용문은 괄호 속에 면수를 표시한다.

버, 존 코트, 르랑가 그리고 길 안내자 카미스가 탐험대 무리로부터 떨어지게 되고, 숲을 가로질러 지름길로 귀환하는 선택을 하지 않을 수 없는 상황에 놓이게 된다. 그것은 탐험대의 다른 구성원들이 무척이나 두려워했던 선택이었다. 행진에 나선 그들은 그 흐름이 자신들을 인도해 줄 강을 하나 찾기로 결정하고, 마침내 성공한다. 특히 막스 위버는 탐험되지 않은 미지의 땅, 이 숲 속에서 "인간 이하의 존재들, 전설상에나 나올 존재들", 예외적이고 기상천외한 존재들을 발견하리라는 희망에 부풀어 있다. "우방기 숲에는 민족지학자들이 그 존재를 믿어 의심치 않았던 이상한 유형들이 있을 것이라고 막스 위버는 끈질기게 믿었다. 전설에 나오는 키클로페스 같은 외눈박이 인간들이 왜 없겠는가."(68)

예외적인 현실에 대한 이 기대가 이야기 차원에서 가능성의 장을 열기 시작한다. 사실 첫날 밤, 다른 이들이 잠을 자는 동안 보초를 선 존 코트는 토착민의 언어로 '엄마'를 의미하는 '뇨라'라고 발음하는 한탄조의 소리를 들은 것 같다. 다음날 아침, 이 예외적인 현실은 계속된다. 강가에서 뗏목 한 척과 함께 발견한 빈 우리 속에서 요한슨 박사라는 이의 서명이 들어있는 수첩을 발견한 것이다. 막스 위버와 존 코트가 알기로 요한슨 박사는 자연사학자 가르너(Garner)가 실행한 연구를 이어가기 위해 아프리카 선교 길에 올랐다가 실종된 인물이었다. 가르너는 어떤 원숭이들은 발성기관을 가지고 있고 또 그것을 사용한다는 가르너의 가설을 확인하고자 1892년 콩고 원정에 참가했고, 미션과는 별도로 원숭이를 관찰하기 위해 숲 속에 우리를 설치하게 했던 것이다. 그의 연구 결과는 다음과 같이 요약된다.

결국, 자연사학자 가르너가 소위 원숭이의 언어라고 생각했던 것은 개, 말, 양,

거위, 제비, 개미, 벌 등 모든 동물들과 마찬가지로 이 포유류가 동류들과 의사소통을 하기 위해 내는 일련의 소리에 지나지 않았다. 한 관찰자에 따르면, 소리, 신호, 특별한 움직임으로 이 의사소통을 확증할 수 있는데, 이러한 것들이 엄밀한 의미에서 생각을 표현한다고 말할 수는 없지만, 적어도 생생한 인상 그리고 기쁨이나 공포와 같은 정신적 흥분을 드러낸다. (100~101)

2년 후에 요한슨 박사는 이 연구를 이어갔다. 광인으로 알려진 그는 선교단 거주지의 한 편에서가 아니라 깊은 숲 속에서 연구를 계속했고, 결국 이 원정에서 돌아오지 않았다. 지워지지 않고 남아있는 수첩 속 몇 줄은 몇몇 원숭이 종은 분절 언어를 실제로 사용한다는 가정을 내세우고 있다. "그들은 서로 몇 문장들을 주고받는다. 어린 원숭이는 '뇨라! 뇨라! 뇨라!'라고 말했는데, 이는 원주민들이 엄마를 가리킬 때 사용하는 단어이다."(105) 이는 존 코트의 말과 일치하는 증언이다.

그들은 요한슨 박사를 기리기 위해 자신들을 인도하는 강에 요한슨이라 세례명을 부여하고 여정을 계속한다. 어느 순간 원숭이 공격을 받게 되고, 무엇보다 그 엄청난 수에 놀라게 된다. 그런데 막스 위버에 따르면 이는 조금도 놀랄 일이 아니다.

"여긴 아프리카 한 가운데가 아닌가? 그런데, 내가 보기엔 원주민과 사수류(四手類)의 차이란 — 물론 카미스는 예외지만 — 아주 미미한 차이…"

이에 존 코트가 다음과 같이 응수했다. "그 차이란 동물의 인간과 인간을 구별시키는, 개성이 없는 본능을 따르는 존재와 지능을 가진 존재를 구별시키는 바로 그것이지요." (118)

계속되는 원숭이의 습격을 받던 중, 르랑가가 인류학적 위치가 어디인지 가늠할 수 없는 어떤 개체의 생명을 구해주게 된다. 탐험가들은 언어를 가진 원숭이인 이 개체의 인간성과 동물성에 대해 끝도 없는 질문을 하게 된다.

물론, 처음 봤을 때, 이 존재가 원숭이 종에 속할 거라고 확실할 수 있었을 것이다. 존 코트가 무엇보다 당황했던 것은, 사수류가 아니라 이수류를 보고 있다는 사실이었다. 그런데, 일반적으로 받아들여지고 있는 블루멘바흐[Johann Friedrich Blumenbach(1752~1840) : 독일 민족지학재의 최근 분류에 의하면, 동물계에서 오직 인간만이 이 층위에 속할 수 있을 뿐이다. 모든 원숭이는 예외 없이 4개의 손을 가지고 있는데, 이 특이한 존재는 손이 두 개밖에 없었다. 더구나 그의 두 발은 보행에 적합해 보였고, 원숭이 종에 속하는 유형들의 발처럼 뭔가를 쥘 수 있는 구조가 전혀 아니었다. (145)

뗏목이 부서지는 사고를 당하면서 르랑가와 그 어린 존재를 잃어버리게 되자 탐험가들은 그들을 찾기 위해 움직이는 불빛들을 따라 숲을 통과하게 된다. 며칠 동안 계속된 도보 끝에 그들은 아주 특이한 장소에 이르게 된다. 그곳은 숲에 매달려 있는 마을로, 르랑가가 살려준 그 존재와 동일한 종의 개체들이 살고 있었다. 그들은 르랑가와 그 어린 존재를 그 곳에서 다시 만나게 된다.

탐험가들은 극진한 환대를 받았고, 존 코트와 막스 위버는 이 새로운 개체를 과학적으로 관찰할 수 있는 기회를 실제로 얻게 된 사실에 무척 기뻐한다. 마침내 막스 위버의 꿈이 이루어진 것이다. 진화에 대한 과학지식으로 무장한 ― 소설 속에서 다윈이 여러 번 인용된다 ― 그 탐험가들에게 자신들이 인간과 원숭이 중간에 있는 개체라는 어떤 새로운 종을 목격하고 있다는 사실은 명백했지만, 소설이 끝날 때까지 그 개체의 인간성 혹은 동물성의 정도에 대한 의문은 풀리지 않고 남는다.

사실, 언어 사용과 두 발로 선 자세는 이 개체를 인간종에 연결시켰다면[7] ─ 여기서 문제가 된 것은 헤켈(Haeckel)이 『유기체의 창조 역사(*Histoire de la création des êtres organisés*)』[8]에서 요약한 이론이다[9] ─, 감정과 종교성의 명백한 부족은, 관찰자들에 따르면, 그 개체를 원숭이와 가깝게 만들고 있었다. 숲에 사는 이 개체들은 일종의 사회구성체를 가지고 있었다. 그것은 미쳐버린 요한슨 박사가 이끌고 있었다. 관찰자들에 따르면, 그들은 백인 남성의 자연적 권위를 당연하게 인정하고 있는 듯이 보였지만, 신앙이나 종교적 감정은 전적으로 결여하고 있었는데, 주인공들은 바로 이것이 인간성을 정의하는 최종의 근본적인 기준인 것 같다고 말한다. 이것이 쥘 베른의 추론인 듯하고, 이는 단지 과학 대중화 작가에 그치지 않고, 진화 내에서 차지하는 인류의 위상에 대한 질문을 둘러싸고 벌어진 철학, 생물학, 인류학의 오래된 논쟁 내부에 그가 가져온 가장 혁신적인 발상인 듯 하다.

---

7 "인간과 동일한 자세는 그들이 서서 걷는 습관을 가지고 있다는 사실을 가리켰다. 그들은 으젠 뒤부아(Eugène Dubois) 박사가 자바의 숲에서 발견한 원인(猿人)들에게 부여했던 에렉투스(erectus)라는 형용사에 충분히 어울렸던 것이다. 에렉투스는 인간유전의 특징인 바, 다윈의 예측에 따라 뒤부아 박사는 이를 인간과 원숭이 사이에 있는 존재의 가장 중요한 특징으로 간주했다." (171)

8 Ernst Haeckel, *Histoire de la création des êtres organisés d'après les lois naturelles : conférences scientifiques sur la doctrine de l'évolution en général et celle de Darwin, Goethe et Lamarck en particulier*, Paris, Reinwald, 1877 [1868].

9 "원숭이와 가장 비슷한 인간이 어떻게 인간과 가장 비슷한 원숭이로부터 나왔을까? 이 진화적 사실은 무엇보다 사람과 비슷한 원숭이의 두 가지 특징, 즉 직립 자세와 분절 언어의 사용으로부터 나온다. 이 두 중요한 생리학적 기능은 그와 밀접한 관련이 있는 두 형태학적인 변형과 필연적으로 일치한다. 수족과 후두의 차이가 그것이다." (Ibid., p.591.)

3. 나가며 : 과학논쟁과 쥘 베른의 픽션

1901년 『공중에 떠있는 마을』을 출판하면서 쥘 베른은 18세기 말에서 19세기에 전체에 걸쳐 영광의 시간을 누렸던 과학 논쟁에 마침표를 찍었다. 그것을 소설화하면서, 그 논쟁을 종결시킨 셈이다. 그 최종점에 백인 남성이 위치한 자연 속에서의 존재들의 사다리에 대한 논쟁, 이 논쟁의 필연적 귀결인 진화에서의 잃어버린 고리의 존재에 대한 문제 제기, 해체되면서 또 명확해지고 있던 어떤 상상적인 지리에 적용되었던 모든 것을 종결시켰던 것이다.

18세기에 존재의 사다리 이론의 추종자로 거명되었던 사람은 흔히 샤를 보네(Charles Bonnet)와 뷔퐁(Buffon)이다. 이 두 사람은 모두 "자연은 비약하지 않는다"[10]는 주장 속에 담긴 라이프니츠(Leibniz) 원칙의 옹호자였고, 장 로스탕(Jean Rostand)도 말했듯이 "후에 라마르크가 활용할 존재의 고리라는 이 생각은 보네에게서 왔고, 보네 그 자신은 그 생각의 근본을 라이프니츠에게서 가져왔다."[11] 19세기에는 라마르트, 다윈, 헤켈이 유사한 이론들을 발전시켰다. 그런데 쥘 베른은 소설적 허구를 통해 이 이론들을 추월하는데 성공한다. 동물로부터 인간을 분리시키는 것은, 언어나 직립의 여부가 아니라 ─ 라마르크와 다윈의 이론을 인용하고 분석하면서 헤켈은 그것이 언어와 직립이라고 주장했다 ─ , 종교성이라는 생각을 자신이 만든 인물들을 통해 제시하면서 이 이론들을 추월해 버린 것이다.

---

10 "어떤 것도 갑자기 이루어지지 않는다. 이는 가장 중요하고 가장 잘 증명된 나의 금언 중의 하나이다. 나는 이를 '지속의 법칙'이라고 불렀다." (Gottfried Wilhelm Leibniz, *Nouveaux Essais sur l'entendement humain*, Paris, Hachette, 1898, 2e édition [1765], p.110)

11 Jean Rostand, *Esquisse d'une histoire de la Biologie*, Paris, Gallimard, 1945, p.80.

출판업자의 입김이 작용했던 것일까? 그 확률은 아주 낮은데, 왜냐하면 헷젤 1세가 1886년에 사망했기 때문이다. 그렇다면 우리가 알지 못하는 또 다른 사상가의 영향을 받았던 것일까? 아니면 아주 단순히, 1753년에 출판한 『동물의 본성에 관하여』에서 뷔퐁이 제기한 생각과 비슷한 생각을 하고 있었던 것일까?

오직 신만이 과거, 현재, 미래를 안다. 신은 모든 시간 속에 속해 있고, 모든 시간 속에서 본다. 찰나 동안 지속할 뿐인 인간은 순간들만을 볼 뿐이다. 하지만 불멸의 신적 전능은 이 순간들을 비교하고, 구별하고, 그에 질서를 부여한다. 바로 이 신적 전능에 의해서 인간은 현재를 알고, 과거를 판단하고, 미래를 예견한다. 인간에게서 이 신성한 빛을 거두어버린다면, 그의 존재는 사라지고 암흑이 될 것이다. 인간은 단지 동물로 남게 될 것이다. 인간은 과거를 알지 못하게 될 것이고, 미래를 추측하지 않을 것이며, 현재가 무엇인지 조차 알지 못할 것이다.[12]

이는 우리가 관심을 가져야 할 질문들이다. 마찬가지로 이 문제가 어떻게 연동되어 제기되는지에 대해, 그리고 무엇보다 19세기의 다른 작가들(모파상, 플로베르, 부스나르(Boussenart), 샤르팡티에)에게서 이 잃어버린 고리의 등장이 존재의 사다리의 재현과 어떤 관계를 맺고 있는지에 대해 심화된 비교 분석을 할 필요가 있다.

---

12 Buffon, *Discours sur la nature des animaux suivi de De la description des animaux de Daubenton*, Paris, Rivages, Poche, 2003.

참고문헌

Buffon, *Discours sur la nature des animaux* suivi de *De la description des animaux* de Daubenton, Paris, Rivages, Poche, 2003.

Ernst Haeckel, *Histoire de la création des êtres organisés d'après les lois naturelles : conférences scienti-fiques sur la doctrine de l'évolution en général et celle de Darwin, Goethe et Lamarck en particulier / par Ernest Haeckel*, et al.; trad. Ch. Letourneau, et al.; et précédées d'une introduction biographique par Charles Martins, Paris, Reinwald, 1877[1868].

Gottfried Wilhelm Leibniz, *Nouveaux Essais sur l'entendement humain*, Paris, Hachette, 1898, 2e édition [1765].

Jean Dominique Penel, *Homo caudatus. Les hommes à queue en Afrique Centrale : un avatar de l'imaginaire occidental*, Société d'études linguistiques et anthropologiques de France, 1982.

Jean Rostand, *Esquisse d'une histoire de la Biologie*, Paris, Gallimard, 1945.

Jules Verne, *Le village aérien*, Paris, Hetzel, 1901.

근대 생명의식의 재현과 진화론의 전유

이광수의 『무정』을 중심으로

오윤호

1. 서론

그동안 이광수 문학에 대한 연구는 개별 문학 텍스트에 대한 연구와 더불어 '평전'이라 부를 수 있는 연구가 함께 진행되었다. 김윤식과 하타노 세츠코, 이재선, 최주한[1] 등이 쓴 이광수가 살았던 시대와 그의 문학 및 지적 편력에 대한 연구들은 이광수의 삶과 그의 문학이 담아내고 있는 다양한 지적 체계를 분석하고 있다. 이 작업들은 1900년대에서 1910년대까지 두 번이나 일본 동경 유학생이었던 이광수의 생애와 서구유럽의 근대 지식이 일본을 거

---

1   김윤식, 『이광수와 그의 시대』, 한길사, 1986; 하타노 세츠코, 『『무정』을 읽는다』, 소명출판, 2008; 이재선, 『이광수의 지적편련―문학론의 원천과 형성』, 서강대 출판부, 2010; 최주한, 『이광수와 식민지 문학의 윤리』, 소명출판, 2014.

처 조선에 뿌리내리는 일련의 과정을 상당부문 상세하게 그려내고 있어, 한국근대문학의 형성과 다양한 동아시아 지식의 교섭 양상을 밝히는데 중요한 출발점 역할을 한다.

일본 학자 하타노 세츠코는 1986년『무정』을 읽고 "당돌하게도 낯익다"라고 표현하며 "『무정』에 나타난 이광수의 사상은 우리들의 과거를 비추는 거울과 같이 메이지에서 쇼와 시기에 걸쳐 극히 일반적이었던 일본 사조를 반영하고 있다. 그리고 그런 사고방식은 현재까지 우리들의 주위에 남아 있다"[2]라고 자기 책의 해설을 마무리하고 있다. 그의 언급은 20세기 초 일본과 조선의 지식인들이 일본 지식인과 공유했던 근대 지식의 경험에 주목하고 그 시기 동아시아의 지식인들이 경험하고 구축한 근대 지식이 현재에까지 깊은 영향을 주고 있음을 밝히고 있다. 이러한 인식은 한국, 일본 및 중국에서의 서구 근대 과학 및 진화론 수용 과정은 단순한 제국 지식 담론의 수용에 머물렀던 것이 아니라, 계몽과 진보를 지향하는 동아시아 근대 지식인의 욕망을 담고 있었다. 그래서 제국과 식민지(서구유럽과 동아시아, 일본과 한국)의 지식담론이 상호교섭적인 관계에 놓여 있었고, 동아시아 지식체계가 능동적인 정체성을 형성했다는 점을 확인할 수 있다. 동아시아 근대 문학의 형성 과정에서 본다면, 서구 근대 지식 및 과학 담론은 새로운 근대적 상상력의 빛이었으며, 그것을 추구하는 것은 제국주의의 침략적 정책에 맞서 근대화로 나아가기 위한 부국강병책이거나 진보·계몽사상과 다르지 않았다. 이광수역시 이러한 20세기 초 동아시아 근대 지식 담론에 깊은 영향을 받았고, 동아시아 근대 지식과 문학 형성에 큰 역할을 한 근대 지식의 주체였던 것이다.

---

2   하타노 세츠코, 위의 책, 작가 해설.

　　이광수에 대한 최근 연구를 살펴보면, 과학 담론이면서 사회학 담론인 진화론적인 상상력에 기반하여 그의 소설을 분석한 연구,[3] 그리고 이광수 문학 속에 담긴 과학주의에 대한 연구[4]로 구체화할 수 있다. 장영우의 「이광수의 진화론적 사상과 일제말 문학의 특질」[5]은 '이광수는 왜 친일을 하게 되었는가'를 진화론적 영향으로 해명하려고 하면서, "단일민족의 정체성을 포기하고서라도 제국의 국민으로 재생하겠다는 욕망을 견지했다는 점에서 진화론의 열렬한 숭배자"로 이광수를 평가하며, 이광수 문학에 내재되어 있는 진화론적 담론을 재구성하려고 하고 있다. 이재선은 『이광수 문학의 지적 편력』의 '제8장 이광수의 진화론 사상 : 사회진화론 및 에른스트 헤켈과의 관계'에서 서구 진화론의 이론적 시각이 이광수의 글과 소설에 영향을 미친 내용과 그에 대한 구체적인 비교문학적 분석을 담아내고 있다. 이에 『무정』에 재현된 성장소설적 특징이 진화론과 밀접하다는 점을 지적하고, 『재생』・『사랑』・『흙』과 같은 소설이 '퇴화'론적 시각을 갖고 있음을 제시하였다. 특히 황종연의 「신 없는 자연-초기 이광수 문학에서의 과학」은 근대 지식 및 과학과의 상관성 속에서 이광수 문학의 지적 상상력을 구체화했다는 점에서 21세기 이광수 문학 연구의 새로운 지평을 열고 있다. 이광수 초기 문학에 나타난 자연과학적 세계관을 구체화하면서 『무정』의 경우 다윈주의적, 기계론적 철학자 헤켈의 영향을 받아 진화의 법칙을 반영한 소설이라고 평하고, 『개척자』의 경우는 과학적 탐구와 욕망의 교육이 불가분의 관계에 있음을 보여주며 탈마법화된 세

3　이재선, 앞의 책; 장영우, 「이광수의 진화론적 사상과 일제말 문학의 특질」, 『한국문예창작』 11집 제2호, 2012; 와다 토모모, 『이광수 장편소설 연구』, 예옥, 2014.
4　황종연, 「신 없는 자연-초기 이광수 문학에서의 과학」, 『문학과 과학』 1, 소명출판, 2013; 와다 토모미, 위의 책.
5　장영우, 앞의 글.

계를 보여주고 있다고 평한다. 그럼에도 불구하고, 이광수는 생존경쟁이라는 자연 현상을 관찰하면서도 인간이 동물과 구별되는 '정'에 주목함으로써 개인적인 갈등과 적대를 넘어서는 공동체적 일체성을 찾고 있다고 논하고 있다. 이렇게 볼 때에, 이광수 문학에서의 지식 혹은 과학은 소설창작의 중요한 소재이면서 근대문학의 형식을 재현하는 중요한 상상력으로 기능했다는 점을 알 수 있고, 이광수 문학을 과학 지식의 차원에서 특히 진화론적 시각에서 다차원적으로 읽어낼 필요성을 느낀다.

한국 최초의 근대 장편 소설인 『무정』은 돌연변이처럼 근대문학의 탄생을 알리는 기념비적 작품이다. 그동안 다양한 관점에서 연구 결과가 생산되었지만, 이광수 문학에 대해 과학주의적·진화론적 관점을 반영하여, 『무정』 속에 담긴 근대 과학지식과 다양한 차원에서 전유된 진화론적 상상력과 서로 다른 '진화'의 궤적을 그리는 인물들이 만들어내는 다중 플롯을 살펴보며 그 이해의 지평을 넓혀보려고 한다.

2. 근대의 진화론과 이광수 문학

이광수는 「혼인에 대한 관견」[6]에서 관습적이고 남성중심적인 전통적인 결혼관을 비판하며, '남녀 양성의 결합은 생물계에 최대한 필연적 약속'이며

---

6 이광수, 「혼인에 대한 관견」, 『학지광』 제12호, 1917.4.

'신비한 우주의 조화'라고 말하고 있다.

> 생식의 이상은 건전하고 재능 만흔 자녀를 가급적 만히 생산하야 가급적 완전하게 교육함이외다. 이러함에는 두 가지 의미가 잇지오─ 개체의 번영을 기함과 종족의 번영을 기함과, 일민족이나 전 세계 인류의 발달은 오직 건전하고 재능 만흔 아해와 현명하게 교육바든 청년에 달렷스닛가 이 생식이야말로 인류의 최종 최대한 이상일 것이외다.

이 글의 1차적인 목적이 '혼인'에 대한 근대지식인으로서의 짧은 견해('관견')를 제기하는 것이지만, 실상은 인간과 인간 사회의 문화적 양상을 '생물학적이고 진화론적으로 이해'하는 사상을 내면화하고 있다. 이광수는 '인간'이 '동물'이라는 점을 당연시하고, 개체의 번영과 종족의 번영을 생식의 제1원칙으로 삼으며, '재능 만흔 아해와 현명하게 교육받은 청년'을 기르는 것이야말로 혼인의 최종 목적이라고 보고 있다. 이광수는 조상 중심의 전통적인 효 사상에 문제를 제기하는 「자녀중심론」[7]에서도 "생물학이 가라치는 바와 갓히 인류의 목적이 (타 생물과 갓히) 개체의 보전과 종족의 보전 발전에 잇다 하면 천하의 중심은 자기요, 다음에 중한 것은 자손일 것"이라고 주장한다. 이러한 이광수의 맥락화 속에는 스펜서의 사회진화론적인 지식이 담겨있다. "스펜서는 '개인능력의 함양'과 '사회 유기체의 발전'이라는 목표"를 강조하며, "교육의 목적도 궁극적으로는 이 둘에 있었다"[8]고 보았다. 흥미로운 것은 스펜서의 교육론이 식민지 조선을 개화하고 발전시킬 수 있는 이론적 틀이

7　이광수, 「자녀중심론」, 『청춘』 제15호, 1918.9.
8　권보드레, 『한국 근대소설의 기원』, 소명출판, 2000 / 2002, 42면.

면서 일종의 사회 이야기(근대적 혼인 → 재능 있는 자녀 → 현명한 교육 → 개체 번영 → 종족 번영)가 된다는 점이다. 이 글이 쓰여진 1917년 4월은 이광수가 『매일신보』에 『무정』을 연재하던 시기라는 점에서, 『무정』의 이야기 구조와 '근대적 결혼'에 대한 견해가 매우 유사한 구조적인 상동성을 갖고 있음을 알 수 있다.

1859년 다윈의 『종의 기원』이 발간된 이후, 진화론에 대한 논쟁은 200여 년에 가까운 현재까지도 뜨겁게 진행되고 있다. "자연선택설을 근간으로 하여 변이를 일으켜 생겨난 새로운 종이 생기는 메커니즘"을 설명하는 다윈의 주장은 과학뿐만 아니라 정치 경제 사회 문학 및 종교의 전 분야에 영향을 미치게 된다.

특히 사회진화론 또는 사회다위니즘은 사회의 역사적 변동을 생물진화와의 유추나 병렬에 의해서 설명하려는 이론(즉 다윈의 진화론에서 강조하는 선택원리와 생존 경쟁)의 개념을 빌려와서 인간 사회의 진화 발전을 설명하려는 이론으로서, 19세기 후반 영국의 스펜서에 의해서 제창된 것이다. 스펜서가 내세운 '적자생존' 개념과 원리에 기반한 사회에의 적용이 사회 진화론의 기본적인 입장이다. 이러한 시각은 대영제국의 식민지 확장과 경영에 정치적 과학적 정당성을 부여하는 과학적 근거로 받아들여졌다. 19세기 말에서 20세기 초에 서구 유럽 사회에서 널리 유행했던 사회진화론[9]은, 만국공법의 논리와 궤를 같이 하면서 19세기 후반부터 동아이사 지식층을 강타했던 최초의 서

9　"19세기 말에 유럽에서 역사에 대한 관념은 '진보관'의 형태로 지금 우리에게 익숙한 모습을 거의 갖추게 된다. 거기에는 적자생존이라는 '생물학적 = 유기체적 진화이론'과 계몽사상 속에 있던 '완성'의 이미지를 갖춘 진보사상, 그리고 헤르더와 헤겔의 역사철학에서 시작해 맑스에서 받아들여지고 그후 독일 역사학파로 이어지는 '발전'의 사상이 엉키어 있었다." 마루야마 마사오, 김석근 역, 『문명론의 개략을 읽는다』, 문학동네, 2007, 96면.

양사회이론이라 할 수 있다.[10]

일본에서는 계몽의 진보사상이 먼저 들어오고, 그 뒤를 이어 스펜서(H. Spencer)나 에른스트 헤켈(E. H. Haekel) 등으로 대표되는 진화 이론이 들어왔다. 이 둘이 합류해서 자유 민권기의 일본식 진보 사상으로 발전한다. 18세기 계몽사상과 19세기 다위니즘은 서로 받아들일 수 없는 부분이 분명히 있지만, 일본에서도 역시 한 덩어리로 들어와 섞여 진보사상을 구성했다. 메이지10년을 전후하여 '개량주의＝사회진화론'은 명확해진 문학적 계몽기에 시대 사조의 유력한 지도이념이었던 것이다.[11] 이렇듯 사회진화론은 일본의 메이지, 중국의 청말과 민국 초기, 조선의 대한제국 시기 등에 걸쳐 지식인들의 사상적 배경으로 자리 잡았다.

이러한 정황 속에서 근대 과학 지식 중에서 이광수는 가장 강력한 영향을 받은 것으로 바로 생물진화론과 사회진화론을 들고 있다. 이광수는 "나는 다아윈의 진화론이 마땅히 성경을 대신할 것이라고 생각하고 헤켈의 『알 수 없는 우주』[12]라는 것을 읽었을 때에는 비로소 진리에 접한 것처럼 기뻐하였다"[13]라고 쓰고 있다. 또한 「동경잡신(東京雜信)」(1918)의 14장 「일반 인사의 필독할 서적 수 종」에서는 진화론 관련 서적으로 일본의 오카 아사지로의 『진화론강화』를 추천하고 있다.

생물진화론 및 사회진화론에 대한 이광수의 다양한 언급, 그리고 그에게 영향을 미친 다양한 경로를 놓고 봤을 때, 이광수 문학과 진화론은 매우 입체

---

10 오윤호, 「자연주의 경향의 염상섭 소설과 진화론적 상상력 -『만세전』을 중심으로」, 『현대문학이론연구』, 2013 참조.
11 미요시 유키오, 정선태 역, 『일본문학의 근대와 반근대』, 소명출판, 2002, 121면.
12 이 책은 1906년에 일본에서 구리하마(栗原古城)가 『宇宙の謎』로 번역함. 이재선, 앞의 책, 298면 1번 각주.
13 이광수, 『이광수 전집』 11, 삼중당, 1962, 432면.

적인 관계를 맺고 있다. 이 글은 '근대 문학담론이 과학적 인식 및 지식체계를 어떻게 내면화하게 되는가'라는 질문에 답하는 것이기도 하지만, 결과적으로는 '생태적 환경 속에서 개체적 존재인 인간이 인간의 보편적 특성과 특수성을 어떻게 보여주며 종적 진화로 나아가는가?'라는 진화론적 시각을 근대소설 속에서 구체화하기 위한 작업이기도 하다. 개체적 계몽에서 시작하여 민족적 계몽을 추구했던 이광수의 세계관 및 문학관의 양상을 생각해 볼 때, 생물진화론적인 비평은 이광수 문학을 새롭게 독해하게 만든다.

19세기 과학 지식이 허구화되는 과정에서 새로운 이야기 욕망과 문법이 발생하고 있음에 주목한 질리언 비어는 『다윈의 플롯』[14]에서 진화론의 등장과 서구 근대소설의 '새로운 플롯'에 관해서 집중적으로 다룬다. 다윈의 진화론이 수천만 년 전부터 지구 위 생태적 환경 속에서 생물이 어떻게 진화해 왔는지를 객관화하기 위한 노력이었다면, 서구 근대소설 속 다윈주의는 '인간은 왜 어떠한 조건 속에서 인간이 되는가?'와 '앞으로 인간은 어떻게 진화할 것인가?'라는 의문과 상상력을 과학 지식에 기반한 하나의 이야기로 만들어 내고 있다. 질리언 비어는 조지 엘리엇과 토머스 하디와 같은 작가들이 진화론의 내용과 다윈의 언어를 적극적으로 자신들의 작품 속에 담고 있다고 말하며, 다윈의 진화론과 19세기 영문학의 관계를 홍미진진하게 다루고 있다. 무엇보다도 다윈의 진화론이 가지고 있는 생물학적인 사실에도 관심을 가지지만, 다윈의 문학적이면서도 인문학적인 소양과 글쓰기를 분석하고, 『종의 기원』에 나타난 유비(analogy), 은유(metaphor), 이야기(narrative)에 주목함으로써, 19세기 과학담론과 문학담론의 수사적 친연성을 밝히고, 과학적 사유

---

14 질리언 비어, 『다윈의 플롯』, 휴머니스트, 2008.

가 문학적 상상력으로 전유되는 일련의 과정을 분석한다. 또한 조지 레빈은 『다윈과 소설가들-빅토리아 소설 속 과학 유형』[15]에서 다윈을 직접적으로 읽지 않은 작가가 다윈이 낳은 사상을 자유롭게 이용하며 소설을 쓰고 있음을 밝힘으로써, 서구 근대소설 속 다윈주의는 생명의 역사를 이해하려고 했던 근대 사회를 들여다보고 이해할 수 있는 중요한 관점으로 기능했음을 확인할 수 있다.[16]

최근 문학연구에서 두드러진 성과를 보이고 있는 문학 다위니즘(Literary Darwinism)[17]은 그 한계에도 불구하고 인간 본질에 대해 탁월한 설명을 제공하는 진화심리학의 핵심 개념들을 수용하여 문학 고유의 분석 작업에 연결시키고 있다.[18] 다윈의 진화론적인 시각으로 문학을 비평하는 다윈 비평은 자연선택, 적응과 재생산의 과정을 통해 진화해 온 이와 같은 인간 본성이 구체적인 문학 텍스트에서 어떻게 재현되고 있으며, 그것을 어떻게 해석할 것인가에 초점을 맞춘다. 작품에 두드러지게 나타난 인간 본성을 재현방식, 관점의 차이 등 문학의 서술 양식을 통해 분석함으로써 섬세하고 미묘한 문학

---

15 George Levine, *Darwin and the Novelists : Patterns of Science in Victorian Fiction*, University of Chicago Press, 1992.
16 오윤호, 「새로운 인간 종의 탄생과 진화론적 상상력」, 『대중서사연구』 제20권 3호, 2014, 346면.
17 다음과 같은 책들을 주목해볼 수 있다.
   Denis Dutton, *The Art Instinct : Beauty, Pleasure, and Human Evolution*, Bloomsbury Press, 2009; Brian Boyd, Joseph Carroll, and Jonathan Gottschall, *Evolution Literature & Film : A Reader*, Columbia University Press, 2010; Joseph Carroll, *Literary Darwinism*, Routledge, 2004.
18 브라이언 보이드, 『이야기의 기원-인간은 왜 스토리텔링에 탐닉하는가?』, 휴머니스트, 2013, 537면. 조셉 캐롤은 분석 방법으로 "삶의 역사의 기본적인 목적들(생존, 성장, 그리고 재생산)을 문학적 의미를 구성하는 주제, 톤, 스타일 등 섬세한 뉘앙스와 연계"시킬 것을 제안하며 "지상의 어느 곳, 어느 시대, 어느 작가의 문학 작품 중에서 다윈주의의 분석 범위를 벗어나는 작품은 없다"고 단언할 정도로 문학적 다윈주의가 갖는 보편성을 강조한다. 캐롤은 심리학과 문학 연구 둘 다에 적합한 패러다임을 구성하기 위해 반드시 필요하다고 강조한 것이 '인지행위 시스템'이다. 이유는 인지 행위야말로 인간이 포괄적으로 적응하기 위해서 고도로 진화시켜 온 인간 본성이며, 그 내용을 파악하는 것이 곧 문학의 주요 기능이라고 인식하기 때문이다.

적 의미와 연계시키는 것이다. 이광수의 『무정』은 다양한 진화론적인 상상력을 내면화하는 가운데에서 식민지 환경 속에서 적응하며 살아남고자 하는 개체의 선택과 진화 과정을 재현하고 있다는 점에서 보다 심도 깊은 분석을 요구하는데, 문학 다위니즘은 그 분석의 이론적 토대를 제공한다.[19]

이러한 이론적 시각은 『무정』 속 식민지 생태에서 벌어지는 이형식의 정신 활동과 '적응' 행동을 수행하는 특수성과 '계몽'이 내재화하고 있는 진화론적인 상상력을 규명하는데 유용한 이론적 시각을 제공할 것이다. 이 과정에서 허버트 스펜서나 에른스트 헤켈뿐만 아니라 베르그송의 진화론적 상상력이 이광수 문학에 미친 영향에 대해서 논의할 것이며, 보편적 인간상을 구축하면서도 '생명의 도약'을 시도하는 초월적 인간상을 추구하는 『무정』의 진화론적 상상력을 분석할 것이다.

3. 생(生)의 현실에 대한 우주론과 생명론

형식의 몸은 차가 흔들리는 대로 흔들리고 형식의 귀는 무슨 소리가 들리는 대로 듣는다. 형식은 특별히 무엇을 생각하려고도 아니하고, 눈과 귀는 특별히 무엇을 보고 들으려고도 아니한다. 형식의 귀에는 차의 가는 소리도 들리거니와 지구의 돌아가는 소리도 들리고 무한히 먼 공중에서 별과 별이 마주치는 소리와 무한

---

19 오윤호, 「자연주의 경향의 염상섭 소설과 진화론적 상상력 −『만세전』을 중심으로」, 앞의 책, 212면.

히 작은 에틸[20]의 분자의 흐르는 소리도 듣는다. 메와 들에 풀과 나무가 밤 동안에 자라노라고 바삭바삭 하는 소리와, **자기의 몸에 피 돌아가는 것과, 그 피를 받아 즐거워하는 세포들의 소곤거리는 소리도 들린다.**

그의 정신은 지금 천지가 창조되던 혼돈한 상태에 있고 또 처지가 노쇠하여서 없어지는 혼돈한 상태에 있다. 그는 하느님이 장차 빛을 만들고 별을 만들고 하늘과 땅을 만들려고 고개를 기울이고, 이럴까 저럴까 생각하는 양을 본다.

(…중략…)

자기가 지금껏 '옳다' '그르다' '슬프다' '기쁘다' 하여 온 것은 결코 자기의 지의 판단과 정의 감동으로 된 것이 아니요, 온전히 전습을 따라, 사회의 습관을 따라 하여 온 것이었다.

(…중략…)

자기는 이제야 자기의 생명을 깨달았다. 자기가 있는 줄을 깨달았다. 마치 북극성[21]이 있고 또 북극성은 결코 백랑성[22]도 아니요 노인성[23]도 아니요, 오직 북극성인 듯이, 따라서 **북극성은 크기로나 빛으로나 위치로나 성분으로나, 역사로나 우주에 대한 사명으로나, 결코 백랑성이나 노인성과 같지 아니하고, 북극성 자신의 특징이 있음과 같이,** 자기도 있고 또 자기는 다른 아무러한 사람과도 꼭 같지 아니한 지와 의지와 위치와 사명과 색채가 있음을 깨달았다. 그러고 형식은 더할 수 없는 기쁨을 깨달았다. (202~203면, 각주 및 강조는 필자)

---

20 에테르, 우주공간을 가득 채우고 있을 것이라고 믿어졌던 물질. 지금은 존재하지 않는 것으로 밝혀짐(마이컬슨−몰리 실험).
21 폴라리스(Polaris) 별.
22 시리우스(Sirius) 별.
23 카노푸스(Canopus) 별.

이 장면에서 소설 속 남자 주인공 이형식은 영채가 대동강에 빠져죽었다고 생각하고, 경성행 기차를 타고 돌아오는 길이다. 근대 문명의 상징인 기차[24] 속에서, 그는 기차의 움직임에 몸을 맡기고 내면의 상상력에 빠져든다. 새로운 '근대적 감각'(기차의 움직임)[25]은 몸 속 작은 세포의 움직임에서 무한한 우주 입자인 에틸의 움직임까지 동일한 파동으로 공명하게 만든다. 형식은 그 감각이 매개한 에피파니를 경험하면서, 세계와 인간을 만드는 신과 마주하게 된다. 자신을 '목숨 없는 흙덩이'나 '고무로 만든 인형' '에틸의 물결'로 비유하며 생명이 없는 단순한 피조물이었음을 상기한다. 이형식은 우주적인 이 순간에 '자기의 생명'을 깨달았다고 고백하며, 자기만의 고유한 개성과 생명을 갖게 되었음을 기뻐한다.

이 인용된 부분에서 무엇보다도 주목할 점은 이형식이 새로운 자아를 깨닫는 일련의 내적 독백 과정에 개입되어 있는 이광수의 '과학적 태도'에 있다. 우주의 물리적 현상을 표현하는 데 있어서, '에틸'이나 '세포'라는 과학용어를 사용하고 있으며 그 대상이 가지고 있는 과학 지식에 대해서 명료하게 알고 있다는 것을 알 수 있다. '지구가 돌아간다'는 표현은 지동설을 염두에 둔 것이고, '별과 별이 마주친다'는 표현은 만유인력의 법칙을 떠올리게 하며, 북극성을 언급하는 장면에서는 천체물리학 지식이 매우 체계적으로 나열된 것을 알 수 있다. 피와 세포에 대한 표현에서는 사람의 몸에 피가 돈다

24　20세기 초 기차는 근대의 상징이면서, 『무정』의 두 주인공에게는 미성숙한 생명에서 성숙한 생명이 되게 만드는, 생명유지를 위한 기계장치인 '인큐베이터'와 같다.
25　『무정』 속에는 또 다른 근대의 감각이 등장하는데, 그것은 '도회의 소리'다.
　　"'도회의 소리!' 그러나 그것이 문명의 소리다. 그 소리가 요란할수록에 그 나라가 잘된다. 수레바퀴 소리, 증기와 전기기관 소리, (쇠마차소리) (…중략…) 이러한 소리가 협하여서 비로소 찬란한 문명을 낳는다. 실로 현대의 문명은 소리의 문명이라. 서울도 아직 소리가 부족하다." (『무정 외』, 313면)

는 사실과 그 피가 몸 구석구석의 세포에 영양분을 제공하고 있다는 의학적·생물학적 정보를 유추할 수 있다. 와다 토모미는 형식이 "무한히 적은 「에텔」의 분자의 흐르는 소리"를 알아듣게 되었을 때, "무한히 먼 공중에서 별과 별이 마주치는 소리"도 들었다는 점을 분석하며, 여기서 들리는 "소리"는, 헤켈이 말하는 "에텔의 팽창"과 동시에 일어나는, 전체들이 서로 충돌하는 소리에 해당한다고 분석한다.[26] 또한 이광수는 『그의 자서전』(『조선일보』, 1937.4.17)에서 에른스트 헤켈의 『우주의 수수께끼』로부터 큰 영감을 받았다고 쓰고 있다.[27] 이재선과 와다 토모미는 이광수의 『무정』이 에른스트 헤켈의 진화론 이론과 깊이 연관되어 있다고 보았다. 이렇듯 이형식의 자아각성은 내적 독백의 환상 속에서 이루어지는 것처럼 보이지만, 사실은 그 감각이나, 환상·상상력을 표현하고 논리화하는데 있어서 '지'의 태도, 특히 일본 제국이 메이지 유신 이후로 받아들인 서구 유럽의 근대 과학 지식이 총동원되고 있다는 것을 간과할 수 없다.

형식이 선형을 처음 만나는 장면에 있어서도 서술자는 남녀 간의 호기심과 감정적인 흥분 상황을 표현하면서도 생물학적인 본능에 대한 지식이 활용되고 있고, '전기'라는 구체적인 물리적 현상을 통한 '비유'도 등장한다.

형식은 선형을 자기의 누이라고 생각하였다. 이는 형식이가 남의 처녀를 대할 때마다 생각하는 버릇이니, 형식은 처녀를 대할 때에 누이라고밖에 더 생각할 줄을 모르는 사람이라. 그러면서도 알 수 없는 것은, 가슴속에 이상한 불길이 일어남이니, 이는 청년 남녀가 가까이 접할 때에 마치 음전과 양전이 가까워지기가 무

---

26 와다 토모미, 앞의 책.
27 이광수, 『그의 자서전』, 삼중당, 1962, 432면.

섭게 서로 감응하여 불꽃을 일리는 것과 같이 면치 못할 일이며, 하늘이 만물을 내실 때에 정한 일이라, 다만 사회의 질서를 유지하기 위하여 도덕과 수양의 힘으로 제어할 뿐이니라. (18~19면)

형식은 영어를 가르쳐주기 위하여 선형과 마주앉았다. 형식은 통상적으로 젊은 여자에 대하여 '누이'라 여기는 버릇이 있다. 일반적인 예절에서 나오는 감각이기도 하지만, 인용된 마지막 문장을 보면 '누이'라는 표현은 젊은 남녀 간에 생길 수 있는 욕망을 억제하기 위한 도덕적 수사이기도 하다. 김윤식은 이러한 형식의 의식을 순결성에 함몰된 '누이컴플렉스'라고 부른다.[28] 젊은 여성을 대하는 형식은 그들을 결혼이나 연애의 상대로 대하면서도, 순결한 누이로 지켜주고자 하다가 1차 성선택의 딜레마에 빠지곤 한다.[29] 여자의 체취를 맡으며 황홀해하고, 기생의 손을 잡고 정겨워하면서도 말과 태도는 그녀들을 누이로 대하고 만다. 본능적이며 근대적인 감각[30]과 전통적인 윤리 사이의 갈등이라고 볼 수도 있다. 그러한 상황을 서술자는 음전과 암전이 서로 맞대어 있어 금세라도 불꽃이 일 것 같다고 말하고 있다. 그리고 그것은 "하늘이 만물을 내실 때에 정한 일"고 자연스럽고 당연한 생물학적 현상처럼 표현하고 있다. '인간이 동물이다'라는 인식은 근대 생물학의 영향 속

---

28 김윤식, 앞의 책, 545면.
29 형식이나 다른 인물들이 보여주는 성선택의 딜레마는 3단계를 거치는데, 형식이 보여주는 2차 선택 딜레마는 좋은 집안에서 자란 선형과 집이 망하여 기생이 된 영채 중 누구와 결혼할 것인가라는 상황에서 발생한다. 등장인물들이 겪는 3차 선택 딜레마는 상대방의 여자와 사랑하는 것이 진정 사랑하여 결혼하는 것인가?라는 질문으로부터 출발한다.
30 근대적 감각이라고 말하는 것은 남녀칠세부동석이라는 말을 통해 잘 이해할 수 있다. 『무정』 첫 장면에서 형식은 젊은 처자를 마주하고 앉았을 때의 곤욕스러움을 표현하고 있다. 그러한 상황이 전근대에서는 안만들어졌다면, 근대사회가 되면서 남녀가 자유롭게 같은 공간에 앉아 서로의 시선을 주고받고 체취를 맡으며 다양한 감각을 경험하는 것을 근대적 경험이라 말하지 않을 수 없다.

에서 나온 것이며, 동물적 인간과 사회적 인간 사이의 경계에 대해 서술자는 주목하면서 그것을 구분하는 기준으로 '도덕과 수양'을 거론하고 있다. 근대 생물학 지식은 일상 상식이나 물리학 지식만큼 문학작품 속의 효과적인 비유로 활용되고 있다. 그러면서도 소설은 인간이 살아가는 윤리적 조건에 대해서도 주목하고 있다.

'불꽃' 혹은 '전기'는 19세기 서구 유럽에서는 인간 생명의 기원으로까지 논의되었다.[31] 『무정』 속에서 이형식은 다양한 방식으로 깨달음을 얻는데, 그럴 때마다 가슴 속에 불꽃이 인다고 표현하고 있다. 이때의 불꽃은 자각이나 계몽(Enlightenment, 啓蒙)에 대한 비유적 표현이면서, 다음 장에서 분석하게 될 새로운 생명이 탄생하는 진화 순간을 표현하는 매우 강력한 비유로도 기능하고 있다.

『무정』 속 '이상한 구름장'이 떠돌며 영채가 고난을 당하는 전통적인 비유와 비교하자면, 과학 지식에 빗댄 이러한 비유는 인물들의 갈등을 이해하는 문학적 해석이면서, 인간의 본성과 세계에 대한 명료한 우주론적 세계관을 담아내고 인간과 우주의 합일을 꿈꾸게 만들기도 한다. 이재선은 에른스트 헤켈로부터 이광수의 『무정』이 깊은 영향을 받은 근거로 바로 서술자의 전체우주론과 생명관의 지식 그리고 물리화학적인 '에텔(Ether)'의 은유에서 찾고[32] 있다.

이형식은 비판하기 위해 우주론적인 시각을 제시할 뿐만 아니라, 동양적인 사유와 결합함으로써 자기만의 우주론을 만들고, 진화론적인 인식을 적

---

31   메리 셸리의 『프랑켄슈타인』에서 보면 프랑켄슈타인 박사가 전기 충격을 통해 괴물에 생명을 불어넣고, 새로운 인간 종을 만들어내고 있다. 『프랑켄슈타인』과 『무정』의 직접적인 연관성을 찾기보다는, 인간 생명의 기원을 전기 작용으로 봤다라는 점에 주목할 필요가 있다.
32   이재선, 앞의 책, 332면.

극 제안하며 윤리적인 설득을 감행하기도 한다. 이때 진화론은 새로운 과학이면서, 당대를 재인식하는 도덕적 관점으로도 기능한다. 영채가 겁탈을 당하고 정절을 잃고 자살을 시도하자 형식은 "'영채의 이번 행위가 가장 옳은 일'이 아니라"고 생각하면서 "사람의 생명은 우주의 생명과 같다"라는 주장을 하게 된다.

> 우주가 만물(萬物)을 포용(包容)하는 모양으로 인생(人生)도 만물을 포용한다. 우주는 결코 태양(太陽)이나 북극(北極)만으로 그 내용(內容)을 삼지 아니하고, 만천(滿天)의 모든 성신(星辰)과 만지(萬地)의 모든 만물로 다 포용을 삼는다. 그러므로 창궁(蒼穹)에 극히 조고마한 별도 우주의 전생명(全生命)의 일부분(一部分)이요, 내지 지상(地上)의 극히 미세(微細)한 지풀잎 하나, 티끌 하나도 모두 우주의 전생명의 일부분이라.
>
> (…중략…)
>
> 생명(生命)은 하여(何如)한 도덕 법률(道德法律)보다도 위대(偉大)한 것이라.
>
> (…중략…)
>
> 그러나 순결(純潔)하고 열렬(熱烈)한 사람이 자기(自己)의 중심적 의무(中心的 義務)를 생명으로 삼음은 또한 인생(人生)의 자랑이라 하였다. (166~167면)

김윤식이 밝히길, 와세다 대학 유학 시절에 이광수는 '문학과·철학과'에 관심을 뒀는데, "T교수(武田교수)의 불교철학에서 인과법칙을 배우고 L교수(확인불능)에게 천문학을 배움으로써, 그 나름의 우주관을 형성하였다."[33] 이

---

33 "지구는 결코 우주의 중심이 아닐 뿐 아니라 태양계의 한 티끌이며 그것 또한 은하계의 한 티끌에 지나지 못하고 그것 또한 (…중략…) 이런 식으로 이른바 무한인 것이다." 김윤식, 앞의 책, 551면.

광수는 드넓은 태양계에 인간만한 생명체가 살지 않으리라는 보장이 없고, 현미경 속 미세 세계 속에서도 인간 같은 생명이 없다고 말할 수 없다고 주장하며, 「그의 자서전」[34]에서 "나는 이러한 내 우주관이 곧 불교적 우주관이었음을 훨씬 나중에야 알았고, 내가 이러한 우주관을 가지게 된 것은 천문학시간에서 새 상상력이 지어내인 것이다"라고 쓰고 있다. 이광수는 서구 근대 과학 지식을 받아들이기만 한 것이 아니라, 동양적인 세계관(불교)과 결합하여 자기만의 우주관을 구축하고, 그 비전을 『무정』의 한 장면에 제시하고 있다.

위 장면에서도 영채의 생명은 우주 안의 모든 것(작은 것으로부터 가장 큰 것)과 마찬가지로 우주 속 전 생명의 일부분이기 때문에 소중하다. 또한 '생명' 그 자체는 어떠한 인간의 조건보다도 위대하기 때문에, '순결'과 '절계'와 같은 수많은 인간의 윤리 도덕 중에 한두 가지 일로 죽을 필요까지는 없다고 주장하고 있다. 이러한 주장 속에서, 전통적인 지식과 서구의 근대 지식을 아울러 자기만의 비전을 제시하는 이광수의 생명론과 우주론을 유추해 볼 수 있다.

흥미로운 것은 1910년대에 이광수가 『무정』을 쓸 때 쯤, 일본의 지성계는 랄푸 왈도 에머슨의 범신론적 초월주의에 매료되어 있었다는 점이다. 동경 유학생이 발간한 『학지광』의 글들을 살펴보면, 에머슨을 투르게네프나 오이켄, 베르그송과 더불어 저명한 작가들로 열거하거나[35] 성경과 함께 에머슨의 범신론적 수사를 남발[36]할 정도로 에머슨에 경도되어 있었다. 일본 문학계에서 에머슨의 영향을 받은 대표적인 문학가로 기타무라 도코쿠를 들 수 있는데, 그가 이해한 에머슨의 '신'은 기독교적인 유일신이 아니라, 삼라만상에

---

34 이광수, 『이광수 전집』 11, 삼중당, 1962, 429면.
35 현상윤, 「동경유학생활」, 『학지광』 2호, 1914, 113면.
36 장덕수, 「학지광 삼호 발간에 임하여」, 『학지광』 3호, 1914, 1면.

내재하는 보편적, 절대적 존재이며, 동양과 서양의 '신' 사상을 조화롭게 결합하고, 주관객관의 철학적 대립을 초극한 신비한 존재이다.[37] 이때 주목해볼 점은 에머슨 식 존재론을 들 수 있는데, "절대적 존재의 계시로 충만한 '유기적 자연'과 대면하여 전 우주를 관조하는 어떤 개인에게 있어서는 안과 밖, 부분과 전체, 우주와 나의 모든 인위적 구별 자체가 무의미해진다."[38] 『무정』과 에머슨의 사상을 직접적으로 관련짓긴 어렵다. 하지만, 기독교적인 세계관을 부정적으로 인식하는 『무정』의 우주론이 진화론적인 닥론을 전제하면서 범신론적인 우주관을 담고 있었다는 점, 이광수가 깊이 관여했던 『학지광』에 에머슨에 열광하는 동경 유학생들의 글이 많이 실렸다는 점에서 보면 이광수와 에머슨 사이의 관련성을 찾을 수 있다. 특히 "자연만물로부터 영적 자각의 주된 계기를 발견하게 된다는 식의 사유법은 에머슨을 적극 수용한 기타무라 도코쿠의 평론에서 쉽게 발견"할 수 있을뿐더러 『무정』의 서사 전개 및 인물들의 내적 자각 과정에서 결정적인 역할을 한다는 점은 에머슨의 사상이 이광수의 『무정』에 직접적이진 않더라도 중요한 모티프를 제공하고 있다는 점을 잘 보여준다.

한편 병욱은 도망쳐 나온 영채를 붙들고 "영채 씨는 결코 부친과 이씨만 위하여 난 사람이 아니외다. 과거 천만대 조선과, 현재 십육억 동포와, 미래 천만대 자손을 위하여 나신 것이야요. 그러니까 부친께 대한 의무 외에, 이씨께 대한 의무 외에도 조상께, 동포에게, 자손에게 대한 의무가 있어요. 그런데 영채 씨가 그 의무를 다하지 아니하고 죽으려 하는 것은 죄외다"(276면)라고 말

---

37 이철호, 「근대적 자아의 비의―1910년대 후반기 근대문학에 나타난 영(靈)의 문제」, 『상허학회』 19호, 2007, 354면.
38 위의 글, 355면.

한다. 이형식의 경우가 영채의 사정에 대해서 관념적이고 지적인 우주론으로 설명하려고 한다면, 신여성인 병욱의 경우는 진화론적인 시각에서 하나의 개체가 종의 진화와 번영에 있어서 중요한 중계자 역할을 하고 있음을 설명하고 있다. 하나의 생명체는 우주적인 보편성을 갖고 있으면서도, 진화론적인 생물 진화의 연계선상에 있다는 점에서 존재론적인 우위를 점하게 된다.

이렇듯 『무정』에서 생명은 단순히 생물학적인 대상만은 아니다. 하나의 생명은 개체적인 존재성과 함께 우주적인 관계 속에서 공존하며, 진화의 과정 속에서 필연적인 목적성을 가지고 있는 존재이다. 그 생명에 대한 이해는 서구 근대 과학적 시각뿐만 아니라 동아시아적 가치를 내면화한 생명론 및 우주론으로 전유되고 확장되고 있다.

4. 진화론적 상상력의 전유와 다중 진화의 플롯

앞서 영채가 죽었다고 생각한 이형식이 경성으로 돌아오는 기차 안에서 '내적 독백'을 하는 장면을 분석하며, 다양한 근대 과학 지식이 이형식의 내면 속에서 지적 사유의 과정으로 전개되는 양상을 살펴보았다. 한 생명체의 내면이 생명의 충동을 경험하고, 그 감각은 우주적인 본질로 확장된다는 재현 속에는 생명과 자연, 우주를 일원론적인 세계로 인식하는 이광수의 문학적 상상력이 담겨 있다.

에른스트 헤켈의 진화론적 사유가 이광수 문학에 미친 영향은 이재선, 황종연, 와다 토모니의 연구 속에 잘 나타나 있다. 이재선은 에른스트 헤켈이 이광수 문학에 미친 영향을 세 가지로 요약한다. 그 중에서 첫 번째가 헤켈식 진화와 생존 경쟁인데, 여기에서 헤켈식 진화란 "천체의 운동에서 식물의 성장, 인간의 의식에 이르기까지 모든 자연 현상을 하나의, 동일의 위대한 인과법칙에 따르는 것"[39]이라고 말할 수 있다. 에테르의 대양 속에서 만들어진 바이브레이션을 통해 원자의 효과가 전파되며, 비유기적인 것으로부터 가장 단순한 유기체를 거쳐 바로 인간에 이르는 이 효과를 통해 우주의 통일성이 이루어지고 확산된다. 이러한 견해는 에른스트 헤켈만의 견해라기보다는, 유럽의 다윈주의자들과 미국의 파울 카루스나 랄프 왈도 에머슨 등 생명, 자연, 우주에 대한 기계론적이고 범신론적인 사유를 전개했던 19세기 말 20세기 초 서구의 과학담론에서 폭넓게 수용되고 논의되었던 내용이다.

이광수는 헤켈의 기계론적 세계관을 근대의 보편 지식으로 수용하면서도 개체의 진화(계몽)와 민족의 진화(계몽)를 도모하려고 한다. 그래서 동아시아 근대 지식인들이 사회진화론을 계몽담론이나 자강담론으로 전유했듯이, 서구 근대의 진화론에 대해서도 문학적이면서도 사상적인 전유를 시도하게 된다.

만약 세계가 기계론적인 일원론으로 구성되어 있다면, 서구 유럽과 동아시아 사이에 설정되어 있는 진화론적 차이로 인해 발생하는 식민주의적 관계는 정당화 된다. 따라서 식민지 조선은 더 이상 서구 유럽 근대 국가를 따라잡을 수 없으며, 개인들의 근대적 계몽도 불가능해진다. 이때 이광수는 인류가 함께 공유하는 보편성을 획득하면서 서구 근대인과 동아시아 근대인이 동등하다는 담론을 구축하면서도, 현실적으로는 문화적인 지적인 차이에도

---

39 이재선, 앞의 책, 329면.

불구하고 '계몽'을 통해 발전하여 서양과 조선이 서로 동등해질 수 있다는 입장도 갖게 된다. 앞서 살펴보았던 에머슨의 범신론적인 우주론이나 헤켈의 일원론적 세계관을 전제하면서도, 이광수는 개체적 존재의 생명과 의지, 자유를 확인할 수 있는 보다 역동적이고 창조적인 존재론이 필요했을 것이다. 그런 점에서 베르그송의 철학과 진화론적인 상상력은 『무정』의 진화론이 갖고 있는 다양한 스펙트럼과 이형식의 존재론적 변화를 이해하는데 있어 중요한 단서를 제공한다.

『창조적 진화』에 나타난 베르스송의 자연관은 당대의 다양한 진화론적 가설들을 검토하고, 기계론적 진화론이 내포하고 있는 모순을 극복하고 '실재가 그 발생과 성장 속에서 추적되는 진정한 진화론'을 종합적 관점에서 제시하는 것이었다.[40] 라마르크 등이 주장했던 기계론적 진화는 일련의 '적응' 과정으로 이해되는데, 이때 적응은 생존에 유리한 변이들을 선택하고 그렇지 않은 것은 제거하는 소극적인 의미인데, 라마르크에 의하면 이때의 진화는 개체들의 노력에 의해 획득된 형질이 유전되면서 발생하게 된다.[41] 이에 대해 베르그송은 생명의 변이를 야기하는 것을 개체적인 노력을 넘어서는 좀더 심층적인 생명 과정으로 이해하며 개체적으로 획득된 습관을 뛰어넘는 '자연적 소질'이나 '경향'으로 확장시킨다.[42] 베르그송이 제기하는 '생명의 도약'은 "생명의 근원적인 힘의 작용으로, 하나의 질적 도약이며 생명체들은 탄생의 초기부터 끝없이 질적 변화를 하며 진화해 왔다"[43]는 가설이다.[44]

---

40 베르그 손, 『창조적 진화』, 아카넷, 2005, 15면, 서문 참조.
41 위의 책, 562면.
42 김성하, 「베르그손의 자연관에서 본 생태학적 예술의 정체성」, 『미학예술학연구』 39집, 2013, 125면.
43 위의 글, 128면.
44 "베르그송은 생명 속에는 무수한 잠재력이 포함되어 있다고 생각하였다. 그러한 잠재력은 진

이광수가 베르그송의 사상을 접하긴 했지만, 그 사상을 이해하는 것은 쉽지 않았다. 하타노 세츠코는 이광수의 단편소설 「김경」에서 주인공 김경이 "베르그송의 철학을 외우다가 이해하지 못할 학리와 술어 많음을 보고 비로소 규범과학을 연구함이 연학(研學)의 초보임을 깨달아 심리, 논리, 윤리, 철학, 수학 등을 연구하려"[45] 하였다고 지적하고 1915년 당시에 일본 사상계에서 베르그송이 큰 유행이었다고 말한다.[46] 하타노 세츠코는 이광수가 나름의 인간관을 확립해 두고, 그것을 증명하기 위해 베르그송의 이론을 접목시켰을 것으로 보는데, 이광수에게 베그르송의 사상은 "중학시절부터 주장했던 관습에 의한 속박으로부터의 자유를 철학적으로 설명해 간 이론이었고, 베르그송의 '생명의 도약(elan vital)'은 「정육론」의 정에 해당하는 것으로서 쉽게 받아들여졌다"[47]고 평가한다.

다윈의 성선택 이론[48]을 이광수 문학 전반에 걸쳐서 검토하고 있는 와다 토모미의 『이광수 장편소설 연구』는 베르그송이 "생명진화를 인간의 성장 과정과 동일시하며 논의했다"[49]는 점에 착안하여 이형식이 선형과 영채 사이에서 '선택'을 할 때 선형을 선택할 수밖에 없는 이유(선형이 전능성을 상실하

화의 과정에서 좀 더 우월한 개체로, 그리고 동시에 좀 더 복잡한 것으로 발전시킨다. (…중략…) 원시의 생명 속에는 이러한 가능성의 도가니 혹은 '잠재적 전체성'이 현실화의 방향으로 나가기 위해 대기하고 있다. 그리고 여기서 생기는 무한정의 힘과 경향 사이에는 불균형이 발생하고 하나의 생명체에서 두 측면의 양립이 불가능할 때 생명의 내부에는 폭발력이 일어난다. 생명은 그 폭발력에 의해 보다 완전한 생명을 향해 도약한다. 이러한 불균형에 기인한 촉발과 도약이 이른바 엘랑 비탈 혹은 생명의 약동이다." 엄정식, 「베르그 송의 '창조적 진화'와 진화론」, 『과학과 기술』, 2009.5, 101면.

45 이광수, 『이광수 전집』 1, 삼중당, 1962, 572면.
46 하타노 세츠코, 앞의 책, 235면. 일본 내 베르그송에 대한 번역 과정은 하타나 세츠코 책의 같은 페이지에 소개되어 있다. 『창조적 진화』의 경우 1913년 경에 일본어로 번역되었다.
47 위의 책, 240면.
48 다윈은 『인간의 유래』(김관선 역, 한길사, 2006)에서 생물학적인 진화와 더불어, 인간 진화의 원리를 '성선택' 이론으로 설명하고 있다.
49 와다 토모미, 앞의 책, 100면.

기 전인 미분화된 수정 직후의 난자이기 때문)를 설명하려고 했다.

두 연구 내용은 『무정』과 1900년대 초기 일본 지식인 사회의 '베르그송주의'와 관련하여 유의미한 견해를 보여주고 있다. 먼저 하타노 세츠코의 논의에서, 이광수가 『무정』에서 설정하고 있는 새로운 인간상에 대한 지적에 주목한다. 전근대적인 관습에서 벗어나 근대적인 문화인이 되어가는 새로운 존재에 대한 갈망은 생명의 보편성과 함께 내재적인 창조적 힘을 가지고 있는 존재여야 했다. '새로운 인간상에 대한 추구'는 식민지 조선이라는 열악한 '환경'에 살고 있는 이광수에게는 매우 절실한 문제였다. 와다 토모니의 논의에서 베르그송의 진화론을 요약하며 "생명진화가 인간의 성장과정이다"라고 단정하여 말할 수는 없지만, 베르그송을 읽고 그것을 문학적으로 전유하는 과정에서 '개체적 진화'가 중요한 화두였음을 확인할 수 있다.

'개체 내에서 일어나는 진화'와 그것의 연장으로서의 지성이라는 주제는 자기 내면 속 '생명의 움직임'에 예민하고, '새로운 지식'을 갈구하는 이형식과 같은 인간상을 만들어냈다. 앞서 인용한 장면에서, 이형식은 자기 내부의 생명 움직임을 감지하고, "전습이나 사회의 습관"과 같은 '경향성'에 맞서 그것을 새로운 자아상으로 끌어올리는 '생명 진화'의 순간을 경험한다. 흥미로운 것은 『무정』 속에서 이형식은 자기 마음 속에서 일어나는 '이상한 불길'이나 '불꽃', '깨달음'을 얻는 순간들을 반복적으로 경험한다는 것이다. 베르그송은 "나는 끊임없이 변화한다"라고 말하고, "변화하는 한 상태에서 다른 상태로의 이행 속에 존재하는 것처럼 보인다"[50]라고 말한다. 이러한 언급에서 인간 존재가 고정불변의 정체성을 갖는 것이 아니라는 점과 개체적 변화의

---

50 베르그 손, 앞의 책, 20면.

진화론적 상상력을 도출해낼 수 있다. 베르그송은 기억과 정체성의 문제를 논의하면서 "우리는 끊임없이 우리 자신을 창조하고 있다고 말해야 한다"[51]라고 주장하기도 한다.

이형식의 개체 진화는 대략 다섯 번에 걸쳐서 순차적으로 발생한다. 그 과정에서 위상과 정체성의 차이는 있지만, 전근대인인 이형식이 근대인이 되어가는 과정을 단계별로 보여준다. 이때 이형식의 개체 진화는 식민지 조선에 적응하는 과정이며 깨달음의 순간이며, 성장하는 자아이면서, 초월하는 주체상을 추구하게 된다.

이형식이 개체 진화하는 첫 번째 상황은 "대동강 위에서 '쌩'하고 달아나는 화륜선을 보고 놀라던" 소년의 경험이다. 새로운 서구 문물로부터 문화적인 충격을 받은 소년은 죽었다고 이형식은 말하고, "그 소년의 껍데기에 전혀 다른 이형식이라는 사람이 들어앉았다"(197면)고 주장한다. 물정모르는 소년에서 근대 지식인으로 바뀌는 순간이다.

두 번째 진화는 선형과 영채를 이성으로서 경험하며 그들의 생활환경과 현재의 모습을 비교하며 이형식의 마음속에서 등장한다. "형식의 '속사람'도 남보다 풍부한 실사회의 경험과 종교와 문학이라는 수분으로 흠뻑 불었다가 선형이라는 처녀와 영채라는 처녀의 봄바람 봄비에 갑자기 껍질을 깨트리고 뛰어나온 것"이다. 이로 인해 근대 지식과 문명을 익히는 것도 중요하지만, 자기 내면의 성적 충동(생명 활동)을 감각한 이형식은 남자 성인이 되어 결혼을 누구와 할 것인가라는 첫 번째 성선택의 딜레마에 빠지게 된다.

세 번째 진화는 박진사의 무덤 앞에 제사를 지내고 돌아오는 기차 안으로

51　위의 책, 21면.

일어나는데, 앞서 분석한 부분이다. 자신을 길러주고 교육시킨 박진사의 무덤 앞에서 이형식은 슬퍼하지 않고, 혼자 빙그레 웃기까지 한다. 그 이유는 시대를 너무나 앞서간 박진사나 대동강에 빠져죽었을 영채를 고민하기보다는, 무덤 위에 피어난 꽃이나 아름다운 기생인 계향이 품고 있는 생명이 보다 소중하다는 사실을 형식은 깨달았기 때문이다. 전근대적인 지식이나 생활상을 대표하는 영채의 죽음이나, 신식문물을 배워 전파하려고 했지만 그 기반이 약해 몰락한 초기 개화파 지식인을 대표하는 박진사의 죽음을 부여잡는 일은 부질없게 느껴졌던 것이다. 흔들리는 기차 안에서 자신의 생명의 약동을 경험한 이형식은 자신을 둘러싸고 있던 전근대적인 외피를 깨부수는 '자기의 생명'을 깨닫게 된다.

네 번째 진화는 선형과 약혼하고서도 다시 나타난 영채 때문에 괴로워하다가 자신이 그동안 가졌던 인생이니 사랑이니를 운운하기에는 자신이 어린이라고 자각하는 순간에 발생한다. 이형식은 "내가 지금껏 생각하여 오던 바, 주장하여 오던 바는 모두다 어린애의 어린 수작이라" 생각한다. 영채와 선형에 대해서 지식인으로서 가졌던 우월적인 태도와 식민지 조선에 대한 편견 등을 모두 내려놓고, 어린애와 같은 마음으로 "문명한 나라"로 떠난다고 주장한다. 그동안 자신이 이룩했다고 믿던 모든 존재의 가치를 무화시키며, 어린애와 같은 순수한 생명으로 돌아가고 있다.

다섯 번째 진화는 삼량진 홍수를 경험한 순간에 발생한다. 집과 곡식을 잃고 빗속에 갇힌 이재민들을 보며 그들을 그대로 내버려두면 "북해도의 '아이누'나 다름 없는 종자가 되고 말 것이라"고 말하며, 이형식은 "조선 사람에게 무엇보다 먼저 과학을 주어야겠어요. 지식을 주어야겠어요"라고 주장한다. 개인적 차원에서 민족적 차원으로 자아의 의식이 급전환되는 순간이다. 이

때의 과학은 끊임없이 스스로의 의지를 사유하고 재구축할 수 있는 지적 태도라고 할 수 있다. "교육"은 신진문물과 신지식을 얻는 것이기도 하지만, 외부적 자극을 통해 자기 내부의 생명이 가지고 있는 잠재성을 끌어내는데 일조한다. 그래서 그 과학과 지식을 전하고 사람들이 깨어나기를 바라는 마음이 이형식이 교육을 강조하는 이유이다. 이형식이나 병욱이 그나마 일본 근대 지식을 배웠기 때문에 자기 각성이 수월했던 것이다.

이광수가 생각할 때에 동족을 구하고 식민지 조선의 발전에 있어서 가장 중요한 것은 개별적인 생명들이 옛사람에서 새로운 사람으로 깨어나는 일이다. 이형식의 내적 진화 과정은 전근대적인 상태에 고착되려는 '경향'과 새로운 자아를 탐색하고자 하는 생의 의지가 반복적으로 충돌하는 과정에서 발생했고, 그 때마다 이형식은 속사람이 겉사람을 깨고 새로운 '자아·생명·새로운 종'으로 탄생하였다.

하지만 이러한 이형식의 깨달음(혹은 진화)에도 이광수는 만족하지 못한다. 이형식이 미국에 가서 생물학을 배우겠다고 주장하자, 작가 서술자는 "생물학이 무엇인지도 모르면서 새문명을 건설하겠다고 자담하는 그네의 신세도 불쌍하고 그네를 믿는 시대도 불쌍하다"라고 평가한다. 작가 서술자의 이러한 태도가 가능한 것은 아무리 지적으로 성숙한 사람이라 하더라도 지속적인 진화 과정에 놓여 있기 때문에 늘 현재는 미래의 '나'와 비교해 미숙하고 덜 진화된 존재일 수밖에 없는 것이다.

반복되는 이형식의 개체 진화는 소설의 마지막 부분에서 다른 개체들(선형, 영채, 병욱)의 진화와 맞닿았을 때 파급력이 커진다. 창조적 진화를 반복적으로 경험하며 지적 존재이며 초월적 인간상으로 변모해 가는 이형식과 같은 존재도 있지만, 영채와 같이 한 번의 진화로 '재생' 혹은 '부활'하는 존재도 있다. 외국 신식 문물을 접했으나 전통적인 관습에서 벗어나지 못한 사람도 있고(칠성문 밖 노인네), 신지식을 배웠으나 그 자체에 매몰된 사람도 있으며 (박진사, 김장로), 평생 깨달음을 얻지 못하고 '퇴화'하는 사람도 있다. 『무정』은 다양한 인물들의 다양한 진화 과정이 병렬적 혹은 대위법적으로 전개되면서 다중 진화의 플롯을 만들어내고 있다.

이렇게 다중 진화의 세계상을 『무정』 속에 구축하고, 각각의 개체들이 갖고 있는 노력과 의지가 모이고, 서로에게 영향을 미치는 과정(형식에서 선형에게로, 병욱에서 영채에게로)을 보여줌으로써, 이광수는 다양한 개체 진화에서 새로운 문화화된·계몽된 종, 민족으로 나아가는 조선 사회의 변화·진화를 상상한다.

5. 결론 : 초월하는 인간 종(Trans Human)으로서의
이형식과 근대 지식장

이렇듯 『무정』의 진화론적 상상력은 서구유럽의 다양한 진화론을 전유하면서 식민지 조선(인)의 '창조적 진화'를 꿈꾸고 있다.

이광수는 『무정』 속에서 서구 근대 과학 지식을 수용하고 적극적으로 재현하고 있다. 동아시아의 전통적인 지식과의 교섭 속에서 서구 근대 과학 지식을 능동적으로 전유함으로써 새로운 문학론 및 우주론으로 종합한다. 이러한 양상은 동아시아 근대 지식의 주체적이고 능동적인 특성을 잘 보여주었다. 『무정』은 하나의 근대 소설이면서, 근대 과학 지식을 구체화하기 위한 '하나의 생물학 실험 보고서'라고도 말할 수 있다. 그 실험실에서 살아남은 이형식은 프랑켄슈타인의 괴물과 같이 '새로운 인간 종'으로 진화해 나간다. 초월적 인간상으로 구축된 이형식은 식민지 조선인이기도 하며, 새로운 인간 종이기도 하고, 생명의 약동을 경험하는 생물학적이면서도 이성적인 인간이기도 하다. 이러한 다원적 정체성으로 인해, 작가 서술자는 실험 과학자의 입장에서 이형식을 냉소의 시선으로 보거나 아니면 자신과 동일시하며 따뜻한 애정과 연민의 '정(情)'으로 바라보게 된다. 이광수는 보편적 인간상을 구축하면서도 계몽한 근대적 지식인을 만들고자 하는 이중적인 욕망 속에서 『무정』의 이형식을 형상화한다 해도 과언이 아니다.

이에 동아시아 근대의 문화 환경을 진화론적인 생태로 인식하고 그 안에서 일어나는 개체 '적응'의 문제에 대한 중요한 비평적 시각을 마련하는 것이 필요하다. 『무정』에서 한 개체의 반복되는 진화와 서로 위상이 맞지 않는 개체들의 진화를 분석한 것은 식민지적 생태에서 정신활동과 행동을 수행하는 식민지인들의 인간 보편의 특성과 문화적 특수성을 구체적으로 규명하기 위해서였다. 『무정』의 진화론적 상상력을 분석함으로써 서구의 진화론이 식민지 조선의 소설 양식이 되어가는 과정에서, 기존 논의에서 많이 다루어졌던 헤켈과 스펜서뿐만 아니라, 에머슨 및 배르그송의 시각까지를 가져옴으로써 『무정』에 대한 진화론적 이해의 스펙트럼을 확장하였다. 이는 한국근대소설을 제국-식민지 지식담론의 장 속에서 재맥락화하는 작업이며 19세기 말 20세기 초 서구유럽과 동아시아 사이의 지식 네트워크가 가진 역동성을 반영한 것이다.

더 나아가 동아시아 근대문학 형성과 진화론 및 사회진화론의 수용에 관한 중국과 일본, 한국 사이의 상호문화적 연구가 활발하게 전개될 것을 기대해 본다. 20세기 초 중국 및 일본 근대 소설에 재현된 진화론의 개념과 관련 지식 체계를 연구함으로써, 동아시아 근대소설 및 근대문학을 하나의 담론장 안에서 바라보고 그 능동적인 문학적·문화적 정체성을 비교문학적인 연구로 나아갈 수 있는 계기를 마련할 필요가 있다.

참고문헌

자료

이광수,『무정』, 동아일보사, 1995.

______, 「자녀중심론」, 『청춘』 제15호, 1918.9.

______, 「혼인에 대한 관견」, 『학지광』 제12호, 1917.4.

______, 『이광수 전집』 11, 삼중당, 1962.

논저

권보드레, 『한국 근대소설의 기원』, 소명출판, 2000 / 2002.

김윤식, 『이광수와 그의 시대』, 한길사, 1986.

마루야마 마사오, 김석근 역, 『문명론의 개략을 읽는다』, 문학동네, 2007.

미요시 유키오, 정선태 역, 『일본문학의 근대와 반근대』, 소명출판, 2002.

베르그 손, 『창조적 진화』, 아카넷, 2005.

브라이언 보이드, 『이야기의 기원－인간은 왜 스토리텔링에 탐닉하는가?』, 휴머니스트,
     2013.

오윤호, 「새로운 인간 종의 탄생과 진화론적 상상력」, 『대중서사연구』 제20권 3호, 2014.

______, 「자연주의 경향의 염상섭 소설과 진화론적 상상력－『만세전』을 중심으로」, 『현
     대문학이론연구』, 2013.

와다 토모모, 『이광수 장편소설 연구』, 예옥, 2014.

이재선, 『이광수의 지적편련－문학론의 원천과 형성』, 서강대 출판부, 2010.

이철호, 「근대적 자아의 비의－1910년대 후반기 근대문학에 나타난 영(靈)의 문제」, 『상
     허학회』 19호, 2007.

장덕수, 「학지광 삼호 발간에 임하여」, 『학지광』 3호, 1914.

장영우, 「이광수의 진화론적 사상과 일제말 문학의 특질」, 『한국문예창작』 11집 제2호,
     2012.

질리언 비어, 『다윈의 플롯』, 휴머니스트, 2008.

찰스 다윈, 김관선 역, 『인간의 유래』, 한길사, 2006.

최주한, 『이광수와 식민지 문학의 윤리』, 소명출판, 2014.

하타노 세츠코, 『『무정』을 읽는다』, 소명출판, 2008.
현상윤, 「동경유학생활」, 『학지광』 2호, 1914.
황종연 편, 『문학과 과학』 1, 소명출판, 2013.

Brian Boyd, Joseph Carroll, and Jonathan Gottschall, *Evolution Literature & Film : A Reader*, Columbia University Press, 2010.
Denis Dutton, *The Art Instinct : Beauty, Pleasure, and Human Evolution*, Bloomsbury Press, 2009.
George Levine, *Darwin and the Novelists : Patterns of Science in Victorian Fiction,* University of Chicago Press, 1992.
Joseph Carroll, *Literary Darwinism*, Routledge, 2004.

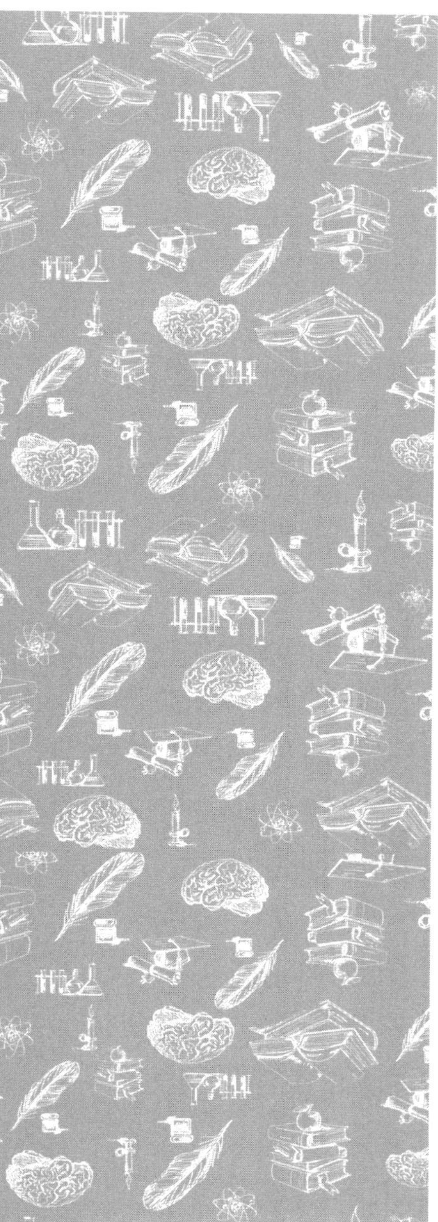

제4장/

인간 이후의
인간학

/

최진석
인간 이후에는 무엇이 오는가?
휴머니즘의 종언과 인간의 변형

전혜숙
유전공학기술과 바이오아트

인간 이후에는 무엇이 오는가?

휴머니즘의 종언과 인간의 변형

최진석

1. 휴머니즘—인간이라는 심연?

인간이란 무엇인가? 이런 질문에 답하기는 쉽지 않으며, 실제로 만족할 만한 답변이 나올 듯싶지도 않다. "인간은 만물의 척도"라거나, "인간은 사회적 동물" 혹은 "인간은 신과 닮은 존재(imago dei)"라는 단답형의 금언들은 무수히 쏟아진 바 있지만, 그와 같은 규정들은 재치있고 직관적인 깨달음을 주는 한편 다소간 혼란스럽고 근거 없으며, 때로 어리석다. 아무런 맥락 없이 던져지는 언명들은 우리 삶의 경험적 직관에 전적으로 그 논거를 위임해 버리는 탓이다. 또한 어떤 이들은 인간 자체가 워낙 복잡하고 불분명한 존재인 까닭에 그의 정의를 찾기란 애초에 불가능하다고 말한다. 이를테면 인간이란 그 존재 자체의 불가해성에 있어서나 설명의 불가능성에 있어서나 일종의

심연(Abgrund)과도 같다는 것이다.[1]

휴머니즘에 대해서도 사정은 다르지 않다. 어의를 그대로 따를 때 '인간-주의'로 번역될 이 개념에 대해서도 일관되고 정연한 답변을 기대하긴 어렵다. 인간에 관해 사유하는 것은 인간 자신이지만, 인간이 대체 어떤 존재인지에 대한 답변의 하나로서 휴머니즘은 유구한 역사를 갖기보다는 아주 최근에 생겨나서 지금 쇠퇴해 가는 이념이라 할 수 있는 탓이다. 요컨대 휴머니즘, 곧 인간주의는 역사적 범주이다. 우리는 휴머니즘이 문제시되는 몇 가지 사례들을 간추려 봄으로써 그 의미가 갖는 대강의 외연을 짐작해 볼 수 있을 따름이다.

우선 가장 최근의 예를 살펴보자. 얼마 전 미국의 한 로봇제작 회사가 인간의 기본적 욕구로서 성욕을 처리해 줄 수 있는 기계를 근시일 안에 출시하겠다고 광고를 내놓으면서 이 '상품'에 대한 윤리논쟁이 촉발되었다.[2] 성(性)은 인간의 가장 내밀한 욕망이자, 종족유지라는 인류사적 과제를 포함하는데, 이를 로봇을 통해 해소하는 시대가 열리면 성을 상품화하거나 쾌락의 도구로 삼는 성적 방종이 만연할뿐더러 정상적 남녀관계의 유지가 더 이상 불가능할 것이란 우려 때문이다. 논란이 심화되자 개발사는 반려를 찾지 못한

---

1   가령 기독교적 세계관에서 인간은 욕망에 끌려다니는 가련한 존재로 묘사되고, 인간 존재의 심연이란 바로 이러한 인간 자신의 불가이해적인 욕망을 가리킨다. 심연은 인간 자체에 내재해 있는 것이다. 아우구스티누스, 최민순 역, 『고백록』, 바오로딸, 2003, 49~51면. 다른 한편, 하이데거는 현존재, 즉 인간의 본질을 그의 존재적 조건으로부터의 초월, 즉 자유에 대한 시도에서 찾았다. 기독교적 도그마와는 달리, 이러한 자유는 자유의지와 같은 선험적 능력이 아니라 초월하고자 하는 자유의 행위 자체에서 발원하는 것이기에 어떤 본질적인 요소를 갖지 않는다. 자유의 근거는 오직 자유의 수행에 있기에 '근거-없음(ab-grund)'이라는 역설로 요약될 따름이다. 요컨대 현존재로서 인간의 자유는 그가 자신을 세계 속에 기투하는 자유에서만 비로소 개현되는 사건이다. 마르틴 하이데거, 이선일 역, 「근거의 본질에 관하여」, 『이정표』 2, 한길사, 2005, 89~91면.
2   「'섹스로봇'과의 사랑, 윤리논쟁으로 번지나?」, 『경향신문』, 2015.9.27.

사람들을 위한 일종의 대체제나 보완물이란 성명을 급히 내놓았으나, 이 해프닝이 보여주는 것은 성욕이라는 기초적인 욕구의 문제조차 인간이라는 문제를 걸고 넘어가게 되면 윤리와 곧장 충돌할 수 있고, 이러한 윤리는 휴머니즘, 즉 인간성에 관한 근본적인 질문을 늘 포함하고 있다는 사실이다.

생명공학적 사례를 들어본다면, 1996년에 온 세계를 놀라게 만들었던 최초의 복제양 돌리(Dolly)의 탄생을 기억할 것이다. 영화나 소설 속에서나 보았던 인간 복제라는 상상이 현실화되었다고 전세계가 떠들썩거렸을 때 가장 먼저 제기된 비판은 역시 윤리적 차원에서 나타난 것이었다. 실험용 쥐나 양과 같은 비인격적 대상이 아닌, 인간 자체가 실험적 대상으로서 이용되거나 조작될 수 있는가? 윤리적으로 용납할 수 없는 그런 사태를 막기 위해 과학에 대한 다각적인 감시와 통제를 가해야 한다는 주장이 제기되었다. 하지만 이런 반박은 역으로 인간 아닌 것, 비인간적 객체로서의 생명, 대상물은 인간의 실험과 이용, 조작의 도구로 사용될 수 있다는 인식을 시사하고 있다.[3] 휴머니즘이 인간을 가치있다고 여기고 그것을 '윤리'라고 부르는 한, 휴머니즘은 인간 아닌 존재에 대한 '비윤리적'인 무차별적인 대상화를 허락하고 만다.

그런데 휴머니즘이 인간을 그 자체로 보호하고 지키기 위해서만 호출되는 것은 아니다. 인간 존엄을 위해 인간에 대한 공격과 파괴를 명령하는 휴머니즘도 존재한다. 한국전쟁이 발발했을 때 사르트르를 비롯한 진보적인 서구 지식인들은 그것을 식민주의적 제국주의와 자본주의로부터 인민을 해방하기 위한 전쟁으로 규정짓고 북한과 그 우방인 소련을 지지했다. 휴머니즘을

---

3   이성을 통해 세계를 대상화할 수 있는 능력은 인간의 고유한 능력으로 널리 인식되어 왔고, 동물을 비롯한 다른 존재들에 대한 인간 우월성의 근거로 제시되곤 했다. 막스 셸러, 진교훈 역, 『우주에서 인간의 지위』, 아카넷, 2001, 66~68면.

압살하기 위한 전쟁이 있는 반면, 휴머니즘을 지키고 실현하기 위한 전쟁도 있다는 논리가 작동한 것이다.[4] 실상 인간성을 지키기 위해서는 인간에게 폭력을 가해도 좋다는 입장은 이데올로기와 무관하게 수행되어 온 근대적 이념이기도 하다. 가령 1930년대에 소련에서 벌어진 일련의 숙청과정에서 스탈린이 과거의 혁명가들을 처단할 때도 예의 휴머니즘의 기치가 높이 들어올려졌다.[5] 휴머니즘의 적을 분쇄하기 위한 폭력, 무엇보다도 인간의 존엄과 가치를 지키기 위한 폭력이 휴머니즘을 위해 동원된 것이다. 휴머니즘의 대의(大義)와 소의(小義)가 과연 이처럼 명료하게 구분될 수 있을까? 도대체 휴머니즘이란 무엇인가?

일반적으로 휴머니즘이란 16세기 르네상스 이후 중세적 가치관에 맞서 발흥한 인간중심주의적 세계관을 지칭한다. 르네상스에서 연원한 인간중심주의야말로 근대 이후 싹을 틔운 인간의 유력한 자기긍정이라는 것이다.[6] 세상 만물 앞에서 '인간'만이 유일하게 가치있는 존재라는 발상은 '휴머니즘'의 진정한 핵심을 보여주며, 현재까지도 널리 통용되는 이 단어의 주요 용법을 규정해 준다. 고대의 신화적 공포나 중세의 종교적 도그마를 벗어난 인간이 스스로를 긍정하며, 세계와 자연을 이해할 때 오직 자신만을 유일한 척도로 내세울 수 있었던 것은 분명 하나의 '해방적' 사건이며, 문화적 진보를 성취하는 동력원이었을지 모른다. 하지만 휴머니즘이 서구 근대의 특정한 시점에서 특정한 역사적 맥락을 통해 발생했다는 것은 역으로 비서구 세계 및 비근대적 시대상황에서도 휴머니즘의 의미와 가치가 타당한지에 대해 의구심

---

4   정명환 외, 『프랑스 지식인들과 한국전쟁』, 민음사, 2004, 128~129면.
5   모리스 메를로-퐁티, 박현모 외역, 『휴머니즘과 폭력』, 문학과지성사, 2004, 146~147면.
6   Konstantin Sergeev, *Renessansnye osnovanija antropotsentrisma*, Nauka, 2007[『인간중심주의의 르네상스적 기초』], ch.1.

을 갖게 한다. 휴머니즘은 서구가 낳은 하나의 입장, 세계상, 나아가 근대인들을 사로잡았던 욕망이 아닐까?

근대성을 규정짓는 정치・사회적 규범들뿐만 아니라 학문적・예술적 인식과 취향들조차 그 자체로 정당하지 않으며, 많은 부분 역사적 관계 속에서 형성되었다는 사실은 잘 알려져 있다. 이른바 '만들어진 전통'에 대한 폭로가 그것이다.[7] 하지만 근대성 자체가 근대 자체와 더불어 구성된 지식의 체계이며, 휴머니즘이 그런 식으로 조성된 가치관의 하나라는 점을 지적하는 것만으로는 부족하다. 지식과 가치는 언제나 재창조되는 것이기에 이전의 지식과 가치가 어떻게 만들어진 것인지에 대한 철저한 인식이 결여된다면, 동일한 인식의 함정에 쉽게 빠질 수 있는 탓이다.

지식은 시대적 조건과 환경에 의해 체계화되며, 가치는 그러한 지식에 의해 구축된 지성적・감각적 범주이다. 그래서 우리는 지식대상의 역사적 계보학에 대해 묻지 않을 수 없다. 이 점에서 인간도 예외가 아니다. 역사적으로 볼 때 휴머니즘은 인간을 지식의 대상으로 삼아 형성된 신화이며, 그 형성적 조건들에 대한 탐문 없이는 앞으로도 계속될 망상이다. 우리의 시대는 '비인간'이나 '포스트휴먼'처럼 이미 근대적 인간상의 해체 위에 세워진 새로운 인간의 조건을 맹렬히 탐색하는 중이다.[8] 따라서 근대적 지식의 주체이자 대상인 인간의 이념, 즉 휴머니즘에 관한 질문은 인간 자신의 미래를 전망하기 위해서도 불가결한 문제로서 제기되어 있다.

---

7   에릭 홉스봄 외, 박지향 외역, 『만들어진 전통』, 휴머니스트, 2004, 19~43면.
8   이화인문과학원 편저, 『인간과 포스트휴머니즘』, 이화여대 출판부, 2013.

2. 르네상스—휴머니즘의 근대적 기원

도대체 인간이란 무엇인가? 휴머니즘이란 무엇인가? 우리는 어쩌면 물음 자체를 잘못 던졌을지 모른다. 니체가 지적했듯, 서구적 사유의 오랜 전통은 '무엇(what)'에 대한 인식을 곧잘 그것의 본질에 대한 직접적 물음으로 간주하고 거기에서 영원불변의 진리를 도출하고자 했다. 그러나 본질에 대한 물음은 언제나 논란 많고 불명료하며, 확정할 수 없는 악무한적 소용돌이에 빠져들기 십상이다. 왜냐하면 우리가 본질적인 것으로 인식하는 모든 것들은 단지 사물에 착상된 의미와 가치이기 때문이다. 그럼에도 불구하고 '무엇'이라는 질문은 실존하지 않는 본질을 미리 가정하고 그것을 궤변을 통해 제시하고자 한다.[9] 오히려 어떤 대상의 본질을 물을 때 곧잘 빠져드는 함정은 물음의 주체를 누락시키는 순수 객관에 대한 상상이다. 즉 인간이란 무엇이냐고 묻고 있을 때 우리는 우리 자신이 바로 그 인간이라는 것, 그러므로 인간에 대한 물음과 답변은 필연적으로 인간의 시선을 통과하지 않을 수 없다는 사실을 망각하고 만다. 인간에 대한 규정은 인간의 눈을 통해 '보여진 / 보고자 하는' 인간의 이미지에 다름 아니며, 그만큼 굴절된 왜상(歪像)으로서만 존립할 수 있다. 휴머니즘은 그런 욕망의 소산이며 왜곡된 표상에 지나지 않는다.

니체에게 중요한 것은 질문자를, '누가(who)' 질문하는 지를 은폐해서는 안 된다는 점이다. '무엇'은 항상 '누구'에 대한 가치와 의미로 표상되며, 그런 한에서 '어떤 것(which one)'일 수밖에 없다. '어떤'이라는 물음은 영구불변의

---

9 질 들뢰즈, 이경신 역, 『니체와 철학』, 민음사, 1998, 145면.

본질에 대한 것이 아니라, 일정한 조건을 통해 실현된 사물의 양태(mode)에 관한 의문이다. 특정한 조건에서 특정한 관계를 통해 나타나는 사물의 상태만이 문제가 된다. 따라서 인간은 무엇이냐, 휴머니즘은 무엇이냐는 식의 질문은 그 자체로서는 결코 성립될 수도, 올바르게 답변될 수도 없는 물음이다.

'어떤 것'으로 던져진 물음은 본질이 아니라 특정한 상태와 그것에 대한 앎(지식)을 문제 삼는다. 요컨대 그것은 조건과 관계의 설정에 대한 질문이며, 배치(disposition)의 문제와 직결된다. 인간은 영원한('무조건적'인) 본질로서 규정되는 게 아니라, 그 존재를 둘러싼 제반 조건들과의 관계에 의해 규정된다. 휴머니즘 역시 인간이 자신을 어떻게 인식하는지, 인간을 둘러싼 지식의 조건들이 어떻게 배치되어 있는지에 따라 다르게 규정될 것이다. 니체로부터도 한 발 더 나아가 푸코는 질문하는 주체('who')조차도 더 이상 결정적이지 않다고 단언한다. 질문은 '무엇'도, '누구'도 아닌 어떤 '관계', 질문을 구성하는 여러 요소들이 놓여있는 '배치의 공간'에서 자신의 답을 발견한다. 지식은 그 자체로 명징하게 있는 인식의 대상이 아니라, 인식하고자 하는 대상의 이웃관계, 즉 배치에 따라 의미화되고 가치부여받기 때문이다.[10]

그렇다면 이제 다시 물음을 던져보자. "인간이란 어떤 것인가?" "휴머니즘이란 어떤 것인가?" 이는 곧 인간을 '존엄'하다고, 휴머니즘을 유구한 전통이자 영원한 가치라고 조장하던 이데올로기의 근거, 그 조건과 배치에 관한 질문이 된다. 그리고 근대 휴머니즘의 시발점으로 우리는 흔히 거론되는 르네상스에 대해 이야기하지 않을 수 없다.

일반적으로 르네상스는 중세와의 극명한 대조를 통해 조명되어 왔다. 무

---

10 Michel Foucault, *The Archeology of Knowledge*, Tavistock Publications, 1972, p.17.

엇보다도 종교적 가치와 세속적 가치의 대립과 전환이라는 짝을 통해 해명되는 두 시대 개념은 각기 역사의 음지와 양지로 표상되어 왔던 것이다. 예컨대 우리에게 중세의 이미지는 '합리적'이라 부를 만한 행동과 지식의 기준이 없었고, 오직 신앙에 의해서만 통제되는 신학적 질서와 세계관으로 점철된 사회였다는 식이다. 거기서 개인은 정신적으로나 육체적으로나 자율적이고 사적인 공간을 확보할 수 없었으며, 교회와 같은 공식적 장소에서만 사회적 생활을 영위하였다는 교과서적 기술도 이런 인식을 뒷받침해 준다. 한 마디로 개인의 자유가 압살되고 오로지 종교적 교리와 봉건적 전횡만이 판을 치던 시대가 중세라는 것이다. 중세에 따라붙는 '암흑시대'라는 레테르는 이런 인식에 대한 관용적 표상이라 할 수 있다.[11] 여기서 자율, 자유, 개성 등의 개념들이 인간의 긍정적 능력을 묘사하기 위해 동원될 수 없었음은 당연한 노릇이다.

반면, 르네상스에 관한 통념은 중세와는 판이하다. 중세가 사제나 봉건영주, 전쟁, 폭력과 수탈 등으로 부정적으로 계열화되는 데 비해 르네상스는 예술가들과 사상가들의 화려한 인명록을 통해 계열화된다. 미켈란젤로, 레오나르도 다빈치, 라파엘 같은 이탈리아 르네상스 예술의 거장들을 비롯하여, 페트라르카, 에라스무스 등으로 대변되는 북유럽의 빛나는 인문주의 사상가들을 떠올려보라. 그리고 '최후의 중세인'인자 '최초의 르네상스인'으로 평가되는 알리기에리 단테 및 세속정신의 문학적 구현자 보카치오와 같은 문인도 빼놓을 수 없다. 그들의 이름자만으로도 가슴 벅찬 영예를 누리는 시대가 르네상스다. 중세의 억압적 도그마를 탈피하여 인간을 세계의 중심에 두고

11　자크 르 고프, 유희수 역, 『서양중세문명』, 문학과지성사, 1992, 11면. 중세에 대한 부정적 가치
　　판단은 15세기 중엽 이탈리아 휴머니스트들에 의해 부여된 것이다.

사유하고 활동했던, 적극적인 세속화의 기점이자 근대로의 트인 길목이 바로 르네상스라는 사실. 지식과 과학의 문이 활짝 열린 시대이며, 이전과는 다른 환희와 약동의 신시대가 르네상스에 부여된 대표적 표상인 셈이다.

이렇게 우리의 통념 속에 구축된 이미지는 기실 1860년에 발표된 야콥 부르크하르트의 명저 『이탈리아 르네상스의 문화』에서 대략의 구도가 짜여진 것이다. 부르크하르트 이전까지 르네상스는 중세 천 년과 근대를 잇는 교량이자 짧은 도약기 정도로 역사적 평가를 받았지만, 그의 연구로 말미암아 르네상스는 온전히 시대사적 정체성을 획득하게 된다. 특히, 중세 및 근대와는 질적으로 구분되는 문화적 부흥의 시대라는 점에서 부르크하르트의 책은 이후 르네상스 시대를 근대 휴머니즘의 발생기로 정초하는 데 가장 큰 기틀을 마련해 주었다.[12] 흔히 근대 휴머니즘의 기원을 르네상스 시대로 소급해 올리는 이유가 여기에 있다.

하지만 우리가 일반적으로 인지하는 휴머니즘과 부르크하르트가 정초하려 했던 르네상스의 휴머니즘은 동일한 개념이 아니다. '인본주의(人本主義)'라는 거창한 이름으로 치장된 르네상스 시대의 이탈리아는 사실 약육강식의 전쟁시대였으며, 보편적 인간애나 인간의 존엄사상에 이끌리기는커녕 간교한 지략과 냉혹한 열정에 의해 추동된 '영웅시대'였다. 예컨대 부르크하르트가 감탄해 마지 않았고 마키아벨리가 『군주론』(1513)에서 이상적인 군주의 모델로 꼽았던 체사레 보르자(1475~1507)는 자신의 힘과 능력의 극대치를 발휘하기 위해 인정(人情)에 전혀 연연해하지 않던 인물이다. "그는 자신의 형제와 매제와 다른 친척들과 신하들이, 교황의 은총을 많이 받거나 아니면 그

---

12 야콥 부르크하르트, 안인희 역, 『이탈리아 르네상스의 문화』, 푸른숲, 2002, 제3·4부.

들의 위치가 불쾌하게 여겨지기만 하면 모두 죽어버렸다."[13] 더욱이 부르크하르트에 의해 '문화의 시대'로 상찬된 이탈리아 르네상스의 예술은 경제적·정치적 권력자들만이 누릴 수 있는 고급문화에 한정되어 있었다.[14] 어쩌면 르네상스는 소수의 역사가들에 의해 창안된 '날조된 전통'에 불과할지 모른다.[15] 다시 말해 '르네상스 휴머니즘'이란 어디까지나 '근대의 신화'요 근대의 휴머니즘이 자신의 기원으로 참칭한 상상적 이미지라는 것이다. 휴머니즘과 동일한 어원을 갖는 인문학(Humanities, Human Science) 역시 이러한 관점에서 볼 때, 근대의 사회·역사적 조건과 환경 속에서 등장하고 성장해 온 대상이라 할 만하다.[16]

역사적 진실 문제는 차치하더라도, 정작 '휴머니즘'이라는 어휘 자체가 등장한 것도 한참 뒤의 일이다. 1808년 독일의 교육학자 니트함머가 처음으로 사용했다고 전해지는 'Humanismus'는, 그가 중등교육과정에서의 그리스어와 라틴어 교육을 지칭하게 위해 만들어낸 신조어였다. 고전어 습득을 위한 교육 프로그램이라는 점에서 니트함머의 시도는 르네상스의 정신과 잇닿는 측면이 있지만, 무려 3세기나 시차가 있는데도 정신과 이념의 직접적 연결을 따지는 것은 다소 무리가 있다. 더구나 라틴어 '후마니스타(humanista)'는 그

---

13 위의 책, 156면.

14 왈라스 클리퍼드 퍼거슨, 김정옥 역, 『르네상스』, 삼문당, 1987, 57면. 표준적인 역사 해석은 문화의 이런 고급지향을 신흥 부르주아지의 역량이 투영된 것으로 평가한다.

15 "르네상스에 관한 우리의 관념은 야콥 부르크하르트의 창조물이다." 왈라스 클리퍼드 퍼거슨, 진원숙 역, 『르네상스사론』, 집문당, 1991, 제7장 참조. '가짜 전통의 발명'은 근대적인 자기정체성의 확립과정에서 일반적으로 나타난 현상이었다. 홉스봄 외, 박지향 외역, 앞의 책 참조.

16 최진석, 「인문학에 저항하는 불온한 사유를 시작하다」, 『불온한 인문학』, 휴머니스트, 2011, 55~90면. 물론 르네상스인들 가운데 보편적 인간주의를 내세운 사람이 전혀 없었던 것은 아니다. 가령 피코 델라 미란돌라는 인간의 존엄을 가장 고귀하고 가치있는 것으로 상찬하고, 이를 사변적으로 입증했다고 주장했다. 피코 델라 미란돌라, 성염 편저, 『피코 델라 미란돌라. 인간 존엄성에 대한 연설』, 철학과현실사, 1996, 132~133면.

에 상응하는 유럽어들과는 달리 직접적으로 '인간(학)'을 지칭하기 위해 사용된 게 아니었다. 근대 인문학의 기원으로 제시되는 르네상스 시대의 'studia humanitatis'란 문법, 수사학, 역사학, 시학, 도덕철학 등과 같이 법학이나 신학을 제외한 과목들을 일컫는 명확한 교과개념으로서만 사용되었기 때문이다. 따라서 르네상스 시대를 대표하는 '휴머니즘'이란 근대에 정착된 일단의 이념적 내용, 가령 인간의 존엄과 가치를 최우선적으로 내세우는 보편적 인류애와는 상이한 궤적을 그린다고 할 수 있다. 요컨대 "르네상스 휴머니즘은 철학적 경향이나 체계가 아니라, 중요하되 영역이 한정된 연구를 강조하고 발전시킨 문화적·교육적 프로그램"[17]일 따름이다.

르네상스의 휴머니즘이 근대의 휴머니즘과 첨예하게 변별되는 지점은 그것이 보편적인 해방의 기획을 내적 이념으로 삼지 않는다는 사실에 있다. 근대의 민족주의와 국민국가(nation-state) 설립의 토대 위에 진행된 여러 해방운동들은 공통적인 모토로서 휴머니즘을 내세웠던 바, 인민의 보편적인 해방이야말로 근대적 휴머니즘의 핵심 내용이었다. 예를 들어, 청년 시절의 맑스가 노동의 소외를 극복해야 한다고 역설했을 때, 그가 내세운 노동의 해방이란 곧 인간의 사회적 소외로부터의 해방과 다르지 않았다. "사회의 해방은 노동자 해방이라는 정치적 형식으로 표현되며 (…중략…) 노동자의 해방 속에 보편적 인간해방이 들어 있다."[18] 이에 반해 르네상스 휴머니즘 문화는 어떠한 보편적 해방의 이념도 명시적으로 내세우지 않았으며, 일단의 '인문주의자'들에 의한 자기실현적 운동의 성격이 더 강했다는 점에서 차라리 개인주의적인 흐름에 가까운 것이었다.[19] '휴머니즘의 아버지'로 칭송받는 에라스

---

17 파울 오스카 크리스텔러, 진원숙 역, 『르네상스의 사상과 그 원천』, 계명대 출판부, 1995, 42면.
18 칼 맑스, 최인호 역, 『1844년의 경제학 철학 초고』, 박종철출판사, 1991, 279면.

무스에 대한 다음 비판을 보라.

> 휴머니즘에는 민중이 존재하지 않았다. (…중략…) 그것은 단지 잠시 동안만 온 세상을 비추고 높은 위치에서 은총을 내리는 태도로 어두워진 세상을 굽어보면서 창조정신의 순수한 모습을 경이롭게 바라보았다. 이렇게 휴머니즘의 플라톤적 인류제국은 결국 구름의 제국으로 남아야 했다.[20]

이러한 르네상스 휴머니즘에서 '휴먼' 즉 인간은 서구의 상류 백인남성을 지시하고, 따라서 인간 아닌 존재로서 비서구인들, 여성들, 혹은 사회적 하위 계급을 식민화하는 논리적 기제였음도 지적할 만하다.[21] 그러나 지금 르네상스 휴머니즘의 성격과 한계를 해명하는 게 우리의 과제는 아니기에, 다음 요점만 기억해 두도록 하자. 그것은 근대의 휴머니즘이 자신의 풍부하고 위대한 기원으로서 내세우는 르네상스 휴머니즘은 실상 근대인들의 이데올로기와 욕망이 빚어낸 상상의 산물이며, 그 이미지였다는 사실이다. 그렇다면 소위 '근대적 휴머니즘'이란 어떻게 생겨났을까?

---

19 슈테판 츠바이크, 정민영 역, 『에라스무스』, 자작나무, 1997, 100~108면. 에라스무스는 때때로 '늘 스스로만을 대표하는 사람(Erasmus est homo pro se)'이라는 힐난을 당하기도 했다. 이탈리아 휴머니즘과 개인주의에 대해서는 찰스 나우어트, 진원숙 역, 『휴머니즘과 르네상스 유럽문화』, 혜안, 2002, 408~412면과 앨런 불록, 홍동선 역, 『서양의 휴머니즘 전통』, 범양사출판부, 1989, 60~64면을 참조하라.
20 츠바이크, 정민영 역, 위의 책, 104면.
21 Walter Mignolo, *The Darker Side of the Renaissance. Literacy, Territoriality, and Colonization*, The University of Michigan Press, 1995, ch. 6.

3. 근대 휴머니즘의 기원 –세 시대의 배치로부터

동일하게 '휴머니즘'이라고 불리고 인식되었던 전통이 왜 시대적 맥락마다 다르게 나타나는가? 근대의 휴머니즘과 르네상스 시대의 휴머니즘은 동음이의적인 별개의 대상일까? 특정 시대의 지식과 관념체계를 구성하고, 정착·유통시키는 (무)의식적 지반을 탐구하였던 푸코는 '인간'이란 개념조차 겨우 19세기의 산물이며, 그런 점에서 일반적으로 통용되는 휴머니즘이라는 개념은 아예 허위라고 잘라 말한다. 다시 말해, 휴머니즘의 '위대한' 전통이 16세기 르네상스 시대에 발생하여 서구 근대사를 관통해왔다는 주류 역사학의 관점은 거짓말이며, 그와 같은 휴머니즘이란 존재한 적이 없다고 단언하는 것이다.

우리는 휴머니즘을 몽테뉴로부터, 아니 더 이상 거슬러 올라갈 수 없을 만큼 아주 오래 전부터 만들어진 개념이라고 알고 있다. 하지만 이런 견해는 옳지 않다. 왜냐하면, 첫째 휴머니즘 운동이 시작된 것이 19세기 말부터의 일이며, 둘째 우리가 16, 17, 18세기를 면밀히 고찰해 본다면 그 어느 시대에서나 인간은 문자 그대로 정착하지 못했다는 사실을 알 수 있기 때문이다. 그 시대의 문화를 차지하고 있는 것은 신, 세계, 사물의 유사성, 공간 법칙, 육체, 정념, 상상력 등일 따름이며, 인간 자체는 완전히 부재해 있었던 것이다.[22]

---

22 Michel Foucault, *Arts*, 15 juin 1966; 오생근, 「미셸 푸코와 반(反)휴머니즘」, 서울대 인문학연구원 편, 『휴머니즘 연구』, 서울대 출판부, 1996, 73면에서 재인용.

'인간과학의 고고학'이라는 부제가 붙은 푸코의 『말과 사물』(1966)은 근대
적 지식의 배치와 그 효과로서 인간학의 발생을 탐구하고 있다. 서두에서 밝
힌 대로, 인간과 그를 둘러싼 여러 조건들 및 관계들의 배치를 통해 19세기의
인간과학이 어떻게 생겨났는지를 규명하는 것이 푸코의 과제였다. 그는 르
네상스 시대(16세기)와 고전주의 시대(17~18세기), 근대(18~19세기)가 서로 다
른 에피스테메에 의해 자기시대의 지식과 시선을 구성하였다는 점에 초점을
맞춘다. 잘 알려진 바와 같이, 에피스테메(épistèmé)란 한 시대를 관통하는 상
이한 담론들과 지식체계들을 특정한 양상으로 배치(구성과 제한)하는 (무)의식
적 지반을 뜻한다. 이에 따라 분석할 때 르네상스와 고전주의는 각각 '유사
성'과 '동일성 / 차이'의 원리를 고유한 에피스테메로 갖는 시대들이었다. 푸
코의 논의를 토대로 두 시대의 특징을 간단히 일별하며 우리의 주제를 세공
해 보도록 하자.

1) 르네상스 – "유사한 것이 지식이다"

르네상스 시대에 서구인들의 사유는 유사성(resemblance)의 기반 위에 세워
져 있었다.[23] 세계는 사물과 사물 사이의 닮음이라는 유사성의 원리에 의해
연계된 거대한 지도였으며, 그것은 무한하지만 동시에 엄격히 닫혀있는 매끄
러운 평면을 구성했다. 만유는 서로가 서로를 반영하고 재현하는 이중성의 표

---

23 미셸 푸코, 이규현 역, 『말과 사물』, 민음사, 2012, 제2장. 번역은 영역본 Michel Foucault, *Order
   of Things : an Archaeology of the Human Sciences*, Vintage Books, 1973을 대조하여 문맥에 맞게 수정
   했다.

식으로 가득 채워져 있었고, 그런 기호들이 세계와 맺는 상관성을 찾아내는 것이 지식의 과제였다. 만약 땅이 하늘을 비추고, 인간의 얼굴에 별들의 운행과 질서가 반영되어 있다면, 어떻게 해야 전자에서 후자의 표식을 발견할 수 있는가? 이것이 르네상스의 인식론적 과제였다. 대우주(macrocosmos)로서 하늘의 질서가 지상 위의 사물들에서 전개된 기호를 찾아내는 것, 즉 소우주(microcosmos)를 발견하기 위해 요구된 원리가 유사성이었던 셈이다.[24]

부합, 경합, 유비, 감응의 네 규칙들에 의해 분류되고 짝지어지던 르네상스의 세계감각은 기호 간의 의미적·형태적 유사성에 역점을 두었기 때문에 기호들 사이의 관계에는 확고부동한 기준점이 없었다. 유사한 것은 다른 유사한 것에 이어지고, 다시 이런 유사성의 연쇄는 세계 전체의 사물들에 대해서도 동일하게 적용된다. 예컨대, 선과 악, 덕과 악덕, 차가운 것과 뜨거운 것, 백색과 흑색, 쾌락과 고통, 기쁨과 슬픔 등 한 성질 내에 대립적 짝이 있을 때, 만일 몇몇의 사례로부터 전자와 후자가 일치한다면 나머지에 대해서도 그런 관계가 성립해야 옳다는 식이다. 그런데 선과 미덕, 악과 악덕이 짝지어질 수는 있어도 차가운 것과 쾌락이, 뜨거운 것과 고통이 짝지어지는 것은 우리에게 얼마나 납득할 만한 것일까?

일견 우스꽝스러운 말놀이, 실체없는 관념의 짝짓기처럼 여겨지지만, 르네상스인들의 상상력에서는 이런 분류법이 얼마든지 통용될 수 있었다. 에피스테메의 차이란 바로 이런 것으로서, 어떤 시대가 지식을 규정짓는 방식, 지식의 내용을 채워넣는 방법은 전적으로 그 시대의 인식체계에 달린 문제이다. 플라톤의 이데아처럼 지식은 객관적이고 절대적인 실체가 아니라는

---

24 Michael Randal, *Building Resemblance. Analogical Imagery in the Early French Renaissance*, The Johns Hopkins University Press, 1996, pp.130~132.

뜻이다. 현대인의 관점에서는 이상해 보일 수 있어도, 르네상스인들에게 유사성은 그 자체로 정당하고 합당한 지식의 성립기준이었던 것이다.[25] 근대의 지식이 분석과 실험에 따른 분류법을 채택한다면, 르네상스 시대의 지식은 고대로부터 전승된 각종 문헌들에 나타난 유사성의 기호를 찾아내서 열거함으로써 구축되는 것이었다. 즉 지식의 근거는 해석에 있지 실험에 있지 않았다. 그러므로 오래된 신화나 전설상의 이야기조차 세계를 규명하고 해석하기 위한 자료집으로 간주되었고, 정당하게 인용될 만한 가치를 지니고 있었다.[26]

유사성에 의거한 세계는 하나의 공통된 연결망 속에 존립하며, 그러한 세계에서 특정한 존재가 특권적인 위상을 부여받을 가능성도 별로 크지 않았다. 차이나는 모든 것들이 어떻게든 연관된다면, 무엇이 다른 것들보다 더 낫다고 할 것인가. 우리가 인간을 규정하는 주요 관념 가운데 하나인 생명에 대한 인식도 그 시대에는 무생물에 대한 인식과 별반 다르지 않았던 것이다. 그러므로 르네상스의 이런 인식론에 비추어볼 때, 후대의 사적(史籍)들이 과장되게 부풀리는 '르네상스적' 인간 가치의 명징한 흔적을 찾아내는 일은 실로 무망한 노릇이 된다.

---

25 근대인의 '합리적' 지식은 이전 시대의 지식으로부터 불연속적으로 진전된 결과로서 나타났다. 달리 말해, 근대의 실험과학과 인문학은 중세와 르네상스의 마술과 비학(祕學), 연금술의 합작에 그 은폐된 기원을 갖는다. 이종흡, 『마술·과학·인문학』, 지영사, 1999, 제3장; 파올로 롯시, 박기동 역, 『마술에서 과학으로』, 부림출판사, 1981, 339~346면.
26 17세기인 뷔퐁과 16세기인 알드로반디의 사례에 드러나듯, 에피스테메의 차이를 이해하지 못하면 자기들과 상이한 시대의 지식을 '미신'이나 '비과학'의 이름으로 쉽게 처분하고 매도하는 데 주저하지 않게 된다. 르네상스의 지식은 "주시된 모든 것과 들려온 모든 것, 자연이나 사람, 세계의 언어나 전승된 것 또는 시인에 의해 이야기된 모든 것을 지식의 유일하고 동일한 형태 안으로 모아들이는" 데 있었고, 그로써 "완전히 열려있는 언어의 차원이 서양 문화에서 16세기에 역사상 처음으로 드러나게" 되었다. 푸코, 이규현 역, 앞의 책, 77~88면.

2) 고전주의 - "지식은 도표 안에 있다"

17세기는 유사성을 걷어내고 동일성과 차이에 입각한 총괄적인 세계분류표를 세우고자 열망하던 시대다. 풍차와 괴물을(크기) 혼동하고, 포도주와 피를(색깔) 구분 못하는 돈키호테를 비웃으며, 사물과 언어의 정합적인 이항체계를 정립함으로써 세계의 완전한 표상(representation, 재현)을 구축하고자 했던 것이다. 흔히 데카르트의 진리로 언급되는 명석판명(clear and distinct)의 규준이 인식론에 요구되기 시작한 것도 이때부터의 일이다.

이로 말미암아 서양 문화에서 에피스테메 전체의 기본 배치가 변한다. 특히 16세기의 인간이 관찰한 바처럼 유사성과 닮음 그리고 친화력이 여전히 하나의 매듭으로 묶여 있고 언어와 사물이 끝없이 교차한 경험의 영역, 이 광범위한 영역 전체가 새로운 지형을 띠게 된다. 원한다면 이 새로운 지형을 '합리주의'라는 이름으로 지칭할 수 있고, 머릿속에 기성의 개념들밖에 없는 경우라면 17세기에야 비로소 미신적이거나 마술적인 낡은 믿음이 사라졌고 마침내 자연이 과학의 영역에 포함되기에 이르렀다고 말할 수 있다. 그러나 파악하고 복원하려고 시도해야 하는 것은 인식과 인식 대상의 존재 양태를 가능하게 하는 이 근원적인 층위에서 지식 자체를 변질시킨 변화이다.[27]

이른바 '과학의 시대'로의 진입이라 부를 만한 고전주의 시대의 인식론을 떠받들던 지주는 대수학(mathesis)과 분류학(taxinomia)이었다. 세계의 모든

27　위의 책, 96면.

사물들을 위계(order)와 척도(measure)의 형식으로 포획하고 하나의 일관된 도표 안에 담음으로써 규칙적인 세계상을 구축하는 일은 이 두 학문이 없이는 불가능한 일이었다. 세계 속에서 만나고 의식에 떠오르는 모든 대상들, 그 기호들을 남김없이 통일된 질서 속에 배치하는 작업은 사유의 일반화된 방법적 도구(수학)를 통해서, 그리고 정연하게 정돈된 좌표계 내부의 장소들(분류표의 빈 칸들)을 통해서만 이루어질 수 있었다. 이때 만일 어떤 대상이 시간적 변화를 통해 하나의 좌표점에 고정되지 않는다면, 그때는 발생론이 그것을 시간적 선분 위에 포착하고 계열화할 것이다.

> 대수학, 분류학, 발생이라는 이 세 가지 관념은 별개의 분야들보다는 오히려 고전주의 시대에 지식의 일반적인 지형을 명확히 결정하는 군건한 귀속의 망을 보여 준다. (…중략…) 어쨌든 고전주의 시대의 에피스테메는 가장 일반적인 배치의 측면에서 대수학, 분류학, 발생론적 분석이 맞물린 체계로 규정될 수 있다. 이 과학들은 비록 막연할지라도 언제나 철저한 정돈의 기획을 지니고 있으며, 즉 단순한 요소들과 이것들의 점진적 조합을 발견하는 방향으로 나아가며, 따라서 기본적으로 이 기획과 동시대적인 체계 안에서 생겨나는 인식들의 도표, 진열이다. 17~18세기에 지식의 중심은 도표이다.[28]

이 세 학문이 맺은 삼위일체는 고전시대의 모든 지식을 동일한 원리 속에 체계적으로 묶는 데 기여했다. 기표와 기의의 정확한 대응관계를 통해 언어를 도표 속에 담으려 한 일반문법, 자연계의 식물 전체를 동일성과 차이의 정

---

28 위의 책, 123~125면.

확한 대조를 통해 새로 명칭부여하려 했던 린네의 식물학, 같은 원리로 구성된 자연사(박물학), 마지막으로 일반화된 교환기능을 통해 부를 측정하려 했던 부의 분석이 그러하다. 지금 우리는 르네상스와 고전시대의 지적 기반, 곧 휴머니즘의 전사로서 에피스테메의 역사를 다루고 있기에 그에 관한 자세한 논의는 접어두도록 하자.

고전주의 시대의 에피스테메는 '표상된 표상의 기능'에 중점을 두고 있으며, 통일성을 지닌 주체가 아직 정위되지 못했다는 사실을 보여준다. 다시 말해, 일관되고 정연한 논리적 세계표, 즉 보편적인 표상체계의 완성이 이 시기의 주된 인식적 과제였지, 그 표상작용의 주체를 드러내는 데는 비교적 무관심했다는 것이다. 이는 역으로, 왜 근대만이 주체의 개념에 그토록 집착적으로 매달렸는지를 설명해 준다. '근대적 주체' 또는 '주체적 인간', 근대적 휴머니즘의 핵심적 범주는 18세기에 접어들어 고전주의적 인식체계가 근본적으로 변동을 겪는 와중에 탄생했던 것이다. 르네상스 휴머니즘이나 고전주의적 합리주의가 인간을 어떤 식으로든 전혀 드러내지 않았다고는 할 수 없겠지만, 그러나 휴머니즘의 현대적 용법이란 19세기의 근대 에피스테메가 확립되기 전까지는 결코 표면화될 수 없었다. 여기서 근대 에피스테메가 산출한 휴머니즘은 인간을 비로소 지식의 대상으로 연구하고 사유하기 시작했다는 점에 기반하며, 여기가 이전과는 전적으로 다른 인간에 대한 이해가 시작된 장면이었다.

3) 근대 –"우리는 존재한 적이 없다"

19세기 근대의 획기적인 인식론적 변동은 대상의 내적 공간에 대한 인식 가능성이 열렸다는 점과 그것의 변화가능성을 포착할 수 있게 되었다는 점이다. 고전주의 시대와 비교할 때 인식의 대상은 여전히 동일하게 남아있었으나, 근대에 접어들면서는 그 대상들이 내적으로 변모하는 양상 및 그 원리를 파악하는 게 지식의 주된 과제로 설정된다. 즉 사물의 역사성에 대한 깊은 관심이 나타난 것이다. 예를 들어 고전주의 시대에는 단순히 자연에 펼쳐진 채 고정되어 분석을 기다리던 '죽은' 대상들이, 근대에 들어오며 '살아' '움직이는' 사물로서 특권적인 이름을 붙이고 회귀했다. 생명, 노동, 언어가 그것들이다. 이 개념적 요소들은 지식체계에서 인간이 자연과 세계에 투사하는 방법론적 도구로서 뿐만 아니라, 바로 인간 자신을 설명하기 위한 요소로서 제기되었고, 탄생, 성장, 사멸의 과정을 지닌 고유한 역사성을 함축하고 있다. 생명, 노동, 언어를 인간의 정의하는 고유한 성분이자 능력으로 규정하기 시작한 것도 이 무렵의 사태였고, 이로써 인간은 여타의 존재자들과는 다른 특권적 지위를 확보할 수 있게 된다.

19세기부터 역사는 경험적인 것의 탄생 장소, 즉 모든 확립된 연대기보다 앞서 경험적인 것의 고유한 존재가 유래하는 근원을 명확하게 규정한다. 아마 바로 이러한 이유로 역사는 사건의 경험과학과 모든 경험적인 존재물 및 우리 인간이라는 이 특이한 존재의 운명을 지배하는 근본적인 존재 방식 사이에서, 아마 통제하기가 불가능할 불확실한 상황에 따라, 그토록 일찍 분할되었을 것이다. (…중략…) 경험을 통해 우리에게 주어지는 모든 것의 존재 방식인 역사는 이처럼 우

리의 사유에서 피해갈 수 없는 것이 되었다.[29]

역사라는 개념은 좌표계의 한 지점에서 다른 지점으로의 이동이라는 예측 가능한 경로를 따르지 않는다. 19세기 에피스테메에서 역사가 최우선의 원리로 부상한 까닭은, 그것을 통해 사물과 인간이 시간의 발전과 생성의 개념 속에서 파악될 수 있었기 때문이다. 사드 후작의 소설이 보여주는 걷잡을 수 없는 욕망의 충동이 공포스러우면서도 또한 매혹적인 이유는 그것이 좌표계의 예정된 자리를 기계적으로 이동하지 않는 힘이기 때문이다.[30] 사드와 같은 돌연변이적인 존재로 말미암아 근대의 인식은 규정된 표상의 한계를 돌파하고 그 바깥으로 뛰쳐나가는 욕망의 운동에 접속하게 된다. 세계의 모든 사물과 마찬가지로 도표 안에 자리잡은 지식의 대상이던 인간은 도표 밖으로 탈주를 감행하는 미지의 존재로서 불확실성의 틈새로 미끄러지고 만다. 근대의 고유한 인식론적 과제는 변화하는 세계에 대한 이해와 더불어 역동적으로 운동하는 인간을 어떻게 포착할 것인가에 집중된다.

먼저 생명 개념의 변이를 살펴보자. 린네의 식물학이 가시적 표상들을 분류하는 데 주력했다면, 라마르크는 유기체의 개념을 통해 자연을 분석했으며, 그 위계를 설정하고자 했다. 이에 따라 유기적 전체성에 호응하는 내적 구조를 갖는지의 여부, 또 유기체가 얼마나 복잡하고 섬세한 기능을 수행할 수 있는지의 여부에 따라 생명체의 위계가 결정되었다. 그런 방식으로 자연 광물, 무기적 지층까지도 지식의 대상으로 삼았던 자연사의 체계는 무너지고, 오직 생명현상을 본질로 삼는 유기체만이 근대 생물학의 지적 관심사로

---

29 위의 책, 309~310면.
30 위의 책, 299~303면.

규정된다. 이에 발맞춰 분류학은 대상의 형태나 단순한 기능을 구별하는 데 그치지 않고, 생명체의 보존과 활동에 대한 기여와 목적론적 기능을 준거로 삼기 시작했다. 예를 들어 꽃에 대한 자연사적 기준이 꽃잎의 수와 꽃술의 형태였다면, 이제는 소화기관이나 호흡기관 따위의 기능적 단위체, 즉 유기체의 일부를 구성하는 '기관'이 분류학의 주된 연구목표가 되었던 것이다(비교해부학의 탄생). 이에 더하여 퀴비에가 제시한 불변론은 종(種)의 진화를 유적 전체성의 측면에서 설명하기 위한 모델을 세우는 데 일조하는데, 가령 존재의 연속성을 나타내는 진화는 해당 종적 경계를 넘어설 수 없다는 한계를 설정해 줌으로써 다윈적 진화론이 연착륙할 수 있는 기반을 다져 주었다. 과학에 대한 깊은 이해가 없더라도, 이러한 관점과 설명법이 우리에게 익숙한 근대적 과학지식의 일부임을 확인하기는 어렵지 않은 일이다.

표상(화폐)을 통한 교환 메커니즘으로 부를 측정하던 17세기와 달리, 아담 스미스의 정치경제학은 노동과 자본을 두 축으로 삼는 유기적 관계성과 내적 시간성을 기조로 구축되었다. 특히 교환되는 상품 간에 성립하는 등가성은 바로 그 상품을 생산하는 데 투여된 노동 시간의 등가성에 기초한 것이었다. 그런 식으로 노동은 시간이라는 양화가능한 단위를 통해 교환과정에 포섭되고, 이는 노동량을 기준으로 한 교환의 새로운 일반적 척도가 마련되었음을 뜻한다. 그것은 교환 당사자들의 욕구(사용가치)가 아닌 노동의 집적량(교환가치)에 의해 모든 상품의 가치를 표시할 것은 강제했다는 점에서 절대적인 척도로 기능하기 시작했다. 오직 노동을 통해서만 가치가 생산된다는 스미스의 테제는 이후 근대의 정치경제학에서 가치생산 일반의 항구적인 척도로서 수용되었으며, 노동가치설은 인간의 자기가치화를 달성하는데 가장 중요한 성분으로 자리잡게 된다.[31] 이른바 근대적 '노동의 신화'는 정치경제학의 탄생과 맥을 같이 했던 것이다.

　언어를 불변적 상수들의 틀 속에 정렬시키려던 일반문법의 기획은 역사언어학의 성립과 더불어 종말을 맞는다. 19세기 언어학의 성과는 다양한 언어들이 표상에 있어 상호 환원되지 않는 고유한 굴절성을 갖는다는 사실을 발견했던 데 있었기 때문이다. 제민족의 언어가 갖는 변화의 자율성에 대한 인식은, 언어가 언제 어느 곳에서든 동일하게 작동하는 투명한 표상기구라고 생각하던 고전주의적 문법관을 깨뜨리고, 언어를 시간의 흐름 속에 던져넣어 버림으로써 그 불투명하고 불가해한 잉여성을 드러내고 말았다. 그리고 바로 여기에서 인간에 대한 관심과 이해도 새롭게 솟아오르는데, 언어적 존재로서 인간 역시 시간의 흐름 속에 자신의 잉여성을 갖는 것으로 인식되었던 탓이다. 따라서 여러 언어의 역사를 연구하는 일은 곧 인간에 대한 연구를 의미하게 되었고, 인간학의 기초로서 인정받기에 이른다. 문헌학(philology)이 인문학의 폭넓은 토대로 자리잡은 것은 이와 무관한 현상이 아니다.

　생명, 노동, 언어는 고전주의적 표상관계로 회수되지 않는 근대의 고유한 인식론적 거점이다. 이 세 요소는 근대의 인식장의 많은 요소들을 통제하고 정박시키는 일종의 주인기표, 배치의 누빔점(point de capition) 역할을 했다고 할 만하다. 물론, 19세기 지식의 장 전체를 이 세 요소 위에 일관되게 수렴시켰다고 할 수는 없을 것이다. 그럼에도 불구하고 이 세 요소는 한 가지의 기능적 공통점을 갖는데, 그것은 19세기 이래 서구인의 의식 속에 파고들고 무의식 깊이 각인된 인간주의적('휴머니즘적') 사유와 태도를 만들어냈다는 사실이다. 이와 같은 휴머니즘적 입장이 아이러니컬하게 보이는 이유는 다음과

31　이진경, 『자본을 넘어선 자본』, 그린비, 2004, 53～56면.

같다. 생명, 노동, 언어를 통해 인간은 자신의 인식체계에서 통일된 주체성의 자리를 확보하게 되었지만, 이는 역으로 그 자신을 인식의 대상으로 객체화시켜 버리는 역설로도 드러났기 때문이다. 인간중심주의라는 무기는 인간 자신마저도 겨냥하는 무기가 된다.

자연사가 생물학으로, 부의 분석이 경제학으로, 특히 언어에 관한 성찰이 문헌학으로 바뀌고 존재와 표상의 공통의 장소인 고전주의적 담론이 사라질 때, 이와 같은 고고학적 변동의 깊은 동향 속에서, 인간은 지식의 대상인 동시에 이식의 주체라는 모순적인 입장을 띠고 출현한다. 즉 인간은 왕에게 속하는 자리에서, 노예화된 군주, 주시당하는 구경꾼으로 나타난다.[32]

막연하게 대우주와의 동형성을 자신 안에 간직하며 살았던 르네상스적 인간이나, 도표의 질서 밖에 선 관조자였던 고전주의자들과 달리, 근대인은 법칙적 질서에 따라 자신을 한계짓고 살아가야 하는 객체적 대상이 되었다. 그는 모든 것을 볼 수 있고 알 수 있다고 여겨졌지만, 동시에 그 자신도 그런 행위의 대상으로 놓일 수밖에 없는 유한성의 굴레에 갇혀버린 것이다. 인간 자신을 둘러싼 실증적 조건이 오히려 그의 선험적 한계를 지시하는 이상한 아이러니라고나 할까? 지난 세기, 대량학살과 문명파괴의 종말로 세계를 인도했다고 질타당했던 근대적 주체는 애초부터 이렇게 초라한 모습에 지나지 않았고, 자기의 유한성을 직시하고서야 간신히 세계를 바라볼 수 있는 비극적 운명의 수여자에 다름 아니었다. 이런 선험적인 한계조건이 탈근대적 에

---

32 푸코, 이규현 역, 앞의 책, 429면.

피스테메의 가능조건으로 작용하여, 아마 그 다음에 도래할 에피스테메에서는 인간이 파생적이고 부차적인 위치밖에 차지할 수 없으리란 '비관적' 전망 속에서 푸코가 『말과 사물』을 마무리하는 것은 전혀 무리한 일이 아니다.

> 어쨌든 한 가지는 확실하다. 즉 인간은 지식에 제기된 가장 유구한 문제도 가장 지속적인 문제도 아니다. 누구라도 비교적 짧은 역사와 제한된 지리적 마름질(16세기부터의 유럽문화)을 검토한다면, 거기에서 인간은 최근에 발견되었다고 확신할 수 있다. (…중략…) 즉 그것은 근본적인 지식의 배치에서 일어난 변화의 결과였다. 사유의 고고학이 분명히 보여주듯이 인간은 최근의 시대에 발견된 형상이다. 그리고 아마 종말이 가까운 발견물일 것이다. [33]

'인간의 종말'이란 종(種)으로서의, 생명체로서의 인류의 종말이 아니다. 그것은 말 그대로의 '특정한 배치의 종말'이며, 지식이 특정하게 배치된 결과로부터 야기된 인간중심주의 곧 휴머니즘의 종말일 따름이다. 인간을 세계의 중심에 두고 사유하며 행동하였던 우리의 오랜 습관은 애초의 근본적 불안정성, 다시 말해 '유한성의 조건'을 돌아봄으로써 그 근거의 박약함을 겨우 깨닫게 될 것이다. 인간의 무(無)근거함, 휴머니즘의 근거의 와해(ab-grund)는 이런 성찰에서부터 비로소 비롯된다. 그러나 푸코에 따르면 이는 암울한 전망이 아니다. 그는 오히려 '인간학의 깊은 잠'을 깨우는 '철학적 웃음'을 터뜨리자고 제안한다. 무슨 말인가? 배치를 통해 구성되는 에피스테메란 근본적으로 인간을 위해서도, 인간에 의해서도 설립되는 것이 아니요, 인간과는 전

---

33 위의 책, 525~526면.

적으로 무관한 사물의 질서이기 때문이다. 반복하건대 인간에 대한 관념, 즉 휴머니즘은 '근대'라는 이름의 특정한 배치가 산출한 효과로서 출현하고 잠시 기능했을 뿐 그 자체로 절대적인 가치나 의미를 갖는 것도 아니며, 존속의 필연적인 이유를 갖지도 않는다. 인간에게 무관심한 질서로서의 에피스테메. 그렇다면 과연 어디에 '인간적인, 너무나도 인간적인' 비극이 있겠는가?

만약 그 배치가 출현했듯이 사라지기에 이른다면, 18세기의 전환점에서 고전주의적 사유의 밑바탕이 그랬듯이 만약 우리가 기껏해야 가능하다고만 예감할 수 있을 뿐이고 지금으로서는 형태가 무엇일지도, 무엇을 약속하는지도 알지 못하는 어떤 사건에 의해 그 배치가 뒤흔들리게 된다면, 장담할 수 있건대 인간은 바닷가 모래사장에 그려놓은 얼굴처럼 사라질지 모른다.[34]

4. 휴머니즘을 넘어서 —인간의 변형은 어떻게 이루어질 것인가?

1) 탈근대와 휴머니즘의 잔상

인간과 휴머니즘에 대한 역사적이고 문헌학적 분석은, 그 정교함의 이면으로 다소 관념적인 느낌을 줄 수도 있다. 특히 인간의 종말에 대한 푸코의

---

34 위의 책, 526면.

언명은, 그것이 비록 인간학적 배치에 관한 담론사적 연구의 결과라 할지라도 많은 공백을 지니고 있다. 인간은 담론적 구성물로서 담론을 통해 현실을 조형하는 존재이지만, 동시에 담론의 외부에서 진행되는 다양한 실천을 통해서도 자신을 규정지어 왔기 때문이다.[35] 인간은 무엇보다도 감각하는 존재로서 삶을 이어가고 있으며, 생체적 존재자의 그러한 감각적 특성을 고찰함으로써 우리는 푸코와는 다른 방식으로, 하지만 더욱 첨예하게 휴머니즘의 쟁점들을 만날 수 있을지 모른다. 가령 인간복제에 관해 항상 제기되었으나 여전히 명백한 답변을 내놓지 못하는 다음의 질문을 떠올려보라. 만일 기술공학적으로 인간을 복제할 수 있다면, 우리는 과연 그것을 실행해도 좋을까?

윤리적 차원을 살짝 우회하면서, 이 질문에 함축된 인간의 신체성과 휴머니즘의 문제에 대해 더 논의해 보자. 인간의 '인간적' 특성은 다른 무엇보다도 신체적 특성을 통해 발견되어 왔다. 두 눈과 코, 입으로 이루어진 머리, 그리고 사지와 몸통의 해부학적 동일성은 인간을 인간이라고 규정짓게 하는 가장 기초적인 근거이다. 이러한 신체적 특성을 토대로 인간을 정의하는 것이 너무 쉬워서 오히려 불만족스러웠기에, 어떤 사상가들은 신체성을 부정하거나 그에 덧붙여 다른 요소들을 인간의 기준으로 내세우고자 하기도 했다.[36] 하지만 데카르트의 회의가 그렇듯, 신체는 인간이 인간임을 규정할 수 있고 휴머니즘을 바닥부터 정초할 수 있는 가장 기본적인 토대이지 않을 수

35　개리 거팅, 홍은영 외역, 『미셸 푸코와 과학적 이성의 고고학』, 백의, 1995, 292~293면.
36　신체적 동일성을 통한 종의 분별 및 그에 근거한 휴머니즘의 성립을 은폐하는 기제가 바로 '휴머니즘의 정신성' 테제이다. 다른 존재에 비교할 때 인간은 '의식'에 의해 구별될 수 있으며, 정신적 존재로서 독보적인 지위를 차지한다는 이데올로기! "인간의 지적, 문화적 생활을 향해서 내딛는 첫 걸음은 직접적 환경에 대한 일종의 정신적 조정을 내포하는 행동이며 (…중략…) 물리적인 것들은 그 객관적 속성들로써 기술될 수 있으나, 인간은 오직 그의 의식으로써만 기술되고 정의될 수 있다." 에른스트 캇시러, 최명관 역, 『인간이란 무엇인가』, 서광사, 1988, 18~21면.

없다. 긍정적이든 부정적이든, 혹은 다른 어떤 형식으로든 모든 인간학적 이론과 실천은 신체성을 통해서만 발원하기 때문이다.

물론, 신체는 그 자체로서는 아무것도 입증할 수 없다. 본질이 아니라 양태가 관건임을 염두에 두자. 문제는 '어떤' 신체가 '어떤' 의미를 갖는지에 대해 성찰해 보아야 한다는 점에 있다. 예를 들어, 서구 식민주의의 역사를 돌이켜 볼 때, 흑인, 여성, 피식민지인들이 인간 이하의 취급을 당하고 도구로써 사용되었던 것은 그들이 해부학적 신체를 결여하고 있었기 때문은 아니었다. 그들이 '인간'의 기준에서 탈락하고 '비인간'으로서 도구화되었던 근본적인 이유는 백인 남성의 지배적 관점으로부터 벗어난 신체를 가졌기 때문이었다. 이런 점에서 서구 근대의 휴머니즘은 이러한 척도화된 신체성을 공유하는지, 얼마나 동일한지에 따라 인간을 등급화하고 위계화하는 장치였다고 해도 좋을 것이다. 척도의 내부에 있는 존재는 '인간'의 지위를 부여하고 정치적 권리와 인격적 존중을 충분히 제공하였으나, 척도 바깥에 있는 존재는 '인간 아닌 것'으로서 동물이나 도구로서 동원될 따름이었다. 실로 인간의 '인간다움'이란 의식이나 정신의 가치보다도 우선적으로 척도에 맞는 신체적 동일성을 갖는지 여부에 따라 판별될 수 있었다.

그와 같은 상황은 인간에 대한 인식과 성찰이 더욱 '진보'했다고 말하는 현대사회에서 얼마나 달라졌을까? 우리는 신분제 사회에서 살지 않으며, 노예제도 오래 전에 공식적으로 폐지되었다. 어떤 관점에서 본다면, 단지 해부학적 신체 하나만을 인간의 기준으로서 삼는, 대단히 '인간화된' 사회에서 살고 있는지 모른다. 보편적 인류애, 보편적 해방이라는 휴머니즘의 기획이 완결되었다고 해도 좋을까?

하지만 휴머니즘을 위한 척도는 여전히 존재하고, 정확히 작동중이다. 복제양 돌리의 사례로 되돌아가 보자. 왜 인간복제의 윤리성에 대한 비판과 의문은 동물이 복제된 이후에야 나온 것일까? 어째서 동물의 복제에 대해서는 아무런 이의도 제기되지 않았다가, 인간의 차례가 오자 뒤늦게 논란이 벌어진 것일까? 왜 인간의 복제는 신체성이 아니라 윤리의 문제로 소환되는가? 복제와 관련하여 서구 선진국과 제3세계에서 벌어지는 다양한 생체실험, 인간실험에 대한 보고를 참조할 때, 인간 대접을 받는 인간과 그렇지 못한 인간의 구분이 여전히 현실적으로 실행되고 있는 이유는 무엇일까?

이런 점들을 고려할 때, 인간을 위한 배치로서 휴머니즘은 지금도 계속되고 있으며 심지어 '훌륭하게' 작동하는 중이라고 할 만하다. 여기서 인간과 비인간을 구별하는 절대적 척도로 등장하는 것은 다시 신체인데, 신체의 모델이 다른 누구도 아닌 인간 자신에게 있다는 사실이 우리 시대의 지배적 척도를 잘 보여준다. 우리가 신체(body)에 관해 언급하고 성찰할 때, 어떤 행동을 취할 때 우선 순위에 올라있는 첫 번째 신체의 관념과 모형은 바로 인간 자신의 것이라는 말이다. 각종 제약사나 산업체 등의 생체실험에서 쥐나 돼지, 곤충들에 대해 무지막지하고 끔찍한 조작을 가할 수 있는 단 하나의 이유는 그런 실험이 생명을 소중히 여기기 위한 원대한 이념을 가져서가 아니라, 그 실험대상들이 우리 인간과는 다르게 생긴 존재이기 때문이다.

그러므로 자연환경과 동물이라는 여타의 존재자들에 대해 공생과 공존을 주장하는 생태주의적 비전이 아무리 고귀한 것일지라도, 인간이 갖는 고유성의 근거는 다름 아닌 신체로부터 비롯되며, 인간이 자신을 닮은 다른 존재자의 등장을 필사적으로 거부하고 방해하는 까닭도 그 때문일지 모른다. 소위 탈근대, 포스트모던의 시대에 접어들며 급격히 실현되고 있는 복제인간의 현실은 비단 복제된 인간의 정체성을 어떻게 규명할 것인가에 있을 뿐 아니라, 복제의 원본인 인간이 스스로를 복제품으로부터 어떻게 구분할 것인가, 즉 오리지날의 가치를 어떻게 입증할 것인가, 라는 엄청난 과제를 인간에게 던질 것이다. 아마 그런 순간이 정말로 도래한다면 인간 신체의 독특성과 유일성에 바탕을 둔 휴머니즘 역시 심각한 이데올로기적 변전에 직면할지도 모른다.

2) 기계, 로봇, 사이보그와 인간의 변형

인간이 자신을 닮은 복제품을 추구해 온 역사도 분명히 있다. 기계, 로봇, 사이보그의 제작사가 이를 생생히 보여준다. 인간을 꼭 닮은 자동인형에 대한 꿈은 먼 신화시대로까지 거슬러 올라가지만, 전설과 이야기의 소재로서가 아닌 현실적 차원에서 구현되기 시작한 것은 근대에 이르러 나타난 현상이다. 즉, 물리적 신체를 갖고 사고와 행동에 있어서 인간과 유사한 존재자를 상상하고 실제로 등장하게 만든 것이다.

기능과 구조에 의해 통합된 신체를 지니고 사람처럼 활동하는 존재에 대한 상상력은 꾸준히 인간을 매혹시켜 왔다. 예컨대 데카르트는 동물은 기계이며 인간과 기계는 단지 영혼에 있어서만 구분된다고 주장했고, 급진적 유물론의 선구자인 라 메트리는 인간과 기계와 동일한 메커니즘으로 정의될 수 있다고 단언했다.[37] 데카르트의 영혼 혹은 정신의 관념은 19세기 인식론의 배치, 즉 유기체적 생명의 개념으로 이어져 아직도 인간의 고유성을 정의

---

37 브루스 매즐리시, 김희봉 역, 『네 번째 불연속』, 사이언스북스, 2001, 25면.

하는 기준으로 널리 원용되고 있으나 그 유효기간이 얼마나 남았는지는 불명확하다.

가령 오시이 마모루[押井守]의 애니메이션 〈공각기동대〉(1995)에는 신체의 일부 혹은 거의 전부를 기계화하고, 두뇌를 전자정보적 입출력 장치로 대체한 미래의 인간들이 등장한다. 물론 그들은 태생적으로 인간으로 설정되어 있지만, 미래사회의 조건에서 생래적인 피와 살의 존재는 거추장스럽거나 오히려 방해가 되는 것, '원시적'인 것이어서 사람들은 자의에 의해 자신의 기계화한다는 것이다. 그렇다면, 과연 신체의 어느 정도까지를 기계화했을 때, 즉 사이보그로 만들었을 때 우리는 그가 인간인지 아닌지를 구분할 수 있을까? 팔이나 다리를 기계로 대체하는 경우는 지금도 많이 있는데, 그 대체의 정도가 몇 퍼센트까지 이루어질 때 우리는 인간과 비인간의 경계를 나눌 수 있을까? 애니메이션처럼 두뇌를 컴퓨터화했을 때도 인간의 기준에 포함된다고 말할 수 있을까? 〈공각기동대〉에는 고도의 정보적 연산장치를 부착한 기계들이 특정 과정에서 '고스트'라는 '인간적' 요소를 자체적으로 생성해낸다는 설정이 나오는데, 이것은 그저 허황하기만 한 애니메이션적 상상력일 따름일까?[38] 도대체 휴머니즘의 경계는 어디까지인가? 우리는 그것을 넘어설 수 있을 것인가?

비단 인간의 형태를 닮은 기계만이 문제가 되지는 않는다. 기술공학의 발전은 형태적으로 인간과 닮지 않았어도 그 활동성을 닮은 노동하는 기계를

---

38 케빈 워릭, 정은영 역, 『나는 왜 사이보그가 되었는가』, 김영사, 2004, 483~484면. "사이보그는 강력한 팔다리와 같이 직접적인 신체 조건의 개선으로 이루어진 것이 아니라 정신적 연계 방식 체계를 통해 이루어진 것이다. 그들의 두뇌는 무선장치를 이용해 직접 중앙 컴퓨터 네트워크에 연결되어 있다. 그들은 생각만으로 네트워크에 접속되고 지적 능력과 기억을 불러낼 수 있다. 반대로 중앙 네트워크는 정보를 얻거나 임무를 수행시키기 위해 개별 사이보그를 불러들인다. 이렇게 네트워크는 하나의 통합된 체계로 가동된다."

오래 전부터 만들었다. 전(前) 산업사회의 노동활동에서 도구가 사용되던 것과는 현격하게 다른 차원에서 기계는 인간의 노동력을 확장·대체해 주었다. 기계가 인간을 노동의 수고로부터 벗어나게 해준 만큼, 근대적인 인간관의 가장 중요한 요소인 노동으로부터 인간이 꾸준히 분리되어 온 것도 사실이다. 그렇다면 오직 인간의 노동만이 가치를 생산한다는 노동가치설은 얼마나 유효하게 남겨질 것인가?

워쇼스키 남매의 〈매트릭스〉 연작(1999~2003)의 전사(前史)를 다룬 애니메이션 〈애니매트릭스〉(2003, 모리모토 코지 외)를 보면, 거대 기계산업이 발달한 미래에는 산업 노동력의 역할을 인간이 더 이상 맡지 않고 기계로 대치해버린 사회가 나타난다. 인간은 기계-노동자 위에 군림하며 노동 없는 삶을 구가하는데, 흥미로운 점은 이와 같은 미래 인간의 삶이 마치 노예생활자의 삶과 유사하게 펼쳐져 있다는 것이다. 우리가 휴머니즘의 전사에서 살펴보았던 것처럼 인간 아닌 존재에 대한 극도의 비인간적 대우와 폭력은 이제 기계들에게 행사되고 '휴머니즘에 넘치는' 인간의 삶은 오로지 풍요와 향락에만 집중되어 있다. 그러나 '고스트'를 지닌, 인간의 신체를 모방한 '더 우월한' 신체의 존재자들인 기계는 자신을 무엇이라 생각하겠는가? 지금까지 인간은 늘 인간 자신이 무엇인지에 관해 고민해 왔으나, 인간의 전유물로서 특권처럼 여겨온 그와 같은 자기성찰적인 질문이 인간 아닌 기계에게 넘어가는 순간에도 인간은 자기의 우월성을 예전처럼 자신할 수 있을까? 신체에 이어 정신의 우위를 더 이상 주장할 수 없는 순간에도?

마지막으로, 기계의 기호적 연산은 인간 언어의 다변성을 결코 따라잡을 수 없는 단순 커뮤니케이션에 불과하다고 주장하는 사람들이 있다. 그들에 따르면 기계어는 인간의 언어를 특정한 측면에서만 모방한 논리적 연산코드이며, 따라서 자연언어의 풍부함을 절대 능가할 수 없다는 것이다. 인간 언어는 최소한의 커뮤니케이션이 아니라 전방위적이고 최대한의 커뮤니케이션을 가능하게 해준다는 게 그들 주장의 전제다. 그러나 인간의 역사를 되짚어 본다면, 오히려 인간이야말로 자연언어의 불투명성, 비논리적 잉여를 제거하여 노이즈(noise, 雜音)를 최소화한 연산언어를 만들기 위해 고군분투해 오지 않았는가?

자연언어의 불확실성을 대신하여 모든 것을 표상의 틀 속에 가둠으로써 명징한 커뮤니케이션을 실현시키고자 했던 라이프니츠의 기호학적 발상은 그러한 기획을 잘 보여준다. 고전주의의 이런 시도는 근대의 문헌학에 포섭됨으로써 언어의 역사성이라는 그럴 듯한 테제로 회수되었지만, 실제로 근대 이후의 인간의 삶을 사로잡은 기제는 바로 기계적 시간과 공간이었고, 그것이야말로 인간과 그의 삶, 사회와 환경을 분절하고 조절하는 거대한('전방위적이고 최대한의') 커뮤니케이션 기계의 성립을 고지하는 것이었다.[39] 근대 문헌학이 강조했던 언어의 자율성과 창조성이 구가되는 포스트-모던의 현대야말로 어쩌면 가장 체계적으로 분절되고 세심하게 연접한 커뮤니케이션의 그물망에 포획된 시대가 아닐까? 우리의 무의식을, 디지털 가상세계를 완전히 장악한 〈매트릭스〉와 〈공각기동대〉의 웹-네트워크는 결코 먼 미래가 아니며, 지금 이미 실현되고 있는 미래의 현재성을 증거하고 있다.

---

39 최진석, 「근대적 시간—시계, 화폐, 속도」, 「근대의 공간, 혹은 공간의 근대」, 이진경 편저, 『문화정치학의 영토들』, 그린비, 2007, 각각 167~203, 204~239면.

3) 생성 — 비인간주의적 배치와 탈(脫)인간의 미래

푸코가 근대적 인간주의의 삼위일체로 지목한 생명, 노동, 언어는 더 이상 인간학적 특질로 운위되지 못하며, 그에 기반한 인간에 대한 이해와 휴머니즘의 이데올로기 역시 더 이상 예전의 권위를 주장할 수 없게 되었다. 정말 모래사장 위에 그려진 얼굴마냥 인간은 곧 흔적도 없이 지워질 운명에 처했는지 모를 일이다. 물론 그것은 비관할 일은 아니다. 인간의 소멸에 대해 슬퍼하는 것은 온전히 인간의 일이고, 그런 만큼 '휴머니즘적' 반응일 테니까.

인간이, 휴머니즘이, 생명이, 노동이, 언어가, 그것들이 짜여진 인식의 망이 찢어지고 끊어졌다 할지라도 삶은 계속된다. 우리가 경계해야 하는 것은, 이런 진술을 실존주의적 희망의 원리로 쉽게 대치해 버리는 일이다. 에피스테메란 구성요소들의 일관된 짜임새와 협동적 작용을 통해 일정한 효과를 산출하는 특정한 배치를 말할 뿐, 설령 그 에피스테메가 붕괴된다 해도 그것을 이루던 구성요소들은 다른 배치를 구성하여 다른 식으로 계속 작동할 수 있는 것이다. 생명, 노동, 언어 역시 인간의 역사 속에 인간학을 구성하는 방식으로 작동하던 요소들일 뿐이다. 즉 그러한 개념적 성분들이 휴머니즘이라는 특정한 에피스테메를 구축하여 구조적 협동체를 이룬 것은 불과 몇 세기에 불과한 최근의 사실일 따름이다. 따라서 근대의 에피스테메가 소진해 버리고 이전과는 상이한 배치의 전환을 통해 또 다른 에피스테메가 등장하게 될 때, 우리가 과거와는 다른 식의 질문을 우리 자신에게 던져야 하는 것은 당연한 노릇이다. 즉 우리가 지금 묻고 답하기 위해 고민해야 하는 물음은 인간의 유지와 보존에 대한 것이 아니라 "이제 인간은 어떤 것이 되어야 하는가?"에 대한 것이다. 배치의 틀에 구속되고 강제되어 주어진 커뮤니케이션을 반복하기만 하는 존재, 그것은 이미 근대적 인간의 이상(理想)도 아니며 그 도래를 묵묵히 기다리기만 해야 할 미래의 인간도 아니다. 특정한 배치가 만들어낸 순환회로로부터 탈주하고 다른 배치의 실마리를 모색하며 더듬어 나가는 존재에 관해 우리는 물을 수 있어야 한다.

'되기(-devenir)'의 문제가 제기되는 것은 여기다. 종래의 휴머니즘이 인간이라는 고정불변의 척도를 설립하고, 이를 통해 모든 다른 존재자들을 자기에게 귀속시키고자 했다면, 인간의 얼굴이 지워져 가고 있는 오늘날 인간의 과제는 다른 존재를 향한 변형이다. 그것은 인간의 존엄이나 가치, 의미 따위를 보존하고 수호하려는 의지가 아니라, 그것들을 전적으로 포기하고 이전으로 되돌아가지 않으려는 생성(devenir)에 대한 노력을 가리킨다. 정체성과 동일성의 경계에 갇히지 않고, 잠재적으로 놓여있는 모든 변형의 장을 통과하는 것. 어떤 조건과도 만나고 결합하여 새로운 배치의 장에 들어설 수 있는 것. 들뢰즈와 가타리가 지적하듯, '되기'의 고유한 문제는 '모든것되기(devenir-tour-le-monde)'에 있다.[40] 가장 비인간적인 인간주의이자, 휴머니즘 없는 휴머니즘이 그것 아닐까?

인간화된 기계, 혹은 기계화된 인간의 문제는 정확히 이 지점에 걸쳐져 있다. 인간의 의식, 신체에 대한 고정된 이미지와 관점 및 가치를 버리지 않는 이상 우리는 아무것도 될 수 없음을 여실히 보여주는 지점이 거기이기 때문이다.[41] 박제화된 신으로 남기보다는 차라리 변화하는 사이보그가 되라! 도나 해러웨이의 급진적 강령은 바로 그 '되기'의 실천을 정면으로 다루고 있

---

40 Gilles Deleuze & Félix Guattari, *A Thousand Plateaus. Capitalism and Schizophrenia*, trans. Brian Massumi, University of Minnesota Press, 2002, ch. 6; Félix Guattari, *Chaosmosis : An Ethico-Aesthetic Paradigm*, trans. Paul Bains & Julian Pefanis, Indiana University Press, 1995, ch. 2.

41 최진석, 「포스트휴먼 시대의 기계인간에 대한 고찰」, 『쿨투라』 39호(가을), 2015, 26~33면.

다. 우리 모두가 '되어야' 할.

> 우리 모두는 이종적 공생체, 즉 기계와 유기체의 이론화되고 조립된 혼성체이
> 다. 즉, 우리는 사이보그이다. 사이보그는 우리의 존재론이며, 우리에게 우리의
> 정치적 강령을 전달한다. (…중략…) 기계는 우리이고, 우리의 진행과정이며, 우
> 리가 구현되는 하나의 측면이라 할 수 있다.[42]

20세기의 끝무렵에 선언되었던 해러웨이의 「사이보그 선언」이야말로, 역
설적으로 인간의 미래에 관한 가장 희망찬 선언으로서 읽힐 수 있는 이유가
여기에 있다. 인간은 애초부터 사이보그였고, 현재도 사이보그로서 가동중
이며, 앞으로도 사이보그로서 전화(轉化)를 계속할 것이다. 이는 확실히 불온
한 상상력이며, 자주 끔찍하게 여겨질 수도 있다(실제로 인간의 관점과 입장에서
볼 때 '참혹한' 결과를 낳을 수도 있다).[43] 그러나 인간은 그와 같은 이종적 변이의
과정에 참여함으로써, '다른 존재'가 됨으로써만 다원적 진화를 계속할 수 있
을 듯하다. 그것은 더 이상 '인간의 진화'라고 부를 수 없는 과정일 것이고,
'비인간'이나 '포스트휴먼'이라는 세련된 이름으로 부른다 할지라도 더 이상
인간학적 투사를 통해 조형할 수는 없는 존재의 지평이 될 것이다. 그런 의미
에서 휴머니즘 '너머', 인간 '이후'에 '누가' 올 것인지 묻는 것은 적절한 물음이
되지 않는다.[44] '누구'라는 인칭이 대변하는 게 그 어떤 인간성을 전제하는
한, '너머'와 '이후'에 도래할 존재는 우리가 알고 있던 여하한의 인간적인 것

---

42 다나 해러웨이, 민경숙 역, 『유인원, 사이보그, 그리고 여자』, 동문선, 2002.
43 이진경, 『불온한 것들의 존재론』, 휴머니스트, 2011, 제5장.
44 Jean-Luc Nancy, "Introduction," Eduardo Cadava(ed), *Who Comes After the Subject?*, Routledge, 1991, pp.7~8.

과도 다른 '무엇'일 것이기 때문이다.

이와 같은 전망을 비관하거나 부정할 것인지, 반대로 낙관하고 긍정할 것인지는 전적으로 우리가 근대의 인간주의, 휴머니즘을 진정 포기할 수 있을지의 여부에 달려있다. 더 중요한 점은, 우리가 근대적 인간학에 잔류하든 넘어서든 이미 근대성의 배치는 그 시효를 만료했으며, 이미 다른 배치로 맹렬히 이행하고 있다는 사실이다. 배치의 비인간주의는 인간인 우리를 배려하거나 기다려주지 않는다. 어쩌면 이 냉정한 '운명'에 관한 깨달음이야말로 우리로 하여금 인간에 대한 물음과 답변을 중단하고, 고통스럽더라도 인간 '너머'를 직시하도록 강제하는 힘이 될 것이다.

참고문헌

개리 거팅, 홍은영 외역,『미셸 푸코와 과학적 이성의 고고학』, 백의, 1995.

다나 해러웨이, 민경숙 역,『유인원, 사이보그, 그리고 여자』, 동문선, 2002.

마르틴 하이데거, 이선일 역,『이정표』2, 한길사, 2005.

막스 셸러, 진교훈 역,『우주에서 인간의 지위』, 아카넷, 2001.

모리스 메를로-퐁티, 박현모 외역,『휴머니즘과 폭력』, 문학과지성사, 2004.

미셸 푸코, 이규현 역,『말과 사물』, 민음사, 2012.

브루스 매즐리시, 김희봉 역,『네 번째 불연속』, 사이언스북스, 2001.

슈테판 츠바이크, 정민영 역,『에라스무스』, 자작나무, 1997.

아우구스티누스, 최민순 역,『고백록』, 바오로딸, 2003.

앨런 불록, 홍동선 역,『서양의 휴머니즘 전통』, 범양사출판부, 1989.

야콥 부르크하르트, 안인희 역,『이탈리아 르네상스의 문화』, 푸른숲, 2002.

에른스트 캇시러, 최명관 역,『인간이란 무엇인가』, 서광사, 1988.

에릭 홉스봄 외, 박지향 외역,『만들어진 전통』, 휴머니스트, 2004.

오생근,「미셸 푸코와 반(反)휴머니즘」, 서울대 인문학연구원 편,『휴머니즘 연구』, 서울
　　　대 출판부, 1996.

왈라스 클리퍼드 퍼거슨, 김정옥 역,『르네상스』, 삼문당, 1987.

______, 진원숙 역,『르네상스사론』, 집문당, 1991.

이종흡,『마술 · 과학 · 인문학』, 지영사, 1999.

이진경,『자본을 넘어선 자본』, 그린비, 2004.

______,『불온한 것들의 존재론』, 휴머니스트, 2011.

이화인문과학원 편저,『인간과 포스트휴머니즘』, 이화여대 출판부, 2013.

자크 르 고프, 유희수 역,『서양중세문명』, 문학과지성사, 1992.

정명환 외,『프랑스 지식인들과 한국전쟁』, 민음사, 2004.

질 들뢰즈, 이경신 역,『니체와 철학』, 민음사, 1998.

찰스 나우어트, 진원숙 역,『휴머니즘과 르네상스 유럽문화』, 혜안, 2002.

최진석,「근대적 시간-시계, 화폐, 속도」,「근대의 공간, 혹은 공간의 근대」, 이진경 편저,
　　　『문화정치학의 영토들』, 그린비, 2007.

______,「인문학에 저항하는 불온한 사유를 시작하다」,『불온한 인문학』, 휴머니스트,

2011.

______, 「포스트휴먼 시대의 기계-인간에 대한 고찰」, 『쿨투라』 39호(가을), 2015.

칼 맑스, 최인호 역, 『1844년의 경제학 철학 초고』, 박종철출판사, 1991.

케빈 워릭, 정은영 역, 『나는 왜 사이보그가 되었는가』, 김영사, 2004.

파올로 롯시, 박기동 역, 『마술에서 과학으로』, 부림출판사, 1981.

파울 오스카 크리스텔러, 진원숙 역, 『르네상스의 사상과 그 원천』, 계명대 출판부, 1995.

피코 델라 미란돌라, 성염 편저, 『피코 델라 미란돌라. 인간 존엄성에 관한 연설』, 철학과 현실사, 1996.

Deleuze, G. & Guattari, F. *A Thousands Plateaus. Capitalism and Schizophrenia*, trans. Brian Massumi, University of Minnesota Press, 2002.

Foucault, M. *The Archeology of Knowledge*, Tavistock Publications, 1972.

Guattari, F. *Chaosmosis. An Ethico-Aesthetic Paradigm*, trans. Paul Bains and Julian Pefanis, Indiana University Press, 1995.

Mignolo, W. *The Darker Side of the Renaissance. Literacy, Territoriality, and Colonization*, The University of Michigan Press, 1995.

Jean-Luc Nancy, "Introduction," Eduardo Cadava(ed), *Who Comes After the Subject?* Routledhe, 1991.

Randal, M. *Building Resemblance. Analogical Imagery in the Early French Renaissance*, The Johns Hopkins University Press, 1996.

Sergeev, K. *Renessansnye osnovanija antropotsentrizma*, Nauka, 2007[『인간중심주의의 르네상스적 기초』].

「'섹스로봇'과의 사랑, 윤리논쟁으로 번지나?」, 『경향신문』, 2015.9.27.

유전공학기술과 바이오아트

전혜숙

1. 바이오아트, 그 논쟁의 현장

21세기로 접어들면서 우리는 '생명'의 의미를 지닌 '바이오(bio)'가 접두어로 붙은 단어들을 유난히 많이 접하게 되었다. 1990년대부터 본격적으로 시작된 바이오아트 또한 'art'에 'bio'가 붙은 단어로, '생명 그 자체로서의 미술(art as life itself)'을 말하며, 과학기술의 면에서나 사회문화적인 면에서 생물학, 유전공학 등과 깊은 연관성을 지닌다. 따라서 바이오아티스트는 과학자들과 똑같이 살아있는 유기물(박테리아와 세포, 분자, 식물, 체액, 조직을 비롯해 살아있는 동물까지)로 작업을 하며 관람자들에게 '살아있는' 상태로서 실제의 생물학적 과정을 보여주기 위해 작품의 유기체적 타당성을 유지하는 데 주의를 기울이곤 한다.

생명공학은 지난 20∼30여 년 전부터 본격적으로 우리의 삶에 파고들어와, 그것을 통해 획기적 유익과 희망을 얻은 의학 분야를 통해서든 혹은 다소 불안한 상태에서 어쩔 수 없이 받아들이고 있는 농산물 개량을 통해서든, 이제 누구에게나 익숙한 것이 되었다. 또한 유전자와 이중으로 꼬인 DNA구조, 그리고 염색체의 이미지들은 그것들이 생물학적 구성체임에도 불구하고 우리의 문화에 자주 등장하는 수퍼 이미지가 되어버렸다. 유전자혁명은 그동안 인간의 신체 이해에 있어서 풀리지 않던 수수께끼들을 해결해주었을 뿐 아니라, DNA를 인간 이해를 위한 새로운 상징적, 은유적 의미를 지닌 문화적 도상(icon)으로 만들었다.

현재진행중인 미술 바이오아트는 생명기술에 대해 긍정적인 입장을 나타내기도 하지만, 부정적인 입장에서 비판적 견해를 보이기도 한다. 그러나 바이오아티스트들이 어떤 입장을 지니든, 논쟁의 여지가 있는 대상을 만들 목적 아래 살아있는 유기체를 사용하는 기술을 이용한다는 점에서는 공통점을 지닌다. 이렇게 살아있는 생명체를 매체로 사용함으로써 이전의 미술과 혁신적인 단절을 보이는 바이오아티스트들의 방식은 시작부터 현 시점에 이르기까지 미학적, 기술적, 윤리적인 모든 관점에서 유전공학에 내재해 온 여러 문제들을 공유해왔다. 구체적으로 말하자면, 그것이 정말 미술인가? 거기에서 미술이 되기 위한, 미술로서의 요소는 과연 무엇인가? 그들은 미술가인가 아니면 과학자인가? 또 미술로 제시된 생명 그 자체에 대해 미술가들과 관람자들은 어떤 책임감 혹은 의무를 갖는가? 등등의 문제들이다.

필자는 바이오아트의 배경 및 현황과 작품들을 정리하고 분석함으로써 오늘날 정보과학과 생명공학의 영향 아래 받아들여야 하는 새로운 인간 조건의 한 면을 미술을 통해 읽어낼 뿐 아니라, 현대미술의 맥락 속에서 바이오아트가 어떻게 작동하고 있으며, 그것이 지닌 문제들이 무엇인가를 포착하고자 한다. 바이오아트는 현 시대를 대변하는 가장 최첨단의 미술형태이며, 생명자체를 다룬다는 점에서 미적인 것의 창출을 넘어서는 다양한 의미를 생산하고 있다. 바이오아티스트들은 과학적 실험, 미학적 문제, 비평의 논리, 윤리적 판단, 객체로서의 생명체가 지닌 존재적 갈등과 관련된 다양한 양상의 문제를 제기하며, 그 작업과정과 결과를 둘러싼 긍정과 비판의 극단적인 반응 속에서 지금 이 시대에 미술을 통해 말할 수 있는 가장 전위적인 문제들을 우리에게 던지고 있다. 필자의 입장은 생명공학을 비롯한 과학과 테크놀로지의 발달 결과들을 무비판적으로 신뢰하는 자세도 지양하고, 또한 무조건적인 반과학주의적 형이상학도 지양한다. 다만 현시대의 인간과 예술이 당면한 긴박한 변화를 긍정적으로 읽어나가면서 바이오아트의 현황을 탐색하고 그것들이 만들어내는 다양한 문제들을 수용하고 탐구하면서 그를 근거로 바이오아트에 대한 비판적 혹은 긍정적 입장을 갖게 될 것이다.

이 글에서는 우선 식물을 매체로 식물의 속성과 혼성 가능성을 이용하는 미술작품들을 중심으로, 바이오아트의 미학적 문제, 매체의 관점, 사회·환경·기술과 자연의 관계, 그리고 종(種)간 혼성작품의 의미를 다루면서, 자연 속에 과연 자연의 고유한 '자연스러움'이 존재하는가 살펴보고자 한다. 이러한 관점 아래 실행된 식물 매체 바이오아트들은 바이오아트의 존재방식에 대한 일례로서 정리될 수 있을 뿐 아니라, 바이오아트의 논쟁점을 부각시키면서도 효과는 극대화시킬 수 있는 식물로서의 매체적 특징을 드러낼 수 있을 것이다.

2. 인간에 의한 선택재배의 역사

인간은 농사를 짓기 시작한 이후 더 많은 수학을 얻기 위해 각종 노력을 기울여 왔으며, 동물들을 야생으로부터 집으로 데려와 사육하기 시작한 이래로 더 좋은 품종을 위해 가축들의 개량을 서슴지 않았다. 이렇게 인간이 동물과 식물에 직접 개입했던 사육재배와 선택적 교배 때문에, 자연과 인간은 일찌감치 '자연스러운(natural)' 관계를 잃어버렸다고 해도 과언이 아니다. 더 과장해 말하자면, "자연과 인간의 관계가 전적으로 자연적이기만 한 적은 한 번도 없었다."[1]

수천 년 전 중국에서 처음 시행되었다고 알려진 접목기술은 서양에서는 BC.323년 식물학자인 테오파라스토스(Theopharastos)가 농업기술로 시행했다고 기록되어 있고, 신약성서의 로마서[2]에도 그 내용이 들어 있다. 로마서에 기록된 구절에는 접목기술이 단순하게 암시되어 있지만, 그로부터 10세기 정도가 지나면 접목기술은 아주 흔한 재배 기술이 된다. 서로 혼성된 식물 키메라(plant chimera)들은 대부분 인간에 의한 접목기술에 의해 창조된 것들이었다. 예를 들어 17세기에 플로렌스의 한 정원사가 오렌지 나무에 시트론 가지를 접목시켜 만든 '비자리아 오렌지(Bizzaria Orange)' 나무는 일부 가지는 오렌지를, 일부 가지는 시트론 열매를 맺었으며, 번식될 때도 그 속성을 유지하며 유전되었다. 19세기에 이러한 농업기술은 일반적인 것이 되어 우리는

1　진 로버트슨 · 크레그 맥다니엘(2009), 문혜진 역, 『테마 현대미술 노트, 1980년 이후 동시대 미술 읽기 — 무엇을, 왜, 어떻게』, 두성북스, 2011, 365면.
2　"네가 원 돌감람나무에서 찍힘을 받고 본성을 거슬러 좋은 감람나무에 접붙임을 받았으니, 원 가지인 이 사람들이야 얼마나 더 자기 감람나무에 접붙임을 받으랴."(로마서 11장 24절)

장-프랑수아 밀레(Jean François Millet)가 그린 〈나무를 접붙이는 농부(Peasant Grafting a Tree)〉(1855)에서도 볼 수 있다.[3]

또한 800여 품종에 이르는 새로운 과일, 식물, 꽃들을 만들었다고 알려져 있는 미국의 원예육종가 루서 버뱅크(Luther Burbank, 1849~1926)는 식물 혼성의 선구자 여겨지고 있다. 그가 사용한 인공적 선택재배방식은 접붙이기, 혼성, 교차재배 등, 실험적이지만 보통 과학자들 혹은 농부들이 통상적으로 사용하는 절차들이었다. 그는 사료를 만들기 위한 가시가 없는 선인장과 플럼콧(plumcot)[4]을 개발하고, 전분이 많아 빵을 굽거나 프렌치 프라이에 적당한 일명 아이다호(Idaho) 감자라고 알려진 버뱅크 감자를 개량했다고 알려져 있다. 그의 방법들은 긴 기간 동안 둘 혹은 그 이상의 유기체들의 유전자를 간접적으로 조작하는 것이어서 오늘날처럼 갑작스럽게 이루어진 것은 아니었지만, 이러한 결과들은 인간이 오랜 세월 동안 미학적이든 실용적이든 특정 목적을 위해 관상용 식물과 애완동물들에 인위적으로 개입했던 것과 똑같은 것이었다. 그 외에 꽃가게에서 흔히 볼 수 있는 장미 종류들도 개량된 것이 대부분이고, 앵무새 종류인 카탈리나 마코(Catalina macaw)는 조류 사육가가 서로 다른 마코 앵무새를 인위적으로 짝짓기 해 얻은 혼성동물(hybrid animal)로서 원래 자연에 없던 종류의 새이다.[5]

사육재배 하에서의 변이(變異)는 찰스 다윈(Charles Darwin)이 『종의 기원』(1859) 제1장에서 맨 처음으로 다룬 내용이기도 하다. 『종의 기원』은 제

---

3   Eduardo Kac, "Art that Looks You in the Eye : Hybrids, Cones, Mutants, Synthetics, and Trans-
     genics," Introduction of *Signs of Life, Bio Art and Beyond*, ed. Eduardo Kac, The MIT Press, 2007,
     p.6
4   서양오얏나무(plum)와 살구나무(apricot)를 교배시켜 만든 나무.
5   Eduardo Kac, "Transgenic Art," Originally Published in *Leonardo Electronic Almanac* vol.6, N.11,
     December 1998, n/p/n., from http://www.ekac.org/transgenic.html.

목대로 종(種, species)의 '기원'에 대해 쓴 것이 아니라, 무한한 '변이'에 대해 쓴 책이다. '변이'란 같은 부모에게서 태어난 자손들이 습성과 구조가 다를 때 지칭하는 말이다. 그리고 그 결과 생겨난 집단 내의 다양성도 함의하는 용어다. 우리가 흔히 말하는 돌연변이는 말 그대로 변이중에서도 갑작스러운 변이를 말한다.[6] 다윈에 의하면, 사육재배라는 것 자체가 야생상태에서 데려온 동식물에게는 커다란 조건변화였으며, 주로 생식계통에 영향을 끼쳐 생물들의 강한 변이성을 유발했다.[7] 농축산업으로 발전된 인간의 면밀한 개입(사육재배)은 동식물의 변이에 방향성이나 목적을 부여한다는 점에서 특별한 것이었고, 그 결과 '인간의 목적-선택-다양한 품종의 창조'라는 공식을 만들어냈다. "진짜로 야생이라고 부를 수 있는 종류의 자연은 존재하는 모든 생물 중 단 2퍼센트에 불과하다고 추산한다. 그 외의 생물은 인간문화의 산물이다"[8]라는 말은 자연과 인간의 관계에 대해 다시 한 번 생각해보게 만든다. 즉 오랜 시간 동안 인간이 개입해 온 선택재배의 역사 속에서 인간과 자연의 관계는 이미 자연스러운 것이 아니었다는 것이다.

인간의 선택재배에 있어 미학적 목적은 중요한 부분을 차지해왔다. 특히 꽃과 풀, 나무들이 특별한 미학적 목적 아래 접목되고 변형된 것은 오랜 역사를 지닌다. 그러나 미술의 문맥 속에서 즉 본격적으로 미학적 목적을 위해 처음으로 생명체를 다룬 바이오 아티스트로는 에드워드 스타이첸(Edward Steichen, 1879~1973)을 들 수 있다. 그는 본래 사진작가로 유명했으나, 1936년 뉴욕 현

---

6   다윈은 1868년 아예 '변이'만을 다룬 주제로 1,150면이 넘는 두 권짜리 저서 『사육재배 동식물의 변이』(The Variation of Animals & Plants under Domestication)를 출간하기도 했다. 박성관, 『종의 기원, 생명의 다양성과 인간 소멸의 자연학』, 그린비, 2010, 72면.

7   위의 책, 83~84면.

8   David Kremers, *Wonder / Controversy : An Experimental Book*, Pasadena : Biological Imaging Center, California Institute of Technology, 2003, p.3

대미술관에서 유전자적으로 변형된 델피니움(delphiniums)을 전시함으로써, 바이오아트의 신기원을 이루었다. 유기체 자체를 미술관에서 전시하고 유전학이 미술의 도구가 될 수 있음을 증명한 그는, 전통적인 방식과 인공적인 방식 모두를 사용해 새로운 유기체를 창조했던 최초의 모더니스트 미술가였다. 그는 그의 꽃을 창조하기 위해 손으로 조작하기도 하고 화학물질을 이용해 돌연변이를 일부러 만들기도 했다. 그가 만든 유전자조작 미술(genetic art)은 아직도 판매되고 있다(Burpee.com을 통해 씨앗 50개 묶음에 2.95$의 가격). 미술과 생물학의 관계에서 볼 때, 그가 생물학을 하나의 주제로서 다루거나 추상적인 참조 정도로 연관시킨 것이 아니라, 델피니움이라는 실제식물을 생물학적으로 탐구하고 그 결과를 '미술'로 제시했던 것은 분명 혁신적인 일이었다. 그러나 스타이첸 자신만이 알고 있는 특별한 기술 즉 유전자조작 식물재배방식은 다른 미술가들에게 공유되지 않았고, 그러한 방식이 미술로 받아들여지기 어려운 상황에서 스타이첸의 델피니움 유전자 변형방식은 2차대전 이후로는 주목을 받지 못했고, 그와 유사한 방식으로 조지 게서트(George Gessert)가 현대미술의 형태로 아이리그를 혼성함으로써 다시 미술로서의 창조적 식물을 만들기 시작한 것은 1980년대가 되어서였다.

3. 미학적 수단으로서의 유전자 조작

1) 게서트의 혼성 아이리스들

조지 게서트(George Gessert, 1944~)는 1985년경 이후로 식물, 미술, 유전학 사이의 오버랩에 초점을 맞추면서, 자신이 혼성시켜 만든 꽃들과 그것을 가능하게 한 재배프로젝트의 기록들을 함께 전시해왔다. 그는 기존의 재배방식 그대로 식물을 혼성하는 '느린 방식'[9]을 택했다. 꽃의 선택은 미학적 범주를 따르지만, 그의 혼성과정은 유전공학에서 사용되는 값비싼 도구들이 사용되지 않는 절차이며, 따라서 그는 자신의 유전자조작 미술작품을 '유전적 민속미술(a genetic folk art)'[10]이라고 부르기도 했다.

그에게 있어 식물에 유전자적으로 개입하는 일은 아름다움에 접근하는 직접적인 방법이었다. 즉 그것은 살아있는 존재에 내재해 있는 색채, 형채, 질감, 향기 등의 가치를 발견하고 향상시킬 수 있는 방법이며, 그것을 사람들 사이에 전파시켜 여러 사람들이 아름다움을 공유할 수 있게 하는 방법이었다.[11] 게서트는 식물(꽃)을 고를 때 미적인 고려가 작용하는 것이 당연한 일이라고 주장한다. 그는 찰스 다윈도 진화적 요소로서 미학을 인식했다는 점에 동의했음을 지적하면서, 다윈이 『종의 기원』 첫 장(章)에서 장식적 목적을

---

9 George Gessert, "The Slowest Art", *Green Light, Toward an Art of Evolution*, The MIT Press, 2010, p.171.

10 George Gessert, "Naming Life", *Green Light, Toward an Art of Evolution*, The MIT Press, 2010, p.131.

11 Gianna Maria Gatti, *The Technological Herbarium*, ed. ,trans. from the Italian, and with a preface by Alan N.Shapiro, Avinus, Verlag, 2010, p.214

위해 비둘기 사육에 대해 논한 것을 예로 들고 있다.[12] 즉 인간의 미적 선호도가 식물의 진화에 영향을 주어왔음을 증명하려는 것이다.

1960년대에 미술대학을 다니고 추상표현주의와 색면추상, 미니멀아트, 개념미술 등을 섭렵했던 그는, 댄 플래빈과 함께 형광등을 갖고 작업하거나 모리스 루이스처럼 화폭에 물감을 쏟아 붓는 스테인 기법(Stain technique)으로 그리기도 하면서, 한때는 회화를 그만두고 그래픽 아티스트로 일하기도 했으나, 그가 그림에서 꽃으로 관심을 돌린 것은 미술재료로부터 이별하기 위해 한지에 잉크를 부었던 우연한 경험으로부터 시작되었다. 한지 위의 잉크는 예측할 수 없는 방식으로 퍼져나가며 흡수되었고, 거기에는 이 세계와 매체 안에 이미 내재해 있는 창조적인 에너지가 작용하고 있었다. 게서트는 바로 그 창조적 에너지를 사용하기로 마음을 먹게 된다. 그가 보기에 식물들은 잉크의 퍼짐처럼 예측불가능하게 스스로를 혼성하거나 생성할 수 있는 존재들로서, 그 안에 창조적 에너지를 갖고 있는 매체들이었다.[13]

그는 우선 아이리스의 일종인 파시피카 아이리스(Pacifica Iris)를 관찰하고 키우고 혼성시키는 작업에 몰입하게 된다. 그가 아이리스의 색채와 모양(꽃의 주름, 꽃 잎맥)을 택하고 혼성 재배하는 것은 개인적인 미학적 취향에 따라 결정되었는데, 그는 이것을 "주로 무의식적인 것이었고, 심층의 미학적 지류가 절대적인 명확성을 가지며 표면화되는 것"[14]이라고 설명한 바 있다. 미술작품을 통해 진화의 과정을 보여줄 수 있음에 대해 게서트는 매우 만족스러

---

12 “George Gessert : Genetics and Culture” from the *Leonardo Electronic Dictionary*.
　　http://www.viewingspace.com/genetics_culture/pages_genetics_culture/gc_w02/gc_w02_gessert.htm
13 ibid.
14 Gessert, “Why I Breed Plants”, *Signs of Life, Bio Art and Beyond*, ed. Eduardo Kac, The MIT Press, 2007, p.190

운 것으로 서술한다. 예를 들어 그는 미술은 인간 의식이 진화한다는 의미를 탐구하는 데 있어서 다른 어떤 원리보다 좋은 위치에 있으며, 감정적, 인지적, 사회적, 윤리적 에너지의 모든 영역을 포함하고 깨달을 수 있는 유용성을 지니고 있다고 주장한다.[15] 다시 말해 미술은 과학이 순수한 감성과 의도적으로 거리를 둠으로써 무시해온 것들을 다시 전달할 수 있다고 생각했다. 그는 1980년대에 혼종된 꽃들을 전시하기 시작했을 때에 에드워드 스타이첸의 MoMA전시에 관해 모르고 있었으며, 조 데이비스(Joe Davis), 케빈 클락(Kevin Clarke) 등이 유전공학을 미술에 도입하기 시작했다는 사실도 모르고 있었다. 즉 자신의 작업이 '바이오아트'라는 이름 아래 포함되기 이전에, 이미 그는 미학과 결합된 자신의 과학적 방식이 사람들에게 감성을 전달할 수 있음을 깨닫고 있었다.

게서트는 식물을 재배하는 일 혹은 식물 하이브리드를 만드는 일을 미적 창조와 맞먹은 것으로 생각했다. 이는 그 일이 순수한 매체를 보존하는 일임과 동시에 그 자체의 특질을 보존하는 기술이며, 존재이면서 동시에 이미지인 미학적 유기체들을 생산하는 것이기 때문이었다.[16] 그러나 식물을 이용하는 바이오아티스트로서 그는 유전자 미술의 역할을 강조하되, "유전자 미술은 단순히 다른 존재들의 DNA에 인간 개인의 아이디어와 허구를 집어넣는 문제가 아니라, 좀 더 심오한 수준에서 공동체 즉 살아있는 존재들의 공동체와 관련되어야 한다"고 주장한다.[17] 다시 말해 미술가(인간)와 꽃은 유전자 코드라는 똑같은 분자 알파벳과 생명과정을 가지는데, 인간과 포유동물의

---

15 ibid, p.191.
16 ibid, p.189.
17 G.Gessert, "Notes on Genetic Art", *Leonardo*, Vol.26, n.3, 1993, pp.203~211

관계가 그 증거라면 식물과 인간의 관계도 마찬가지라는 것이다.[18] 그는 "식물들이 신경체계를 갖지 않고 생각하거나 느끼지도 않으며, 전혀 의식이 없는 상태에서 세계에 대해 상호작용하지만, 그렇다고 해서 그것이 인간과 전적으로 다르다고 할 수는 없다. 그와 반대다. 즉 그들의 존재방식의 어떤 것은 인간과 공유한다"[19]라고 쓰고 있다. 그가 식물을 택하는 이유는 식물재배가 윤리적 문제를 발생시키는 경우가 드물고, 더 중요한 것은 식물들이 고통을 받을 염려가 없기 때문이었다.[20]

아이리스, 양귀비, 스트렙토카르푸스(Streptocaruses, 뉴질랜드 앵초) 등 여러 식물들을 꽃의 강렬한 색과 모양, 잎맥, 점과 얼룩들의 유형을 분석하고 혼성재배하면서, 아이러니하게도 그는 '혼성재배'의 의미를 그 꽃이 무엇인가를 밝혀내고(figure out) 다른 존재를 알아감으로써 생명공동체로 되돌아가는 것에 두고 있다.[21] 가장 속도가 느린 미술인 식물재배는 결국 얼마나 우리 인간 존재가 '알지 못하고 통제할 수 없는가'를 깨닫게 하는 것이라고 믿었다.[22] 왜냐하면 유전자조작을 하든 안 하든 식물재배 미술은 우리가 알고 있는 것보다 더 야생적이고 더 자유로운 세계를 창조할 수 있기 때문이며, 그것은 아직까지 존재하지 않는 생명체에 대한 추구이자 새로운 생태계의 가능성을 암시하기 때문이다.

---

18 게서트는 이러한 non-experience를 20살 때 받은 외과수술 동안 경험한 마취제에 의한 무의식의 상태와 동일시했다. 그 6시간 동안 그는 움직일 수도 없었고 느낄 수도 없었지만, 계속해서 호흡도 하고 수술에 대한 신체적 반응도 했다. "내게 있어서 식물로 작업한다는 것은 잊혀진 자아들, 즉 우리를 지탱하게 하는 존재들을 생각나게 하는 것이었다." : ibid.

19 G. Gessert, "Breeding for Wildness," in *The Aesthetics of Care?*, Acts of the SymbioticA Symposium, Perth Institute of Contemporary Art, Australia, August 5, 2002. np.

20 George Gessert, *Green Light, Toward an Art of Evolution*, The MIT Press, 2010, p.xxiii.

21 George Gessert, "Why I Breed Plants", *Signs of Life, Bio Art and Beyond*, ed. Eduardo Kac, The MIT Press, 2007, p.196

22 ibid.

2) 애크로이드와 하비의 엽록소 캔버스

'엽록소 캔버스(Chlorophyll Canvas)'는 식물 엽록체의 특성과 조건을 이용해 만든 바이오아트의 일종으로, 식물을 적당한 조건의 재료로 사용하기 위해 유전자조작으로 풀(grass)의 속성을 변경시켜 만든 것이다. 대부분의 식물은 씨를 뿌린 후 수직으로 자라나고, 빛을 받으면 엽록체를 생산해 초록색을 보인다. 엽록체는 녹색식물 잎의 세포에 들어 있는 세포소기관으로 광합성이 이루어지는 장소이며, 빛뿐만 아니라 물 분자와 복잡한 화학작용을 만들어 냄으로써 식물에서 매우 중요한 역할을 한다. 식물의 노화를 가장 먼저 알려 주는 것 또한 엽록소 안의 초록색소가 상실되어 누렇게 변하는 현상임을 고려할 때, 엽록체는 식물의 생존 조건과도 특별한 연관성이 있음을 알 수 있다. 영국의 바이오아티스트 히더 애크로이드(Heather Ackroyd)와 댄 하비(Dan Harvey)는 이렇게 자라나는 풀, 다양한 레벨의 빛, 사진과 같은 효과를 식물의 광합성 작용에 통합시키는 방식으로 엽록소 캔버스를 만들었다.

1990년경부터 공동 작업을 시작한 두 미술가는 똑같이 미술 매체로서의 풀과 광합성 작용의 신비로움에 관심을 갖고 있었다.[23] 그들은 1997년경 당시 웨일즈의 가장 선도적인 농업 연구소 IGER(Institute of Grassland and Environmental Research)에서 "풀에 대한 특화된 새로운 재배(a specialized new breed of grass)"라는 집중 연구에 동참하면서 풀을 연구 대상으로 삼게 되었고, 엽록소는 그들을

---

23 두 미술가는 1990년 벽에 진흙을 바르고 잔디 씨를 뿌려 싹이 나 자라게 하는 작업을 했는데, 우연히 벽에 걸쳐 놓았던 사다리를 치우자 벽의 잔디 표면에 희미하게 누런색의 사다리 모양이 만들어진 것을 발견하게 된다. 처음에 그들은 솔직히 그것이 엽록소의 조 용인지 몰랐다고 한다. 그러나 그것은 곧 엽록체 속성이 중요한 '광합성(PhotoSynthesis)' 작용의 이용으로 발전되었다. : Heather Ackroyd and Dan Harvey, "Chlorophyll Apparitions," *Signs of Life*, bio Art and Beyond, ed. Eduardo Kac, The MIT Press, 2007, p.201.

묶어주는 기본적 매체가 되었다. 그들은 IGER의 과학자들인 하워드 토마스(Howard Thomas), 헬렌 우감(Helen Ougham)과 함께 일반적인 상황에서 노화되는 것이 아니라 스트레스 아래 있을 때 초록색을 잃어버리는 잔디 종류에 대한 공동연구를 진행하게 된다. 초록색 즉 빛에 의해 변덕을 부리는 불안하면서도 신비로운 엽록소 작용에 대한 이 연구는 몇 년 동안 두 미술가가 작업하며 탐구해 온 문제를 해결할 수 있게 해주었다.

애크로이드와 하비가 엽록소 캔버스를 만드는 과정은 다음과 같다. 잔디 한 장(a sheet)을 넓고 어두운 방에 놓은 후, 네거티브 사진이미지가 투사될 수 있는 장치를 한다. 그리고 나서 그들은 자라나는 풀에 일정 기간 동안 400와트의 프로젝터 전구의 빛을 쪼여주되, 그 빛이 네거티브 사진 필름을 통과하도록 한다. 네거티브 필름 그대로 더 어둡거나 더 밝은 빛의 양이 잔디에 주어지게 되므로, 빛의 양에 따라 엽록소의 생산량이 조절된다. 시간이 지나면서 빛의 양에 따라 아주 많은 빛을 받은 부분은 초록색을, 아주 적은 빛을 받은 부분은 누런색을 띄게 된다. 각각의 풀잎들은 빛을 받은 만큼 엽록소 분자들을 집중 생성하여, 받은 빛의 강도를 식별할 수 있도록 초록의 정도를 나타내게 된 것이다. 결과적으로 사진의 이미지를 담은 스펙터클한 '살아있는 캔버스'가 만들어진다. 사진 이미지대로 풀이 자라나는 과정은 씨를 뿌려 이미지를 만들고 완성될 때까지 보통 일주일 정도 걸린다. "이것은 마치 흑백 사진을 현상하는 것과 비슷한 작용"[24]이라고 하비는 말한다. 네거티브 사진을 잔디로 옮기는 이들의 작업은 사진과 광합성 작용이 모두 빛을 이용한 것임을 생각해볼 때 더욱 의미를 갖게 된다. 이렇게 제작된 엽록소 캔버스들은 멀

---

24 Ackroyd & Harvey, "Pressence" in http://www.ackroydandharvey.com/presence/

리서 볼 때 효과가 더 잘 드러난다. 가까이 가면 갈수록 잔디 안의 이미지들은 희미해진다. 하비가 말하듯이, "그것(풀들)은 마치 픽셀이나 붓 터치"[25]처럼 보여, 그것은 마치 점묘주의의 효과와 비슷했다. 점 대신 풀잎을 이용한다는 것이 다를 뿐이었다.

사진은 원래 현재의 순간을 포착하고 그 순간을 과거로 만든다. 즉 사물이 거기 있음에 대한 지각이 아니라, 거기에 있었던 것에 대한 지각을 구성한다. 그러나 하비와 애크로이드가 만든 엽록소 사진은 사진을 넘어서는 다양한 층위의 문제를 발생시켰다. 즉 빛에 민감한 필름을 이용해 사진을 만들어내듯이, 빛에 민감한 엽록체를 이용해 어린 잔디에 사진 이미지를 새겨 넣는 방식은 단순했지만, 이러한 '유기체적 사진들'을 전시하고 난후 그 속성을 유지하면서 보관하려면 많은 난점들을 갖고 있었다. 그것들은 전시되는 동안 이미 변화를 겪기 시작했는데, 전시공간의 빛의 과도함 혹은 부족 때문에 엽록소의 변화가 일어나 결국 잔디가 보여주는 이미지들이 선명도를 잃거나 서서히 사라졌기 때문이다.[26] 이렇게 엽록소 사진의 사라짐을 경험하는 관람자들은 시각, 기억, 생명과 노화에 대한 개념들을 모두 인식하게 되며, 애크로이드와 하비가 말하듯이, 생명의 과정 중에 있음에도 불구하고 '사라짐'을 이야기하고 있는 작품을 마주하게 되는 것이다.[27]

두 미술가는 잔디에 새겨 넣은 이미지들을 통해 빛과 엽록체의 관계를 이용한 식물의 성장, 변형, 퇴화 등의 과정을 탐구하고 유희함과 동시에, 작품의 유지를 위해서 엽록체 자체의 변화무쌍함을 통제할 방법이 필요하다는

25　ibid.
26　Heather Ackroyd and Dan Harvey, "Chlorophyll Apparitions," *Signs of Life*, bio Art and Beyond, ed. Eduardo Kac, The MIT Press, 2007, p.200
27　Ackroyd & Harvey, "Testament" in http://www.ackroydandharvey.com/testament/

것을 깨닫게 되었다. 여기에 과학 혹은 생물학적 개입이 작용할 수밖에 없었다. 결국 이 작업을 수월하게 하기 위해 두 사람은 몇 가지 지점에서 과학의 도움을 받게 된다. 스웨덴의 회사 에버그린(Evergreen)은 우선 엽록체 사진을 오래 지속시키기 위해 살아있는 잔디매체를 방부처리 하도록 도와주었고, 더 나아가 원예학적 관점에서 식물의 노화 방식을 연구함으로써 잔디의 색 변화와 그것을 조절할 수 있는 가능성을 열어주었다.[28]

과학의 힘을 빌려 초록색을 유지하는 일은 그리 어려운 일은 아니었다. IGER이 유전공학적 방식으로 만든 '초록 유지(stay-green)' 잔디는 고장난 엽록체를 이용해 돌연변이적 유전자를 갖게 만들어 색소저하를 막은 것이었다. 즉 유전자병변을 이용하는 것인데, stay-green 형질이 처음 발견된 이후 그것은 많은 유전학자들과 원예가들에 의해 응용되어 여러 가지 효과를 얻었다. 다양한 실험 결과 얻게 된 일종의 stay-green 잔디인 페레니얼 라이그라스(Perenial ryegrass)[29]는 이 미술가들의 광합성 캔버스 실험에 적합한 것이었다. 동일한 스트레스 아래 일반 잔디와 새로운 잔디를 비교하면, 일반 잔디는 초록색의 풀잎 대부분이 노화현상을 보이는 반면, 새로운 잔디는 초록 엽록소의 소실 없이 급속하게 건조되는 것이었다.[30] 잔디 캔버스의 건조가 전시

---

28 살아있는 생물들이 대부분 그렇지만, 식물에 있어서도 노화는 생명의 자연적인 순환의 일부다. 그런데 노화현상은 식물의 경우 스트레스를 받았을 때 나타나는 생존전략이기도 하다. 아주 강인하고 적응을 잘 하는 식물이라 할지라도, 혹독한 환경에 저항하거나 살아남기 위해서 독특한 방법을 택하게 되는데, 예를 들어 한 식물이 열, 건조함, 오염 등과 같은 환경적 스트레스를 받으면, 그 식물은 선택적으로 자체의 일부를 죽여서 더 이상 해를 입을 수 없는 일종의 '난공불락 상태'를 만들고 그것을 최소한으로 유지하려 한다. 잔디가 누렇게 되거나 시들어 보이는 것은 그것의 생존방식의 일부이며, 초록색이 사라지는 것은 그 식물이 스트레스 아래 있다는 시각적 증후다.

29 the stay-green Loloum perenne(perennial ryegrass)는 종묘회사인 Germinal Holdings의 지원 하에 식물학자인 Dr. Danny Thorogood이 IGER에서 만들었다.

30 Heather Ackroyd and Dan Harvey, "Chlorophyll Apparitions," *Signs of Life*, bio Art and Beyond, ed. Eduardo Kac, The MIT Press, 2007, p. 203

가 끝난 후 작품을 유지할 수 있는 가장 중요한 요건이었던 그 시점에서, 초록색 상태를 그대로 건조 보관할 수 있는 방법은 두 미술가들에게 큰 힘이 되었다. 물론 광합성 작용과 스트레스상태를 조절하면서 작품을 만들고 유지하는 일은 생각만큼 쉬운 일은 아니었으나, 2001년에 두 미술가는 stay-green 잔디를 이용한 미술작품 〈현존, 어머니와 아이(Presence, Mother and Child)〉를 처음으로 대중에게 공개할 수 있었다. 대중에게 공개될 때 이러한 작품들은 살아있는 상태로서의 엽록체 캔버스들이 지닌 아름다움, 비옥함, 생명력 향상을 암시하지만, 또한 시간의 흐름, 노화의 문제, 이미지와 관련된 시각성의 문제도 함께 제시한다. 광합성을 이용한 미술작업의 중심에는 아름다움을 유지시키고 쇠퇴를 늦추려는 인간의 열망과 과학 및 유전공학의 개입이 만나고 있음을 알 수 있다.

3) 종간 혼성과 경계 흐리기

유전자이식미술(Transgenic Art)을 개척한 에두아르도 카츠는 해파리에서 추출한 형광물질을 다른 생명체에 넣는 실험적 작품들을 통해 바이오아트의 선구적 역할을 해왔다. 형광물질의 유해성을 차치하더라도, 그가 생명체들을 직접 다루고 유전자를 이식하는 방식은 매번 많은 논란을 불러일으켜왔다. 1994년 이후로 카츠는 서로 다른 종(種)들 간의 소통 가능성을 실험하기 위해 멀리 떨어져 있는 새와 인간, 로봇을 연결하거나, 동굴 속의 박쥐와 인간과 로봇박쥐 사이의 소통을 시도하기 위해 다양한 장치를 개발하는데 몰두하였고, 1997년에는 자신의 다리에 칩을 넣는 퍼포먼스로 세간의 이목을 집중하기도 했다. 유전자 이식에 관심을 갖게 되면서 최초의 유전자이식 미술인 1999년의 〈창세기(Genesis)〉 이후로 프랑스 농업연구소와 공동 작업을 통해 성공적인 형광토끼를 만들어낸 2000년의 〈GFP토끼(GFP Bunny)〉, 2001년의 〈제8일(The Eighth Day)〉, 2002년 이후의 〈36번 수(Move 36)〉,[31] 2003년에 시작하여 2008년에 완성된 후 계속되고 있는 〈수수께끼 자연사(Natural History of the Enigma)〉 등 많은 작품을 발표해 왔는데, 이러한 작품들을 통해 그는 유전공학의 가능성을 바탕으로 종들 간의 소통 뿐 아니라 종간(種間) 이식 혹은 종간 혼성을 적극적으로 실험해왔다.[32]

식물을 이용해 종간 혼성을 시도한 그의 대표적인 작품은 그의 최근작업 〈Natural History of Enigma〉 시리즈이다. 카츠 자신이 만든 말 "plantimal"(plant + animal, 즉 식물과 동물을 합친 말)에는 식물과 동물이라는 서로 다른 종(種)의 결합이 암시되어 있는데, 그는 그것을 "에듀니아(Edunia)"라는 합성유전자 변형 꽃에서 실현하였다. 그것은 에두아르도(Eduardo)라는 자신의 이름과 페튜니아

---

31 이 작품은 1997년 '딥 블루(Deep Blue)'라는 이름의 컴퓨터가 체스 세계 챔피언 Gary Kasparov
    과 겨루어 이긴 사건을 소재로 하여, 2003년부터 2008년까지 지속했던 작품이다. 36번 수
    (Move 36)는 딥 블루의 극적인 승리를 가져온 마지막 한 수였다. 2004년에 처음으로 샌프란시
    스코 Exploratorium에서 전시되었을 때, 카츠는 화랑 바닥을 체스판처럼 만들고 36번수 자리
    에 자신이 유전자이식을 통해 만든 식물을 가져다 놓았다. 이 식물의 게놈에는 새로운 유전자
    가 들어있었는데, 2진수를 로마자로 변환시키는 데 쓰이는 컴퓨터 코드인 아스키코드(ASCII)
    를 통해 데카르트의 명제 "Cogito ergo sum"을 번역하여 다시 DNA 부호로 옮긴 것이었다. 이렇
    게 만들어진 데카르트 유전자는 식물에 이식되어 자라나는 것을 관람자들이 육안으로 볼 수
    있게 된다. 이것은 데카르트가 인간의 정신을 "기계속의 영혼(ghost in the machine — 즉 그에
    게 있어서 신체는 기계였다)"이라고 말한 것을 비판하기 위한 아이러니한 제스처였다. 정신과
    신체의 분리라는 데카르트적 이분법의 관념도 사실상 현대 컴퓨터 기술의 기초를 이루는 수
    학에 뿌리를 두고 있다는 것이다. 인간이 패한 바로 그 지점에 정확하게 뿌리내린 '데카르트
    유전자'는 인간, 생명체, 무생물 간의 모호한 경계를 드러낸다. Eduardo Kac, "Move 36", in
    http://www.ekac.org/move36.html
32 형광물질을 이용한 카츠의 유전자이식 미술에 대해서는 2012년 8월 서양미술사학회 논문집
    에 발표된 필자의 논문 "에두아르도 카츠(Eduardo Kac)의 '새로운 생태'에 관한 연구— '바이오
    봇'과 유전자이식 미술을 중심으로"에 비교적 자세히 다룬 바 있다.

(Petunia)를 합친 명칭일 뿐 아니라, 실제로 분자생물학을 통해 그의 유전자가 연분홍의 꽃잎 속 붉은 잎맥에 발현되어 있는 새로운 품종의 꽃이기도 하다. 이 작품의 과정을 자세히 보면, 그의 피에서 추출된 DNA는 플라스미드(박테리아와 이스트에서 나타나듯이 자기 복제로 증식할 수 있는 유전 인자)와 합쳐져 박테리아에 투입되고, 다시 식물의 DNA로 이식된다.[33] 여기에 사용된 카츠의 유전자는 IgG(면역 글로불린 G)의 한 조각이다. IgG는 항체 기능을 하는 단백질의 일종으로, 혈액과 기타 체액에서 발견되며 면역체계에서 항원을 식별하고 무력화하는 기능을 담당한다. 즉 이 작품에서 붉은 잎맥에서만 생성되는 합성단백질은 그의 IgG조각과 GUS(IgG가 꽃잎의 혈관으로 발현되는 것을 확인시켜주는 효소)를 합성한 것이다.[34]

그의 혈액에서 추출한 항원 유전자는 인체에 침투한 이물질을 공격하는 역할을 하지만, 이 작품에서는 타자를 구별하고 거부하는 바로 그 유전자라 타자에 이식되는 분자생물학적 조작이 이루어져 그 일부가 되었다는 점에서 종간 혼성의 의미를 더하고 있다. 그는 이를 통해 일부는 꽃이고 일부는 인간인 새로운 종류의 자아가 창조되었다고 주장한다.[35] 선홍색은 인간의 혈액과 꽃의 잎맥을 나타낸다. 인간과 식물의 DNA를 매우 드라마틱한 시각방식으로 만나게 함으로써 서로 다른 생물 종 사이의 혼성 및 그 사이에 존재하는 연속성을 부각하려고 한 것이다. 그는 앞으로 에듀니아 꽃이 전 사회적으로 유통되고 여러 장소에 심어질 수도 있다는 예측 아래, 〈에듀니아 종자 봉투 연구(Edunia Seed Packs Studies)〉라는 제목으로 여섯 개의 석판화를 한 세트로

---

33 Eduardo Kac, "The Making of Natural History of the Enigma, Edunia, transgenic flower expressing own DNA in petal veins", 2008 in http://www.ekac.org/edunia.makingof.html

34 Eduardo Kac, "Natural History of the Enigma", in http://www.ekac.org/nat.hist.enig.html

35 ibid.

만들어 함께 전시하고 있다.

그가 여러 작품에서 구현한 인간과 유전자 이식 생물들의 상징적, 실제적 공존은 인간과 그 외의 생물 종들이 새로운 방식으로 진화하고 있음을 보여준다. 그것은 이러한 변화를 이해하기 위한 새로운 모델의 필요성을 제기하며 복제생명체, 유전자이식 생물, 키메라 등이 공존하는 세상에서 '차이'란 과연 무엇인지를 반추하게 만든다는 것이다. "우리가 '생명'이라고 부르는 놀라운 현상 앞에서 겸허한 마음과 경외심을 가지면서도 다른 한편으로는 '자연스러움'에 대한 이상화된 관념을 재고할 필요가 있음"[36]에 시사점을 두고 있는 카츠의 주장은 바이오아티스트들이 갖고 있는 자연과 인간, 생명공학과의 관계들을 대변하고 있다.

4. 유전공학에 대한 비판적 시선들

1) DNA, 부정할 수 없는 운명의 청사진?

DNA 즉 데옥시리보핵산(DeoxyriboNucleic Acid)은 핵산의 일종이며, 주로 세포 내에서 생물의 유전정보를 보관하는 물질이다. DNA를 이루는 기본 구조는 디옥시리보오스, 인산, 디옥시뉴클레오티드(Deoxynucleotide)이며, 이 디

36　Eduardo kac, "Bio Art : In Vivo Aesthetics", 『프로젝트 대전 2012』, 국제학술심포지엄, 대전시립미술관, 2012, 72면.

옥시뉴클레오티드가 각각을 구성하는 염기들끼리의 수소결합을 통해 이중 나선 모양으로 꼬이게 된다. 인간의 DNA는 약 30억쌍의 디옥시뉴클레오티드로 구성되어 있으며, 여기에는 생명체를 구성하는 단백질을 합성하기 위한 정보가 뉴클레오티드의 특수한 배열에 따라 저장되어 있다.[37] 이렇게 특정한 단백질을 합성하는 정보를 가지고 있는 디옥시뉴클레오티드의 묶음이 바로 '유전자(gene)다.[38] 유전자(gene)라고 불리우는 DNA의 특정하고 신중한 시퀀스들은 단백질의 구성을 특정하게 만들고 살아있는 조직과 세포의 형성을 촉진시키게 될 정보를 나르게 되는데, 상징적이고 은유적인 연상(의미)들에 의하면, 유전자들은 개개인의 정체성, 즉 자아의 본질을 결정하는 운명의 결정론자이기도 하다. DNA는 인간 존재를 궁극적으로 설명해줄 수 있는 것, 운명의 청사진, 더 나아가 생명의 비밀이라는 의미를 갖게 되는 것이다. 인간의 단백질과 DNA서열을 모두 분석하여 인간 게놈(genome)[39]의 비밀을 밝히려한 휴먼게놈프로젝트(Human Genome Project)[40]는 인간 존재를 새롭게 설명해줄 유전자에 대한 믿음을 더욱 확고하게 만들었다. 이러한 맥락에서 볼 때, 유전자정보에 대한 믿음이 대중적 상식 정도로 보편화된 것도 당연한 일이라 할 수 있다.

---

37 잘 알려져 있다시피, DNA를 구성하는 디옥시뉴클레오티드는 네 종류가 있으나, 네 가지는 다른 구조는 모두 동일하고 염기부분만 다르게 되어 있다. DNA를 구성하는 염기는 구아닌(guanine), 아데닌(adenine), 티민(thymine), 시토신(cytosine) 등 네 가지이며, 각각 이니셜을 따서 G, A, T, C라고 표기한다.
38 이은희,『유전과 생명공학, 하리하라의 바이오 사이언스』, 살림, 2011, 16~17면
39 유전자gene와 염색체chromosome의 합성어로 유전정보의 총합을 뜻하며, '한 세포가 자기 안에 갖고 있다가 후세에 전달하게 되는 DNA 전체'를 의미한다.
40 '인간게놈프로젝트(Human Genome Project)'란 1990년경 여러 국가의 연구소들이 참여하여 공식 출범한 프로젝트로, 2005년까지 인간게놈의 시퀀스를 풀어내고 그 결과를 누구나 자유롭게 이용할 수 있게 만드는 것을 목적으로, 인간의 단백질과 DNA의 서열을 모두 분석함으로써 인간의 유전정보를 밝히려는 시도였다.

그러나 DNA의 역할에 대한 맹신과 유전자 결정주의는 우리 사회에서 충분히 오용될 수 있는 부정적인 측면을 갖고 있다. 이러한 문제를 지적하면서 그것을 설치작품과 퍼포먼스로 나타낸 미국 미술가 폴 버나우즈(Paul Vanouse)는, 인간 사회에서 벌어지는 사회적 현상과 행동이 각 개인의 생물학적 특성인 유전자에 의해 결정된다고 믿는 생물학결정론을 정면 비판한다.[41] 2002년의 설치작품 〈속도비교측정장치(The Relative Velocity Inscription Device)〉[42]와 2007년의 설치 퍼포먼스인 〈잠재적 수치 의정서(The Latent Figure Protocol)〉에서 버나우즈는 실제 과학실험[43]을 통해 DNA 지문(DNA fingerprinting)[44]을 둘러싸고 형성된 인종적 편견의 암시들을 고발한다. 그는 DNA를 통해 주어지는 유전적 운명이라는 개념에 도전하면서, DNA가 신체적 외양을 결정지을 뿐 아니라 우리가 살고 있는 사회에서 어떤 목적과 특수 관계를 결정지을 수 있다는 일반적인 상식을 부정했다.[45] 또한 DNA 지문이 일종의 '부정할 수 없

41　Paul Vanouse, "Discovering Nature, apparently : Analogy, DNA Imaging, and the latent Figure Protocol", *Tactical Biopolitics, Art, Activism and Technoscience*, (ed.) Beatrice da Costa and Kavita Philip, MIT Press, 2008, p.178.

42　〈The Relative Velocity Inscription Device〉 설치는 일종의 장치다. 좁은 스텐레스 스틸의 작업대 위에는 겔 전기영동장치, 전력공급, 스위치, 컴퓨터, 용액측정기, 용액 냉각기 등이 있으며, 그것들은 튜브와 전선, 각종 선들과 밸브들에 의해 연결되어 있다. 그 외에 대븐포트의 책 『자마이카에서의 인종 혼혈』과 터치스크린 모니터가 놓이게 된다. 이 작품에 대한 자세한 설명은 필자의 논문 「미술 속의 포스트휴먼 신체와 의학」, 『미술사학보』, 제37집, 미술사학연구회, 2011, 128~132면에서 자세히 다룬 바 있다.

43　버나우즈가 특별하게 택한 효소로 잘라 알아보기 쉽고 크기도 알맞은 DNA 염기서열을 겔 전기영동장치에 넣고 그 패턴이 식별되도록 하는 퍼포먼스 형태로 진행되었다.

44　DNA 지문(DNA fingerprinting)이란 용어는 1985년 영국의 유전학자인 Alec Jeffrey가 만들었다. 전체 DNA를 다 분석하지 않아도 개인마다 다른 특징을 나타내는 부위만 있으면 각 개인의 DNA 구별이 가능하다. 이렇게 개인마다 다른 특징을 나타내는 DNA 특정 부위를 DNA 지문이라고 부른다. 친자소송이나 범죄해결에 사용되곤 한다.

45　버나우즈가 예로 들고 있는 것은 19세기 내내 인종차별적이고 우생학적인 성향의 과학의 도구가 되어 온 유추들이다. 그는 제국주의의 정복전쟁에서 아프리카인들을 동물에 비유하거나, scull이나 두뇌의 크기를 가지고 인종차별적일 뿐 아니라 여성차별적인 결론까지도 서슴지 않았던 과학의 비유들을 비판한다. Paul Vanouse, "Discovering Nature, apparently : Analogy,

는 과학적 증거'로서 범죄 해결이나 친자소송을 해결하는 데 쓰이는 것을 넘어서 흑인에 대한 인종편견의 근원이 되는 것을 고발하기 위해 화랑이라는 공적인 전시영역에서 논쟁을 촉발시켰다. 그것은 휴먼게놈프로젝트를 둘러싼 집단적, 사회적 이해에 대한 비판임과 동시에, DNA의 권위를 완화시키는 것이었으며, 결정론적 유전자학을 둘러싼 정치사회정책에 대한 비판과, 사회가 개인을 통제하기 위해 발현하는 생명권력(bio-power)이나 생명정치학(bio-politics)에 대한 반발로 볼 수 있는 것이었다.[46]

그렇다면 식물의 경우는 어떠한가? 복제된 나무들을 이용해 유전적 결정주의와 환경적 영향을 대립시키는 다소 과장된 문화적 논쟁 안에 대중을 포함시키고 실제의 물질적 속성을 공유하게 만든 프로젝트가 있다. 호주 출신의 미술가이자 엔지니어로 현재 뉴욕대학교(NYU) 시각미술학과 교수인 나탈리 제레미젠코(Natalie Jeremijenko, 1966~)의 〈하나의 나무(One Tree)〉라는 미술 프로젝트가 그것이다. 그녀는 넷.아트(net.art) 운동의 핵심 멤버로 왕성한 활동을 하고 있는데, 과학과 미술을 가로지르면서 정치, 사회, 환경, 기술 사이의 인터페이스를 탐구하는 작가로 알려져 있으며, 뉴욕대학의 엑스디자인 환경건강클리닉(the xDesign Environmental Health Clinic) 관장이기도 하다.

〈하나의 나무〉는 1998년 11월 14일부터 1999년 1월 3일에 있었던 "에코토피아(Ecotopia)"라는 전시의 일부로 시작되었다. 이 전시에서 제레미젠코는 식물학자와의 협업을 통해 '빨리 자라지만 열매를 맺지 않는' 호두나무한 그루에서 조직을 떼어낸 후 복제 배양시킨 1,000개의 나무를 공개했었다. 이

DNA Imaging, and the latent Figure Protocol", *Tactical Biopolitics*, Art, Activism and Technoscience, (ed.) Beatrice da Costa and Kavita Philip, MIT Press, 2008, p.189.

46 전혜숙, 「미술 속의 포스트휴먼 신체와 의학」, 『미술사학보』 제37집, 미술사학연구회, 2011, 131~132면.

것이 모두 함께 전시된 유일한 경우였고, 2001년 이후 이 나무들은 흩어져 샌프랜시스코 만 일대의 감지 장치가 설치된 지역에 식목되기 시작했다. 도시 조경을 관리하는 친구들의 협조 아래, 나무들은 금문교 공원, 샌프랜시스코 학교 구역, 바트(BART) 역 근처, 예바 부에나 공연예술센터(Yerba Buena Performing Arts Center), 유니온 스퀘어 지역에 두 그루씩 짝을 이루어 비교적 가까운 거리에 식목되었다. 이 작업의 목적은 하나의 나무에서 복제된 동일한 형질을 가진 나무들이 자라나면서 경험하게 될 사회적, 환경적 차이를 보여주는 것이었다.

이 프로젝트와 관련된 제레미젠코의 주장은 다음과 같다. "이 나무들은 한 나무에서 복제되었기 때문에 생물학적으로 동일하지만, 식목 된 후 여러 해 동안 그것들은 사회적, 환경적 차이가 나는 주변의 영향을 받게 될 것이다. 느리지만 지속적인 나무들의 성장은 그것들이 심겨진 장소의 환경과 우발적 사건들을 스스로 반영하게 된다. 이 나무들은 인터넷으로 연결하지 않고도, 생물학적인 물질성만을 통해서, 만(灣) 지역의 미세한 기후-지형도를 말해줄 일종의 네트워크의 도구가 될 것이다."[47] 시간이 지나 사람들이 만 주변의 나무들의 변화를 쉽고 자연스럽게 비교할 수 있도록 하는 것이 그녀의 목적이었다.

원래 호두나무의 유전자 정보는 컴퓨터 내의 소프트웨어 프로그램을 통해 나무성장 알고리듬(L-system)에 따라 구성된다. 반면 식목된 실제 환경 속 나무들의 성장 비율과 가지의 패턴들은 각 지역의 CO_2 감지기에 의해 기록되어, 가상적 / 디지털적 나무들과 비교된다. 즉 컴퓨터 내에서 알고리즘에 의해 자라나는 이상적인 나무의 모델과 실제 복잡한 환경 속에서 성장하고 있

---

47 Natalie Jeremijenko, "One Tree", *Signs of Life*, bio Art and Beyond, ed. Eduardo Kac, The MIT Press, 2007, p.301

는 나무의 현상 사이에서 비교가 가능한데, 그것은 생물학적 나무와 알고리 즘적인 나무들이 하나의 지도 안에 모이게 되는 〈One Tree〉 Web에서 용이하게 진행되었다. 결론적으로 말하자면, 현재도 계속 자라나고 있는 나무들은 동일한 유전자 코드를 지니고 있지만, 서로 다른 조건의 환경에 심어져 자라면서 다른 모양을 갖게 되었다는 것이다. 이 프로젝트는 한 기관의 기초적인 유전자 코드의 기능으로만 정체성을 말하는 것에 한계가 있음을 강조하는 것이었다.[48]

이와 유사한 문맥에서 식물의 유전자적 속성과 환경의 관계를 재고해볼 수 있는 제레미젠코의 〈나무의 논리(Tree Logic)〉(1999~)는 Mass MoCA(메사추세츠 현대미술관)에서 시작되어 아직까지 지속되고 있는 야외 설치작품으로, 여섯 개의 단풍나무 뿌리를 통에 심고 이를 지지대에 연결된 무거운 케이블에 거꾸로 매달아 놓은 것이다. 나무들이 일반적으로 땅에 뿌리를 두고 태양을 향해 자라는 것은 가장 역동적이면서도 가장 자연적 시스템이다. 그러나 결과적으로 볼 때, 거꾸로 매달린 6그루의 나무들은 태양의 힘이 중력보다 더 중요하다는 것을 보여주었다.[49] 거꾸로 매달려 있지만 햇빛을 향해 자라기 위해 나무들은 위로 구부러진다. 즉 나무들은 매우 '부자연스러운' 모습을 갖게 되어, 우리는 자연적인 것의 속성이 과연 무엇인가에 대해 의문을 갖게 된다. 제레미젠코는 자연스러움과 유전자적 속성의 관계, 식물이 자라가는 환경과 인간 개입조건의 정도를 실험함으로써 유전자에 대한 맹목적 믿음과 인간의 자연개입을 통한 환경파괴의 문제를 고발하고 있다.

---

48 Natalie Jeremijenko의 홈페이지. http://www.inspirationgreen.com/natalie-jeremijenko.html
49 Mass MoCA의 Homepage, http://www.massmoca.org/event_details.php?id=29

2) 선택재배와 유전자조작의 이면

환경학자 폴 세퍼드(Paul Shepard)는 인간이 가축들을 키우고 정원에서 식물을 재배하는 것에 대해 신랄한 비판하면서 가축과 식물재배가 'DNA의 조화(DNA Harmonic)'를 깨뜨려왔다고 주장했다. DNA 조화란 지구시대를 통틀어 생태학적 체계 안에서 일어나고 있는 무한하고 미묘한 유전자적 조율을 말하는 것으로, 성숙한 생태계에서는 하나의 계(界)에 대한 완전한 정보가 복잡하게 서로 교차되며 조화를 이룬다는 것인데, 인간의 사육재배가 생태계 내의 조화와 균형을 깨뜨리는 결과를 가져 올 수 있기 때문이라는 것이다.[50] 오히려 많은 바이오아티스트들은 바로 이 지점, 즉 선택재배와 사육이 인간의 긴 역사 속에서 인간의 삶과 밀접하게 연관된 것으로 불가피한 것이었음을 강조함으로써, 현재 일어나고 있는 유전공학은 과거에 천천히 일어난 변이나 진화의 속도를 단지 빠르게 하는 것일 뿐임을 주장하기도 한다.[51] 그러나 비판적 관점에서 보면 인간의 능력의 한계를 알 수 없는 바로 그 변화의 속도가 가장 불안한 요소인 것도 사실이다.

바이오아트 안에서 작용해온 미학적 문제의 민감한 역할을 고찰해 온 게서트는 1995년 샌프랜시스코의 Exploratorium에서 열린 전시 "Art Life"에서 관람자들이 자신의 미학적 취향에 따라 꽃들을 선택하도록 했다. 그는 이때 선택되지 않는 꽃들을 폐기함으로써 관람자들의 선택이 식물의 운명을 결정

---

50 Paul Shepard, "Our Animal Friends," in The Biophilia Hypothesis, ed. Stephen R. Kellert and Edward O.Wilson, Washington, D.C. : Island Press, p.286을 George Gessert, Why I Breed Plants", *Signs of Life, Bio Art and Beyond*, ed. Eduardo Kac, The MIT Press, 2007, p.191에서 인용.
51 Eduardo Kac, "Art that Looks You in the Eye : Hybrids, Clones, Mutants, Synthetics, and Transgenics," *Signs of Life, Bio Art and Beyond*, ed. Eduardo Kac, The MIT Press, 2007, p.4.

하는 부담을 주도록 했다. 그는 이로써 미학적인 부분이 식물의 진화에서 얼마나 중요한 선택적 힘으로 작용하는가를 보여주면서, 그가 전시한 혼성식물들이 인간에 의해 지속되어 온 수세기 동안의 선택과 같은 것임을 은유적으로 암시하려 했다. 그러나 그의 목적은 역사 속에서 이루어진 인간의 선택을 합리화하려는 것만은 아니었다. 그가 관람자들을 선택행위로 이끈 것은 선택과 동시에 폐기되는 꽃들이 우생학적 개념을 상기시킬 것이라는 기대에서였다.[52] 불가피하게 일어나고 있는 유전공학의 정도와 그 속도에 대해 항상 어느 정도 거리를 두고 있는 게서트는, 나치가 저지른 홀로코스트 및 2차 대전의 상처와 혐오스러운 우생학의 기억이 유전공학의 속도를 둔화시킬 수 있기를 기대했다. 그는 그러한 반성이 바이오아트 영역의 생명에 대한 조작을 다소 둔화시키는 역할을 할 수 있으며, 유전공학 연구들을 가능한 한 의학적 분야의 발전에 국한시킬 수 있으리라고 긍정적으로 보았다.

그러나 유전공학에 좀 더 적극적으로 반대의 의견을 표명하는 바이오아티스트들은 통제되지 않은 생명과학기술이 가져오게 될 미래 환경의 모습을 다분히 염려하는 시선으로 그려냈다. 아마도 알렉시스 로크먼(Alexis Rockman)의 〈농장〉(2000)은 그러한 예로 가장 빈번히 사용되는 예일 것이다. 전체적으로 초현실주의 분위기마저 풍기는 이 그림은 흔히 보는 농장의 동물과 유전공학으로 인해 바뀐 모습의 동식물들을 동시에 그림으로써 유전공학을 통해 만들어진 상품성이 좋은 식물과 동물을 디스토피아적으로 풍자하고 있다. 사각으로 키워낸 토마토나 사람 귀를 등에 달고 있는 쥐의 그로테스크한 모습들은 유전공학의 결과에 대한 일반적인 불안감을 시각적으로 고발한 것이다.

---

52 Gianna Maria Gatti, *The Technological Herbarium*, ed. ,trans. from the Italian, and with a preface by Alan N.Shapiro, Avinus, Verlag, 2010, p.216

　　로크먼의 작품들처럼 유전공학의 결과에 대한 비판적 시선을 지닌 미술들은 대부분 인간의 이익을 목적으로 합리화되고 있는 유전자 조작의 이면을 파헤치고 드러내는 전략을 사용한다. 미국 캘리포니아에서 활동 중인 에이미 영스(Amy Youngs)는 살아있는 존재들의 운명을 좌우하는 인간의 선택적 재배를 인간이 다른 존재들에 권력을 남용하는 것이라고 비난한다. 좋은 종자를 얻기 위해 동물의 생 / 사를 결정하는 잔인한 방식을 경험했던 그녀는, 살아있는 존재의 체계 안에서 기술과 예술의 상호작용을 계속 연구하되, 인간과 비인간적 존재, 인간과 자연의 관계 속에서 인간이 다른 존재들에 권력을 남용하는 예를 비판하는데 초점을 맞추고 있다.[53] "인간의 능력을 점점 더 향상되어 이 세계를 micro, macro하게 지각할 수 있게 되었다. 그래서 그것을 철저히 파헤쳐 과거의 생태학적 실수를 치료하고자 한다. 기술이 자연을 파괴하고 동시에 드러내며 고치고 개혁할 수 있다는 것이 모순임을 내 작품에서 드러내고자 한다"[54]라고 말하는 영스는 바이오아티스트들의 실행방식과 반대되는 역(逆)의 과정을 통해 인간이 유전자 조작, 선택재배를 통해 자연에 준 해(害)를 치료하는 상징적 설치를 하게 된다. 그것은 고통 받은 자연에 대한 보상으로 기술을 치료와 복구의 수단으로 사용한 것이었다. 예를 들어 〈가시 없는 부채선인장을 재무장하기(Rearming the Spineless Opuntia)〉(1999)란 설치작품은, 인간과 다른 동물로부터 자신을 보호할 수 있는 유일한 무기인 가시를 제거당한 부채선인장이 주인공이다. 인간이 가축 사료로 사용하기 위해 유전자 조작을 통해 가시를 없앤 것이다. 그녀는 이 선인장을 위해 가시 대신 몸통을 보호할 수 있는 장비를 제공해주었다. 가시를 잃어버린 혼성 식

53　ibid, p.217.

54　A.M.Youngs, "Art Statement," http://www.ylem.org/artist/ayoungs/statement.html

물로서의 작은 선인장은 받침대 꼭대기에 놓여 있고, 양쪽에는 가시가 박힌 두 개의 커다란 동판 껍데기를 붙여 센서에 의해 움직이도록 했다. 그 메커니즘은 방문자들이 다가오면 껍데기들이 닫혀서 선인장을 보호하고, 관람자가 떠나면 다시 열리는 완벽한 제2의 껍질 역할을 하는 것이었다. 유전자 조작된 식물을 가져와 이용하지만, 식물들을 유전자적 차원에서 다루지 않으면서, 인간의 조작으로부터 다시 회복시키고 본래의 기능과 생존 방식을 되찾게 하는 것이 그녀의 목적이었다.

5. 나오는 말 –'분자적 시선'으로서의 바이오아트

현대미술은 20세기 초반 이래로 매체의 변화와 미술영역 및 개념의 확장이라는 점에서 그야말로 무한한 가능성을 나타내왔다. 유전자시대에 현대미술 및 현대 미술가들이 이른 바 "분자적 시선(the Molecular gaze)"[55]을 갖는 것은 당연한 일일 것이다. 소위 과학–미술가(Sci-artist)들의 이러한 분자적 시선은 이제까지 존재해 온 미술과 과학의 연관성, 미술과 기술의 관계를 넘어서 매우 독특한 상상력과 아이디어로 이끌고 있다. 우리가 미술의 역사를 통해 경험해왔듯이, 미술가들의 시선은 인간과 인간을 둘러싸고 있는 사회의 문

---

55 '분자적 시선'은 수잔 앵커(Suzanne Anker)와 도로시 넬킨(Dorothy Nelkin)의 바이오아트에 관한 저서 *The Molecular Gaze, Art in the Genetic Age*, Cold Spring Harbor laboratory Press, 2004의 제목이기도 하다.

제들에 대한 통찰력을 지닌다. 바이오아트도 마찬가지여서 미술가들의 시선
은 과학 혹은 익명의 과학자들이 스스로 언급할 통로가 없어 결국은 은폐되
고 마는 사회적, 윤리적 문제들에 대한 통찰력을 보여주고 있다. 미술가들이
'분자적 시선'을 가지고 다루고 있는 구체적인 문제들, 즉 생명체의 복제 및
재생산의 윤리적 입장, 신체변형과 경계 흐림에 대한 인문학적 배경과 사회
적 파급, 세포와 유전자의 상품화가 가져오게 될 위험성과 폐단에 대한 비판
등은 과학자들이 말하지 않거나 말할 수 없는 것들이다. 미술가들이 바이오
아트를 통해 이슈화한 다양한 문제들은 궁극적으로 우리 인간의 '인간됨', 정
체성 설정, 의학과 기술의 사회적 영향력에 대한 수용 방식을 숙고하게 만들
고 있다. 유전자 조작을 통해 미학적 결과를 얻은 게서트, 애크로이드와 하
비, 에두아르도 카츠뿐 아니라, 반대로 유전자결정주의에 숨은 인종차별과
모순을 비판하기 위해 DNA추출과 전기영동법 등 과학기술을 이용하는 버
나우즈, 그리고 선택재배 및 유전자 조작 방식에 대해 비판적 태도를 보여준
제레메젠코, 영스 모두 분자적 시선을 통해 문제를 바라보고 그것들을 이슈
화하고 있다.

식물을 이용하는 바이오아티스트들은 유전공학에 대해 긍정적인 입장을
갖든 부정적인 입장을 지니든, 공통적으로 미술과 자연, 인간과 자연을 분리
해서 바라보는 이원론적 관점들로부터 탈피하여, 두 영역의 경계를 둔화시
키는 탈이분법적이고 생태학적인 관점을 갖고 있다. 이것은 아마도 철학적,
문화적 의미의 변화라는 문맥 안에서 자연과 인간의 관계를 숙고해야하는
바이오아트의 필수조건일 것이다. 데카르트적 의식철학의 배경 아래 근대적
주체에 대한 이해에 영향을 준 정신 / 물질, 인간 / 자연, 인간 / 비인간 등의
인간중심적(Anthropocentric) 이분법적 이해는 20세기의 철학들을 통해 이미

무효화되는 과정을 겪었으나, 미술에서는 바이오아트와 포스트휴먼적 신체 변형미술을 통해 그 경계와 비연속성을 벗어날 수 있는 확실한 가능성을 얻게 되었다. 자연이 인간에 속해있다는 인간중심적 전통사고는 이제 인간이 자연에 속해있다는 반대적 의미의 생태학적 사고방식으로 전환되고 있다. 바이오아트는 '자연스러움'을 고집하기보다는, 선하게든 악하게든 생명을 조작할 수 있게 된 인간의 능력과 그로 인해 발생하는 문제들을 직시하는데 초점을 맞추고 있다. 모든 생명의 본래적 가치에 대한 인정, 그것이 생명을 매체로 다루는 바이오아트가 고집해야 할 태도인 것이다.

참고문헌

박성관, 『종의 기원, 생명의 다양성과 인간 소멸의 자연학』, 그린비, 2010.

이은희, 『유전과 생명공학, 하리하라의 바이오 사이언스』, 살림, 2011.

진 로버트슨·크레그 맥다니엘(2009), 문혜진 역, 『테마 현대미술 노트, 1980년 이후 동시대 미술 읽기-무엇을, 왜, 어떻게』, 두성북스, 2011.

Ackroyd, Heather and Dan Harvey, "Chlorophyll Apparitions", *Signs of Life, bio Art and Beyond*, ed. Eduardo Kac, The MIT Press, 2007.

Ackroyd & Harvey, "Pressence" in http://www.ackroydandharvey.com

Anker, Suzanne and Dorothy Nelkin, *The Molecular Gaze, Art in the Genetic Age*, Cold Spring Harbor laboratory Press, 2004.

George Gessert, "The Slowest Art," *Green Light, Toward an Art of Evolution*, The MIT Press, 2010.

______, "Naming Life," *Green Light, Toward an Art of Evolution*, The MIT Press, 2010.

"George Gessert : Genetics and Culture" from the *Leonardo Electronic Dictionary* : http://www.viewingspace.com/genetics_culture/pages_genetics_culture/gc_w02/gc_w02_gessert.htm

--------------, "Why I Breed Plants," *Signs of Life, Bio Art and Beyond*, ed. Eduardo Kac, The MIT Press, 2007.

--------------, "Notes on Genetic Art," *Leonardo*, Vol.26, n.3, 1993.

--------------, "Breeding for Wildness," *The Aesthetics of Care?*, Acts of the SymbioticA Symposium, Perth Institute of Contemporary Art, Australia, August 5, 2002. np.

Gianna Maria Gatti, *The Technological Herbarium*, ed.,trans. from the Italian, and with a preface by Alan N.Shapiro, Avinus, Verlag, 2010.

Jeremijenko Natalie, "One Tree", *Signs of Life, bio Art and Beyond*, ed. Eduardo Kac, The MIT Press, 2007.

Jeremijenko, Natalie, http://www.inspirationgreen.com/natalie-jeremijenko.html

Kac, Eduardo, "Art that Looks You in the Eye : Hybrids, Cones, Mutants, Synthetics, and Transgenics," Introduction of *Signs of Life, Bio Art and Beyond*, ed. Eduardo Kac, The

MIT Press, 2007.

______, "Transgenic Art," Originally Published in *Leonardo Electronic Almanac*, vol.6, N.11, December 1998, n/p/n., from http://www.ekac.org/transgenic.html.

______, "Move 36", in http://www.ekac.org/move36.html

______, "Bio Art : In Vivo Aesthetics", 『프로젝트 대전 2012』, 국제학술심포지엄, 대전시립미술관, 2012.

______, "Natural History of the Enigma", http://www.ekac.org/nat.hist.en.g.html

______, "The Making of Natural History of the Enigma, Edunia, transgenic flower expressing own DNA in petal veins", 2008. in
http://www.ekac.org/edunia.makingof.html

Kremers, David *Wonder / Controversy : An Experimental Book*, Pasadena : Biological Imaging Center, California Institute of Technology, 2003.

Mass MoCA의 Homepage, http://www.massmoca.org/event_details.php?id=29

Vanouse, Paul, "Discovering Nature, apparently : Analogy, DNA Imaging, and the latent Figure Protocol," in *Tactical Biopolitics, Art, Activism and Technoscience*, (ed.) Beatrice da Costa and Kavita Philip, MIT Press, 2008.

Youngs, Amy M., "Art Statement," http://www.ylem.org/artist/ayoungs/statement.html

// 필자 소개 //

엘렌 바 오스트로비엑키(Bah Ostrowiecki, Hélène)
파리-동 대학 프랑스문학과 교수. 17세기 프랑스 문학을 전공한 라틴어 전문가. 저서로『파스칼과 육체의 경험(*Pascal et l'expérience du corps*)』(Garnier, 2016), 『되살아난 테오프라스토스, 17세기의 박학과 반종교 전쟁(*Le Theophrastus redivivus, érudition et combat antireligieux au XVIIe siècle*)』(Champion, 2012), 『치유의 글쓰기(*L'écriture thérapie*)』(Eyrolles, 2008)가 있으며, 라틴어로 된 게 걸링크스 Geulincx의『윤리학(*Éthique*)』(Brepols, 2009)을 번역했다. 17세기 철학담론의 문학적 형태에 관심을 가지고 연구를 진행하고 있으며 주요 논문으로「파스칼-텍스트, 질서, 육체(Mise en texte, mise en ordre et mise en corps chez Pascal)」이 있다.

송은주(宋銀珠, Song, EunJu)
이화여자대학교 이화인문과학원 HK 연구교수. 이화여자대학교 영문과를 졸업하고 동대학원에서 석박사 학위를 취득하였다. 영국 런던대학교 SOAS에서 번역학으로 석사학위를 취득하였다. 대표 논문으로「포크너의 황야-『내려가라 모세여』를 중심으로」, 「박물관과 황야-에머슨의 미국적 자연」, 「번역불가능성을 통한 비교문학의 재사유」 등이 있다.

김선희(金宣姬, Kim, SeonHee)
이화여자대학교 이화인문과학원 HK연구교수. 이화여자대학교 철학과를 졸업하고 동대학원에서 석박사 학위를 취득하였다. 「조선의 문명의식과 서학의 변주」, 「최한기를 읽기 위한 제언-근대성과 과학의 관점에서」, 「가(家)의 확장과 내부의 실천-'여성'으로 본 상호학파의 유가적 세계」, 「라이프니츠의 신, 정약용의 상제」 등의 논문과『마테오 리치와 주희 그리고 정약용』, 『8개의 철학지도』 등의 저서, 『하빈 신후담의 돈와서학변』 등의 역서가 있다.

김태연(金泰姸, Kim, TaeYeon)
이화여자대학교 이화인문과학원 HK연구교수. 이화여대 대학원에서 기독교학을 전공하고 독일 하이델베르크대학교에서 종교학-상호문화신학으로 석사, 박사학위를 받았다. 저서로『19세기 중국에서의 기독교와 유교. 초기 구홍민(1883~1896)에 대한 연구(*Konfuzianismus und Christentum im China des 19. Jahrhunderts. Eine Untersuchung zum frühen Gu Hongming (1883~1896)*)』(2018년 출간 예정)이 있고, 주요 논문으로는「핵개발 담론의 종교성에 대한 페미니즘적 성찰」, 「파울 카루스의 '과학종교' 연구」 등이 있다. 현재 종교-과학 담론 관련 연구를 하고 있다.

로맹 메니니(Menini, Romain)
파리-동 대학 프랑스문학과 교수. 저서로『변조자 라블레. 프랑스어로 그리스어풍으로 짓다 (*Rabelais altérateur, Graeciser en François*)』(Classiques Garnier, 2014), 『라블레와 플라톤적 상호텍스트성(*Rabelais et l'intertexte platonicien*)』(Droz, 2009)가 있다. 논문으로 「난해한 실금(失禁)?'제 사서 (四書)'의 마지막 챕터에 관한 노트(Incontinence cryptographique? Notes sur le dernier chapitre du Quart livre)」(2014), 「'프랑수아 이솝'−라블레가 편집한 17편의 이솝우화에 관하여('Æsope le François' : autour de dix-sept fables ésopiques éditées par Rabelais」(2014) 외 16세기 휴머니즘에 대한 다수의 논문이 있다.

지젤 세쟁제르(Séginger, Gisèle)

파리−동 대학의 문학 · 지식 · 예술연구소 소장. 19세기 문학 전문 잡지 *Romantisme*(프랑스)과 *Nineteenth-Century French Studies*(미국) 편집위원. 저서로『유한성의 서정−뮈세와 시(*Un lyrisme de la finitude : Musset et la poésie*)』(Hermann, 2015),『플로베르. 순수예술의 윤리(*Flaubert. Une éthique de l'art pur*)』(SEDES, 2000),『플로베르. 역사의 시학(*Flaubert, une poétique de l'histoire*)』(Presses universitaires de Strasbourg, 2000),『시간의 거울에 비친 네르발(*Nerval au miroir du temps*)』(Ellipses, 2004),『환멸에 빠진 세계의 정신성(*Spiritualités d'un monde désenchanté*)』(Presses Universitaires de Strasbourg, 1997)외 다수가 있으며, 80여 편의 논문을 발표했다. 지식과 재현의 역사에 관심을 가지고 연구를 진행하고 있다.

줄리엣 아줄레(Azoulai, Juliette)

파리−동 대학 프랑스문학과 교수. 저서로『플로베르에 있어 영혼과 육체−단순한 존재론(*L'âme et le corps chez Flaubert : Une ontologie simple*)』(Garnier, 2014)가 있으며, 최근 발표 논문으로는 「플로베르와 넘쳐나는 마음이라는 패러다임(Flaubert et le paradigme du débordement de l'âme)」(2012), 「『부바르와 페퀴셰』에 나타난 스피노자의 윤리−철학과 문학적 현기증(L'Éthique de Spinoza dans *Bouvard et Pécuchet* : un vertige philosophique et littéraire)」(2011) 가 있다.

카롤린 트로토(Trotot, Caroline)

파리−동 대학 프랑스문학과 교수. 파리 10대학에서 16세기 프랑스 시인 롱사르에 대한 연구로 박사학위를 받았다. 저서로『휴머니즘과 르네상스(*L'humanisme et la Renaissance*)』(Flammarion, 2003), 공저로『절도와 과도(*Mesure et Démesure*)』(Ellipses, 2004)외 다수가 있으며, 전공인 르네상스期의 시인뿐만 아니라 여행기에 대한 연구를 진행하면서 「장 드 레리의 작품에 나타난 글쓰기와 자아 픽션 Ecriture de l'histoire et fiction de soi chez Jean de Léry」 외 다수의 논문을 발표했다.

박인원(朴仁元, Park, InWon)

이화여자대학교 독어독문학과 조교수. 이화여자 대학교 독어독문학과와 동대학원을 졸업하고, 독일 베를린 훔볼트대학교에서 독일어권 및 한국 여성작가들의 소설 속의 사랑담론에 관한 비교연구로 박사학위를 받았다. 이화여자대학교 이화인문과학원 HK연구교수를 지냈으며, 현재 독일문화 및 통번역을 연구하고 있다. 「클라이스트의 '전기(電氣)문학'−『주워온 자식』을 통해 본 실험(성)」 등 다수의 논문을 발표하였고, 한국작품을 독일어로 번역한『달려라 아비(*Lauf, Vater, lauf*)』 등의 역서가 있다.

김연수(金娟秀, Kim, YeonSoo)
이화여자대학교 이화인문과학원 HK교수. 이화여자대학교에서 독어독문학을 전공하고 독일 쾰른
대학교에서 우베 욘존의 역사소설로 박사학위를 취득하였다. 「유럽의 오리엔탈리즘에 대한 카프카
의 문학적 유희-『만리장성 축조 때』에 나타난 중국이미지를 중심으로」, 「조선의 번역운동과 괴테
의 '세계문학'개념 수용에 관한 고찰-해외문학파를 중심으로」, "Reading Reality into the Fantasy of
Kafka's *Metamorphosis*", "Goethe im fernen Orient-der Fall Korea" 등 다수의 논문을 발표하였다.

이선주(李善珠, Lee, SeonJu)
이화여자대학교 이화인문과학원 HK연구교수. 이화여자대학교 영문과에서『디킨즈의 소설에 나타
난 근대성연구』로 박사학위를 받았고 영국과 미국의 근현대소설을 주로 섭렵했다. 저서로는『경계
인들의 목소리』(그린비, 2013), *When the Korean World in Hawaii was Young, 1903~1940*(University
of Hawaii Press, 2013),『디킨즈와 신분과 자본』(EIH, 2007)이 있다. 역서로는『문학비평의 원리』(동
인, 2007),『여우소녀』(솔, 2008),『위대한 유산』(지식을만드는지식, 2012) 등이 있다. 현재는 포스트
휴먼시대의 기술과 인공생명, 인공지능의 발전을 인문학과 접합하는 연구를 하고 있다.

카르멘 위스티(Husti, Carmen)
파리-동 대학 문학·지식·예술연구소 책임연구원. 저서로『프랑스의 탈식민주의적 디아스포라
(*La diaspora postcoloniale en France. Différence et diversité*)』(PULIM, 2010)가 있으며, 논문으로「칼릭스
베얄라의 작품에 나타난 페미니즘 Postures féminines dans l'œuvre de Calixthe Beyala」(2010),「현대
프랑스문화권 문학에 나타난 영원회귀에 대하여 D'un certain éternel retour dans la littérature
francophone actuelle」(2010),「반 / 지성-아프리카의 포스트모던적 개인 L'anti / intellectuel : l'in-
dividu postmoderne africain」,「문학과 다른 곳에 대해. 시선, 이미지, 만남 De la littérature et de
l'ailleurs. Regard, image et rencontre」(2009) 외 다수가 있다.

오윤호(吳潤鎬, Oh, YounHo)
이화여자대학교 이화인문과학원 HK교수. 서강대학교 국어국문학과를 졸업하고 동 대학원에서 석
사 및 박사학위를 받았다. 저서로는『현대소설의 서사 기법』이 있으며, 주요 논문으로는「탈경계
주체들과 문화혼종 전략」,「근대과학지식의 재현과 진화론적 상상력」등이 있다. 2009년 이화여자
대학교 이화인문과학원 교수로 임용된 이후 '젠더화 된 타자'와 '디아스포라의 경험'을 중요한 학문적
주제로 설정하고 연구하였다. 이야기하기의 서사적 정체성에 대한 책을 준비하고 있으며, 근대 문학
의 형성과 과학 담론의 교섭 과정에 대한 일련의 논문을 집필 중에 있다.

최진석(崔眞碩, Choi, JinSeok)
이화여자대학교 이화인문과학원 HK연구교수. 문학평론가. 노마디스트 수유너머N 연구원이며, 계
간『문화 / 과학』과『진보평론』편집위원이다. 문화현상의 표층과 심층을 흐르는 동력과 그 사회적
의미에 대해 관심을 갖고 있다. 지은 책으로『국가를 생각하다』(2015, 공저),『불온한 인문학』(2011,
공저) 등이 있고, 옮긴 책으로『누가 들뢰즈와 가타리를 두려워하는가?』(2013),『러시아 문화사 강
의』(2011, 공역),『해체와 파괴』(2009) 등이 있다.

전혜숙(全惠淑, Jeon, HyeSook)
이화여자대학교 이화인문과학원 HK교수. 이화여자대학교 영어영문학과를 졸업한 후, 현대미술사 전공으로 동대학원 미술사학과에서 석사, 박사학위를 받았다. 현대미술사학회 회장을 역임하였으며, 지금은 이 학회의 편집위원장으로 일하고 있다. 『20세기 말의 미술, 일상의 공간과 미디어의 재구성』(북코리아, 2013), 『포스트휴먼 시대의 미술, 신체변형미술과 바이오아트』(아카넷, 2015) 등의 저서가 있다. 개념미술, 뉴미디어아트, 바이오아트에 관한 연구를 하고 있으며, 최근의 논문으로는 「피부, 경계가 무너지는 장소」, 「유토피아와 디스토피아의 경계－바이오아트와 생명개입」 등이 있다.

// 역자 소개//

최윤경(崔允卿, Choi, YoonKyung)
중앙대학교 교양학부대학 조교수. 이화여자대학교 불어불문학과에서 프랑스 시를 전공하고 말라르메에 관한 연구로 박사학위를 취득하였다. 19세기 프랑스 시에서 마그레브 문학, 프랑스어권 문학으로 연구영역을 넓혀가고 있다. 주요논문으로 「프랑스 시와 청춘의 주제」, 「프랑스 문학과 예술 작품을 활용한 대학 교양교육 사례 연구」, 「이주자의 초상과 자전적 허구의 구술성」 등을 발표하였고, 대표 역서는 윌프리드 은송데의 『나의 가슴은 표범의 후예』이다.

길경선(吉京宣, Kil, KyungSun)
서울대학교 불어불문학과와 동 대학원에서 수학했으며, '디디에 망코보니 개인전' 도록 및 국립현대무용단 『K contemporary』 2 수록 프랑스어 논문 등을 번역했다.

초출일람

송은주, 「19세기 통합적 지식으로서의 에머슨의 시인-과학자의 이상」, 『영어영문학연구』 57(1), 한국중앙영어영문학회, 2015.6.

김선희, 「19세기 조선 학자의 자연 철학에 관하여-최한기의 기륜설을 중심으로」, 『철학사상』 60, 서울대 철학사상연구소, 2016.5.

김태연, 「마음의 종교와 마음의 과학-칼 구스타브 융의 통합적 인식론을 중심으로」, 『종교문화비평』 27, 종교문화비평학회, 2015.3.

박인원, 「실험과 허구-리히텐베르크의 글쓰기를 통해 본 문학과 과학의 교차」, 『카프카연구』 34, 한국카프카학회, 2015.12.

김연수, 「괴테의 '호문쿨루스'-근대과학지식과 문학적 사유실험 사이에서 읽는 근대기획의 그늘」, 『독일어문학』 23(4), 한국독일어문학회, 2015.12.

이선주, 「진화론의 발생-『프랑켄슈타인』과 『지킬박사와 하이드』 사이」, 『근대영미소설』 21(3), 한국근대영미소설학회, 2014.12.

오윤호, 「근대과학 지식의 재현과 진화론적 상상력-이광수의 『무정』을 중심으로」, 『한민족문화연구』 52(52), 한민족문화학회, 2015.12.

최진석, 「휴머니즘의 경계를 넘어서」, 『비교문화연구』 41, 경희대 비교문화연구소, 2015.12.

전혜숙, 「식물의 변형과 혼성을 이용한 바이오아트 연구」, 『미술이론과 현장』 15, 한국미술이론학회, 2013.6.

프랑스 저자들의 논문은 본 총서에 실린 원고가 첫 발표원고임.